U0115306

文學研究叢書・臺灣文學叢刊

彰化宿儒吳德功古文研究

田啟文　著

書影集

書影一：大正九年時，吳德功擔任臺灣文社理事，此相片刊於該社所發行
《臺灣文藝叢誌》第二年第五號（大正九年九月 1 日）〈本社理事
寫真〉欄中。（筆者據龍文出版社印行之《臺灣文藝叢誌（一九一
九～一九二四）─創刊百年紀念復刻版》翻拍）

書影二：圖為二○一九年彰化節孝祠秋季祭典會場。此節孝祠為吳德功與
　　　　當地仕紳在一九二三年募資遷建，並持續進行春、秋二季的祭
　　　　典。今節孝祠管理人為吳德功後代子孫吳安世醫師，當日筆者受
　　　　吳醫師邀請參與祭典，會後與當日祭典「正獻官」彰化縣文化局
　　　　長張雀芬（左二）、節孝祠「管理人」吳安世醫師（右二）、祭典
　　　　「糾儀官」彰化縣議員吳韋達（左一）合影留念。（邱盈彰拍攝）

書影三：國立臺灣文學館（以下簡稱臺文館）所典藏吳德功《戴案紀略》
　　　　（上）之寫本。據筆者研究，此一寫本應該是《戴案紀略》初稿
　　　　的修訂本，其修訂之內容後來幾乎都寫入國立臺灣圖書館所收藏
　　　　之《戴案紀略》定稿本中。（圖片由國立臺灣文學館授權使用）
備註：此寫本以及其它數件吳德功手稿，數年前由吳安世醫師捐贈給臺文
　　　館典藏。本書中吳德功之手稿與寫本書籍圖片，均攝自此批捐贈之
　　　文物。

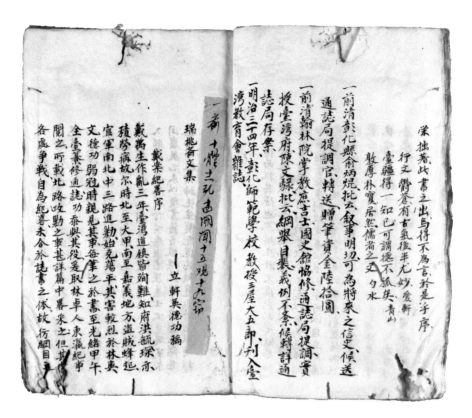

書影四：臺文館所典藏《戴案紀略》（上）書前之〈自序〉。這本《戴案紀
　　　　略》（上），其書本紙張除了陳舊之外，還帶有許多水漬痕跡以及
　　　　蟲蛀孔洞。據吳安世醫師所言，吳德功故居所收藏的手稿與書
　　　　籍，在一九五九年中部八七水災時受到嚴重損害，其中還有一部
　　　　分文物已遺失不知所蹤。此書本頁面所呈現的漬痕，即八七水災
　　　　時受損的跡證。（圖片由國立臺灣文學館授權使用）

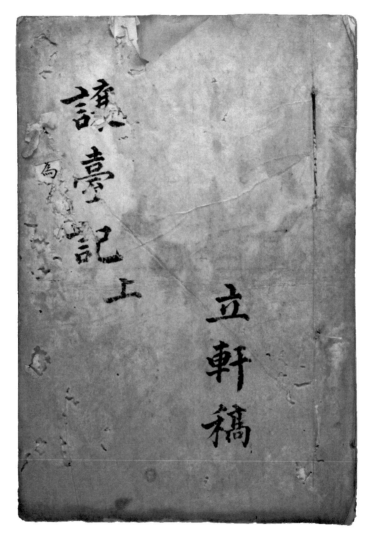

書影五：臺文館所典藏吳德功《讓臺記》寫本。此書蟲蛀情形嚴重，且內
　　　　容有多處頁面字跡線條模糊難辨，受損情形嚴重。據筆者研究，
　　　　此一寫本乃國立臺灣圖書館所典藏《讓臺記》定稿本（以下簡稱
　　　　「臺圖定稿本」）在書寫時所依據的底本，極具學術價值。（圖片
　　　　由國立臺灣文學館授權使用）

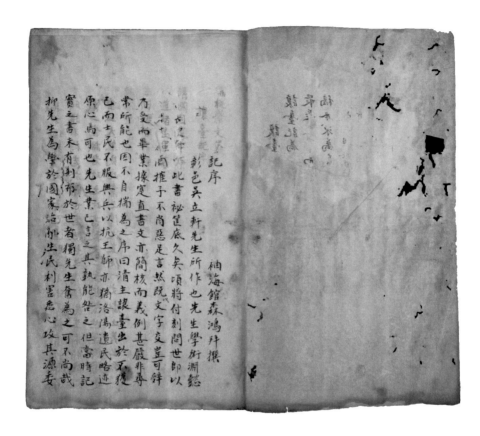

書影六：臺文館所典藏《讓臺記》寫本中的館森鴻〈序〉。此〈序〉文在福
　　　建省圖書館所收《讓臺記》寫本（以下簡稱「閩圖寫本」）中並未
　　　收錄，但見諸「臺圖定稿本」中。（圖片由國立臺灣文學館授權使
　　　用）

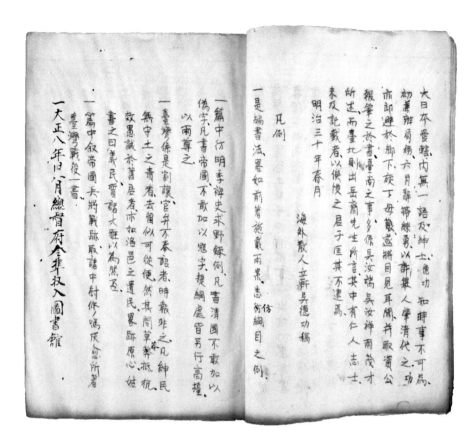

書影七：臺文館所典藏《讓臺記》寫本之〈凡例〉。此書〈凡例〉跟「閩圖
寫本」一樣只有四條，而跟之後成書的「臺圖定稿本」有七條不
同。（圖片由國立臺灣文學館授權使用）

書影八：臺文館所典藏《讓臺記》寫本之校訂情形。此寫本雖是以硬筆書
　　　　寫，但吳德功校訂時卻以毛筆修改，修改時有時用紅字，有時用
　　　　黑字。此書修改的內容，多數都呈現在「臺圖定稿本」中。（圖片
　　　　由國立臺灣文學館授權使用）

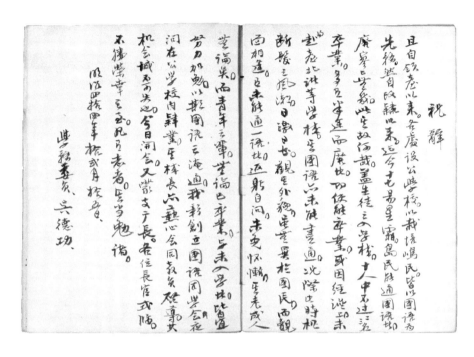

書影九：此篇〈祝辭〉抄寫在筆記中，其它文獻中未曾得見，是吳德功自
身的作品。此文結尾處有吳德功署名題款，書寫日期為明治四十
四年十二月十五日。此文內容旨在祝賀彰化「國語同學會」的創
立。此會功能主要在教導日語，上課時間為夜間，講師一般由公
學校之教師擔任。吳德功文中除了感謝彰化支廳長等長官的蒞臨
外，並勉勵會中成員要努力學習，不可半途而廢。（圖片由國立臺
灣文學館授權使用）

書影十： 吳德功〈祝櫟社十週年〉、〈北港進香詞〉二詩之筆記手稿。前
詩後來收入《瑞桃齋詩稿》，後詩則無。前詩在此處為四首的組
詩形態，但收在《瑞桃齋詩稿》中，僅選入第二、第三兩首。
（圖片由國立臺灣文學館授權使用）

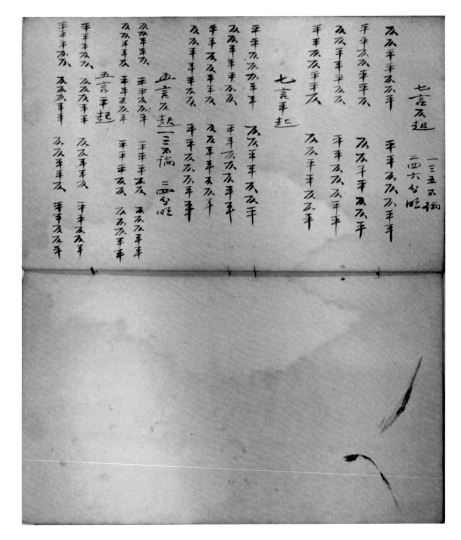

書影十一：吳德功筆記本所抄錄的詩歌平仄譜，想來是預防一時遺忘而抄
　　　　　錄備用的。內容除了標示平起格與仄起格的類別外，還註記
　　　　　「一三五不論，二四六分明。」的七言平仄口訣，以及「一三
　　　　　不論，二四分明。」的五言平仄口訣。（圖片由國立臺灣文學館
　　　　　授權使用）

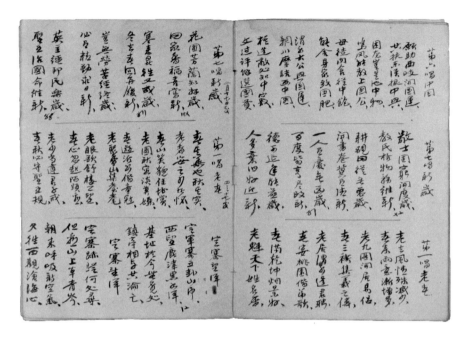

書影十二：吳德功筆記本抄錄的詩鐘作品，這數首作品屬「嵌字格」的體
式，嵌字的位置分別在一唱、六唱、七唱之處。詩鐘與擊缽
吟，在日治時期是傳統文人流行的詩歌活動。（圖片由國立臺灣
文學館授權使用）

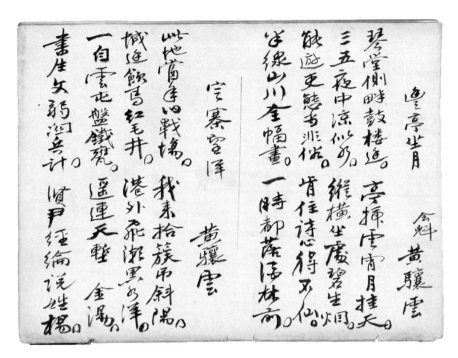

書影十三：吳德功筆記本抄錄道光九年（1829）進士黃驤雲的彰化八景
　　　　　詩。黃驤雲早年住在美濃，後移居頭份，是臺灣第一位客家籍
　　　　　進士。其彰化八景詩，收錄在周璽主纂的《彰化縣志》中。吳
　　　　　德功常在筆記中抄錄前賢作品，此頁所抄，乃黃驤雲〈豐亭坐
　　　　　月〉、〈定寨望洋〉二首。吳德功在黃驤雲姓名右上角，還標註
　　　　　其科舉考試「會魁」之身分，對黃氏推崇之意，躍然紙上。（圖
　　　　　片由國立臺灣文學館授權使用）

書影十四：吳德功筆記本抄錄左宗棠的〈自輓聯〉。這是左宗棠年輕時染病
後為自己寫下的輓聯。文中語氣慷慨激昂，卻又暗藏幾許落寞，
吳德功抄錄此聯，或許是寄託自身心情。有趣的是，句旁多處以
鉛筆訂正錯字，如「痛」改為「慨」、「空」改為「腔」、「支」
改為「枝」、……等等。想來起初可能是憑記憶默寫，之後再進
行更正才會如此。（圖片由國立臺灣文學館授權使用）

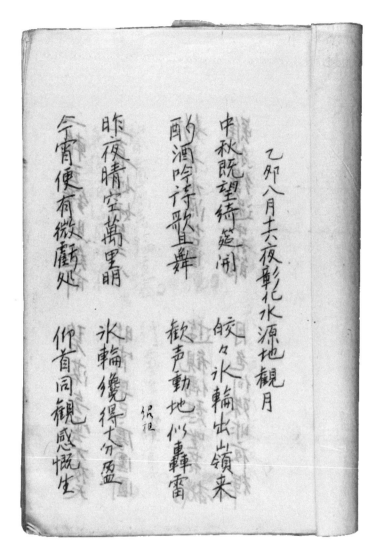

書影十五：此本筆記所抄錄者，幾乎都是吳德功與詩友在乙卯年八月十六
　　　　　日夜晚在彰化水源地賞月之作。此頁抄錄有周紹祖之詩，吳德
　　　　　功自身也有同題作品四首在這本筆記裡。此本筆記以硬筆書
　　　　　寫，不同於其它筆記的毛筆字體，而且其紙張特薄，亦與它本
　　　　　筆記相異。（圖片由國立臺灣文學館授權使用）

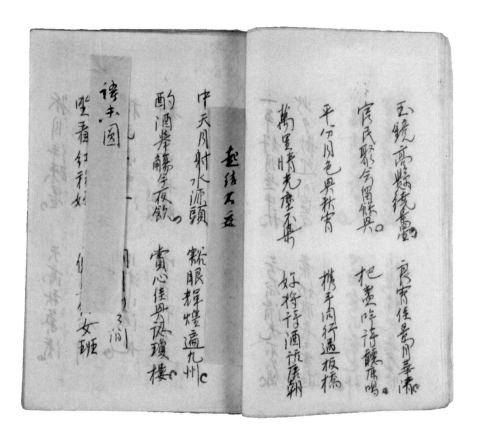

書影十六：此圖與上圖一樣，皆是抄錄詩人在彰化水源地賞月的作
　　　　　品。圖中有兩張浮貼在詩句上的紙條，紙條上寫著吳德功
　　　　　對該首詩歌的評論。一張寫著「起結欠妥」，一張寫著「語
　　　　　未圓」。（圖片由國立臺灣文學館授權使用）

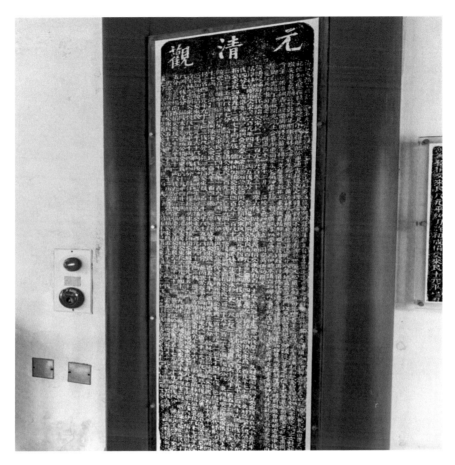

書影十七：吳德功所撰〈溫陵元清觀碑記〉。此文乃明治三十一年（1898）
　　　　　吳德功受彰化市元清觀委託所寫。元清觀創建於乾隆二十八年
　　　　　（1763），經政府審定為二級古蹟，是彰化市重要的宗教信仰中
　　　　　心。據廟方表示，吳德功這篇碑文為廟中重要文物，可惜在民
　　　　　國九十五年的大火中毀損，今所見碑文，乃原碑之拓本。此碑
　　　　　文拓本，今置於三川殿內側牆堵上，以作紀念之用。（周有朋拍
　　　　　攝）

書影十八：吳德功〈溫陵元清觀碑記〉拓本之局部特寫。圖片中間仍清楚
　　　　　可見「同安吳德功撰文」的題款。此篇碑文，主要是介紹彰化
　　　　　市元清觀的主祀神明玉皇大帝，以及此廟命名緣由、平素節慶
　　　　　的熱鬧景象，還有從乾隆年間創建後，歷代重修整建的沿革過
　　　　　程。（周有朋拍攝）

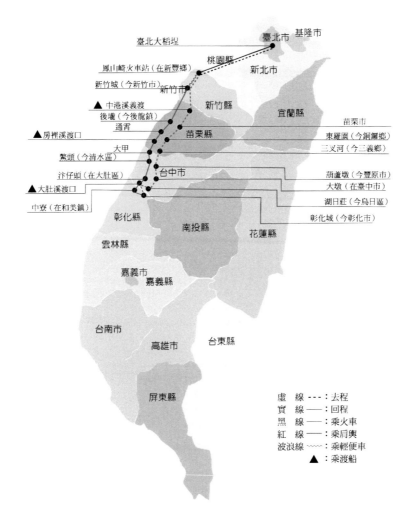

書影十九：吳德功在明治三十三年（1900）參加臺北揚文會時的交通路線。
　　　　　其去程與回程的路線不同，去程時多走山區鄉鎮（山線），回程
　　　　　時則偏於沿海道路（海線）。此外，其搭乘的交通工具有船隻、肩
　　　　　輿、火車、輕便車等等，相當多元。本地圖透過虛線、實線來區分
　　　　　去程、回程之路徑；再以不同顏色的線條代表所搭乘的各種交通工
　　　　　具。透過此圖，有助於了解當時中臺灣至北臺灣兩條主要的交通
　　　　　動線和運輸工具。（筆者資料整理，陳采婕、呂玉姍繪製）按：本
　　　　　圖所使用的臺灣底圖，引自網址 http://taot.org.tw/others_group。

目次

第四章　吳德功古文創作觀點介析
　　　　——以《瑞桃齋文稿》進行觀察 ……………… 193

圖目次

凡例

一、本書之「台」字，皆寫作「臺」。然遇專有名稱，如人名、書
　　名、機構名等，其本即使用「台」字者，則尊重其原有寫法，不
　　予更改。

二、各章的參考文獻，隨附於各章之後，書末則不再重複羅列。

三、參考文獻的排列，不採姓氏筆畫的排序法，而是依出版年月之先
　　後為序。筆者以為，這樣的排列方式雖不是主流作法，但在某些
　　情況下，透過文獻刊印時間的先後順序，可藉此了解同一或相近
　　領域的文獻，其研究上的進程或發展脈絡。

四、各章所徵引的文獻，第一次引用時，將完整注釋其出版資料；若
　　是再次引用，注釋時將去掉出版單位、出版時間、版次等資料，
　　避免重複之累。

五、各章所附圖片，圖片下方只標示圖片名稱與圖片來源，有關該圖
　　片的細部說明，採注釋方式呈現。

六、本書第十章「結論」，論述的過程中，許多說法是引述前九章的
　　研究內容，這些部分將不再重覆注釋資料出處，若有徵引新資料
　　者再加以注釋。

自序

　　之所以寫這本書，主要原因有三點：一是敬佩吳德功先生的學術成就，以及他經世濟民的品德情懷；二是基於我長期研究古文的基礎，希望能有延伸性的開拓；三是希望將此書獻給我已仙逝的恩師王關仕先生，他慈悲明亮的善心，與吳德功先生是相互輝映的。

　　吳德功（1850-1924），是光緒年間歲貢生，擁有深厚的漢學根柢，是晚清至日治時期彰化地區聲譽崇隆的儒者。他的古文與詩歌都有極高成就，其中《瑞桃齋詩稿》、《瑞桃齋詩話》，是他的詩作與詩歌理論；其餘《戴案紀略》、《施案紀略》、《觀光日記》、《讓臺記》、《瑞桃齋文稿》、《彰化節孝冊》等多部作品，則屬於古文著作。這些古文作品，除了寫作的藝術技巧外，內容蘊藏著濃厚的儒家義理，更重要的是記載了許多珍貴史實，從清代的民變事件，到中部地區節孝婦事蹟，還有割臺時臺、日雙方的爭戰過程，都有非常重要的記載。其中許多史事來自吳德功的親身見聞，價值更是不言可喻。嚴格說來，吳德功不但是文學家，同時也是史學家，其深厚的文史造詣，不論在清領或日治時期都備受推崇。

　　吳德功一生除了文史著作的成就，其事功更是一大貢獻。首先，他非常注重教育事業。在清領時期，他設帳教學，培育後進。日治時期，除了在臺中師範學校講授漢文外，私下也在一些民間團體（如同志青年會）教導漢文、漢詩，同時又跟林獻堂、林熊徵等多位地方仕紳一同爭取設立臺中中學校（今臺中一中），對於教育事業的推動可

謂不遺餘力。其事功不止表現在教育事業上，同時也表現在慈善事業上，彰化自清代以來幾個主要的慈善機構，如育嬰堂、善養所、慈惠院，都有吳德功努力經營的身影，既出錢又出力，總是希望讓貧苦的弱勢族群能有安身立命之處。其中育嬰堂在吳德功的主導運作下，前後救活了數千名女嬰，此固福田深植之功業，其慈悲濟世的善行，誠吾人效法之典範。除了慈善事業，其它的社會事業如節孝祠、忠烈祠、元清觀、南瑤宮、孔廟……等機構的整建，也都有吳德功辛勤的汗水，這些機構對於世道人心亦有涵養淨化之功，這又是吳德功對於社會的另一種貢獻。

綜觀吳德功一生，有學術之才，亦有濟世之德，是才德兼備之碩儒。筆者於此，洵心嚮往之。是以立下目標，希望以吳德功古文為研究對象，希望為他的學術做些揄揚探微之事，以發先賢之幽光。歷經數年的資料蒐集、解讀分析、章節構思、撰寫修訂，以及反覆比對改易，如今總算達到當初預設的目標，而能加以付梓刊印。這期間要感謝的人真的很多，內人歐純純常常陪我到處尋找資料，還經常幫我校對文稿，對於在教書之外，還兼任學校行政主管的她來說，真是無比沉重的負荷，對她的感謝，實在不知如何表達。此外，吳安世醫師對我的協助，亦是讓我點滴在心。吳安世醫師是吳德功後代子孫，在國內植牙界可說是一方翹楚，曾服務於臺大醫院、臺北市立醫院等醫療機構，今雖已退休，仍常至偏鄉提供醫療的相關資源，傳承了吳德功先生濟世利民的情懷，令人感佩。筆者在研究吳德功古文期間，屢次拜訪吳安世醫師，惠蒙吳醫師提供很多吳德功相關的生平資料，包括告知筆者有關他捐贈吳德功手稿及寫本書籍給國立臺灣文學館的訊息，對於本書的研究皆有莫大助益，書中許多珍貴資料都來自這批手稿與寫本書籍，在此謹致上由衷之謝忱。其次，幫忙居中聯絡吳醫師的黃玄舜教授，以及提供書影圖片的邱盈彰先生、周有朋同學，還有

協助繪製地圖的陳采婕同學、呂玉姍小姐，在此一併致謝。再者，當初要申請閱覽吳德功的手稿文物，以及後來手稿圖片的授權使用，其間程序頗為繁細，此事幸有任職國立臺灣文學館的王雅儀小姐、鍾宜紋小姐、林佳瑩小姐及其他同仁多方協助，才能以最具效率的方式進行；還有負責本書出版事宜的萬卷樓圖書公司，梁錦興總經理、張晏瑞副總經理、呂玉姍編輯及相關同仁，種種的配合與專業服務，在此亦同表內心之謝忱。

　　此書有許多資料和圖片，筆者當初蒐尋時走過很多地方，承蒙許多熱心人士的指引幫忙，筆者無法記得所有人的名字，但他們真真實實都是筆者生命中的貴人，給了我許多光亮和溫暖，這份情誼我永誌難忘。此外，想特別感謝身邊常常鼓勵我、關懷我的父母親、師長和朋友，還有當我遇到難關時，經常聽我傾訴的神明、仙佛和菩薩，這是支持我一直前進的力量，相信這本書的完成，是我最好、最深厚的回禮與報答。最後，想將此書獻給我已故的恩師王關仕先生，對您的思念不曾停止，您與吳德功先生的風範，將長銘於弟子心中。

田啟文　謹識

二〇二〇年元月寫於新北市淡水圓閣

第一章

緒論

第一節　研究緣起

　　吳德功（1850-1924）是晚清至日治時期彰化重要且知名的傳統儒者。除了文學成就深受推崇外，吳德功也是一位社會慈善家。不論是清領時期或是日治時期，吳德功出錢出力，積極從事社會慈善公益事業，不論是照顧老弱孤苦的育嬰堂、善養所、慈惠院，還是推廣忠孝節義的節孝祠、忠烈祠，都有吳德功戮力經營的痕跡。此外，對於社會的發展、民眾生活的需求，吳德功也都盡其所能的協助處理，例如元清觀、南瑤宮、孔廟的整建，臺中中學校的籌建，吳德功也都參與其事，為百姓的生活謀求福祉。[1]《臺灣省通志》說他：「性純樸，博學多能，勇於公益。」[2]《重修臺灣省通志》說他：「一生樂善好施，照顧恤孤憐寡，不遺餘力。」[3]這樣的慈善家，素為筆者所欽慕仰望，企盼能踵步其後，效法其精神典範。在事功之外，吳德功的文學成就亦是名重一方，不亞於其慈善事業，江寶釵曾說：「觀察吳德

1　吳德功對於育嬰堂、善養所、慈惠院、節孝祠、忠烈祠、南瑤宮、孔廟、臺中中學校等機構的倡建或經營，在本書第二章〈吳德功的家世生平〉第二節、第三節中皆有所說明，讀者可參考，此處不一一贅述。

2　張炳南監修，李汝和主修：《臺灣省通志》（臺北：臺灣省文獻委員會，1970年6月），〈人物志〉，冊4，卷7，頁317。

3　黃典權等編纂：《重修臺灣省通志》（南投：臺灣省文獻委員會，1998年6月），〈人物志〉，卷9，頁465。

功一生，文章與事業兼得，但若論其對當代或後世的影響，無疑以前者為重。」[4]可見吳德功的文學成就亦受世人高度肯定。在此一情況下，尊其德行，慕其文章，遂有研究其學術之想望。

　　既有研究吳德功學術之想望，接著便須鎖定研究主題，今選擇其古文做為研究標的，主要原因有兩點：首先，筆者自碩士班起，就開始以古文為研究方向，當時論文的主題是清代包世臣的古文理論；之後在師大攻讀博士班，論文則是研究晚唐的諷刺小品文。博士班畢業後，在大學專任教職，此時開始研究臺灣古典散文，至今已歷十五個年頭。古文的格式自由，寫作題材又極其廣泛，讀來暢快自在，每遇佳篇更是回味再三，令人愛不忍釋。因此，本書對於吳德功的研究，仍以古文作品為主。

　　其次，吳德功是彰化宿儒，亦是知名的古典文學家，其古文造詣歷來備受讚譽。光緒十八年（1892）臺灣省設通志局，準備進行《臺灣通志》的編纂[5]，之後吳德功受聘主修《彰化縣志》[6]，可見其古文能力受到清政府的肯定。當時的知府陳文騄，對吳德功的古文尤其讚賞，曾有數篇文章命吳德功代為擬撰，如〈擬進臺灣通誌表〉就是一篇極具代表性的作品。對於吳德功的古文成就，歷來文人多有高度評價，日人中村櫻溪〈瑞桃齋文序〉說：

4　吳德功著，江寶釵校註：《瑞桃齋詩話校註》（高雄：麗文文化事業股份有限公司，2009年3月），頁34。

5　蔡德芳〈施案紀略序〉云：「光緒十八年，劉巡撫修《臺灣通誌》。」由序文可知，臺灣省設通志局編纂《臺灣通誌》，時間在光緒十八年（1892）。不過文中的「劉巡撫」，應是邵友濂，此處誤植也。蔡德芳〈施案紀略序〉，收錄於吳德功：《戴案紀略》（南投：臺灣省文獻委員會，1992年5月，吳德功先生全集本），頁3。

6　吳德功受聘主修《彰化縣志》之事，見施懿琳等撰：《新修彰化縣志》（彰化：彰化縣政府，2018年10月），〈文化志〉，卷7，頁76-77。

> 彰城吳立軒先生，夙講經學，修古文，授諸後進，為中流砥
> 柱，以支狂瀾，臺疆古文，倚先生而維一線。……蓋先生之
> 文，於各家無所偏倚，掇其英，取其萃，一以傳古文之神為
> 歸，而後進書生，亦駸駸日新，天下古文，將於彰城乎見之。
> 近時禹域，喪亂相尋，古文之業，且掃地矣。雖然天之未喪斯
> 文，他日必有復篤志於斯者，則彰城之文，不獨為臺疆楷模，
> 中外人士，亦將來求之。先生之功，於是乎大矣！[7]

這裡談到吳德功的古文成就，中村櫻溪給予高度讚揚。其中有幾個重
點：第一，推崇吳德功的古文享譽臺疆，維繫臺疆的古文風氣於不
墜；第二，肯定吳德功致力於傳授古文，提攜後進，為古文推廣做出
重大貢獻；第三，認為吳德功的古文之所以卓越，是因為能汲取各家
的精華，並以傳承古文的神髓為依歸。以上是針對吳德功古文的整體
成就而說的。此外，中村也曾針對吳德功古文的單一體裁作品進行評
論，其言：「（吳德功）序文璀璨琳琅，頌辭集葩經句，古奧鏗鏘，尤
見其學力，佩服。」[8]這是針對吳德功的序跋體和頌贊體古文所做的
評論，言辭中盡是褒美讚譽之語。

看完中村櫻溪的評價，接著來看周紹祖對吳德功古文的看法。他
說：

> （吳德功）用筆又能如行雲流水，絕無停滯之弊。推原其故，
> 皆得力於故業師醒甫蔡德輝先生為多，所以獨秀江東。當世之

7　中村櫻溪〈瑞桃齋文序〉，收錄於吳德功：《瑞桃齋文稿》（南投：臺灣省文獻委員
　會，1992年5月，吳德功先生全集本），上卷，頁1-3。
8　同上註，下卷，頁192。

文人學士，皆仰如山斗。[9]

周紹祖認為吳德功得到業師蔡德輝的真傳，所以文章高妙，有行雲流水之姿，能獨步於江東，受到當世文人的仰望。

看到上述文人對於吳德功古文的肯定，便能了解吳德功古文所存在的價值。吳德功在文壇之所以能得到各界人士的敬重，筆者以為有如下幾點因素：

第一，其著作之數量可觀，文、史、詩皆有，從最早的《戴案紀略》、《施案紀略》到晚期的《瑞桃齋詩話》，至少有八本以上的著作。除了數量可觀之外，其作品品質亦佳，因為質佳，所以各界對其文章多所褒揚，並且索取珍藏。[10]

第二，他提倡古文的「載道」功能[11]，強調文章要能裨益世道，與中國長久以來重視經世教化的文學觀點相呼應，是以能得到傳統文人的敬重。

第三，他在文學的教育和傳播上有過許多建樹，這也是另一項受人肯定的成就。他在清領時期即已設帳教學，不論經史詩文，都竭力教導。到了日治時期仍致力於講學授課，自一八九九年起在臺中師範

9　同上註，下卷，頁220。

10　吳德功作品受到喜愛，索取珍藏的人甚多，以下姑舉一、二事例以作說明。如總督府課員熊田信太郎，在一九〇〇年三月，向吳德功索取《戴案紀略》與《施案紀略》（事見《觀光日記》三月二十四日的記載）。又日籍學者伊能嘉矩、教授三屋大五郎皆曾索取《讓臺記》做為研究之用，後者還將《讓臺記》翻譯成日文以廣為流傳。（此事可參考本書第三章第四節第二項「讓臺記版本」之說明）除了上述例子，其他索書之例仍有，今不贅舉。

11　吳德功重視古文的「載道」精神，此事可參考其〈祝臺灣文社成立〉一文。此文發表於鄭汝南編輯：《臺灣文藝叢誌》（臺中：臺灣文社，大正八年1月1日），第壹號。今收錄於郭秋顯、賴麗娟編纂：《臺灣文藝叢誌（一九一九～一九二四）──創刊百年紀念復刻版》（新北：龍文出版社股份有限公司，2019年4月），冊1，頁13。

學校擔任教務囑託，講授漢文。[12]一九一五年在彰化「同志青年會」擔任教師，傳授漢學[13]。一九一七年，吳德功與黃臥松等中部文人創立了「崇文社」[14]，致力於古文的推廣。一九一八年，吳德功參與「臺灣文社」的成立，除了擔任第一期徵文〈孔教論〉的文宗[15]外，還長期擔任文社的重要幹部。

綜上可知，吳德功的古文成就是多面向的，不論是古文的創作、教學，或是成立文社進行傳播推廣，都有具體可觀的貢獻。正因如此，蔡梓舟〈輓吳德功先生〉一詩，對吳德功做了多方面的追思和揄揚。其詩云：

> 一自朱崖棄，衣冠幾變更。文章關世運，道義見交情。講學希程子，授經比伏生。向來多著作，傳誦入蓬瀛。[16]

此詩將吳德功古文的載道精神，還有他在創作、教學以及文章傳播上的成就，都勾勒出來了。

從以上各家的褒揚可知，吳德功在文壇受到相當的敬重和推崇。然而目前對於吳德功古文的研究並不算多，尤其以專書形式進行研究者尚未得見。在如此情況下，筆者不揣愚蒙，希望以專書的形式對吳德功古文進行分析，希望為學界略盡棉薄之力，也期待藉由此書的撰

---

12 事見吳德功：《瑞桃齋文稿・讀朱子小學書後》，上卷，頁133。

13 事見吳德功：《瑞桃齋文稿・同志青年會序》，上卷，頁153。

14 見李知灝〈吳德功先生年表〉，收錄於吳德功著，江寶釵校註：《瑞桃齋詩話校註》，頁312。

15 同上註，頁313。

16 見鄭汝南編輯：《臺灣文藝月刊》（臺中：臺灣文社，大正十三年九月），第六年第八號，〈詞苑〉。今收錄於郭秋顯、賴麗娟編纂：《臺灣文藝叢誌（一九一九～一九二四）——創刊百年紀念復刻版》，冊17，頁3963。

寫，對吳德功古文產生有效的推廣和傳揚。

第二節　文獻回顧

　　對於吳德功的研究，雖然可以拓展的空間還很大，但實際上已經有了一些可觀的成果，例如楊緒賢〈吳德功與礦溪吳氏家譜〉一文，即楊氏拜訪吳德功姪兒吳上花，並借得吳德功所撰《礦溪吳氏家譜》一書後所寫的論文，文中主要是探討吳德功的家世生平及吳家族親譜系。[17]施懿琳〈從反抗到傾斜──台灣舊儒吳德功詩文作品與身分認同之分析〉一文，對於吳德功從當初的抗日，到後來又轉而與日人交流合作，其間的心境轉變，以及轉變的因素，還有轉變後的行為與詩文的表現等等，都做了精闢的分析，同時對於吳德功心境轉變後的行為，也做了極為客觀的評價。[18]另外川路祥代〈殖民地臺灣文化統合與臺灣傳統儒學社會〉一文，也對吳德功轉而親日的行為做了分析，並詮釋吳德功〈孔教論〉一文的經世思想。[19]林美秀〈清領時期吳德功儒學價值觀念的形成〉[20]一文，則探討吳德功經世致用的儒學觀以及調和朱熹、陸九淵學術之作法，並且進一步分析吳德功儒學思想中的庶民化與道教化之傾向。

　　除了上述的研究成果外，還有一些文獻在論述的過程中，是以吳

17　楊緒賢：〈吳德功與礦溪吳氏家譜〉，《臺灣文獻》第28卷3期，1977年9月，頁113-126。

18　施懿琳：《從沈光文到賴和──台灣古典文學的發展與特色》（高雄：春暉出版社，2000年6月），頁397-404。

19　〔日〕川路祥代：〈殖民地臺灣文化統合與臺灣傳統儒學社會〉，臺南：國立成功大學中國文學研究所博士論文，2002年6月，頁66-90、180-186。

20　林美秀：〈清領時期吳德功儒價值觀念的形成〉，《興大人文學報》第44期，2010年6月，頁111-138。

德功的某些特定作品來做為研究對象者，這類文獻如下：

一　《戴案紀略》、《施案紀略》之相關研究

對於吳德功的《戴案紀略》與《施案紀略》，歷來研究者甚少，研究的方式大多是在論文中的某個章節進行討論，例如林淑慧〈世變下的書寫——吳德功散文之文化論述〉一文，其第二節「史傳散文所反映的思想特徵」，針對《戴案紀略》、《施案紀略》二書中人物的描寫和評論，來進行吳德功思想文化的分析。[21]另外余怡儒〈吳德功的歷史書寫與時代關懷〉一文，其第一章第三節，針對吳德功《戴案紀略》和另外兩本記載戴潮春事件的書籍——林豪《東瀛紀事》、蔡青筠《戴案紀略》進行了比較，從體例、刊行時間、寫作動機、評論方式、……等各種層面，探討這三本書籍的異同，余氏之分析雖還可再深入，但重點大抵已有所勾勒；至於該書第三章第三節，則談到《戴案紀略》、《施案紀略》的日譯與流傳的問題。[22]除了上述文獻外，筆者〈吳德功《戴案紀略》初探〉[23]一文，則是從此書的編寫體例、資料取材管道，以及作者呈現於書中的事件或人物評論等三方面來進行分析。此文經修改後，列為本書的第七章。

---

21 林淑慧：〈世變下的書寫——吳德功散文之文化論述〉，《台灣文學研究學報》第4期，2007年4月，頁12-16。

22 詳見余怡儒：〈吳德功的歷史書寫與時代關懷〉，南投：暨南國際大學歷史研究所碩士論文，2009年6月，頁63-75、154-165。

23 田啟文：〈吳德功《戴案紀略》初探〉，《漢學研究集刊》第29期，2019年12月，頁33-94。

二 《觀光日記》之相關研究

此書歷來研究者甚少，曾麗玉〈旅遊時空記憶中的詩文互文性分析——以《觀光日記》之文學地景書寫為視境〉[24]一文，是少數專以《觀光日記》為研究文本所撰寫之論文。此文分析了吳德功撰寫《觀光日記》的緣由，同時對書中散文與詩歌的互文現象進行了探討。林淑慧〈世變下的書寫——吳德功散文之文化論述〉一文，是在第三節中分析《觀光日記》一書所呈現的文化視界，包含此書描寫參訪活動中所涉及的軍事、警備、產業、醫學、通訊、教育、測量、法律等殖民政府的現代化景象。[25]另外，余怡儒〈吳德功的歷史書寫與時代關懷〉一文，其中第三章第二節「揚文會策議與《觀光日記》」，分析了《觀光日記》中吳德功對於日本政府所帶來現代化建設的觀感。[26]除了上述文獻，筆者〈吳德功《觀光日記》探析〉[27]一文，則分別探討了《觀光日記》的體裁、內容與政治意涵。此文經修改後，列為本書的第八章。

三 《讓臺記》之相關研究

關於吳德功《讓臺記》一書的研究，大多是在論文或專書中的一些章節對它進行分析，例如余怡儒〈吳德功的歷史書寫與時代關懷〉一文，在第二章第一節「《讓臺記》與吳德功的史料選擇取向」中，

---

24 曾麗玉：〈旅遊時空記憶中的詩文互文性分析——以《觀光日記》之文學地景書寫為視境〉，《中華科技大學學報》第60期，2014年10月，頁157-177。

25 林淑慧：〈世變下的書寫——吳德功散文之文化論述〉，頁19-24。

26 余怡儒：〈吳德功的歷史書寫與時代關懷〉，頁145-154。

27 田啟文：〈吳德功《觀光日記》探析〉，（大韓民國）《東洋禮學》第41輯，2019年8月，頁65-127。

分析了《讓臺記》一書的體例、內容、資料取材來源，還有此書與其它割臺史書的差異。[28]王嘉弘《如此江山——乙未割台文學與文獻》一書，在第四章第一節「日治乙未割台歷史文獻」中，有一項次介紹了《讓臺記》的版本。[29]又林淑慧〈世變下的書寫——吳德功散文之文化論述〉一文，第二節第二項「從割台到武裝抗日的詮釋觀點」中，對《讓臺記》的內容與吳德功的史觀作了一些分析。[30]至於郭明芳〈乙未臺灣史料新輯校（二）：《讓臺記》（一）〉[31]、〈乙未臺灣史料新輯校（二）：《讓臺記》（二）〉[32]這兩篇文章，則是針對此書的版本問題進行了校勘工作，郭氏以國立臺灣圖書館所典藏的《讓臺記》版本為底本，再以伊能嘉矩的寫本（典藏於國立臺灣大學圖書館），還有福建省圖書館所典藏的寫本進行覆校，覆校的地方皆加註進行說明，俾使讀者能了解幾種版本內容間之差異。上述的研究，分析的層面多著墨在它的版本、體例、內容、史觀，還有與其它割臺史書的比較，基本上來說，都是以史書的角度來看待它，研究的主題也多偏於史料的角度。除了上述文獻，筆者〈吳德功《讓臺記》敘事時間研究〉[33]一文，則跳脫史學史料的場域，從敘事文學的角度切入，分析此書的敘事時序與敘事速度。此文經修改後，列為本書的第九章。

---

28 同上註，頁78-104。

29 王嘉弘：《如此江山——乙未割台文學與文獻》（臺南：國立臺灣文學館，2011年12月），頁189-192。

30 林淑慧：〈世變下的書寫——吳德功散文之文化論述〉，頁16-18。

31 吳德功著，郭明芳點校：〈乙未臺灣史料新輯校（二）：《讓臺記》（一）〉，《東海大學圖書館館訊》第164期，2015年5月，頁89-112。

32 吳德功著，郭明芳點校：〈乙未臺灣史料新輯校（二）：《讓臺記》（二）〉，《東海大學圖書館館訊》第165期，2015年6月，頁83-110。

33 田啟文：〈吳德功《讓臺記》敘事時間研究〉，《文史臺灣學報》第13期，2019年10月，頁7-59。

四 《瑞桃齋文稿》之相關研究

關於《瑞桃齋文稿》的研究，目前在研究題目上直接標示《瑞桃齋文稿》的，僅林慶彰〈吳德功《瑞桃齋文稿》所反映的儒學思想〉[34]一文。這篇論文從《瑞桃齋文稿》所收錄的〈孔教論〉、〈朱陸異同論〉、〈鄭成功論〉、〈陳吉生傳〉、〈吳統領彭年傳〉等多篇作品，來闡述吳德功的儒學思想。

至於其它的研究文獻，大多是以《瑞桃齋文稿》中所收錄的部分作品做為研究對象，去發掘各種不同的研究主題所撰寫而成的。這類文獻，在研究題目上並未直接標出《瑞桃齋文稿》的字樣。例如筆者《臺灣古典散文研究》第六章「吳德功散文中感物言志的呈現」[35]，便以《瑞桃齋文稿》中〈竹瓶記〉、〈觀僵梅記〉、〈白鷺營巢家記〉、〈放鳥〉等四篇作品，來討論吳德功散文運用感物言志手法的情形。另外，筆者〈吳德功古文創作觀點介析〉[36]一文，則是從《瑞桃齋文稿》中尋找吳德功古文的創作理論，再加以歸類、分析和詮釋。此文經修改後，列為本書的第四章。至於筆者〈吳德功古文的求進思想及其傳達手法〉[37]一文，則是以《瑞桃齋文稿》中〈遊龍目井記〉、〈竹瓶記〉、〈觀榕根井記〉、〈東螺石硯記〉等四篇作品為文本，藉此分析

---

34 林慶彰：〈吳德功《瑞桃齋文稿》所反映的儒學思想〉，收錄於東海大學中國文學系編：《明清時期的台灣傳統文學論文集》（臺北：文津出版社，2002年10月），頁338-357。

35 田啟文：《臺灣古典散文研究》（臺北：五南圖書出版股份有限公司，2006年4月），頁155-191。

36 田啟文：〈吳德功古文創作觀點介析〉，《真理大學人文學報》第22期，2019年5月，頁49-77。

37 田啟文：〈吳德功古文的求進思想及其傳達手法〉，《真理大學人文學報》第23期，2019年10月，頁41-72。

吳德功的求進思想，這思想是造就吳德功畢生事功的重要因素之一，有其研究上的必要性。此文經修改後，列為本書的第五章。

　　除了筆者上述諸篇的研究，林淑慧〈世變下的書寫──吳德功散文之文化論述〉[38]一文，其中第四節「儒教的社會實踐與應世之道」，就援引《瑞桃齋文稿》中數篇論辨類作品進行分析，以闡明吳德功如何言說儒學及實踐儒家的社會理念，還有如何因應日本的殖民政策。許惠玟〈由〈西螺柑賦〉看清代至日治臺灣在地物產的書寫〉[39]一文，則是以吳德功《瑞桃齋文稿·蜜柑賦》，與楊浚〈西螺柑賦〉、洪棄生〈西螺柑賦〉為文本，來探討臺灣本地柑橘類物產的圖像，以及其描寫的源流演變，還有此類賦作的思想意涵。劉萱萱〈「只此一丸地，曾為百戰場」──吳德功、丘逢甲、洪棄生〈澎湖賦〉探析〉[40]一文，透過吳德功與丘、洪兩位文人的〈澎湖賦〉，去觀察文人賦作中所呈現的澎湖地景風俗，以及作品如何呈現澎湖的歷史，並且分析中法戰爭時澎湖所處的戰略位置。顧敏耀〈吳德功〈恭送聖蹟文〉考釋〉[41]一文，針對《瑞桃齋文稿·恭送聖蹟文》進行考校與注釋，文中對較少見的字還標出注音，最後為全文做了白話翻譯。

五　《瑞桃齋詩稿》之相關研究

　　吳德功《瑞桃齋詩稿》一書，目前研究文獻有李知灝〈吳德功的

38　林淑慧：〈世變下的書寫──吳德功散文之文化論述〉，頁9-40。

39　許惠玟：〈由〈西螺柑賦〉看清代至日治臺灣在地物產的書寫〉，《臺灣古典文學研究集刊》第3號，2010年6月，頁157-195。

40　劉萱萱：〈「只此一丸地，曾為百戰場」──吳德功、丘逢甲、洪棄生〈澎湖賦〉探析〉，《東海大學圖書館館訊》第146期，2013年11月，頁48-69。

41　顧敏耀：〈吳德功〈恭送聖蹟文〉考釋〉，《東海大學圖書館刊》第20期，2017年8月，頁64-69。

割臺經歷與心境轉變──以《瑞桃齋詩稿》乙未、丙申詩作為研究中心〉[42]，以及吳宗曄〈吳德功《瑞桃齋詩稿》中的在地書寫──以農村景物及社會關懷詩作為例〉[43]。前者透過吳德功在乙未年與丙申年所作詩歌為研究對象，將吳德功面對臺灣割讓給日本時的經歷寫出，同時也分析了吳德功從抵抗日本人到產生隱居山林之心，最後又與日本當局妥協，並進而與之合作的心路歷程。至於後者，則是從《瑞桃齋詩稿》中，找出跟農村主題和社會關懷有關的作品進行分析，在農村主題方面，分農村風光與風土人情、村居生活的書寫兩部分；社會關懷方面，則分天災、戰亂、助興育嬰堂三部分進行探討。

六　《彰化節孝冊》之相關研究

吳德功《彰化節孝冊》一書，鮮少有專門論文進行探討，目前僅莊進宗〈《彰化節孝冊》研究〉一文。莊文中對於《彰化節孝冊》所存錄之節孝婦的家庭背景以及行誼事蹟，擇要進行了論述，俾使讀者了解這些節孝婦感動人心之處。另外，莊氏亦從儒家傳統的禮教觀念，以及清代朝廷和地方官員的態度，來評論「節孝」與「節烈」的差異和得失。[44]至於余怡儒〈吳德功的歷史書寫與時代關懷〉一文，其第二章第二節、第三節中，分別談到《彰化節孝冊》的編纂緣起、

---

42 李知灝：〈吳德功的割臺經歷與心境轉變──以《瑞桃齋詩稿》乙未、丙申詩作為研究中心〉，《彰化文獻》第6期，2005年3月，頁61-80。

43 吳宗曄：〈吳德功《瑞桃齋詩稿》中的在地書寫──以農村景物及社會關懷詩作為例〉，《彰化文獻》第11期，2008年8月，頁145-164。

44 詳見莊進宗：〈《彰化節孝冊》研究〉。此文原發表於成功大學所舉辦的「第一屆臺灣儒學研究國際學術研討會」，後收錄於國立成功大學中文系編：《第一屆臺灣儒學研究國際學術研討會論文集》（臺南：臺南市文化中心，1997年6月），下冊，頁229-281。

與其它志書編寫方式的異同、日本政府表彰節孝婦的原因和歷史源流、吳德功對於女性形象的關懷等等的議題。[45]

七　《瑞桃齋詩話》之相關研究

《瑞桃齋詩話》一書，乃吳德功對於詩歌理論與詩壇相關記事的一本文學著作。此書在大正十年（1921）時，吳德功寄贈了寫本給臺灣總督府圖書館保存，這是目前所能見到最早的版本。不過此一版本因年代久遠，目前典藏在國立臺灣圖書館中，流通不易。後來臺灣省文獻委員會將其影印，並在民國八十一年（1992）五月時，與吳德功其他詩文作品一起刊行，名為《吳德功先生全集》行世。自從省文獻會刊行本問世之後，《瑞桃齋詩話》的流通才比較普遍。不過省文獻會的這個版本，影印時卻產生錯簡的現象，亦即頁面未能按照順序影印，導致書籍內容錯亂難以正常閱讀。這個錯簡現象在李知灝碩士論文〈吳德功《瑞桃齋詩話》研究〉中就被提出來討論，李知灝並在論文中重新將其順序排正；除了錯簡重新排正外，李知灝也將一些訛誤的字詞，還有闕文、衍文、倒文進行了校正，為《瑞桃齋詩話》的版本與內容刊訂，做出重要的貢獻。[46]除了校勘的工作外，李氏論文也分析了《瑞桃齋詩話》的文學社會論述以及古典詩歌理論，並且製作了吳德功的年表，頗利於讀者參考使用。

之後在二〇〇九年，江寶釵與李知灝合力出版了《瑞桃齋詩話校註》一書，此書的內容，部分說法來自於李知灝的碩士論文，其餘內容則來自江寶釵的研究成果。江寶釵〈瑞桃齋詩話編序〉云：「本書

---

45 余怡儒：〈吳德功的歷史書寫與時代關懷〉，頁105-122。

46 見李知灝：〈吳德功《瑞桃齋詩話》研究〉，嘉義：中正大學中國文學系碩士論文，2003年6月，頁73-137。

原係男弟李知灝碩士論文之部分研究成果，後歷年所，與筆者經常性討論，並由筆者負責改定。知灝責任編輯，異同居其一半左右。如修訂年表、增補註釋，另增編序及導讀，方始底成此書，務期裨補讀者於臺灣古典詩歌理論之理解於萬一。」[47]這本校註本的完成，提供學界研究上很大的便利，它不但將省文獻會版《瑞桃齋詩話》的錯簡現象進行導正，還將此書的一些錯字、衍文、闕文等進行了校勘，並且做了註釋工作；另外，此書也針對《瑞桃齋詩話》的每則詩論進行號碼的編次，並加上標題，讓讀者更容易掌握每則詩論的主題；另外，書前附有江寶釵、李知灝合著〈事變下吳德功的學思轉折：一個奠基於瑞桃齋詩話的考察〉[48]一文，這篇論文分析了吳德功的生平志業與文化認同，以及吳德功的交遊與日治時期的詩壇狀況，最後還探討了《瑞桃齋詩話》的理論體系。透過江寶釵校註本的各種研究資料，《瑞桃齋詩話》一書變得更容易閱讀和理解。此一校註本是目前研究《瑞桃齋詩話》較為理想的版本，本書對於《瑞桃齋詩話》的探討以此校註本為依據。

　　除了上述文獻，對於《瑞桃齋詩話》的研究還有謝崇耀〈瑞桃齋詩話初探〉[49]一文，此文分析了《瑞桃齋詩話》的創作動機、書籍的內容，還有此書的價值。文中的論述具有一定的參考性，但最後「小結：本書之特色」處，對吳德功其人其書之評論，有欠妥貼中肯之處；至於此文在其它方面不夠允當的地方，李知灝〈評謝崇耀「瑞桃齋詩話初探」〉一文，從「基本文獻」、「吳氏親日時機」、「行文語氣」三個部分進行了較為系統性的分析，讀者可作參考。[50]另外，林

---

47 吳德功著，江寶釵校註：《瑞桃齋詩話校註》，頁VII。
48 此文收錄於吳德功著，江寶釵校註：《瑞桃齋詩話校註》，頁11-13。
49 謝崇耀：〈瑞桃齋詩話初探〉，《臺灣文學評論》第3卷1期，2003年1月，頁78-94。
50 李知灝：〈評謝崇耀「瑞桃齋詩話初探」〉，《臺灣文學評論》第3卷2期，2003年4月，頁77-83。

美秀、紀偉文合著〈吳德功《瑞桃齋詩話・佳話》的聖王建構〉一文，從《瑞桃齋詩話》第二卷〈佳話〉的內容中，去分析吳德功所建立的聖王架構，這個架構將清代帝王康熙、乾隆、嘉慶，上承於堯、舜、禹、湯的道統。林美秀認為，這幾位滿族帝王之所以能得到吳德功的肯定，是因為他們雖是滿族身分，卻能與漢族臣子以漢詩相唱和，能致力於發揚漢文化，所以吳德功這種聖王建構的想像，是以漢文化為主體而建立的，不需要區分種族之異同。林美秀認為吳德功這種想法，是以大歷史的宏觀角度去正視種族融合的事實，跳脫了狹隘的民族觀念，展現出史學家特殊的史識。[51]林美秀另外還有一篇〈盈虛理細推，不寐雞報曉──《瑞桃齋詩話》文本的媒介特質與我族建構〉[52]，此文以《瑞桃齋詩話》為研究文本，分析此書所展現的文學、歷史、文化的跨域特質，並解讀此書所呈現的臺灣漢文化傳統之淵源與演變，再由此一漢文化的傳承來分析吳德功對於我族、異族的區分標準。

第三節　各章內容概說

　　第一章「緒論」。本章內容分成三個部分：一是陳述本書的研究緣起，二是針對前人的研究成果進行文獻回顧，三是針對本書各章的內容進行簡要說明。

　　第二章「吳德功的家世生平」。此章第一節介紹吳德功的家族，包含吳家先祖渡海來臺，定居於彰化城的過程，以及至福州參加鄉試

---

51 林美秀、紀偉文：〈吳德功《瑞桃齋詩話・佳話》的聖王建構〉，《高應科大人文社會科學學報》第1期，2004年7月，頁1-12。

52 林美秀：〈盈虛理細推，不寐雞報曉──《瑞桃齋詩話》文本的媒介特質與我族建構〉，《高雄應用科技大學學報》第35期，2006年5月，頁15-32。

後，前往福建省同安縣尋找祖墳的事情。第二節談到吳德功在清領時期的經歷，主要有三個部分：一是吳德功學習科舉文章，以及和幾位恩師互動的情形；二是考上生員後逐步進階為歲貢生的經過，以及七次鄉試皆落榜的心境；三是有心於經世濟民，常接受官員委託從事各種官方或民間工作。第三節的內容，是介紹吳德功在日治時期的經歷，這主要有三個時期：一是從武裝抗日，到舉家遷徙逃難；二是開始接觸日本官員，且逐步認同日本政府；三是選擇與日本政府合作，並藉此施展人生理想與抱負。

第三章「吳德功的著作」。此章內容，介紹吳德功的八本著作，依序是《戴案紀略》、《施案紀略》、《觀光日記》、《讓臺記》、《瑞桃齋文稿》、《瑞桃齋詩稿》、《彰化節孝冊》、《瑞桃齋詩話》等。依各種著作的本質差異，探討的主題或在書籍內容，或體例，或版本，或撰寫緣由，或撰寫時間，或取材管道，或書籍特色等等，透過不同的主題討論，帶領讀者認識吳德功的各類著作。其中也特別針對吳德功的手稿筆記、寫本書籍等文物中的作品進行討論。

第四章「吳德功古文創作觀點介析──以《瑞桃齋文稿》進行觀察」。本章乃據筆者〈吳德功古文創作觀點介析〉[53]一文修改增刪而成。吳德功是彰化傳統漢學家，其古文造詣歷來備受肯定，對於古文的寫作，吳德功自有其相關理論和看法，但有關吳德功古文的創作觀點，至今並未有專論進行研究。有鑑於此，本章企圖針對此一課題進行探討，希望能將吳德功的古文理論做一整理，以供讀者參考。筆者以《瑞桃齋文稿》的作品做為研究線索，將其中有涉及古文創作理念的篇章找出，並就文中說法進行分類整理，其內容涵蓋如下四部分：分別是「古文創作的起源與主題選擇」、「古文創作的基本素養」、「古文創作講求『真』與『議論』」、「古文創作的學習對象」。透過本章的

---

53 田啟文：〈吳德功古文創作觀點介析〉，頁49-77。

研究，對於吳德功古文創作的觀點，將能呈現較清晰的輪廓。

第五章「吳德功古文的求進思想及其傳達手法」。本章乃據筆者同名論文[54]修改增刪而成。此章主要是以《瑞桃齋文稿》中〈遊龍目井記〉、〈竹瓶記〉、〈觀榕根井記〉、〈東螺石硯記〉等四篇作品做為探討對象，藉以分析吳德功的求進思想。此一求進思想的內涵，即「不論人或物，在世上都需要有力人士的賞識與提拔，才有施展抱負的機會，才能名揚天下，否則只能與草木同腐而湮沒不彰。」此一求進思想，呈現吳德功積極向上的處世態度，極可能也是促使他選擇與日本人合作的因素之一，希望透過日人的賞識提拔，藉以推動他的個人理想。本章的探討，除了分析其求進思想的內涵外，也將分析其求進思想的起因與發展歷程；此外，吳德功撰寫這四篇作品時都存在一些固定的書寫模式，以及篇章修辭上的技巧，本章亦將一併討論。

透過本章的研究，發現其求進思想起因於中國歷史人物的啟發，並因科舉考試屢次失利，懷才不遇而深化了求進思想，最後因日本政府對他的賞識任用，而使其求進思想明顯得到實現，也因此完成許多志業與事功。至於其傳達求進思想的書寫模式則有兩點：一是先尋找具有特色，卻聲名不顯之「物」為書寫對象；二是透過「感物言志」的手法，讓求進思想由「物」而轉向於「人」。最後在傳達求進思想的篇章修辭技巧上，本章透過「篇章結構學」的分析，發現吳德功運用了論敘法、賓主法、正反法等多種技巧，手法相當多變。

第六章「吳德功古文對特殊現象的詮釋」。本章旨在分析吳德功古文中，對於生活上所遭遇的特殊現象，其詮釋的模式到底如何？透過本章的研究，我們發現吳德功面對特殊現象時，有時會以事理邏輯的分析方式進行詮釋，有時以天道報應或因果輪迴的說法進行詮釋，

---

54 田啟文：〈吳德功古文的求進思想及其傳達手法〉，頁41-72。

有時又以災異禎祥的附會觀點進行詮釋，其思想運用的方式極其多變，有時感覺非常理性創新，有時又感覺是拘泥舊說、充滿神秘色彩。從正面的角度來看，這種思辨方式具有隨事變通的優勢，但也可能存在著思想上的矛盾和衝突。會有這樣的思想差異，極可能與吳德功身處新、舊學術的交會期有關，他本身是舊有漢學的擁護者，但又在日治時期接觸許多新學術，在新舊學術交會並存的時代，思考模式存在著多元性的特徵是極有可能的，這也是吳德功古文思想上的另一項特色。

第七章「臺灣民變事件的歷史書寫——吳德功《戴案紀略》初探」。本章乃據筆者〈吳德功《戴案紀略》初探〉[55]一文修改增刪而成。《戴案紀略》屬於歷史散文作品，此書主要是記載同治年間戴潮春民變事件，此事件是清代臺灣三大民變之一，影響臺灣社會甚鉅，此書記載此一民變事件，具有極高的歷史價值。不過目前學界對於此書的探討不多，殊是可惜。本章針對此書的編寫體例、資料取材管道，以及作者呈現於書中的史論等三方面來進行分析。另外，文中還針對《戴案紀略》取材自林豪《東瀛紀事》、陳肇興《陶村詩稿》、丁曰健《治臺必告錄‧請卹清單》的資料進行相互比對，並製成相關表格，透過這些表格的協助，讀者便能清楚看出《戴案紀略》與其它文獻在記載戴潮春事件上的差異性，還有吳德功對於戴案史料的取捨與處理方式。

第八章「吳德功《觀光日記》的體裁、內容與政治意涵」。本章乃據筆者〈吳德功《觀光日記》探析〉[56]一文修改增刪而成。《觀光日記》是吳德功在明治三十三年（1900）參加臺北揚文會活動後所寫下

---

55 田啟文：〈吳德功《戴案紀略》初探〉，頁33-94。
56 田啟文：〈吳德功《觀光日記》探析〉，頁65-127。

的作品，由於是吳德功的親身經歷，所以對於想了解揚文會當天的活動情形，以及會後一系列參訪活動的讀者而言，此書可以提供許多珍貴的史料。本章的內容，將針對《觀光日記》的體裁、內容進行深入解析。在體裁的討論上，由於《觀光日記》屬於日記體遊記，而且書中呈現文、詩相兼並融的形態，所以筆者會先就「遊記文學」與「日記體遊記」的發展源流和重要特徵進行說明，最後再點出《觀光日記》的體裁特色。至於內容的探討，除了針對《觀光日記》所描寫的人事物進行內容的分類外，也分析了書中詩歌作品所存在的功能。

　　在說明此書的體裁與內容後，本章也將針對此書所蘊藏的政治意涵進行研究，俾使讀者能夠明白日本政府舉辦揚文會和各種參訪活動的政治目的。這種政治目的，除了籠絡臺灣的文人外，還希望這些臺灣文人協助日本當局倡導新教育、新學術，以促進臺灣的革新和進步。

　　第九章「吳德功《讓臺記》敘事時間研究」。本章乃據筆者〈吳德功《讓臺記》敘事時間研究〉[57]一文修改增刪而成。《讓臺記》一書記述臺灣割讓日本時，臺灣抗日兵勇與日本軍隊發生的戰爭事件。就本質而言，它是一本史書，歷來對它的研究也幾乎聚焦在史書史料的問題。然而本章對它的探討將另闢蹊徑，希望從敘事學的角度切入，來分析它敘事時間的經營手法，因為它雖然是史書，但也如《左傳》、《史記》一樣，屬於歷史散文，因此可以從敘事文學的角度來探索它。透過本文的分析，在敘事時序的形態上，《讓臺記》大抵以「順敘」法為主，而以「倒敘」、「預敘」為輔。其中倒敘還呈現「內部倒敘」、「外部倒敘」、「部分倒敘」、「完整倒敘」等型態；預敘則有「內部預敘」、「暗示的預敘」、「明言的預敘」等類型。至於敘事速度的議題，透過與它書的比較，可以看出《讓臺記》在事件的描述上，

57　田啟文：〈吳德功《讓臺記》敘事時間研究〉，頁7-59。

敘事速度有時快、有時慢；快者常在「省略」、「概述」的手法中呈現，慢者則在「補敘」、「夾敘夾議」、「阡插」的手法中呈現。

　　第十章「結論」。本章的內容大致有三個部分：一是針對各章的重點進行勾勒與回顧；二是將本書在研究上的新發現或特殊觀點做一提挈，以突顯本書的學術價值和貢獻；三是將本書尚未處理的議題點出，期待對於吳德功古文有研究熱忱的學者專家，能進一步耕耘灌溉，盼望能開出更美麗的學術花朵。

參考文獻

一　專書

張炳南監修，李汝和主修：《臺灣省通志》，臺北：臺灣省文獻委員會，1970年6月。

吳德功：《戴案紀略》，南投：臺灣省文獻委員會，1992年5月，吳德功先生全集本。

吳德功：《瑞桃齋文稿》，南投：臺灣省文獻委員會，1992年5月，吳德功先生全集本。

黃典權等編纂：《重修臺灣省通志》，南投：臺灣省文獻委員會，1998年6月。

施懿琳：《從沈光文到賴和——台灣古典文學的發展與特色》，高雄：春暉出版社，2000年6月。

田啟文：《臺灣古典散文研究》，臺北：五南圖書出版股份有限公司，2006年4月。

吳德功著，江寶釵校註：《瑞桃齋詩話校註》，高雄：麗文文化事業股份有限公司，2009年3月。

施懿琳等撰：《新修彰化縣志》，彰化：彰化縣政府，2018年10月。

郭秋顯、賴麗娟編纂：《臺灣文藝叢誌（一九一九～一九二四）——創刊百年紀念復刻版》，新北：龍文出版社股份有限公司，2019年4月。

二 論文

（一）期刊論文

楊緒賢：〈吳德功與磺溪吳氏家譜〉，《臺灣文獻》第28卷3期，1977年
　　　9月。

謝崇耀：〈瑞桃齋詩話初探〉，《臺灣文學評論》第3卷1期，2003年1月。

李知灝：〈評謝崇耀「瑞桃齋詩話初探」〉，《臺灣文學評論》第3卷2
　　　期，2003年4月。

林美秀、紀偉文：〈吳德功《瑞桃齋詩話・佳話》〉的聖王建構〉，《高
　　　應科大人文社會科學學報》第1期，2004年7月。

李知灝：〈吳德功的割臺經歷與心境轉變——以《瑞桃齋詩稿》乙未、
　　　丙申詩作為研究中心〉，《彰化文獻》第6期，2005年3月。

林美秀：〈盈虛理細推，不寐雞報曉——《瑞桃齋詩話》文本的媒介
　　　特質與我族建構〉，《高雄應用科技大學學報》第35期，2006
　　　年5月。

林淑慧：〈世變下的書寫——吳德功散文之文化論述〉，《台灣文學研
　　　究學報》第4期，2007年4月。

吳宗曄：〈吳德功《瑞桃齋詩稿》中的在地書寫——以農村景物及社
　　　會關懷詩作為例〉，《彰化文獻》第11期，2008年8月。

林美秀：〈清領時期吳德功儒價值觀念的形成〉，《興大人文學報》第
　　　44期，2010年6月。

許惠玟：〈由〈西螺柑賦〉看清代至日治臺灣在地物產的書寫〉，《臺
　　　灣古典文學研究集刊》第3號，2010年6月。

劉萱萱：〈「只此一丸地，曾為百戰場」——吳德功、丘逢甲、洪棄生
　　　〈澎湖賦〉探析〉，《東海大學圖書館館訊》第146期，2013
　　　年11月。

曾麗玉：〈旅遊時空記憶中的詩文互文性分析——以《觀光日記》之文學地景書寫為視境〉，《中華科技大學學報》第60期，2014年10月。

吳德功著，郭明芳點校：〈乙未臺灣史料新輯校（二）：《讓臺記》（一）〉，《東海大學圖書館館訊》第164期，2015年5月。

吳德功著，郭明芳點校：〈乙未臺灣史料新輯校（二）：《讓臺記》（二）〉，《東海大學圖書館館訊》第165期，2015年6月。

顧敏耀：〈吳德功〈恭送聖蹟文〉考釋〉，《東海大學圖書館館刊》第20期，2017年8月。

田啟文：〈吳德功古文創作觀點介析〉，《真理大學人文學報》第22期，2019年5月。

田啟文：〈吳德功《觀光日記》探析〉，（大韓民國）《東洋禮學》第41輯，2019年8月。

田啟文：〈吳德功古文的求進思想及其傳達手法〉，《真理大學人文學報》第23期，2019年10月。

田啟文：〈吳德功《讓臺記》敘事時間研究〉，《文史臺灣學報》第13期，2019年10月。

田啟文：〈吳德功《戴案紀略》初探〉，《漢學研究集刊》第29期，2019年12月。

（二）學位論文

〔日〕川路祥代：〈殖民地臺灣文化統合與臺灣傳統儒學社會〉，臺南：國立成功大學中國文學研究所博士論文，2002年6月。

李知灝：〈吳德功《瑞桃齋詩話》研究〉，嘉義：中正大學中國文學系碩士論文，2003年6月。

余怡儒：〈吳德功的歷史書寫與時代關懷〉，南投：暨南國際大學歷史研究所碩士論文，2009年6月。

（三）專書論文

莊進宗：〈《彰化節孝冊》研究〉。此文原發表於成功大學所舉辦的
　　　「第一屆臺灣儒學研究國際學術研討會」，後收錄於國立成
　　　功大學中文系編：《第一屆臺灣儒學研究國際學術研討會論
　　　文集》，臺南：臺南市文化中心，1997年6月，下冊。

林慶彰：〈吳德功《瑞桃齋文稿》所反映的儒學思想〉，收錄於東海大
　　　學中國文學系編：《明清時期的台灣傳統文學論文集》，臺
　　　北：文津出版社，2002年10月。

第二章

吳德功的家世生平

　　吳德功（1850-1924），字汝能，號立軒，別號海外散人[1]，彰化縣城內總爺街人。生於清道光三十年（1850）五月六日，卒於日大正十三年（1924）五月二十五日，享壽七十五歲。[2]吳德功一生歷經兩個朝代的統治，清領時期他熱中於科舉考試，希望能光耀門楣，能出仕為國效力。他的人生態度非常入世，懷抱著滿腔熱血，然而屢挫於場屋，連番鄉試失利，最終是與仕途無緣。雖然憑著歲貢生的身份，擁有一定的社會聲望，也因此得到某些地方官員對他的賞識，而有了一些為社會做事的機會，不過因為不是政府部門的正式官職，發揮的空間畢竟不大。這情形一直到了日治時期，在異族政權的統治下，卻反而產生了一些正向的變化。日本政府治理臺灣，著重以臺治臺的政策，日人因此極力拉攏臺灣的知識菁英，希望透過臺籍文人或仕紳，來協助日人管理臺灣，在此一政策的帶動下，吳德功成為日人籠絡的對象。一開始吳德功對日人是排斥的，不願接受日人的招撫，但隨著時空的移轉，局勢政情的變化，吳德功的內心也產生了微妙的轉變，最後選擇與日人交流，接受日本政府所授予的官職。自此吳德功也進

1　吳德功《讓臺記・自序》一文文末署名寫著：「明治三十年春月，海外散人立軒吳德功稿。」是吳德功別號為海外散人。見吳德功著，郭明芳點校：〈乙未臺灣史料新輯校（二）：《讓臺記》（一）〉，《東海大學圖書館館訊》第164期，2015年5月，頁94。

2　詳見賴熾昌主修：《彰化縣志稿》（臺北：成文出版社，1983年3月，臺一版），〈人物志〉，冊5，卷10，頁1161-1162。另見張炳楠監修，李汝和主修：《臺灣省通志》（臺北：臺灣省文獻委員會，1970年6月），〈人物志〉，冊4，卷7，頁317。

入地方政府的行政管理階層，有機會實現自己經世濟民的理想與目標，
尤其在文化教育事業和社會慈善工作上，為臺灣做出了許多貢獻。

綜觀吳德功的一生，充滿著許多失落，也展現許多的驚奇，他的
一生是精彩而可觀的。本章將從其先祖渡海來臺開始，介紹吳德功的
家族。接著介紹他在清領時期的經歷，還有日治時期的際遇，這是他
生平的兩個焦點時期。以下且分項論述之。

第一節　吳德功的家族

一　先祖渡海來臺定居彰化城

吳德功的先祖，據楊緒賢〈吳德功與磺溪吳氏家譜〉所載吳德功
〈修家譜序〉所云：

> 我祖自河南固始縣，移居於泉之鷺島埭頭，分住烏石譜。尋移
> 居於同安西山大安鄉招賢里居住。至乾隆年間，因班苦會事，
> 與邵家搆釁十餘年，高祖服公同本房親盡行渡臺，住在彰化城
> 東門外，其餘或在東螺埤頭等處居住。乾隆四十三年，曾祖媽
> 呂氏奉姑及祖先神主來彰，遂卜居於總爺街焉。[3]

再看吳德功另一篇文章〈尋同安祖墳始末記〉的載述：

> 蓋漾公[4]深曉地理，擇廈門山場，名禾島，今名埭頭。肇基經

3　吳德功：〈修家譜序〉，收錄於楊緒賢：〈吳德功與磺溪吳氏家譜〉，《臺灣文獻》第
　　28卷3期，1977年9月，頁114。

4　即吳漾，字亨遠，諡長發，吳德功先祖之一，屬於禾山開基祖。見孫元愷：〈重修
　　吳氏族譜序〉，吳德功抄錄，收錄於楊緒賢：〈吳德功與磺溪吳氏家譜〉，頁117。

營，生子有五，次泮廣、三泮永、四泮臨、五泮澁。其間或移
居泉州、漳州、吳倉、金榜，而我祖泮誠公居長，移居鳳山。
大明洪武年間，分支烏石譜開基，傳數世，至明宣德年間，二
世祖義朴公生焉，遂分支同安西山前大安鄉居住。至六世祖處
士盛昭公，諱國珠，生子六，長曰練、次曰鳳、三曰拱、五曰
廣、六曰珪，而我祖居四，名驥，謚德稱公。生子五，長曰
第、次曰龍、三曰案、五曰老，而我祖仍居四，名服，諱憲瑞
公。其他各房子孫，亦皆眾多。因本族與同鄉邵家搆釁，一時
西山揚曆埔等處，咸與列械數年。其本派族親，遂渡臺住彰化
縣，而我高祖亦與焉。[5]

從以上兩篇的記載可知，吳德功本房的先祖，本居河南省固始縣，在
禾山開基祖吳漾時期遷移至廈門垾頭，在泮誠公之世再移居鳳山，二
世祖義朴公的時候才在福建省同安縣落腳下來。接著六世祖吳盛昭，
七世祖吳驥（德稱公），八世祖吳服（憲瑞公）皆居於同安縣。後因
吳家與同鄉邵家有衝突達十餘年，彼此械鬥，其高祖吳服才與吳家族
親渡海來臺，吳服此房（即吳德功本房一系）住在彰化城東門外，其
餘族親則於東螺埤頭等處居住。到了乾隆四十三年（1778），吳德功
的曾祖媽呂氏奉姑及祖先神主來到彰化，吳德功這一房的祖先才卜居
在彰化城總爺街。而根據吳德功〈先曾祖母行述〉一文的記載，其先
祖媽呂氏奉先人神主牌位渡海來臺時，還發生了神仙相助脫困的靈應
事蹟。該文曰：

　　乾隆四十三年，始帶祖先神主及高祖媽渡臺。船遭風幾覆，時

5　吳德功：《瑞桃齋文稿》（南投：臺灣省文獻委員會，1992年5月，吳德功先生全集
　　本），上卷，頁73-74。

> 船中見有二童子，兩手相攜，躍於船上，忽而不見，船中人知
> 其為神，船主以故遍詢船中人。時先伯父轉公年十三，身佩舍
> 人公香袋。先是大安鄉池有螺精，常出擾人，神化二童子收
> 之，故家中塑像奉祀，至是轉公佩帶渡臺，舟人咸額手賀曰：
> 「一船之命，胥賴以生，異日子孫必昌。」[6]

這段文字帶有神仙濟世的宗教色彩，或許有讀者認為離奇不經，但這也充分展現臺灣子民的宗教信仰和唐山先人渡海來臺的蒼茫艱辛。據文中所言，當時吳德功的先祖媽呂氏，奉祀先人神主牌位渡海來臺，因巨風侵襲，致使船隻幾乎翻覆，所幸有二位仙童前來解危，船楫始安，吳家先人也才能平安來臺。根據後來詢問的結果才知，原來二位仙童就是當時在同安縣大安鄉收服螺精，後來被吳德功家族塑像奉祀的神仙，祂們一路護佑吳德功先祖來臺，因而成就這一段家神保佑百姓平安渡海的佳話。這一則故事，突顯的不只是神明護佑黔黎的宗教信仰，更重要的是述說中國先民渡海來臺的危殆與艱辛，吳德功祖先正是此一現象的最佳見證者。

二　鄉試後往尋福建同安祖墳

　　雖然從光緒元年到光緒十九年間，參加了七次鄉試都落榜，但在前往福州參加考試的過程中，吳德功兩度前往福建省同安縣的故鄉尋找祖墳，進行家族追源溯流的工作，在這件事情上，吳德功是頗有收穫的。據〈尋同安祖墳始末記〉一文的說法，他分別在光緒五年（1879）跟光緒八年（1882）兩次參加福州鄉試的機會裏，順道往尋

6　吳德功：〈先曾祖母行述〉，收錄於楊緒賢：〈吳德功與磺溪吳氏家譜〉，頁119。

祖墳，且兩次尋訪都頗見成果。〈尋同安祖墳始末記〉載第一次尋訪
說：

> 丁卯鄉試，遂到廈。予又自喜曰：「此行不虛矣。」到處，即
> 請烏石譜族親泉老到問。雖系同長房，而其祖坟無一知
> 者。……迨至大安，先人之舍廬已化為墟，七世祖媽葬在大安
> 土地口，尋無踪跡。而四世祖坟亦在面前山，奈被邵家圍在牆
> 內，適人報知往尋之。其碑字已糊塗，將水洗去塵埃，而字出
> 焉。不特四世祖及祖媽童氏二位，且五世祖誠菴公亦附葬焉。
> 再往尋他處，奈土地遼闊，即手執羅經，尋坟墓字向，行數
> 日，遂得七世祖媽顏氏於下庄岩後。……翼晨，向牛角籠山尋
> 三世祖義朴公坟。至其地，開屏列帳，中暫平坦，荒塚纍纍，
> 悉數難終，竭一日之力，查尋杳然。時夕陽在山，眾鳥歸
> 巢，……適予小腹微痛，停輿煎茗，忽見山角有坟竄起，於是
> 緩步查尋，而義朴公墓在焉。……已而，往三秀尋七世祖坟，
> 了無踪跡。……爰囑諸人代為查考，越明年庚辰，里人遂寄信
> 報知，此穴在馬我湖，蓋地與時俱變，故前日求之弗得也。[7]

此次乃初次尋找祖墳，尚無經驗，過程可謂異常辛勞。在蒼茫大地
中，前人墳塋纍纍，即使有當地鄉親陪同找尋，能得知大概的方向，
但有時仍不免要一座一座檢視，從文中的形容便可了解箇中艱辛。然
而皇天不負苦心人，此次尋訪計得四世祖媽、祖媽童氏、五世祖誠菴
公（以上三位於大安尋得）、七世祖媽顏氏（於下庄岩後尋得）、三世
祖義朴公（於牛角籠山尋得）、七世祖坟（於馬我湖尋得）等諸位先

7　吳德功：《瑞桃齋文稿》，上卷，頁76-79。

人之墳塋。其中七世祖墳雖在當下未能尋得，但在故鄉里民協助探訪下，隔年便在馬我湖尋得七世祖的墳塋，並寄信告知吳德功。

　　光緒八年（1882）時，吳德功在再度參加福州鄉試，試後又轉往尋訪祖墳，此次的經過如下：

> 壬午鄉試，往其地[8]巡視，爰諏吉日，僱工重修。而六世祖媽楊氏共四穴，皆無跡可尋焉。然而開基始祖譜中，無載坟墓基址，及至烏石譜，尋眾族親，欲考其譜系，彼皆不知。每年十二月二十五日，尚作忌辰，卻與家譜錄始祖忌辰相合。爰同族親往烏石譜，西邊觀音山後，尋始祖之坟。墓碑用石橫豎，中有字跡，寫皇明吳公墓。中附小字，若有附葬意者，其殆合一世祖同葬，故本小譜中，皆無載坟地耳。[9]

此次尋訪亦頗有成果，吳德功首先幫葬於三秀馬我湖一地的七世祖重修墳塋。接著又在族親的協尋下，找到開基始祖的墳墓，並從中得知，有意附葬的祖先族親可以和始祖同葬，所以在始祖墓中，或許還有其他先祖一同附葬。

　　以上是吳德功藉鄉試之便，兩度前往同安故里尋訪祖墳的經過和收穫。事實上，在這兩次尋訪之外，他在光緒二十年（1894）又第三度造訪同安故里，名義上是尋訪祖墳，但實際上是回故里探望故友族親的成分居多。此事並未見諸〈尋同安祖墳始末記〉一文中，然其〈甲午同安重尋祖塋〉一詩卻記載此事，詩云：

8　此指馬我湖，即其七世祖埋葬地。

9　吳德功：《瑞桃齋文稿》，上卷，頁79。

人事易變遷，光陰駒過隙。回首憶前遊，恍惚如瞬息。
今歲甲午秋，重訪故人宅。親朋半凋謝，兒童不相識。
慷慨留虛名，婦孺咸記憶。入門敘寒喧，雞黍勤餉客。
贈我以餅餌，遺我以束帛。投李常報桃，古道足矜式。
始終談往事，涕泗涔涔滴。只隔十餘年，風景翻然易。[10]

由詩題可知，他此次回同安故里，名義上仍是尋訪祖墳。然而遍尋詩中語句，卻無一字提及查尋祖墳之事，卻反而充斥著與故人族親閒話家常，以及追憶往日情誼的內容。其間還語多感嘆，因為距離上次回故里已歷十二年，許多故友族親已不在人世，族中幼童對他完全陌生，這些點點滴滴的情景，讓他倍覺傷感，因此詩末才有「始終談往事，涕泗涔涔滴。只隔十餘年，風景翻然易。」的感慨，可見此次的尋訪，表面上是尋找祖塋，實際上是探訪故友族親。因此吳德功對於祖墳的探尋和相關成果，仍是以前兩次的行動為主，光緒二十年（1894）第三次的探尋並無實質的收穫。

第二節　清領時期的經歷

上一小節談到吳德功這一房祖先最後卜居於彰化城總爺街，至此便定居下來，吳德功也是出生在這裡。吳德功的父親為吳登庸，母親陳氏，家中有五子一女，德功乃長子，其次為書功、紀功、士功、敏功；一女，名覺，後嫁與甘仔井庄庠生林鴻鈞。[11]吳德功家中的長輩，自小對吳德功寄予厚望，對他的課業以及未來出仕為官，都有著

---

10 吳德功：《瑞桃齋詩稿》（南投：臺灣省文獻委員會，1992年5月，吳德功先生全集本），上卷，頁23-24。

11 詳見楊緒賢：〈吳德功與磺溪吳氏家譜〉，頁123。

高度期待。在這樣的家風下，吳德功在整個清領時期幾乎都朝著這個
方向努力。以下且針對吳德功在清領時期的經歷，分項說明之。

一　幼治舉業，從諸先生習學

　　吳德功自幼便研讀詩文經傳，並且為投身科舉而努力向學。[12]他
追隨過多位老師，主要有從叔吳子超[13]，還有柯承暉、陳肇興、蔡醒
甫（名德輝）、翁戴屏等諸位先生。吳德功〈瑞桃齋詩序〉云：

> 僕前從柯千遂先生名承暉，亦兼課古學，不幸壬申年在林孝廉
> 館中病故。於是再受業醒甫先生。[14]

由這段話可以看出，柯千遂教導吳德功的時間先於蔡醒甫，柯千遂對
於吳德功的教導，除了舉業學問之外，也兼課古學[15]。不過柯氏在壬
申年（即清同治十一年，1872）因病去世，之後吳德功才轉投蔡醒甫
門下。除了柯、蔡兩位恩師外，吳德功在其〈陶村詩稿序〉中，也談
到陳肇興與他的師生之情。該文說道：

> 村陳先生，名肇興，字伯康，世居彰化。以文章名於時，中式
> 咸豐己未科舉人。……尚憶功弱冠時，先生掌教白沙書院，月
> 課輒蒙取列前茅。又家居相鄰接，得以常聞其聲欬。今得此

---

12 簡榮聰：〈吳德功先生全集序〉云：「先生幼治舉業，潛心經傳。」此文見吳德功：
　　《瑞桃齋詩稿》，頁2。
13 吳德功受業於從叔吳子超之事，見施懿琳等撰：《新修彰化縣志》（彰化：彰化縣政
　　府，2018年10月），〈文化志〉，卷7，頁76。
14 吳德功〈瑞桃齋詩序〉，收錄於吳德功：《瑞桃齋詩稿》，頁1-2。
15 所謂古學，即科舉課業之外的經史學術。

稿，喜而不寐。因令姪上花，商之文社諸子，刊入文藝叢誌中，以垂不朽，是為序。[16]

吳德功文中自陳在白沙書院就學時，受到陳肇興很多教導，月課文章常被陳肇興取列為前幾名。事實上，吳德功對於陳肇興的學問是非常仰慕的，除了上述引文稱陳肇興「通書史，工詩，名噪一時。」外，他在撰寫《戴案紀略》時，也引用了陳肇興〈殉難三烈詩〉[17]小序所提陳再裕、廖秉均、陳耀山三人抗匪的忠勇事蹟載述於書中。

　　除了上述諸位先生外，吳德功在〈恭和黻屏翁老師留別原韻並題玉照〉一詩中，也談到他受教於翁黻屏的情形。該詩二首之一云：

　　　道貌尊崇望儼然，春風坐我已多年。叨陪几席承提耳，慚愧垣牆譬及肩。闡發幽光書屢上，楷模後進品為先。披圖景仰丰裁峻，獨立亭亭別有天。[18]

該詩二首之二云：

16 吳德功〈陶村詩稿序〉，此文刊載於鄭汝南編輯：《臺灣文藝叢誌》（臺中：臺灣文社，大正十一年六月一日），第四年第三號。今收錄於郭秋顯、賴麗娟編纂：《臺灣文藝叢誌（一九一九～一九二四）──創刊百年紀念復刻版》（新北：龍文出版社股份有限公司，2019年4月），冊13，頁3045-3046。另亦刊載於《臺灣詩薈》第三號（1924年4月），不過文章中部分句子有所差異。《臺灣詩薈》所收吳德功〈陶村詩稿序〉，今亦收錄於陳支平主編：《臺灣文獻匯刊》（廈門：廈門大學出版社，2004年12月），第4輯第15冊，頁293-294。
17 〔清〕陳肇興：《陶村詩稿》（臺北：龍文出版社股份有限公司，1992年3月，臺灣先賢詩文集彙刊本），卷8，頁126-127。
18 吳德功：〈恭和黻屏翁老師留別原韻並題玉照〉，收錄於吳德功：《瑞桃齋詩稿》，上卷，頁71-72。

話別留連絳帳間，深情厚意最相關。聽經已歷三年久，祖餞難
逢一日閒。輪艇追隨遊巨海，黌宮親炙仰高山。和凝衣鉢殷傳
授，其奈鯫生未得攀。[19]

由以上二詩可以看出，吳德功乃跟隨翁戴屏研習經學，而且時間達數
年之久。第二首詩中提到「話別留連絳帳間，深情厚意最相關。」、
「和凝衣鉢殷傳授，其奈鯫生未得攀。」道出翁戴屏對吳德功的教導
是非常殷切的，師生二人的感情也非常深厚。不過在他的幾位老師
中，吳德功在詩文中提到最多的，是蔡醒甫先生。例如散文〈瑞桃齋
詩序〉；詩歌〈敬步醒甫蔡夫子咏師竹齋瑞桃五言古五十韻〉、〈辛卯
孟春之月往東門外書齋觀菊敬次醒甫先生原韻〉七律二首、〈哭醒甫
老夫子〉四首；詩話〈蔡醒甫晚年再渡臺詩〉、〈弔蔡醒甫詩〉、〈蔡醒
甫題瑞桃齋詩〉等諸多作品中，吳德功都提到了蔡醒甫對他的教導和
影響。就課業方面而言，吳德功的近體詩與古體詩的創作，受蔡醒甫
的影響甚深。其〈瑞桃齋詩序〉云：

於是再受業醒甫先生。……但先生恆以近體詩為課，然多致力
文賦詩帖，近體間有作之，古體未嘗數數為之也。適值僕書齋
有白桃花一株，接紅碧桃，忽花開兩樣，紅白相間。先生以為
瑞，作五古五十韻贈之。僕步其原韻，大蒙稱獎。由是更講肆
古體，駕輕就熟。凡遇大比年，買舟渡福，順途往同安祭墓，
途中觸物興懷，或遇名勝古跡，皆近體雜以古風。[20]

---

19 同上註，頁72。

20 吳德功〈瑞桃齋詩序〉，收錄於吳德功：《瑞桃齋詩稿》，頁2-3。

由上述引文可知，雖然蔡醒甫對於吳德功等門人的教導，「多致力於文賦詩帖」，對於近體詩和古體詩並未時常教導他們習作，但他課評時卻總以近體詩為主，在這種情況下，門人私下自得努力練習。至於古體詩，文中也談到在一次偶然的機緣裡，蔡醒甫看到吳德功書齋中的桃樹花開二色，認為是祥瑞之兆，於是作了五言古詩五十韻送給吳德功，此時德功也依原韻唱和蔡醒甫之作，作品受到蔡醒甫高度的賞識稱讚。[21]自此之後，蔡醒甫便廣泛的為吳德功講解古體詩，吳德功的古詩能力也因此更臻熟練。吳德功《瑞桃齋詩話·弔蔡醒甫詩》亦言：「醒甫師晚年再渡臺，適于無心科舉，遂日與唱和。予詩境日進，獲益良多。」[22]可見蔡醒甫對於吳德功的詩歌創作有著深層影響。

二　弱冠入庠，七次鄉試不中

清同治八年（1869），當時吳德功二十歲，通過童試成為彰化縣學附生。[23]成為縣學附生之後，便屬於生員之一[24]，能得到許多平民

---

21 這段師生相互唱和，以歌詠書齋桃花獻瑞的佳話，也促成吳德功後來將書齋取名為瑞桃齋。吳德功〈瑞桃齋詩序〉一開頭便說：「齋何以名瑞桃？誌瑞也，且以誌啟發詩興也。」說的正是蔡醒甫與吳德功師生二人，作詩唱和以詠讚桃花祥瑞之事。

22 見吳德功著，江寶釵校註：《瑞桃齋詩話校註》（高雄：麗文文化事業股份有限公司，2009年3月），卷3，頁180-181。

23 賴熾昌《彰化縣志稿》說吳德功「弱冠遊庠，輒拔前茅。」見《彰化縣志稿》，〈人物志〉，冊5，卷10，頁1661。所謂「庠」，是指古時縣學或府學，庠生是指府、縣學中的生員。這表示吳德功在弱冠（二十歲）時，已成為縣學的生員，為將來參加鄉試作準備。

24 所謂附生，是清代科舉生員（秀才階段的各類士子）的編制之一。楊紹旦解釋附生說：「『生員』，包括府、州、縣學之『附生』、『增生』、『廩生』。……『附生』在科舉制度中，屬於最基層之科名。童生既經院試錄取入學，稱為『進學』或『入泮』或『庠生』，本身則稱『附學生員』，簡稱『附生』。……『附生』經由歲、科考試，可升為『增生』，『增生』可升為『廩生』，或出貢，或入監。」可見在生員的

所沒有的待遇，而且也有機會進入當時彰化縣學附設的白沙書院就
讀，也因此與書院山長陳肇興、施士洁、蔡德芳、蔡壽星等人有所交
流，在學問與人脈的拓展上也更為廣闊。吳德功在其詩文集中，有數
篇文章皆提到與這些文人的互動。例如詩作〈九日全施山長遊八卦
山〉[25]；散文〈蔡香鄰山長七秩壽慶〉[26]、〈蔡樞翁山長令尊輓文〉[27]
等等皆是。

清同治十三年（1874），吳德功補博士弟子員。此事見其〈尋同
安祖墳始末記〉，其文曰：

> 先伯父與家父經營，家稍盈康，即欲往同安查尋。忽遭戴逆變
> 起，未得如願。越四年，同治戊辰，先伯父即逝。至甲戌歲，
> 予補博士弟子員。家父即命之曰，此行鄉試，當往尋祖墳，予
> 亦竊計曰：「祖墳庶可繼此而得見矣。」[28]

此處提到，在同治甲戌年（即同治十三年，1874）時，吳德功補博士
弟子員[29]（此時德功二十五歲），李知灝認為，此處的補博士弟子員，

階段，有所謂附生、增生、廩生的級別，附生屬於最基層的級別。詳見楊紹旦：
《清代考選制度》（臺北：考選部，1991年9月），頁51-52。

25 見吳德功：《瑞桃齋詩稿》，上卷，頁68。此處施山長即指施士洁，施士洁在光緒年
　間曾掌白沙書院。

26 見吳德功：《瑞桃齋文稿》，下卷，頁195。蔡香鄰即蔡德芳，香鄰為其號。

27 同上註，頁203。蔡樞翁即蔡壽星，字樞南。「樞翁」一詞，乃取其字中之「樞」
　字，再冠以翁字，以示尊稱。

28 吳德功：《瑞桃齋文稿》，上卷，頁75。

29 博士弟子員在明、清時期，是府、州、縣學生員的別稱之一。于景祥說：「明、清
　時代專指考入府、州、縣學的生員，雖然還有庠生、茂才、博士弟子員等等名稱，
　但最普遍的名稱則是秀才。」見氏著：《金榜題名：清代科舉述要》（瀋陽：遼海出
　版社，1997年8月），頁5。

應是指吳德功補廩生之事。[30]能夠補上廩生，表示吳德功在縣學中的
課業表現是相當優秀的，因為在生員的制度中，必須反覆在規定時間參
加歲考，不論是附生、增生、廩生都一樣，學校藉此考核生員的學習
成績，並決定生員等級之升降。關於歲考的內容及成績考核的方式，
劉兆璸《清代科舉》一書有所說明：

> 歲考內容，時有變更，初為四書文、五經文、五言六韻詩，晚
> 清為策論。評定成績，初分六等。一等甚少。大縣一、二十
> 名，中、小縣十名或數名。考一等者，附生補增生，增生補廩
> 生。二等有陞降，如附生補增生，廩生停餼（停發俸米）。
> 三、四等及格。五、六等在先有所謂青衣發社兩名目，係由藍
> 衫改著青衫，由縣學改入社學，更有用戒尺打手心，或革去秀
> 才等處罰。道、嘉後，評定成績鮮在四等以下，廩、增不降
> 級，其他處罰亦免除，一切從寬矣。[31]

從上文可知，歲考成績分六等，考三、四等及格，不升也不降。若考

---

30 見李知灝：〈吳德功《瑞桃齋詩話研究》〉，嘉義：國立中正大學中文研究所碩士論
文，2003年6月，頁21。按：吳德功於同治十三年補廩生之事，除李知灝提及外，
江寶釵在二〇〇八年十一月三十日與李知灝合撰，發表一篇研討會論文，名為〈世
變下吳德功的學思轉折：一個奠基於《瑞桃齋詩話》的考察〉，此文發表於成功大
學「異時空下的同文詩寫──臺灣古典詩與東亞各國的交錯」學術研討會，後收錄
於吳德功著，江寶釵校註：《瑞桃齋詩話校註》，頁3-58。文中也提到吳德功於同治
十三年（1874）補廩生之事，可見江寶釵也認同李知灝的說法。此外，林淑慧〈世
變下的書寫──吳德功散文之文化論述〉一文也談到此事，此文發表於《台灣文學
研究學報》第4期，2007年4月，頁9-40。另外李昭容等撰：《新修彰化縣志‧人物
志》中亦表達同樣的觀點，見《新修彰化縣志》（彰化：彰化縣政府，2018年10
月），卷9，頁72。可見學界對於吳德功於同治十三年補廩生的說法，具有一定程度
的認同。

31 劉兆璸：《清代科舉》（臺北：東大圖書有限公司，1979年10月），頁15。

五、六等，則須接受處罰，嚴重者甚至革去功名。其中只有考一等或二等，才有升級的機會。考二等，有機會從「附生」補為「增生」；考一等者，才有機會從「增生」補為「廩生」。依此觀之，吳德功在二十五歲補廩生之前，必然因成績優異，先由附生補為增生；之後再以增生的身分，以成績評定一等補為廩生。補為廩生之後，便能享有國家給的俸米，一般稱為「食餼」，故廩生又稱「廩膳生」。[32]

補為廩生之後的隔年（即光緒元年，1875），新帝登基辦理了恩科考試，吳德功在此年第一次參加舉人的鄉試考試，惜未中。此後分別在光緒二年（1876）、光緒五年（1879）、光緒八年（1882）、光緒十一年（1885）、光緒十七年（1891）、光緒十九年（1893）再參加鄉試[33]，亦皆未中。滿腹才學，卻不受考官的青睞，懷才不遇的挫折感，讓吳德功心中生出諸多感觸和失落。如其〈馬尾停泊福州〉一詩：

> 棘圍試罷束行裝，馬港停舟感慨長。高塔勢窮千里目，大江曲似九迴腸。幼丹創畫餘船廠，孤援猖狂作戰場。往返廿年今昔異，睠懷舊事輒心傷。[34]

再看其〈赤嵌感懷〉一詩云：

> 客裏光陰倍覺長，矧兼無事更淒涼。功名已淡慵投課，疾病多纏急檢方。適趣有書頻秉燭，消閒倚枕自焚香。千里思家歸未

---

32 同上註，頁16。

33 李知灝〈吳德功先生年表〉中，根據吳德功〈尋同安祖墳始末記〉、〈紀海上曉景〉、〈癸巳鄉試，遇風泊舟不行〉、……等多篇詩文的考證，列出吳德功七次鄉試時間。此年表收錄於吳德功著，江寶釵校註：《瑞桃齋詩話校註》，頁293-299。

34 吳德功：《瑞桃齋詩稿》，上卷，頁75-76。

　　得，霎時佳節又端陽。[35]

　　從以上兩首詩作來看，吳德功對於鄉試屢戰屢敗，在二十年當中往返於彰化和福州之間，最後卻是連連失利，榜上無名。從其中「往返廿年今昔異，睠懷舊事輒心傷。」「功名已淡慵投課，疾病多纏急檢方。」等句子，便可看出他的感傷與失落，這種失落已讓他逐漸看淡了功名。不過連番的挫折後，也有一些值得欣喜的事，在清光緒二十一年（1895）時，吳德功因廩生年資足夠而輪升歲貢生。[36]歲貢生在科舉的進程上，是比儒學生員更高的一個階段，因為歲貢生不必再參加生員的歲試，可長久保有貢生的地位，還有機會補任府、縣學的訓導，可謂福利甚多。[37]在鄉試失利的情況下，能升上歲貢生，也是值得欣喜之事。然而這一年已是臺灣割讓日本的時候，這種清朝科舉上

---

35 同上註，上卷，頁72-73。

36 〈吳媽陳安人墓誌銘〉云：「迨至乙未年，臺灣割歸日本，安人年已六十七矣。是年長子值輪歲貢年份，已經由學辦文詳考，喜溢一堂。」可見吳德功在清光緒二十一年輪升歲貢生。此文收錄於楊緒賢：〈吳德功與磺溪吳氏家譜〉，頁125-126。文中所謂「值輪歲貢年份，已經由學辦文詳考」，指的是吳德功作為廩生的年資（超過二十年）已達到能輪升歲貢生的條件，在學政選拔下成為歲貢生，也因此吳家「喜溢一堂」。按：劉兆璸《清代科舉》一書針對清代歲貢生的選拔，有如下說法：「歲貢生簡稱歲貢，凡廩生食餼十年以上，歲考一等，由學政於每歲或每數歲，選一、二名貢至京師，入國子監讀書，謂之歲貢。後來亦不去監讀書，僅有此榮名。……歲貢既已貢給國家，在學署方面，謂之『出貢』，不再受教官管束。再各府州縣學宮明倫堂匾額上，均有各該籍各級科名人士之題名錄，歲貢亦有題名資格。」由這段話可知，廩生只要待到十年以上的年資，再加上歲考成績一等，便有機會被學政選拔，輪升為歲貢生，一般稱之為「出貢」。詳見劉兆璸：《清代科舉》，頁19。

37 王德昭引《欽定大清會典事例》卷74〈吏部・除授〉「副榜、恩、拔、歲、優各貢授職」條文的講法，談到歲貢生的任職出路說：「乾隆二年（西元1737）再規定，恩、拔、副貢生，以復設教諭選用；歲貢、優貢，以復設訓導選用。」詳見王德昭：《清代科舉制度研究》（香港：香港中文大學出版社，1982年），頁45。可見成為歲貢生的吳德功，有機會任職學校訓導一職。

的名位，在日本政治體制下是派不上用場的，這對吳德功來說不免又是另一種失落。

三　接受官員委託，從事經世濟民工作

　　吳德功在補博士弟子員之後，連續兩次參加鄉試未中，便開始在鄉里中設教，從事教育工作。[38]一方面教書，一方面也準備再次參與鄉試。在這樣看似平淡的生活中，吳德功的心始終是熱絡且躍動的，他喜歡從事經世濟民的工作，也因此有時會接受官員委託，從事各種官方或民間工作。如光緒七年（1881），他接受彰化縣令朱樹梧的任命，倡捐重建彰化育嬰堂，並擔任了董事一職，從此年開始，到光緒二十一年止，共救濟了女嬰五千餘人。《瑞桃齋詩話・朱樹梧》一文說：

> 朱樹梧，……甲戌知彰化縣事。添設白沙書院膏伙，建義渡，設義倉。庚辰重來，倡捐育嬰堂，以余董其事。自辛巳迄乙未，共活女孩五千餘口，公之盛德大矣。[39]

又〈題育嬰堂朱樹梧邑令倡捐〉一詩云：

> 彰邑育嬰堂，歲久漸廢弛。前有朱邑侯，捐廉首倡始，後有程太守，派員嚴檢視。富戶捐田租，釀費千金靡。諸紳議章程，

---

38 李知灝〈吳德功先生年表〉中，根據連橫《臺灣詩乘》中對吳德功於鄉里設教之說，以及《臺灣詩乘》成書的年代，推算吳德功設教的時間，當是在光緒三年（1877），亦即在第二次鄉試之後的隔年。詳見吳德功著，江寶釵校註：《瑞桃齋詩話校註》，頁293。

39 吳德功著，江寶釵校註：《瑞桃齋詩話校註》，頁171。

整然有綱紀。上書呈長官，云善未盡美。我忝與斯役，奉檄草重擬。新章錄再上，議論長官韙。長官閱新章，命我綜經理。[40]

上述兩段引文中所提的彰化育嬰堂，本成立於道光年間，當時由彰化縣令高鴻飛出面提倡，由官員與地方仕紳合捐經費，並以抄封叛逆者所留下的房舍作為堂館，收養因家中貧困或其他原因而遭棄養的女嬰。[41]這本是地方的德政，然而隨著歲月的久遠和兵費的短絀，彰化育嬰堂逐漸廢弛，失去原有的功能。也因此光緒年間彰化縣令朱樹梧重新倡導捐輸，並任命吳德功重擬育嬰堂組織章程，且掌理育嬰堂事務。[42]育嬰堂的管理，除了要有良好的硬體設備以及完善的組織章程，最重要的便是維持堂館運作的經費，試想，從「辛巳迄乙未」短短十四年間，「共活女孩五千餘口。」這當中所需經費之龐大可想而知，也因此吳德功還撰有〈續捐育嬰費序〉一文，苦口婆心勸導各界踴躍捐輸，以維持育嬰堂的運作。其文曰：

捐題經費，幾舌敝而唇焦，懸知供給維艱。……苟不籌謀及早，勢必弛於半途。所願諸君子好義急公，行仁布德，立人溺

---

40 吳德功：《瑞桃齋詩稿》，上卷，頁13。

41 關於清道光年間創立的彰化育嬰堂，在《臺灣私法》卷一與《彰化縣志稿》卷七〈社會志〉中都有記載此事，但前者認為當時首倡者是彰化縣令高鴻飛，後者則認為是彰化縣令高廷鏡。對於兩書記載的不同，林文龍《台灣中部的人文》一書，從高鴻飛、高廷鏡兩位官員任職彰化縣令的時間點進行考證，證明《臺灣私法》一書的記載正確，當時首倡者乃是高鴻飛，而非高廷鏡。詳見林文龍：《台灣中部的人文》（臺北：常民文化事業股份有限公司，1998年1月），頁222-223。

42 關於吳德功所擬育嬰堂之組織章程，及其管理育嬰堂的方式，還有當時長期捐款的善心人士，其〈救濟振恤議〉一文皆有記載。此文收錄於臺灣總督府編纂《揚文會策議集》，見黃哲永、吳福助主編：《全臺文》（臺中：文听閣圖書有限公司，2007年7月），冊30，頁161-163。

> 己溺之念，存鄰子兄子之心，多備慈帆，渡盡茫茫苦海，大開
> 生路，救回縷縷殘魂。[43]

文中言辭愷切，一方面力勸諸方君子慷慨解囊，以拯救苦難無所依靠
的棄嬰；一方面也道盡向各界募款的困難。可見要維持這樣的慈善工
作，需要付出多少心血，要有多麼堅強的毅力才能支撐下去。然而吳
德功義無反顧，憑著一股慈善心腸，十幾年間不中斷一直努力經營，
最後才能成功救活數千名女嬰。

　　除了經營育嬰堂之外，光緒十三年（1887）吳德功與仕紳蔡德
芳，受臺灣知府程起鶚等官員的委託，倡捐設立節孝祠，以弘揚節孝
風氣，端正世道人心。其〈彰化節孝冊序〉說：

> 夫以婦人之守節，吃盡辛苦於生前，宜享盛名於身後。……嗣
> 臺灣府程起鶚、陳文騄、邑令李嘉棠，命建祠宇。予同山長蔡
> 德芳倡捐，主事吳鴻藻、職員呂賡虞亦同效力焉。因擇地於邑
> 城隍廟之東偏，鳩工庀材，雕樑刻桷，輪奐巍然。[44]

這段話提到吳德功與彰化仕紳蔡德芳接受官員委託，募款建立彰化節
孝祠的過程。據吳德功序文的說法，當時載記於彰化縣志的節孝婦女
有數十名，同治十二年（1873）採集的有一百二十名，光緒十二年
（1886）採集的有一百六十名，其後還有學官（指彰化縣儒學教諭）
陸續請旌者。[45]當時臺灣中部一帶的節孝婦女幾乎都入祀於此，其功
能相當顯著。

---

43 吳德功：《瑞桃齋文稿》，下卷，頁188。
44 此文收錄於吳德功：《彰化節孝冊》（南投：臺灣省文獻委員會，1992年5月，吳德
　　功先生全集本），頁191。
45 同上註。

　　同樣在光緒十三年（1887），當時臺灣實施全省土地清丈，有部分地區的清丈作業有所疏失，導致民怨頻生。吳德功在知府程起鶚的委託下，協助進行土地清丈的工作。後經巡撫劉銘傳的應允，吳德功奉命將臺南詹山保海濱一帶的田地納銀數重新調查，當地民困也因此獲得紓解。[46]

　　接著光緒十四年（1888），知府程起鶚有鑑於彰化八卦山上的定軍寨，在戴潮春民變事件中嚴重毀損，於是進行重修定軍寨的工作，除了命人在山麓另築砲臺外，更任命吳德功沿著定軍寨的外圍遍植竹子，以作為防敵守城的屏障。此事在吳德功〈程太守命定軍寨沿址植竹以作外郭〉一詩中有所記載，詩云：

> 卦峰勢崔巍，定寨壯基址。昔遭戴逆亂，垣牆盡傾圮。
> 嗣逢傳大令，率眾修壁壘。靡費功未成，磚石旋折毀。
> 此地關要害，與城相唇齒。下望雉堞明，俯瞰宮室美。
> 太守謀畫策，命我重經理。栽竹環外郭，形勝週邐迆。
> 山麓築礮臺，連環互角恃。山頂建兵柵，金鎖懸鼎峙。
> 吩咐拾遺骸，分別細遷徙。斬棘更披荊，植篁固吾圉。
> 環繞萬千竿，彌縫實足恃。勝日好栽培，為邦慎終始。
> 後來密蔭生，蔽芾甘棠擬。咸稱太守賢，庶民歌樂只。[47]

彰化定軍寨建造於嘉慶年間，是一磚造軍寨，其間設置砲臺及城樓，居高臨下，可以攻擊敵軍，護衛彰化城。不過同治年間的戴潮春事件，匪黨攻下八卦山定軍寨，反過頭來砲轟彰化城，導致縣城淪陷，

---

46 見吳德功：《施案紀略》（南投：臺灣省文獻委員會，1992年5月，吳德功先生全集本），〈自序〉，頁95。。

47 吳德功：《瑞桃齋詩稿》，上卷，頁6-7。

臺灣兵備道孔昭慈因而自殺，其餘多位官員也慘遭殺害[48]，由此可見定軍寨戰略位置的重要。戴潮春亂事平定後，定軍寨結構嚴重損毀，這從詩中所謂「垣牆盡傾圮」、「磚石旋折毀」、「吩咐拾遺骸」等詩句便可得知。在這種情況下，定軍寨實有重修的必要，不過當時並沒有積極處理，後來光緒年間知府程起鶚特別關注此事，並任命吳德功負責重修定軍寨。從詩中可知，程起鶚要吳德功在定軍寨外圍種植密實的竹林做為城郭，以形成定軍寨的天然屏障，所謂「栽竹環外郭」、「植篁固吾圉」、「環繞萬千竿」，講的就是這件事。吳德功做這件工作，對於護衛彰化百姓的作用是非常巨大的。

時間到了光緒十九年（1893），吳德功此時接受知府陳文騄的委託，重建彰化忠烈祠。其〈合建忠烈祠序〉云：

> 彰化西門街原建忠烈祠內，中祀林爽文案內官弁兵丁，以及殉難之官眷人等，因戴逆反叛，祠圯為平地。光緒十九年，臺灣府陳文騄命德功將祠址擴張，分作三進。前進為頭門，中進祠光緒十三年施九緞案內提督軍門殉難人員；後進祠林爽文、戴萬生案內官弁兵勇等。[49]

文中提到彰化忠烈祠，原本是奉祀林爽文民變事件中，犧牲生命的官弁兵丁及官員眷屬，但此祠在戴潮春事件中被夷為平地。為了彰顯官兵忠勇愛國的精神，知府陳文騄遂命吳德功重建且擴大忠烈祠規模，改為三進式建築，除了奉祀原本林爽文事件中犧牲的官弁兵丁外，又再增祀施九緞事件與戴潮春事件中殉難的官弁兵勇，以達到撫慰忠魂

---

48 此事詳見吳德功：《戴案紀略》（南投：臺灣省文獻委員會，1992年5月，吳德功先生全集本），卷上，頁6-7。

49 同上註，卷下，頁59。

的作用。

　　光緒二十年（1894）時，吳德功在進士蔡德芳的舉薦下，被知府陳文騄聘任，負責《戴案紀略》、《施案紀略》二書之撰述工作。其《戴案紀略·自序》云：

> 至光緒甲午，全臺纂修通誌，功忝與其役。爰取林卓人《東瀛紀事》閱之，所載北路攻剿之事甚詳，篇中略采之。……故就所見所聞，並采《陳陶村詩稿》所載三忠，以及丁觀察曰健《治臺必告錄》所紀斗六等處之殉難義民，積勞病故之員弁，准建入昭忠祠者，附載於下卷。[50]

由引文可知，吳德功在「光緒甲午」（即光緒二十年，1894），開始進行《戴案紀略》的撰述工作，《施案紀略》亦在此時一同撰寫。這兩本書籍的完成，也為戴潮春與施九緞這兩大民變事件，留下了珍貴的史料。

　　從以上事例觀之，自光緒七年（1881）吳德功接受彰化縣令朱樹梧的任命，倡捐重建彰化育嬰堂開始，至光緒二十年（1894）接受知府陳文騄聘請撰寫《戴案紀略》、《施案紀略》二書止，這十四年間，吳德功雖鄉試不中，但憑著秀才的身分與滿腔的服務熱忱，接受官員的委託，辦理了多種官方與民間工作，這些工作或有關於慈善公益，或有關於提倡忠孝節操，或有關於史書著述，或有關於防衛戍守，在在對國家社會有著重要的貢獻與影響，吳德功雖無官職在身，然其經世濟民的精神卻不遜於在位的主事官吏，這是令人敬佩的。

---

50 同上註，頁1。

第三節　日治時期的經歷

　　吳德功在日治時期的經歷，概要來分有三個時期：（一）從武裝
抗日，到舉家遷徙逃難（二）開始接觸日本官員，逐步認同日本政府
（三）選擇與日本政府合作，施展人生抱負。以下且分項說明之。

一　從武裝抗日，到舉家遷徙逃難
　　（1895年5月～1895年冬）

　　光緒二十一年（1895）臺灣割予日本，各地人心惶惶，盜匪趁機
四處劫掠。吳德功在舊曆五月時，承臺中知府孫傳袞之命籌設「聯甲
局」，同時擔任正管帶職務，在地方上招募練勇以對抗盜匪，維持地
方秩序。起初聯甲局是以安靖地方治安為目標，不過隨著日軍接收臺
灣的腳步日益進逼，抗日戰爭愈發熾熱，聯甲局最後也和「籌防局」
一樣，成為抵抗日軍的組織，至此吳德功也加入了抗日的行列。[51]吳
德功參與籌設聯甲局，並擔任正管帶職務的事蹟，《讓臺記・自序》
中有所說明：

---

51 聯甲局加入抗日的行列，從《讓臺記》新曆八月十二日的記載可以得知，其文曰：
　　「彰化聯甲局致書於嘉義、臺南保甲局紳，請籌餉接濟。新楚軍一敗，潰勇回歸，
　　逼索餉項，府庫已空。聯甲局致書於嘉義、臺南兩局，請接濟糧餉。」（事見吳德
　　功著，郭明芳點校：〈乙未臺灣史料新輯校（二）：《讓臺記》（二）〉，《東海大學圖
　　書館館訊》第165期，2015年6月，頁87。）「新楚軍」乃抗日軍隊之一，彰化聯甲
　　局為了新楚軍向嘉義、臺南兩地保甲局籌措糧餉，可見聯甲局已加入抗日的行列，
　　吳德功身為彰化聯甲局正管帶，自然也是抗日人員之一。正因如此，當日軍進攻至
　　苗栗時，黑旗軍統領吳彭年帶兵抵抗，吳德功當時向孝廉林允卿商借頰馬給吳彭年
　　當坐騎，這亦是吳德功參與抗日的事蹟之一。（吳德功借馬之事，載於新曆八月二
　　十九日的記事中。見吳德功著，郭明芳點校：〈乙未臺灣史料新輯校（二）：《讓臺
　　記》（二）〉，頁92。

猶憶澎湖甫破之時，民心惶恐，土匪蜂起，官威不振，出城一
里許，官眷行李即為土匪所奪。城中鋪戶亥請德功與上官議防
守之策。德功思一家三十餘口，既乏厚貲將家眷渡泉州，而機
槍不靖，雖貽憂鄉梓，自己身家亦難保存，即商於邑主丁燮，
請孫太尊傳克開設「聯甲局」，權德功為正管帶，族兄廣文吳
景韓為副，招集邑內外窮民五百名為練勇，用總理為哨官，日
則東西南北巡緝匪類，土匪猶是斂跡，早稻收成，免於搶掠。
然割臺議成，人心瓦解。上諭令各地方官將糧額官產造冊，交
大日本管轄，內無一語及紳士，德功知時事不可為，初兼辦局
務，六月辭帶練勇，以許舉人肇清代之。功亦即避於鄉下，旋
丁母艱，遂將目見耳聞，并取資公報，筆之於書。但臺南之事
多係吳汝端、吳汝祥兩茂才所述，而臺北則出岳裔先生所言。
其中有仁人志士未及記載者，以俟後之君子匡其不逮焉。明治
三十年春月，海外散人立軒吳德功稿。[52]

由上文可知，吳德功在日軍接收臺灣之初，亦曾挺身而出，為保衛臺
灣貢獻一己之力。然而隨著局勢的演變，讓吳德功感到「時事不可
為」，於是在同年的六月，吳德功便辭去聯甲局正管帶的職務，其職
務也由舉人許肇清接任。這裡提到吳德功之所以辭去聯甲局職務，放
棄抗日，主要是「知時事不可為」，但為何「知時事不可為」？吳
德功並沒有說得很清楚，只是籠統說到「割臺議成，人心瓦解」、
「上諭令各地方官將糧額官產造冊，交大日本管轄，內無一語
及紳士」二事，感覺起來似乎是對清廷冷漠看待臺灣的態度感到寒
心，覺得失去清廷的支持便難以和日本軍隊抗衡，所以「知時事不

---

52 事見吳德功著，郭明芳點校：〈乙未臺灣史料新輯校（二）：《讓臺記》（一）〉，頁94。

可為」，於是選擇放棄對日本的武力對抗。針對這一點，在《讓臺
記》舊曆五月初二日中，有更詳細的說明：

至四月二十一日，知和議已定，割臺難以挽回，官紳士庶痛哭
呼天，飛章乞命，老成烈士拊膺而嘆。電奏到京十六字，曰：
「臺灣士民，義不臣倭，願為島國，永戴聖清」，并電總理衙
門、南洋大臣、閩浙總督、福建藩臺等處，文曰：「敬稟者：
臺灣屬倭，萬民不服，迭請唐撫院代奏臺民下情，而事難挽
回，如赤子之失父母也，悲慘曷極！伏查臺灣為朝廷棄地，百
姓無依，惟有死守，據為島國，遙戴皇靈，為南洋屏蔽。惟須
有人統率，眾議堅留唐撫臺仍理臺事，并劉鎮永福鎮守臺南，
請各國查照。割地紳民不服，《公法》從公剖斷臺灣，應作何
處置，再送唐撫入京、劉鎮回任。臺民此舉，無非戀戴皇清，
以圖固守，以待轉機。情形萬緊，伏乞代為電奏。」總理大臣
回云：「來電均已進陳。和議一事，已於十八日定約。臺灣久
隸版圖，感激朝廷恩澤，一歸他屬，忠憤勃發，胥在意中。但
時勢所迫，勉從其議。其大要約有兩端：一則戰不可恃，二則
進迫京師，利害攸關，視臺尤重。一則臺無接濟，一拂其情，
勢必全力并攻，徒損生靈，終歸淪陷。查自三月起，累次來電
有云，『臺無兵輪，坐困絕地，其危可知』；有云，『臺營分部
兵少，防之不勝防，勇難急到』；有云，『一二仗後，無營換
退，久支強敵，難操勝算。』貴署撫體察實在情形，不可因一
時義憤而激。現以新約內日本聲稱：『本約批限二年之內，地
方人民願行遷基者，准任所之，其有田地，聽其變賣他人；但
期滿之後，未能遷徙者，日本認為人民』，皆載在和約中。是
日本得地，而百姓之不願居臺者仍有遷、賣兩途。」貴署撫每

　　思念朝廷愛護臺民，並將以上定約勸諭臺民，勿得因一時過
　　憤，致罹後患」等語。唐撫京電抄示臺北紳民，展觀之下，不
　　勝駭異，知事勢已無可挽回。[53]

這段引文的末尾，提到「知事勢已無可挽回」，這正呼應了前段引
文提到的「知時事不可為」，因此這前、後兩段引文，講的其實是同
一件事。從後面這段引文我們可以明確得知，吳德功之所以覺得抗日
之事，其「事勢已無可挽回」，主要是臺灣的官員仕紳聯合電奏清
廷，以及與臺灣相關的幾個上層機構，表達臺灣永遠是大清子民，不
願接受日本統治，希望對抗日本，死守臺灣，也希望清廷能支持臺
灣。然而這封電報往清廷發送後，得到總理大臣的回應卻讓臺灣
子民失望，回應中所謂「戰不可恃」、「臺無接濟，一拂其情，
勢必全力并攻，徒損生靈，終歸淪陷。」、「一二仗後，無管換
退，久支強敵，難操勝算。」、「貴署撫每思念朝廷愛護臺民，
並將以上定約勸諭臺民，勿得因一時過憤，致罹後患。」這些
言論，很明顯並不支持臺灣武裝抗日。吳德功眼見清廷對於臺灣抗日
活動並沒有肯定和支援的回應，心中頓生遭棄之感，因此才有「知時
事不可為」的感慨，而產生放棄抗日的念頭。不過若說吳德功最後
選擇放棄武力抗日，是完全肇因於清廷冷漠以對的態度，那也不盡
然，我們只能說這是原因之一，因為清廷表達不支持臺灣武裝抗日是
在四月份，而吳德功辭去聯甲局正管帶職務，表達放棄武力抗日則是
在六月份，由此可見，清廷冷漠的態度只是吳德功選擇放棄武力抗日
的因素之一，而非全部因素。另外一項因素，是隨著武裝抗日的進

---

53 同上註，頁99-100。

行，雙方實力相差懸殊[54]，日本軍隊由北而南步步進逼，臺灣子民因戰爭而不斷犧牲，輾轉於溝壑之間，有著濟世情懷的吳德功，基於現實考量而選擇放棄武力抗日，於是在六月份辭去聯甲局職務，不再與日本軍隊進行武裝抗爭。

選擇放棄武力抗日的吳德功，不久就因日本軍隊攻入彰化，在七月份時舉家逃難。[55]他們首先逃到甘井外甥林水生家，之後又搬到擺塘自家的別墅。不過到了擺塘之後，一家卻染上疫病，多人死亡，造成吳德功心中無限的悲痛。這事情在〈搔首問天歌〉一詩中有所記述：

> 黑旗重兵據安平，臺中騷動民恐惶。我家老幼出城避，初住甘井後擺塘。闔家染疫多熱症，大兒誤藥遂暴亡。伊時我亦抱采薪，寡妻力疾強支牀。慇懃勸我勿憂慟，君悲痛兮妾斷腸。大兒無祿雖即世，承家還望有二郎。越日寡妻疾愈篤，比翼鶼鳥忽分翔。凶信疊至咸驚愕，急奉雙親回甘鄉。四處延醫急療治，永冀萱幃復安康。問卜求神胥無靈，昊天不弔喪我娘。……七弟哀毀病不起，莫佩茱萸避災凶。時醫一家皆進吳茱萸湯，亡日恰在重九。平時讀書廿餘載，文字精通名早揚。吾為

---

54 吳德功在抗日的過程中，看到臺軍節節敗退，日軍步步進逼，內心非常清楚雙方的實力相差過大，臺灣抗日軍隊難以和常勝的日軍相抗衡。對於這個想法，在《讓臺記》新曆六月二十一日的「論曰」中便有所載述：「然臺北一破，巖疆已失，日本已扼其喉而拊〔捫〕其背。況清廷已下割讓之詔，唐帥渡廈，紳富挾貲遁逃。在籍臣民欲抗朝命，不願納土歸降，而餉械已竭，將非鳳選。兵皆烏合，雖有抱田橫之志，效丹誠於舊君者，而大日軍統常勝之師，居高臨下，詎能維持殘局耶？」詳見吳德功著，郭明芳點校：〈乙未臺灣史料新輯校（二）：《讓臺記》（一）〉，頁109。

55 李知灝對於吳德功逃難的時間點，認為是在彰化城被日軍攻破之後，其論點從日軍攻打彰化城的戰事區與吳德功家族逃難的路線進行比對分析，說法具有可信度。詳見李知灝：〈吳德功的割臺經歷與心境轉變——《以瑞桃齋詩稿》乙未、丙申詩作為研究中心〉，《彰化文獻》第6期，2005年3月，頁64-65。

　　弟費盡心力，吾為弟受盡蚊瘧。吾兒往兮無後累，吾弟逝兮婦
　　寡孀。更有一般並痛楚，四弟與我同悲傷。四弟亦喪妻子。[56]

從詩中看得出來，這次逃難為吳德功家族帶來漫天浩劫，戰爭未剝奪
其家人性命，反而是時疫奪走家中多條人命。這場時疫影響的層面不
只是臺灣的黎民百姓，即使是日本軍隊，也因這場時疫而傷亡嚴重。
且看吳德功《讓臺記》農曆七月初九日的記載：

　　新曆八月二十九日。舊曆七月初九日。大日軍北白川宮
　　親王率兵攻彰化城，破之。知府黎景嵩、知縣羅樹勳奔
　　逃，黑旗統領吳彭年力戰死之，營弁李士炳、沈福山在
　　八卦山戰死。……自是親王滯在彰化街臺灣府署內一個月。
　　彰城設野戰病院，初止患者二百餘人，後數日疫症流行，忽千
　　餘人。患者多在市內舖戶，病人呻吟。至九月中旬，病勢益
　　烈，師團中健者約五分之一，山根少將、中岡大佐、緒方參謀
　　及其他將校，多入鬼籍，行軍困難，於此可見一斑。[57]

文中提到日軍攻破彰化城後，軍隊陸陸續續有官兵得到時疫，從開始
的幾百人，數日後傳染至千餘人，到九月中旬（此指新曆）時傳染的
情況最嚴重，整個師團僅約五分之一未染病，連山根少將、中岡大佐
等高階軍官也都因病死亡。到底是什麼疫病，能導致傷亡如此嚴重？
《讓臺記》農曆七月十四日的記載有略作說明：

---

56 吳德功：《瑞桃齋詩稿》，下卷，頁132-133。
57 見吳德功著，郭明芳點校：〈乙未臺灣史料新輯校（二）：《讓臺記》（二）〉，頁90-
　　91。

> 時兵士多染腳氣、虎列拉、赤痢諸疫，其困難非常，並令工兵
> 修築道路，自九月初旬至九月終，諸軍滯在北斗，溪水加漲，
> 運送糧食以及彈藥，種種為難。[58]

由引文內容看來，當時彰化一帶流行的疫病不只一種，這也使得治療
更加困難，日軍的攻勢也因此延緩下來。

避難在外的日子，就這麼一直持續到年底冬季時，吳德功一家才
重新回到彰化城。回到自宅後，發現住家並沒有被戰火毀壞，只是久
無人居、稍嫌零亂，需加以整理而已。其〈重到味閒齋〉一詩云：

> 事定歸來到故鄉，空齋闃寂景悽涼。犬貓見主歡忭躍，烏鵲驚
> 人避速忙。數朵蘭花共客賞，一株梅樹為誰香？詩書滿架都零
> 亂，急喚僕僮再理裝。[59]

事隔半年，宅院並沒有太大的改變，犬貓都在，庭院的蘭花、梅樹也
都生長良好，這實在是不幸中的大幸，吳德功一家人也因此過了幾個
月平靜的日子，暫時的休養生息。

二 開始接觸日本官員，逐步認同日本政府 （1895年冬～1897年春）

不再武力抗日的吳德功，此時對待日人的態度已不再如當初般強
硬，而且隨著日本政府籠絡臺籍知識份子的政策，吳德功開始有機會

---

58 同上註，頁93。
59 吳德功：《瑞桃齋詩稿》，下卷，頁136。

接觸到日本官員，並且在彼此的互動與了解中，感受到日本政府對於漢學的重視，還有日本官員對他的善意，吳德功也逐步地認同與接受日本政府。例如在明治二十八年（1895）冬天，吳德功初次結束避難行程回到彰化老家時，當時他身患疾病，此時日本憲兵大衛高橋藤吾寄寓在吳德功家中，高橋還特地聘請醫生來幫吳德功治病。吳德功〈乙未冬臺北之亂彰化謠言四起邑內諸紳士咸留在官署余亦與焉適染血疾幸高橋大尉延醫療治又笑云莫非吟詩所致乎近日病久廢吟詠爰感事而作〉一詩，就談到他與高橋大尉之間的這段情誼。詩四首之二云：

> 無端鮮血下淋漓，瘦骨酸辛力不支。親戚倉忙聊進食，長官懃懇為延醫。（節錄）[60]

詩四首之三云：

> 病軀久已廢謳吟，賞識風塵感素心。厚設三餐逢眷顧，聊歌一闋為知音。（節錄）[61]

詩四首之四云：

> 回春妙手賽神仙，服食丹丸病少痊。乍幸弱軀能爽快，其如故疾太纏綿。人當困憊思無計，士到窮愁誰見憐。深荷長官相體諒，公平伸雪獲安全。[62]

---

60 同上註，下卷，頁135。
61 同上註。
62 同上註。

由上引詩句來看，此時吳德功已經和日本官員有所往來了，憲兵大衛
高橋藤吾甚至還聘請醫生來為吳德功治病，吳德功在詩中也以「長
官」來稱呼高橋大尉，並將之視為「知音」，最後還以「公平伸雪獲
安全」，來表達對高橋大尉延醫治病的感激。此事在吳德功《瑞桃齋
詩話・高橋藤吾大尉》一文中也有記載，當時高橋的通譯官隈元和伍
長大谷泉少尉，還與吳德功以漢詩相交流。[63]隔年（1896）四月時，
日本政府設臨時法庭於彰化，位址就選在吳德功的住宅。[64]另外，從
吳德功〈送加藤禮次郎法家正可時本宅為法院〉、〈送大津釚次郎院
長〉等詩，亦可得知其與法院人士也頗有往來。

此時的日子看起來相當平靜安然，吳德功回到彰化老家後，住宅
無損，他和日本人的相處看起來也和諧。不過這樣的日子過不到幾個
月，在明治二十九年（1896）六月時，由柯鐵等人所發起的「鐵國山
起義」，與日軍產生了大規模戰鬥，此時吳德功又開始帶著親人逃
難，起初是逃到線西頂犁一帶，投靠親戚謝攀桂，其〈頂犁庄望
月〉、〈東道〉、〈線西〉、〈頂犁書書齋即景〉、〈定犁謝攀桂親家齋中即
事〉、〈覆巢〉等詩，所詠皆與逃難至線西頂犁謝家有關。在謝家住沒
多久，吳德功又帶著親人轉投甘井外甥林水生家中，一直到重陽節前
才又回到彰化城。吳德功在不斷輾轉逃難的過程中，對於戰爭的苦難
是十分厭惡的，此時的他渴望過太平的日子，不想再有戰爭，其〈望
太平〉一詩云：

　　海外遭兵燹，驚惶疊蹙眉。離懷何處訴，愁緒有誰知。

---

63 詳見吳德功著，江寶釵校註：《瑞桃齋詩話校註》，卷5，頁248。

64 吳德功〈送加藤禮次郎法家正可時本宅為法院〉一詩，記載德功住宅被選定為法院
　　之事。見吳德功：《瑞桃齋詩稿》，下卷，頁169。

世變交情險，途窮俗尚漓。天心應厭亂，佇望太平時。[65]

這樣的心境，可說是在戰爭陰影下最真實的人性反應，從乙未年六月
辭去聯甲局正管帶的職務，就已呈現吳德功不想再武力抗日的想法，
歷經逃難的掙扎與痛苦後，吳德功武力抗日的念頭更是煙消雲散了，
從「天心應厭亂，佇望太平時。」這兩句話，就能充分體會吳德功的
心境。此時的吳德功渴望安定，在這樣的心境下，他對於日本政府是
有所期待的，他期待日本政府能夠帶給臺灣百姓一個新秩序，一個安
穩的生活。且看吳德功在一八九六年秋天，所寫〈送楊吉臣兄赴東京
五古二十韻〉這首詩：

> 三策陳治安，漢廷傳賈誼。……君負磊落才，卓犖晚成器。
> 聞說謁東京，呈材等天驥。鯨魚揚長鬐，鵬鳥舒大翅。
> 直言效長沙，慷慨談時事。覩此蚩蚩民，辛苦已嘗備。
> 兵燹連疫癘，飢饉兩洊至。大旱望雲霓，恩膏期遍播。
> 冀君請民命，生靈庶有禆。（節錄）[66]

在這首詩中，吳德功先稱讚好友楊吉臣是具有磊落之才的人，希望他
到東京之後，能學那賈誼出言獻策，協助漢帝治理天下。言下之意，
也希望楊吉臣能針對鐵國山起義事件，能向東京政府出言獻策，讓亂
事早些平定，因為百姓長期處於「兵燹」、「疫癘」之下，早已「飢饉
兩洊至」，需要日本政府遍播「恩膏」，讓「生靈庶有禆」。由詩中內
容可知，吳德功深知武力抗日是不可行的，因為連年的戰爭與疫病，

---

65 吳德功：《瑞桃齋詩稿》，下卷，頁138。
66 同上註，下卷，頁148。

已讓百姓饑寒交迫，此時吳德功轉而對日本政府有所期待，希望日本
政府能體恤民命，好好治理臺灣，安頓臺灣百姓的生活。

　　在這樣的心態下，吳德功與日本官員的接觸交流，以及逐步的認
同日本政府，似乎也是早晚之事。當然，吳德功之所以能逐步認同日
本政府，除了因為不想再有戰爭，不希望再看到臺灣人民用生命和日
本政府對抗，導致最後生靈塗炭之外，另外還有兩個因素，也讓吳德
功逐步的認同日本政府。其一是感受到日本人對他的善意，例如在一
八九五年冬天，逃難後重新回到彰化老家的吳德功，身染重病，當時
是日本軍官高橋大尉幫他找醫生治病，像這樣的善意，不免讓吳德功
感動，從而產生認同感。其二是日本來臺官員注重漢學的作法，讓吳
德功感到非常受用，也因此逐漸對日本政府產生認同感。吾人皆知，
漢學是吳德功畢生之所寄，日本來臺官員以及他們擬定的政策能夠重
視漢學，便容易與吳德功搭起溝通的橋樑，被吳德功所認可，即使是
異族統治，吳德功也能敞開胸懷予以接受和認同。例如明治二十九年
（1896）秋天，被派任到臺灣巡察的日本官員白子澄，他對漢學相當
重視，本身也有深厚的漢學根基，當他來到彰化時，還以漢詩和臺籍
文人吳開東相唱和。此事記載於吳德功《瑞桃齋詩話》中，其文云：

> 東京爰派白子澄先生到臺巡察，其人文雅精通，到處采風問
> 俗，尤工於詩。到彰邑，與邑內諸生吳開東互相唱和。……其
> 〈書懷〉五律云：「丈夫頭未白，倚劍尚揚眉。大器人難用，
> 高才世少知。簞瓢顏子樂，筆硯賈生悲。掃室非吾事，歌來和
> 者誰？」……又五律〈詠儒術〉云：「心隨天海闊，道與古今
> 長。」開東和云：「戰功雖我後，治世究誰長。」皆警句也。[67]

---

67 吳德功著，江寶釵校註：《瑞桃齋詩話校註》，卷5，頁249。

文中所錄白子澄的詩句，所謂「簞瓢顏子樂，筆硯賈生悲」、「道與古今長」，都充滿著漢學的味道，這是白子澄善於以漢學來和臺籍知識份子相交往的明證。對於白子澄在漢學方面的成就與態度，吳德功是非常欣賞的。他寫了三首與白子澄有關的詩——〈步白子澄先生巡臺原韻〉、〈步白子澄星使巡臺書感原韻〉、〈敬次白子澄星使贈開東原韻〉，其中對於白子澄的巡臺、治臺，吳德功還以儒家「王道」[68]、「聖王」[69]來期許白子澄，並在〈步白子澄先生巡臺原韻〉一詩中，寫下「解救蒼生屬此人」[70]的句子，來表達對於白子澄的肯定。其實，與其說吳德功是對白子澄這位官員的肯定，倒不如說是對白子澄重視漢學的肯定，由於白子澄重視儒學經世，所以相信他能「解救蒼生」。除了對白子澄重視漢學的讚揚外，吳德功對於其他重視漢學的官員，或是以漢學為指導方針所制定的政策，也往往表達認同肯定之意。如吳德功《瑞桃齋詩話‧駐臺通譯官漢文講義附「樂有餘堂詩集」》一文，對日本駐臺通譯官雅好儒家經典及漢詩，表達了讚許之意，其文云：

> 駐臺通譯官，案上有漢文講義，所摘者《論語》、《孟子》、《春秋》、《古文》，子集如《孫子》、《莊子》，以及《漢書》、《史記》皆摘章。每三頁即易一卷。每卷末附《樂有餘堂詩集》，但不知其姓氏。所摘七言絕句，分二十餘體，首以風、雅、頌冠，次或古體、聯句體，名目甚多。每作一體，即引清國之名家為證，如杜甫、蘇子瞻，及船山、袁倉山等諸先輩。……其

---

68 見吳德功〈步白子澄先生巡臺原韻〉一詩。氏著：《瑞桃齋詩稿》，下卷，頁150。

69 見吳德功〈敬次白子澄星使贈開東原韻〉一詩。氏著：《瑞桃齋詩稿》，下卷，頁152。

70 吳德功：《瑞桃齋詩稿》，下卷，頁150。

> 嗜好可知，足見日東文教振興，講究音律。所以此番來臺兵士
> 多能吟咏，知其平居揚扢於詩教也深矣。[71]

文中對於日本這位駐臺通譯官，能鑽研漢學經、史、子、集等各式典
籍與漢詩，是非常讚賞的，認為日本「文教振興」。接著文末更擴大
範圍，讚揚日本此番來臺的兵士多能吟咏，是平時深受「詩教」影響
的結果。可見儘管是異族的統治者，只要能重視漢學，吳德功也能夠
加以肯定並表達認同的。對此，川路祥代研究指出：

> 在此可以看出日方官員與臺灣鄉紳透過儒學話語來開始溝通之
> 事實，就是日本與臺灣的兩種族群以儒學為共通語言來開始運
> 作「呼籲——回應」之溝通管道。[72]

由這段話語可以印證，日本官員在治臺初期是以漢學為媒介，來與臺
灣仕紳相互溝通交流，並從而獲得臺灣仕紳階層的肯定和接受，重視
漢學的吳德功，也在這樣的氛圍下逐步對日本政府產生了認同感。

　　如上文的分析，在各種因素的聚合下，吳德功逐步對日本政府產
生認同感。不過逐步認同是一回事，但一直到明治三十年（1897）年
春季為止，他跟日本人的往來也還不是全然開放，態度上仍然有些保
留，這情形要在一八九七年五月份吳德功接受日本授佩紳章，以及之
後接受彰化辦務署「參事」一職後，才有了較明顯的轉變。在這之
前，雖然吳德功已與日本官員多有交流，且行文言談間也對日本政府
有一定的認同感，但對於日本官員的勸進與籠絡，吳德功還是採取迴

---

71 吳德功著，江寶釵校註：《瑞桃齋詩話校註》，卷5，頁246-247。
72 〔日〕川路祥代：〈殖民地臺灣文化統合與臺灣傳統儒學社會〉，臺南：國立成功大
　　學中國文學研究所博士論文，2002年6月，頁84-85。

避的態度。例如日本憲兵大尉高橋藤吾在明治二十九年（1896）冬天拜訪了吳德功，對他多所勸進，但卻被吳德功婉言回絕了。且看吳德功〈高橋憲兵大尉藤吾造庄枉顧〉一詩：

> 樗櫟庸材老病身，何堪賞識及風塵。傾談花裡殷前席，枉顧茅廬動比鄰。[73]

詩中吳德功以「樗櫟庸材老病身」來表達自謙之詞，以軟性的姿態來婉拒高橋的勸進，「枉顧茅廬」一句，點出了高橋此行無功而返的結果。另外，明治三十年（1897）春天時，吳德功也拒絕臺灣縣知事村上義雄所委任的「囑託」一職。對於此事，吳德功〈小春有感〉詩前小序有所記述：

> 丁酉之春，臺灣縣知事村上義雄，疊遣通譯三谷到家延訪，委以囑託之任，爰作七律四首以辭之。[74]

由此可見，從一八九五年冬天與高橋大尉結緣開始，到一八九七年春季期間，吳德功雖然逐漸與日本官員有所接觸，但對日人的招攬勸進，仍然是婉轉抗拒，此時他對日本人雖已產生逐步的認同感，但這是一種消極的認同，也就是說，在與日本人合作共事的事情上，吳德功還沒有很積極的企圖心。而之所以如此，原因有兩端：第一，此時吳德功心中存在著想隱居的念頭；第二，他對日本政府用人政策還存在不信任感。這兩點因素的影響，讓他對日本人的招攬產生一些顧忌。

---

73 吳德功：《瑞桃齋詩稿》，下卷，頁163。
74 同上註，下卷，頁164。

　　就隱居的想法而言，吳德功從舉家逃難以躲避戰亂後，或許是看盡戰爭的苦難和人事的滄桑，他開始產生了離世隱居的思想，他在清領時期積極出世為社會做事的想法，此時似乎有所隱藏。且看其〈哭族兄郁堂廣文〉一詩：「亂後郊野居，狼狽相依愁。覿面親慰告，約共名山遊。……」[75]，又其《瑞桃齋詩話・林允卿求仙占詩》一文：

> 乙未臺灣歸東，紳富渡海紛紛。霧峰林君允卿，予研友也。……於是林君棄功名如敝，於霧五里許，入山尋一麓，築廟奉佛，欲於此終焉。予聞其事，約與偕隱。[76]

上述兩段引文，都看得出吳德功在乙未割臺後，尤其是逃難躲避戰亂之後，心中便存在著隱逸山林的想法。這想法一直到明治三十年（1897）春天，其所作〈小春有感〉一詩（一組四首），都還能明顯感受到此種氣息。該詩小序提到當時他拒絕臺灣縣知事村上義雄所委任的「囑託」一職，拒絕的理由在該詩四首之三中有所說明：

> 身世萬般都覰破，功名兩字復何論？子推將隱非求顯，彭澤歸來只涉園。[77]

所謂「功名兩字復何論」，表達了吳德功無意於仕進功名，底下的「將隱非求顯」跟「彭澤歸來」，更道盡他想要離世隱居的心思。會有這種心思其實並不令人意外，當人們歷經苦難後往往容易產生遁世之感，一方面希望休養生息，一方面希望能遠離災難。既然有這種隱

---

75 同上註，下卷，頁159。
76 吳德功著，江寶釵校註：《瑞桃齋詩話校註》，卷3，頁191。
77 吳德功：《瑞桃齋詩稿》，下卷，頁165。

居的想法，當然就無法完全敞開心胸，接受日本政府的的籠絡進入行
政體系做事。

　　除了隱居的念頭讓吳德功婉拒為日本政府效力外，另一個因素是
此時日本政府任用臺籍仕紳的政策尚不周全，在這種情況下，吳德功
對於進入行政體系做事自然有所疑慮，缺乏信任感。例如明治二十九
年（1896）八月，臺北縣知事橋口文藏對於任用臺籍人士擔任行政人
員，就曾指出箇中之缺失，他說：

> 目前設事務處理人42人，然而，事務處理人概非縣民的精英，
> 大多欠缺才識，甚至有匪行無賴之輩擔任該職，因此儒學紳士
> 等不齒此輩，恥與之同伍，往往忌諱出任該職位。[78]

這樣的情況當然不會只出現在臺北縣，而是日本治臺初期的普遍現
象。因此《臺灣總督府民政事務成績提要》一書也提到，日本政府治
臺初期，任用臺籍人士擔任街庄長一類的地方行政人員，有未能任用
第一流人物的缺失。[79]

　　這種用人政策的不健全，當然會讓愛惜羽毛的吳德功心存疑慮，
而不願意與日本政府合作。針對這種現象，李知灝在其〈吳德功的割
臺經歷與心境轉變──《以瑞桃齋詩稿》乙未、丙申詩作為研究中
心〉一文中，也有相當深入的分析。[80]要消除吳德功心中這種疑慮，

---

78 轉引自吳文星：《日據時期臺灣的社會領導階層》（臺北：五南圖書出版股份有限公司，2008年5月），頁58-59。

79 詳見臺灣總督府：《臺灣總督府民政事務成績提要》（臺北：臺灣總督府，出版年不詳），第8編「明治三十五年」標題：「街庄行政」，頁157。可查詢國立臺灣圖書館「日治時期圖書影像系統」電子資料庫，網址：http://hyerm.ntl.edu.tw:2135/cgi-bin/gs32/gsweb.cgi/ccd=VklYzv/record？r1=36&h1=1。

80 詳見李知灝：〈吳德功的割臺經歷與心境轉變──《以瑞桃齋詩稿》乙未、丙申詩作為研究中心〉，頁76-78。

自然必須等到日本政府用人政策有所改變，才能促使吳德功出來幫新
政府做事。

三　選擇與日本政府合作，施展人生抱負
　　（1897年5月～1924去世）

　　上文提到，吳德功從一八九五年冬季開始與日本官員有所接觸，
一直到一八九七年春季之間，和日人的交流互動益趨頻繁，心中也逐
步對日本政府有了一些認同感，不過在這段時間裡，對於日人勸進他
出來任職，他始終是迴避的。誠如上文所言，這主要是他歷經戰亂與
逃難的過程後，心中一直存有離世隱居的想法；另外就是跟日本治臺
初期任用臺人的政策不夠周善有關。不過就這兩點原因來說，真正左
右吳德功想法的是後者，至於前者，其實只是心態上轉念的問題而
已，因為要隱居？還是要入世為國家做事？都只是心態上的轉變而
已，並非真有何種實質的因素限制著。尤其對吳德功而言，他向來就
不是一個能夠對世情冷漠以對的人，在清領時期即便鄉試屢屢受挫，
他仍然能以生員的身份，找機會協助官府處理各類社會事務，他一直
就是滿腔熱血，希望能夠將所學拿來經世利民的儒者，真要他隱居不
問世事，反而是違背了他一貫以來的價值思想。所以對於日本政府的
招撫，吳德功藉由隱居的說辭來婉拒，事實上只是一個託辭，或只是
一個心念上未解的關卡而已，並非他拒絕出來任職的真正原因。

　　對於吳德功從原先的抗日，最終走向親日，選擇與日本政府合作
來推動自身的抱負，許多研究者都曾撰文分析箇中原因，如施懿琳[81]、

81　詳見施懿琳：《從沈光文到賴和——台灣古典文學的發展與特色》（高雄：春暉出版
　　社，2000年6月），〈從反抗到傾斜——台灣舊儒吳德功詩文作品與身分認同之分
　　析〉，頁391。

川路祥代[82]、李知灝[83]、江寶釵[84]、余怡儒[85]以及筆者[86]。若能以施懿琳之說為主，再綜合各家的說法，則吳德功最後選擇與日人合作的原因也就豁然明朗了。這些說法已經在學界討論甚久，查閱諸家論文即可得知，本書今不再贅引。而其中有一些說法，便能解釋吳德功是不太可能走向隱居之路的。例如在施懿琳的論文中，分析吳德功轉為親日的原因，其中一個因素是為了他的「人生理想」；所謂「人生理想」，主要是吳德功想「推展社會慈善、福利工作。」以及「延續漢文，推展社會教育。」所以最後選擇與日人交往，希望能得到機會來實現這些人生理想。[87]試問，有這種人生理想的儒者，要如何安於隱居的生活呢？此外，在筆者的論文中，也分析了吳德功具有一種求進的思想，他認為世上的「人」與「物」，都必須得到有力人士的賞識，才有機會往上提升，完成自身的理想，而廣為世人所知。這種求進思想，在他的〈遊龍目井記〉、〈竹瓶記〉、〈觀榕根井記〉、〈東螺石硯記〉等諸文中都能得見，這是一種積極入世，希望能透過有力人士的提拔，藉以施展人生抱負的思想。[88]試問，有這種思想的人要如何甘於隱居，將此身埋沒於山林田野間呢？所以李知灝分析吳德功的隱逸思想時認為：「吳德功似乎又不是那麼堅決想隱居，而只是面對毫

---

82 〔日〕川路祥代：〈殖民地臺灣文化統合與臺灣傳統儒學社會〉，頁82-90。

83 李知灝：〈吳德功的割臺經歷與心境轉變——以《瑞桃齋詩稿》乙未、丙申詩作為研究中心〉，頁73-78。

84 詳見吳德功著，江寶釵校註：《瑞桃齋詩話校註》，頁3-17。

85 余怡儒：〈吳德功的歷史書寫與時代關懷〉，南投：國立暨南大學歷史研究所碩士論文，2009年6月，頁92-96。

86 詳見田啟文：〈吳德功古文的求進思想及其傳達手法〉，《真理大學人文學報》第23期，2019年10月，頁41-71。

87 詳見施懿琳：《從沈光文到賴和——台灣古典文學的發展與特色》，頁398-402。

88 詳見田啟文：〈吳德功古文的求進思想及其傳達手法〉，頁41-67。

無頭緒的混亂時局，所表現出來的暫時想法。」[89]

　　透過上述分析可知，想隱居不願出仕的念頭，並非牢不可破的枷鎖，這只是一種面對戰亂所表現出來的假性想法，並非吳德功真正的價值觀和人生取向。所以吳德功拒絕日人的職務安排，主要原因在於日本政府任用臺人政策上的不周全。在已經逐步認同日本政府的情況下，再加上吳德功本身有積極入世的理想，只要日本政府用人政策有所改善，事情便能有轉圜的餘地。所以江寶釵、李知灝合著的論文中說道：

> 這可以解釋當日本殖民政權開始以「參事」制度，延攬地方人事，進入體制，吳德功用世的想望，使得他在丁酉年（1897）接受紳章及「彰化辦務署」參事的頭銜，積極地參與社會事業。[90]

為何在日本當局以佩授「紳章」和「參事」之職來勸進吳德功，便讓吳德功擺脫之前的陰影，願意出來為日本政府做事，「積極地參與社會事業」呢？這是因為此時日本任用臺籍人士的政策已經有了改善的想法與計劃。早在一八九六年（吳德功接受「紳章」和「參事」職務的前一年）十二月，總督乃木希典在對地方行政的訓示中，就已經明白宣示：

> 目前當務之急，乃是在地方廳之下進而設置基層行政機關，採用具德望之士人（指臺人）擔任吏員，以疏通上下之情意，且

---

89 李知灝：〈吳德功的割臺經歷與心境轉變──《以瑞桃齋詩稿》乙未、丙申詩作為研究中心〉，頁73。

90 詳見江寶釵、李知灝：〈世變下吳德功的學思轉折：一個奠基於《瑞桃齋詩話》的考察〉一文，收錄於吳德功著，江寶釵校註：《瑞桃齋詩話校註》，頁13。

謀求行政之普及發達。今調查工作已漸就緒，計畫亦將完成，
經費已送第十屆帝國議會審查，打算明年（1897）4月漸次付
諸實行。[91]

在這樣的反省改進下，隔年一八九七年四月，臺灣總督府首次頒授
「紳章」給臺籍仕紳，共有三百三十六人獲得紳章。[92]同年五月，全
臺廣設辦務署，並設置辦務署「參事」與縣、廳「參事」之職。縣、
廳參事由總督任命臺籍人士中有名望學識者擔任之；辦務署參事則由
縣知事任命，任用資格亦是臺籍人士中有名望學識者。這樣的作法，
無疑是日本當局重用臺籍菁英的一項改革與躍進，大大掃除治臺之初
用人政策之不當，此時宵小無能之輩較難上位，而具知識名望的才人
仕紳，則有機會且較有意願出來任職，與日本政府合作治理臺灣。對
於頒授紳章與任命參事給臺籍菁英的作法，得到當時社會許多的肯定
與讚揚。吳文星說：

> 一般民眾反應甚佳，蓋因過去總督府採用為通譯或偵探之臺
> 人，狐假虎威、欺凌民眾者為數不少，造成一般民眾對總督府
> 的施政抱懷疑態度。「紳章」的授與除了證明紳士之資格外，
> 並表示總督府崇文尚德之意。結果，接受紳章者感到光榮，民
> 眾則頌揚此一美舉。[93]

---

91 轉引自吳文星：《日據時期臺灣的社會領導階層》，頁60。

92 臺灣總督府史料編纂委員會編纂：《臺灣史料稿本・臺灣史料綱文》，明治三十年五
　月，標題：「臺灣紳章條規二據リ紳章ヲ附與セシモノ三百三十六人」。可查詢國立
　臺灣圖書館「日治時期圖書影像系統」電子資料庫，網址：http://hyerm.ntl.edu.tw:
　2135/cgi-bin/gs32/gsweb.cgi/ccd=VklYzv/record？r1=33&h1=0。

93 吳文星：〈日治時期臺灣地方施政與新領導階層之形成〉，《臺灣學研究》第24期，
　2019年6月，頁26。

可見頒授紳章,在當時是相當正面的一項措施,受到社會群眾與仕紳的肯定,代表日本政府對於臺籍菁英的重視。至於設置「參事」一職,同樣也獲得社會高度的認可。據《臺灣日報》的報導:

> 據最近調查,全島縣參事計15人、臺北縣3人、新竹縣5人、臺南縣2人、宜蘭廳3人、澎湖廳2人,其他縣廳尚未設置。辦務署參事計97人,其中臺北縣31人、臺中縣28人、嘉義縣28人、臺南縣7人、宜蘭廳3人。街庄社長計669人,臺北縣201人、臺中縣214人、嘉義縣214人、宜蘭廳40人,其他地區尚未設置。以上人員均係各地有力人士,頗具地方聲望者,一掃清代賣官弊風乙事,已頗得臺人的信賴。況且人選均甚為適當,均係擁有資產、學識、聲望者,作為下情上達的機關,殆無遺憾,受每個民眾歡迎的新制,實施結果可以說頗為良好。[94]

這裡以非常肯定的語氣,讚揚一八九七年所任命的「參事」和「街庄社長」,認為他們「均甚為適當,均係擁有資產、學識、聲望者」,這項政治改革,「受每個民眾歡迎的新制,實施結果可以說頗為良好。」在這樣的社會氛圍下,可見一八九七年四月之後所施行的「紳章」和「參事」職務的設置,甚至是「街庄社長」的任用,都已和過往的用人條件有所不同,此時社會賢達仕紳受到重用,這時候出來擔任日本政府的官職,已經能得到一定程度的尊重與肯定,社會民眾也普遍能夠認可。對於吳德功而言,這樣的社會氛圍他當然感受到了,他會在這一年的五月接受「紳章」的授與以及彰化辦務署「參事」之職,也就不難理解了。當然,也就從這一刻起,吳德功選擇了與日本

---

94 轉引自吳文星:《日據時期臺灣的社會領導階層》,頁63。

政府合作，並積極展開他人生理想與志業的實踐工程。

　　就紳章[95]與參事二者而言，紳章屬於一項榮譽，並非行政職務，所以若就行政工作而言，參事一職是吳德功進入地方行政體系的開始。參事在日治時期是一個地方官制，也是一個能發揮實質影響力的職務。《臺灣總督府公文類纂官制類史料彙編》中，關於地方官制的條文，對「參事」一職記述如下：

　　　　縣、廳得置參事。參事，各縣、各廳員額定為五人以內，為奏任官待遇。參事由臺灣總督就居住於縣、廳管轄區域內具學識名望之人當中奏薦宣行之。[96]

這裡提到參事一職的員額與任職條件，還有此職乃奏任官階級（屬中階官職），由臺灣總督任命之。另一項條文說：

　　　　參事關於地方政務，應知事、廳長之咨詢，陳述意見。參事承知事、廳長之命，辦理事務。[97]

這裡談到參事一職的功能與職掌，主要是擔任縣知事與廳長的政策顧

---

95 所謂紳章，其法源依據為「臺灣紳章條規」，是臺灣總督府於明治二十九年十月二十三日以府令第50號發布。整個條規僅三條條文，主要規定是臺灣百姓具有「學識」、「名望」者，可依該條規發給紳章，但只有本人才能佩戴。而所謂具有「學識」，是以其在清朝科舉考試之成績來進行評定；至於「名望」，則是衡量其在社會上的人望與其所擁有的資產來認定的。詳見陳文添主編：《臺灣總督府事典》（南投：國史館臺灣文獻館，2015年12月），頁222。

96 徐國章編譯：《臺灣總督府公文類纂官制類史料彙編（明治二十八年至明治三十三年）》（南投：臺灣省文獻委員會，1999年6月），〈地方官官制・明治三十年甲種永久保存第二卷第二門・官規官職〉，第三十一條修正條文，頁397。

97 同上註，第三十二條修正條文，頁397。

問（有給職）；然而，此一職務又不只是純粹的顧問工作，它還能承接知事與廳長的任命進行實際政務的處理，所以它是具有實質影響力的一個官職。至於吳德功最初承接的彰化「辦務署參事」（屬判任官階級，接受辦務署長指揮），位階雖較低於縣、廳之參事（屬奏任官階級，接受縣知事、廳長指揮），但仍具有一定的行政權。這樣的職務，對於想為社會貢獻所學的吳德功來說，當然具有一定的吸引力。

吳德功在明治三十年（1897）五月接受了日本政府所頒授的「紳章」，以及接受彰化辦務署的「參事」職務後，便逐步地拓展其經世濟民的理想，尤其在教育事業與社會慈善事業的經營上份外用心，將日人對他的提拔轉成對自我理想的實踐。李知灝所編寫的〈吳德功先生年表〉，對於吳德功在日治時期的經歷整理得相當有條理，今以其年表為參考基礎，再加上筆者另外蒐集的資料，相信讀者對於吳德功在日治時期的重要事蹟，便能有概要性的認知。

明治三十二年（1899），吳德功擔任臺中師範學校教務囑託[98]，講授泉州語、漳州語和漢文，時間至1901年止，[99]將漢學與中華文化的推廣，扎根於學校教育中。此外，他還兼任彰化孔子廟的管理人，並重置四神龕與諸儒牌位。李建緯〈彰化儒學，為高九仞──彰化孔廟文物調查與研究〉一文說：

> 日治初期文廟管理人為光緒二十年（1894）的貢生吳德功，時兼任節孝祠之管理人。當時東西配十哲，兩廡之先賢先儒牌位

---

98 吳德功擔任臺中師範學校教務囑託一事，見氏著：《瑞桃齋文稿・讀朱子小學書後》，上卷，頁133。

99 見吳德功著，江寶釵校註：《瑞桃齋詩話校註》，頁17。另見李知灝〈吳德功先生年表〉，收錄於前書，頁304。

已無存，吳德功遂於明治三十二年（1899）重置四神龕與諸儒牌位。[100]

又說：

位於大成殿神龕內之「至聖先師孔子神位」，其造型與製作工藝明顯迥異於其他牌位。……此牌位邊上飾有漆金捲草紋，邊框為火燄文飾，內有行龍紋樣。由於吳德功曾於明治三十二年（1899）重置神龕與牌位，因此推測孔子神位可能為該時重製。[101]

從以上引文可知，日治時期吳德功擔任過孔廟管理人，對於孔廟內毀損的文物，吳德功當時重置了四神龕和儒家先聖先賢的牌位。據李建緯的考證，目前彰化孔廟內的孔子神位，極可能是吳德功當時所重製的物件，然而東、西兩廡內的諸儒牌位，應該是民國六十年代以後的復刻品，而非吳德功當時重製之品。[102]

---

100 李建緯：〈彰化儒學，為高九仞──彰化孔廟文物調查與研究〉，《庶民文化研究》第7期，2013年3月，頁45-46。按：當時吳德功重置四神龕與眾先賢牌位，所用經費來自總督兒玉源太郎所捐贈的香火銀五十元，此事詳見吳德功〈修保廟宇議〉一文。此文收錄於臺灣總督府編纂《揚文會策議集》，見黃哲永、吳福助主編：《全臺文》，冊30，頁153。

101 李建緯：〈彰化儒學，為高九仞──彰化孔廟文物調查與研究〉，頁62。

102 同上註，頁61。

圖 2-1　彰化孔廟孔子神位[103]（筆者拍攝）

　　明治三十三年（1900），吳德功從彰化北上參加總督府舉辦的揚文會，隨後並寫下《觀光日記》一書。此會在該年三月十五日舉行，是當時臺灣總督兒玉源太郎所辦，邀請全臺灣具有生員（即秀才）以上身分的文人參加，目的是要「搜羅臺疆俊傑之才，聿贊國家文明之化。」[104]為了達成這個目的，會前主辦單位就擬定了三道策議題目，分別是一、修保廟宇（文廟、城隍、天后等廟）議，二、旌表節孝（孝婦、忠婢、義僕）議，三、救濟賑恤（養濟、育嬰、義塚、義

---

103 據李建緯〈彰化儒學，為高九仞——彰化孔廟文物調查與研究〉的說法，此神位極可能是吳德功擔任孔廟管理人時所重製。

104 吳德功：《觀光日記》（南投：臺灣省文獻委員會，1992年5月，吳德功先生全集本），頁167。

倉、義渡）議。這三道題目，與會者可以在與會前先行撰稿完成，活動當天再交給大會主辦單位即可，可見此一揚文會，主要是日本政府與臺灣漢學文人的一個交流平臺。

揚文會當天活動結束後，人員並未解散，因為主辦單位另外安排了一系列政府機構的參訪活動，一直到三月二十六日才結束。透過參訪各個機構的過程，日本政府藉機宣揚新學術、新教育，並希望與會的臺灣文人能向百姓多多宣導新學術、新教育的優點，所以這場揚文會活動，實際上是日本政府拉攏臺灣仕紳，並且別具政治性目的的一場文學饗宴。在活動結束後，吳德功也將此行從去程到回程共二十餘日的所見所聞，以日記體散文的方式書寫下來，期間並穿插數十首自作的詩歌，形成一本詩、文交融的日記體遊記，名為《觀光日記》。

此外，這一年吳德功又重修彰化節孝祠，並促請日本政府實行祭典儀式。此事在其《彰化節孝冊・自序》中有所記載：

> 迨至乙未日軍領臺，祠中木龕、前後門扇，蕩然一空，猶幸祠宇堅牢，幾經風雨剝蝕，廟貌依然無恙也。明治三十三年（光緒二十六年），請彰化廳長須田綱鑑將縣誌節孝，及同治、光緒請旌之節孝姓氏，登諸神牌。春、秋二季，臺中廳長賜祭粢金五圓。每祭，女生徒參列，著為成例。[105]

從引文內容可知，彰化節孝祠因乙未戰亂而有所損壞，在明治三十三年（1900）時，吳德功建請日本政府進行整修，並且進行春、秋二季的祭典活動，並將之形成慣例來施行。此項春、秋祭典，至今仍由彰

---

105 此文收錄於吳德功：《彰化節孝冊》，頁191。

化節孝祠管理人吳安世醫師[106]持續推動著，每年祭典時，彰化縣政府亦會指派官員擔任「正獻官」[107]，共同進行祭典活動。

圖 2-2　二〇一九年彰化節孝祠秋季祭典（一）[108]（筆者拍攝）

---

106 吳安世醫師為吳德功後代子孫，曾任臺大醫院竹東分院牙科主任、臺大醫院口腔顎面外科研究員，為國內植牙醫學權威。吳安世醫師秉承先祖吳德功的濟世精神，目前除擔任彰化節孝祠管理人，繼續弘揚節孝品德之外，也常至偏鄉改善醫療資源不足的困境，傳承了吳德功經世濟民的情操風骨。

107 2019年彰化節孝祠秋祭活動，舉辦日期在十月二十日，當日「正獻官」為彰化縣文化局長張雀芬。筆者亦在吳安世醫師的邀約下，前往參加祭典活動。

108 圖為2019年彰化節孝祠秋季祭典的主要祭祀人員。圖中為「正獻官」彰化縣文化局長張雀芬，右三為節孝祠「管理人」吳安世醫師。其餘尚有「分獻官」（左二）、「陪祭官」（左三、右二）、「糾儀官」（右一）、「引贊」（左一）。

圖2-3　二〇一九年彰化節孝祠秋季祭典（二）[109]
（圖片邱盈彰提供）

　　明治三十四年（1901），吳德功擔任「臨時臺灣舊慣調查會」事務囑託員一職，同時也擔任臺中地方法院「舊慣諮問會」的事務囑託員。另外，這年的十一月，因地方官制的改革，縣治改為廳治[110]，吳德功也改任彰化廳參事。[111]

　　所謂「臨時臺灣舊慣調查會」，是日本政府在明治三十四年（1901）成立的一個臨時性任務機構，此機構成立的目的，當時主持此項調查工作的京都帝國大學岡松參太郎教授的說法如下：

　　　明治三十二年十二月，故兒玉臺灣總督暨後藤民政長官召予，

---

109 圖為2019年彰化節孝祠秋季祭典，祭典「正獻官」彰化縣文化局長張雀芬（左
　　二）正誦讀祝禱文。

110 見賴熾昌主修：《彰化縣志稿》，〈沿革志〉，冊1，卷1，頁274。

111 同上註，〈人物志〉，冊5，卷10，頁1662。

囑以舊慣調查任務。臺灣舊慣調查事業的目的，一方面在查明
臺灣的實際舊慣，以供行政及司法上的需要，另一方面則探究
中國法制，以學術性觀點編述，作為他日臺灣立法的基
礎。……予拜命後決意全力以赴，乃於明治三十三年二月開始
採風問俗，並於同年十一月編成臺灣舊慣制度調查一斑公諸於
世，從此以後不可忽略舊慣調查為一般所認定。明治三十四年
四月，「臨時臺灣舊慣調查會」終於成立，並在同年十月二十
五日以敕令第一九六號頒布臨時臺灣舊慣調查會規則。[112]

這段話裡有幾個重點：首先，臨時臺灣舊慣調查會成立於明治三十四
年四月，但其籌劃早在明治三十二年已開始，並於明治三十三年二月
即陸續進行採風問俗的工作，該年的十一月已有第一批調查資料問
世。其次，此一調查工作的目的，主要是為了調查臺灣傳統以來的民
情風俗與各種制度，以利於日本政府制定各種管理臺灣的政策，使其
在行政與司法的統治上能夠更貼近臺灣的風俗民情，使運作更加順
暢。此一調查會，會長由當時民政長官後藤新平出任，主持舊慣調查
則委託岡松參太郎教授負責。

吳德功在「臨時臺灣舊慣調查會」中的角色扮演，乃「事務囑
託」一職，此一職務的功能，岡松參太郎教授說：

又著手調查時，視實際需要聘請各地耆老士紳為本會「囑託
員」，並請此等人士提供有關的舊慣資料，本報告書所載資
料，甚多是依據此等人士所述補足者。[113]

---

112 臨時臺灣舊慣調查會編著，陳金田譯：《臨時臺灣舊慣調查會第一部調查第三回報
　　告書：臺灣私法》（臺中：臺灣省文獻委員會，1990年6月），〈敘言〉，頁1。
113 同上註，頁3。

可見所謂的「事務囑託」，主要在於提供本身所認知的臺灣舊慣資料，以協助調查會完成舊慣資料的編寫。事實上，吳德功除了擔任「臨時臺灣舊慣調查會」的事務囑託員，他同時也是臺中地方法院「舊慣諮問會」的事務囑託員。這項職務，主要的工作是提供法院審理案件時所需之舊慣資料，使法官斷案時能依據臺灣固有民情與制度來做出合理適當的判決。例如明治三十四年（1901）八月三十一日，吳德功便出席了臺中地方法院「舊慣諮問會」的活動，擔任事務囑託員，接受臺南地方法院判官等人的質詢，提供有關「董事」一職的相關資料。[114]據鄭政誠的統計，從明治三十四年（1901）八月三十一日起，至明治三十六年（1903）十月二十四日止，吳德功共出席「舊慣諮問會」備詢活動十二次[115]，提供了法院許多舊慣資料，對法官的判案產生了許多實質的影響。[116]

　　明治三十五年（1902），吳德功與楊吉臣等四名仕紳，報請旌表貞烈節孝婦林楊氏等共四名婦女，獲彰化廳長須田綱鑑同意，准許其家中自備神主，入祀於彰化節孝祠，春、秋二祭配享。這四名婦女分別是貞烈節孝婦林楊氏——貓羅堡霧峰林資鍠之妻；烈婦世張氏——彰化南街世南金之妻；節孝婦許李氏——彰化北門許滄浚之妻；節孝

---

114 當日與吳德功一起出席的事務囑託員，還有林燕卿、謝漢秋、呂汝玉、林耀亭、……等多位地方仕紳賢達。事見臺灣慣習研究會著，劉寧顏總編纂：《臺灣慣習記事》（臺中：臺灣省文獻委員會，1984年6月），第一卷下第12號，頁232。

115 詳見鄭政誠：《臺灣大調查——臨時臺灣舊慣調查會之研究》（臺北縣：博揚文化事業有限公司，2005年6月），頁407-410。

116 黃靜嘉曾對臺灣各地方法院，因肯定「事務囑託員」所提供的舊慣資料而做出判決的案例進行了統計，計有五十八件之多。詳見氏著：《春帆樓下晚濤急——日本對臺灣的殖民統治及其影響》（北京：商務印書館，2003年10月），頁142-158。可見吳德功等仕紳擔任地方法院的事務囑託員，對臺灣百姓的司法判決產生了許多實質的影響。

婦林吳氏——彰化柑仔井生員林鴻鈞之妻。[117]

　　明治三十八年（1905），吳德功與吳汝祥等人集資二十二萬圓，創設彰化銀行，並擔任董事一職。《彰化縣志稿》載此事說：

> （吳德功）民國七年（西元1905年，日本明治三十年）與吳汝祥、楊吉臣、李雅歆、施範其等，發起創設彰化銀行於彰化街，出任該行董事約近三十年之久。[118]

內容中說吳德功擔任彰化銀行董事是正確的，但所謂彰化銀行創設於民國七年則是錯誤的，應該是民國前七年才對，當時是日治時期明治三十八年（1905）。此事彰化銀行官網「彰銀簡史」寫道：

> 本行創設於民國前七年（西元1905年）6月5日，由彰化吳汝祥先生糾合中部地方士紳，集資貳拾貳萬日圓，充為股本。於當年發起組織設立「株式會社彰化銀行」，設總行於彰化，是為本行發軔之始。[119]

由引文可知，彰化銀行乃創設於民國前七年（明治三十八年，1905），而非民國七年（1918）。《彰化縣志稿》的記載漏掉一個「前」字，其它志書《臺灣省通志》、《重修臺灣省通志》等書籍也都誤植為民國七年。

　　明治三十九年（1906），吳德功在社會慈善工作上做了兩件相當

---

117 詳見吳德功：《彰化節孝冊》，頁263。

118 賴熾昌主修：《彰化縣志稿》，〈人物志〉，冊5，卷10，頁1662。

119 「彰銀簡史」，見彰化銀行官網。網址：https://www.bankchb.com/frontend/mashup.jsp？funcId=463c886315）。

重要的事。首先他捐資並募款濟助彰化「善養所」，讓善養所得以重新正常運作；其次，他將所屬部分田租挹注彰化「慈惠院」，並將善養所男女牌位請入院內祭祀。此外，他也在這年擔任彰化水道開設副長一職[120]，協助日本政府建設彰化地區自來水道系統。

　　首先來看吳德功對彰化善養所的重建工作。清領時期，彰化有四個主要的慈善機構，分別是「養濟院」（收養麻瘋殘疾者）、「留養局」（收養孤貧者）、「育嬰堂」和「善養所」。至於「慈惠院」，則是明治三十九年時，日本政府將養濟院改為慈惠院而來。彰化善養所，據吳桂芳〈善養所碑記〉所言，乃道光十二年吳爵人所創建。該文云：

> 伏思彰邑城南武廟及龍王廟，祀典攸關，肅清為貴。每有窮途孤客、患病旅人，無地棲身，投臥其處，直僵橫僵，露體褻身，狎侮神靈，莫此為甚。蓋雨暘蒸濕、寒暑感傷，致病恆多致死，可惡又甚可憐！道光十二年，吾宗爵人君，系生員名觀瀾尊翁也，素本樂施，好行善事，就於廟邊始建瓦屋三間，名曰「善養所」。[121]

由吳桂芳碑文可知，善養所的創建，主要用以收容孤苦無依的百姓以及窮困漂泊的旅人，也避免這些人棲身於武廟及龍王廟，衣不蔽體，褻瀆了神明。

120　吳德功擔任彰化水道開設副長之事，見賴熾昌主修：《彰化縣志稿》，〈人物志〉，冊5，卷10，頁1662。而彰水道開設始於明治三十九年（1906）5月，因此推測吳德功於此年任開設副長。

121　此碑文收錄於劉枝萬編：《臺灣中部碑文集成》（臺北：大通書局，1987年10月，臺灣文獻史料叢刊本），頁50-51。

圖 2-4　吳桂芳所題「善養所碑記」[122]（筆者拍攝）

　　此一善養所，隨著歲月的侵蝕，再加上經費短絀，其功能逐漸萎
縮難以正常經營。創設善養所的吳爵人，其後代子孫吳澄善對此頗為
憂心，常與吳德功談論此事，希望吳德功能幫忙恢復善養所的功能，
吳德功慨然應允，隨即捐資重修善養所，使其重新運作。吳德功〈善
養所碑記〉云：

　　　　南街吳君爵人，大發婆心，倡建一所於武廟之南偏。鳩金建
　　　　業，生者捨藥，死者掩骼而埋胔，如是者有年。迨歷時既久，

前所置之產業，皆蕩然而無存。甚至古木陰森，湫隘嚚塵，病人一入其中，凶多吉少，儼乎與鬼為鄰。……研友澄善，爵人耳孫也，常語予曰：「善養所，是吾先人所建也，吾欲復之而未逮，子能興之乎？」予曰：「唯唯。」嗣世君心源，亦承其先人所托，爰與予出力捐建，輪奐重新，凡有旅病，所中日給三餐；不幸而死者，為備棺木衣衾埋葬，更為立碑。但所中年費百餘金，思為久長之計，四處捐題，僅三百餘金，爰先借墊，置倒廍、新興庄兩處租，約一百左右，並爭回龍目井租業六十六石，以為所中每年費用。[123]

由文中可知，吳德功與友人出錢出力，重建善養所，讓旅病者有三餐可食，在所中死亡者，還能獲得安葬並且立碑，可說是由生到死都善盡照料之責。為了重建的工作，吳德功不但個人捐資，還四處勸募，以維持善養所的正常運作；此外，為求善養所可以長久經營，吳德功還將倒廍、新興庄兩處租金，以及龍目井的租業挹注於善養所，所思所慮可謂深長矣。

　　除了重建善養所外，吳德功在這年還透過管道，增添資金至慈惠院，讓此院能運作順暢，並將善養所的男女魂魄牌位請入慈惠院內奉祀。此事見吳德功〈善養所碑記〉：

爰於明治三十九年，彰化改養濟院為慈惠院，時廳長加藤尚志。僕即將所中線東堡寶廍庄田租五十五石，大肚中堡龍目井庄田租六十二石，燕霧下堡陝西庄二甲五分小租六十五石，充入慈惠院中，以收養孤貧；並將善養所社公，男女魂牌，請入

院奉祀，每清明、中元及年終，令院中辦牲禮祭祀，祭餘以饗
孤貧。但前者每節只開金三圓，僕知其太少，遂請臺中廳長枝
德二加添，於是每節加七八圓。祭餘雞鴨魚肉，一切分與孤
貧，醉飽之下，不勝感激。[124]

由引文可知，慈惠院的前身乃彰化養濟院，明治三十九年（1906）才
改為慈惠院。這裡也是收容一些孤老弱病者的地方，院方須供應這些
人吃穿住用等生活之所需。這裡也設有往生者的牌位，每年清明、中
元、年終等特定節日，院中還要辦理祭祀活動，可見此院一年開銷所
費不貲。在這種情況下，吳德功必須努力勸募資金，並且開拓各類財
源。於是他將善養所的部分田租轉注於此院，並且向彰化廳長加藤尚
志和臺中廳長枝德二進行勸募，也得到兩位廳長於特別節日時祭祀的
贊助金。吳德功的善心善行，實在有別於一般人，從清領時期重建育
嬰堂以來一直是如此，社會因為他的付出增添了無數的溫暖。

　　至於擔任彰化水道開設副長一職，這個職務的重要性，在於為彰
化的自來水道系統進行基礎建設，藉以改善彰化百姓用水的衛生需
求，替代傳統汲取溪水或鑿井的用水方式。據陳仕賢的說法，明治三
十七年（1904）彰化支廳便開始規劃自來水系統，在明治三十九年
（1906）五月正式動工，舖設給水管線，水廠就設在八卦山山麓，
此項工程於明治四十一年（1908）完成，在該年的四月一日開始供
水。[125]吳德功此時擔任彰化水道開設副長一職，對彰化水道的現代化
建設做出了重要貢獻。

　　明治四十二年（1909）十月，臺灣地方行政區域重新劃分，當時

---

124 同上註，頁49-50。

125 陳仕賢：《彰化縣古蹟與歷史建築導覽手冊》（彰化：彰化縣文化局，2006年11月），
　　頁72。

彰化廳改隸於臺中廳，名為彰化支廳，其它還有鹿港支廳、員林支廳、北斗支廳、二林支廳等，皆隸屬於臺中廳[126]，吳德功此時轉任臺中廳參事。[127]

明治四十四年（1911）十二月，吳德功與楊吉臣、吳汝祥等人斷髮。[128]在此之前，同年四月時櫟社林獻堂已先行斷髮，隨後並召開臺灣中部剪辮會議擬進一步推廣。[129]吳德功與林獻堂等櫟社成員素來交好，其斷髮不知是否受到林氏等人的影響？此有待進一步查考。

明治四十五年（1912）四月，吳德功擔任臺中廳農會評議員。[130]

大正二年（1913），吳德功與吳汝祥等人擔任彰化「南瑤宮改築會」董事，出資並勸募經費以整建南瑤宮。南瑤宮是彰化極具歷史意義的媽祖廟，目前屬於縣定古蹟。其創建可遠推至乾隆三年（1738），當時瓦磘莊陳氏捐土地蓋了一座茅屋小祠供奉天上聖母，此是南瑤宮建廟之始，當時名為「媽祖宮」。同年十一月，總理吳佳聲等人募資建造本殿，並雕刻神像五尊奉祀，此時才正名為「南瑤宮」。[131]南瑤宮成立以來，在乾隆、嘉慶與道光年間各有增建，廟觀漸次恢宏，成為彰化媽祖信仰的重鎮。到了日治時期，由於歲月日久，地方人士在大正二年（1913）時，成立「南瑤宮改築會」，並公

126　詳見賴熾昌主修：《彰化縣志稿》，〈沿革志〉，冊1，卷1，頁274。

127　同上註，〈人物志〉，冊5，卷10，頁1662。

128　見吳德功著，江寶釵校註：《瑞桃齋詩話校註》，頁310。

129　櫟社林獻堂於1911年四月斷髮，之後並召開臺灣中部剪辮會議，打算進一步推廣斷髮之事，見廖振富：《臺灣古典文學的時代刻痕——從晚清到二二八》（臺北：國立編譯館，2007年7月），頁64。

130　事見「臺中廳農會報」第六號（大正三年度），「事務之部」，頁2。可查詢國立臺灣圖書館「日治時期圖書影像系統」電子資料庫，網址：http://hyerm.ntl.edu.tw:2135/cgi-bin/gs32/gsweb.cgi/ccd=VklYzv/record？r1=1&h1=2

131　詳見國立彰化師範大學地理學系編纂：《彰化南瑤宮志》（彰化：彰化市公所，1997年9月），頁21。

推吳德功等仕紳擔任董事，著手募資並進行改建，該廟廟志載此事說：

> 日據時期大正元年（1912），地方人士積極倡議改築，與當時
> 彰化支廳長中川清大商議獲得贊成。次年成立南瑤宮改築會，
> 公舉吳汝祥、楊吉臣、吳德功、林烈堂、李崇禮諸士紳分董其
> 事，著手募資改建。[132]

當時吳德功等人募資重建，前後歷經五年才完成，即今南瑤宮奉祀觀
音佛祖（觀世音菩薩）的後殿，此殿深具特色，乃融合中式（閩南風
格）、西式和日式風格而成的建築。[133]此後南瑤宮於昭和年間與戰後
時期幾經擴建，而有今日之廟貌。至於吳德功等仕紳募資改建的觀音
殿，在昭和年間與民國七十九年都曾重新進行修護，樣貌與始建時已
有若干不同。[134]

---

132 同上註，頁22。

133 根據地方文史工作者蔡以倫老師的口述講解（講述時間：108年10月30日早上10點
　　12分至10點28分，透過南瑤宮觀音殿照片進行講解。）吳德功等人當時所募資改
　　建的觀音殿，其融合中式、西式、日式之建築風格於一爐的作法，具體所呈現之
　　處，在於如下幾個部分：第一，中式（閩南式）風格者，整個觀音殿主要的建築
　　體均屬之。第二，西洋式風格者，其女兒牆部分有濃厚巴洛克風格，這是因為日
　　本大正年間深受歐洲巴洛克風的影響，當時臺灣建築如大稻埕、三峽老街、大溪
　　老街等等，都看得到此種風格的物件；其次，有老虎窗的設計，這是歐洲建築物
　　的特色，常在屋頂或牆面上開設氣窗，以加強通風，閩南式廟宇沒有這種氣窗；
　　另外，它廟簷二樓圍牆欄杆，造型類似西方洋樓。第三，日式風格者，首先是屋
　　頂使用黑瓦，閩南式廟宇常為紅瓦；其次是方柱，閩南式廟宇多是圓柱；其次，
　　其屋脊為平直狀，這與閩南式廟宇屋脊彎曲、尾端上揚不同；最後，其牆面有類
　　似日本皇室家徽、國徽的菊花紋章。

134 國立彰化師範大學地理學系編纂：《彰化南瑤宮志》，頁22-24。

圖 2-5　彰化南瑤宮後殿，主祀觀音佛祖。[135]（筆者拍攝）

圖 2-6　南瑤宮後殿側面[136]（筆者拍攝）

---

135 此殿乃吳德功等仕紳募資重建，殿貌融合中、西、日式之建築風格。屋頂的老虎
　　窗與女兒牆的巴洛克風，都深具西式建築的特色。

136 此殿屋頂使用黑瓦，屋脊為平直狀，牆面有類似日本皇室家徽國徽的菊花紋章，
　　展現中式廟宇融合日式建築之風格。

　　大正二年（1913），林獻堂與林烈堂、吳德功、蔡蓮舫、林熊徵……等臺灣中部、北部一帶仕紳共十七人，向總督府請願，表達為了臺灣子弟的就學需求，臺灣有設立臺中中學校（即今臺中一中）的必要。後來在大正四年（1915）五月此校成立，當初吳德功即是協助林獻堂推動設校的十七名重要人士之一。

　　臺中中學校在臺灣教育史上有其特殊意義，它是日治時期最早設立供臺灣子弟就讀的中學校。當時林獻堂等人向總督佐久間左馬太提出設校想法，總督府則希望由民間捐贈校地與建校經費。於是在大正三年（1914），林獻堂、吳德功、蔡蓮舫、林熊徵等十七名臺灣中、北部仕紳，開始積極出資與募集建校基金，大家齊心合力，在數月之間便募得二十四萬八千八百二十圓（其中臺灣中部捐款更高達十四萬八千餘元，約佔總經費的百分之六十左右）；之後又由林烈堂慨捐土地一萬五千坪作為校地，於是開始了建校的各項工程。[137]此校建成後，便由民間捐給了日本政府，而得以在一九一五年正式成立。成立之後，同年的四月便在臺北、臺中、臺南、宜蘭等地舉行入學考，首批錄取學生一百名，並於五月舉行入學典禮，正式開始經營運作。[138]

---

137 詳見臺中一中「本校創立紀念碑」正、反面碑文。（石碑立於臺中一中校門側邊花園內）。另見「臺中市立臺中第一高級中等學校」官網「創校紀念碑碑文」欄。網址：http://w2.tcfsh.tc.edu.tw/zh_tw/about_tcfsh/tcfsh_history/founding。

138 詳見陳文添主編：《臺灣總督府事典》，頁281。

圖 2-7　臺中中學校（今臺中一中）「創立紀念碑（正面）」[139]

（筆者拍攝）

圖 2-8　臺中中學校「創立紀念碑（背面）」[140]（筆者拍攝）

---

139 碑文正面記載日治時期地方仕紳募資建校之過程，吳德功亦是當時募建仕紳之
　一。此碑立於臺中一中校門側邊花園內。

140 碑文背面乃捐題碑形式，題有當時建校捐資者之姓名，吳德功名字在第五列左二
　之處。

　　大正四年（1915），彰化地方人士籌設「同志青年會」，吳德功擔任該會教職，傳授漢文學。同志青年會的成立，主要以臺中師範學校畢業的校友為核心成員，大家本著志同道合的理念成立此一組織。此會雖以「同志青年」命名，然其入會資格並不限於青年，如吳德功〈同志青年會序〉所云：

> 今之名青年會者，要必有青年之精神，有青年之氣象，有青年之抱負，皆可以入斯會，不必拘拘於年齡也。[141]

可見要成為此會成員，不必受限於年齡，只要能展現青年人的精神與氣象即可。至於此會主要的活動內容，吳德功在序文中亦有所記述，其文云：

> 近來有志者，再招集為同志青年會，俾合志同方，行道同術者，同聲相應，同氣相求，善相勸，過相規，切磋磨琢，以成有用之才。觀古今興廢之蹟，讀泰西沿革之書。或優於文，而下筆千言；或長於詩，而吟成七步。或深於經而讀擬三餘；或雄於辯，而談驚四座。即有時登山狩獵，步月絃歌，亦可磨練筋骸，涵養情性。[142]

從文中可知，同志青年會成員的活動，主要是相互砥礪品格，學習歷史經驗與智慧，對於詩、文作品還有經學典籍也都盡力學習。看得出來，這是一個致力於學習傳統漢學的組織，吳德功在此會中擔任教職，傳授的自然也是漢學、漢文化一類的內容。

---

141 吳德功：《瑞桃齋文稿》，上卷，頁153。
142 同上註，上卷，頁151-152。

　　大正六年（1917），吳德功與黃臥松、楊吉臣、吳上花、楊鏡湖、……等彰化一帶的文人仕紳創立了「崇文社」，據施懿琳、楊翠合著《彰化縣文學發展史》的說法，吳德功當時還擔任首任社長，不久後再改由黃臥松負責。[143]此一文社創立的宗旨目標，林維朝〈崇文社文集序〉有云：

> 世之變也，異端邪說隨歐風美雨以俱來，世道日見其凌夷，人心日流於險惡。有志憂時之士，莫不愁焉傷之。西人唾餘之糟粕，奉為金科；東方固有之文明，棄同敝屣。彰化諸君子深憂及此，乃於大正七年集合同志，創立一社，命曰「崇文」，蓋取崇文重道之意也。[144]

從這段話語可知，吳德功等人創立崇文社的目的，在於矯正歐、美風氣對臺灣社會的薰染，希望能重新樹立中國固有的傳統文化。黃臥松在〈崇文社百期文集序〉中，談到吳德功等人對崇文社的貢獻時說：

> 其他大正十四年前，則有吳錦卿、吳貫世、賴和……，及已故吳德功、唐尹璿諸先生也。……或犧牲金錢，或熱誠鼓舞援助，寄附贈品，得以維持至今日者，皆諸先生之功也。[145]

由文中可知，崇文社的運作乃集眾多文人的力量而成，吳德功亦是其中重要的推手之一。而且此社在一九一八年開始徵文，吳德功還擔任

---

143 施懿琳、楊翠合著：《彰化縣文學發展史》（彰化：彰化縣立文化中心，1997年5月），上冊，頁112。
144 黃哲永、吳福助主編：《全臺文》（臺中：文听閣圖書有限公司，2007年7月），冊32，頁11。
145 同上註，頁19。

前四期徵文的文宗。

　　大正七年（1918），吳德功參與「臺灣文社」的成立，當時擔任評議員[146]，並擔任此社第一期徵文〈孔教論〉文宗[147]，後來又擔任此社的特別社員[148]、理事[149]，是此一團體的重要成員。此社的成立，是林幼春等人為了推廣與維持漢文所成立的團體，吳德功〈祝臺灣文社成立〉一文，便談到此社推廣漢文的幾項目的，其文曰：

> 夫文所以載道，文之不存，道將焉附？不明先正嘉言懿行、法物典章，奚以紹往聖而開來學也？矧當此歐風東漸，蟹字橫行，形而上者日就衰微，形而下者日見隆盛，苟無大雅以共相扶輪，安能挽狂瀾於既倒？……今創立文社，刊刻雜誌，首期以孔教論為題，諸卷或烹經煮史，藻采紛披；或含英咀華，氣魄雄邁。名作林立，有功聖道不少，猶為振興漢學一大關鍵也。[150]

吳德功這段話，點出了臺灣文社推廣漢文的三個目的：一是透過漢文

---

146 見鄭汝南編輯：《臺灣文藝叢誌》（臺中：臺灣文社，大正八年1月1日），第壹號，〈臺灣文社規則〉。今收錄於郭秋顯、賴麗娟編纂：《臺灣文藝叢誌（一九一九～一九二四）──創刊百年紀念復刻版》，冊1，頁6。

147 同上註，〈第壹期徵文〉，冊1，頁49。

148 見鄭汝南編輯：《臺灣文藝叢誌》（臺中：臺灣文社，大正八年6月1日），第六號，〈社員題名錄〉。今收錄於郭秋顯、賴麗娟編纂：《臺灣文藝叢誌（一九一九～一九二四）──創刊百年紀念復刻版》，冊2，頁615。

149 見鄭汝南編輯：《臺灣文藝叢誌》（臺中：臺灣文社，大正九年9月1日），第二年第五號，〈本社理事寫真〉。今收錄於郭秋顯、賴麗娟編纂：《臺灣文藝叢誌（一九一九～一九二四）──創刊百年紀念復刻版》，冊6，頁1562。

150 見鄭汝南編輯：《臺灣文藝叢誌》（臺中：臺灣文社，大正八年1月1日），第壹號。今收錄於郭秋顯、賴麗娟編纂：《臺灣文藝叢誌（一九一九～一九二四）──創刊百年紀念復刻版》，冊1，頁13-14。

來承載儒家聖道；二是藉由文章的儒家聖道來矯正歐美西學不良之
風；三是藉由漢文來振興漢學。臺灣文社為何如此重視漢文呢？這是
因為他們認為漢文具有不可抹滅的價值，所以他們在第十期的徵文
中，以「漢文價值論」為題目，希望文人藉此宣揚漢文的意義和價
值。江寶釵討論日治時期台灣文人的國民性時，曾評論臺灣文社對於
漢文價值的宣揚，江氏說：

> （臺灣文社）他們未必不知道漢文的道統，即韓愈說「自文武
> 周公」，亦即嚴復所說的秦漢之文，但身處殖民地，他們不能
> 不另作權宜，舉出若干理由。從「本質論」出發，有兩個理
> 由，其一，認為漢文「載我聖道」數千年，文章即道統的載
> 具，歷史悠久，而且「文辭簡麗」凌駕歐文，品質優越。其
> 二，漢文溫柔敦厚，一以修身，一以天下太平。文章不僅與國
> 民性相關，而且關乎國家。[151]

這裡的說法，是將日治時期臺灣傳統文人對於漢文的重視，與文人們
的國民性連接起來，將漢文承載聖道、溫柔敦厚、文辭簡麗優美等等
的本質，與國民性相互對接，藉此提升國民性的優越感，以便在殖民
者的統治下，還可以提供「一條可以與日本主張的國民性平起平坐
的、擺脫殖民地二等公民地位的道路」[152]。江寶釵的說法，確實觸及
了當時傳統文人重視漢文的心態，吳德功在日本治臺一段時間後，雖
然選擇與日本當局合作，但他始終堅守漢文教育的道路，這是他自清
領時期以來一貫的立場，這恐怕也是此種國民性的外顯所致，對於漢

---

151 江寶釵：〈日治時期臺灣文人的國民性論述暨其意義〉，《淡江中文學報》第30期，
　　2014年6月，頁224-225。
152 同上註，頁225。

文的推廣，遂有著不可移易的堅持。

　　大正十一年（1922），吳德功受聘為「臺灣總督府史料編纂委員會」評議委員。[153]臺灣總督府史料編纂委員會是總督府轄下的一個修史單位，它前後運作了兩次，第一次是在一九二二年四月，由臺灣總督田健治郎以訓令第一〇一號「臺灣總督府史料編纂委員會規程」成立運作。此次修史，主要是想完成《新臺灣史》這部史書。此部史書原始的編纂構想，內容上希望包含領臺前的臺灣史（即〈前紀〉部分，包含史前臺灣、荷據、鄭領、清領時期），和日治時期的臺灣史料（即〈本紀〉部分，包含日治時期各種行政措施，如民政、衛生、財政、交通、司法、產業等等的政策與成果；還有〈志類〉部分，包含各類行政措施的細節，以及其中的始末沿革）。臺灣督府之所以編纂此書，吳密察認為，主要是想透過日本領臺前的史料，與日本統治後的臺灣史料來相互對比，「以期讀者知曉日本的臺灣統治之文化價值。」[154]吳德功在此時與李春生、鄭拱辰、……等人一起擔任委員會的評議員，負責提供修史的相關意見。不過這一次的修史並未達成總督府原先預設的目標，隨著此部史書重要編修者持地六三郎、田原禎次郎、伊能嘉矩等人的相繼死亡，此書未能在三年內完成編撰，委員會也停止了運作。[155]之後在昭和四年（1929）四月，川村竹治總督以訓令第29號「臺灣總督府史料編纂委員會規程」重新讓委員會運作，

---

153 見李知灝〈吳德功先生年表〉，收錄於吳德功著，江寶釵校註：《瑞桃齋詩話校註》，頁314。另見李昭容等撰稿：《新修彰化縣志》，卷9〈人物志〉，頁73。

154 見吳密察：〈臺灣總督府修史事業與臺灣分館館藏〉一文，此文收錄於國立中央圖書館臺灣分館編纂：《慶祝國立中央圖書館臺灣分館建館七十八週年暨改隸中央二十週年紀念館藏與臺灣史研究論文發表研討會彙編》（臺北：國立中央圖書館臺灣分館，1994年4月），頁47。

155 雖然此部史書未能如期在三年內編撰完成，中途停止修撰，但在編修期間，仍完成《臺灣樟腦專賣志》、《臺灣文化志》、……等書，成果亦頗可觀。詳見吳密察：〈臺灣總督府修史事業與臺灣分館館藏〉，頁49。

此次的史料編纂同樣有領臺前與領臺後兩個部分，不過體例一改前次
《新臺灣史》的模式，而是仿效《大日本史料》的編年體製，最後也
產生了一些具體成果，如《臺灣史料稿本》五十一冊，內含多種史書
著作。[156]

　　大正十二年（1923），這年吳德功和地方仕紳遷建彰化節孝祠，
並於隔年（1924）春天時完工，同時他也在這年的五月去世，因此節
孝祠的遷建，可說是吳德功為臺灣社會所留下的最後心血。彰化節孝
祠在明治三十三年（1900）時，日本政府剛指派吳德功進行整修，而
且也建立了春、秋二季的祭典活動，為何在此時要進行遷建呢？林文
龍認為，這是因為日本當局為了沖淡臺灣人的故國之思，遂以「市區
改正」為理由，將臺灣社會具有歷史文化意義的傳統建築，如寺廟、
園林、書院、府衙、……等等的建築物，都予以拆除，彰化節孝祠當
時也面臨被拆的命運。正因如此，為保留節孝文化的命脈，吳德功遂
邀請楊吉臣、吳鸞旂、林耀亭、……等地方仕紳共同擔任董事，再多
方募資準備遷建節孝祠，最後募得款項八千圓，並得到總督府同意，
以彰化公園旁一角落作為遷建場址，遷建工作由大正十二年（1923）
開始，至隔年春季完竣。[157]遷建後的節孝祠，留下許多吳德功參與遷

---

156 詳見文化部「臺灣大百科全書」電子資料庫，詞條「臺灣總督府史料編纂委員
　　會」。網址：http://nrch.culture.tw/twpedia.aspx？id=3823。另見吳密察：〈臺灣總督
　　府修史事業與臺灣分館館藏〉，頁39-51。

157 詳見林文龍：《台灣中部的人文》，頁235-236。按：日治時期的「市區改正」，本身
　　其實是一項都市更新的政策，用意在於改善臺灣城鄉的道路和衛生環境，進行一
　　系列基礎設施的建構，並非專門為了消除臺灣人的歷史文化記憶而設。如《臺灣
　　視察報告書》云：「滿清管轄時代，本島之市街大都不潔，瘴癘之氣充塞街衢，因
　　惡疫流播，極為猖獗，故領臺時即有改正市區之計畫。」（見第二十九章〈市區改
　　正〉，頁133。作者及出版資料不詳，可查詢國立臺灣圖書館「日治時期圖書影像
　　系統」電子資料庫，網址：http://stfb.ntl.edu.tw/cgi-bin/gs32/gsweb.cgi/ccd=pZRgvW/
　　search。不過，在進行都市更新的過程中，一些傳統舊建築不免因此遭到拆除或
　　破壞，日本當局若有意藉此消滅中國固有文化時，「市區改正」就會成為一個很好

建的痕跡。例如節孝祠三川殿門口兩側楹聯寫著：

綸綍降殊恩信吾道有光於地，
冰霜留苦節知此心不負所天。[158]

此楹聯乃吳德功與其尊翁吳登庸為歌頌貞節烈婦的情操而題的，下聯
落款處有「董事職員吳登庸領男德功敬立」的字樣。

圖 2-9　彰化節孝祠左側門口楹聯[159]（筆者拍攝）

的藉口。因此，當時所謂的「市區改正」，其本身具有的意義與功能，其實相當
複雜。
158 此對聯內容，為筆者在節孝祠現場所抄錄。

　　除了門口的楹聯外，節孝祠三川殿內的兩面牆上，各嵌有一篇壁記，右邊壁記為蔡穀仁所作〈重建中部節孝祠碑記〉；左邊壁記名為〈臺中節孝祠移建寄附金及前殿髹漆炊事場建築諸物品等獻納者芳名碑〉，屬於捐題碑的性質。在蔡穀仁〈重建中部節孝祠碑記〉中，記載著吳德功採訪節孝婦之事蹟：

> 吾臺中部節孝祠，自先君通籍後，與林廣文清源舉報，請旌在案。嗣經宦粵歸來，掌教白沙，復與丁大令壽泉、吳廣文德功、劉廣文鳳翔，設局採訪，彙輯各部。[160]

文中提到光緒十二年吳德功與山長丁壽泉、訓導劉鳳翔所採節孝婦一百六十名之事。至於另一面壁記——〈臺中節孝祠移建寄附金及前殿髹漆炊事場建築諸物品等獻納者芳名碑〉，由於是捐題碑，上面沒有文章的陳述，只是單純記錄當時捐獻者的姓名。在此面壁記的右下角，有「金貳百圓　彰化街　吳德功」的字眼，可見當時吳德功為了遷建節孝祠，慨捐了金貳百圓。當時有許多捐金五圓者，即能將姓名鐫刻於碑文上，吳德功的捐獻額達金貳百圓，數目不可謂不大，這也是吳德功行善一向不落人後的明證。

---

159 此聯屬下聯，左下方題款寫著：「董事職員吳登庸領男德功敬立」。是此對聯乃吳德功與其尊翁吳登庸先生所立。

160 此碑文內容，為筆者在節孝祠現場所抄錄。

圖2-10　彰化節孝祠三川殿內〈重建中部節孝祠碑記〉[161]

（筆者拍攝）

　　以上是吳德功選擇與日本政府交流合作後，所擔任的職務與所完
成的志業。這些人生經歷包含許多吳德功長期以來濟世的理想和目標，
藉由日本人對他的賞識提拔，吳德功有機會完成這些理想，或許稍可
撫慰他在清領時期屢挫於場屋，無緣仕進的遺憾。除了上述的經歷
外，他在日治時期還參加過許多文學的聚會活動，例如明治三十三年
（1900），應彰化辦務署長筧朴郎的邀請，至其新建宿舍賞月賦詩[162]；

161　此碑文為蔡穀仁所寫，文中載有吳德功採訪節孝婦之事蹟。

162　此事載於〈庚子中秋彰化辦務署長筧朴郎延請到新建宿舍樓中玩月飲酒爰賦七
　　律〉一詩。見吳德功：《瑞桃齋詩稿》，下卷，頁173。

明治四十二年（1909），應彰化廳長小松吉久之邀吟詩唱和[163]；明治
四十三年（1910），參加楊吉臣所舉辦的「觀菊會」[164]；大正元年
（1912），參加在霧峰舉辦的櫟社十周年紀念[165]；大正三年（1914）
中秋節前一天，參加彰化支廳長河東田義一郎在彰化公園所舉辦的
「觀月會」[166]……等等，類似這樣的文學聚會繁多，今不備載。透過
這樣的文學聚會，亦可了解吳德功在日治時期文學交遊的狀況，對其
作品的解讀也有一定程度的幫助。

---

163 此事載於〈己酉春日小松吉久廳長折柬招飲即席賦詩敬步原韻〉一詩。見吳德
　　功：《瑞桃齋詩稿》，下卷，頁196-197。

164 此事載於〈庚戌楊煥彩君菊花會〉一詩。見吳德功：《瑞桃齋詩稿》，下卷，頁211。

165 此事載於〈祝櫟社十週年〉一詩。見吳德功：《瑞桃齋詩稿》，下卷，頁210。

166 此事載於〈中秋彰化公園觀月序〉一文。見吳德功：《瑞桃齋文稿》，上卷，頁
　　155。

參考文獻

一　專書

張炳楠監修，李汝和主修：《臺灣省通志》，臺北：臺灣省文獻委員會，1970年6月。

劉兆璸：《清代科舉》，臺北：東大圖書有限公司，1979年10月。

王德昭：《清代科舉制度研究》，香港：香港中文大學出版社，1982年。

賴熾昌主修：《彰化縣志稿》，臺北：成文出版社，1983年3月，臺一版。

劉寧顏總編纂：《臺灣慣習記事》，臺中：臺灣省文獻委員會，1984年6月。

劉枝萬編：《臺灣中部碑文集成》，臺北：大通書局，1987年10月，臺灣文獻史料叢刊本。

臨時臺灣舊慣調查會編著，陳金田譯：《臨時臺灣舊慣調查會第一部調查第三回報告書：臺灣私法》，臺中：臺灣省文獻委員會，1990年6月。

〔清〕陳肇興：《陶村詩稿》，臺北：龍文出版社股份有限公司，1992年3月，臺灣先賢詩文集彙刊本。

吳德功：《彰化節孝冊》，南投：臺灣省文獻委員會，1992年5月，吳德功先生全集本。

吳德功：《戴案紀略》，南投：臺灣省文獻委員會，1992年5月，吳德功先生全集本。

吳德功：《施案紀略》，南投：臺灣省文獻委員會，1992年5月，吳德功先生全集本。

吳德功：《觀光日記》（南投：臺灣省文獻委員會，1992年5月，吳德功先生全集本。

吳德功：《瑞桃齋文稿》，南投：臺灣省文獻委員會，1992年5月，吳德功先生全集本。

吳德功：《瑞桃齋詩稿》，南投：臺灣省文獻委員會，1992年5月，吳德功先生全集本。

施懿琳、楊翠合著：《彰化縣文學發展史》，彰化：彰化縣立文化中心，1997年5月。

于景祥：《金榜題名：清代科舉述要》，瀋陽：遼海出版社，1997年8月。

國立彰化師範大學地理學系編纂：《彰化南瑤宮志》，彰化：彰化市公所，1997年9月。

林文龍：《台灣中部的人文》，臺北：常民文化事業股份有限公司，1998年1月。

徐國章編譯：《臺灣總督府公文類纂官制類史料彙編（明治二十八年至明治三十三年）》，南投：臺灣省文獻委員會，1999年6月。

施懿琳：《從沈光文到賴和──台灣古典文學的發展與特色》，高雄：春暉出版社，2000年6月。

黃靜嘉：《春帆樓下晚濤急──日本對臺灣的殖民統治及其影響》，北京：商務印書館，2003年10月。

陳支平主編：《臺灣文獻匯刊》，廈門：廈門大學出版社，2004年12月。

鄭政誠：《臺灣大調查──臨時臺灣舊慣調查會之研究》，臺北縣：博揚文化事業有限公司，2005年6月。

陳仕賢：《彰化縣古蹟與歷史建築導覽手冊》，彰化：彰化縣文化局，2006年11月。

臺灣總督府編：《揚文會策議集》，收錄於黃哲永、吳福助主編：《全臺文》，臺中：文听閣圖書有限公司，2007年7月。

廖振富：《臺灣古典文學的時代刻痕——從晚清到二二八》，臺北：國
　　立編譯館，2007年7月。

吳文星：《日據時期臺灣的社會領導階層》，臺北：五南圖書出版股份
　　有限公司，2008年5月。

吳德功著，江寶釵校註：《瑞桃齋詩話校註》，高雄：麗文文化事業股
　　份有限公司，2009年3月。

陳文添主編：《臺灣總督府事典》，南投：國史館臺灣文獻館，2015年
　　12月。

施懿琳等撰：《新修彰化縣志》，彰化：彰化縣政府，2018年10月。

李昭容等撰：《新修彰化縣志》，彰化：彰化縣政府，2018年10月。

郭秋顯、賴麗娟編纂：《臺灣文藝叢誌（一九一九～一九二四）—創
　　刊百年紀念復刻版》，新北：龍文出版社股份有限公司，
　　2019年4月。

二　論文

（一）期刊論文

楊緒賢：〈吳德功與礦溪吳氏家譜〉，《臺灣文獻》第28卷3期，1977年
　　9月。

李知灝：〈吳德功的割臺經歷與心境轉變——《以瑞桃齋詩稿》乙未、
　　丙申詩作為研究中心〉，《彰化文獻》第6期，2005年3月。

林淑慧：〈世變下的書寫——吳德功散文之文化論述〉，《台灣文學研
　　究學報》第4期，2007年4月。

李建緯：〈彰化儒學，為高九仞——彰化孔廟文物調查與研究〉，《庶
　　民文化研究》第7期，2013年3月。

江寶釵：〈日治時期臺灣文人的國民性論述暨其意義〉，《淡江中文學
　　報》第30期，2014年6月。

吳德功著，郭明芳點校：〈乙未臺灣史料新輯校（二）：《讓臺記》
　　　（一）〉，《東海大學圖書館館訊》第164期，2015年5月。

吳德功著，郭明芳點校：〈乙未臺灣史料新輯校（二）：《讓臺記》
　　　（二）〉，《東海大學圖書館館訊》165期，2015年6月。

吳文星：〈日治時期臺灣地方施政與新領導階層之形成〉，《臺灣學研
　　　究》第24期，2019年6月。

田啟文：〈吳德功古文的求進思想及其傳達手法〉，《真理大學人文學
　　　報》第23期，2019年10月。

（二）學位論文

〔日〕川路祥代：〈殖民地臺灣文化統合與臺灣傳統儒學社會〉，臺
　　　南：國立成功大學中國文學研究所博士論文，2002年6月。

李知灝：〈吳德功《瑞桃齋詩話研究》〉，嘉義：國立中正大學中文研
　　　究所碩士論文，2003年6月。

余怡儒：〈吳德功的歷史書寫與時代關懷〉，南投：國立暨南大學歷史
　　　研究所碩士論文，2009年6月。

（三）專書論文

吳密察：〈臺灣總督府修史事業與臺灣分館館藏〉一文，收錄於國立
　　　中央圖書館臺灣分館編纂：《慶祝國立中央圖書館臺灣分館
　　　建館七十八週年暨改隸中央二十週年紀念館藏與臺灣史研究
　　　論文發表研討會彙編》，臺北：國立中央圖書館臺灣分館，
　　　1994年4月。

江寶釵、李知灝：〈世變下吳德功的學思轉折：一個奠基於《瑞桃齋
　　　詩話》的考查〉，收錄於吳德功著，江寶釵校註：《瑞桃齋詩
　　　話校註》，高雄：麗文文化事業股份有限公司，2009年3月。

三　電子媒體

臺灣總督府：《臺灣總督府民政事務成績提要》（臺北：臺灣總督府，
　　　　出版年不詳），第8編「明治三十五年」標題：「街庄行政」，
　　　　頁157。可查詢國立臺灣圖書館「日治時期圖書影像系統」
　　　　電子資料庫，網址：http://hyerm.ntl.edu.tw:2135/cgi-bin/gs32/
　　　　gsweb.cgi/ccd=VklYzv/record？r1=36&h1=1。

臺灣總督府史料編纂委員會編纂：《臺灣史料稿本・臺灣史料綱文》，
　　　　明治三十年五月，標題：「臺灣紳章條規二據リ紳章ヲ附與
　　　　セシモノ三百三十六人」。可查詢國立臺灣圖書館「日治時
　　　　期圖書影像系統」電子資料庫，網址：http://hyerm.ntl.
　　　　edu.tw:2135/cgi-bin/gs32/gsweb.cgi/ccd=VklYzv/record？r1=33
　　　　&h1=0。

「彰銀簡史」，見彰化銀行官網。網址：https://www.bankchb.com/
　　　　frontend/mashup.jsp？funcId=463c886315）。

「臺中廳農會報」第六號（大正三年度），「事務之部」，頁2。可查詢
　　　　國立臺灣圖書館「日治時期圖書影像系統」電子資料庫，網
　　　　址：http://hyerm.ntl.edu.tw:2135/cgi-bin/gs32/gsweb.cgi/ccd=
　　　　VklYzv/record？r1=1&h1=2

「臺中市立臺中第一高級中等學校」官網「創校紀念碑碑文」欄。網
　　　　址：http://w2.tcfsh.tc.edu.tw/zh_tw/about_tcfsh/tcfsh_history/fo
　　　　unding。

文化部「臺灣大百科全書」電子資料庫，詞條「臺灣總督府史料編纂
　　　　委員會」。網址：http://nrch.culture.tw/twpedia.aspx？
　　　　id=3823。

《臺灣視察報告書》第二十九章〈市區改正〉，頁133。作者及出版資

料不詳，可查詢國立臺灣圖書館「日治時期圖書影像系統」電子資料庫，網址：http://stfb.ntl.edu.tw/cgi-bin/gs32/gsweb.cgi/ccd=pZRgvW/search。

第三章
吳德功的著作

　　吳德功的著作，主要集中在文學與史學的範疇。文學作品方面，有《觀光日記》、《瑞桃齋文稿》、《瑞桃齋詩稿》、《瑞桃齋詩話》；史學方面有《戴案紀略》、《施案紀略》、《讓臺記》、《彰化節孝冊》等。不過就廣義而言，《觀光日記》雖是日記體遊記，屬於文學作品，但它的內容記載了許多當時揚文會的辦理過程，以及參觀政府機構的訪遊活動，將它視為一部具有史料價值的書籍，似乎也頗為合理。至於《戴案紀略》、《施案紀略》與《讓臺記》，分別記載了清代戴潮春、施九緞等民變事件，還有臺灣割讓給日本的抗爭事件，本質上屬於史書，但其文筆又可視為歷史散文；而《彰化節孝冊》一書，載錄了清代以迄於日治時期奉祀於節孝祠的節孝婦名單，這本質上亦是史書，但其中又存錄了部分節孝婦的傳記，這又可視為傳記文學的作品。因此，就吳德功的著作而言，除了《瑞桃齋文稿》、《瑞桃齋詩稿》、《瑞桃齋詩話》等幾部作品較屬純文學外，其餘著作基本上是文、史成份兼具的。

　　吳德功的上述著作，在日治時期曾捐贈給當時臺灣總督府圖書館典藏，後來臺灣銀行經濟研究室印行《臺灣文獻叢刊》時，其中編錄了吳德功《戴案紀略》、《施案紀略》、《觀光日記》、《讓臺記》、《彰化節孝冊》等書[1]，然其餘三部作品未加收錄。臺灣省文獻委員會在一

1　其中《戴案紀略》、《施案紀略》二書合刊為《戴施兩案紀略》；《觀光日記》收入《臺灣遊記》中；《讓臺記》收入《割臺三記》中。

九九二年曾經將吳德功八本作品蒐集起來，編成《吳德功先生全集》
刊行，頗利於讀者閱覽尋檢使用，對於推廣吳德功學術有其可貴之貢
獻。本書對於吳德功著作的研究，除了《讓臺記》使用郭明芳的點校
本、《瑞桃齋詩話》使用江寶釵的校註本外，其餘作品均使用臺灣省
文獻委員會所編輯的《吳德功先生全集》本。

上面所談，是吳德功正式出版的著作，但筆者研究期間，曾數度
拜訪吳德功後代子孫吳安世醫師，由吳醫師處得知，數年前他曾捐贈
一批吳德功的文物給國立臺灣文學館（以下簡稱臺文館）。[2]因此筆者
也前往臺文館調閱這批文物，文物中有手稿也有寫本書籍。寫本書籍
存在著版本上的探討價值；至於手稿，裡面寫有許多詩文作品，其中
有一些作品已正式出版，有一些則不在出版之列；有一些是他自身的
作品，有一些則是抄錄他人之作。這批文物的存在，對於研究吳德功
學術而言，當然會帶來一些新發現，有其學術上的珍貴價值。關於這
批手稿、寫本書籍的內容，本章也將以專節做一介紹。以下且針對吳
德功的各類著作分述如後。

第一節　《戴案紀略》

《戴案紀略》一書，目前國立臺灣圖書館所典藏的定稿本，是吳
德功在大正八年（1919）四月二十九日寄贈給臺灣總督府圖書館典藏
的版本。此一版本書前，除了吳德功〈自序〉外，還收有日人中村櫻
溪〈序〉文，不過這篇序文，在後來臺灣銀行經濟研究室出版《臺灣

---

2 吳安世醫師表示，對於先祖吳德功先生的學術與志業，他非常關心，也極力維護。
　正因為這份關心，吳醫師保存了一批吳德功的手稿和寫本書籍，為了讓這批文物得
　到更好的收藏環境，他在數年前將這批文物捐贈給臺灣文學館，希望這批文物能長
　久保存下去。

文獻叢刊》之《戴施兩案紀略》時已被拿掉。此書在寄贈臺灣總督府
圖書館典藏之前，有一部分曾先連載於《臺灣教育會雜誌》第二十八
期（1904年7月25日）至三十九期（1905年6月25日）中，但未在該雜
誌載完。

　　吳德功《戴案紀略》一書，乃記載同治年間戴潮春民變事件的
歷史文獻。此事件是清代臺灣三大民變之一，事件最初發生在咸豐
十一年（1861），但主要的動亂期是在同治元年（1862）至同治三年
（1864）間，戴潮春本人雖於同治三年（1864）元月即已伏法，但其
黨羽至同治四年（1865）初才被完全剿滅，前後歷時約三年多的時
間。戰亂範圍北至大甲，南至嘉義，對臺灣社會的影響很大，百姓因
為動亂而輾轉溝壑、飄泊無依，是臺灣發展史上一項極為重大的事件。

　　此一民變的首腦戴潮春（生年不詳-1864），字萬生，祖籍中國福
建漳州府龍溪縣，為清代彰化捒東堡四張犁莊（約在今臺中市北屯區
一帶）的地主。戴潮春曾經擔任北路協稿書之職，並非一般的尋常匪
類，不過因為北協署官員夏汝賢為官不正，勒索戴潮春，戴潮春被迫
離職，因而進入其兄長所結的「土地公會」（輪祀土地神的地方組
織）和「八卦會」（訓練鄉勇團練的地方組織），最後又擴張成為天地
會。起初，此一結會曾協助官府緝捕盜匪而得到官方的認可，如彰化
縣令高廷鏡、雷以鎮就對戴潮春的幫會相當倚賴，不過最後連一些無
賴與亡命之徒也加入此會，在人員素質良莠不齊的情況下，整個組織
開始變質，偷盜擄掠造成社會動亂，戴潮春本人無法確實掌控會中成
員的行為，因此官府決定加以鎮壓。同治元年（1862）三月，按察使
銜臺灣兵備道孔昭慈抵達彰化，準備要掃蕩天地會，當時命令淡水廳
同知秋曰覲前來協助，其中由四塊厝林日成所率領的兵勇陣前倒戈，
轉投戴潮春，並且殺了秋曰覲，對清軍士氣造成不小的衝擊。後來又
有許多地方上的大小地主加入戴潮春的組織，這些人具有一定的社會

影響力,戰事更是愈見膠著而難以收拾。[3]雖然最後在官兵攜手合作下,終於在同治四年四月時,將匪黨餘孽嚴辦、呂仔梓等人澈底殲滅,但整個社會也付出了慘痛代價。

　　吳德功之所以撰寫此書,乃配合光緒十八年(1892)成立「臺灣通志局」後的修志計畫,當時臺灣巡撫邵友濂接受知府陳文騄與淡水知縣葉意深的請求,進行了《臺灣通志》的編纂,也因此成立了「臺灣通志局」。當時修志工程相當浩大,臺灣各地方志書都需要專門人才進行史料的採集與編纂。當時山長蔡德芳推薦吳德功給通志局,讓其負責《戴案紀略》與《施案紀略》的撰寫。蔡德芳之所以推薦吳德功,其〈施案紀略序〉一文說:

> 光緒十八年,劉巡撫[4]修《臺灣通誌》,……惟撰施、戴二案,非熟於史乘義例者,難以勝任。吳君立軒,績學功深,熟於魯史書法,舉以擔任此二案,恢恢乎游刃有餘也。[5]

這段話是對吳德功寫史功力的讚揚,正因為對吳德功的史學能力深具信心,所以力薦他處理這兩部史書的修纂工作。當然吳德功沒有讓蔡德芳失望,《戴案紀略》與《施案紀略》二書完成後,吳德功將書稿呈報上去,當時擔任知府,同時也是通志局提調的陳文騄審閱後,非常肯定這兩本書。據蔡德芳〈施案紀略序〉的說法:

> 陳仲英太尊曾掌教翰林院庶吉士國史館協修官,學問淵博、見

3　上述內容,係參考筆者:〈吳德功《戴案紀略》初探〉,《漢學研究集刊》第29期,2019年12月,頁33-94。

4　光緒十八年,巡撫為邵友濂,此處寫劉巡撫,誤植也。

5　蔡德芳:〈施案紀略序〉。收錄於吳德功:《戴案紀略》(南投:臺灣省文獻委員會,1992年5月,吳德功先生全集本),頁3。

識高超，史鑑義例，素常討論。閱此二案紀錄，大加刮目，其
中只易數字。[6]

陳仲英即陳文騄，他本身擔任過翰林院國史館協修官，精通史書的修
纂。據文中所言，他對吳德功《戴案紀略》與《施案紀略》二書，
「大加刮目，其中只易數字。」可見吳德功修史功力之深。

　　這兩本書開始撰寫以及完成的年份，蔡德芳〈序〉文中並未言
明。依據吳德功《戴案紀略・自序》中的說法，其開始編寫《戴案紀
略》與《施案紀略》是在光緒二十年（1894）的時候，筆者認為，其
完成似乎也是在此年。其《戴案紀略・自序》云：

　　　　至光緒甲午，全臺纂修通志；功忝與其役。……乙未以後，書
　　　　籍多散佚，此稿幸得猶在，竊恐過此以往，搢紳先生莫能道其
　　　　軼。爰亟登之，以俟輶軒採訪焉。若云問世，則僕豈敢！[7]

從「至光緒甲午，全臺纂修通誌，功忝與其役」的說法可知，吳德功
是在光緒甲午年（1894）參與《臺灣通志》的纂修，於是開始了《戴
案紀略》與《施案紀略》的撰寫。在1894年開始撰寫，那麼完成的時
間呢？文末所謂「乙未以後，書籍多散佚，此稿幸得猶在。」由這段
話推論，《戴案紀略》與《施案紀略》的文稿，在乙未年（1895）之
前即已完成，而且沒有因為乙未之變而散佚掉；因此，其完成年份應
當就是一八九四年，與寫作年份是同一年。而且，就上文所言，吳德
功在寫完《戴案紀略》與《施案紀略》後，還能上呈給陳文騄審閱，
可見此時臺灣通志局尚未解散（通志局解散於1895年），所以完成時
間應當是在一八九五年之前，亦即一八九四年的時候。

6　同上註。

7　吳德功：《戴案紀略》，頁1。

　　《戴案紀略》一書的寫作體例與取材來源，吳德功在《戴案紀略‧自序》中做了說明，其云：

> 戴萬生作亂三年，臺灣道、鎮皆殉難，知府洪毓琛亦積勞病
> 故。爾時北至大甲，南至嘉義，地方盜賊蜂起，官軍南、北、
> 中三路進剿，始克蕩平。其害較烈於林爽文。德功弱冠時，親
> 見其事，每筆之於書。至光緒甲午，全台纂修通志；功忝與其
> 役。爰取林卓人《東瀛紀事》閱之，所載北路攻剿之事甚詳，
> 篇中略採之。但其書各處爭戰，自為紀略，未合於志書之體，
> 故仿綱目之例，自作亂以至平定，因年系月、因月系日，庶乎
> 尼一串，了如指掌。且戴、林二逆作亂，始於彰化，而曾鎮在
> 鹿港招撫義民，白沙坑二四莊、快官三十五莊、線西加寶潭
> 莊、武東牛牯嶺戰事多闕。故就所見、所聞，並採《陳陶村詩
> 稿》所載三忠以及丁觀察曰健《治臺必告錄》所紀斗六等處殉
> 難人員官銜姓氏纂輯其中。其間草莽效忠之殉難義民、積勞病
> 故之員弁，准建入昭忠祠者，附載於下卷。庶忠臣義士不至與
> 草木同腐矣。[8]

從上文可知，林豪《東瀛紀事》的寫作體例與志書較不相同，所以吳德功重新以綱目體史書的體例來撰寫《戴案紀略》，以配合政府纂修《臺灣通志》的需求。綱目體史書起自朱熹《御批資治通鑑綱目》一書，這種史書是編年體史書的一種變體，所以它在紀事時仍以時間（年月日）之先後為順序進行鋪陳，即吳德功〈自序〉中所謂「因年系月、因月系日」是也。而其結構主要有兩個部分：一為大字的提

8　同上註。

要，此為「綱」的部分，事件的時間標示亦在「綱」上；至於另一結構，則為小字的敘事，此為「目」的部分。「目」的內容主要是用來對「綱」進行詳細說明，因為「綱」的內容只是事件的提要而已。

　　《戴案紀略》一書的取材來源，〈自序〉中提到的主要有兩大部分：一是取材於自身弱冠時的親身見聞；二是取材於其它文獻資料，這方面計有林豪的《東瀛紀事》、陳肇興《陶村詩稿》以及丁曰健《治臺必告錄》等書。這裡特別一提的是，吳德功《戴案紀略》雖有取材於林豪《東瀛紀事》與丁曰健《治臺必告錄》，但取材時吳德功也針對這兩本書的內容做了一些訂正和增補。這樣的動作，代表《戴案紀略》相較於前揭二書，其部分內容是較為可靠的。[9]此外，在吳德功的《戴案紀略》之後，蔡青筠亦撰有《戴案紀略》一書。兩者書名一模一樣，蔡氏之所以寫作此書，據吳幅員為此書所寫〈弁言〉之轉述，蔡氏作此書固有意補吳書之「脫節者」，蔡氏之意向固然遠大，動機亦佳，然而此書的實際成果卻未能如蔡氏所言，此書的內容存在著引用錯誤、體例不統一、前後自相矛盾、……等等的缺失。誠如吳幅員評論此書所言：「此書誠多問題，但就『傳聞異辭』的觀點而言，仍有其可取之處，其他自可不必深論。」[10]由是可知蔡氏的《戴案紀略》並未能後出轉精，吳德功《戴案紀略》仍是載述戴潮春事件較為詳實的一部作品，值得關心清代民變事件者投注更多的研究心力。[11]

9　關於吳德功《戴案紀略》一書的寫作體例與取材管道，可以論述的層面相當廣，資料也相當豐富，此處只做簡要式說明，在本書第七章將有更深入的分析。

10　吳幅員：《戴案紀略·弁言》，見蔡青筠：《戴案紀略》（臺北：大通書局，1987年10月，臺灣文獻史料叢刊本），頁1-3。

11　上述內容，多有參考筆者：〈吳德功《戴案紀略》初探〉一文者，詳見頁38。

第二節 《施案紀略》

　　吳德功《施案紀略》一書，所記乃清代施九緞的民變事件。此書
與《戴案紀略》一樣，都是配合光緒十八年（1892）成立「臺灣通志
局」後的修志計畫而作的，開始撰寫的時間與完成的時間也與《戴案
紀略》一樣。此外，其寫作體例與《戴案紀略》同屬綱目體史書，在
每段綱文、目文之後，亦常有「論曰」存在，這是吳德功對於書中所
載事件的各種評論，屬於史論的性質。也因為其寫作時間與書籍體例
均和《戴案紀略》相仿，所記也都是清代民變事件，臺灣銀行經濟研
究室印行《臺灣文獻叢刊》時，將兩書合刊為《戴施兩案紀略》。以
下筆者將針對此書的內容與特色分項進行說明。

　　《施案紀略》所記乃施九緞（1829-1890）民變事件。施九緞，
本名叫渠緞，出生於彰化縣二林上堡浸水莊（在今彰化縣埔鹽鄉境
內）。據《施案紀略》中的描述，他本耕作營生，家境頗為富饒，虔
信鬼神，平時也具乩童的身分。[12]由於他在鄉里間常能主持公道，平
息紛爭，是以人稱「公道大王」。[13]施九緞之所以鼓動民眾對抗官兵，
起因就在於巡撫劉銘傳所推動的臺灣土地清丈工作。這項全臺土地丈
量工作用意本屬良善，除了能整理全臺田賦帳冊外，還能清查過去隱
匿未上報官府的田地。帳冊造好後，再以統一的新稅率取代過去的田
賦舊稅率，這樣便能有效擴充臺灣的稅賦財源。只不過立意良善的土
地清查計劃，卻在官員人謀不臧的情況下引起百姓的憤怒，終致引發
臺灣建省後規模最大的民變事件。

　　劉銘傳此一土地清丈計劃，從光緒十二年（1886）設立清丈總局

---

12 吳德功：《施案紀略》（南投：臺灣省文獻委員會，1992年5月，吳德功先生全集
　　本），頁97。

13 同上註，頁102。

於臺北、臺南二府開始，至光緒十四年（1886）完成。清丈工作在彰化縣部分，原先由縣令蔡麟祥執行，蔡氏戮力從公，非常細心處理土地丈量的工作，可惜在任內病死。此時劉銘傳指派原淡水縣知縣李嘉棠接掌彰化縣令，同時續辦清丈土地的相關工作。李嘉棠接任後一心求快，丈量時草率為之，引發很多民怨。《施案紀略》記載此事說：

> 彰化縣蔡麟祥率巡檢黃文瀚、吳雲孫等，先從橋仔頭起手，大約每甲田止長加一，隨丈隨算，若有錯誤者，改之，民無怨色。嗣李嘉棠接篆，上游催迫，盡變舊章。各保派員清丈，不計田之肥瘠，任意填寫，一年之間盡行丈完。催各保向領丈單，每甲丈費銀貳元。計彰邑原賦額三萬有奇，至是清丈，當未改則之初，約有二十餘萬。眾委員在縣署西花廳分給丈單，領者寥寥。[14]

這段話針對彰化原縣令蔡麟祥與接任者李嘉棠的作法進行了對比，同樣是清丈土地，前者細心謹慎，能考慮民眾立場，正所謂「隨丈隨算，若有錯誤者，改之」；後者粗率敷衍，視民眾權益為無物，正所謂「不計田之肥瘠，任意填寫」，於是引發民怨，導致多數民眾不願領取丈單。此時的李嘉棠並未反省自己，反而以更粗暴的方式來解決此事，尤其在看到嘉義縣令羅建常收繳丈費頗具成績，得到上層長官的獎勵後，他操辦土地清丈的手法就更急切了，但也因此民怨更深，終於引發了施九緞民變事件。《施案紀略》云：

> （光緒十四年）戊子八月，將稟准正法之犯林武、林番薯二名

14 同上註，頁97。

帶往北斗、西螺兩處釘死；又將未詳辦之簡燦，捏報病故，帶
到鹿港大橋，依樣釘死，將以示威。傳者誤指簡燦為在押之許
貓振；伊弟許得龍謀奪，不對，遂乘間入街，擁搶鹽館。從者
有湖仔內楊中成、番薯莊施慶，並餘匪二百餘名。李令回彰聞
報，出港往勘。許得龍、施慶等糾眾在大路伏截。李嘉棠在鹿
港游擊鄭榮（紹興人）署中，請鹿紳為導，即刻由小路回邑。
施家珍以一時召勇不及，取恨自此起。是日，戊子八月二十八
日也。二十九日，有人入城，分黃布為號。初一日，施九緞立
神轎後，如迎神乩童，率楊中成、許得龍、李盤等，并餘匪數
百，以「索焚丈單」為名，旗書「官激民變」，下令不准搶劫
人家財物。西門外六莊總理王煥，出派點心餉眾。駐紮南瑤宮
至日晡，不期而臨城下者數千人。登城一望，漫山遍野，草木
皆兵。自晨至午，連打電音數十次，旋電桿盡行斫斷。李嘉棠
在城中布置周密，分發兵勇，率都司葉承輝、棟字營副帶林超
拔、都司洪磐安（北投人）分守城上。其清丈諸委員、知縣龍
贊崗、縣丞林錫圭、都司劉韶華，亦勵兵淬劍，上城防守。[15]

由引文可知，彰化縣令李嘉棠不檢討自己清丈手法粗糙所引發的民
怨，反而以虐殺死囚的方式威嚇民眾領取丈單、納繳丈費，在如此倒
行逆施下，終於引發民變。施九緞帶領一批反李嘉棠的群眾，以「索
焚丈單」為名義，旗號上寫著「官激民變」，瞬時間有數千民眾響
應，他們兵臨城下，將李嘉棠等一批官員圍住，希望在清丈土地的事
情上能得到一個公道，亦即將丈單焚毀，重新測量。這是非常典型官
逼民反的案件，與清代許多民變事件一樣，起因於政府官員掌政不

---

15 同上註，頁98。

善。光緒十四年（1888）九月二日，提督軍門朱煥明在嘉義聞報回援，遭到施九緞擁眾截殺，最後在水流觀音廟橋頭殉難。[16]提督朱煥明被殺後，戰事愈是一發不可收拾，各地官兵紛紛馳援彰化，包含棟營統領林朝棟、福甯鎮曹志忠、澎湖鎮吳宏洛、臺東州吳本杰、總兵竇如田、都司鄭有勤等等。各路援軍到齊後，在九月二十三日分道圍捕民變份子，民變份子潰敗，施九緞、施慶、王煥、李盤、許得龍、楊中成等重要領導人四處遁逃。此時的民變組織已潰不成軍，不過由於幾個重要頭目尚未拏獲，因此官府仍出示緝捕。此一事件遷延甚久，一直到光緒十九年（1893）民變的重要頭目許得龍、施慶、楊中成等人落網後才宣告結束。至於首腦施九緞，於光緒十六年（1890）時病死於浸水莊，整個緝捕工作綿延數年，在施九緞病逝前，官府始終沒能抓到他，這箇中原因，乃因官逼民反，百姓同情施九緞，願意掩護他逃匿所致。[17]

綜觀《施案紀略》一書，有幾點寫作特色值得我們關注：

（一）吳德功寫史具有「史德」

梁啟超談史家四長，分別為史德、史學、史識、史才，其中所謂史德，梁啟超說：

> 現在講史德，可參看《文史通義》的〈史德〉篇，實齋以為作史的人，心術應該端正，譬如《魏書》，大眾認為穢史，就是因魏收心術不端的緣故。又如《左氏春秋》，劉歆批評他「是

---

16 同上註，頁99。

17 關於民眾掩護施九緞之事，吳德功《施案紀略》云：「而偏遠愚蒙，以為變起不平，甘心為其掩匿，致施家珍南北購線，極力追尋，迄無以應。」見《施案紀略》，頁106。

　　非不謬於聖人」，就是心術端正的緣故。簡單說起來，實齋所謂史德，乃是對於過去毫不偏私，善惡褒貶，務求公正。[18]

梁啟超闡釋章實齋的史德論，認為具史德者，寫史應該要「心術端正」；所謂心術端正就是沒有偏私，對於筆下人物的「善惡褒貶」要「務求公正」。

　　就此一史德而言，吳德功《施案紀略》一書可謂特色鮮明，這從吳德功在書寫彰化縣令李嘉棠時便能清楚看出。吳德功在記述李嘉棠時，起初尚以「邑令」稱呼他，但自從他清丈草率、激發民怨後，《施案紀略》便去掉他的官銜，直呼「李嘉棠」，或「彰化縣李嘉棠」，如「初五日癸丑，北門外匪黨迫城，彰化縣李嘉棠、棟軍副帶林超拔、中軍葉永輝，督勇力禦之。」[19]又如「十四日，李嘉棠倡攻二十四莊，彰化縣教諭周長庚幕友淩雲止之。」[20]由上述兩段引文可以明顯看出，吳德功對於有官職在身者，在書寫其名前會加上官稱以表尊重，但對於李嘉棠則直呼名諱而去其官稱，藉此表達對他為官不正，終而導致民變事件的「貶抑」。[21]不過當李嘉棠面對民變四起，城

---

18 梁啟超：《中國歷史研究法・補編》（臺北：臺灣中華書局，1981年6月，臺14版），頁13-14。

19 吳德功：《施案紀略》，頁100-101。

20 同上註，頁103。

21 吳德功《施案紀略》這種作法，與孔子作《春秋》時常以一字一語來寄託褒貶的方式相近，此即所謂的「春秋筆法」。不僅《施案紀略》如此，吳德功在《戴案紀略》與《讓臺記》中亦復如此。吳德功〈復館森袖海先生書〉一文中，對於這種蘊含褒貶的寫作方式，曾有如下之說明：「故讓臺時，戎馬之中，文牒軍書，逐日類誌，遂成《讓臺記》二卷。……仿綱目之例，然綱目於提綱處『寓褒貶』。割臺時，清君主詔，以實缺人員內渡者，仍予以原官；不奉詔者，以違法論。當日守土之官，或預內渡，或不戰而逃，皆不足以深責，皆以原官書之也。至如唐總統，初立為民主，以原銜予之，乘夜私逃，即奪去總統二字。臺灣府孫傳袞，私運庫金，不顧大局，奪以臺灣府三字。」由以上引文可知，對於唐景崧擔任臺灣民主國總統

中老幼百姓無米可吃、挨餓受苦時，他又能開啟糧倉，發放賑米給百姓，且遣散無賴游民至城外，以保障城內百姓的生活。對此，吳德功則誇讚他的作法「誠為守城妙策，其有濟變之才歟！」[22]由以上的說明可知，吳德功對於李嘉堂的書寫，心中沒有偏私，對的行為就給予讚揚，錯的行為就加以貶抑。誠如吳望蘇評論《施案紀略》時所說：

> 或宜褒者書官，宜貶者奪之。李嘉棠激變，故奪之以官；守城開倉有功，則極力褒之。……據事直書，悉秉至公，絕無所偏倚。[23]

吳望蘇的評語，也充分說明吳德功對於筆下人物的書寫，能以公正客觀的態度進行處理，揚善抑惡，無所偏私，這就是梁啟超所謂具有「史德」者。

（二）《施案紀略》不以逆賊看待施九緞

　　《施案紀略》一書，在書寫民變首腦施九緞以及其他幾個重要頭目時，並不以「逆」或「賊」來稱呼他們；然而在《戴案紀略》中，吳德功對當時民變的幾個要角卻常以「逆」或「賊渠」來稱呼。之所以如此者，筆者以為，此乃施九緞等人的起事，固肇因於李嘉棠為官不正、清丈不公，明顯有迫害百姓之責，所謂官逼民反，罪責不全然在施九緞等人身上，因此不以逆或賊來看待施九緞及其他幾位民變要角。

卻「乘夜私逃」，棄臺灣百姓於不顧；還有臺灣知府孫傳袞「私運庫金，不顧大局」，吳德功在書寫時皆奪去二人之官職，以表達內心的不滿，對於這種書寫模式，吳德功自言是「寓褒貶」的作法，此即所謂「春秋筆法」。

22 吳德功：《施案紀略》，頁100。

23 吳望蘇評語，收錄於吳德功：《施案紀略》，頁110。

　　首先，來看《施案紀略》對施九緞和幾名重要黨羽的記述內容：
「光緒十有四年戊子秋九月己酉朔，施九緞圍彰化城，索焚丈單。」[24]
又如：「二十三日，探報施九緞、楊中成回家。」[25]又如：「十有八年
壬辰冬十二月，臺灣府程起鶚購獲李盤，捆送省轅斬之。」[26]又如：
「十有九年癸巳秋九月初十日，臺灣府陳文騄購獲許得龍、施慶、楊
中成，與王煥均斬之。」[27]從以上幾段引文來看，不論是對施九緞，
或是其他幾位民變要角——楊中成、李盤、許得龍、施慶、王煥，吳
德功皆直呼其名，其上未冠以「逆」或「賊」等字眼。

　　然而吳德功在《戴案紀略》中，對當時首腦戴潮春和其他幾個民
變的要角，卻常以「逆」或「賊」來稱呼。如：「五月十三日，提督
軍門固勇巴圖魯曾玉明（泉人）帶兵六百，……招戴、林二逆歸
誠。」[28]此處以「逆」來稱呼首腦戴潮春與民變要角林晟。又如：「同
月，大股賊陳弄、嚴辦率黃丕建攻土庫。」[29]此處以「大股賊」來稱
呼民變要角陳弄和嚴辦。又如：「二月，……賊渠陳在敗走。」[30]此處
引文以「賊渠」稱呼民變要角陳在。

　　從《施案紀略》與《戴案紀略》對於民變事件的首腦和幾位重要
成員的稱呼，就可看出吳德功心中對這些民變份子的定位。在《戴案
紀略》中，戴潮春和其他幾位民變要角，他們反政府的行為被吳德功
定位是「逆」或「賊」；但反觀《施案紀略》，吳德功並未以「逆」或
「賊」來定位施九緞與其他幾位民變要角。這其中的原因，是戴潮春

24　吳德功：《施案紀略》，頁97。
25　同上註，頁105。
26　同上註，頁109。
27　同上註。
28　吳德功：《戴案紀略》，卷上，頁15。
29　同上註，卷中，頁31。
30　同上註，卷中，頁35。

等人的造反並非出於官員極度的壓迫，雖然戴潮春曾被北協署官員夏汝賢勒索，但畢竟是個人私事，不似施九緞事件中的土地清丈，是廣大百姓受到官府直接的壓迫。戴潮春事件實質的起因，是一個結會組織仗恃著政府的倚重而進行勢力的擴張，在人員素質參差不齊的情況下，領導者又無力控管，遂成為擾亂社會的反叛組織；這與施九緞事件中，眾多老百姓受到官員清丈不公的傷害，導致施九緞等人起義造反，訴求要「索焚丈單」，旗號寫著「官激民變」，這兩者的性質有很大的不同。施九緞他們反政府的行為，從某種層面來說值得同情[31]，因為他們造反乃迫不得已，是受官員欺壓所致，他們希望幫受欺壓的百姓討回公道，因此吳德功不以「逆」或「賊」來定位他們。誠如吳倫明所言：「施九緞如醉如癡，既非亡命無賴之徒，亦非有謀略出眾之才，足見為眾所推，非存心為亂者可比。……先生（指吳德功）不以匪類書之，宜哉！」[32]這段評語非常適切，明確詮釋了吳德功心中的想法。

（三）《施案紀略》所寫事件乃吳德功親見親聞

　　吳德功撰寫《施案紀略》，其寫作材料的取得乃親見親聞，未有參考他人著作之處；不似撰寫《戴案紀略》與《讓臺記》二書，雖亦有取材於自身之見聞者，但參考他人著作的地方也不少。就以《戴案

---

31 吳德功對於施九緞等人的反政府行為，心中存有一種同情的態度，雖然認為他們圍城是有罪的，但基本上認為這是一起官逼民反的事件，施九緞等人並非蓄意謀反。吳德功《施案紀略‧自序》云：「惟九緞明係圍城三日，罪同叛逆，……又係清丈激成變端，若不曲筆，如公論何？此中詞語，頗費躊躇。故起筆大書圍城，繼以索焚丈單，明其非故作不軌也。」（見吳德功：《施案紀略》，頁95。）文中所謂「又係清丈激成變端」、「繼以索焚丈單」、「明其非故作不軌也。」這幾句話明確表達了吳德功對於施九緞等人的同情。

32 吳倫明評語，詳見吳德功：《施案紀略》，頁109。

紀略》來說，取材於他人著作者，計有林豪《東瀛紀事》、陳肇興《陶村詩稿》，還有丁曰健《治臺必告錄》等書；而《讓臺記》的寫作材料，據書中〈自序〉與〈凡例〉的說法，其參考他人著作或資料者，包含日本中尉修嗎灰愈所著《臺灣戰役》一書，還有當時的「公報」；至於臺南一帶戰事則取材於吳汝端、吳汝祥兩茂才的口述資料，臺北戰事則取材於岳裔先生。[33]

　　《施案紀略》的撰寫，之所以不需參考他人著作，可能的原因主要有兩點：第一，施九緞事件所記載之戰事，地區大抵在彰化一帶，吳德功本身為彰化人，自然可以就地觀察，不需仰賴他人文獻或口述資料作為參考。而且官府在處理施九緞事件的過程中，做為地方仕紳的吳德功，幾乎也都親身參與事件的處理，不論是針對縣令李嘉棠或其他官員的勸諫；或是差人泣告二十四莊仕紳入城領旗；甚至是受命參與民變事件的善後處理，其接觸與涉入的程度相當深[34]，在這種情況下，吳德功對整個事件的發展瞭若指掌，誠如其《施案紀略·自序》中所言：「其人其事，皆耳聞而目見。」[35]既是如此，自然毋需取用他人文獻來作為書寫之參考。第二，《施案紀略·自序》云：「時署中案卷皆存，瞭若指掌。……是以綱舉目張，紀月編年、書官記氏，皆燦若列眉。」[36]這段話是說，吳德功撰寫《施案紀略》時，官府備有詳細的案卷資料可供取閱，不論是要記載事件的時間，還是要記載事件中人物的官稱與姓氏，都有明確的資料可以運用，在這種情況下，自然也降低了參考他人著作的必要性了。

---

33 詳見吳德功著，郭明芳點校：〈乙未臺灣史料新輯校（二）：《讓臺記》（一）〉，《東海大學圖書館館訊》第164期，2015年5月，頁94-95。

34 吳德功參與施九緞事件的處理，在《施案紀略》頁99、103、104、105、106、108之中，皆有載述。

35 吳德功：《施案紀略》，頁95。

36 同上註。

　　綜上可知，《施案紀略》是一部深具特色的史書，對於施九緞事件的記載，也成為後世學者研究此一民變事件的重要文獻。尤其吳德功對於整個民變事件的處理，有親身參與的實際經歷，這也讓此書的內容更為確實可信。此外，對於民變事件中的人物品評，吳德功能夠站在公正客觀的立場進行褒貶，給予適當的定位，展現出史學家應有的史德精神。這種種的優點和特色，形塑了《施案紀略》一書的成就，陳捷華讚揚《施案紀略》說：「作者筆筆踏實，可為後世信史。」[37]洵非溢美之詞也。

第三節　《觀光日記》

　　吳德功《觀光日記》一書，寫於明治三十三年（1900），當時臺灣兒玉源太郎總督舉辦了揚文會，邀請全臺灣具有生員（即秀才）以上身分的臺灣文人與會，目的說是要「搜羅臺疆俊傑之才，聿贊國家文明之化。」[38]揚文會活動在該年三月十五日舉行，會前就由主辦單位擬定了三道策議題目，分別是一、修保廟宇（文廟、城隍、天后等廟）議，二、旌表節孝（孝婦、忠婢、義僕）議，三、救濟賑恤（養濟、育嬰、義塚、義倉、義渡）議。這三道題目，與會者可以在與會前先行撰稿完成，三月十五日當天再交給大會主辦單位即可。從這三道題目看來，都是忠孝節義、經世致用一類的主題，可見此一揚文會，主要是日本政府與臺灣傳統文人的一個交流平臺，希望藉由創作漢文來發揮穩定社會，促進國家進步的力量。

　　揚文會活動訂在三月十五日舉行，吳德功自該月八日即從彰化家

---

37 陳捷華的評語，見吳德功：《施案紀略》，頁110。
38 吳德功：《觀光日記》（南投：臺灣省文獻委員會，1992年5月，吳德功先生全集本），頁167。

中起程，往臺北出發。十五日當天會議活動結束後，與會人員並未解散，因為主辦單位安排一系列政府機構的參訪活動，參訪活動一直到該月二十六日結束，吳德功於當日開始動身返家，並於該月三十一日回到彰化家中。總計，從八日起程出發，到三十一日返回家中，整個旅程有二十四日之多。吳德功將這二十四天的所見所聞，以日記體散文的方式書寫下來，所以此書就體裁而言，可視為一本日記體遊記。

《觀光日記》一書的內容，主要有三大部分：其一是描寫揚文會當天活動的情形，包含活動的日期、活動的請束內容、活動的儀式流程、民政局長後藤新平的演講辭，以及活動結束後的餐會等等。

其二是記載揚文會活動後一連串參訪政府機構的行程。這些參訪的機構，計有「基隆港戰艦」、「警察獄官學習所」、「獄吏生練習所」、「製藥所」、「製洋烟所」、「電火所」、「衛生課」、「病院」（醫院）、「公醫學校」、「商品陳列所」、「郵局」、「總督府國語學校」、「砲兵工廠」、「度量衡調查所」、「測候所」、「覆審法院」、「樟栳製造所」、「天足會」、「北投溫泉」、「女學校」、「淡水館書畫展覽會」等等。透過這些參訪活動，吳德功一行人充分感受到日本政府所帶來的現代化建設，也見識到新教育、新學術的進步。例如吳德功三月十七日參觀「衛生課」，從各種化學實驗中看到許多不可思議的現象，進而發出「化學之理奧妙如許，格物之功，烏可廢哉？」[39]的評語。事實上，這也正是日本政府所希望得到的結果，日本政府希望透過這些參訪活動讓臺灣文人感受到新教育、新學術的可貴，從而協助日本政府向臺灣百姓宣導新教育、新學術的重要，以帶動社會革新。例如吳德功等揚文會成員在參觀現代化西式醫院時，民政局長後藤新平就告訴這批臺籍文人說：「爾等會員係是明理之人，歸去必開導，令聰明

---

39 同上註，頁176。

子弟入醫院練習，他日可為國效力焉。」[40]可見日本政府安排這類參訪活動，實有其特殊之目的。

其三是書寫去程與回程的沿途景色與人文風情。這個部分包含描寫旅途的地理風光、各地的人文風貌、人際往來酬酢的情形，還有沿途的交通狀況等等。透過這些內容的描寫，對於當時臺灣中、北部的民情風俗與地理風貌，都能產生一定程度的認知與了解。

《觀光日記》在體裁上有一點值得關注，它屬於日記體遊記，以散文進行寫作，但書中卻穿插許多吳德功自身創作的詩歌，總計有三十五首單詩與二篇組詩（一篇由二首單詩組成，一篇由四首單詩組成）；除了自身的詩作外，他還引用了唐代王翰〈涼州詞〉與唐代王之渙〈登鸛雀樓〉的詩句。這幾十首詩被放在這本散文遊記中，形成一種詩文互見的體例，這也是自宋代張舜民《郴行錄》、陸游《入蜀記》、范成大《吳船錄》以來，以散文為主體，再穿插詩歌於其中的日記體遊記之形態。筆者加以爬梳歸納，發現吳德功在以散文寫作此書時，常會在下列四種情況時，改成以詩歌進行吟詠，而形成詩、文互見的體例。以下且針對這四種情況分項說明之。

（一）寫於歌詠景色風光時

在遊記中，最不能少的就是對山水風光的描述，因此在面對許多特殊景觀時刻，吳德功常以詩歌來傳達。如三十一日回到中部之後對於農家景觀的吟詠：

> 三十一日，自鰲頭回歸。天氣晴霽，春風和煦，滿田叱犢分秧，一望青蒼。回思起程之時，菜花滿畦如雪，又換一翻風景

---

40 同上註，頁176。

矣。即吟七律：「油油芳草繡長堤，雨後農夫荷笠犁。幾陣耕
牛翻淺水，數行秧馬帶新泥。春風淡蕩睢鳩喚，霽日融和喜雀
啼。經過肚山山下望，扁舟遊水繞前溪。」[41]

在這段內容中，可知作者已參加完揚文會，踏上歸途並已回到中部，
離家不遠了。看著眼前的農村風光，芳草、長堤、農夫、耕牛、睢
鳩、霽日、喜雀、扁舟等大自然元素，與辛勤的農夫交織成一幅美麗
的山水畫，作者興之所至，便以詩歌來勾勒眼前靜謐祥和的美景了。
吳德功在二十幾天的旅途中，面對優美的景色風光，所作的詩最多，
總計有十八首。畢竟在舟車勞頓的旅途中，模山範水最能消解旅途疲
勞，進而舒暢旅人心情了。

（二）寫於記載事件時

在《觀光日記》中，當吳德功遇到某些特別的事情，心中有所感
發時，也會作詩進行闡述。例如二十一日總督府官員帶著揚文會會員
前往北投賞溫泉，途中經過芝山一座女子學校，一行人入內參觀，對
於該校培育女學生的作法相當讚許，吳德功便作詩對此事進行描述。
詩云：

間氣山川毓，聰明出女兒。鄉村多設校，閨閣解吟詩。
剪綵花惟肖，彈琴律協宜。羨渠新卒業，絳帳坐皋皮。[42]

從詩中的描述可知，這間女校的教育，課程相當多元化，作詩、彈
琴、剪綵為花等等，可說是重才也重藝。這間女子學校就是當時「臺

灣總督府國語學校第三附屬學校」，是一所培育師資的女校，這間學
校後來數次更名，今名為「臺北市立中山女子高級中學」。在《觀光
日記》中，以詩歌來描述事件，上述所引之詩是以當時事件為題材；
此外，也有以歷史事件為題材進行撰寫的，例如十日的行程，吳德功
來到大墩街外，看到墳塋纍纍，憶及此地乃戴潮春民變事件時，淡水
同知秋曰覲為國捐軀之處，於是作了七絕一首來悼念此事。詩云：

> 此地當年舊戰場，登臨蒿目倍心傷。捐軀報國秋司馬，血濺荒
> 坵草木香。[43]

這首詩以悽愴之筆，寫秋曰覲忠勇之情，讀來令人悱惻唏噓。這種以
歷史事件為題材進行撰寫的，可視為「詠史詩」一類的作品。

（三）寫於友人聚會宴飲或唱和時

文人與友朋相聚，往往會宴飲用餐，此時吳德功常寫詩來描述宴
會的情景。例如二十九日的記載：

> 是午在大甲停。中午，家朝宗設筵款洽。予不勝酒，林峻堂高
> 量，相與猜拳。至下午三時始行。予賦云：「不速來三客，途
> 中遇故人。入門欣把臂，倒屣出迎賓。味美佳餚列，香騰老酒
> 陳。猜拳猶未已，斜日照溪津。」[44]

這天的行程，已回到中部大甲一帶，此時與好友聚會並且用餐，針對

---

43 同上註，頁168。
44 同上註，頁187。

宴會的美酒佳餚，以及友朋間聊天、划拳的景象，都透過詩歌生動地
描繪出來。像這樣為了聚會宴飲所做的詩，就有六首之多，這承襲了
《詩經》以來所謂「宴飲詩」一類的作品風格[45]，反映了詩與酒之間
緊密連結的關係。

　　文人之間的聚會，除了宴飲吃飯外，也常會相互唱和吟詠，此時
詩作便應時而生，在《觀光日記》中，部分詩作便是吳德功與友人唱
和的作品。例如二十四日的記載：

> 聞口述籾山衣洲先生詠揚文會詩，時大雨淋漓，攜歸寓中。和
> 云：「國運關文運，詩隆遇亦隆。瀛東雖地僻，冀北豈群空。
> 和會民人洽，褒揚意氣融。品評邀月旦。議論愧雷同。蠟炬輝
> 煌院，聲歌徹畫櫳。扶輪持大雅，翼道賴宗工。幸荷山濤辟，
> 誰云阮籍窮。闡門昭盛典，聖主值明聰。」[46]

上述詩作，是吳德功與日籍友人籾山衣洲相互唱和的作品，內容是針
對揚文會活動所進行的歌詠。

（四）寫於歌詠特殊的人或物時

　　在旅途中遇到特殊物品時，吳德功會以詩歌進行歌詠，這便是所
謂的詠物詩。例如八日晚間在大墩族親吳鸞旂家中，看見兩株牡丹花
鮮艷奪目，於是作了一首七言絕句進行歌詠，詩云：

---

45 《詩經》中的宴飲詩，內容大致是君臣或親友之間聚會宴飲的詩歌，如《《大雅·行
　　葦》、《小雅·鹿鳴》、《小雅·伐木》、《小雅·南有嘉魚》、《小雅·湛露》、《小雅·
　　彤弓》、……等等，都是這類的作品。
46 吳德功：《觀光日記》，頁184。

魏紫姚黃數朵栽，含苞富貴結樓臺。人情最厭無顏色，故染胭
脂點綴開。[47]

除了對物品的歌詠外，對於特殊的人士，吳德功也有所吟詠。例如二
十八日所作四首七言絕句：

（四首之一）「風流自古本爭傳，刻結聯床五美緣。艷福幾人
消受得，羨君境遇若神仙！」

（之二）「不圖閨閣解吟詩，才子佳人配合宜。五鳳樓中相唱
和，好將韻事寫傳奇。」

（之三）「握管拈毫信手揮，紛紛落紙吐珠璣。檀郎對客詞將
屈，步憚青綾代解圍。」

（之四）「蔡家當日降毛姑，綽約娉婷國色殊。玉手纖纖搔癢
好，不知君背試曾無。」[48]

這四首詩，是作者二十八日晚上夜宿友人蔡振芳家中，見蔡氏妻妾成
群，而且個個舉止大方，儀態姣好，其中嫡妻林香谷還能作詩，心中
對於蔡氏這幾位妻妾留下深刻的印象，覺得頗不尋常，於是作了這四
首詩歌稱揚她們，這可視為古代「頌揚詩」一類的作品。

　　由上述內容可知，吳德功在《觀光日記》這部散文遊記中，有時
穿插著自己的詩作，以詩歌來傳達心中感情和想法，與散文交互輝
映。這些詩歌的寫作時機，大致有上述四種場合，因此也不是時時刻
刻，吳德功都會以詩歌來進行表現的。在這當中，筆者發現有兩個特
別的現象：首先，《觀光日記》中傳達思鄉之情的作品只有一首，這

47　同上註，頁168。
48　同上註，頁186。

令人相當訝異。吳德功離家在外旅行，寫了三十五首詩，外加二篇組詩（二篇合計有六首詩），其中卻只有一首思鄉作品，這實在相當特別，不知是吳德功性格特別獨立，在外旅遊也甚少思念家鄉；還是說離家僅二十餘日，日期不長，所以思鄉之情不濃厚？不知真實的原因到底如何。

其次，在二十餘日的旅途中，有三分之一的時間是參觀各種產業或機構的行程，但在這三分之一的日子裡，吳德功只創作了兩首詩，佔整體詩作的比例非常低，這是很特殊的地方，代表作者較少以詩歌來表達參觀政府機構的行程。筆者認為，這或許是因為參訪行程需要比較清楚的說明和記載，此時純粹用散文來書寫會較為詳細，畢竟散文的敘事功能還是比較強大，所以才會減少詩歌的使用。當然，這只是筆者個人的推測，難以絕對論定。

第四節　《讓臺記》

吳德功《讓臺記》一書，本質上是史書，但同時也是文學作品（歷史散文）。此書記述甲午戰爭後臺灣割讓給日本，日本軍隊與臺灣兵勇所發生的戰爭和衝突，時間自光緒二十一年（1895）四月十四日開始記載，至同年九月二十七日止。這本書對於當時臺、日軍隊戰事的記載，是非常重要的資料，尤其吳德功在當時與周紹祖等人主持聯甲局，協助社會秩序的維護，同時其自身也參加了部分戰事，因此對於當時戰事的記載，有部分內容是其它割臺史書無法看到的。例如舊曆七月初九日，記載黑旗軍統領吳彭年戰死之事，其「目」文最後的「按」語，提到當日吳彭年本來是騎白馬應戰，但因為軍中對白馬有所忌諱，所以吳彭年囑咐吳德功跟林允卿換了匹騍馬，但騍馬不聽從號令，吳彭年只得再換回白馬，最後白馬與吳彭年一同陣亡，而該

匹賴馬也在同年十月暴斃。由於這是吳德功親身參與的事件，其他作者難以知悉，所以此一事件不見錄於其它割臺史書。類似這樣的事例仍有多處，這是《讓臺記》相當具有特色的地方。[49]接著，筆者想談談《讓臺記》一書的體例和版本問題。

一　《讓臺記》體例

在體例上，《讓臺記》記時間日期，是以西曆、舊曆（即農曆）並陳的方式，與其它傳統史書純以舊曆記時不同。除了日期記載的體例外，吳德功在此書〈凡例〉中有幾點說法，值得關注。其〈凡例〉云：

一、是編書法畧如前著《施》、《戴》兩案，悉仿綱目之例。

二、篇中仿明季稗史《求野錄》例，凡書「清國」不敢加以「偽」字，凡書「帝國」不敢加以「寇」字，提綱處皆另行高抬以兩尊之。

三、臺灣係是割讓，官弁不奉詔者，時報非之。凡紳民無守土之責者，去留似可從便。然其間草莽，抵抗效愚，誠於舊君者，亦如洛邑之遺民，畧跡原心，姑書之曰「義民」。質諸大雅，以為然否？

四、篇中敘帝國兵將戰跡，取諸中尉修嗎灰愈所著《臺灣戰役》一書。（節錄）[50]

---

49 上述內容，詳見筆者：〈吳德功《讓臺記》敘事時間研究〉，《文史臺灣學報》第13期，2019年10月，頁10。

50 見吳德功著，郭明芳點校：〈乙未臺灣史料新輯校（二）：《讓臺記》（一）〉，頁94-95。

由以上內容可知，此書的書寫體例，第一點中，談到其結構與《施案
紀略》、《戴案紀略》相同，都是綱目體的形式。關於綱目體的形式，
本章第一節《戴案紀略》中已然說明，今不復贅述。在這裡，筆者想
補充一點，本書有作者的史論（即事件載述後，有時會出現「論
曰」，此即吳德功對於該事件的評論），透過這些史論，更能看出當時
戰事的一些主客觀情勢與內幕，這些史論的體例也與《施案紀略》、
《戴案紀略》近似。

至於第二點，寫到清朝時不敢加以「偽」字，寫日本時不敢加以
「寇」字，且提綱處皆另行高抬以兩尊之。這是表達吳德功的政治立
場，對於他的原屬國以及新屬國，他同樣予以尊重，不貶抑任何一方。

第三點體例，則是對於當時抗日的臺灣官員與百姓表達尊重，認
為他們忠於「舊君」，「亦如洛邑之遺民」，所以書中以「義民」來稱
呼他們。

第四點體例，則談到書中有關日本軍隊戰跡之事，其寫作材料乃
取自「中尉修碼灰愈所著《臺灣戰役》一書」。不過若是就《讓臺
記》一書的取材管道來說，除了修碼灰愈《臺灣戰役》一書外，吳德
功在〈自序〉中，還有其它的說法：

> 然割臺議成，人心瓦解。上諭令各地方官將糧額官產造冊，交
> 大日本管轄。內無一語及紳士，德功知時事不可為，初兼辦局
> 務，六月辭帶練勇，以許舉人筆清代之。功亦即避於鄉下，旋
> 丁母艱，遂將目見耳聞，并取資公報，筆之於書。但臺南之事
> 多係吳汝端、吳汝祥兩茂才所述。而臺北則出岳裔先生所言。[51]

可見此書的寫作材料，有來自自身的「目見耳聞」，也有當時的「公

---

51 同上註，頁94。

報」。至於臺南一帶戰事，則取材於「吳汝端、吳汝祥兩茂才所述」；臺北戰事則取材於「岳裔[52]先生」。經過〈自序〉這段內容的補充，《讓臺記》一書寫作時的取材管道，才有較完整的輪廓。

二　《讓臺記》版本

吳德功《讓臺記・自序》云：「明治三十年（1897）春月，海外散人立軒吳德功稿。」[53]可見此書在1897年就已完成「初稿」。為何說此時的它是「初稿」呢？因為目前所看到《讓臺記》的各種版本，其內容上有些存在著差異性，由此可以推測，吳德功對《讓臺記》曾經進行某種程度的修改，一直到大正八年（1919）時，吳德功將此書寄贈給臺灣總督府圖書館（國立臺灣圖書館前身）典藏，此時的《讓臺記》才算是「定稿」本，以下姑且稱它為「臺圖定稿本」。在《讓臺記》版本問題的探討上，王嘉弘和郭明芳的研究很值得參考，以下便參考二者的說法[54]，再加入己意，分述如後。

（一）伊能嘉矩寫本（以下簡稱「伊能寫本」）

這個版本的《讓臺記》，乃伊能嘉矩來臺灣時所謄抄的，目前國立臺灣大學圖書館有典藏此寫本。伊能嘉矩在一八九五年十一月以陸軍省雇員身分來臺灣，在一九〇八年二月回日本，在臺灣期間從事語

---

52 岳裔乃棟軍統領林朝棟轄下之參軍，追隨林朝棟進行抗日活動。

53 吳德功著，郭明芳點校：〈乙未臺灣史料新輯校（二）：《讓臺記》（一）〉，頁94。

54 關於《讓臺記》版本的分析，筆者多有參考王嘉弘與郭明芳二人研究之處。他們二人對於不同版本的讓臺記，彼此間內容之差異有較詳細的說明，讀者可參考之，本文不再贅述。詳見王嘉弘：《如此江山——乙未割台文學與文獻》（臺南：國立臺灣文學館，2011年12月），頁189-192。吳德功著，郭明芳點校：〈乙未臺灣史料新輯校（二）：《讓臺記》（一）〉，〈敘錄〉，頁89-90。

言、歷史、民俗、原住民文化、……等等的研究[55]，依其來臺時間來推算，當時伊能對於《讓臺記》的傳抄，所據底本當屬較早期的初稿，甚至可能是一八九七年初稿完成前的草稿，因為「伊能寫本」中並無「論曰」的評論性文字，「論曰」是吳德功對書中重要事件所抒發的史論，是此書極為重要的一部分[56]，「伊能寫本」缺少這個部分，可見他所傳抄的底稿，很可能是一八九七年初稿完成前的草稿。

（二）福建省圖書館收藏的寫本（以下簡稱「閩圖寫本」）

福建省圖書館收藏有《讓臺記》的寫本（「閩圖寫本」），書中字體為硬筆所寫，看起來類似鋼筆字體。此一寫本之來源並不清楚，取之與「伊能寫本」相較，內容比伊能寫本多，亦有「論曰」的評論性文字，可見它傳抄時間應在「伊能寫本」之後，所以內容較完整豐富。

「閩圖寫本」書前收有吳德功〈自序〉及〈臺灣民告曰〉二文，但它卻無「臺圖定稿本」所收館森鴻〈序〉文、〈恭紀佐久間爵帥討番奏凱事略〉、〈附祝始政紀念日文〉，〈凡例〉的部分也比「臺圖定稿本」少了三條，所以此寫本謄錄時所據之底本，應該早於「臺圖定稿本」，屬於初稿本，但比伊能傳抄所據之底本時間來得晚，應當是一八九七年之後較完整的初稿本。吳德功《讓臺記・凡例》中曾提到：「明治三十五年，教授三屋大五郎將《讓臺記》翻譯和文，後轉任福州，不知刊行否？」[57]依文中所說，明治三十五年（1902）日人三屋大五郎曾將《讓臺記》帶至福建省福州，此一版本已是一八九七年之

---

55 許雪姬：《臺灣歷史辭典》（臺北：行政院文化建設委員會，2004年5月），頁278。

56 《戴案紀略》、《施案紀略》中亦皆有「論曰」的評論性文字，吳德功在《讓臺記》的「凡例」中，自陳《讓臺記》體例乃仿《戴案紀略》、《施案紀略》二書而來，此「論曰」之結構自然不能少。

57 吳德功著，郭明芳點校：〈乙未臺灣史料新輯校（二）：《讓臺記》（一）〉，頁95。

後較完整的初稿本，依地緣關係推測，福建省圖書館所收藏的寫本，或許是依據此一版本再製而來，不過這只是推測，無法視為定論。福建省圖書館收藏的這份寫本，後來成為廈門大學出版《臺灣文獻匯刊》時，印製《讓臺記》所依據的底本。

（三）國立臺灣圖書館典藏本（以下簡稱「臺圖定稿本」）

今國立臺灣圖書館所典藏的《讓臺記》，即當初一九一九年四月吳德功寄贈給臺灣總督府圖書館典藏的版本，是《讓臺記》的定稿本，書中字體為毛筆所寫。此書在〈凡例〉的部分比「閩圖寫本」多出三條。序文的部分，除了〈自序〉外，又多了日人館森鴻的〈序〉。另外，收錄了〈恭紀佐久間爵帥討番奏凱事略〉、〈附祝始政紀念日文〉兩篇文章，但拿掉了「閩圖寫本」中〈臺灣民告曰〉一文。在內文之中，也比「閩圖寫本」多了些文句，看起來內容更顯完整。此一版本，可說是研究吳德功《讓臺記》的一個較為可靠的版本。後來臺灣銀行經濟研究室所刊行的《臺灣文獻叢刊》，其中的《讓臺記》即是以此版本為底本所印製的。

（四）臺灣銀行經濟研究室《臺灣文獻叢刊》本

這是目前流通較廣的版本，它是臺灣銀行經濟研究室所印行的版本，《讓臺記》收錄在《臺灣文獻叢刊》第五十七種《割臺三記》中。此一版本的來源，是依據「臺圖定稿本」印製而來，然印製時經過編者百吉相當程度的刪削與改易，以致於內容與文意，都與吳德功最後定稿時的想法產生落差，這是相當可惜的。百吉對於《讓臺記》的刪削改易，他在《讓臺記》刊行的〈弁言〉中，自陳動機如下：

　　（《讓臺記》）此書逐日記載作戰之經過，而於地方人士之參與

戰役者敘述尤詳。惟此書稱我國曰「大清」、曰「清國」，稱日
本曰「大日本」、曰「帝國」，而於自序、凡例及記事後所附論
說中，又多阿諛日本之辭。蓋吳君當日人竊據臺灣時撰寫是
書，不得不以此為掩護而免蹈文字之禍也。新刊本已為之改
正、刪削矣。[58]

由這段話可以得知，百吉之所以更改刪削臺圖版《讓臺記》的內容，
是站在維護大中國史觀的立場，對於吳德功在文中提高日本地位的作
法感到不能認同，而且自認為吳德功對日本友善的態度，是因為處在
日本統治下，「不得不以此為掩護而免蹈文字之禍也」，因此擅自作
主，將《讓臺記》的內容進行了更改。這樣的作法當然失之武斷，吳
德功將《讓臺記》寄贈給臺灣總督府圖書館時，已與日本當局交流合
作，他看待清朝與日本的態度，在其《讓臺記‧凡例》中也自言是
「兩尊之」[59]。所以百吉站在揄揚清朝、貶抑日本的立場上對《讓臺
記》進行刪削改易，是失了吳德功著作的本意。例如他將「臺圖定稿
本」的作者〈自序〉跟日人館森鴻〈序〉文、〈凡例〉，以及附錄所收
〈恭紀佐久間爵帥討番奏凱事略〉、〈附祝始政紀念日文〉二文都拿掉
了，然後再把《瑞桃齋文稿》中〈吳統領彭年傳〉一文收錄進去。此
外，對於「臺圖定稿本」內文的字句也刪改頗多，例如光緒二十一年
乙未四月十四日這天的記事，「臺圖定稿本」在綱文中有「大日本明
治二十八年」[60]的字句，但百吉將此日本紀年刪掉了，只呈現清朝紀
年與西元紀年；又如將「大日本」改為「日本」，將「清兵」改為

---

58 百吉〈弁言〉一文，收錄在吳德功：《讓臺記》（臺北：臺灣銀行經濟研究室，1959
   年，臺灣文獻叢刊本），頁2。
59 吳德功著，郭明芳點校：〈乙未臺灣史料新輯校（二）：《讓臺記》（一）〉，頁95。
60 同上註。

「我兵」。這些作法，都可看出百吉希望將此書改成以清朝為主體的寫作體例，這當然扭曲了吳德功希望對清朝與日本兩尊之的態度。不過雖然臺灣文獻叢刊本對「臺圖定稿本」做了許多刪削改易，但《讓臺記》一書的流通，目前還是以此一版本較為普遍，如臺灣省文獻委員會編纂《吳德功先生全集》、文听閣圖書發行《全臺文》、大通書局發行《臺灣文獻史料叢刊》，其中的《讓臺記》，都是以臺灣文獻叢刊本作為印製的底本。

（五）郭明芳點校本（以下簡稱「郭校本」）

郭明芳點校本，是以「臺圖定稿本」為底本，再輔以「伊能寫本」、「閩圖寫本」進行覆校，覆校的地方皆加註進行說明，俾使讀者能了解「臺圖定稿本」與「伊能寫本」、「閩圖寫本」內容間之差異，從而得知「臺圖定稿本」做了哪些內容或體例上的更改。這樣的作法到底有沒有必要？這樣的點校本到底好不好？因為就以實際情況來說，吳德功最後送給臺灣總督府圖書館收藏的版本，即所謂的「臺圖定稿本」，應該就是吳德功想呈現給世人觀看的最後版本，這應該是最正確的，但郭氏卻仍要以伊能寫本、閩圖寫本進行覆校，這看起來似乎有些多餘。對此，郭氏在〈敘錄〉中說明此舉用意「或可見吳德功撰作本書前後刪改、補正情形。」[61]筆者覺得「郭校本」做這道工夫是有其意義的，因為了解「臺圖定稿本」與「伊能寫本」、「閩圖寫本」內容上之差異，便可知道他在撰寫《讓臺記》的前、後期觀點上，究竟產生了什麼想法上的轉變。例如「郭校本」《讓臺記・自序》中有這麼一段話：

---

61 同上註，頁90。

是以咸豐己未，英法強兵犯闕，和約遂定，未幾而緬甸併於
英，〔琉球吞於日〕；光緒甲申，安南讓於法，而暹羅繼之。[62]

上述引文中，〔琉球吞於日〕這句話，郭氏加注說：「此句見於伊能抄
本，定稿本無之。」[63]可見此句話在「臺圖定稿本」中已經被吳德功
刪掉了。吳德功之所以刪掉此句，筆者以為，當是與他後來和日本當
局交流合作有關，在情感與現實的顧慮上，刪掉此句是可以理解的。

除了因為思想與政治立場轉變所進行的修改外，也有因為文句的
訛誤疏漏所進行的修改，例如「郭校本」《讓臺記》四月二十三日的內
容：

> **四月二十三日。大清鎮紮獅球嶺，統領候補道林朝棟調
> 守臺中，以提督胡國華統廣勇六營守之。**
> 先是澎湖既失，唐帥令提督張兆連統銘軍六營，分布基隆海
> 口。……令林朝棟鎮紮獅球嶺六營，……張兆連猜忌，以為爭
> 功，遂譖林道足病於唐帥。適臺中府孫傳袞日日告警，遂命撤
> 回臺中。林道以前隊先行，至五月初二拔隊回臺中。[64]

上述引文中，「林道以前隊先行」句，「郭校本」在「道」字上加注
說：「伊能抄本無『道』字」[65]，可見此一「道」字是吳德功在「臺圖
定稿本」時加上去的，加上這個「道」字，行文體例才會統一，因為
《讓臺記》對於官員的稱呼，若只寫出姓氏時，吳德功便會在姓氏之

---

62 同上註，頁93。
63 同上註。
64 同上註，頁98-99。
65 同上註，頁99。

後加上其官職，這除了是一種對官員的尊重，也有利於讀者了解所指為何人。因此「伊能寫本」中沒有「道」字，顯然是初稿中漏寫了，導致伊能傳抄時也沒有「道」字，吳德功在撰寫「臺圖定稿本」時發現此一錯誤，便將「道」字補了上去。

　　由以上所舉二例可以得知，郭氏以「伊能寫本」對「臺圖定稿本」進行覆校，並於覆校處加注進行說明，是有其意義與價值的，能有效幫助讀者了解吳德功撰寫《讓臺記》時，從初稿到定稿本間的思想轉變，同時也能看到吳德功對於自身文稿的審閱與校訂之情形。正因為「郭校本」有這樣的意義和價值，故本書對於《讓臺記》的研究，將以「郭校本」為文本，如此進行研究將有更理想的成果。

第五節　《瑞桃齋文稿》

　　《瑞桃齋文稿》成書於日治時期，吳德功在大正八年（1919）四月份寄贈給臺灣總督府圖書館收藏。這本文集，分上、下兩卷，共收錄了七十六篇作品。除了《戴案紀略》、《施案紀略》、《讓臺記》、《觀光日記》這些成冊的歷史散文或日記體散文外，一般性的單篇散文多數都蒐集在這本文集裡了。不過這本文集若要以古典散文的集子來看待它，其實還存在著兩個問題：第一，文集中的〈恭送聖蹟文〉、〈萬壽無疆頌〉、〈香鄰山長大人蔡司馬七秩壽慶〉、〈吳潤翁司馬暨林宜人五旬晉一雙壽序〉、〈吳母黃太孺人六旬壽序〉、〈蔡曉滄觀察六旬壽序〉，在體裁上屬於駢體文，〈澎湖賦〉與〈蜜柑賦〉則屬於辭賦，皆不應視之為散文，扣掉這幾篇，數量便非七十六篇。

　　第二，吳德功還有許多單篇散文未收在《瑞桃齋文稿》中。這可以分成兩個部分談：首先，有一些作品是存錄在吳德功個人的筆記手稿中，並未正式出版刊印，例如〈祝辭〉（國語同學會成立）、〈祝詞

天長節〉、〈弔辭〉（明治天皇逝世）等幾篇作品皆是。[66]其次，有些作品刊載在其它文獻上，而不在《瑞桃齋文稿》中。例如〈周莘仲廣文遭難記〉[67]、〈溫陵元清觀碑記〉[68]、〈修家譜序〉、〈先曾祖母行述〉[69]、〈修保廟宇議〉、〈旌表節孝議〉、〈救濟振恤議〉[70]、〈祝臺灣文社成立〉、〈陳母林孺人傳〉、〈陶村詩稿序〉、〈拙存園叢稿書後〉[71]、〈祝辭〉、〈吳孝子〉、〈風鑑〉、〈護國夫人〉、〈丁明府醴澄傳〉、〈祝始政紀念日〉[72]……等等皆是。另外，他八本著作的序文或跋文，這些作品也不在《瑞桃齋文稿》中。還有，吳德功在一九一○年六月至一九一六年六月間，在臺灣時報發表了三十三篇古典散文，這些單篇散文有

---

66 〈祝辭〉（國語同學會成立）、〈祝詞 天長節〉、〈弔辭〉（明治天皇逝世）等幾篇作品，目前存錄於吳德功的手稿筆記中。此一筆記目前典藏於國立臺灣文學館，筆記被館方題名為「吳德功手錄前賢詩文作品」，但其實除了抄錄前人詩文外，筆記中亦錄有多篇吳德功自身的詩文作品，上述三篇祝辭、弔辭，即屬此例。

67 〈周莘仲廣文遭難記〉收錄於吳德功：《施案紀略》，頁111-115。

68 〈溫陵元清觀碑記〉一文，目前石碑已不存，只剩碑文拓本保存在彰化市元清觀（彰化市民生路207號）中。此碑內容，主要在介紹元清觀的主祀神明玉皇大帝，還有此廟為何名為溫陵，以及從乾隆年間創建，到歷代重建、重修之沿革過程。此碑文的內容，可詳見何培夫主編：《臺灣地區現存碑碣圖誌・彰化縣篇》（臺北：國立中央圖書館臺灣分館，1997年5月），頁39。

69 〈修家譜序〉、〈先曾祖母行述〉這兩篇散文，收在吳德功《磺溪吳氏家譜》中。

70 〈修保廟宇議〉、〈旌表節孝議〉、〈救濟振恤議〉三文，乃參加揚文會之作。三文收錄於臺灣總督府編纂《揚文會策議集》，見黃哲永、吳福助主編：《全臺文》（臺中：文听閣圖書有限公司，2007年7月），頁161-163。

71 〈祝臺灣文社成立〉、〈陳母林孺人傳〉、〈陶村詩稿序〉、〈拙存園叢稿書後〉這幾篇作品，發表在臺灣文社所發行的《臺灣文藝叢誌》中。其中〈祝臺灣文社成立〉在大正八年一月第一號中，〈陳母林孺人傳〉在大正十一年四月第四年第二號中，〈陶村詩稿序〉在大正十一年六月第四年第三號中，〈拙存園叢稿書後〉在大正十二年二月第五年第二號中。

72 〈祝辭〉一文發表在《漢文臺灣日日新報》，1908年5月3日，第8版。此文在祝賀《臺灣日日新報》發行滿三千號。至於〈吳孝子〉、〈風鑑〉、〈護國夫人〉、〈丁明府醴澄傳〉、〈祝始政紀念日〉等五篇，都發表在《臺灣愛國婦人》雜誌中，依序在77期（1915年3月25日）、77期（1915年3月25日）、80期（出版年月不詳）、81期（出版年月不詳）、87卷（1916年2月1日）。

些收錄在《瑞桃齋文稿》中，有些則無。這些作品依其內容屬性可概
分成兩大類：一類是一般散文，另一類是專講農業的散文。前一類計
有二十一篇，扣除已收於《瑞桃齋文稿》的十二篇作品[73]後，尚有
〈泰西女學與男學並重〉[74]、〈孟侍御巡臺灣事〉[75]、〈大甲溪水變
濁〉[76]、〈恭紀佐久間爵帥討番奏凱事略〉[77]、〈約束孽子嚴懲歹徒以
維風俗論〉[78]、〈濁水流入為福〉[79]、〈禦大典所感〉[80]、〈北白川宮親
王遺跡碑除幕式〉[81]、〈讀天變地異訓蒙窮理書後〉[82]等九篇；後一類
則有〈勤植柜樹搾油〉[83]、〈勸種真珠米本島名曰番麥以代麥〉[84]、
〈芎蕉可以代糧食亦可製糕釀油〉[85]、〈水田種蔗有妨於米作〉[86]、
〈潮水與花草樹木有相因之益〉[87]、〈山芋及小粉能變糖〉[88]、〈楓樹
汁可製糖〉[89]、〈濁水溪沙泥可成田畑〉、〈芎蕉液〉[90]、〈竹細工用途

---

73 這十二篇作品分別是〈跋歐陽文忠公黨論〉、〈讀館森子漸先生先正傳書後〉、〈運動
　　會記〉、〈謝村上義雄惠國史啟〉、〈澎湖賦〉、〈紀海上曉景〉、〈珠潭水分兩色出淡水
　　魚鹹水魚兩種說〉、〈放鳥〉、〈放黿〉、〈桃李冬實〉、〈蛇化鼈〉、〈藍鹿州先生事略〉。
74 《臺灣時報》（臺北：東洋協會臺灣支部，1910年7月），頁96。漢珍數位圖書公司
　　於2004年3月發行「日治時期臺灣時報資料庫」，檢索上甚為便利。
75 《臺灣時報》（1911年12月），頁67。
76 《臺灣時報》（1913年6月），頁80。
77 《臺灣時報》（1915年1月），頁16。
78 《臺灣時報》（1915年4月），頁15。
79 《臺灣時報》（1915年11月），頁11。
80 《臺灣時報》（1915年12月），頁14。
81 《臺灣時報》（1916年5月），頁16。
82 《臺灣時報》（1916年6月），頁12。
83 《臺灣時報》（1910年6月），頁64。
84 《臺灣時報》（1910年11月），頁69。
85 《臺灣時報》（1911年7月），頁54。
86 《臺灣時報》（1912年5月），頁74。
87 《臺灣時報》（1913年6月），頁80。
88 《臺灣時報》（1913年8月），頁61。
89 《臺灣時報》（1913年8月），頁62。
90 〈濁〉、〈芎〉二文，分別在《臺灣時報》（1913年10月），頁77、（1914年4月），頁78。

甚多〉[91]、〈竹篾可為暑帽〉[92]、〈竹篾可製行李箱篋〉[93]等共十二篇；這十二篇作品，均未收入《瑞桃齋文稿》中，不過這些作品專講農業之事，屬於實用性雜文，未收入一般文集中是可以理解的。

　　《瑞桃齋文稿》在目前所收數十篇散文中，有論辨、贈序、序跋、傳狀、雜記、哀祭、書說、碑誌、奏議等多種文體的作品，其中數量最多的是雜記體作品，計有二十六篇，其次是論辨體作品有十八篇，序跋體有八篇，傳狀體有六篇，贈序體有四篇，其餘體裁就是零星篇什了。在這些作品中，數量最多的雜記體作品，多數是遊記性質的文章，如〈遊碧山巖記〉、〈觀僵梅記〉、〈觀榕根井記〉、〈遊龍目井記〉、〈日月潭記〉、〈遊湖水坑記〉、〈遊武東堡蜜柑宅記〉、〈重經古月井讀書故址記〉、〈紀海上曉景〉等等；另外還有幾篇記物或記事內容的雜記體作品，如〈竹瓶記〉、〈東螺石硯記〉、〈放鳥〉、〈放黿〉、〈醫術〉、〈天降紅雨〉、〈蛇化鱉〉、〈貓乳鼠〉、〈桃李冬實〉、〈中秋彰化公園觀月序〉、〈續捐育嬰費序〉……等等。這些雜記體文章，或者書寫賞遊之樂，或者陳述目見耳聞之趣事，讀來清新可喜、活潑有趣，可說是整本文集中最引人入勝之處。例如〈遊武東堡蜜柑宅記〉一文：

　　　　甲寅十月之望，朔風初烈，霜露微降，予往張家柑宅。面對青
　　　　山秀峰，排闥送青，一望田疇井井，洵豁人心目，令人動遠隱
　　　　之思。古人云：「山居十年，不復作仕官。」想此語不誠然
　　　　乎！[94]

91　《臺灣時報》（1914年7月），頁15。

92　《臺灣時報》（1914年7月），頁15。

93　《臺灣時報》（1915年11月），頁11。

94　吳德功：《瑞桃齋文稿》（南投：臺灣省文獻委員會，1992年5月，吳德功先生全集本），上卷，頁91。

這段文字，講到吳德功到武東堡張家觀賞蜜柑時的情形。當時吳德功
看著眼前層疊的青翠山巒，以及井然有序的廣大田畝，讓他心中豁然
開朗，隱居在這青山秀嶺的心思油然而生。閱讀這樣的作品，讓讀者
也頓生世外之想，在清新平易的語句下，領略超脫世俗的心靈美感。
除了記遊作品外，書寫生活所見所聞的雜記體作品，讀來有時妙趣橫
生，有時可以增廣見識，同樣具有閱讀的高度吸引力。如其〈貓乳
鼠〉一文：

> 去年，臺北人帶一巨貓，小鼠吸其乳，並與同眠。試以他鼠，
> 則鼠逡巡不敢近也。到處人爭觀之，大得金錢。攜到彰化，請
> 支廳長許可，清水支廳長拒絕，云：「恐有謠言惑眾。」甚得
> 體也。考唐朝通鑑云：朱泚軍中貓鼠相乳。宰相常衮率群臣請
> 賀。崔祐甫曰：「可弔不可賀。」因獻議曰：「夫禮記，迎貓為
> 其能食田鼠，去人之害，今不食鼠，而反乳之，是不舉其職
> 也，何可賀之有？」然《揮塵新談》云：「萬壽寺有僧善謔，
> 對客曰：『人言雞有五德，貓亦有之。』客問其說，曰：『貓見
> 鼠不捕，仁也；鼠奪其食而讓之，義也云云。』客聞而絕
> 倒。」[95]

這段文字，描寫臺北有人帶著一隻母貓，這隻貓會哺乳幼鼠，而且
貓、鼠還一起睡覺的趣事。接著引古證今，援引唐代歷史上貓哺育幼
鼠的故事，來說明此事違反大自然常態，並非好事。不過接著又援引
《揮塵新談》中的另一則故事，談到一位出家僧人，戲謔地以貓不捕
捉老鼠，是具備如雞一般的五德，有「仁」亦有「義」也。這樣的文

---

95 同上註，下卷，頁287-288。

章，新鮮逗趣，也增長了讀者的見識，雖無關乎聖賢之道，但別有一番閱讀的樂趣存在其中。

除了雜記體作品，其論辨體散文數量有十八篇，也相當可觀。這些論辨體散文，所寫多攸關國家社稷之興衰、黔庶黎民之生計，或是個人修身立德之養成，所以義正辭嚴、條理清晰，以邏輯思辨見長。如〈孫武吳起論〉、〈漢文帝論〉、〈齊桓公論〉、〈晁錯論〉、〈鄭成功論〉、〈旅順破後防海論〉、〈朱陸異同辨〉、〈俄艦東來論〉、〈清國不宜中立論〉、〈謚法論〉、〈言鑑〉、……等等。

序跋體這類的散文作品，在《瑞桃齋文稿》中有〈跋歐陽文忠公朋黨論〉、〈讀觀光紀遊書後〉、〈讀朱子小學書後〉、〈讀大宛傳書後〉、〈讀中村櫻溪涉濤集書後〉、〈再讀中村櫻溪涉濤集書後〉、〈三跋中村櫻溪涉濤三集〉、〈讀管森子漸先正傳書後〉等。透過這些序跋類作品，我們可以了解些書的大意旨趣，迅速掌握書中的要點，也可了解這些書籍的特色，以及吳德功對它們的看法和閱讀心得。

贈序體散文有四篇，所作多是人情應酬之作。這類作品辭藻雖然華麗典雅，但由於顧及人情私交，內容不免諸多頌揚之語，溢美之詞常充斥在作品中，真情實感雖不能說沒有，但相對較為薄弱，如〈賀顏氏新居序〉、〈送臺中廳長村上義雄君榮遷序〉、〈賀木下知事建宿舍序〉、〈攀桂宗兄七秩壽序〉等皆是。

至於傳狀體作品，或寫人物的祖籍源流，或寫其讀書交遊，或寫其科考仕進，或寫其嘉言懿行，或寫其憂國憂民之思，或寫其經世濟民之功，每篇作品對於傳主的描繪各具特色，也依傳主的事蹟差異而有下筆取向的分別。例如〈董先生榮華傳〉，就側重於描寫董榮華一介寒儒的身分，但卻樂於行善助人，為蒼生請命，不怕得罪權貴的仁義心腸。[96]〈林先生傳〉，則側重於描寫林先生的治水事蹟，將他如何

---

96 同上註，下卷，頁235-237。

安貧處世，如何協助施世榜開鑿「八堡圳」，以利彰化一帶的水利灌溉，造福當地百姓後卻又不爭功、不接受犒賞的高雅風骨。其文末如此描寫林先生：

> 迨圳落成，施公（世榜）報以千金，先生辭不受。問其里居，林不答。時或歌詠自適，或遍遊名川，殆孤山梅花嬬之流歟！是舉也，施公財費不貲，而子孫食德無窮，而先生胞與為懷，功成不受賞，宜乎後人思其德。立祠於八堡之圳寮，春秋之祭祀，俎豆馨香不替也。先生之名，載於施家開圳記錄。[97]

這段話在褒揚林先生事成不居功，受到後代百姓立祠祭祀，名垂青史的事蹟。在日治昭和年間，百姓在彰化縣二水鄉蓋了一間「林先生廟」，供奉的也就是吳德功此文所書寫的林先生。

97　同上註，下卷，頁226。

圖 3-1　彰化縣二水鄉「林先生廟」[98]（筆者拍攝）

圖 3-2　「林先生廟」主祀「林先生祿位」[99]（筆者拍攝）

98 廟中主祀神祇，即協助施世榜開鑿「八堡圳」的林先生，亦即吳德功〈林先生傳〉
　　一文之傳主。

99 「林先生廟」主祀「林先生祿位」，兩側則是「施長齡祿位」與「黃仕卿祿位」。三
　　人皆對彰化縣水利建設有卓越貢獻。在三人祿位旁，還配祀土地公與土地婆，一同
　　護佑地方百姓。

　　除了上述兩篇作品外，吳德功傳狀體作品尚有〈陳吉生傳〉、〈吳統領彭年傳〉、〈紀郭望安〉、〈藍鹿州先生事略〉、〈先曾祖母行述〉、〈陳母林孺人傳〉等，不過後兩篇並未置於《瑞桃齋文稿》，而是各自收在《礦溪吳氏家譜》與《臺灣文藝叢誌》中。除了上揭幾種體裁外，《瑞桃齋文稿》中還有哀祭、書說、碑誌等各體散文作品，但都是零星篇章，在此且略去不談。

　　最後想再討論一個問題，那就是《瑞桃齋文稿》裡的作品，有部分和臺灣文社所發行的《臺灣文藝叢誌》有著密切關係，以下分成三點來進行說明：

　　第一：《瑞桃齋文稿》中有數篇作品的題目，與《臺灣文藝叢誌》徵文的題目相同。如〈孔教論〉與《臺灣文藝叢誌》第一期徵文題目相同；〈孫武吳起論〉與第二期徵文題目相同；〈漢文帝論〉與第四期徵文題目相同；〈齊桓公論〉與第五期徵文題目相同。其中〈孔教論〉一文，乃當時吳德功擔任第一期徵文文宗時，為投稿者所擬作的範文。[100]至於〈漢文帝論〉一文，當時吳德功以「瑞桃齋」的筆名參加徵文，這篇作品被評選為第七名。[101]至於〈孫武吳起論〉與〈齊桓公論〉這兩篇文章，雖然和《臺灣文藝叢誌》的徵文題目相同，但並未出現在這份刊物上，不知吳德功是否在撰寫完後並未參與徵文評選。

　　第二：《瑞桃齋文稿》中論辨體的作品，有多篇都是以歷史人物為題，如〈孫武吳起論〉、〈漢文帝論〉、〈齊桓公論〉、〈晁錯論〉、〈鄭成功論〉，這現象與《臺灣文藝叢誌》當時徵文題目也多數以歷史人

100　見鄭汝南編輯：《臺灣文藝叢誌》（臺中：臺灣文社，大正八年1月1日），第壹號。今收錄於郭秋顯、賴麗娟編纂：《臺灣文藝叢誌（一九一九～一九二四）──創刊百年紀念復刻版》（新北：龍文出版社股份有限公司，2019年4月），冊1，頁49。

101　見鄭汝南編輯：《臺灣文藝叢誌》（臺中：臺灣文社，大正八年四月1日），第四號。今收錄於郭秋顯、賴麗娟編纂：《臺灣文藝叢誌（一九一九～一九二四）──創刊百年紀念復刻版》，冊2，頁355。

物為題相似。《臺灣文藝叢誌》當時的徵文題目,除了方才談過的
〈孫武吳起論〉、〈漢文帝論〉、〈齊桓公論〉外,還有第六期的〈項羽
論〉、第七期的〈莊子論〉、第八期是〈韓信論〉、第九期〈穎考叔
論〉、第十三期〈張良論〉、第二十四期〈漢高祖光武帝合論〉、第二
十五期〈趙佗據南越論〉、第二十六期〈蕭何諸葛亮優劣論〉、第二十
八期〈范蠡張良合論〉、第二十九期〈孫權據江東論〉、第三十三期
〈王導論〉、第三十五期〈陶侃論〉,還有大正十三(1924)年二月改
成《臺灣文藝月刊》後的徵文題目〈田橫論〉等等。可見當時臺灣文
社有一股寫作風潮,喜以歷史人物為徵文的題材,《瑞桃齋文稿》中
有多篇以歷史人物為題的論辨體作品,或許與此潮流有關。

　　第三:吳德功將《瑞桃齋文稿》一書寄贈給總督府圖書館留存
後,仍將書中的數篇作品投至《臺灣文藝叢誌》進行發表,而且這幾
篇作品發表的時間,都集中在大正九年(刊物發行的第二年)第一號
到第四號的刊物中,如〈讀中村伯實涉濤集書後〉(在大正九年三月
第一號)、〈藍鹿洲先生事略〉(在大正九年五月第二號)、〈澎湖賦〉
(在大正九年五月第二號)、〈再讀涉濤集書後〉(在大正九年七月第
三號)、〈紀海上曉景〉(在大正九年七月第三號)、〈放鳥〉(在大正九
年八月第四號)。這幾篇發表的時間點,剛好就接在大正八年(刊物
發行第一年)第六、七、八、九、十一、十二號輪番發表完《彰化節
孝冊》一書之後。可見在《臺灣文藝叢誌》剛刊行的前兩年,吳德功
常把他的作品投至此一刊物上,而且這些作品都是他先前已經撰寫完
成,並且編排在《瑞桃齋文稿》中的作品,並非新作之篇章。

　　不過這種形在大正九年(1920)八月第四號發表完〈放鳥〉一文
後就較少見了,在〈放鳥〉一文後,吳德功發表在《臺灣文藝叢誌》
上的作品,存在著兩個值得注意的現象:其一,不再將《瑞桃齋文
稿》中的舊作進行發表,此時所投寄者都是新作,如〈陳母林孺人

傳〉、〈陶村詩稿序〉、〈拙存園叢稿書後〉等等皆是。其二，吳德功在
《臺灣文藝叢誌》發表散文的次數明顯變少，其中〈陳母林孺人傳〉
發表在大正十一年（1922）四月第四年第二號中，這與他上一篇散文
〈放鳥〉的發表時間，已相距一年又八個月；接著〈陶村詩稿序〉發
表在大正十一年（1922）六月第四年第三號；〈拙存園叢稿書後〉則
發表在大正十二年（1923）二月第五年第二號。也就是說，自大正九
年（1920）八月發表完〈放鳥〉一文後，到大正十二年（1923）二月
發表〈拙存園叢稿書後〉一文，這兩年半的漫長時間裡，吳德功只在
《臺灣文藝叢誌》發表了三篇散文，若要連詩歌一併採計，也只有
〈恭和樞南先生瑤韻先生〉[102]一首。這與《臺灣文藝叢誌》剛刊行的
前兩年，吳德功所發表的作品數量相比，明顯是減少很多，箇中原因
頗耐人尋味。

第六節　《瑞桃齋詩稿》

　　吳德功《瑞桃齋詩稿》一書，在大正八年（1919）四月份寄贈給
臺灣總督府圖書館收藏。這本詩集共收詩四百二十五首，分上卷（乙
未前之詩）跟下卷（乙未後之詩）兩個部分，前者有詩二百二十五
首，後者有詩二百首。上卷的詩作，其編排依序是五言古詩、五言律
詩、七言古詩、七言律詩、七言絕句；下卷的詩作，其編排順序則不
分詩歌體製，而是以作品年份依次存錄。就詩歌內容來看，有抒情、
寫景、詠物、敘事、懷古、行旅、送別、哀悼、酬唱等等的題材，內
容包羅萬象，十分廣泛。《瑞桃齋詩稿》作品有數百首之多，呈現了

---

102 吳德功〈恭和樞南先生瑤韻先生〉一詩，發表在《臺灣文藝叢誌》大正十一年
　　（1922）二月第四年第壹號。收錄於郭秋顯、賴麗娟編纂：《臺灣文藝叢誌（一九
　　一九～一九二四）——創刊百年紀念復刻版》，冊12，頁2857。

吳德功詩歌創作的成就與能力。以下且針對此詩集較值得關注的特
色，分析如後。

一　詠物詩常別寄寓意

《瑞桃齋詩稿》中存在許多詠物詩，歌詠對象包含動物、植物，
也包含人為器物。這些詠物詩常不是單純的歌詠此物的本質或形體，
而是藉由此物來寄託人生的哲理，或更深層的思想感情。例如〈途中
聞蟬鳴〉一詩：

> 荒田未盡耕，催科急欲徵。秋蟬遍樹噪，似作不平鳴。[103]

這首詩作短短四句，看似在描寫秋天樹上聒噪的蟬聲，但其實重點卻
在前兩句——「荒田未盡耕，催科急欲徵。」透過這兩句詩，表達吳
德功心中對官府不顧民瘼，欲強徵稅賦的不滿，而這種不滿卻藉由蟬
兒的鳴叫聲來進行比喻，於是有「似作不平鳴」的句子產生，這是透
過詠物詩寄託詩人心中深層的思想感情，表達對百姓生活困苦的憐
憫。再看〈放鷹〉一詩：

> 臺北有信魚，冬至每南向。臺南有義鳥，清明由北上。噫此魚
> 與鳥，來往期不妄。道傍遇樵夫，摶鷹真無狀。機關暗埋伏，
> 經營勞意匠。飛鷹墜術中，束縛扼其吭。兒童同我遊，購取隨
> 解放。相彼鷙鳥飛，天涯遊閣曠。一旦受牢籠，有翼難飛颺。

---

103 吳德功：《瑞桃齋詩稿》（南投：臺灣省文獻委員會，1992年5月，吳德功先生全集
　　本），上卷，頁11。

世途甚險巇，失足誰曲諒。所以明哲人，保身善維防。人宜鑑於鳥，行止毋孟浪。[104]

詩中所說的鷹鳥，會在清明節時候由臺南往北飛行，指的很可能是俗稱「清明鳥」的「灰面鵟鷹」。這種候鳥會在清明春分時節，集體從臺灣南部往北飛，數量相當龐大壯觀。據詩中所言，樵夫常在鷹鳥飛行的途中，設機關捕鷹，一旦進入機關中，愈掙扎就被套得愈牢。吳德功與家中孩童見狀，趕緊買來放生，看著鷹鳥重新遨遊在廣闊的天空中，德功心中不禁有感而發，遂有「世途甚險巇，失足誰曲諒。所以明哲人，保身善維防。人宜鑑於鳥，行止毋孟浪。」的勸世之語，希望人們要謹慎自己的行為，懂得明哲保身，切不可像那鷹鳥一樣，墜入牢籠中，而失去自身的自由。這是透過詠物詩，來寄託人生的哲理，道理雖淺近，意義卻深長。

除了上述兩首作品外，其它的詠物詩如〈牛車〉、〈雉〉、〈大樹〉、〈囊螢〉、〈竹〉、〈檳榔樹〉、〈竹簟〉、〈鐵珊瑚〉、〈榕樹〉、〈蘭〉、〈白頭翁〉、〈覆巢〉、……等等的作品，也都別有寓意，或寄託人生哲理，或傳達詩人更深層的思想感情，從而展現感物言志的藝術效果。

二　詩中常流露人道關懷

誠如本書第二章所言，吳德功是一位充滿濟世熱忱的儒生，對於社會慈善工作更是不遺餘力的付出，這樣一位具有悲天憫人胸懷的文人，在其詩中也常流露出濃厚的人道關懷。對於弱勢者，對於因各類

---

104 同上註，上卷，頁9。

天災或人禍而遭受苦難的百姓，吳德功詩作中總表現出同情與憐憫，為他們的際遇感到不平與不捨，甚至為他們發出吶喊。這種充滿人道關懷的作品，在吳德功詩集中每能得見，例如〈村婦嘆〉一詩：

> 鄉村之婦一何苦，纖纖弱手兼數技。漚苧漚蔴靡明晦，雞鳴報曉整衣起。跟蹌三五行成群，不施脂粉不簪珥。腰束犢鼻頭罩巾。手帶餱糧雜種籽。蓬鬢垢容無顏色，奇形怪狀似大傀。行不數武過沙溪，脫卻弓鞋涉溪水。纏足忽然又跣足，方便不如赤腳婢。度阡越陌勤經營，種瓜殺草弗停止。天際夕陽墜西嶺，沿途采薪歸鄉里。入門洗手作羹湯，老姑一聲喚餵豕。村婦聞言浩然嘆，世間多少兒女子。富貴婦女嬌藏屋，寸步金蓮生珠屨。且聞生女作門楣，不作門楣斯亦已。胡為我生獨不辰？操磨一世直到死。[105]

這首詩道盡村婦一世的辛勞，從五更天雞鳴開始便有做不完的家事和農事，一直做到太陽下山，剛從田裡回到家中，又要接著準備晚飯、餵養豬隻，絲毫沒有停下腳步的時候。這些婦女忙到沒有時間打扮自己，正如詩中所說：「不施脂粉不簪珥」、「蓬鬢垢容無顏色」。詩末德功還特別援引富貴人家的女子，來對比於操持辛勞的村婦，最後德功為這些操勞過度的村婦發出最深沉的吶喊，寫出「胡為我生獨不辰？操磨一世直到死。」的詩句，這也是詩人為村婦一生勞苦所傳達最為悲切的痛。接著再看〈收穫遇雨〉一詩：

> 孟夏五穀熟，萬寶登厥場。陰雲連日布，四野流沱滂。驛塍繡

壞間，萬頃如雲黃。襁褓荷簀衣，割穫奔走忙。堆積盈隴畔，晒曝少太陽。浸漬根芽出，漫誇千斯倉。農夫額頻感，婦子眉不揚。豈謂五百年，浩劫應紅羊。值茲瀛島間，巨變成滄桑。臺南遇水旱，淡北飛毒蝗。雲林干戈動，闔境遭飢荒。惟我臺中屬，耕稼安其常。今又逢雨禍，貽害戕稻梁。搔首問天公，天意終微茫。[106]

這首詩，將臺灣面對各類天災與戰亂時，百姓收穫無成、挨餓受饑的慘況，傳神的描繪出來。詩中提到當時臺灣各地的天災，有臺南的水災、旱災，有淡北的蝗害，有雲林的戰亂，這些天災人禍，弄得民不聊生，百姓忍受饑荒之苦。臺中一帶正慶幸未受這些災難的侵襲，能夠正常的種植作物，但沒想到當穀物成熟將要收割之時，突然連日的滂沱大雨，讓穀物因泡水而發芽，無法販賣。這樣的凶年，要農家及百姓如何過活？所以詩人為這些困苦的百姓詢問老天爺，為何讓我們遭遇如此的苦難？只可惜，「天意終微茫」，並無法給百姓一個明確的答案。

　　除了上述兩首例詩外，其它如〈遊白沙莊遇故人話時事有感〉、〈庚寅六月大雨二八圳崩壞程太守發帑開濬民賴以安〉、〈題育嬰堂朱樹梧邑令倡捐〉、〈陳仲英太守番挖賑濟〉、〈苦雨田家雜咏〉、〈焚蔗圃〉、〈樂歲〉、〈大雨連旬〉、〈割臺有感〉、〈北斗詢許茂才際鳳家有感〉、〈乙未之冬合家寄寓甘井外甥林水生家因入城一行爰賦五古十韻〉、〈送楊吉臣兄赴東京五古二十韻〉、〈步白子澄星使巡臺書感原韻〉、……等作品，或悲戰亂，或怨天災，或嘆人禍，在在都對弱勢苦難的眾生表達誠摯的人道關懷，讓人讀來亦心有戚戚焉。

---

106 同上註，上卷，頁27-28。

三　詩中頗多在地景觀與物產之書寫

在《瑞桃齋詩稿》中，有相當數量的作品是針對臺灣在地景觀，或是在地物產所書寫而成的。這些作品代表的是臺灣土地的樣貌和精神，也是依靠這片土地哺育成長的我們所該重視的作品。例如〈九十九峰歌〉一詩：

> 火燄山高衝牛斗，中列奇峰九十九。丹崖赤嶂錯落排，幾疑巨靈細分剖。勢如眾笏參碧天，天梯石棧接雲烟。東升曉日穿山出，槎枒木梳空際懸。一峰未盡一峰起，山光赫赫難迫視。巉巖森羅錦屏開，屴崱高撐玉筍峙。樹木高下蔚參差，點綴峰容景爭奇。松柏樟楠挺幽聳，繼長增高勢彌危。嶙峋怪石懸崖立，傴僂磐折向人揖。夕陽返照光四射，俯壓培塿何岌岌。噫嘻宇內多名山，海外得此真奇觀。聲教何時化蠻觸？披襟猿引絕頂攀。[107]

九十九峰是臺灣中部的名山，又稱九九峰或九十九尖峰。由於擁有火炎山特殊地形，因此與三義火炎山、六龜十八羅漢山並稱為「臺灣三大火炎山地形」。吳德功詩中對九九峰的描寫相當細膩，也十分貼切。例如「丹崖赤嶂錯落排，幾疑巨靈細分剖」、「勢如眾笏參碧天」、「一峰未盡一峰起，山光赫赫難迫視」、「巉巖森羅錦屏開，屴崱高撐玉筍峙。」這些詩句，描寫的重點有兩個：一是形容九九峰宛如火紅般的山色，如「丹崖赤嶂」、「山光赫赫」，讓人難以迫視；二是描寫九九峰各峰獨立，很少有稜脈相連之處，正所謂「眾笏參碧

---

107 同上註，上卷，頁50-51。

天」、「錦屏開」、「玉筍峙」等語句，將九九峰「一峰未盡一峰起」的
山勢傳神地勾勒出來。九九峰在九二一大地震之後，部分地區嚴重崩
塌，如今地形地貌已有所改變[108]，想要領略九九峰的原始美感，也只
能透過如吳德功這樣的古典詩作，來神遊想像了。

　　除了〈九十九峰歌〉外，其它描寫臺灣在地景觀的作品甚多，例
如〈春日遊虎山巖〉、〈題修竹軒〉、〈國姓井〉、〈溪中即景〉、〈定軍寨
春日遊覽偶作〉、〈曉登南隴〉、〈濁水溪〉、〈雨後觀山〉、〈曉登定軍
山〉、〈斗六筆尖山〉、〈水沙連〉、〈大崙坑即景〉、〈海上觀潮歌〉、〈萬
安橋懷古〉、〈九日登八卦山〉、〈遊赤崁飛來山〉、〈夜到和美庄看
燈〉、〈遊鼓山〉、〈開元寺〉、〈五妃娘娘墓〉、〈赤崁紅毛樓〉、〈登紅塗
坎山〉、〈季夏雨後野眺〉、〈秋郊即景〉、〈夕陽〉、〈春日遊東郊〉、〈湖
水坑探梅〉、……等等都是。透過這些作品的介紹，臺灣許多地方的
地理形貌，以及名園古蹟的勝處，都能穿越時空呈現在讀者的眼前。
除了這些個別的地理景觀外，臺灣傳統文人常常書寫的八景詩，在
《瑞桃齋詩稿》中也有所呈現。如其〈肚山觀海〉一詩：

　　　大肚山巍峻，高臨黑水洋。中流誰砥柱，世界幾滄桑。北望雞
　　　籠艇，南瞻鹿港航。一輪紅日落，返照入林光。[109]

這首詩，描繪著大肚山遠眺臺灣海峽的景觀，視野涵蓋臺灣南、北二

---

108 九二一大地震造成九九峰嚴重崩坍，部分地區的地形地貌已有明顯改變。農委會
　　依照文化資產保存法的相關規定，將崩塌、斷崖等特殊地景做為保育對象，在
　　2000年5月成立「九九峰自然保留區」，將九九峰約一千兩百公頃嚴重崩坍處，而
　　且是人類不易到達的地區劃設為自然保留區，供學術研究與戶外教學之用。詳見
　　林俊全：《九九峰地質地形解說手冊》（臺北：行政院農業委員會林務局，2010年9
　　月），頁6、61-73。
109 吳德功：《瑞桃齋詩稿》，上卷，頁40。

處的港口，詩末再以落日餘暉返照海岸林木的畫面作結，將山海景觀
相融相蓄的勝景具體地刻劃出來。此詩名為〈肚山觀海〉，是日治時
期臺中八景之一。日治時期的臺中八景，計有「瑤峰晴雪」、「燄山朝
霞」、「肚山觀海」、「大墩眺月」、「雙溪漁火」、「梧棲歸帆」、「鴛湖問
荷」、「龍井品泉」等八景。[110]對於這八景，吳德功只寫了六景，其中
的「雙溪漁火」跟「鴛湖問荷」並未進行書寫，不知箇中原因為何？
不過他另有一首〈東暝曉日〉，這是臺灣府八景[111]的作品，與上述臺
中八景分屬不同地區的八景詩。

在描寫臺灣各地景觀與八景詩之外，《瑞桃齋詩稿》中也描寫了
臺灣許多的地方物產，例如〈南桃〉、〈石花〉、〈檳榔樹〉、〈波羅
蜜〉、〈鐵珊瑚〉、〈竹蔗〉、〈榕樹〉、〈咏臺灣梅花〉、〈咏臺灣菊花〉、
〈玫瑰花〉、〈相思樹〉、〈西螺柑〉、〈銕樹〉、〈蠶〉、〈竹笋〉、〈愛玉凍
歌〉、⋯⋯等等。且看〈南桃一名林投〉一詩：

> 種竹蒼松外，南桃遍野塘。花開如葦白，實結似梨黃。障水當
> 沙石，編籬固梓桑。微風吹葉動，作作露針芒。[112]

這首詩講的是臺灣的林投樹，之所以稱作南桃，以音近而相通也。詩
中介紹了林投樹的花形與果形，其中所謂的實似「梨黃」，是指林投
樹的果實像鳳梨的形狀。至於「障水當沙石，編籬固梓桑。」則談到
林投樹的實用功能，能保持水土環境，也能圍成籬笆護家。林投樹是

---

110 日治時期臺中八景，詳見劉麗卿：《清代臺灣八景與八景詩》（臺北：文津出版
社，2002年4月），頁399。

111 「臺灣府八景」分別是安平晚渡、沙鯤漁火、鹿耳春潮、雞籠積雪、東溟曉日、
西嶼落霞、斐亭聽濤、澄臺觀海，這八景見諸〔清〕高拱乾：《臺灣府志》（臺
北：大通書局，1987年10月，臺灣文獻史料叢刊本），〈古蹟〉，頁223。

112 吳德功：《瑞桃齋詩稿》，上卷，頁38。

臺灣常見的海岸植物，由於耐風、耐鹽，種植在海邊能夠防風定砂，所以說它「障水當沙石」；另外，百姓也會砍伐它的樹幹當作家居圍籬或房屋建材，所以說它「編籬固梓桑」。詩末兩句「微風吹葉動，作作露針芒。」是指林投樹的葉子，其葉緣長滿銳刺如針芒一般。事實上，林投樹的功用很多，百姓還會將其氣根砍下，剝氣根的皮曬乾，製成麻繩使用；另外，它的果實、根部也能食用。[113]總之，林投樹與早期臺灣先民的生活有著極為密切的關係。

　　不論是描寫臺灣各地景觀，還是書寫各地的物產，這類詩作呈現的都是濃厚的臺灣本土色彩，有助於讀者了解臺灣在數十年前以至於一百多年前的地形地貌，還有地方上的物種物產，以及各地的古蹟名勝。這些作品所蘊含的不只是文學的藝術表現，還有地理學與生物學上的意義與價值。

四　乙未之後常見與日人應酬之作

　　《瑞桃齋詩稿》分上、下兩卷，下卷在年代上屬於乙未割日之後的作品。這時期的作品，其中一部分承襲著上卷作品既有的特色，而另一部分作品，則是與友人相唱和或相酬贈之作。例如〈時丙辰秋七月望日青年會長河東田義一郎及同人同遊日月潭爰作七律以咏其事並步前輩四律原韻列于後〉六首之二：

　　　珠潭夜景漾澄鮮，佳嶼生成別有天。旅館憑山成傑閣，番黎藉
　　　草結浮田。泛舟幾訝撈明月，鑿杵如聞操水仙。歲近古稀遊興

---

113 可參考陳玉峰：《綠島海岸植被》（臺北：前衛出版社，2015年7月），頁182。君影：《台灣海岸植物》（臺北縣：人人出版股份有限公司，2004年1月），頁152-153。

勃，探奇選勝樂無邊。[114]

詩中珠潭即日月潭。此詩作於大正五年（1916）七月十五日，吳德功與青年會長河東田義一郎等人同遊日月潭後所留下的作品。詩中的場景顯然是十五月圓之夜，詩人與日本友人坐船遊覽日月潭景色，看到水中的小島（珠嶼），還有原住民所架設的浮田，以及岸邊依山而蓋的旅館，再回頭看著水中的明月，年近七十的詩人玩興大發，感覺和友人一起遊潭實屬樂趣無邊。這是一首與日本友人同遊之後的記遊作品，它總共有六首詩組成一篇組詩，此詩是其中的第二首。這篇組詩的後四首，乃詩人步友人原韻詩作而成的唱和作品。這類應酬式的唱和之作，除了此詩外，如〈庚子中秋彰化辦務署長筧朴郎延請到新建宿舍樓中玩月飲酒爰賦七律〉、〈辛丑仲春我木下校長領教員往湖水坑探梅折枝攜歸插膽瓶中三屋大五郎作詩以紀之爰和七絕四首〉、〈敬和樋口秘書官重陽原韻〉、〈己酉春日小松吉久廳長折束招飲即席賦詩敬步原韻〉、……等等皆是。

除了與友人相唱和的作品外，這時期更大宗的是酬贈詩，贈詩的對象有一小部分是臺籍友人，如〈送黃先生玉堦回淡〉、〈贈蔡蓮舫姪女倩之東京回臺〉、……等，不過數量較少，較多數的時候是贈予日本友人。例如〈送伊東愛敬判官〉二首之二：

公庭訟獄日紛爭，舊慣調查相輔行。念切痌瘝般在抱，幾經商酌便分明。[115]

這首詩讚揚伊動判官斷案時能關心民瘼，且能以臺灣舊有風俗慣習來

---

114 吳德功：《瑞桃齋詩稿》，下卷，頁229。
115 同上註，下卷，頁190。

做為斷案的輔助依據，如此往往能使案情明朗，而做出適當的判決。這類的酬贈詩數量極多，除了此詩外，如〈送加籐禮次郎法家正可〉、〈恭贈橫堀三子〉、〈贈原修次郎東京士族〉、〈本田弘篤大國手〉、〈寄贈淺野哲夫〉、〈寄贈陸軍參謀竹下平作君五古十六韻〉、〈送大津釰次郎院長有序〉、〈恭贈川上金十郎大壽雙慶〉、〈恭贈總督府參事官兼事務官警察獄吏練習所長湯目保隆君令尊牧山翁七旬大慶壽言二十四韻〉、〈送豐田俊助檢察官長〉、〈送岡本忠朋高等通譯官〉、〈送原誠一判官〉、〈送高田鈠一郎判官〉、〈送伊東愛敬判官〉、〈送日高幸平醫院長〉、〈恭贈水藩執政戶田獻公五十載忌辰〉、〈賀加籐尚志廳長銀婚式〉、〈贈瀧野先生〉、……等等，都是酬贈之詩。

　　上述所說與日人相唱和或酬贈之作，在乙未割臺之後會大量產生，當然與吳德功最後選擇與日本當局交流合作有關，在交遊環境改變的影響下，這類詩歌的寫作必然應運而生。雖然這類詩歌多屬應酬式作品，但也不能因此輕視其存在之價值。因為從中可了解吳德功的交遊狀況，從而分析其成就事功所憑藉的人脈；而且詩中所書寫的內容，有時亦是了解當時社會景象的史料，有助於我們了解當時社會的真實情況。例如方才所引〈送伊東愛敬判官〉一詩，詩中談到伊東法官判案時會參考臺灣傳統的舊慣風俗，以使判決能符合臺灣民情。透過這首詩，我們了解當時總督府設置的「臨時臺灣舊慣調查會」確實發揮了作用；此外，吳德功等多位臺灣仕紳擔任「臨時臺灣舊慣調查會」的事務囑託員，同時也擔任地方法院「舊慣諮問會」的事務囑託員，提供各界對於臺灣舊慣習俗的諮詢，這份工作也確實對臺灣社會（包含法官判案）產生了實質的影響。依此觀之，這類應酬式詩作，雖然偶而招來價值上的質疑，但其詩歌內容亦有學術研究或史料上的參考作用，不宜全盤地否定才是。

第七節　《彰化節孝冊》

　　《彰化節孝冊》一書，為吳德功所編纂，但書中節孝婦事蹟的採錄，並非盡出吳德功之手，有些係他人採訪所得。此書之作者自〈序〉，寫作時間為大正八年（1919）四月，而〈序〉中曾提及此書內容將分次刊載於《臺灣文藝叢誌》；經查索此一刊物，其刊載期別為一九一九年第六、七、八、九、十一、十二號[116]，時間是該年六月至十二月。另外，作者附於書後的〈跋〉文，日期則署為同年九月二十七日，在跋文之後，又附有明治三十五年（1902）經彰化廳長須田綱鑑同意旌表之四名節孝婦小傳。從以上資料看來，此書之正式定稿，應是在一九一九年的下半年，之後在該年十二月，吳德功將之寄贈臺灣總督府圖書館典藏。[117]

　　《彰化節孝冊》一書，突顯了傳統文化對於節孝婦的重視和宣揚。此書的存在，有幾點值得注意之處，以下分項陳述之。

一　編纂目的

　　此書編纂的目的，吳德功本人在〈自序〉中說：

---

116 吳德功《彰化節孝冊》一書的內容，連續刊載於《臺灣文藝叢誌》第六、七、八、九、十一、十二號中，為何中間會跳過第十號？這是因為《臺灣文藝叢誌》因故脫刊，並未發行第十號所致。而其脫刊的原因，在第十一號的內文中有敬告讀者，說是因為「承印之臺灣新聞社忙碌異常，以致逐月延期，且各處活版所皆無承印之能力。」詳見鄭汝南編輯：《臺灣文藝叢誌》（臺中：臺灣文社，大正八年11月1日），第十一號。今收錄於郭秋顯、賴麗娟編纂：《臺灣文藝叢誌（一九一九～一九二四）──創刊百年紀念復刻版》，冊4，頁979。

117 吳德功寄贈《彰化節孝冊》給臺灣總督府圖書館典藏之事。詳見劉寧顏總編纂：《重修臺灣省通志》（南投：臺灣省文獻委員會，1993年1月），〈藝文志・著述篇〉，卷10，頁181。

伏以潛德幽光，宜流傳於不朽；而時移世易，恐歷久以就湮。
夫以婦人之守節，吃盡辛苦於生前，宜享盛名於身後。乃其間
未經採訪、與草木同腐者，不知凡幾。即幸已蒙旌表，而姓氏
未泐諸貞珉，滄桑一變，老成凋謝，勢必星散無存。此節孝名
冊之刻，所由亟也。……庶貞魂烈魄，不致湮末而不彰也。[118]

就吳德功〈序〉文的說法，他編纂《彰化節孝冊》，目的在於發揚節
孝婦的「潛德幽光」，希望她們「貞魂烈魄」，能夠「流傳於不朽」，
因為她們守節，「吃盡辛苦於生前，宜享盛名於身後。」可見吳德功
輯錄付印此書的目的，是企圖發揚節孝婦的道德精神，使她們流傳千
古，成為後世的典範。

二　採錄的節孝婦類型

《彰化節孝冊》一書所採錄的節孝婦共有三百一十六名。[119]所謂
的「節孝婦」，只是一個統稱，其實還可依照婦女受旌表事蹟之不
同，再區分成多種類型。[120]對此，《彰化節孝冊》所採錄的三百一十

---

118 吳德功：《彰化節孝冊》（南投：臺灣省文獻委員會，1992年5月，吳德功先生全集
　　本），〈自序〉，頁191-192。

119 莊進宗〈《彰化節孝冊》研究〉一文，針對這三百一十六名採錄的節孝婦進行對比
　　考證，認為有八位重列者，所以實際為三百零八位。此文原發表於成功大學所舉
　　辦的「第一屆臺灣儒學研究國際學術研討會」，後收錄於國立成功大學中文系編：
　　《第一屆臺灣儒學研究國際學術研討會論文集》（臺南：臺南市文化中心，1997年
　　6月），下冊，頁254-257。

120 對於節孝婦類型的區分，各部志書體例並不一致，就以和《彰化節孝冊》編修年
　　代相近的幾本地方志書來看，如《澎湖廳志》分為名媛、貞烈、貞女、貞節、烈
　　婦、節孝等六類，詳見〔清〕林豪：《澎湖廳志》（臺北：大通書局，1987年10
　　月，臺灣文獻史料叢刊本），〈人物〉，卷8，頁255-259；《苗栗縣志》分為賢婦、貞

六名節孝婦，依其旌表事蹟之不同，可區分為貞婦[121]、烈婦[122]、節婦[123]、貞烈婦[124]、節烈婦、節孝婦[125]等六類。

在《彰化節孝冊》這三百多名的節孝婦中，有道光時期《彰化縣志》所採錄者；有同治十二年（1873）由山長蔡德芳、拔貢生林淵源一同採錄者；有光緒十二年（1886）由山長丁壽泉、訓導劉鳳翔以及吳德功共同採錄者；有光緒十二年（1886）後陸續由學官請旌者，如光緒十三（1887）年節烈婦林施氏、陳張氏，光緒十五年（1889）貞烈婦郭洪氏等三名；有明治三十五年（1902），由吳德功、吳鸞旂、周連山、楊吉臣等仕紳聯合向彰化廳長須田綱鑑請旌獲准者（如貞烈婦林楊氏、烈婦世張氏、……等四名）。以上總共有五個採錄的時間

孝、節孝、節烈四類，詳見〔清〕沈茂蔭：《苗栗縣志》（臺北：大通書局，1987年10月，臺灣文獻史料叢刊本），〈列女〉，卷14，頁207；《新竹縣采訪冊》分為貞孝女、貞烈女、貞節婦、賢婦、孝婦、節烈婦、節孝婦等七類，詳見纂修者不詳：《新竹縣采訪冊》（臺北：大通書局，1987年10月，臺灣文獻史料叢刊本），〈列女〉，卷10、11，頁295-297；《鳳山縣采訪冊》則分為烈婦、節婦、貞烈婦、節烈婦、節孝婦、孝烈婦、孝婦、貞孝烈婦、貞孝婦、貞孝女、壽婦等十一類，詳見〔清〕盧德嘉：《鳳山縣采訪冊》，〈辛部・列女〉，頁279-336。以上各書對於節孝婦類型的分法不同，也可看出各家修史者對於婦德形象的關注點是有所差異的。

121 所謂貞婦，《鳳山縣采訪冊》云：「已字未嫁而夫死，遂至夫家守貞者，曰貞婦。」見〔清〕盧德嘉：《鳳山縣采訪冊》（臺北：大通書局，1987年10月，臺灣文獻史料叢刊本），〈采訪案由〉，頁22。

122 所謂烈婦，《鳳山縣采訪冊》云：「夫死以身殉夫者，曰烈婦。遭遇盜賊強暴，捐軀殉難者，婦曰烈婦，女曰烈女。」見〔清〕盧德嘉：《鳳山縣采訪冊》，〈采訪案由〉，頁23。

123 所謂節婦，《鳳山縣采訪冊》云：「凡節未有不孝者也，不論妻妾。但年三十以前，夫死而守節至五十歲者，或年未五十而身故，其守節已及六年者，均曰節婦。」見〔清〕盧德嘉：《鳳山縣采訪冊》，〈采訪案由〉，頁23。

124 所謂貞烈婦，《鳳山縣采訪冊》云：「凡婦女貞而兼孝者，曰貞孝；兼節者，曰貞節；兼烈者，曰貞烈。」可見同時具有貞婦與烈婦兩種行誼者，即所謂貞烈婦。見〔清〕盧德嘉：《鳳山縣采訪冊》，〈采訪案由〉，頁23。

125 所謂節烈婦、節孝婦，《鳳山縣采訪冊》云：「凡婦女……節而兼孝者，曰節孝；兼烈者，曰節烈。」見〔清〕盧德嘉：《鳳山縣采訪冊》，〈采訪案由〉，頁23。

點，其中前四個採錄的時間點，也就是從道光版《彰化縣志》一直到光緒年間所採錄的節孝婦名冊，本來存在於吳德功主修的《彰化縣采訪冊》中，但在乙未之役時散佚了。如今所看到的《彰化節孝冊》，其中在光緒年間，以及更早之前的節孝婦名單，其實是乙未戰亂後由吳德功聯合蔡德芳、施至善、王敏川等人，重新依據彰化節孝祠所供奉的神主牌位，再比對同治、光緒年間報請的節孝婦名冊，並再一次進行實際訪查而編成的。[126]所以名冊內容並不完全等同於當初《彰化縣采訪冊》中的節孝婦名單，但至少已保留部分原來的樣貌。

在這三百一十六名節孝婦中，依據婦女受旌表事蹟之不同，區分成貞婦（五名）、烈婦（八名）、節婦（二百九十七名）、貞烈婦（二名）、節烈婦（二名）、節孝婦（二名）等六類。從這六類的的數目來看，節婦的數量是最多的，這也反映了當時臺灣中部婦女守節的濃厚觀念。[127]

三　節孝婦的排列順序

《彰化節孝冊》一書，對於所採錄的節孝婦，其排列順序與當時其它志書的作法有所差異。當時其它志書對於節孝婦的排列，大致有

---

126 詳見余怡儒：〈吳德功的歷史書寫與時代關懷〉，頁63。

127 《彰化節孝冊》當時採集節孝婦的區域範圍，多在臺灣中部，所以反映的也多是臺灣中部婦女的節孝觀念。據吳德功〈自序〉的說法，當時採錄節孝婦的區域，「北至牛罵頭，東至東勢角、南投及埔里社，南至沙連及北斗，西至西螺及海豐、布嶼。」牛罵頭屬今臺中清水區；東勢角屬今臺中東勢區，皆臺灣中部。至於沙連（指沙連堡）、海豐（指海豐堡）、布嶼（指布嶼東保、布嶼西保）這幾個地區，本屬彰化縣，在光緒十三年（1887）雲林獨立設縣時劃入雲林縣，因此地緣上也多在臺灣中部。（詳見施添福總編纂：《臺灣地名辭書・雲林縣》（南投：國史館臺灣文獻館，2002年9月），頁3。）由以上分析可知，當時吳德功等人採訪節孝婦的區域，多在臺灣中部一帶。

三種作法：

第一種作法，是依照婦女的旌表類型來進行排列。例如林豪《澎湖廳志》，它在卷八〈人物〉中，依「名媛」、「貞烈」、「節孝」等三個旌表類目，來對書中婦女進行排列，其中「名媛」類，計有許氏卻娘等九人；「貞烈」類（含貞女、貞節、烈婦），計有劉正娘等十一人；「節孝」類，計有林氏等三百一十二人。[128]除了《澎湖廳志》外，沈茂蔭《苗栗縣志》也是依婦女旌表類型來進行排列。[129]

第二種作法，是依照所採錄婦女的居住地區進行排列。例如盧德嘉《鳳山縣采訪冊》，它在〈辛部‧列女〉中，依照鳳山縣各轄區為單位進行排列，同時將各轄區所採錄到的婦女放在一起，如安平鎮（有烈婦黃棄娘、烈婦阮蔭娘）、中洲莊（有烈婦鄭月娘）、鳳山莊（有節孝婦黃氏）、竹橋莊（有節烈婦王掞娘、烈婦吳潔娘、節孝婦李快娘）、興隆莊（有節孝婦董氏、孝婦成桂娘、節孝婦曾好娘、節孝婦黃喜娘、節孝婦楊茂娘）、……等等，當一個轄區的婦女載錄完畢後，再換另一個轄區的婦女進行載錄，這就是依婦女的居住地進行排列的模式。[130]

第三種作法，是依照所採錄婦女的居住地區，同時又結合婦女的旌表類型來進行排列。例如倪贊元《雲林縣采訪冊》，它將所採錄到的婦女，先依其居住地置入，如〈斗六堡‧節孝婦〉、〈大槺榔東堡‧節婦〉；接著，再就每個居住地的婦女，依照其旌表類型再進行排列區分，例如〈大槺榔東堡〉這個居住地，就再依「節婦」、「節孝婦」、

---

128 詳見〔清〕林豪：《澎湖廳志》，卷8〈人物〉，頁255-300。

129 〔清〕沈茂蔭《苗栗縣志》對於所採錄的節孝婦，依「賢婦」、「貞孝」、「節孝」、「節烈」等四種旌表類型來進行排列，其中「賢婦」類，計有黃氏等三人；「貞孝」類，計有林春娘一人；「節孝」類，計有洪氏等三十二人；「節烈」類，計有楊氏等二人。詳見氏著：《苗栗縣志》，卷14〈列女〉，頁207-212。

130 詳見〔清〕盧德嘉：《鳳山縣采訪冊》，〈辛部‧列女〉，頁279-282。

「節烈婦」等三種旌表類型進行排列，其中「節婦」類，計有蔡吳氏等四人；「節孝婦」類，計有蔡楊氏等八人；「節烈婦」類，計有馬吳氏等三人。[131]這種排列法，就是同時結合了婦女居住地區和旌表類型而成的排列方式。《嘉義管內采訪冊》，亦是採用此種排列方式。[132]

《彰化節孝冊》一書對所採錄婦女的排列方式，與上述三種作法都不同，此書先依同治年間、光緒年間、明治時期等三個時代的區塊進行排序，然後每個時代的節孝婦先一同列出名單來，列名時，有小傳的節孝婦放在名單前面，沒有小傳者放後面；整個名單條列清楚後，再放入婦女的小傳。這種排列的方式，與上述同時期志書的作法均不相同，這也可說是《彰化節孝冊》的另一項特色。

第八節　《瑞桃齋詩話》

對於《瑞桃齋詩話》的討論，本書以江寶釵《瑞桃齋詩話校註》為底本進行分析。此書的內容有六卷，這六卷的內容在謝崇耀〈瑞桃齋詩話初探〉、李知灝〈吳德功《瑞桃齋詩話》研究〉，以及江寶釵《瑞桃齋詩話校註》中都有探討，各家論述或淺或深，皆有可資參考之處。今筆者針對這六卷的內容，簡要說明如後。

卷一〈詩法〉（五六七言歌行）：此卷內容，吳德功《瑞桃齋詩話·自序》云：

---

131 詳見〔清〕倪贊元：《雲林縣采訪冊》（臺北：大通書局，1987年10月，臺灣文獻史料叢刊本），頁37-57。

132 詳見纂修者不詳：《嘉義管內采訪冊》（臺北：大通書局，1987年10月，臺灣文獻史料叢刊本），頁6-7、32-33、65。按：此書全名甚長，原題為《嘉義管內打貓西堡、打貓北堡、打貓南堡、打貓東下堡下三分、打貓東頂堡采訪冊》，後經周憲文等人編修《臺灣文獻叢刊》時，將其書名簡化成《嘉義管內采訪冊》。

然當日曾輯詩法一編，集名人緒言，條錄古近體歌行諸法，並
采禹域各省名人諸作，以示生徒，是目為第一卷。[133]

從吳德功序言可知，卷一的內容主要是分析古體、近體及歌行樂府等
各體詩歌的作法，還有載錄大陸一些詩歌名家的作品，其目的在於授
課教學時使用。這一卷詩話的內容，對於詩歌理論做了許多探討，主
要有「詩歌體裁論」、「詩歌創作論」、「詩歌批評論」。就「詩歌體裁
論」而言，例如對古詩、絕句、律詩、樂府歌行、詩鐘等幾種詩歌體
裁進行探討，探討的主題並不完全相同，有的詩體探討的主題較多
樣，有的則較少，總計對於各體詩歌的討論，主題包含了詩歌起源、
體製格式、詩題命名、本質特色以及沿革發展等等。

　　「詩歌創作論」的部分，則可概分為「創作基本觀念」以及「創
作技法」兩大區塊。「創作基本觀念」包含了作詩忌剽竊、要量力度
才、要多讀書廣聞見、要法古而不為古所拘、讀唐詩在得古人精神及
筆法之妙、讀書到神化不必規矩、……等等。至於「創作技法」，談
到了命意、字法、句法、篇法、對偶、用事（用典）、聲律、……等
等的問題。例如在談七言律詩的對偶時，介紹了折腰對、三折對、倒
裝對、分裝對、流水對、走馬對、錯綜對、句中對、就句對等對偶類
型，並分別引用例句進行說明。又如其談篇法，其中一個要點就是
首、尾文意要相互照應。其云：「楊仲宏曰：『詩要首尾照應。多見人
中間一聯儘有奇構，全篇湊合，如出二手。』」[134]此處引楊仲宏的說
法，認為作詩的篇法結構，在起首和結尾處的文意應該要相互呼應，
否則即使中間一聯寫得奇特巧妙，整篇閱讀起來也會像是出於不同作

---

133 吳德功著，江寶釵校註：《瑞桃齋詩話校註》（高雄：麗文文化事業股份有限公司，
　　2009年3月），卷1，頁61。
134 同上註，卷1，頁81。

者所寫之詩，因為首、尾二處文意無法相互應合所致。

「詩歌批評論」的部分，有評論作家者，也有評論作品者。前者如評廣東二家詩（陳恭尹、屈大均、梁佩蘭）、程可則、吳雯、張綱孫、梅清、屈復、吳梅村、吳中詩人（杜子綸、潘高、許子遜、李果）、杭世駿、吳山尊、……。對這些作家或詩派的評論，吳德功有時自抒己見，有時則引他人評語為論，所評不外乎詩人風格之所宗，或詩作之特色，或詩作之得失利弊。至於對詩歌作品的評論，如評咏史詩、無題詩、香奩體詩、曹子建〈洛神賦〉等等，這一類的評論較偏於對特定題材作品之評論。

卷二〈佳話〉（清國君臣唱和及各詩家）：此卷內容，吳德功《瑞桃齋詩話・自序》云：

> 清康熙、乾隆二帝右文，嘗與諸臣唱和，不遜於虞庭賡歌。二次開博學宏詞科，拔取寒畯江南三布衣，一時應制文字多出其手，立致通顯，盛矣哉！故為第二卷。[135]

從這段序文可知，第二卷的內容主要是記載清代君臣相互唱和之事，並宣揚君王能禮賢下士，拔擢優秀士子，使寒儒有機會可以展現才華、報效國家。在這卷之中，吳德功記載了許多清代承沐皇恩的詩人，如梁詩正、蔡新、沈德潛、王杰、董誥、朱珪、高士奇、陳廷敬、葉方藹、徐潮、宋犖、賈國維、……等等，對於這些詩人的載述，並非專評其詩文成就，而是記載他們的生平經歷，尤其是他們受到君王器重的事蹟，其間也常收錄皇帝所賜贈之詩，以及詩人們所寫的紀恩詩，企圖營造明君賢臣之間和樂融融的景象。筆者認為，這一卷的撰寫，極可能是吳德功自身心態的投射，吳德功七次鄉試皆不

---

135 同上註，卷1，頁61-62。

中，滿腹才學無處施展，心中懷才不遇之感必然深刻，此時亟待有明君出現，能提攜自己，讓自己有發揮所長、揚名天下的機會。這種期待上位者提攜的求進思想，在其〈遊龍目井記〉、〈竹瓶記〉、〈觀榕根井記〉、〈東螺石硯記〉等文章中都有所呈現。[136]所以此卷極力營造寒儒布衣受到明君眷顧提拔的景象，極可能就是吳德功內心想法的投射。江寶釵認為此卷「或許是吳德功嚮往功名、夢登金榜因而產生的想像。」[137]意思亦近於此。

卷三〈詩遺〉（摘錄流寓及本島諸作）：此卷內容，吳德功《瑞桃齋詩話‧自序》云：「本島流寓、名流，及有關於本島勝跡，其詩亦錄為第三卷。」[138]從這段引文可知，此卷所載述的主要有三個部分：

第一是流寓之詩，所謂流寓，是指大陸來臺官員或文士，如朱樹梧、唐景崧、施文波、沈應奎、郁永河、陳文騄、蔡醒甫、羅大佑、……等人，書中記載這些人的生平事蹟與詩作。

第二是本島名流之詩，所謂名流，包含臺灣本地的文人，如丘逢甲、吳德功、林允卿、陳儒林、施士洁、洪士暉、……等；還有一般社會賢達之人，如賢烈婦何孺人、烈女郭洪氏、僧人寶山長青、林大喜、……等。書中記載臺灣本地文人的生平事蹟與詩作；至於社會賢達之人，其事蹟則被文人當作寫詩的題材，而產生許多相關作品，被吳德功選錄於書中。

第三是本島勝跡之詩，這是以臺灣某些特殊事物為題材所寫之詩，如書中所載檳榔詩、法華寺詩、菊花詩、五妃墓詩、飛魚詩、巨蛇吞鹿詩、……等等。

---

136 吳德功期待上位者提攜的求進思想，詳見筆者〈吳德功古文的求進思想及其傳達手法〉，《真理大學人文學報》第23期，2019年10月，頁41-72。

137 吳德功著，江寶釵：《瑞桃齋詩話校註》，〈瑞桃齋詩話編序〉，頁VI。

138 同上註，頁62。

卷四〈詩鐘〉（本島及福州、湖北）：此卷內容，吳德功《瑞桃齋詩話・自序》云：

> 詩鐘之作，湖北易順鼎等及福州文人所作佳句；光緒庚寅臺中設府治，各縣老師皆駐彰化，僕與諸友唱和，及蔡醒甫先生荔譜吟社，及唐撫臺與名流吟咏佳聯，皆錄入為第四卷。[139]

從引文可知，此卷內容乃載錄文人所作之詩鐘作品，包含湖北易順鼎等文人、福州文人、吳德功與友人（黃鑑亭、林鵬霄、吳逢清、周維垣、廖克稽、施子芹、程郁亭、蔡子庭、蔡壽石、蔡滋其）、荔譜吟社文人，還有唐景崧與文友等人所作的詩鐘作品。除了收錄上述文人的優秀作品外，也特別介紹了幾種「嵌字格」詩鐘的體式，如魁斗體、碎聯體、鼎峙體、蟬聯體、雙鉤體等，並針對各體援引例句以作闡釋，有助於讀者了解各體詩鐘之內涵。此外，吳德功也針對《詩畸》、《壺天笙鶴集》等詩鐘作品集進行介紹，並援引集中作品進行說明。

卷五〈詩史〉（清國有關於國事及日本者）、卷六〈詩錄〉（內地詩章及新聞摘錄）：對於卷五、卷六的內容，吳德功《瑞桃齋詩話・自序》云：

> 甲申法國寇臺，及戊戌清廷政變，其詩以記時事，是謂詩史，錄入為第五卷。臺灣初入帝國版圖，明治三十年內地諸名宿來遊，臺北每日報紙刊詩數十首，僕譜之，大為激賞，錄之為第六卷。[140]

139　同上註。
140　同上註，頁62-63。

依〈序〉文的說法，卷五所載乃清末中法戰爭、戊戌政變，以及當時
所發生的重要事件，此外也包含因這些事件所衍生的詩歌作品。仔細
檢視書中所載，這些事件除了中法戰爭、戊戌政變外，還有鴉片戰
爭、甲午戰爭、中越戰爭、義和團事件、臺灣抗日事件等等。至於卷
六，〈序〉文謂其內容乃日本文人在明治三十年（1897）來臺所作之
詩，這些詩作發表在報紙（臺灣新報）上，吳德功甚為欣賞，於是將
之收錄於書中。不過細審此卷內容，除了收錄日本來臺詩人的作品
外，也收錄了幾位臺灣詩人（李秉鈞、臥雪山人、黃茂清、王松、丘
逢甲）的作品，不全然為日人之作。最後有一個問題要做一釐清，亦
即書中卷五、卷六的內容，事實上與吳德功〈自序〉中的講法是不同
的，〈自序〉中所說的卷五，實際上是書中卷六的內容；而〈自序〉
中所說的卷六，實際上是書中卷五的內容。這個部分在此做一釐清，
俾使讀者閱讀此書時不至於產生混淆。

第九節　吳德功手稿筆記、寫本書籍中的作品

　　吳德功有一批文物，主要是手稿筆記、寫本書籍，目前典藏於國
立臺灣文學館（以下簡稱臺文館）。這批文物是由吳安世醫師所捐
贈。根據吳醫師的說法，這批文物中的部分物件，曾遭受一九五九年
中部八七水災的侵害，水漬痕跡明顯且紙質不佳，為了讓這批文物有
較好的保存環境，於是將其捐贈給臺文館，希望能夠長久保存。

　　據吳醫師表示，這批文物只是吳德功所留文物的一小部分，其餘
文物，有的在八七水災時損壞了；有的則被雅賊所偷，如今不知去
向；還有一部分，聽說在國立宜蘭傳藝中心辦過展覽，但這部分無從
證實。針對宜蘭傳藝中心這個部分，筆者十分重視，若真有另一批文
物保存在該處，那對於研究吳德功學術而言，是相當寶貴的資料。為

此，筆者也曾兩度去電詢問，但該中心表示，並無吳德功相關手稿文物之典藏。雖然獲得的訊息是如此，但此事或可持續追蹤處理。

關於目前臺文館所典藏的這批吳德功文物，有手稿筆記、手稿信紙、影本筆記，也有寫本書籍，館方將之區分為五類，分別是《戴案紀略（上）》（批次號碼：20160230448）、《讓臺記》（批次號碼：20160230499）、「吳德功手書文友柏梁體詩詞」（批次號碼：20160230475）、「吳德功手錄前賢詩文作品」（批次號碼：20160230446）、「乙卯八月十六夜彰化水源地觀月」（批次號碼：20160230449）。以下且針對這五類文物分項介紹。

一　《戴案紀略》（上）寫本

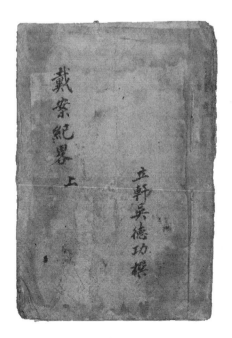

圖 3-3　「臺文館本」《戴案紀略》（上）寫本
（圖片由國立臺灣文學館授權使用）

國立臺灣文學館所收藏的《戴案紀略》（上）寫本（以下簡稱「臺文館本」），其水漬痕跡以及蟲蛀情形都非常嚴重，內部頁面情況更差，紙質極為脆弱，稍有外力碰觸，都可能造成損傷。

「臺文館本」《戴案紀略》只有上冊，內容並不完整。書前有日人中村櫻溪的〈序〉文，也有吳德功的〈自序〉，這與國立臺灣圖書館所典藏的定稿本（以下簡稱「臺圖定稿本」）一樣。不過這篇中村櫻溪的〈序〉文，在後來臺灣銀行經濟研究室所發行的《臺灣文獻叢刊》第四十七種《戴施兩案紀略》中已被刪去，而被代以蔡德芳所寫〈施案紀略序〉，此殊為可惜。

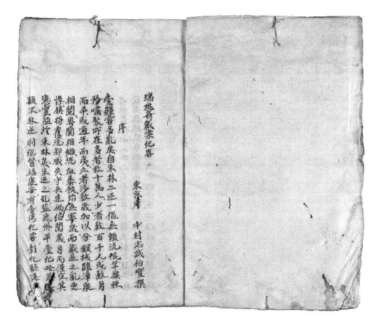

圖 3-4　「臺文館本」《戴案紀略》（上）之中村櫻溪〈序〉
（圖片由國立臺灣文學館授權使用）

「臺文館本」《戴案紀略》（上）字跡較為潦草，不像「臺圖定稿本」那般字跡工整。而且書中有多處內容都做了修訂，吳德功將許多

原有的字句劃掉，在旁邊重新寫上新字句，看起來就像是一本校訂性質的文本。筆者將「臺文館本」與「臺圖定稿本」相互比對，發現它應該是《戴案紀略》初稿本的修訂本，「臺圖定稿本」就是據此修訂本而寫成的。所以「臺文館本」是「臺圖定稿本」的前身，「臺圖定稿本」是以它為底本進行書寫的。之所以如此認定，原因在於「臺文館本」的內容有許多修訂之處，這些修訂的內容除了少數幾處外，幾乎全部呈現在「臺圖定稿本」中，由此可知，「臺圖定稿本」書寫時，是以它做為底本進行書寫的。

關於「臺文館本」對《戴案紀略》初稿本的修訂，以及修訂內容被寫入「臺圖定稿本」的情形，筆者且援引實際例子以為說明。例如《戴案紀略》記載十七日巳刻的戰情，其文中有一句話，初稿本寫說：「泉人之出入，皆積碍遭掠。」對此，「臺文館本」將「積」字改為「窒」字，全句變成「泉人之出入，皆窒碍遭掠。」[141]而這樣的修改，也直接呈現在「臺圖定稿本」中。

接著再看另一個例子，在六月十三日的戰情中，有一段描寫提督軍門曾玉明帶兵收復彰化馬芝堡四庄之事，初稿本是這麼說的：

> 攻破彰化馬庄。燕霧二十四庄附官，每往鹿港解鉛藥，賊恆拒。

---

141 本章第一節曾經說過，《戴案紀略》一書在寄贈臺灣總督府圖書館典藏之前，有一部分曾先連載於《臺灣教育會雜誌》中，時間從第二十八期（1904年7月25日）至三十九期（1905年6月25日）。此處所討論「泉人之出入，皆積碍遭掠。」句，出現在該雜誌第二十九期（1904年8月25日）中，當時雜誌所刊內容，亦同初稿本使用「積」字，而非「臺文館本」修訂後的「窒」字。由此也可得知，「臺文館本」對初稿本的修訂時間以至於成書時間，至少應在1904年8月之後，而在1919年4月寄贈定稿本給臺灣總督府圖書館典藏之前。

初稿本的這段話，在「臺文館本」中被修訂如下：

克復彰化馬芝堡、菁埔仔、後涵、馬鳴山四庄。

這樣的修訂內容，後來便直接呈現在「臺圖定稿本」中，一字都不差。「臺文館本」裡其它各處修訂之字句，幾乎也都像上述所舉例子一樣，全數被寫入「臺圖定稿本」。據此可知，「臺文館本」應是初稿本的修訂本，是「臺圖定稿本」的前身，「臺圖定稿本」書寫時是以「臺文館本」做為抄錄之底本。

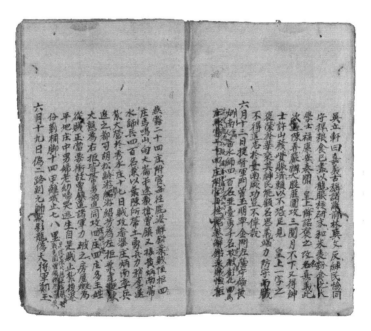

圖 3-5 「臺文館本」《戴案紀略》（上）所載六月十三日記事。[142]
（圖片由國立臺灣文學館授權使用）

---

142 圖中為六月十三日之記事，明顯可見吳德功在某些字句旁進行修訂，這些修訂的字句，後來都被寫入國立臺灣圖書館所典藏的《戴案紀略》定稿本中。

　　不過這裡有一點要特別提出說明，「臺文館本」中所修訂之字句，雖然幾乎全數呈現在「臺圖定稿本」裡，但並非百分之百，也有少數幾處有些許差異。例如義首李章慈帶兵企圖收復彰化，卻不幸戰死一事。初稿本寫道：

　　　　六月，義首李章慈，倡先率眾，攻彰化詔安厝。

初稿本的這段話，在「臺文館本」中被修訂如下：

　　　　六月，義首李章慈，倡先率眾，欲克復彰化城，先攻詔安厝。

但是「臺文館本」所修訂的內容，在寫入「臺圖定稿本」時，卻被調整為：

　　　　六月，義首李章慈，首倡率眾，圖復彰化，攻詔安厝。

由此可知，「臺文館本」所修訂的內容在寫入「臺圖定稿本」時，也有再度被修訂的情形，但是這種情況非常少，屬於特殊案例。在撇開這種少數特例不談的情況下，就整體多數的情況來看，「臺文館本」所修訂的內容在寫入「臺圖定稿本」時，幾乎都直接呈現出來，很少再被更動。因此我們可以說，「臺文館本」《戴案紀略》（上）乃初稿本的修訂本，是「臺圖定稿本」的前身，「臺圖定稿本」書寫時以它做為抄錄的底本。

二 《讓臺記》寫本

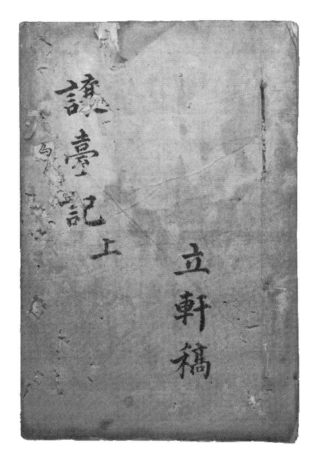

圖 3-6 「臺文館本」《讓臺記》寫本
（圖片由國立臺灣文學館授權使用）

國立臺灣文學館所典藏的《讓臺記》寫本（簡稱「臺文館本」），共有
上、下兩冊。這兩冊寫本目前的情況很不理想，除了水漬痕跡和蟲蛀
情形跟上揭《戴案紀略》（上）一樣嚴重外，此書下冊很多頁面的文
字線條已淡到不易辨識，紙質亦十分脆弱，令人擔憂。

　　此書之字體，與福建省圖書館所典藏的版本（以下簡稱「閩圖寫本」）一樣，均以硬筆書寫，和目前國立臺灣圖書館所典藏的定稿本[143]（以下簡稱「臺圖定稿本」）是以毛筆書寫不同。就內容而言，經筆者相互比對，發現「臺文館本」的《讓臺記》，是以「閩圖寫本」為底本進行修訂後的本子，可視為「閩圖寫本」的修訂本。至於它和「臺圖定稿本」的關係，「臺圖定稿本」是以它為寫作底本，再加上一些增刪而成的，所以它算是「臺圖定稿本」的前身。由以上說明可知，「臺文館本」《讓臺記》的寫成時間，當在「閩圖寫本」之後，而在「臺圖定稿本」之前。

　　關於「臺文館本」《讓臺記》和「閩圖寫本」《讓臺記》之異同，以下且分項說明。相同之處：一，兩者皆為硬筆書寫之字體；二，皆有吳德功的〈自序〉；三，〈凡例〉均為四條；四，皆收錄〈臺灣民告曰〉一文，文後還附有上海蔡爾康對此文之評論。至於相異之處：一，「臺文館本」多了日人館森鴻的〈序〉；二，「閩圖寫本」的內容中，有一些字句做了修訂，但「臺文館本」中修訂的字句增加更多，而且是以「閩圖寫本」所修訂的內容為基礎再擴大修訂的，所以「臺文館本」是以「閩圖寫本」為底本進行修訂後的本子。

---

143 今國立臺灣圖書館所收藏的《讓臺記》，是吳德功一九一九年四月捐贈給臺灣總督府圖書館典藏的定稿本。

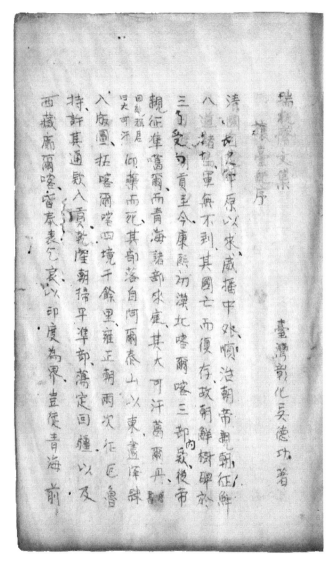

圖 3-7 「臺文館本」《讓臺記》之〈自序〉[144]
（圖片由國立臺灣文學館授權使用）

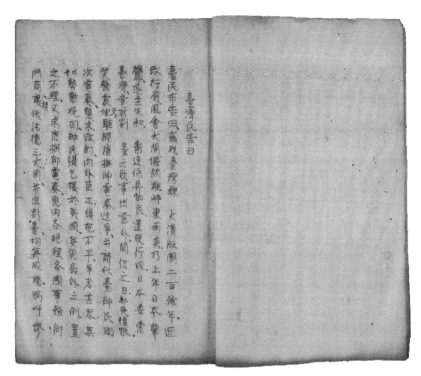

圖 3-8　「臺文館本」《讓臺記》之〈臺灣民告曰〉一文[145]

（圖片由國立臺灣文學館授權使用）

　　至於「臺文館本」《讓臺記》和「臺圖定稿本」《讓臺記》之異同，以下亦分項說明。相同之處：一，兩者皆有吳德功〈自序〉和館森鴻〈序〉文；二，在正文之中，除了少數幾處的差異外，兩者內容幾乎一模一樣，「臺文館本」針對「閩圖寫本」所做的修訂，幾乎全部呈現在「臺圖定稿本」中，可見「臺文館本」是「臺圖定稿本」撰寫時的底本。接著來看相異之處：一，「臺文館本」為硬筆書寫，「臺

圖定稿本」為毛筆書寫；二,「臺圖定稿本」將「臺文館本」所收
〈臺灣民告曰〉一文拿掉,但增錄了〈恭紀佐久間爵帥討番奏凱事
略〉、〈附祝始政紀念日文〉二文；三,「臺圖定稿本」的〈凡例〉有
七條,較「臺文館本」增加了三條；四,「臺圖定稿本」的正文內容
雖然依據「臺文館本」而來,兩者幾乎相同,但其間有少數幾處仍存
在差異。

　　依據上述說明,筆者認為,「臺文館本」《讓臺記》實據「閩圖寫
本」《讓臺記》修訂而來；而「臺圖定稿本」又據「臺文館本」修訂
而來。就正文內容而言,它們彼此是一線相承的關係；就書籍寫成時
間而言,依序是「閩圖寫本」→「臺文館本」→「臺圖定稿本」。以
下且援引書中幾段內容,來證明這三種版本彼此間的演化關係。例如
「西曆一千八百九十五年,……乙未四月十四日」這日的記載,「閩
圖寫本」有一段話說：

　　仍行廢約,以冀維繫人心。

這兩句話被「臺文館本」修訂為：

　　仍行廢約決戰,以冀維繫人心。

對於「臺文館本」所做的修訂,「臺圖定稿本」跟著抄錄。再看另一
個例子,在新曆六月六日的記載中,「閩圖寫本」有段話說：

　　民政局長水野遵,入城安民。

這段話在「臺文館本」中被修訂為：

　　辦理公使水野遵，入城安民。

對於「臺文館本」所做的修訂，「臺圖定稿本」一樣跟著抄錄。類似
上述的例子極多，今不贅引。

圖3-9　「臺文館本」《讓臺記》「新曆六月六日」記事[146]
（圖片由國立臺灣文學館授權使用）

　　透過上述例子可知，「臺文館本」是「閩圖寫本」的修訂本，同
時也是「臺圖定稿本」書寫時的底本。不過在此也要做一說明，雖然
「臺圖定稿本」是以「臺文館本」做為書寫的底本，承接了「臺文館

---

146 此日之記事，明顯可見「臺文館本」將「閩圖寫本」「民政局長水野遵」句，修訂
　　為「辦理公使水野遵」，此修訂內容後來寫入「臺圖定稿本」中。

本」的修訂內容，但並非百分之百承接，其中有少數地方仍做了調整。例如新曆八月九日的記載，「臺文館本」在綱文「副將楊載雲」底下，增加了「副帶遊擊袁楚林、……」等軍官姓名，但此一修訂內容，並未呈現在「臺圖定稿本」中，「臺圖定稿本」選擇維持「閩圖寫本」原來的內容。由此可知，「臺圖定稿本」雖然幾乎全數承接「臺文館本」的文字修訂，但並非百分之百依循，有極少數地方它做了調整。不過整體比對的結果仍可清楚得知，「臺圖定稿本」撰寫時，在內容上是以「臺文館本」為底本，再略作增刪而成。

透過上述說明可知，不論是從正文的內容來看，或是從書中所收錄的文章來區分，「臺文館本」都有它自我的面貌，可說是「閩圖寫本」、「臺圖定稿本」之外，另一個內容較為完整的《讓臺記》寫本。它的重要性，在於呈現從「閩圖寫本」到「臺圖定稿本」之間的中繼過程。在「臺文館本」未出現之前，學界對於《讓臺記》寫本的認知，多數認為「閩圖寫本」之後便是「臺圖定稿本」，「臺圖定稿本」乃針對「閩圖寫本」修訂而成。如今透過「臺文館本」的出現，讓我們知道在「閩圖寫本」與「臺圖定稿本」之間還有另一個寫本存在。「臺文館本」對「閩圖寫本」做了修訂，而成為後來「臺圖定稿本」撰寫時所依據的底本。將這三個版本的內容相互比對，便能較清楚看到吳德功對於割臺事件的記載，其前後看法的修正與調整之過程。這個過程包含了對事件情節的修正，也包含他對清朝以及日本政府態度的調整。因此，對於研究吳德功《讓臺記》而言，「臺文館本」的出現，有著不容忽視的學術價值。

三　手書文友柏梁體詩詞

此份手稿共有六張信紙，信紙上抄錄了多位文人的詩作，臺文館

將此份手稿命名為「吳德功手書文友柏梁體詩詞」。此手稿是以毛筆字書寫，而且是原稿，並非複印品。它所用的紙張，直接以傳統紅色線條的信紙書寫，字跡比起其它的筆記手稿顯得較為潦草，有些字不易辨認。目前保存的方式，是在信紙下方以黃色紙張當底襯，然後放在塑膠套中。雖然臺文館將它命名為柏梁體詩詞，但事實上只有詩沒有詞，而且據筆者細讀，作品應非柏梁體，而是擊缽吟。

　　一般而言，柏梁體詩乃詩人一人一句連接而成，句句押韻，所押為同一韻部之字，句子下方寫上詩人名字，且基本上沒有左、右詞宗評比等第。但觀諸這份手稿所抄錄眾人之詩，看起來都是四句一首的作品，其中一、二、四句押韻，第三句不押，所押皆為麻韻之字，詩句上還有左、右詞宗所評的等第，看起來像是擊缽吟，而非柏梁體詩。[147]這些詩歌的作者名字，被分別寫在每首詩的第一、三句底下，其中有幾首未標示作者名字，筆者以為，有可能是吳德功自己的作品，但這需要進一步考證才能確定。

四　手錄前賢詩文作品

　　這份手稿份量較厚，是一本筆記，內容以毛筆書寫，而且是原稿，非複印品。雖然臺文館給它的命名是「吳德功手錄前賢詩文作品」，但這本筆記內容很多元，並非只有前賢的作品。若仔細加以歸類，主要的內容有三個部分：一是抄錄前賢的詩文，二是抄錄當時文友的作品，三是書寫吳德功自己的作品。以下且針對這三個部分做一說明。

---

147 感謝翁聖峰、蔡佳玲兩位教授，提供許多關於日治時期柏梁體詩的相關資料與寶貴意見，筆者獲益良多，有助於這份手稿的解讀。

（一）抄錄前賢詩文

手稿中抄錄了許多前人的詩文作品，例如黃驤雲〈豐亭坐月〉、〈定寨望洋〉、〈虎巖觀竹〉、〈龍井聽泉〉、曾作霖〈定寨望洋〉、〈虎巖觀竹〉、〈龍井聽泉〉、〈豐亭坐月〉、〈珠潭浮嶼〉、〈鹿港氣帆〉、陳玉衡〈豐亭坐月〉、〈定寨望洋〉、〈虎巖觀竹〉、〈龍井聽泉〉、……等等，這一類作品，都是彰化八景詩，載錄於道光年版的《彰化縣志》中。但手稿中也不是只抄錄八景詩，例如左宗棠的〈自輓聯〉就不是詩作，不過基本來說，所抄錄的前人作品多數是詩歌。

（二）抄錄時人詩文

手稿中抄錄了不少時人的詩文，其中仍然以詩歌數量較多。例如臺北高挺權〈台北婦女解纏會〉，鳳山盧德祥〈明珠〉、〈月寶〉、〈琴舫〉，張晏臣〈恭賀後藤民政長官榮陞男爵〉，沈迪廷〈奉賀後藤民政長官榮陞男爵〉，丁式熊〈秋興〉、〈閨怨〉、〈斷髮後有感〉，吳仲簪〈和式熊表兄斷髮後有感〉、〈弔表兄丁式奎君〉、〈弔莊端嚴君〉，嘉義黃聿觀〈筆花〉、〈燈花〉，嘉義李冠三〈清明即景〉，新竹童敬軒〈端節書懷有感〉，新竹石壁居士〈十想十難歌〉，吳上花〈北港進香詞〉、〈祝櫟社十週年大會〉，許錦標〈弔莊端嚴〉，陳百川〈蕭何〉、〈牡丹〉……等等。在這些抄錄的詩作中，還有一些是擊缽吟作品，例如〈思歸〉一詩，限支韻，其頁面右下角還載記左、右詞宗（「左潤菴」、「右大樗」）。另外，也有數頁是抄錄當時詩鐘之作，如第一唱「秋色」、第三唱「明月」、第四唱「陽九」、第五唱「冬日」、第六唱「中國」、第七唱「新歲」。可見創作詩鐘與擊缽吟，是當時詩人聚會的時興活動。

除了詩歌之外，這本筆記也抄錄了數篇古文作品，例如吳登庸

〈祭丁姻翁祭文〉、吳上花〈弔林岳姆祭文〉、新竹石壁居士〈女勿招
婚說〉、……等等。

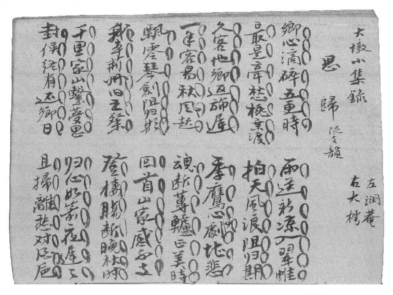

圖 3-10　吳德功手稿所載擊缽吟作品[148]

（圖片由國立臺灣文學館授權使用）

（三）書寫吳德功自身作品

　　這份手稿，雖然臺文館題名為「吳德功手錄前賢詩文作品」，但
這本筆記中並非只有前人詩文，它還有吳德功自己的作品。例如〈北
港進香詞〉、〈祝櫟社十週年〉、〈弔辭〉（哀悼明治天皇逝世）、〈祝
辭〉（祝賀彰化「國語同學會」創立）、〈祝詞　天長節〉、……等等。
這些作品下方或文後，都會寫上吳德功或吳立軒，因此確知是吳德功
自身作品。這些作品有的還特別標記寫作時間，如〈祝辭〉、〈祝詞
天長節〉二文便是。不過要特別說明的是〈弔辭〉這篇，它並未在文

---

148 這首〈思歸〉，限支韻，其頁面右下角還記載左詞宗是潤菴，右詞宗是大樗。

後書寫作者姓名，但筆者覺得它應該是吳德功自身作品，理由有幾點：一，其筆記中若有抄錄他人祝辭、弔辭一類的作品，幾乎都會標上這些作者的姓名，但這篇並沒有如此處理，所以極可能是吳德功自己的作品；二，這篇文章內容在哀悼明治天皇逝世，從他撰有〈祝詞天長節〉一文，可知他有寫文章替天皇節日祝賀的習慣，在這種情況下，撰文哀悼天皇過世也是極有可能的；三，從此文的行文句法、語氣進行觀察，誠然是吳德功古文的風格面貌。綜合上述三點，筆者認為此篇應是吳德功自己的作品。

吳德功載錄在這本筆記中的自身作品，其中有一些後來收入了詩集，有些則未收入。例如〈祝櫟社十週年〉一詩，便收進《瑞桃齋詩稿》中，不過筆記中此詩載有四首，收入詩集時只收了其中兩首（第二跟第三首）；至於〈北港進香詞〉一詩，則未收入詩集中。在古文部分，上述〈弔辭〉、〈祝辭〉、〈祝詞　天長節〉三篇，都未收進《瑞桃齋文稿》中，透過這本筆記，才了解尚有這些作品存在。此外，想補充一點，這本筆記中也抄錄有當時報紙的文章，其中有一篇〈薛鮑再見〉，雖非吳德功自身作品，但內容是針對吳德功所做的報導，故在此一併介紹。據筆記中的標註，此文刊載於《臺灣新聞》，時間在明治四十一年八月十五日。文章中讚揚吳德功能奮發向上，且重視親情，無所計較的照顧手足兄弟，情操令人感佩。

小結：吳德功這本筆記手稿，抄錄的作品多數都標示了作者姓名，但有些作品未載記作者姓名的，如〈晚粧〉、〈曉起〉、〈婦人〉、〈怨天詩〉、〈憶妓〉、〈咏人小解於粉牆〉、〈祝新婚〉、〈紙大厝前進聯文〉、……等等，這類作品數量也不少，不知哪些是吳德功自身作品？哪些是抄錄他人之作？這有待進日後進一步考證。其中〈咏人小解於粉牆〉一詩，以戲謔的口吻描寫人們隨地小便的景象，語多詼

諧，讀來令人莞爾。吳德功的作品風格一向較為莊重，若此詩是其作品，則頗為特別。

這些筆記中所抄錄的作品，有的見諸古籍（如彰化八景詩收錄於道光版《彰化縣志》）；有的見諸日治時期文獻（如新竹石壁居士〈女勿招婚說〉、鳳山盧德祥〈月寶〉、〈琴舫〉等刊載於《臺灣愛國婦人》雜誌）；另外，也有一些是文獻上未曾得見的作品，例如吳德功〈祝辭〉、〈祝詞　天長節〉、……等等。這些文獻上未能得見的作品，在學術上自有其可貴之處，是手稿一類原始資料在研究上的一項重要價值。

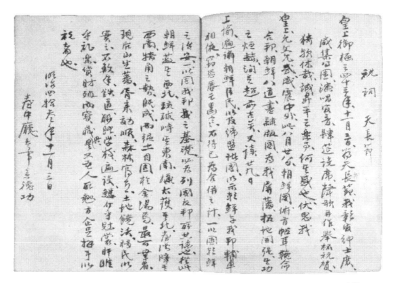

圖 3-11　吳德功手稿所載〈祝詞　天長節〉一文[149]
（圖片由國立臺灣文學館授權使用）

---

149 此篇〈祝詞　天長節〉手稿，書寫在吳德功的筆記本中，其它文獻中未曾得見。「天長節」，是祝賀日本天皇生日的節慶，所以這篇文章是為了祝賀明治天皇而寫的。從作品後方署名看來，吳德功書寫這篇〈祝詞〉時，身分是臺中廳參事，寫作時間在明治四十三年十一月三日（此日正是明治天皇誕生日）。（圖片由國立臺灣文學館授權使用）

五　乙卯八月十六夜彰化水源地觀月

　　這是一本筆記，開卷處即列有〈乙卯八月十六夜彰化水源地觀月〉的詩題，因此臺文館以此詩題來為這本筆記命名。這本筆記抄錄了當時吳德功及其他詩友在彰化水源地賞月的作品，不過並非整本筆記都是水源地賞月之作，其間亦有極少數抄錄其它詩題的作品，例如〈筵中有妓名關玉葉同人索詩余戲贈云〉一詩便是。

　　此一筆記相較於它本筆記，紙張較薄，本子中的作品以硬筆書寫，類似是鋼筆一類的書寫工具，和其它手稿筆記是以毛筆書寫不同。此本筆記看起來像是影本，並非原版的字跡。不過筆記中有些地方使用了毛筆進行點評，或是修改文字，有時也補寫筆畫模糊之處，這些毛筆書寫的文字，就是原稿的形態。

　　這份筆記，抄錄了吳德功自身及多位詩友賞月吟詩的作品，其中有一部分作品標註了詩歌作者，標註時一律只寫名字或字號，而不書姓氏，例如紹祖、獻章、寄庵、昇平、鏡湖、梅舫、熾昌、鐵崖、曉峰、克明、……等等。另一部分作品則未標註作者，有的可查出是吳德功自身作品，有的目前無法確切得知，此亦有待日後進一步考證。對於筆記中的詩作，吳德功有時會進行評點，評點的方式，有時直接在詩句上方寫上評語；有時則將評語寫在紙條上，再將紙條浮貼於詩句上。其評論的內容，有時評論用韻，有時評論章法布局，有時評論語意的流暢度，有時評論修辭技巧，內容相當多元。至於評點的範圍，有時針對整首詩，有時針對某些詩句，有時又只針對詩中某幾個字進行評論。例如筆記中有一首詩：

　　樹色依新覓，山光換舊觀。水源風景好，來日再盤桓。

吳德功在這首詩的旁邊，浮貼了一張紙條，紙條上寫著評語說：「『覓』字欠妥」，這是針對首句末字所做的評點。

　　這本筆記所抄錄的作品，也有吳德功自身之詩作。當天他所作賞月之詩有四首，這四首詩作後來也被收入《瑞桃齋詩稿》中，不過收入詩集時，只有第一首未作修改，其它三首都做了修正。例如第二首，在手稿中的內容如下：

　　　　聚首原無論主賓，紆尊降貴雜官民。嬉遊絕好月明夜，盛會端由為懇親。

這首詩後來被吳德功收入《瑞桃齋詩稿》時，已經被相當程度的修正。今錄《詩稿》中修正後的內容如下：

　　　　降貴紆尊駕式臨，綺筵飲饌雜官民。嬉遊豈為月明夜，樂事欣聯萬眾心。[150]

將上引二詩相互比較，可以看出修改的幅度不算小。至於這四首詩的第三、第四首，收入《詩稿》時修改的幅度更大。透過筆記的比對，也可看出文人作詩時，在不同時間點的想法，以及他修改詩歌的理路痕跡，這也是文人筆記在學術研究上另一個可貴之處。

---

150 詳見吳德功：《瑞桃齋詩稿》，〈乙卯十六夜水源地觀月會〉，下卷，頁220-221。

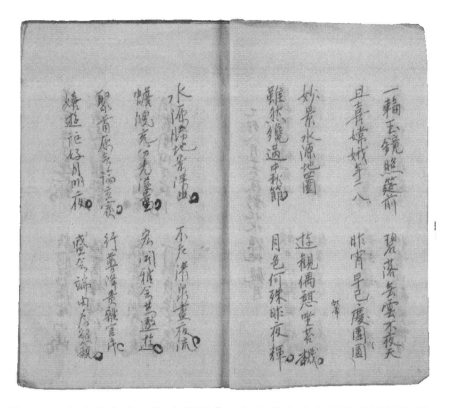

圖 3-12　臺文館典藏吳德功筆記「乙卯八月十六夜彰化水源地觀月」
　　　　　詩[151]（圖片由國立臺灣文學館授權使用）

---

151 這本筆記，左邊頁面即為吳德功所作彰化水源地賞月之詩。

參考文獻

一　專書

吳德功：《讓臺記》，臺北：臺灣銀行經濟研究室，1959年，臺灣文獻叢刊本。

梁啟超：《中國歷史研究法・補編》，臺北：臺灣中華書局，1981年6月，臺14版。

〔清〕高拱乾：《臺灣府志》，臺北：大通書局，1987年10月，臺灣文獻史料叢刊本。

〔清〕林豪：《澎湖廳志》，臺北：大通書局，1987年10月，臺灣文獻史料叢刊本。

〔清〕沈茂蔭：《苗栗縣志》，臺北：大通書局，1987年10月，臺灣文獻史料叢刊本。

〔清〕盧德嘉：《鳳山縣采訪冊》，臺北：大通書局，1987年10月，臺灣文獻史料叢刊本。

纂修者不詳：《新竹縣采訪冊》，臺北：大通書局，1987年10月，臺灣文獻史料叢刊本。

〔清〕倪贊元：《雲林縣采訪冊》，臺北：大通書局，1987年10月，臺灣文獻史料叢刊本。

纂修者不詳：《嘉義管內采訪冊》，臺北：大通書局，1987年10月，臺灣文獻史料叢刊本。

蔡青筠：《戴案紀略》，臺北：大通書局，1987年10月，臺灣文獻史料叢刊本。吳德功：《施案紀略》，南投：臺灣省文獻委員會，1992年5月，吳德功先生全集本。

吳德功：《戴案紀略》，南投：臺灣省文獻委員會，1992年5月，吳德功先生全集本。

吳德功：《觀光日記》，南投：臺灣省文獻委員會，1992年5月，吳德功先生全集本。

吳德功：《瑞桃齋文稿》，南投：臺灣省文獻委員會，1992年5月，吳德功先生全集本。

吳德功：《瑞桃齋詩稿》，南投：臺灣省文獻委員會，1992年5月，吳德功先生全集本。

吳德功：《彰化節孝冊》，南投：臺灣省文獻委員會，1992年5月，吳德功先生全集本。

劉寧顏總編纂：《重修臺灣省通志》，南投：臺灣省文獻委員會，1993年1月。

何培夫主編：《臺灣地區現存碑碣圖誌・彰化縣篇》，臺北：國立中央圖書館臺灣分館，1997年5月。

劉麗卿：《清代臺灣八景與八景詩》，臺北：文津出版社，2002年4月。

施添福總編纂：《臺灣地名辭書・雲林縣》，南投：國史館臺灣文獻館，2002年9月。

君影：《台灣海岸植物》，臺北縣：人人出版股份有限公司，2004年1月。

許雪姬：《臺灣歷史辭典》，臺北：行政院文化建設委員會，2004年5月。

臺灣總督府編：《揚文會策議集》，收錄於黃哲永、吳福助主編：《全臺文》，臺中：文听閣圖書有限公司，2007年7月。

吳德功著，江寶釵校註：《瑞桃齋詩話校註》，高雄：麗文文化事業股份有限公司，2009年3月

林俊全：《九九峰地質地形解說手冊》，臺北：行政院農業委員會林務局，2010年9月。

王嘉弘：《如此江山——乙未割台文學與文獻》，臺南：國立臺灣文學
　　　館，2011年12月。

陳玉峰：《綠島海岸植被》，臺北：前衛出版社，2015年7月。

郭秋顯、賴麗娟編纂：《臺灣文藝叢誌（一九一九～一九二四）——
　　　創刊百年紀念復刻版》，新北：龍文出版社股份有限公司，
　　　2019年4月。

二　論文

（一）期刊論文

吳德功著，郭明芳點校：〈乙未臺灣史料新輯校（二）：《讓臺記》
　　　（一）〉，《東海大學圖書館館訊》第164期，2015年5月。

田啟文：〈吳德功《戴案紀略》初探〉，《漢學研究集刊》第29期，
　　　2019年12月。

田啟文：〈吳德功《讓臺記》敘事時間研究〉，《文史臺灣學報》第13
　　　期，2019年10月。

田啟文：〈吳德功古文的求進思想及其傳達手法〉，《真理大學人文學
　　　報》第23期，2019年10月。

（二）學位論文

余怡儒：〈吳德功的歷史書寫與時代關懷〉，南投：國立暨南大學歷史
　　　研究所碩士論文，2009年6月。

（三）專書論文

莊進宗：〈《彰化節孝冊》研究〉，此文原發表於成功大學所舉辦的
　　　「第一屆臺灣儒學研究國際學術研討會」，後收錄於國立成

功大學中文系編:《第一屆臺灣儒學研究國際學術研討會論
文集》,臺南:臺南市文化中心,1997年6月,下冊。

三　報紙雜誌

《臺灣教育會雜誌》第29期,1904年8月25日。

《漢文臺灣日日新報》,1908年5月3日。

《臺灣時報》,臺北:東洋協會臺灣支部,1910年7月、1910年11月、
1911年7月、1911年12月、1912年5月、1913年6月、1913年8
月、1914年4月、1914年7月、1915年1月、1915年4月、1915
年11月、1915年12月、1916年5月、1916年6月。

《臺灣愛國婦人》,臺北:愛國婦人會臺灣支部,77期(1915年3月
25日)、80期(出版年月不詳)、81期(出版年月不詳)、87
卷(1916年2月1日)。

附錄

吳德功寄贈著作給臺灣總督府圖書館典藏時間表

表 3-1　吳德功寄贈著作給臺灣總督府圖書館典藏時間表

著作名稱	寄贈處	寄贈時間	今典藏處
戴案紀略（分上中下卷）	臺灣總督府圖書館	大正八年（1919）四月二十九日	國立臺灣圖書館
施案紀略（不分卷）	臺灣總督府圖書館	大正八年（1919）四月二十九日	國立臺灣圖書館
讓臺紀（分上下卷）	臺灣總督府圖書館	大正八年（1919）四月二十九日	國立臺灣圖書館
瑞桃齋文稿（分上下卷）	臺灣總督府圖書館	大正八年（1919）四月二十九日	國立臺灣圖書館
瑞桃齋詩稿（分上下卷）	臺灣總督府圖書館	大正八年（1919）四月二十九日	國立臺灣圖書館
觀光日記（不分卷）	臺灣總督府圖書館	大正八年（1919）十月二十四日	國立臺灣圖書館
彰化節孝冊（不分卷）	臺灣總督府圖書館	大正八年（1919）十二月二十二日	國立臺灣圖書館
瑞桃齋詩話（分卷一二、卷三四、卷五六）	臺灣總督府圖書館	大正十年（1921）十一月八日	國立臺灣圖書館

備註：寄贈時間依據書籍卷首所蓋寄贈鈐印上標示之日期。吳德功之所以將每本著作都寄贈給臺灣總督府圖書館典藏，跟當時「臺灣總督府史料編纂委員會」廣蒐書籍史料是深具關係的。

第四章
吳德功古文創作觀點介析
──以《瑞桃齋文稿》進行觀察[*]

第一節　前言

　　對於吳德功文學理論的研究，歷來學者多著墨在《瑞桃齋詩話》的研究，如江寶釵《瑞桃齋詩話校註》[1]，李知灝〈吳德功瑞桃齋詩話研究〉[2]，謝崇耀〈瑞桃齋詩話初探〉[3]，李知灝〈評謝崇耀「瑞桃齋詩話初探」〉[4]，林美秀、紀偉文合著〈吳德功《瑞桃齋詩話·佳話》的聖王建構〉[5]，林美秀〈盈虛理細推，不寐雞報曉──《瑞桃齋詩話》文本的媒介特質與我族建構〉[6]等等。這些論文對吳德功詩學理論的探討重點，在本書第一章第二節「文獻回顧」中已做了說

[*]　本文原名〈吳德功古文創作觀點介析〉，刊載於《真理大學人文學報》第22期，2019年5月。感謝二位匿名審查委員所提供的寶貴意見，修正了本文許多缺失，十分感恩。今將此文修改增刪後置入本書。

1　吳德功著，江寶釵校註：《瑞桃齋詩話校註》（高雄：麗文文化事業股份有限公司，2009年3月）。

2　李知灝：〈吳德功瑞桃齋詩話研究〉，嘉義：國立中正大學中國文學研究所碩士論文，2003年6月。

3　謝崇耀：〈瑞桃齋詩話初探〉，《臺灣文學評論》第3卷1期，2003年1月，頁78-94。

4　李知灝：〈評謝崇耀「瑞桃齋詩話初探」〉，《臺灣文學評論》第3卷2期，2003年4月，頁77-83。

5　林美秀、紀偉文合著：〈吳德功「瑞桃齋詩話·佳話」的聖王建構〉，《高應科大人文社會科學學報》第1期，2004年7月，頁1-12。

6　林美秀：〈盈虛理細推，不寐雞報曉──《瑞桃齋詩話》文本的媒介特質與我族建構〉，《高雄應用科技大學學報》第35期，2006年5月，頁15-31。

明，今不復論述。

　　儘管已有數篇論文對吳德功詩歌理論進行分析，但至今尚未見到古文理論的相關論述。誠如本書第一章第一節所做的說明，吳德功的古文能力向來受到各界推崇，古文作品的數量亦夥，在這種情況下，其古文理論必有可觀之處，具有其研究上的價值。當然，比較可惜的是，吳德功的詩歌理論最終集結成了「詩話」之作，但他的古文理論卻沒有形成「文話」，這在研究上就不免產生些許遺憾。因為這意味著其古文理論可能未達一定的量，或是尚未形成一個系統，所以未能集結成冊。經過仔細的蒐羅，吳德功對於古文創作的理論和觀點，大都散見於《瑞桃齋文稿》各單篇作品中，必須加以整理分類才能窺其梗概。經過整理後，我們發現吳德功對於古文創作的觀點，在數量上確實不夠多，論述也不夠深入，難以形成一個完整的理論體系，和中國歷代的文話專著相比，確實不夠全面。但這並不能否定吳德功古文理論的價值性，因為他所提出的創作觀點，都是沉浸古文領域數十年的見解和看法，都值得珍惜與發揚。是以本章企圖針對《瑞桃齋文稿》中所蒐集的古文創作理論進行分析，過程中也將援引歷代文人的相關理論來互為闡發，以協助讀者了解吳德功對於古文創作的各項觀點。以下且將吳德功的說法，分成「古文創作的起源與主題選擇」、「古文創作的基本素養」、「古文創作講求『真』與『議論』」、「古文創作的學習對象」等四個主題進行說明。

第二節　古文創作的起源與主題選擇

一　古文創作的起源

　　在文學理論的體系中，有一個區塊是在探討文學的起源，亦即研

究文學之所以產生的原因。在西方文論中，對於文學的起源提出了好多種說法，有的認為文學來自遊戲[7]，有的認為文學來自模仿[8]，有的認為文學來自勞動[9]，有的認為文學來自宗教[10]，各種說法都有其立論依據，也都能舉出實際的例子進行說明，可見文學產生的原因是相當多樣的。在中國的文學裡，對於文學的起源，說法也很多。最常見的，就是源於「情」或「志」的說法。關於文學源自於「情」的觀點，劉勰《文心雕龍・物色》篇說：「情以物遷，辭以情發。」[11]這是說文人內心的情感會隨著外界事物而產生變化，而辭（文章）會因為這種情感的變化而被書寫出來，所以文學的起源，產生自人們內心的情感。清代尤侗《西堂雜俎》三集卷三〈蒼梧詞序〉一文更直言：「文生于情。」[12]

　文學的起源來自於人們內心的情感，這說法被許多文人信奉著。不過有一些文人，卻認為文學源自於人們內心的「志」，於是有了「詩言志」的說法。「志」究竟意何所指？朱自清在其《詩言志辨》中，解釋此字有兩層意思：一是指人們內心的情感；二是指人們對於政教、義理的觀點。[13]就這兩層意思而言，前者與「情」的內涵相似，如此則「情」、「志」是相同的。[14]至於後者，則是將「志」與政

7　詳見朱光潛：《文藝心理學》（臺北縣：頂淵文化事業有限公司，2007年10月，初版2刷），頁218-234。

8　詳見張健：《文學概論》（臺北：五南圖書出版有限公司，2000年3月，初版14刷），頁16-17。

9　詳見涂公遂：《文學概論》（臺北：五洲出版有限公司，1998年12月，再版4刷），頁169-172。

10　詳見張健：《文學概論》，頁19-21。

11　〔南朝梁〕劉勰：《文心雕龍》（臺北：河洛圖書出版社，1976年3月），卷10，頁294。

12　〔清〕尤侗：《西堂雜俎》（臺北：廣文書局，1970年12月），卷上，頁74。

13　朱自清：《詩言志辨》（臺北：開今文化事業有限公司，1994年），頁30-85。

14　在中國古代，有將「情」、「志」看成是相同意義的。如《左傳》昭公二十五年：

教、義理連結起來，此時的「志」，顯然是指人們內心的思想理念[15]，因為政教與義理，都是偏向思想成分的。若以此種定義來推演，則「詩言志」，就是以詩歌來表達內心的思想理念，而這種思想理念，在中國古代常是與政教、義理相連結的。

除了上述所謂起源於「情」或「志」的說法外，中國看待文學的起源，還有所謂「不得其平則鳴」。韓愈〈送孟東野序〉云：

> 大凡物不得其平則鳴。……抑將窮餓其身，思愁其心腸，而使自鳴其不幸耶？[16]

韓愈認為，文學源自於「不得其平則鳴」，此處的「鳴」，是指創作文章，亦即人們遭受不平之事時，身心受到了煎熬折磨，此時便會將這些不平的情緒抒發出來，寫成一篇一篇的文章。若以此說法再進一步推論，那麼身心遭受苦難愈多者，文章將會愈高妙。因此韓愈在另一篇文章〈荊潭唱和詩序〉中說：

> 夫和平之音淡薄，而愁思之聲要妙；歡愉之辭難工，而窮苦之言易好也。是故文章之作，恆發於羈旅草野；至若王公貴人，氣滿志得，非性能而好之，則不暇以為。[17]

「民有好惡喜怒哀樂，生於六氣。是故審則宜類，以制六志。唐孔穎達《正義》：『此六志，《禮記》謂之六情，在己為情，情動為志。情、志一也。』」

15 志，是指人們內心的思想理念。詳見田啟文：《臺灣古典散文研究》（臺北：五南圖書出版股份有限公司，2006年4月），頁157-158。

16 〔唐〕韓愈：《韓昌黎文集注釋》（西安：三秦出版社，2004年12月），卷4，頁348-352。

17 同上註，卷4，頁400。

這段文字，有三個重點：第一，文章的起源來自人們窮苦命運的抒發。第二，人們的命運愈苦，文章愈精妙；反之，生活愈富貴者，愈沒有時間寫文章（「不暇以為」），所寫之辭也不佳（「難工」）。

　　針對韓愈上述兩篇文章的說法，吳德功的觀點亦極近似。他在〈三跋中村櫻溪先生涉濤三集〉一文中，曾說到中村伯實因為時運不佳，懷才不遇，沒有施展抱負的舞台，不過也因此能夠潛心於學問之上，致力於文章的撰寫。其文云：

> 然先生老當益壯，窮且益堅，當此投閒置散，如韓文公因困阨悲愁，遂得沉潛乎文訓，奮發乎文章，豈非所謂學成而道益窮哉？[18]

吳德功此處的說法，與韓愈的論點可以相互印證，都在強調人們處於困頓環境時，就愈能投入文章的創作，文章境界也會愈高。文中以韓愈的「困阨悲愁」，來比喻中村伯實的「窮且益堅」和「投閒置散」，並認為這種困頓難伸的環境能夠讓中村伯實「奮發乎文章」。由此處看來，吳德功的觀點深受韓愈的啟發是顯而易見的。接著同一篇文章又說：

> 況涉濤三集，臺北之山川摹寫盡致，城南雜詩觸物感懷，臺島之風俗氣候，皆形諸吟詠，他日輶軒，采入誌乘，藏之名山，傳之其人。先生雖屈於一時，而名可傳於萬世，僕又竊為先生幸焉。[19]

---

18 吳德功：《瑞桃齋文稿》（南投：臺灣省文獻委員會，1992年5月，吳德功先生全集本），上卷，頁122-123。

19 同上註，上卷，頁123。

此處是說中村伯實所寫的文章,涵蓋了臺灣的風俗氣候與山川物產,
這些文章日後一旦被採入志書之中,流傳於後代,則中村先生將能流
芳萬世。所以雖然「屈於一時」(再次強調中村伯實的困頓處境),但
吳德功私下卻為中村伯實感到慶幸,因為困頓環境下所寫的文章,情
感特別深刻,正所謂「觸物感懷」、「摹寫盡致」,將來「名可傳於萬
世」。

　　吳德功對於中村伯實所作的評論,觀點與韓愈的論調可謂聲氣相
合。他們強調的,是苦難的環境容易讓文人發出不平之鳴,而寫出一
篇篇的文章。此外,由於困頓的遭遇易於造就文人深刻的情感,將這
些內心的苦痛抒發出來,也就特別容易感動讀者,具有較強的藝術感
染力。日人廚川白村認為許多偉大作品來自於文人內心深藏的大苦
患、大苦惱[20],旨趣也正是在此。

二　古文創作的主題選擇

　　吳德功認為,創作古文在主題選擇上要非常謹慎,要選擇奇特的
主題書寫,若是僅有華辭的麗藻,然而所寫卻是平凡瑣碎的主題,那
是難以流傳久遠的。其〈再讀中村櫻溪先生涉濤集書後〉云:

> 又或登科甲,筮顯仕,駢四儷六,且繡虎雕龍之手,寫渾金琢
> 玉之詞。然美則美矣,究於其所傳者,皆瑣屑之事,則其文雖
> 傳,亦不能久。[21]

此處說到撰寫文章,就算內容都是「渾金琢玉之詞」,充滿著華麗的

20　〔日〕廚川白村:《苦悶的象徵》(臺北縣:昭明出版社,2000年7月),頁46-52。
21　吳德功:《瑞桃齋文稿》,上卷,頁117。

辭藻，或是能寫出四六文一般的駢偶儷句，然而若是所寫的主題，都是一些瑣碎的事物，那也無法流傳久遠。接著，吳德功舉中村伯實的古文作品為例，讚揚中村的古文能夠慎選主題，所以這些被書寫的事物，因中村的古文而得到傳揚；而中村先生的古文也因為書寫這些主題而愈發奇特。吳德功的說法如下：

> 予又羨先生年過五旬，尚能健步登大屯觀音諸山絕頂，搜奇探幽，見夫潢烟之變幻無定，海波之浩淼靡涯，故其為文也，離合操縱，亦變換無窮；推波助瀾，亦涯涘莫測。且抑揚頓挫，亦如山之蜿蜒起伏。是臺北諸名山，得先生之文而彌傳彌廣；先生之文，亦藉此山而愈出愈奇，相得益彰。是此山之幸，抑亦先生之幸也。[22]

這裡談到中村的古文，以臺灣北部的大屯山、觀音山為主題進行書寫，寫其間的幽險怪奇之狀，寫烟霧海波的變幻無涯，也因此文章筆法隨著這些景物而蜿蜒起伏，呈現出奇特奧妙的姿態。吳德功此處說法與上一段說法綜合起來，正是強調古文的寫作要慎選主題，主題本身要有奇特感，不可瑣碎平凡，如此作品才能流傳久遠。清代鄭板橋〈范縣署中寄舍弟墨第五書〉一文，也提出和吳德功近似的說法。他說：

> 作詩非難，命題為難。題高則詩高，題矮則詩矮，不可不慎也。少陵詩高絕千古，自不必言，即其命題，已早據百尺樓上矣。通體不能悉舉，且就一二言之。〈哀江頭〉、〈哀王孫〉，傷

---

22 同上註，上卷，頁118-119。

亡國也；〈新婚別〉、〈無家別〉、〈垂老別〉、〈前後出塞〉諸篇，悲戍役也；〈兵車行〉、〈麗人行〉，亂之始也；〈達行在所〉三首，慶中興也；〈北征〉、〈洗兵馬〉，喜復國望太平也。只一開卷，閱其題次，一種憂國憂民、忽悲忽喜之情，以及宗廟邱墟、關山勞戍之苦，宛然在目。其題如此，其詩有不痛心入骨者乎？[23]

此處說到，詩歌寫作若主題選得高妙，詩歌境界就高；若選得卑弱，詩歌境界就卑下。這論點與吳德功所謂主題若選得不好，古文作品就難以流傳久遠是一樣的道理，都是要文人慎選寫作的主題。此外，鄭板橋舉杜甫詩歌為例，稱讚他善於選擇創作主題，所以他的詩作只要一閱覽題次，各種家國之憂、勞戍之苦便宛然在目，能夠選題到達如此境地，其詩豈有「不痛心入骨者乎？」鄭板橋對於杜甫的稱揚，與吳德功對於中村伯實的肯定，其實著眼點是一致的，都是肯定他們善於選擇寫作的主題。

第三節　古文創作的基本素養

　　吳德功認為，創作古文前文人必須先有一定的基本素養，有了這種基本素養後再來寫作文章。吳德功〈讀朱子小學書後〉一文說：「先氣、識而後文藝。」[24]這是說寫文章之前要先培養「氣」跟「識」，那麼他所認為的「氣」跟「識」究竟是什麼？對此，吳德功並未做出深入的論述，但從其文章中所說的話，可以推測出一些概念。其〈讀朱子小學書後〉云：

---

23 〔清〕鄭燮：《鄭板橋全集》（臺北：百川書局，1988年5月），〈家書〉，頁20-21。
24 吳德功：《瑞桃齋文稿》，上卷，頁133。

> 讀朱子《小學》，皆採四書、六經之粹。自垂髫以迄成童，灑
> 掃應對進退，以及衣服飲食，備載禮儀，俾知周旋中乎規，折
> 旋中乎矩。迨至成童以上，使入《大學》，進之以格物致知之
> 理，均平齊治之方，本末始終，皆有條理。先氣、識而後文
> 藝。[25]

在「先氣、識而後文藝」這句話之前，吳德功先鋪排了一大段的話，這一大段話正是為了解釋「氣」與「識」而說的。其中「自垂髫以迄成童」句，至「折旋中乎矩」句，說明的是「氣」；「進之以格物致知之理」句至「皆有條理」句，說明的是「識」。以下且針對吳德功的養「氣」與養「識」，分項進行探討。不過在正式探討之前，我們必須先確定一個觀念，那就是吳德功對於「氣」、「識」的相關論點，是來自〈讀朱子小學書後〉一文，而此文乃其閱讀朱子《小學》後的心得，因此吳德功對於「氣」、「識」的相關說法，必定也和朱子的思想是相通的。確立此點原則後，我們接著來看吳德功的氣、識之說。

一　養「氣」

上文提到吳德功〈讀朱子小學書後〉所談養氣的部分是「自垂髫以迄成童，灑掃應對進退，以及衣服飲食，備載禮儀，俾知周旋中乎規，折旋中乎矩。」這段文字的重點處有二：

第一，所謂「自垂髫以迄成童，灑掃應對進退，以及衣服飲食」，這講的是「氣」的養成方式。吳德功認為，氣必須從孩童時期就開始培養，而且是從日常生活的「灑掃應對進退」，以及食衣住行

---

25 同上註。

等各個層面進行養成。為何會有這樣的觀點呢？這是從朱子《小學》
一書獲得的啟發。朱子〈小學書題〉說：

> 古者《小學》，教人以灑掃、應對、進退之節；愛親、敬長、
> 隆師、親友之道。皆所以為脩身、齊家、治國、平天下之本，
> 而必使其講而習之於幼穉之時。[26]

文中談到《小學》一書，在於教導人們愛親、敬長、隆師、親友的倫
常之道，同時也做為脩身、齊家、治國、平天下的基礎。而這一切立
身處世的工夫都須從「幼穉之時」開始培養，且是從日常「灑掃，應
對，進退之節」做起。正因如此，吳德功才有「自垂髫以迄成童，灑
掃應對進退……」的論點。

　　第二，「備載『禮儀』，俾知周旋中乎『規』，折旋中乎『矩』。」
此處講的是「氣」的內涵，亦即心中有正氣者，言行舉止會合乎「禮
儀」、合乎「規矩」。由於吳德功此文觀點根源自朱子《小學》一書，
所以他此處所說的「禮儀」、「規矩」，必然也與朱子《小學》中所談
的儒家德行是相通的。既是如此，那麼朱子《小學》所提倡的儒家德
行是什麼呢？朱子《小學・題辭》云：「仁義禮智，人性之綱。」[27]文
中所謂的「仁義禮智」，就是朱子《小學》所倡導的儒家德行。吳德
功文中所說的「禮儀」、「規矩」，與此「仁義禮智」是相通的；惟其
不同的是，朱子將仁義禮智看成是德行的培養，而吳德功將「禮
儀」、「規矩」看成是「氣」的內涵。

　　由以上論述可知，吳德功提出「禮儀」、「規矩」做為「氣」的內

---

26 〔宋〕朱熹著，〔清〕張伯行集解：《小學集解》（臺北：世界書局，1978年3月，5
　　版），〈小學書題〉，頁1。
27 同上註，〈小學題辭〉，頁1。

涵，而此一「禮儀」、「規矩」和朱子《小學》所說的「仁義禮智」是
相呼應的，皆屬於儒家之道。針對吳德功的養氣觀點，我們可以再參
考他另一篇文章的說法，其〈讀館森子漸先生先正傳後〉一文說：

> 孟子曰：「浩然之氣，塞乎天地之間。」文山〈正氣歌〉云：
> 「沛乎塞滄溟。」[28]

文中談到了《孟子》的養氣說及文天祥的〈正氣歌〉，可見吳德功所
談論的氣，與孟子、文天祥是同一路線的。《孟子》一書對於浩然正
氣的養成，認為「其為氣也，配義與道；無是，餒也。」[29]可知孟子
所談的氣，是植基於儒家仁義之道而成的。至於文天祥的〈正氣
歌〉，文中引了「孟子曰：『吾善養吾浩然之氣。』」[30]的說法，又說：
「三綱實繫命，道義為之根。」[31]可見文天祥的養氣理念，也是根源
於《孟子》的養氣說，都是以儒家仁義之道來立論的。吳德功在這篇
文章中，引用孟子、文天祥的養氣說，可見他的養氣觀點亦是以儒家
仁義之道為依歸；他所說的「禮儀」、「規矩」，與孟子說的「義與
道」、文天祥說的「三綱」、「道義」，同屬儒家的思想內涵。

　　綜合所述可知，吳德功認為寫作文章之前，要先具備基本素養，
這基本素養之一就是要養「氣」。這個氣的內涵來自於儒家的仁義之
道，與孟子的養氣說是相合的。至於氣的養成，必須從孩童時期就開
始做起，在日常的「灑掃應對進退」，以及食衣住行各方面都要合乎

---

28 吳德功：《瑞桃齋文稿》，上卷，頁130。

29 〔周〕孟軻著，〔宋〕朱熹集注：《孟子集注》（臺北：世界書局，1978年3月，5
　　版），〈公孫丑上〉，卷3，頁111。

30 〔宋〕文天祥：《文山先生全集》（臺北：臺灣商務印書館，1979年11月，四部叢刊
　　正編本），卷14，頁314。

31 同上註，卷14，頁315。

「禮儀」，合乎「規矩」。當正氣充盈後，再來撰寫文章，進行「文藝」之事。

二 養識

「先氣、識而後文藝」，代表文藝創作前的基本素養，除了養「氣」之外，還要養「識」。所謂「識」，吳德功在〈讀朱子小學書後〉一文中，是以「進之以格物致知之理，均平齊治之方，本末始終，皆有條理。」來解釋。依這段文字的講法，「識」是指知識，這種知識來自於「格物致知」後所得到的事物之理，所以吳德功是以「格物致知」來養「識」。這種透過格物致知來探究事理，藉以累積知識的看法，是傳承了朱子的觀點。朱子講格物致知，希望窮究天下事物之理，而其格物窮理的重要方法之一，便是多讀書。朱子曾說：

> 蓋為學之道，莫先於窮理。窮理之要，必在於讀書。[32]

由此可知，朱子講「格物致知」，藉以窮究天下事理，而其具體作法乃與「讀書」相連結。對此，余英時說：

> 對於朱熹之論讀書，我們要進行兩方面相關的考察。首先，古代聖人不僅發現了大多數「理」（如果不是全部），而且用言行加以表達。因為聖人的言論事跡記載於書冊，所以「讀書」就成為「窮理」的邏輯起點。因而，他（朱子）把「讀書」做為

---

32 〔宋〕朱熹著，〔日〕岡田武彥主編：《晦庵先生朱文公文集》（京都：中文出版社，1985年4月），〈行宮便殿奏劄〉，上冊，卷14，頁205。

「格物」的一項內容；事實上,「讀書」構成了他的「格物」學說的最實質部分。[33]

由引文可知,朱子講「格物致知」是和「讀書窮理」分不開的。如今吳德功在看完朱子《小學》後,也談「格物致知之理」,可見其「格物致知之理」,也是和「讀書」分不開的。在此一原則下,吳德功以「格物致知之理」來養「識」,並以此「識」做為文藝創作前應有的基本素養,那麼此一養「識」工夫必然也和「讀書」分不開。筆者做此推論是有其道理的,且看其〈三跋中村櫻溪涉濤三集〉的說法：

蓋古文必出經入史,寖饋於大家,而後斐然成章。[34]

這是說創作古文的先決條件之一,必須先研讀經、史之書,然後才能「斐然成章」。可見研讀經、史是寫作前應先具備的基本素養,這就是吳德功所謂的養「識」工夫。因此,養識來自於多讀書,而讀書的教材是以經、史典籍為主。

既是如此,那麼吳德功心目中認為可以養識的經、史典籍有那些呢？對此吳德功並未直接列出書目清單,不過若仔細蒐羅其作品中所提到的經、史之書,我們還是可以得到一些初步的輪廓。以下且就經書、史書分項論述之。

（一）閱讀經書

在吳德功的古文作品中,有數篇文章提到了經書,其中〈讀朱子

---

33 余英時著,程嫩生、羅群等譯,何俊編：《人文與理性的中國》（臺北：聯經出版事業股份有限公司,2008年6月）,頁85。

34 吳德功：《瑞桃齋文稿》,上卷,頁122。

小學書後〉一文，提到「朱子《小學》，皆採四書、六經之粹。」[35]可見儒家的四書、六經是必須研讀的。對於四書、六經的重視，可再看以下說法，其〈讀觀光紀遊書後〉云：

> 其論學也，言《大學》之誠正，即尊德性之謂，格致即道問學之謂，且言歐米之新學，皆與六經相脗合，可見胸藏萬卷，能闡聖道而不背聖道，以視學夫孔孟之學，而疵議排斥之者，何啻霄壤哉！[36]

又〈送臺中知縣村上義雄君榮遷序〉云：

> 招集幼稚，教以國語，與夫孝悌忠信之道，《詩》、《書》六藝之文。[37]

以上引文，談到《大學》、六經等書籍，並且強調學習這些儒家典籍的重要性。除了四書、六經外，吳德功也提到《孝經》一書。其〈董先生榮華傳〉云：

> 將金二十元并《孝經註》託代付梓。……夫董君一介寒儒，歷數十星霜，註成此書，其子又艱難拮据，寄金以刊版，俾村童講習，以明天經地義之理，而名教綱常，庶維持而不墜。[38]

---

35 同上註，上卷，頁133-134。
36 同上註，上卷，頁125-126。
37 同上註，上卷，頁138。
38 同上註，下卷，頁236-237。

此處特別提到《孝經註》一書，認為此書可以「明天經地義之理」，也能使「名教綱常」維持不墜。可見《孝經》一書，也和四書、六經一樣，都是吳德功重視的經典，都必須用心研讀以強化日後寫作古文的能力。

（二）閱讀史書

　　吳德功對於史書的接觸和運用，範圍非常廣泛，就其古文作品中所提到的史書，就含括了編年體、綱目體、正史、方志、稗史（野史）等多元類型的史書。所以若要透過閱讀史書來養識，則接觸的史書也必定是要涵蓋這幾種類型的作品才是。

　　就編年體的史書而言，《春秋經》是必讀的，因為吳德功非常重視儒家六經，而《春秋經》正是儒家六經之一，因此《春秋經》是必讀的史書。

　　除了編年體史書外，正史也是吳德功經常閱讀的作品，其〈孫子吳起論〉云：

> 其（吳起）所著兵書四十八篇，明允謂其功過於武，其書不逮於武，與史公所論大略相同。[39]

此處談到的「史公」，即《史記》作者司馬遷。又〈桃李冬實〉云：

> 歷觀《漢書‧五行志》，凡一草一木之異，皆支離附會，以為此也禎祥，彼也妖孽。如李、梅，古亦有實於冬者。僖公之十三年十二月，李、梅實，劉向以為周之十二月，即今之十月

39　同上註，上卷，頁23。

也，李、梅當剝落，今反華實，近草妖也。[40]

其〈中元普度說〉云：

> 《舊唐書》代宗七月望日，建道場，造盂蘭盆，飾以金翠，所
> 費百萬。[41]

以上三段引文，分別提到《史記》、《漢書》、《舊唐書》，這都是中國
歷代的正史，可見正史是需要熟讀的。

除了編年體史書、正史之外，綱目體史書、方志、稗史（野
史），同樣是吳德功經常閱讀，甚至是親自編修撰寫的。其《戴案紀
略・自序》云：

> 至光緒甲午年，全臺纂修通誌，功忝與其役。……「凡例」
> 一、是篇為「修誌」而作，故仿綱目之例。二、是編後加以
> 「論斷」，亦欲表忠臣義士，並推原致亂之由，亦「稗史」一
> 種也。若收入誌乘，不必加論斷。[42]

其《讓臺記・凡例》云：

> 一、是編書法畧如前著《施》、《戴》兩案，悉仿「綱目」之
> 例。

---

40 同上註，下卷，頁279。
41 同上註，下卷，頁290。
42 吳德功：《戴案紀略》（南投：臺灣省文獻委員會，1992年5月，吳德功先生全集本），
　　頁1。

　　二、篇中仿明季稗史《求野錄》例，凡書「清國」不敢加以
　　　　「偽」字，凡書「帝國」不敢加以「寇」字，提綱處皆另
　　　　行高抬以兩尊之。[43]

又〈復館森袖海先生書〉云：

　　古者修誌書，不加以「評語」。始不破例，此書有加一二評語
　　者，亦野史之一種也。[44]

在上述引文中，吳德功提到自己參與纂修「方志」之事。此外，還提
到自己編寫《戴案紀略》、《施案紀略》、《讓臺記》，在體例上屬於
「綱目體」史書，這幾本史書還常針對載述的事件進行「論斷」、「評
語」，吳德功自陳這是仿擬「稗史」（野史）的寫法。

　　由上述說法可知，吳德功平時所接觸及運用的史書範圍極廣，包
含編年體史書、綱目體史書、正史、方志、稗史（野史）等等，甚至
還編纂方志及綱目體史書。也正因吳德功對於史書的涉獵如此廣泛，
才能寫出《戴案紀略》、《施案紀略》、《讓臺記》一類優異的歷史散
文。當初白沙書院山長蔡德芳，極力推薦吳德功擔任《戴案紀略》與
《施案紀略》的撰修者，其所持理由是「惟撰施、戴二案，非熟於史
乘義例者，難以勝任。吳君立軒，績學功深，熟於魯史書法，舉以擔
任此二案，恢恢乎游刃有餘也。」[45]這是對吳德功史學知識的高度肯
定。而吳德功之所以擁有深厚的史學知識，原因就在於廣泛學習各類

---

43 吳德功著，郭明芳點校：〈乙未臺灣史料新輯校（二）：《讓臺記》（一）〉，《東海大
　　學圖書館館訊》第164期，2015年5月，頁94。
44 吳德功：《瑞桃齋文稿》，下卷，頁303。
45 見蔡德芳〈施案紀略序〉，收錄於吳德功：《戴案紀略》，頁3。

史書，最終才能寫出《戴案紀略》等卓越的歷史散文。所以有志於古
文寫作者，必須要把養識的工夫做好，除了閱讀四書、六經……等經
書外，還要廣泛閱讀各類型史書。在做好養識的工作後，再配合養氣
工夫，便能寫出優秀的古文作品了，這就是吳德功所謂「先氣、識而
後文藝」也。

第四節　古文創作講求「真」與「議論」

　　吳德功認為，古文寫作不論是抒「情」或是寫「景」，都要講究
一個「真」字，亦即「真情」、「真景」之作，才是佳文。此外，最好
能在求「真」的同時，再生出一番大「議論」來，文章會更好。其
〈讀中村櫻溪先生涉濤集書後〉云：

> 常觀古之善為文者，能寫真景，其文迺佳。能寫真情，其文亦
> 佳。又於題外凌空聳筆，生出一番大議論，而後其文更佳。然
> 世之作文者，不啻汗牛充棟，而能臻斯境者，吁！亦難矣。[46]

這裡談到兩個部分，第一個部分，是說能寫「真情」、「真景」者，是
「善為文者」，其文「迺佳」、「亦佳」；第二個部分，是說「真情」、
「真景」的佳文，若能凌空「生出一番大議論」來，其文會「更
佳」。針對這兩個部分，今分析如下：

一　能求「真」者是佳文

　　吳德功認為，創作古文要能掌握一個「真」字，由此而創作出

---

46 吳德功：《瑞桃齋文稿》，上卷，頁113。

「真情」、「真景」的古文，這便是佳文。所謂「真」，是指真實無偽的意思，亦即將最真實的一面表現出來，不論是寫景或是言情，都要把最真實的形相或是感受表現出來。對此，清代黃子雲《野鴻詩的》的一段話，可說是極佳的詮釋：

> 詩猶一太極也，陰陽萬物于此而生生變化無窮焉。故一題有一義，一章有一格，一句有一法，雖一而至什，什而至千百，毋沿襲，毋雷同，如天之生人，億萬耳目口鼻，方寸間自無有毫髮之相似者，究其故，一本之太極也。太極，誠也，真實無偽也。詩不外情事、景物，情事、景物要不離乎真實無偽。[47]

黃氏由太極之道而演繹至詩文之道，認為文章之所以各具面貌，不論是寫「情事」，或是寫「景物」，都不會「有毫髮之相似者」，原因就在於「真實無偽也」。也就是寫景或言情時，都要把最真實、真誠的一面表現出來，不可以有絲毫沿襲、雷同的成份，這樣才是好作品。黃子雲的講法與吳德功的觀點正可相互發明。王國維《人間詞話》亦有近似看法：

> 境非獨謂景物也，感情亦人心中之境界，故能寫真景物、真感情者，謂之有境界。[48]

王國維認為能寫「真景物」、「真感情」的作品，就是「有境界」的作品，看法跟吳德功的「真情」、「真景」，亦是相互呼應。

---

47 〔清〕黃子雲：《野鴻詩的》（上海：上海古籍出版社，2002年3月，續修四庫全書本），頁199。

48 王國維著，滕咸惠校注：《人間詞話》（臺北：里仁書局，2005年10月），卷3，頁60。

　　看完上述分析可知，吳德功所謂的「真情」、「真景」，是指真實的情感、真實的景象。而這種「真情」、「真景」的文章一旦表現出來，會有何種的審美效果呢？首先來看「真景」的部分，其〈讀中村櫻溪先生涉濤集書後〉云：

> 中村伯實先生，為東京名學士，經術淵源，⋯⋯涉筆成文，積成一部，名曰《涉濤集》。郵寄一編惠余，奉讀之下，如獲異寶焉。見其遊山諸記，描寫景色，窮形盡相，如列圖畫，令人可作臥遊也。[49]

此處稱讚日籍作家中村櫻溪的「遊山諸記」，寫景時能「窮形盡相，如列圖畫」，可見吳德功是以「窮形盡相，如列圖畫」來定義「真景」；這是指描寫景物時，文字要具有高度的形象性與逼真性，要能真實地表現出景物的實際形貌，就好像用圖畫表現出來一樣。這種觀點接近中國古代「形似」之說，梁朝劉勰《文心雕龍·物色》篇說：

> 自近代以來，文貴「形似」，窺情風景之上，鑽貌草木之中。[50]

所謂「形似」、「窺情風景之上，鑽貌草木之中」，與吳德功所謂「窮形盡相，如列圖畫」意思是一樣的，都是指一種能夠真實的、逼真的描繪景物外在形貌的寫作能力。「真景」的審美要求概如上述，至於「真情」的審美要求，吳德功〈讀中村櫻溪先生涉濤集書後〉說：

---

49 吳德功：《瑞桃齋文稿》，上卷，頁113。
50 〔南朝梁〕劉勰：《文心雕龍》，頁294。

> 見其〈祭殤女文〉，抒寫情懷，纏綿愷惻，幾乎一字一淚也。[51]

所謂「抒寫情懷，纏綿愷惻，幾乎一字一淚也。」這是說中村櫻溪的〈祭殤女文〉，具有真情實感，作者的哀悼之痛透過文字真實的寄託於作品之中，引發讀者的高度共鳴，因此產生了「一字一淚」的感受。由是可知，吳德功所謂的「真情」，是作者要能透過文字技巧真實傳達內心情感，藉以引起讀者的高度共鳴，才是符合審美要求的好文章。

二　求「真」之外能生出「議論」更佳

吳德功認為，能寫出真情、真景的作品已屬佳文；但若是在此之外，「又於題外凌空聳筆，生出一番大議論，而後其文更佳。」[52]這種說法，代表吳德功重視古文的論說性，希望作者可以在文章中發表議論，那麼究竟文章中所發表的議論，其內容是什麼？對此，我們可以透過名儒吳子光的一段話來做解釋，其〈祛弊之難〉云：

> 古今無不敝之物，即重如河山，時有崩竭；堅如金石，時聞毀
> 裂。獨有聖賢道理與作家文字，愈領略則愈有味，惟其如此，
> 故議論日益多。[53]

吳子光此處說道，天下的器物都有可能毀壞，即使厚重堅硬如河、

---

51 吳德功：《瑞桃齋文稿》，上卷，頁113-114。

52 同上註，上卷，113。

53 〔清〕吳子光：《一肚皮集》（臺北縣：龍文出版社股份有限公司，2001年6月，臺灣先賢詩文集彙刊本），頁28-29。

山、金、石之物也一樣，但聖賢所講的「道理」跟作家所寫的「文章」，是愈體會則愈有味道，可以流傳久遠而不會損毀，也因此愈來愈多人喜歡扮演「聖賢」跟「作家」去講道理、寫文章，所以「議論日益多」。由這段話可以看出，文人在作品中所抒發的「議論」，談的正是聖賢所講的「道理」。這些「道理」的實質內容和功用到底是什麼？為何聖賢及文人們喜歡去議論它？事實上，這些文章中所「議論」的「道理」，就是儒家用以施諸教化的「道」，這種「道」可以教育百姓，可以淨化世道人心，可以治國安民。且看吳德功〈祝臺灣文社成立〉一文的說法：

> 帝典王謨，詳載政績；百家諸子，闡發名言者，人之文也。……夫文所以「載道」，文之不存，道將焉附？不明先正嘉言懿行，法務典章，奚以紹往聖而開來學也？[54]

吳德功直接宣示「文以載道」的觀點，亦即文章中應該要論述「道」、宣揚「道」，而他所謂的「道」，與吳子光所說的「聖賢道理」是相近的。吳德功所談的「道」，包含了帝王政績、諸子名言、法務典章、先正嘉言懿行等等的內容，這些內容可以「紹往聖而開來學」。這樣的「道」，重視的正是文章的教化功能，吳德功希望文章在求「真」之外，最好能「生出一番大議論」來，就是希望文章中能「議論」這種「道」。因為這種「道」能施諸教化，有助於人們修身立德，改善世道人心，最後能「紹往聖而開來學」。唐代柳冕曾說：

---

54 此文發表於鄭汝南編輯：《臺灣文藝叢誌》（臺中：臺灣文社，大正八年1月1日），第壹號。今收錄於郭秋顯、賴麗娟編纂：《臺灣文藝叢誌（一九一九～一九二四）──創刊百年紀念復刻版》（新北：龍文出版社股份有限公司，2019年4月），冊1，頁13。

「文章本于『教化』，……『論』君子之『道』為教。」[55]這是強調文章應該要有所「議論」，以闡揚君子之「道」，發揮它「教化」的功能。其說法與吳德功的觀點正相呼應，可以互作參考。

　　按：吳德功認為寫景、言情之作，在掌握了求「真」的技巧後，就可稱為佳文了；但若是能於「真情」、「真景」之外，再「生出一番大議論」來，那「其文更佳」。對於吳德功提出的這項觀點，我們發現，在他的作品中確實有所實踐，而且範圍不只在寫景、言情之作，連一些敘事、詠物類的作品，也常發表了許多「議論」，這些「議論」也都蘊含著先賢之「道」，具有教化的功能。例如其〈放鳥〉一文，透過放生鳥兒的事情發表議論，教導人們不可貪圖於安逸享樂，失去了自我本性。[56]又〈觀僵梅記〉一文，藉由一株生長在危巖的梅樹發表議論，從而教導人們明哲保身之道。[57]再如〈運動會記〉一文，透過觀看運動選手競技與領賞的過程來發表議論，藉此教導人們「其爭也君子」的道理。[58]除了上述諸篇外，其它如〈白鷺營巢林家記〉、〈桃李冬實〉、〈中秋彰化公園觀月序〉、〈續捐育嬰費序〉、〈賀攀桂宗兄七秩壽序〉、〈紀海上曉景〉、〈蔡樞翁山長令尊輓文〉、〈觀榕根井記〉、〈遊龍目井記〉、……等等，都是在求「真」之後，又「生出一番大議論」來，符合吳德功此處所談的創作觀點。

　　由上述內容看來，吳德功是一位能夠以實際創作來實踐文學理論的人。不過若是深入分析，這當中還是有所不足的，因為吳德功有少

55 詳見〔唐〕柳冕〈與徐給事論文書〉，收錄於董誥等編：《全唐文》（上海：上海古籍出版社，1995年），卷527，頁2372。

56 吳德功：《瑞桃齋文稿》，下卷，頁255-257。

57 同上註，上卷，頁63-65。

58 同上註，上卷，頁67-71。

數幾篇寫「景」之作，並沒有完全實踐這樣的文學理念。例如〈遊碧山巖記〉、〈日月潭記〉、〈遊湖水坑記〉、〈重經古月井讀書故址記〉等作品，幾乎是純寫景之作，較無抒發議論以寄寓聖賢道理的成分。且看其〈遊湖水坑記〉一文：

> 中部員林驛東偏，行三里許，有湖水坑焉。居民三四百戶，種菓子為業，出產豐富。凡山南向者，宜於鳳梨；山北向者，宜於梅與桃李。澗邊遍植龍眼雜菓。當殘冬時，梅花萬樹，或斜倚於高崗，或倒懸於絕壁。虯枝蒼古，撲鼻清香。更有其華灼灼，其萼韡韡者，掩映其間，令人目不暇給。坑內有泉一泓，四時不涸。居人竹筒引之，以供炊飲，清甘沁入心脾焉。爰下輿徒步，由中幹直上，疊嶂層巒，起伏頓挫，彰化之幹龍也。登高向西一望，則鹿港海口，船檣如幟。南看濁水溪，一帶如練。扶筇四顧，山腰乳砂突出，丁進士壽泉封塋在焉。北有大崙坑，南有出水坑。由中幹西行，至山窮處，中露一頂，小砂下垂，如兔兩翼，似鷹展翅，勢若搏兔，故青牛僧名為鷹搏兔之穴。南下出水山，泉水涓涓，灌田數百畝，峰巒挺峙，亦山明水秀之域也。斯遊也，見山之奇，梅之古，夕陽西墜，眾鳥歸林，徘徊而不忍去，爰即景而為之記。[59]

此篇乃純寫景之作，描寫湖水坑本身及其四周之景色。辭藻麗贍，描繪細膩委曲，其南北四方之景，歷歷如在目前，彷若一幅天然圖畫，確實符合吳德功所謂「真景」之作。然而寫景之外，卻看不到吳德功所謂「生出一番大議論」的內容。這是實際創作與文學理論有所落差

---

59 同上註，上卷，頁97-98。

的現象，但這種現象並非嚴重之事，畢竟文學理論只是一個文人勾勒出來的創作目標，真正能百分之百達成者又有幾人？例如強調寫詩要「其辭質而徑，欲見之者易諭也；其言直而切，欲聞之者深誡也。」[60]的白居易，也會寫出如〈花非花〉那般充滿隱語，朦朧難解的作品。所以針對吳德功少數幾篇寫景之作無法完全符合其文學理論的問題，我們也不必過度在意，以持平之心觀之即可。

第五節　古文創作的學習對象

吳德功在〈彰化同志學問研究會論作文法〉一文中談到，創作古文必須學習名家的作品，不斷揣摩體會，必定有所收穫。其文曰：

> 夫為文之道，雖不拘成法，神而明之，存乎其人。學者輒恐合義理、詞章、考據，始成為文，不便初學。然取法乎上，僅得其中，舉業家當，以此為旨歸也。方今漢文凌替，幾如晨星，……本島滄喪變後，老成凋謝，能嗜斯道者，亦如碩果之僅存。昨夜青年者學術研究會，惠然而來者四五十人，……苟擇名家文而講肄之，並取《古文辭類纂》參考，必有所得。朝夕互相揣摩，自可挽狂瀾於既倒，斯文庶可不墜乎！[61]

文中提到，學習古文應該「擇名家文而講肄之」；此外，還要拿《古文辭類纂》來參考。《古文辭類纂》是清代姚鼐纂輯的古文讀本，可見吳德功對姚鼐的推崇。除了姚鼐之外，吳德功所謂的「名家文」到

---

60 〔唐〕白居易著，朱金城箋校：《白居易集箋校》（上海：上海古籍出版社，1988年12月），〈新樂府序〉，卷3，頁136。

61 吳德功：《瑞桃齋文稿》，上卷，頁162-163。

底還有哪些人？〈彰化同志學問研究會論作文法〉云：

> 今世之言古文者，以唐宋八大家為法，敻乎尚矣。明以八比取
> 士，精於斯業者，惟歸有光、唐順之數人而已。至清初諸大
> 老，如惠定宇、戴東原，又以考據為尚，薄宋儒義理為迂疎。
> 乾隆間，桐城姚先生姬傳，以古文名家，私淑乎方望溪，親炙
> 乎劉海峰，深造有得，著《惜抱軒文集》，並輯《古文辭類
> 纂》，以為作文必合義理、詞章、考據三者，缺一不可。故其
> 為文源流兼賅，醇雅淵懿，一時師友授受，有朱梅崖、魯絜
> 非、秦小峴、陳碩士、姚石甫相繼而起，國史文苑皆有傳。咸
> 豐間，曾侯滌生，文章、經濟為一代宗匠，嘗謂：「藩能知文
> 字者，姚先生啟之也。」論作文法云：「一篇之中，提綱挈領，
> 顧定主腦，私立課程，戒剿竊蕪雜，澀句僻字。」……平居集
> 古名人十餘人，以姚氏為殿，繪像崇拜，其景仰可謂至矣。[62]

文中所提到創作古文的師法對象，計有唐宋八大家、歸有光、唐順
之、方苞、劉大櫆、姚鼐、朱梅崖、魯絜非、秦小峴、陳碩士、姚石
甫、曾國藩等十九人。唐宋八大家指的是唐代韓愈、柳宗元，以及宋
代的歐陽修、蘇洵、蘇軾、蘇轍、曾鞏、王安石等八人，這八人的古
文造詣精深，自不待言，明代茅坤選輯他們的古文作品，名為《唐宋
八大家文鈔》，「唐宋八大家」的名稱遂流行於世，後世學習古文也常
以此八家之文為師法對象。

　　八家之後，明代古文家計有兩人被吳德功所標舉，一是歸有光，
二是唐順之。這兩人在明代古文流派中，被歸入「唐宋派」[63]，但也

---

62 同上註，上卷，頁160-162。
63 詳見張夢新：《中國散文發展史》（杭州：杭州大學出版社，1998年1月），頁401。

有稱之為「八家派」[64]。歸、唐二人，在文學主張上反對明代前後七子盲目尊古的風潮，反對模仿蹈襲之弊，他們主張學習先秦兩漢古文，同時也要學習唐宋八大家的古文。他們二人在明代即享有盛名，世人對他們的文章也有極高之評價。《明史・本傳》稱唐順之「為古文，洸洋紆折有大家風。」[65]黃宗羲則稱讚歸有光作品為「明文第一」[66]。

　　進入清代後，吳德功首先提到的是方苞、劉大櫆、姚鼐三人。由於這三人都是安徽省桐城人，所以世人稱三人及其門徒所建立的文學團體為「桐城派」，他們三人則是「桐城三祖」。桐城派在清代可說是古文最大的流派，對文壇的影響極深。尤信雄說：

> 桐城派方、姚諸老，氣清體大，以雅潔之文號召天下，戶牖一開，海內翕然，號為正宗，左右有清一代之文壇。[67]

楊懷志亦云：

> （桐城派）崛起於清康熙年間，衰亡於民國初年，前後綿延二百餘年，先後歸聚作家一千二百多人，創立系統完整的散文理論，留下了極為豐富的散文作品。在長達二千多年的中國古典文學長河中，就流派而言，其持續時間之長，作家人數之多，

---

64 陳柱說：「八家派，亦可名曰『反七子派』，唐順之、茅坤、歸有光之徒主之。」見氏著：《中國散文史》（北京：商務印書館，1998年4月），頁274。

65 〔清〕張廷玉：《明史》（臺北：藝文印書館，2000年11月），卷205，頁2228。

66 〔明〕黃宗羲：《黃宗羲全集・南雷詩文集》（杭州：浙江古籍出版社，2005年1月），〈明文案序上〉，冊10，頁18。

67 尤信雄：《桐城文派學述》（臺北：文津出版社，1989年1月，再版），頁5。

　　　　　流衍區域之廣，影響薰染之深，堪稱絕無僅有。[68]

桐城古文之特別，由上述兩段引文即可明白。桐城派習文主張要秉承
程、朱等宋代儒學道統，尊崇秦、漢以及唐宋八大家的古文，對明代
歸有光的古文亦極為看重，其古文之成就可比肩唐、宋而毫不愧色。
桐城三祖對於桐城古文的建立，各有其地位與貢獻。方苞乃桐城古文
的創始者，劉大櫆是中繼者，姚鼐則是集大成者。方苞論文主張「義
法」之說，強調「義即《易》之所謂言有物也；法即《易》之所謂言
有序也。」[69]這代表「義」是著重在文章的思想內容，這種內容主要
是儒家思想義理與萬事萬物之理[70]；至於「法」，則是針對文章的寫作
技巧而說的，對此，其〈書五代史安重誨傳後〉云：

　　　一篇之中，脈相灌輸，而不可增損。然其前後相應，或隱或
　　　顯，或偏或全，變化隨宜，不主一道。[71]

由以上引文可知，方苞所說文章的寫作技巧，是一活法，應視文章的
實際情形隨機變化，並非固定的一種模式。另外，方苞曾對門人沈廷
芳指出古文寫作的幾種禁忌，他說：「古文中不可入語錄中語，魏晉六
朝人藻麗俳語，漢賦中板重字法，詩歌中雋語，南北史佻巧語。」[72]
從這段引文來看，方苞不希望古文中出現過多的華麗俳語，或是堆砌

68　楊懷志、潘忠榮合著：《清代文壇盟主：桐城派》（合肥：安徽人民出版社，2002年
　　8月），頁1-2。
69　〔清〕方苞：《方苞集》（上海：上海古籍出版社，2008年3月），〈又書貨殖傳後〉，
　　卷2，頁58。
70　〔清〕方苞〈答申謙居書〉云：「若古文，則本經術而依於事物之理。」
71　〔清〕方苞：《方苞集》，卷2，頁64。
72　〔清〕沈廷芳〈書方望溪先生傳後〉。收錄於姚椿編：《清朝文錄》（臺北：大新書
　　局，1965年2月），卷68，頁15。

過多的辭藻，也不希望出現一些輕佻或太語錄化的語句，這也間接形塑了桐城古文講究簡潔雅正，不過度鋪排詞藻，不流於俚俗的寫作風格，這是方苞對於「法」的一項重要訴求。

至於劉大櫆，除了擴大闡明方苞的義法說，他自己也在《論文偶記》一書中，提出所謂「神氣」、「音節」之說，亦即從字句之細微處去求得音節（音律之美）的軌跡，最後達到神（精神思想）、氣（文章氣勢）相合相應的境地。[73]後來的桐城文人多數重視因聲求氣的作法，以及重視古文的吟誦與音律之美，這不能不說是受到劉大櫆理論的影響所致。

姚鼐是桐城古文的集大成者，他論文主張義理、詞章、考據三者合一。其〈述菴文鈔序〉云：「鼐嘗論學問之事，有三端焉，曰：義理也，考證也，文章也。」[74]這種觀點，已經將文章的思想內容、寫作材料與章法技巧融合於一爐，他將宋學談道論理、漢學考證，還有辭章之學兼容並蓄，揉合各家之長，擴大了古文的門徑。不過想融合三種學術於一爐的理念，看似規模宏大，但實行起來卻有困難，不易達成。王達敏說：

> 姚鼐欲令古文兼修三者（義理、辭章、考證），又將古文推入雜博境地，這與其樹基純化古文之上的神妙說大為不諧。三者兼收，因在創作中難以實現，而且也不為學壇各家所接受。[75]

王氏這段話，有相當程度的事實，所以吳德功在其〈彰化同志學問研究會論作文法〉中，也曾提到「學者輒恐合義理、詞章、考據，始成

73　〔清〕劉大櫆：《論文偶記》（北京：人民文學出版社，1998年5月），頁3-6。
74　〔清〕姚鼐：《惜抱軒詩文集》（上海：上海古籍出版社，2010年9月），卷4，頁61。
75　王達敏：《姚鼐與乾嘉學派》（北京：學苑出版社，2007年11月），頁3。

為文，不便初學。」[76]這代表吳德功也看到姚鼐想融合三種學術以創作古文，在當時是受到人們質疑的現象。不過吳德功也為姚鼐說話，他認為姚鼐的理念雖然陳義較高，「然取法乎上，僅得其中，舉業家當，以此為旨歸也。」[77]可見他還是認同姚鼐理念的。

在姚鼐的古文理論中，還有另一項重要觀點，那就是作文的八字訣。其〈古文辭類纂序目〉云：

> 凡文之體類十三，而所以為文者八，曰：神、理、氣、味、格、律、聲、色。神、理、氣、味者，文之精也；格、律、聲、色者，文之粗也。然苟舍其粗，則精者亦胡以寓焉？學者之於古人，必始而遇其粗，中而遇其精，終而御其精者而遺其粗者。[78]

對此神、理、氣、味、格、律、聲、色八字，周中明分別做了詮釋，分析頗為適切中肯。[79]此外，他認為這八字訣的貢獻，在於「它是從古文創作諸要素的客觀要求出發的，具有較強烈的客觀性和現實主義

---

76 吳德功：《瑞桃齋文稿》，上卷，頁162。

77 同上註。

78 收錄於〔清〕姚鼐編纂，王文濡評註：《評註古文辭類纂》（臺北：華正書局，1998年8月），頁31。

79 周中明認為，所謂「神」，「不只指作家的主觀精神，更是指文章對客觀事物本身的描寫，要達到傳神入化的境界。」所謂「理」，「是指文理、脈理，即行文的客觀真實性和內在邏輯性。」所謂「氣」，「指文章的氣勢。」所謂「味」，「指文章的風味、韻味、含蓄有味。」所謂「格」，「是指各種不同文體的體裁、格局。」所謂「律」，「指行文結構的具體規律、法則。」所謂「聲」，「指文章音調的高低起伏、抑揚頓挫。」所謂「色」，「指文章的辭藻、文采。」詳見氏著：《桐城派研究》（瀋陽：遼寧大學出版社，1997年7月），頁242-244。

的創作精神，可在很大程度上避免作家主觀思想上的局限性。」[80]事實上，姚鼐這八字訣的部分觀念（神、氣、聲），與劉大櫆提出的「神氣」、「音節」之說是相契合的。而且姚鼐認為「神」、「氣」，屬於「文之精也」；「聲」，屬於「文之粗也」，這與劉大櫆所說：「神氣者，文之最精處也；音節者，文之稍粗處也。」[81]觀念亦是相近，由此也可看出二人間的傳承關係。

在姚鼐之後，吳德功提到值得學習的古文名家還有朱梅崖、魯絜非、秦小峴、陳碩士、姚碩甫、曾國藩等人。其中朱梅崖，本名朱仕琇，字斐瞻，梅崖為其號。朱仕琇是江西建寧府人，進士出身，曾當過縣令與府學教授，後於鰲峰書院講學，門弟子眾多，羅有高、魯絜非皆其門生。朱仕琇與姚鼐年紀相當，但與姚鼐沒什麼往來。朱氏為文以韓愈為宗，其云：「文者，貫道之器」[82]，和韓愈主張以古文宣揚儒家之道近似；至於論學，則以朱熹為師。朱氏雖非桐城派文人，但治學觀點與桐城派極為相近。

至於魯絜非跟陳碩士，同為江西省新城縣人，兩人為舅甥之關係。魯絜非，本名九皋，一名仕驥，絜非為其字，乾隆三十六年進士。魯絜非曾問學於姚鼐[83]，並令其外甥陳用光拜於姚鼐門下，桐城文風因此傳到江西新城，之後也孕育出不少作家。[84]但魯絜非雖曾問學於姚鼐，但他其實是朱梅崖的學生，所以其古文之關節血脈，多數承自朱氏。其〈答徐虞尊書〉云：「梅崖先生，某之師也。某之所以

---

80 周中明：《桐城派研究》，頁242。

81 〔清〕劉大櫆：《論文偶記》，頁6。

82 〔清〕朱仕琇：《梅崖居士文集》（上海：上海古籍出版社，2010年12月），〈吳懋紫制義序〉，卷19，頁361。

83 〔清〕趙爾巽《清史稿・本傳》云：「嘗從鼐問古文法。」見是書（北京：中華書局出版，1977年），卷485，頁13396。

84 詳見魏際昌：《桐城古文學派小史》（石家莊：河北教育出版社，1988年4月），頁137-147。

為文，受之於梅崖先生者也。」[85]另一位古文名家陳碩士，本名用光，嘉慶六年進士。陳用光是魯絜非的外甥，由於曾師事姚鼐，其古文自然具有桐城身影，但他在〈朱梅崖先生畫像記〉一文中，也談到他與朱梅崖的關係：

> 癸丑歲，余從姚（鼐）先生于鍾山書院，受古文學已歸。而溯其始，非余舅氏（魯絜非）之誨，及嘗私淑于先生（朱梅崖），固無由知古文學也。[86]

由這段話可知，陳用光古文實融合桐城派與朱梅崖一系之文風而成。

接著是秦小峴與姚石甫。秦小峴，本名瀛，號遂庵，小峴為其字，江蘇省無錫人，曾任左副都御史、兵部侍郎、刑部右侍郎等重要職務，著有《小峴山人詩文集》。對於他的古文，劉聲木有如下評論：

> 及見姚鼐，受古文法，深有契合。其為文，淵懿純雅，不染塵氣，清婉有味，深得古文義法，得此道之正宗。[87]

可見秦小峴亦屬桐城文人，為姚鼐弟子。不過後來又另歸入陽湖派，屬桐城別支。至於姚石甫，本名瑩，石甫為其字，號明叔，嘉慶十三年進士，安徽桐城人，累官至湖南按察使，也曾擔任臺灣海防同知、噶瑪蘭同知。姚瑩除了是姚鼐的侄孫，也是其弟子。由於姚瑩是姚鼐侄孫，曾親受姚鼐指點古文法，但姚瑩的學問，除古文之外，亦擅長經世致用之學。他曾提出古文寫作有四個要點：「曰義理也，經濟

---

85 〔清〕魯九皋：《山木居士文集》，清乾隆末年著者手定底稿本，出版時地不詳。
86 〔清〕陳用光：《太乙舟文集》（上海：上海古籍出版社，2010年12月），卷4，頁570。
87 劉聲木：《桐城文學淵源‧撰述考》（合肥：黃山書社，1989年12月），頁173。

也，文章也，多聞也。」[88]他將姚鼐所說的「考證」，擴大成「多聞」，此外再加入「經濟」一項，可見他治學是重視經世致用的。因此他的古文理念，雖有承自於姚鼐者，亦有自出機杼者。

最後是曾國藩。曾國藩，字滌生，湖南湘鄉人，道光十八年進士，以平定太平天國有功，受封為一等毅勇侯，後卒於兩江總督任內，著有《曾文正公文集》。在古文的發展上，曾國藩被視為清代湘鄉派的開創者。曾氏雖未直接受業於桐城派，但他研習古文卻以方苞、姚鼐為宗，具有私淑的關係，湘鄉派可視為桐城派的旁支。關於曾氏私淑桐城之事，其〈聖哲畫像記〉云：

> 姚先生持論閎通，國藩之初解文章，由姚先生啟之也。[89]

由引文可知，曾國藩古文誠有習自桐城之處。然曾氏對於古文的創作理念，實有比桐城更恢宏之處。如其合義理、經濟、考據、辭章為一體，就是在姚鼐的立論上增加了「經濟」一項，以期能匡時濟世，挽救當時國難日熾的時局。此外，他主張古文風格有陽剛與陰柔之美，這說法雖承自姚鼐[90]，但他的立論卻更見精細。最後他將陽剛之美分為「雄、直、怪、麗」四者；陰柔之美分為「茹、遠、潔、適」四者，然後再針對這八者各以十六字贊之，例如「雄：劃然軒昂，盡棄故常；跌宕頓挫，捫之有芒。」[91]從上述說明可知，曾國藩雖私淑桐

---

88 〔清〕姚瑩：《東溟文集‧外集》（上海：上海古籍出版社，2002年3月），〈與吳岳卿書〉，卷2，頁449。

89 〔清〕曾國藩：《曾國藩全集‧詩文》（長沙：岳麓書社，1995年12月），頁250。

90 姚鼐談文章陽剛與陰柔之美，可參考其〈復魯絜非書〉。見氏著：《惜抱軒詩文集》，卷6，頁93-94。

91 〔清〕曾國藩：《求闕齋日記類鈔》（上海：上海古籍出版社，2002年），〈日記〉，卷下，頁8。

城派，但他能審度時勢及發揮自身才學，在桐城古文的基礎上再行擴展，這也讓聲勢漸弱的桐城古文得到另一波的復振。[92]吳德功對於曾國藩的成就非常推崇，是以稱他「文章、經濟為一代宗匠。」

透過本節的說明可知，吳德功所提古文創作的師法對象，從唐宋八大家到曾國藩總計為十九人。這十九人在中國古文的發展史上，多數有其可觀的成就和地位，不過其中朱梅崖、魯絜非、秦小峴、陳碩士四人，知名度稍弱於其他諸家，歷來學者談論古文名家時，也較少著墨於此四子。可見吳德功在選擇古文名家時，有其自身的見解與考量。除了提供古文名家做為學習的對象外，吳德功也提及古文教材的擇取，他說：「苟擇名家文而講肄之，並取《古文辭類纂》參考，必有所得。」[93]這是將姚鼐編纂的《古文辭類纂》當作習文的教材，藉此提升學子的古文能力。

吳德功所提這十九位值得師法的古文名家中，從方苞以下皆為清代文人，其中除了朱梅崖、魯絜非較不具桐城色彩外，大多數都是桐城派文人，即使秦小峴、曾國藩後來後來各自成為陽湖派、湘鄉派成員，但他們的文風有傳自桐城者，是不爭之事，因此也屬於桐城派支流。至於清代以前可以學習的古文名家，吳德功提到唐宋八大家、歸有光、唐順之等人，這些文人也幾乎都是桐城派重視效法的對象，因此吳德功所提的這份古文名家清單，可說存在著濃濃的桐城風味。也正因如此，吳德功古文也明顯映照著桐城古文的身影。吳德功古文在思想上，充滿儒家的義理精神；在寫作筆法上，具有條理清晰、旨意分明，言詞莊重雅正、不落俚俗的風格，而且他用語簡潔，不拖泥帶

---

92 針對曾國藩振興桐城古文之事，尤信雄說：「蓋曾氏矯桐城之病，多興復改革之功，而終能變化以臻於大。」見氏著：《桐城文派學述》（臺北：文津出版社，1989年1月，再版），頁80。

93 吳德功：《瑞桃齋文稿》，上卷，頁163。

水，也很少一味的堆砌辭藻。這些寫作特色，都透顯著桐城古文的身影，符合桐城義法的規範。而其所以如此，當然與他所宣揚取法的古文名家，本身就有許多桐城文人在其中有關。

第六節　結語

吳德功的古文創作理論，雖未如其詩歌理論《瑞桃齋詩話》一樣，形成一部專著，而是零散分見於各篇作品中，但仔細尋索並加以歸納分類後，亦頗具可讀性。雖然其論述的層面不夠廣泛，未能形成一個較為完整的理論系統，但部分觀點具有其特殊性，其學術價值亦不可忽視。

古文創作的起源，他認為是文人際遇不佳後，反而能刺激創作，或是沉潛於創作，這與韓愈所謂「不平則鳴」，本質上是一致的。另外；關於創作的主題選擇，他認為應該要選擇具有奇特性的主題來書寫，不要寫太平凡瑣碎的事物，否則作品難以流傳久遠。至於「古文創作的基本素養」，他認為「先氣、識而後文藝」，亦即先培養氣與識，再來從事文藝創作。在養氣方面，要從日常的灑掃應對進退以及食衣住行等各個生活層面做起，讓自己的言行舉止合乎禮儀、規矩。這些禮儀、規矩和孟子、文天祥的養氣論一樣，都是以儒家仁義之道為依歸的。至於養識方面，就是要增長知識，這個部分必須多研讀經、史文獻，如此創作才能言之有物。

至於吳德功提到古文創作在求「真情」、「真景」的同時，最好還能夠「生出一番大議論」，這樣文章會「更佳」。這種觀點在前人的文論中甚少得見，畢竟在古文作品的題材分類上，寫景、抒情、論說、敘事、詠物、⋯⋯等各種題材類型的文章，彼此之間是可以各自獨立的，但吳德功卻認為不論是「抒情」或是「寫景」類的作品，最好都

能抒發「議論」，這是將「論說」類作品的議論本質強加在其它類型的作品上頭了，這種觀點頗具獨特性。對於他這樣的觀點，筆者在本章中即以他自身的古文作品進行實際檢驗，我們發現他多數作品符合這種論調；但也有少數幾篇寫景之作乃純粹寫景，內容上並未「生出一番大議論」來，可見文學理論與實際創作之間有時還是無法完全契合。不過文人所提出的文學理論，往往存在著一種理想性，實際創作時要百分之百達成此一理想性並不容易，這就是文學理論和實際創作之間常會存在的落差，這種落差普遍存在於歷代文人身上，不只吳德功如此，因此實毋需深究。

最後他提到古文創作需要學習名家之作，他舉出十九位可以讓學子觀摩學習的古文名家，這當中的唐宋八大家、歸有光、唐順之、方苞、劉大櫆、姚鼐、姚瑩、曾國藩等人，可說都是明、清時期大家耳熟能詳的古文大師，不過朱梅崖、魯絜非、秦小峴、陳碩士等四人，在中國散文史上被關注的情形就少了許多。在陳柱《中國散文史》中有寥寥數語提到秦小峴、陳碩士二人[94]，其它散文史對此四人幾乎是未加著墨。若仔細搜尋與桐城古文相關的研究專著，偶而會看到與此四人有關之探討，但次數真的很少。[95]在這種情況下，吳德功還視此四人為學習古文的觀摩對象，可見他很有自己的見解，並非隨他人起舞之輩。否則，就以桐城弟子而言，秦小峴、陳碩士二人在古文名氣上，是遠不如梅曾亮、管同、方東樹、劉開四人的[96]，但此四子吳德功均未取，而是獨鍾於秦小峴與陳碩士，可見吳德功對於古文的鑑賞

---

94 陳柱：《中國散文史》（北京：新華書店，1998年4月），頁291。

95 魏際昌：《桐城古文學派小史》，頁137-141，有論及朱梅崖、魯絜非、陳碩士。劉聲木，《桐城文學淵源・撰述考》，頁160、173，有論及秦小峴、陳碩士。楊懷志、潘忠榮合著：《清代文壇盟主：桐城派》，頁270-273，收錄陳碩士〈送劉孟涂南歸序〉一文，並予以注釋、導讀。

96 此四人為姚鼐高足，號「姚門四傑」。亦有去劉開，而代之以姚瑩者。

有他自己的定見。正因為有他自己的定見，對於古文創作理論的開拓，才能發展出更多的可能性，才能為後代學習古文或研究古文者提供更多元化的視野和思考角度。

參考文獻

一　專書

〔清〕劉熙載：《藝概》，臺北：廣文書局，1964年3月。

〔清〕姚椿編：《清朝文錄》，臺北：大新書局，1965年2月。

〔清〕尤侗：《西堂雜俎》，臺北：廣文書局，1970年12月。

王國璠：《臺灣先賢著作提要》，新竹：臺灣省立新竹社會教育館，1974年。

〔南朝梁〕劉勰：《文心雕龍》，臺北：河洛圖書出版社，1976年3月。

〔清〕趙爾巽：《清史稿》，北京：中華書局出版，1977年。

〔東周〕孟軻著，〔宋〕朱熹集注：《孟子集注》，臺北：世界書局，1978年3月，5版。

〔宋〕朱熹著，〔清〕張伯行集解：《小學集解》，臺北：世界書局，1978年3月，5版。

〔宋〕文天祥：《文山先生全集》，臺北：臺灣商務印書館，1979年11月，四部叢刊正編本。

〔宋〕朱熹著，〔日〕岡田武彥主編：《晦庵先生朱文公文集》，京都：中文出版社，1985年4月。

〔清〕鄭燮：《鄭板橋全集》，臺北：百川書局，1988年5月。

〔唐〕白居易著，朱金城箋校：《白居易集箋校》，上海：上海古籍出版社，1988年12月。

尤信雄：《桐城文派學述》，臺北：文津出版社，1989年1月，再版。

劉聲木：《桐城文學淵源・撰述考》，合肥：黃山書社，1989年12月。

吳德功：《瑞桃齋文稿》，南投：臺灣省文獻委員會，1992年5月，吳德功先生全集本。

吳德功：《戴案紀略》，南投：臺灣省文獻委員會，1992年5月，吳德功先生全集本。

朱自清：《詩言志辨》，臺北：開今文化事業有限公司，1994年。

〔清〕曾國藩：《曾國藩全集》，長沙：岳麓書社，1995年12月。

〔清〕董誥等編：《全唐文》，上海：上海古籍出版社，1995年。

周中明：《桐城派研究》，瀋陽：遼寧大學出版社，1997年7月。

張夢新：《中國散文發展史》，杭州：杭州大學出版社，1998年1月。

陳柱：《中國散文史》，北京：新華書店，1998年4月。

魏際昌：《桐城古文學派小史》，石家莊：河北教育出版社，1988年4月。

〔清〕劉大櫆：《論文偶記》，北京：人民文學出版社，1998年5月。

〔清〕姚鼐編纂，王文濡評註：《評註古文辭類纂》，臺北：華正書局，1998年8月。

涂公遂：《文學概論》：臺北：五洲出版有限公司，1998年12月，再版4刷。

張健：《文學概論》：臺北：五南圖書出版有限公司，2000年3月，初版14刷。

〔日〕廚川白村：《苦悶的象徵》，臺北縣：昭明出版社，2000年7月。

〔清〕張廷玉：《明史》，臺北：藝文印書館，2000年11月。

〔清〕姚瑩：《東溟文集‧外集》，上海：上海古籍出版社，2002年3月。

〔清〕曾國藩：《求闕齋日記類鈔》，上海：上海古籍出版社，2002年。

〔清〕黃子雲：《野鴻詩的》，上海：上海古籍出版社，2002年3月，續修四庫全書本。

楊懷志、潘忠榮合著：《清代文壇盟主：桐城派》，合肥：安徽人民出版社，2002年8月。

〔唐〕韓愈：《韓昌黎文集注釋》，西安：三秦出版社，2004年12月。

〔明〕黃宗羲：《黃宗羲全集・南雷詩文集》，杭州：浙江古籍出版
　　　　社，2005年1月。

王國維著，滕咸惠校注：《人間詞話》，臺北：里仁書局，2005年10月。

田啟文：《臺灣古典散文研究》，臺北：五南圖書出版股份有限公司，
　　　　2006年4月。

朱光潛：《文藝心理學》，臺北縣：頂淵文化事業有限公司，2007年10
　　　　月，初版2刷。

王達敏：《姚鼐與乾嘉學派》，北京：學苑出版社，2007年11月。

〔清〕方苞：《方苞集》，上海：上海古籍出版社，2008年3月。

余英時著，程嫩生、羅群等譯，何俊編：《人文與理性的中國》，臺
　　　　北：聯經出版事業股份有限公司，2008年6月。

吳德功著，江寶釵校註：《瑞桃齋詩話校註》，高雄：麗文文化事業股
　　　　份有限公司，2009年3月。

〔清〕姚鼐：《惜抱軒詩文集》，上海：上海古籍出版社，2010年9月。

〔清〕朱仕琇：《梅崖居士文集》，上海市：上海古籍出版社，2010年
　　　　12月。

〔清〕陳用光：《太乙舟文集》，上海市：上海古籍出版社，2010年12
　　　　月。

郭秋顯、賴麗娟編纂：《臺灣文藝叢誌（一九一九～一九二四）──
　　　　創刊百年紀念復刻版》，新北：龍文出版社股份有限公司，
　　　　2019年4月。

〔清〕魯九皋：《山木居士文集》，清乾隆末年著者手定底稿本。

二　論文

（一）期刊論文

謝崇耀：〈瑞桃齋詩話初探〉，《臺灣文學評論》第3卷1期，2003年1月。

李知灝：〈評謝崇耀「瑞桃齋詩話初探」〉，《臺灣文學評論》第3卷2
　　　　期，2003年4月。

林美秀、紀偉文合著：〈吳德功「瑞桃齋詩話‧佳話」的聖王建構〉，
　　　　《高應科大人文社會科學學報》第1期，2004年7月。

林美秀：〈盈虛理細推，不寐雞報曉──《瑞桃齋詩話》文本的媒介
　　　　特質與我族建構〉，《高雄應用科技大學學報》第35期，2006
　　　　年5月。

（二）學位論文

李知灝：〈吳德功瑞桃齋詩話研究〉，嘉義：國立中正大學中國文學研
　　　　究所碩士論文，2003年6月。

第五章
吳德功古文的求進思想及其傳達手法[*]

第一節　前言

　　在吳德功的古文作品中，有數篇作品都提到一個求進的思想，那就是「不論人或物，在世上都需要有力人士的賞識提拔，才有施展抱負的機會，才能名揚天下，否則只能與草木同腐而湮沒不彰。」由這樣的思想可以看出，吳德功是一位有積極企圖心的文人，在他的心中很想有所作為，使自己能傳揚於世。或許因為這樣的心態，所以日人剛來統治臺灣的初期，吳德功從反抗日人，不願與之妥協，接著逐漸轉變心意，最後反而與日人交好，或許他是將日人當成伯樂，而自己是那匹千里馬，透過日人賞識能得到做事的機會，能為臺灣的社會貢獻心力，藉以完成他的人生理想。若是如此，則吳德功的求進思想極可能是他後來轉為親日的重要因素之一。在江寶釵、李知灝合著的〈事變下吳德功的學思轉折：一個奠基於瑞桃齋詩話的考察〉一文中，亦有近似的觀點。該文透過對吳德功〈哭族兄郁堂廣文〉、

* 本文原投稿於成功大學臺灣文學系主辦之期刊《台灣文學研究》，並已收到匿名審查委員的寶貴意見。然此份刊物後因故停刊，並決定改成專刊形式，此文只得轉投其它刊物。後適逢《真理大學人文學報》第23期（2019年10月）徵稿，遂轉投並刊載於此。今特別感謝《台灣文學研究》與《真理大學人文學報》兩份刊物之匿名審查委員所提供的寶貴意見，修正了本文許多缺失，十分感恩。今將此文修改增刪後置入本書。

〈雉〉、〈龐統觀書〉、〈題尚父圖〉等詩作的解讀，表達了吳德功可能因懷才不遇，而有意藉由日人賞識來實現「救天下的雄心壯志」。其文云：

> 吳德功吟詠龐統、尚父，可能也不是沒有目的的寫寫罷了，而是借彼喻我，影射他自己的懷才不遇，空懷有一肚子救天下的雄心壯志，卻沒有機會實現。龐統、尚父的終於遇見明主，未始不是他待時而動的心意。……這可以解釋當時日本殖民政權開始以『參事』制度，延攬地方人士進入體制，吳德功用世的想望，使得他在丁酉年（1897）接受紳章及「彰化辨務署」參事的頭銜，積極地參與社會事業。[1]

江、李二氏的看法，與本文所談吳德功的求進思想觀點相當類似，強調的，都是吳德功可能想藉由日人的提拔，來獲得建立事功的地位與機會。所以吳德功的求進思想，極可能是他後來態度轉為親日的重要因素之一。

對於吳德功從當初的抗日，到後來與洪棄生、許夢青等人一樣選擇隱居，但最後又轉而與日人交好，這樣的心境轉變，歷來有許多學者進行了原因的分析。施懿琳〈從反抗到傾斜—台灣舊儒吳德功詩文作品與身分認同之分析〉一文，對此有非常精闢的分析，同時對於吳德功的行為也做了極為客觀中肯的評價。施懿琳認為吳德功的心態之所以轉變，主要和下列四個因素有關，分別是「天生性格」、「家庭背景」、「人生理想」以及「處世態度」。因為這四個因素的作用，讓他

1　見江寶釵、李知灝：〈事變下吳德功的學思轉折：一個奠基於瑞桃齋詩話的考察〉，收錄於吳德功著，江寶釵校註：《瑞桃齋詩話校註》（高雄：麗文文化事業股份有限公司，2009年3月），頁11-13。

後來選擇與日人交往。[2]這其中關於「人生理想」的部分，主要是吳德功想「推展社會慈善、福利工作。」以及「延續漢文，推展社會教育。」所以選擇與日人交往，希望能得到機會來實現這些人生理想。[3]至於「處世態度」，施懿琳認為吳德功有一種「明哲保身」的思想[4]，這種思想促使吳德功改變對抗日人的態度，甚至轉而與日人親近，因為留得命在，才有機會完成人生的理想。除了施文之外，川路祥代在其〈殖民地臺灣文化統合與臺灣傳統儒學社會〉一文中，提到吳德功轉而親日的一個重要原因，就在於他心懷維護社會秩序的使命感，同時眼見一些日本官員通曉儒學（如白子澄），並且對治理臺灣擁有卓越能力與重要貢獻（如村上義雄），於是對這些官員寄予厚望，期待他們能重建臺灣社會的秩序，同時又看到日本政府擬定了重用臺灣賢良的新方針，於是轉而認同新政權，並開始參與新政權的地方政治事務。[5]李知灝〈吳德功的割臺經歷與心境轉變－以《瑞桃齋詩稿》乙未、丙申詩作為研究中心〉一文，對於吳德功曾經產生隱逸想法的原因分析得很精彩，至於吳德功後來轉與日人交好的原因分析，則和川路祥代看法頗相近似。[6]林美秀、紀偉文合著〈吳德功「瑞桃齋詩話‧佳話」的聖王建構〉一文，認為吳德功在《瑞桃齋詩話‧佳話》中，企圖為清代帝王（康熙、乾隆、嘉慶）建構一個承繼堯、舜、禹、湯道統的聖王架構，而這幾位滿族帝王之所以受到吳德功的肯

2　施懿琳：《從沈光文到賴和──台灣古典文學的發展與特色》（高雄：春暉出版社，2000年6月），頁391。

3　同上註，頁398-402。

4　同上註，頁394-397。

5　〔日〕川路祥代：〈殖民地臺灣文化統合與臺灣傳統儒學社會〉，臺南：國立成功大學中國文學研究所博士論文，2002年6月，頁82-90。

6　李知灝：〈吳德功的割臺經歷與心境轉變──以《瑞桃齋詩稿》乙未、丙申詩作為研究中心〉，《彰化文獻》第6期，2005年3月，頁73-78。

定，是因為他們雖是滿族的身分，卻能與漢族臣子以漢詩相唱和，能致力於發揚漢文化，故稱美他們是「禮樂之君」[7]。所以林美秀認為，在吳德功眼中異族政權的統治是不是能夠得到百姓認同，「種族的區別，不在考量原則之列，異族入主，只要認同漢文化，護持漢文化，進而以漢文化為道統，在他（吳德功）看來便是我族。」[8]林美秀的研究，雖未直接明言，但筆者認為此文間接點出吳德功後來之所以認同日本政權，極可能是跟日本政府認同漢文化有關，當時許多日本官員甚至是總督，也親自和臺灣文人以漢詩相唱和，這種異族政權願意繼續維護漢文化的情形，對吳德功來說，就如同滿族帝王願意和漢族臣子以漢詩相唱和一樣，那就是我族而非異族了。因此，日本官員願意和臺籍文人一同吟作漢詩，也願意推廣漢文化，這可能改變了吳德功排日的態度，成為吳德功逐步轉向親日的因素之一。至於余怡儒〈吳德功的歷史書寫與時代關懷〉一文，則認為吳德功轉為親日，是因為不滿清政府對於臺灣百姓的遺棄，尤其清政府對臺灣仕紳所提的建言也未加重視，加深了吳德功對清政府的失望，在失望之餘，為了臺灣社會的安定，遂轉而對日本政府產生了期待，這當中又與陸軍大尉高橋藤吾以及一些法院人士有了私人交誼，態度遂逐漸走向親日。[9]

　　以上諸家之說，乃針對吳德功從抗日轉為親日態度的原因分析，若以施懿琳之說為主，再結合其他學者的觀點，則此一議題的答案已十分具有說服力。然而筆者以為，吳德功的求進思想，亦是促使他轉向親日的重要因素之一，理當將之補入，則此一議題的答案就更加詳

7　吳德功著，江寶釵校註：《瑞桃齋詩話校註》，卷2，頁127。

8　林美秀、紀偉文：〈吳德功「瑞桃齋詩話・佳話」的聖王建構〉，《高應科大人文社會科學學報》第1期，2004年7月，頁1。

9　余怡儒：〈吳德功的歷史書寫與時代關懷〉，南投：國立暨南大學歷史研究所碩士論文，2009年6月，頁92-96。

備了。關於吳德功求進思想的傳達，主要呈現在〈遊龍目井記〉、〈竹瓶記〉、〈觀榕根井記〉、〈東螺石硯記〉這四篇作品裡，本章將援引這些作品進行探討，俾使讀者進一步了解此一思想的內涵，並透過其它文獻資料的推論，來分析此一思想的起因和發展脈絡。

此外，在傳達求進思想的過程中，筆者發現，吳德功寫作時都有一些固定的書寫模式，這主要有兩點：一是先尋找「具有特色」，但卻聲名不顯之「物」做為書寫對象，藉以傳達此「物」需要有人賞識才能得到彰顯的求進思想；二是透過「感物言志」的手法，將此一求進思想由「物」而轉向於「人」，成為人的求進思想。在以上兩種書寫模式的運用過程中，吳德功使用了許多篇章修辭技巧，透過「篇章結構學」的分析，發現有論敘法、賓主法、正反法等多種技巧，對此本章將一併討論。透過本章的研究，一方面可以了解吳德功求進思想的內涵、起因與發展脈絡，同時也能了解他在傳達此一思想時所運用的一些寫作模式和手法技巧。

第二節　吳德功古文的求進思想

一　求進思想的內涵

在吳德功的理念中，世上的「人」與「物」都必須有人賞識，才有機會往上提升，表現自我的能力，而廣為世人所知。這樣的想法，就是一種積極「求進」的思想。其〈竹瓶記〉一文說得很清楚，其文曰：

> 今夫權奇倜儻之士，苟處在荒陬僻壤之間，難以表白於世，即罹處於通都大邑，苟非有人物色之，亦終與草木同腐，此不獨

人也，於物亦然。[10]

此文表示，不論是「人」或「物」，即使身處在通都大邑，也必須得到有力人士的青睞，才有機會展現自己，否則一輩子就只能與「草木同腐」，而「難以表白於世」。由這段話可以看出，吳德功有積極的企圖心，想要「求進」，想要為社會做出貢獻，想要嶄露頭角。同時他認為，不論是「人」或「物」，想要嶄露頭角就必須「有人物色之」，亦即需要有人賞識、有人提拔。他這種求進思想在其古文作品中出現過很多次，可見這種思想是相當濃厚的，並非一時即興之語。我們再看其〈遊龍目井記〉一文：

> 辛酉初秋，予欲台北搭火船，往福州鄉試，途經大肚龍目井庄，停輿，詢土人以八景所稱龍井觀泉所在。土人曰：「井在荒村竹叢中，常有士人來觀，皆云此景不甚佳，先生何必觀乎？」……以余思之，何地無井，何井無泉，奚以取乎此井？奚以取乎此泉？蓋以他井之泉，不如此泉之奇，一噴一珠，白亮如銀，可爽觀瞻，故古人選勝命名，而列於八井之中焉。不然，八卦山麓，有古月、紅毛二井，何不取以列八景耶？土人聞余言，鼓掌而笑曰：「微先生言，不幾埋沒此泉之美乎？」[11]

這篇作品，是吳德功前往福州鄉試的途中，順道往觀龍目井（彰化八景之一，世稱「龍井觀泉」）後所寫的文章。文中藉由與土人的問答，點出龍目井泉水之佳妙處，以宣揚此井之勝。文章前頭先透過土

---

10 吳德功：《瑞桃齋文稿》（南投：臺灣省文獻委員會，1992年5月，吳德功先生全集本），上卷，頁59。

11 同上註，上卷，頁105-106。

人之口，說出許多士子對此井的負面評價，謂此井景色「不甚佳」，於是勸吳德功「先生何必觀乎？」由此可知，這口井雖名列八景之一，但受肯定的程度實不如預期。不過吳德功並未受影響，仍然堅持前往觀覽，觀覽後，將此井的泉水之美，以文學優美的筆調加以勾勒，正所謂「此泉之奇，一噴一珠，白亮如銀，可爽觀瞻，故古人選勝命名，而列於八井之中焉。」經過吳德功的描繪，土人終於了解此泉的佳妙，於是有了「微先生言，不幾埋沒此泉之美乎？」的結語。由土人這段結語可以得知，不受世人喜愛的龍目井，有幸能得到吳德功的讚揚，身價瞬間產生了變化，立即得到土人的肯定。吳德功透過這篇作品，來暗示君子也如這龍目井一般，需要得到上位者的賞識，才有機會展現才華，進而傳揚於世，這就是吳德功的求進思想。

再看其〈觀榕根井記〉一文：

> 由湖水坑過出水坑，小折而東，南有庄曰泉州寮庄。北邊有井一泓，居民百餘戶，飲汲皆賴焉。井上有古榕一株，濃陰約罩三畝許，下覆井上，根盤井欄，四面垂枝，生根入地，如十餘條玉柱擎扶。北有出水山之側面，下有小溪，橫穿而過，插入山壁，亦枝葉紛披，蓋分觀之如十餘株，總言之，實一株枝幹所出也。予乘輿過此，爰命停下，時當夏天，炎氣薰蒸，此處日光不下穿，暑氣為之一消。予取泉觀之，清如壺水，兼以微風徐來，濤聲謖謖，科頭箕踞而坐，撲去俗塵三斗。陶靖節所謂無懷氏之民、葛天氏之民不是過也。……惜此地僻居山野，日與村夫牧豎相對，絕少文人賞識，故隱而不彰歟？[12]

---

12 同上註，上卷，頁99-100。

此文一開始，先述及榕根井的所在地，接著便描寫此井與其上方之古
榕樹相互糾結交錯的形態，還有榕樹枝條橫生、涼蔭沁人的消暑快
感。並直言在此井邊歇憩，能「撲去俗塵三斗」，即使是陶淵明所說
上古時期無懷氏、葛天氏治下純樸無憂的百姓，生活也不會比住在榕
根井旁來得愜意。不過他話鋒一轉，感嘆榕根井雖然有這麼好的景
色，但因為地處偏僻，每天接觸的都是一些村夫、牧童等凡俗之人，
得不到文人的賞識，沒有文人為它書寫傳揚，所以才「隱而不彰」。
這裡所傳達的，就是一種求進的思想，強調事物必須得到有力人士的
青睞，替它進行推廣宣揚，才能廣為世人所知，當然，此一原理也適
用在人的身上。

接著，再看〈東螺石硯記〉一文：

> 東螺大武郡山，產美石焉。中合硯才，隨溪流出，人拾之以製
> 硯，故稱為東螺硯。其石堅而不滑，潤而不燥，其色或青或
> 紫，或水波紋，或萬點青，與廣東肇慶府端溪略同焉。然青色
> 似端溪之青華，紫色似端溪之馬肝，水波紋似端溪之羅紋，萬
> 點青則惟此獨有，而魚肚白則少焉。[13]

此處提到東螺（今彰化北斗）的大武郡山，出產美麗的石材，這種石
材隨溪水流出，人們撿拾此種石材來製作硯台，名為「東螺硯」。吳
德功還拿這種東螺硯與中國廣東的「端溪硯」相比，從石材的色澤與
紋路去比較二者的異同。接著他又說：

> 夫此硯（東螺硯）之品質，既亞於端溪，其奈雜混沙礫，隨溪

---

13 同上註，上卷，頁87。

　　　輾轉數十里，為舟子牧豎所踐踏，湮沒不彰者，難更僕數，苟
　　　無以賞識之，則長辱泥塗，不得表揚於當世。[14]

吳德功認為，美麗的東螺硯石在品質上稍遜於端溪硯，無奈又雜混於
沙礫之中，隨著溪水流動，被船夫牧童所踐踏，因此被埋沒而無法彰
顯於世，若沒有得到人們的賞識，則將「長辱泥塗，不得表揚於當
世。」這裡又再一次突顯吳德功求進的思想，認為好的硯材若無人賞
識，也是會湮沒無聞的；反之，若能得到人們的垂愛，加以精雕細
琢，則能展現出特色，珍貴性便能明顯提升。他說：

　　　今回佐佐木忠藏得一方，珍如拱璧，苟再令人披沙以揀之，或
　　　入水以撈之，擇名匠以精製，因方為圭，遇圓成璧，登諸翰墨
　　　場中，則聲價十倍，可與彝鼎圖書而並重。[15]

此處談到其日籍友人佐佐木忠，收藏著一方東螺硯，視之如珍寶。[16]

14　同上註，上卷，頁87-88。

15　同上註，上卷，頁88。

16　關於吳德功文中提及佐佐木忠收藏有東螺硯之事，林文龍〈螺溪硯文獻的關鍵性報
　　導〉一文也有相關的說明，可與吳德功此文相互印證。今摘錄林氏文中之說法如
　　下：「大正5（1916）年10月26日臺灣日日新報出現了一則有關「螺溪硯」關鍵性的
　　報導，標題是「東螺硯續出」：『廳下濁水溪沿岸，古來出東螺硯石，馳名內外，其
　　石堅滑潤，或青色或紫色，或水波紋，或萬點星，與彼端溪略同。不久前聞佐佐木
　　氏：近年久乏拾得者，後因八堡圳路改修工事之際，在二八水庄河磧中，發現此名
　　石，讓愛硯家……大為驚喜。』這則重新發現東螺硯石的新聞報導，為螺溪硯峰迴
　　路轉的重要文獻，發現時間為大正5（1916）年，地點及動機是『八堡圳路改修工
　　事之際』，報導人為『佐佐木氏』，均極為明確，惟與所謂濁水溪鐵路築拱橋無關。
　　臺灣日日新報新聞報導的留存，提供了正確時間及地點，足堪廓清長期累積的誤
　　導，還原本來面目，意義重大……。（節錄）」此文刊載於「國史館臺灣文獻館電子
　　報」第140期，2015年11月30日。網址：http://www.th.gov.tw/epaper/site/page/140/

吳德功認為，若能從溪水中再挑選出東螺硯的石材，然後找來巧手工匠進行精細的裁製，這種硯台必定能與「彝鼎圖書而並重」。這裡對於東螺硯的種種評論，呈現的都是一種求進思想，文章表面上雖是講硯材，但在吳德功的觀念中，人們一生是顯達或是困頓，不也是取決於有沒有人賞識提拔嗎？人或物，道理皆是如此，這正是其〈竹瓶記〉中所謂：「苟非有人物色之，亦終與草木同腐，此不獨人也，於物亦然。」的道理啊！

按：吳德功求進思想的內涵概如上述，亦即世上的「人」與「物」，都必須有人賞識，才有機會往上提升，才有機會表現自我而顯揚於世。這樣思想內涵，其實還存在著一個可以更深入分析的問題，那就是吳德功希望得到上位者提拔後能夠有機會向上提升，並且表現自我而揚名於世，那麼他所謂的向上提升、表現自我，指的到底是什麼事？他想要提升什麼？表現什麼？

對此，所謂的向上提升，指的是能夠得到一個名份地位；至於表現自我，則是指擁有名份地位後，便能夠得到一個施展抱負的舞台來成就功業，成就功業後便能顯揚於世。若是如此，那麼吳德功想要的一種名份地位到底是什麼？他想成就的功業又是什麼？就前者而言，吳德功要的名份地位，就是出仕為官，只有官職在身，才有權力能夠做事。因此他在清朝時期不斷參加科舉考試，希望得到功名，有機會出仕為官，無奈七次鄉試皆不中，主考官對他的文章不青睞，在考場上他始終未能得到提拔。

2040。透過林氏此文之說法可知，東螺硯又稱螺溪硯，文中記錄了日治時期「臺灣日日新報」對於東螺硯的相關報導，報導中對於東螺硯質地色澤的形容，與吳德功〈東螺石硯記〉中的描述幾乎相同；而報導中所謂的佐佐木氏，應即吳德功文中所說的佐佐木忠。

　　至於後者，即吳德功想要建立的功業到底是什麼？這個部分，與他身為儒門弟子有深切的關係，儒家學術的理想就是要經世安邦、福國利民，同時也要教育百姓，啟迪愚蒙。這些志業也是吳德功畢生所嚮往追尋的，試看其〈孔教論〉對孔子一生功業的描述：

> 且夫子時中之聖，有教無類，不見智愚之分。無形不與，何有固我之見？具老安少懷之量，本博施濟眾之懷，含宏廣大，立人達人，成己成物，洵包涵萬類也。[17]

吳德功認為孔子一生的功業，主要在教育事業（有教無類）和社會公益事業上（博施濟眾），而這樣的功業，也是吳德功一生所追求的。在本章「前言」中，提到施懿琳所分析吳德功的「人生理想」，分別是「推展社會慈善福利工作。」以及「延續漢文，推展社會教育。」這基本上就是吳德功對於孔子教育事業和社會公益事業的承繼與實踐。

二　求進思想的起因與發展脈絡

　　吳德功的求進思想，其內涵蓋如上一小節所述。而這樣的思想，其起因究竟由何而來？其思想的發展脈絡又是怎樣的進程？本小節將針對這個部分，分成三個小點來進行說明。

（一）吳德功求進思想起因於中國歷史人物的啟發

　　吳德功的求進思想，強調人必須得到上位者的提拔，才能得到發揮才華的舞臺，才能建立功業而顯揚於世。這樣的思想實起因於中國

---

17 吳德功：《瑞桃齋文稿》，上卷，頁12。

歷史人物的啟發，中國歷史上許多成就功業的傑出人士，都是得到上位者的青睞後，才擁有發揮才幹的舞臺，才有機會施展抱負而揚名天下。在吳德功的詩歌作品中，對許多歷史人物的功業進行歌詠，而這些歷史人物多數是獲得上位者的提拔後，才有機會嶄露頭角。例如其〈龐統觀書〉一詩：

> 鳳雛聲譽美，水鏡經品評。卓犖觀書籍，腦中藏甲兵。[18]

又如〈題尚父圖〉一詩：

> 滿腹經綸老更雄，渭濱高隱待時隆。一桿釣出周天下，八百河山掌握中。[19]

上述二詩，所談乃龐統與姜子牙，他們都是中國歷史上的才俊之士，也各自為其朝代建立了偉大功業，不過他們原先都未獲知遇，因此處於沉潛以等待時機的狀態，後來得到上位者的提拔賞識才有了發揮的舞臺，才建立了功業。

接著我們來援引清朝人物進行說明，來看看吳德功對這些受到賞識後飛黃騰達的同朝文人之看法。首先來看賈國維，吳德功《瑞桃齋詩話・佳話・賈國維》云：

> 賈國維中鄉榜，因籍貫被劾。恩賜會試落第，又蒙特賜殿試，傳臚日以第三人及第。紀恩詩云：「紫陛朝儀肅九賓，聲聲臚

---

18 吳德功：《瑞桃齋詩稿》（南投：臺灣省文獻委員會，1992年5月，吳德功先生全集本），下卷，頁128。
19 同上註，下卷，頁130。

唱出楓宸。忽聞御苑探花客，即是孫山下第人。天子深恩能造命，寒儒榮遇頓生春。喜心倒劇翻嗚咽，百折名場困此身。」[20]

從引文中可知，賈國維雖考中鄉試成為舉人，但因假冒名籍參加考試被發現，於是被糾劾而失去再上層樓的機會。後因逢康熙的賞識，特別恩賜他能參加會試，不過並未考中。接著康熙又再次給予特殊拔擢，讓他破格參與殿試（清代科考，正常程序必須通過會試方能參加殿試），結果以探花的成績通過殿試。從這段記載，可知賈國維是多麼幸運，一再得到上位者的提拔而能翻轉人生。其紀恩詩中說：「天子深恩能造命，寒儒榮遇頓生春。」正是失意君子受知遇提拔而改變人生的最佳寫照。

再看另一位清朝的人物——高士奇。高士奇與吳德功一樣，僅具生員身分，其後科考亦告落第，之後甚至流落京師賣春聯維生，生活很是清苦。但高士奇運勢奇佳，在偶然的機會裡被康熙遇見，對他甚為賞識，提拔他在內廷任職，最後還累官至禮部侍郎。高士奇的絕佳際遇，在吳德功《瑞桃齋詩話·佳話·高士奇》中有如下載述：

寒士不由科目而猝列清班者，為錢塘高澹人士奇。以國學生不第，在京賣春聯，偶為聖祖所見，召對旬日，三試皆第一，命供奉內廷，尋賜翰林侍講學士。……蓋公以布衣出身，官至侍郎，忌者亦多。自咏云：「身經矰弋惟甘退，聖念沉淪特改銜」又云：「風雲千載難重遇，如此遭逢有幾人。」其得聖眷如此，真異數也。[21]

20 吳德功著，江寶釵校註：《瑞桃齋詩話校註》，卷2，頁136。
21 同上註，卷2，頁133-134。

觀諸高士奇與吳德功，同為生員出身，然一遇，一不遇，前者受康熙賞識提拔，官至禮部侍郎，而吳德功七次鄉試皆不中，始終遇不到伯樂加以提攜。二人際遇一經對照，怎不教吳德功心生唏噓而感慨萬千呢？故其語末說：「其得聖眷如此，真異數也。」怕是有幾分羨慕的味道在其中，盼望自己也能獲此奇遇吧！在《瑞桃齋詩話・佳話》中，除了賈國維、高士奇外，吳德功還載錄了數十位受皇恩眷顧的臣子，並且對他們受到寵遇的情形做了書寫，例如說梁詩正「受憲廟、高廟兩朝知遇，出入館閣，入直樞垣，恩榮備至。」[22] 說蔡新：「君臣一德，寵眷異常。」[23] 說董誥，引御製詩稱其「兩朝知遇一身肩」。[24] 這些受到恩遇的文人，有了參與朝政的名位，也有了安邦濟世的機會，因此而能揚名天下。

　　以上所引歷史人物，他們之中有許多人原先皆為寒貧之士，或是因各種因素而失落不得志，但最終都因上位者的眷顧而改變命運。這些歷史人物成就功業的過程與模式，對於吳德功而言，當然會產生啟發的作用，希望自己也能和他們一樣，得到上位者的青睞而建功立業。除了上面所引述的歷史人物外，吳德功一生信奉儒學，對於儒學的推廣與維護不遺餘力[25]，相信儒家聖賢的求進模式，也必然對吳德

---

22 同上註，卷2，頁128。

23 同上註。

24 同上註，卷2，頁133。

25 吳德功對於儒家學術的推廣與維護，由其〈孔教論〉一文便能窺其端倪。該文曰：「今夫世之論教者，大抵喜談新學，厭棄古墳，徒尚武功，不修文德。以為教必使言論自由，男女平權，財用富足，國民自強，武備宜修，以為泰西科學文明，悉本於此，遂疑孔教為平淡無奇，高深莫測，公德希有。豈知孔教包括萬類，何止數端乎！」又云：「大哉孔教！聖哉孔教！德心克廣，大道為公，豈五大洲之宗教，所可相提而並論哉！」由以上兩段文字，可看出吳德功對於儒學的推崇與維護，他是儒學忠實的信徒，也是強力的奉行者與捍衛者。其〈孔教論〉一文，見氏著：《瑞桃齋文稿》，上卷，頁9-12。關於吳德功的儒學思想，亦可參考林美秀：〈清領時期吳德功儒學價值觀念的形成〉，《興大人文學報》第44期，2010年6月，頁111-138。

功產生一定程度的啟發。就以孔子、孟子而言，他們都曾帶著門徒周遊列國，希望自己的學說能得到各國諸侯的賞識，能藉此得到施展抱負的位置，這樣的行為也是一種求進的思想模式。此外，《論語・子路》篇中曾提及孔子的一段話：「子曰：『苟有用我者，朞月而已可也，三年有成。』」[26]孔子此處自言，他想要治國安邦，約需一至三年的時間方能有所成，然而重點在於「苟有用我者」這句話，這表示不管孔子擁有如何卓越的本領，還是必須得到上位者的任用才能有所發揮。由是可知，孔、孟這等儒家的聖賢，他們同樣也希望得到上位者的提拔以獲得人生舞台，這種求進模式，對吳德功這種忠實的儒門信徒而言，必然也會產生啟發引導的作用。

　　以上所言，只是略舉數例以作說明，事實上在中國的歷史人物中，因受到上位者提拔而能建立功業，進而揚名天下者（此屬正面教材）；或是在求進的過程中，始終得不到賞識而常處困境中者（此屬反面教材），比比皆是。透過這些正面和反面教材的啟迪，吳德功的求進思想便逐漸形成與確立，因此德功的求進思想可說是起因於中國歷史人物的啟發。

（二）吳德功求進思想因懷才不遇而深化

　　在吳德功的前半生中，可說是一位典型懷才不遇的儒生。他同大部分的士子一樣，努力研讀儒家經典，學習舉業，希望能夠透過科舉考試獲得功名，一則揚眉吐氣、光宗耀祖；一則功名在身，有機會出仕為官，發揮治世理想。然而他在同治十三年（時25歲）補博士弟子員後，便屢困於場屋，從光緒元年（1875）到光緒十九年（1893）之

---

26 烏恩溥注譯，柯昆霖校訂：《四書譯注・論語》（臺北：建宏出版社，1996年3月），
　頁149。

間，七次參加鄉試[27]皆不中，他企圖藉由科舉出仕為官，以發揮經世濟民的理想，終是難以實現。試問一個舉人的鄉試，在十九年當中連考七次，這需要多堅強的毅力，而如此堅持卻仍告失敗，這其間的挫折又有多深。在其《瑞桃齋詩稿》中，有許多詩作都表達了他屢次鄉試不第的煎熬和沮喪。如其〈有感〉一詩：

> 坎坷廿載命逢奇，聞道秋闈疊皺眉。半世功名何處定，一生事業豈如斯？頻添馬齒漸多日，得占鰲頭待那時？休怪旁觀相戲笑，逢場技癢亦何為。[28]

這首詩沉重地說出屢試不第的痛苦，聽到考試又再次落榜，讓詩人「疊皺眉」，感慨自己「坎坷廿載」，近二十年的歲月參與科考都無法上榜，讓他感到「馬齒漸多日」，青春歲月都耗在這裡了，但「半世功名何處定」、「得占鰲頭待那時」，這些話語道出一位士子屢困於場屋的無奈和沮喪。其中「一生事業豈如斯？」更道出吳德功是將一生的事業成就都立基在這科舉功名上，沒有科舉功名，要如何進入國家的行政體系以建功立業呢？可見他與多數的儒生一樣，都將科舉功名視為一生的目標，當科舉失利時，挫折與失落感必然席捲而來。像這種感嘆自己科考失利的作品，除了上述一詩外，〈赤崁感懷〉、〈馬尾停泊福州〉等詩，也都表現出這種失意感。

鄉試連考七次，耗去近二十年歲月，對於懷抱高遠理想的吳德功而言，不免生出懷才不遇之感。其〈辛卯鄉闈報罷琢如孝廉宗兄寄書慰藉爰作七律一則肅復〉一詩云：

---

27 吳德功七次參加鄉試的時間，詳見本書第二章第二節「清領時期的經歷」第二項「弱冠入庠，七次鄉試不中」。
28 吳德功：《瑞桃齋詩稿》，上卷，頁77-78。

交遊廿載契芳忱，慰藉書來感佩深。老馬何時逢眷顧，焦桐奚
處遇知音？敢云主試乏明眼，只為文章未愜心。八戰棘闈咸敗
北，此生恐負一青衿。[29]

這首詩，作於辛卯年鄉試不中之後，其詩末所謂「此生恐負一青
衿」，道出內心對於未來的茫然與悲觀。在試場經歷了諸多的挫敗，
詩人難免產生懷才不遇之感，詩中「敢云主試乏明眼，只為文章未愜
心。」正道出他文章未能得到主考官賞識，以至於名落孫山，這就是
一種懷才不遇的感慨。另二句「老馬何時逢眷顧，焦桐奚處遇知
音？」傳達了吳德功極度渴望能遇到那位「眷顧」他的「知音」啊！
這就是在懷才不遇後，更加深了求進的思想，希望能夠早日遇上提拔
他、賞識他的有力人士啊！

　　這種懷才不遇的深切感受，並未摧毀吳德功的心志，並未讓吳德
功選擇走向消極避世的道路，雖然在面對乙未割臺的動亂期間，他曾
與族兄相約要隱居山林[30]，但誠如江寶釵所言，吳德功「隱逸的想法
很可能是現實中源於理想之頓挫而產生的權宜之策」[31]。堅強的吳德
功，骨子裡仍充滿著積極用世的精神，仍希望受到上位者的青睞，有
機會施展才學，為國家百姓做事以顯揚於世，這從本文所探討的四篇
古文〈遊龍目井記〉、〈竹瓶記〉、〈觀榕根井記〉及〈東螺石硯記〉所
呈現的求進思想，就可以得到證明。因為這四篇作品，除了〈遊龍目
井記〉一文是作於乙未割臺之前，其餘三篇都是日人治臺後的作品。
由此可見，吳德功雖然在清代屢困於場屋，一連七次鄉試的失敗，讓
他產生懷才不遇的失落感，但他並未因此而失志，愈是懷才不遇，就

29 同上註，上卷，頁73-74。
30 見吳德功〈哭族兄郁堂廣文〉一詩。同上註，下卷，頁159。
31 吳德功著，江寶釵校註：《瑞桃齋詩話校註》，頁13。

愈讓他感覺到獲得上位者提拔的重要，所以在日治時期，才會寫出那麼多篇具有求進思想的文章。因此，吳德功的求進思想雖然起因於中國歷史人物的啟發，但卻是因懷才不遇而得到進一步的深化。

（三）吳德功求進思想因日人提拔而明顯實現

吳德功在清領時期，由於科舉連番受挫，一直沒有出仕為官，其求進思想一直無法得到有效的落實。然而由於具有秀才身分，文史知識豐富，再加上家族在地方上素有聲望，以及若干地方官員對他的賞識，吳德功還是得到一些為社會做事的機會[32]，不過因為不是政府部門的正式官職，發揮的空間畢竟有限，許多任務都是臨時性的，工作告一段落後便已結束，無法長久為國家效力，這始終是個遺憾。其〈赤崁感懷〉一詩，就道出他科舉失利，無事可做的窘境。詩云：

> 客裏光陰倍覺長，蚓兼無事更淒涼。功名已淡慵投課，疾病多纏急檢方。（節錄）[33]

「功名已淡慵投課」，談到了他屢試不第後的沮喪心情；「蚓兼無事更淒涼」，則點出自己因科舉失利，沒有職位在身，無事可做的淒涼心境。可見吳德功的內心是多麼想為國家、為百姓做事，無奈懷才不遇無法獲得功名，導致自己無事可做。這首詩是他在清領時期的作品，相當程度的反映他在此一時期的心境。

吳德功這種積極想做事，卻沒有人提供舞臺的窘境，到了日治時

---

32 吳德功受到地方官員的賞識，在清領時期也得到一些為社會做事的機會。這個部分詳見本書第二章第二節「清領時期的經歷」第三項「接受官員委託，從事經世濟民的工作」。

33 吳德功：《瑞桃齋詩稿》，上卷，頁73。

期有了很大的轉變。日人治臺後，有計畫地攏絡臺籍文人，希望臺籍文人成為地方行政體系的成員，協助日本政府管理臺灣，此時吳德功即是被拉攏的對象之一。不過起初日本官員造訪吳德功，表達對其學識能力的賞識，希望他出來為政府做事，卻都遭到他的拒絕。如明治二十九年（1896）所寫〈高橋憲兵大尉藤吾造庄枉顧〉一詩，及明治三十年（1897）的〈小春有感〉四首中，都看得到吳德功偏向隱逸不仕的態度。可見吳德功雖有求進的思想，希望有機會為國家做事，但日人治臺之初，吳德功對於跟日人合作是有所保留的。不過這樣的情況並沒有維持太久，隨著日本官員對待吳德功的友善態度，以及重視漢學、漢文化的作法，讓吳德功看待日本政府的態度產生了變化，逐步產生了認同感。[34]之後再因為日本政府任用臺籍精英的政策益趨明朗，用人的制度也愈發完善，還有若干日本官員的政績讓吳德功非常欣賞，尤其是當時縣知事村上義雄的政績，更讓吳德功感佩。[35]雖然他早先曾經拒絕村上知事的任官邀請[36]，但在仔細觀察村上義雄的言行作為後，對這位日本官員產生了高度的推崇，也更提升了對日本政權的認同感。有了這種認同感，再加上日本當局對任用臺籍菁英的制度愈見良善的情況下[37]，吳德功終於產生和日本政府共事的意願。於

---

34 關於日本官員對待吳德功的友善態度，以及重視漢學、漢文化的作法，詳見本書第二章第三節「日治時期的經歷」第二項「開始接觸日本官員，逐步認同日本政府（1895冬-1897春）」。

35 吳德功對村上義雄政績的肯定，從〈送臺中知縣村上義雄君榮遷序〉一文，便可知其梗概。見吳德功：《瑞桃齋文稿》，上卷，頁137-139。

36 吳德功拒絕村上知事的任官邀請，事見〈小春有感〉一詩的小序。見吳德功：《瑞桃齋詩稿》，下卷，頁164-165。

37 日本當局為了拉攏臺籍菁英至政府部門做事，積極改善用人的制度和政策，欲藉此獲得臺籍菁英的認同，此舉也確實產生了效果。此事可參考本書第二章第三節「日治時期的經歷」第三項「選擇與日本政府合作，施展人生抱負（1897年5月-1924去世）」。

是在明治三十年（1897），吳德功接受了彰化辦務署「參事」一職，正式參與地方的行政事務。關於吳德功態度的轉變，以及村上義雄對於吳德功所產生的影響，川路祥代說：

> 吳德功肯定「村上」政權對地方秩序之貢獻，才會認同新政權的正當性，從此吳德功重新參與地方政治，再度燃燒地方秩序之使命感。[38]

施懿琳亦云：

> 村上義雄於一八九七年任職台中知縣，在職期間頗有政績。於一八九七年創辦辦務署，遴選區長，每百戶設一保正，使地方政治漸上軌道。一八九八年應吳德功之請，申請創設台中師範學校；又於一八九九年興修圳務，教民燃燈撲蛾，使地方免於水患與蝗害。公餘好誦經書魯史，又得到彰化辦務署長肥田野畏三郎，書記官橫窟三子兩位身於漢文者的佐理，故民眾得以安居樂業，地方平靖。吳德功對這位「賢良官吏」推崇有加，遂於1897年接受新政權的收編，擔任「參事」一職。[39]

由是可知，原先排斥與日本政權合作，但看到日本政府創立辦務署，讓任用臺籍菁英的制度更見完善，以及看到村上義雄這等日本官員的卓著政績，讓吳德功心態開始轉向，此時求進思想取代了隱逸思想，促使他接受了「參事」的職務，並開始了一連串文教、慈善公益與地

---

38 〔日〕川路祥代：〈殖民地臺灣文化統合與臺灣傳統儒學社會〉，臺南：國立成功大學中國文學研究所博士論文，2002年6月，頁88。

39 施懿琳：《從沈光文到賴和——台灣古典文學的發展與特色》，頁328。

方行政之工作，其經世濟民的舞臺逐步地開闊起來，其求進思想在日人對他的提拔下，有了明顯的實現。

　　吳德功在一八九七年接受了日本政府所頒授的「紳章」，以及接受彰化辦務署的「參事」職務後，便逐步地拓展其經世濟民的理想，尤其在教育事業與社會慈善事業的經營上，分外的用心，將日人對他的提拔，竭力轉成對自我人生理想的實踐。在本書第二章第三節中，談到了他在日治時期所參與的工作與事業，一八九九年擔任臺中師範學校教務囑託，講授泉州語、漳州語和漢文。一九〇〇年重修彰化節孝祠，並促請日本政府實行春、秋祭典儀式。一九〇一年擔任「臨時臺灣舊慣調查會」事務囑託，以及臺中地方法院「舊慣諮問會」事務囑託員一職，提供臺灣舊有風俗慣習的諮詢，以提高法院判決的公平性。這年的十一月，吳德功也改任彰化廳參事。一九〇二年，報請彰化廳長須田綱鑑同意，旌表貞烈節孝婦林楊氏等共四名婦女，以提倡節孝之風。一九〇六年，捐資並募款濟助彰化善養所，且將所屬部分田租挹注彰化慈惠院，並將善養所男女牌位請入院祭祀，這兩處都是彰化重要的慈善機構，照顧社會上孤苦羸弱的百姓。同年，吳德功還擔任彰化水道開設副長一職，對彰化水道的現代化建設做出了重要貢獻。一九〇九年，改任臺中廳參事。一九一三年，任彰化南瑤宮管理委員會董事，出資並勸募經費以整建南瑤宮。一九一四年，與林獻堂等地方仕紳，共同出資並勸募建設臺中中學校的基金，使該校得以順利興建。一九一五年，彰化地方人士籌設「同志青年會」，吳德功擔任該會教職，傳授漢文學。一九一七年，與黃臥松等人創立「崇文社」，致力於漢文的宣揚傳播。一九一八年，參與「臺灣文社」的成立，並用心於漢文的推廣。一九二二年，受聘為臺灣總督府史料編纂委員會評議員，協助臺灣史料史書的建構。一九二三年，與地方仕紳合力遷建彰化節孝祠，並於一九二四年春天完工。

　　從以上的資料可以看出，吳德功在日治時期，由於獲得政府官員的提拔，擁有地方行政人員的身分後，積極地投入地方文化教育事業以及社會慈善工作，對臺灣社會做出了許多的貢獻。他的儒者志業、人生理想，因日本政府的提拔任用而有了發揮的舞臺。江寶釵說：

> 清代因為科舉失敗無法進入國家管理階層的吳德功，日治時期
> 卻獲得參與地方管理階層的契機，成為參事，同時也透過貨幣
> 的徵集，成為銀行董事。從身世之憂傷，家國之悲感，到積極
> 介入殖民地時期的臺灣社會事業。[40]

由是可知，吳德功在日治時期，因日人提拔而能進入地方管理階層，在擁有行政權力與地位聲望後，從而展開一連串志業的實踐。其懷才不遇的遺憾，在此時可說得到了一定程度的補償；其求進思想，也因日本政府的賞識提拔而有了明顯的實現。

第三節　吳德功傳達求進思想的書寫模式

　　吳德功在古文中傳達其「求進」之思想，讓我們看到他在「明哲保身」之外的另一種處世態度，這是一種積極向上的精神，代表他希望能夠有所作為，能揚名於天下。而這種求進思想的傳達，在他的《瑞桃齋文稿》中共有四篇作品，分別是〈遊龍目井記〉、〈竹瓶記〉、〈觀榕根井記〉、〈東螺石硯記〉。吳德功撰寫這四篇作品都有一些固定的模式，透過這些模式的運用，將其求進思想娓娓道出。今針對這些書寫模式論述如下：

---

40 吳德功著，江寶釵校註：《瑞桃齋詩話校註》，頁17。

一　先尋找具有特色，卻聲名不顯之「物」為書寫對象

在〈遊龍目井記〉、〈竹瓶記〉、〈觀榕根井記〉、〈東螺石硯記〉這四篇作品中，吳德功書寫的對象都是具有特色，但卻沒沒無聞或聲名不顯之「物」。這樣挑選寫作素材的模式，是有其道理的。因為要傳達求進思想，必定要先創造出一個本身具有特色，但卻命運不順的角色，這樣的角色才迫切需要「求進」，才能營造求進的思想啊！因為具有特色之「物」，會擁有更多求進的條件；而命運不順，才能產生更多求進的需求。若是已經富貴顯達者，基本上就是守成、就是享受，或是錦上添花而已，求進已經不是那麼迫切了。正因如此，上述四篇作品的內容，都各自存在著一個具有特色，但卻命運不順之「物」，讓吳德功藉以傳達求進的思想。例如〈觀榕根井記〉一文所談到的「榕根井」，它的井水清澈、景色優美，尤其榕樹根枝盤繞其上，姿態萬千，人坐於井邊，暑氣與塵慮全消；這樣有特色的地方卻「僻居山野」、「隱而不彰」。[41]

另外，在〈東螺石硯記〉一文中，吳德功認為東螺硯雖然稍遜於廣東的端溪硯，但「其石堅而不滑，潤而不燥，其色或青或紫，或水波紋，或萬點青，與廣東肇慶府端溪略同焉。」可見它也相當具有特色，但可惜命運不佳，因為此石「雜混沙礫，隨溪輾轉數十里，為舟子牧豎所踐踏，湮沒不彰者，難更僕數。」[42]

談完〈觀榕根井記〉、〈東螺石硯記〉二文，接著來看〈竹瓶記〉一文的主角。這是一截長得「拳曲離奇」，被丟擲在庭院中的廢棄竹節的故事。其文云：

---

41 吳德功：《瑞桃齋文稿》，上卷，頁99-100。

42 同上註，上卷，頁87-88。

　　去年秋間，予往二林開墾地。見其竹節半焦，放置庭中，任雨
淋日曝，匪朝伊夕矣。予俯而視之，見其質堅而古，令人審曲
面勢，裁成一竹瓶。拳曲離奇，底圓而上匾，如人佝僂狀。置
諸几上，以插野花，殊有雅致。客有見之者，無不稱奇特，是
物遂與彝鼎圖書而並重。於是嘆此物之所遭，非偶然也。夫是
竹也，生於荒郊曠野，夾在諸竹內，當其含苞出土，不能直幹
參天，以鬱成此形體，是猶人背負龜駝，胸積儡塊，生帶殘
疾，固為斯物之不幸矣。[43]

　　文中這一個命運坎坷的竹節，自幼生長的環境就被嚴重限縮，在其它
竹子的夾擊下，它無法挺直生長，於是長得歪曲彎折，像人們駝背一
樣。然而多舛的命運還不只如此，後來被砍下之後，還被丟棄在庭院
中，任由風吹日曬雨淋。不過這段竹節，雖然長得醜陋，命運乖舛，
但卻很有特色，因為它「質堅而古」。

　　最後，來看〈遊龍目井記〉一文。在這篇作品中，吳德功的書寫
對象就是臺中大肚的龍目井。這口井在清代嘉慶年間即位列「彰化八
景」之一，名為「龍井觀泉」。[44]雖然位列八景之一，也有許多文人探
訪，但它的命運並不平順，人們對它的評價不高，可說是徒具名聲。
此文云：

---

43 同上註，上卷，頁59-60。
44 「龍井觀泉」一景，清代曾作霖曾以此為題作詩詠之：「龍目井泉淺又清，井邊雙
　石肖龍睛。醒人醉夢堪千古，沁我詩脾在一泓。饒有餘波供挹注，儘無纖滓翳晶
　瑩。看他湧出泉花噴，似把珍珠十斛傾。」陳玉衡同題詩曰：「南來問渡遇鼇頭，
　又見香泉龍目流。鑿井或從歸籍後，分甘可自作霖不？清能贈我醫凡骨，冷不因人
　放白眸。也識點睛飛去好，為施膏澤暫勾留。」二詩分別收錄於〔清〕周璽：《彰
　化縣志》（臺北：國防研究院，1968年10月），〈藝文〉，頁482、484。

　　土人曰：「井在荒村竹叢中，常有士人來觀，皆云此景不甚
　　佳，先生何必觀乎？」予曰：「不妨。」爰令土人引導，滿徑
　　多卵石，欹斜行里許，莿竹森密，見山麓草堂數間，不數武，
　　土人指曰：「井在此矣。」予止步觀之，井罩以樟木箍，兩巨
　　石夾之，井面周圍有四尺許。一泓清澈，於水泉，由井底噴
　　上，至水面始破，如萬斛明珠，纍纍魚貫而出，令人目不暇給
　　焉。因憶前聞友人言，慕八景之勝來觀此泉，恒云：「此井在
　　荊榛中，又少高臺傑閣，以相掩映，只有相思樹裏，蟬琴與樵
　　歌相和，至其地，惟兩石可少坐，餘無長物，洵所見不如所聞
　　也。」[45]

由文中所述可知，這龍目井雖然具有特色，能位列彰化八景之一，但
在世俗人的眼中，其實是虛有其名，其實際的景觀很讓人失望。

　　透過上述的分析可知，吳德功在傳達求進思想的過程中，必定先
找尋具有特色，但是卻命運不順，甚至是湮沒無聞之「物」來作為書
寫對象，這是傳達求進思想的寫作模式之一。因為這樣的角色，才迫
切需要「求進」，才有利於營造出求進思想。

二　透過「感物言志」的手法，讓求進思想由「物」轉　　向於「人」

　　在論述這小節之前，筆者想先介紹一下「感物言志」。「感物言
志」又叫「感物吟志」或「托物言志」。劉勰在其《文心雕龍・明

詩》篇中說：「人稟七情，應物斯感。感物吟志，莫非自然。」[46]從這段話可以得知，「感物言志」是文學起源的一種方式，它的形成原理，是當人們內心的主觀情感接觸到外界客觀之「物」時，內心會產生一些「志」（思想理念[47]），接著我們把這些思想理念透過語言文字表達出來，變成一篇篇的文章，這就是所謂的「感物言志」。

在吳德功四篇具有求進思想的作品中，當他針對具有特色，卻又命運不濟的「物」進行書寫後，接著就藉由「感物言志」的表現手法，將觀察此「物」際遇所悟得的求進思想（亦即世間之「物」，需有人賞識提拔才能名傳於世），透過「借喻」的作用，將此一思想投射到「人」的身上，讓人們也適用這個思想。由是可知，「感物言志」的運用，重點在於文人從「物」的際遇上，體悟出某些思想理念，這些思想理念最後會在「借喻」的作用下，從「物」的上頭轉投到「人」的身上，從而成為人們處世的一種道理；所以嚴格說來，「感物言志」的表現手法，事實上是包含著「借喻」修辭法的。

我們為何知道吳德功藉由「感物言志」所生發出來的思想理念，最終都會投射到人的身上，成為一種指導人生的義理呢？這是因為傳統的古典文學，在儒家思維的影響下，向來注重載道精神、教化精神[48]，所以從「物」的上頭所感受到的思想理念，最終多數都回歸到

---

46 〔南朝梁〕劉勰著，黃叔琳注：《文心雕龍注》（臺北：世界書局，1984年，5版），卷2，頁17。

47 志，是指人們內心的思想理念。詳見田啟文：《臺灣古典散文研究》（臺北：五南圖書出版股份有限公司，2006年4月），頁157-158。

48 儒家思想長期主導中國文學的發展，在儒家眼中的優秀作品，多是蘊含著道德義理，這種具有教化精神的篇章。例如《詩經》自古以來受重視的就是它的詩教精神，透過詩作來教導立身處世之道。王運熙、顧易生《中國文學批評史》一書，對儒家的文學觀有如下評論：「不論孔子、孟子、荀子，都很重視文學、言辭、詩和樂的社會功能，都主張文學藝術必須為『教化』服務。」見氏著：《中國文學批評史》（臺北：五南圖書出版有限公司，1993年3月，2版1刷），上冊，頁4。

人的身上，成為人們立身處世的指導方針。因此，吳德功透過感物言志手法所產生的求進思想，雖然一開始是從物的上頭去領悟的，但最後也將回歸到人的身上。而誠如上一段所言，這種由物投射到人的過程，需要透過「借喻」法來協助完成。

　　行文至此，筆者想先花一些篇幅，來說明一下「借喻」這個修辭法。借喻是比喻的一種，所謂比喻，又稱譬喻，它是利用不同事物之間的相同或相似點，以其中一項事物來說明另一項事物。成偉鈞《修辭通鑑》解釋比喻說：

> 比喻構成有四個要素：本體（被喻事物）、喻體（借來作比的事物）、喻詞（使本體和喻體發生相比關係的詞），以及本體和喻體之間的類似點。一個完整的比喻，通常由本體、喻體和喻詞三部分組成。[49]

比喻的定義，概如上述。而其分類，成偉鈞認為可概分成明喻、暗喻、借喻三類。其中的借喻，成偉鈞解釋其定義說：

> 比喻之一，即以喻體直接代替本體，從而說明本體。它沒有喻詞，本體也不出現，是一種最含蓄的比喻。[50]

由這段話可以看出，借喻只說出喻體，而本體及喻詞都省略了。這樣的修辭法，是要讀者透過喻體，自行發揮「聯想」力而想出本體，從而明白作者寄託在文章中的真正旨趣。而讀者之所以有辦法從喻體聯

---

49 成偉鈞、唐仲揚、向宏業合著：《修辭通鑑》（臺北：建宏出版社，1996年1月），頁471。
50 同上註，頁494。

想出本體，這是因為本體和喻體之間存在這一些相同或相似的特質，
所以讀者能以這些相同或相似的特質為線索，透過「聯想」去找出本
體來。涂公遂解釋「聯想」說：

> 即指作者心靈中，將某一種事物的情象，和另一種事物的情
> 象，就它們某一點的相通、相似的地方聯結起來。[51]

再看朱光潛的解釋：

> 聯想是一種最普遍的作用，通常分為兩種。一種是類似聯想，
> 例如看到菊花想起向日葵，因為它們都是花，都是黃色，在性
> 質上有類似點。一種是接近聯想，例如看到菊花想起中山公
> 園，又想起陶淵明的詩，因為我在中山公園裡看過菊花，在陶
> 淵明的詩裡也常遇到提起菊花的句子，兩種對象雖不同，而在
> 經驗上卻曾相近。[52]

從以上二家之說法可知，聯想的運用可讓我們從甲事物去想出乙事
物，而之所以能夠由甲而想出乙，是因為甲、乙之間具有性質上或經
驗上的相通點或類似點，所以能由甲物而聯想出乙物。正因為聯想具
有這樣的功能，所以當文學作品使用借喻法，只寫出「喻體」時，觸
角敏銳的讀者，也能透過聯想來找出作者原本想要表達的「本體」。
例如《詩經·碩鼠》一詩：「碩鼠碩鼠，無食我黍。」[53]詩中的碩鼠及
黍，都是借喻法的喻體，詩中並未寫出喻詞和本體，讀者必須透過聯

---

51 涂公遂：《文學概論》（臺北：華正書局，1988年7月），頁93。

52 朱光潛：《文藝心理學》（臺北縣：頂淵文化事業有限公司，2007年10月），頁101。

53 屈萬里：《詩經釋義》（臺北：中國文化大學出版部，1988年5月，3版），頁145。

想力，從喻體（碩鼠、黍）的特質中，自行聯想出本體。由於碩鼠的特質是喜偷他人穀物，所以與牠有相似特質的本體，就是會壓榨百姓血汗錢的貪官污吏；至於黍的本質是農作物，和它有相似點的本體，就是百姓的民脂民膏。透過此一借喻法的分析，所以此詩的本旨是「貪官污吏啊，不要剝削民脂民膏啊！」[54] 由於借喻法的使用，能夠讓讀者從喻體去聯想出本體，所以當感物言志的手法運作之後，從「物」的上頭生發出某種思想理念時，我們就能將「物」當作喻體，然後去找出處境相似的「人」來作為本體，此時借喻法就完成了；而從「物」所生發出來的思想理念，也就順利地投射到「人」的身上去了。

　　依據上述說明，我們現在來看吳德功〈東螺石硯記〉與〈觀榕根井記〉二文。這兩篇文章的「感物」部分，就是吳德功在看到東螺硯石與榕根井的困頓命運後，心中產生了一些感觸，這些感觸後來便衍生出一些「志」（思想理念）來。〈東〉文是「苟無以賞識之，則長辱泥塗，不得表揚於當世。」；〈觀〉文是「惜此地僻居山野，日與村夫牧豎相對，絕少文人賞識，故隱而不彰歟？」這兩段思想理念，都是強調「物」應該要有人賞識，才能彰顯於世的求進思想。這樣的求進思想，只要透過「借喻」法的運用，它便能由「物」而轉向於「人」，變成「人處在世上，必須得到有力人士的賞識提拔，才能彰顯於世。」此一作法，就是讀者必須自行發揮聯想力，由命運困頓的「東螺硯」、「榕根井」，聯想到性質相似者，亦即命運不順的「人」。當命運困頓的「東螺硯」、「榕根井」應該要有人賞識，才能彰顯於世時；命運不順的「人」，當然也需要有力人士的眷顧提拔，才能出人頭地啊！這時候，文章真正的旨趣才浮現出來。除了〈東螺石硯記〉

---

54 朱熹說此詩：「亦託於碩鼠，以刺其有司之辭。」見氏著：《詩序辨說》（臺北：藝文印書館，1965年），頁23。

與〈觀榕根井記〉二文外，吳德功〈遊龍目井記〉一文，同樣也只談物不談人，但讀者一樣要透過借喻法，自行從物而聯想到人，才能明白這篇文章的真正主旨。

以上所說感物言志的文章，讀者最後都必須透過借喻法，將作者感「物」後所生發出來的「志」（思想理念），藉由聯想力轉投到「人」的身上去，才能看出文章真正的旨趣。但是，這種情況並非絕對，因為有時候作者會自行將感「物」後所生發的「志」（思想理念），直接就轉到「人」的身上去，此時讀者不必透過借喻法，也能明白文章真正的含意了。例如〈竹瓶記〉一文，本來是在談「物」（一段廢棄的竹節），強調這段竹節因為有人（吳德功）的賞識，而變成一只漂亮的竹瓶，能與彝鼎圖書並重了。而這種由感「物」所生發出來的求進思想，吳德功在文中已經自行將它轉投到「人」的身上去，所以文中引古人的話說：「一經品題，便作佳士。」[55]這時候指陳的對象已經由物轉成人了，此時讀者不必透過借喻法，也能明白文章真正的旨趣。

第四節　吳德功傳達求進思想的篇章修辭技巧

吳德功在傳達求進思想時，往往透過布局謀篇的變化，來強化主題，加深讀者的印象。這些布局謀篇的變化，就是篇章修辭技巧的運用。陳滿銘在其《篇章結構學》中，歸納出三十二種章法類型，對於解析詩文作品的篇章修辭技巧，提供了極為縝密的理論依據。今且依陳氏之說，以分析吳德功傳達求進思想時所運用的篇章修辭技巧。大抵而言，有論敘法、賓主法、正反法三種，今分述如後。

---

55 吳德功：《瑞桃齋文稿》，上卷，頁60。

一　論敘法

　　吳德功在傳達其求進思想時，會透過「論敘法」的使用，來帶動布局謀篇的變化，並藉以強化主題。所謂論敘法，陳滿銘說：

> 「定義」：將抽象的道理與具體的事件結合起來，使之相輔相成的一種章法。「美感與特色」：作者依據其特殊的需要，去揀擇適合的事件來表達主觀的情意，然後體現在篇章，因此「敘」與「論」必然是可以相適應的，而且從具體的事物中提煉出抽象的理論，揭示了客觀真理，這個過程本身即會產生美感。[56]

依上述說法，所謂「敘」就是對事件（物）的描寫陳述，所謂「論」就是思想理念的抒發。論敘法的運用，就是在一篇文章中同時存在著對客觀事物的描寫陳述，也存在著作者主觀思想的闡發。這種「論敘法」一般也叫作「夾敘夾議」，《漢語大詞典》對它的解釋是「邊敘述邊議論。」[57]莊濤將它分為「先敘後議」、「先議後敘」、「邊敘邊議」三種形式。他說：

> （夾敘夾議）此法分三種：1. 先敘後議，作者敘述完一件事後，針對這件事發表議論；2. 先議後敘，作者在敘述前先發表議論，以提示事件的主題、意義、影響，然後引出敘述；3. 邊敘邊議，即一面敘述，一面議論，敘述和議論交叉進行，層層

---

56 陳滿銘：《篇章結構學》（臺北：萬卷樓圖書股份有限公司，2014年8月），頁109。

57 漢語大詞典編輯委員會編著：《漢語大詞典》（上海：漢語大詞典出版社，1999年11月），冊2，頁1504。

遞進。[58]

「先敘後議」與「先議後敘」，這兩者的差異點，只是「敘」和「議」出現的先後順序不同而已；至於「邊敘邊議」，則是「敘」和「議」反覆交叉的出現，其中一項出現的次數在二次以上。這種「夾敘夾議」的說法，與陳滿銘的「論敘」法是一樣的理論，都是指作品的篇章結構是由事物的陳述－「敘」，與思想理念的闡發－「論」（或叫做「議」），這兩個部分相互結合而成的。所以「先敘後議」、「先議後敘」、「邊敘邊議」，也可稱作「先敘後論」、「先論後敘」、「邊敘邊論」。

現在，我們來看吳德功這四篇具有求進思想的作品，是如何運用「論敘法」來建構其篇章的。首先，在〈東螺石硯記〉、〈觀榕根井記〉）、〈遊龍目井記〉三篇文章中，吳德功都是先針對事物（東螺硯、榕根井、龍目井）本身的特質，還有它們困頓不順的遭遇進行描寫，最後才表達出求進的思想，這就是「先敘後論」的手法。不過這樣的布局方式在〈竹瓶記〉一文中卻有了明顯的變化，這篇文章一開始，便直接以求進思想作為起筆，用開門見山法[59]直接把文章的主旨

---

58 莊濤、胡敦驊、梁冠群合編：《寫作大辭典》（上海：漢語大詞典出版社，1992年4月），頁256。

59 在篇章的結構中，文章開頭的寫法有很多種方式，其中所謂「開門見山法」，陳滿銘解釋此法說：「這主要是將主旨（綱領）開門見山的安排於篇首，作個統括，然後針對主旨（綱領）條分為若干部分，以依次敘寫的一種類型。這種類型，就整個的篇章結構來說，古時稱外籀，今則通稱為演繹。由於它具有直截了當的特性，所以在古今人的各類作品，如詩詞或散文裡，是相當常見的。」見氏著：《篇章結構學》，頁188。李華對此法的解釋，比陳氏之說簡要，他說：「破題法，又稱為開門見山法，就是文章一開頭即點出題目，或解說題意，或正面闡明主旨。這種方法最為明朗有力，讓讀者一開始就明白作者意圖與主張。」見氏著：《作文寶典》（臺北：偉文出版社，2011年10月），頁4-3。

挑點出來。其文章開頭云：

> 今夫權奇倜儻之士，苟處在荒陬僻壤之間，難以表白於世，即
> 罹處於通都大邑，苟非有人物色之，亦終與草木同腐，此不獨
> 人也，於物亦然。[60]

這是一開頭就點破文章的主旨，將求進思想一語道破，所以這篇文章
一開頭，就以「論」的方式讓讀者掌握通篇的題旨。接著，他開始描
述他去年秋天在二林開墾時撿到竹節之事，並詳述此一竹節的外在形
貌及成長的環境，此時是轉成「敘」法的運用了；最後，他再度發表
議論，再一次提到求進的思想，他說：「又使不過予為之賞識，裁成
器具，日為牧子農夫所踐踏，亦常淪於塵埃中，此物（竹節）亦難以
表見。」此處又再轉為「論」法。因此此篇的篇章結構，是採取
「論」→「敘」→「論」的寫法，這是「敘論反覆穿插」的寫作方
式，與另外三篇是「先敘後論」的方式不同。

　　透過上述分析可知，吳德功在傳達求進思想時，其作品對於敘述
和議論二者的安排，是存在著布局上的變化的。王洪曾經解釋這種敘
述、議論交錯運用的藝術功能說：

> 敘、議結合，可以使敘述兼有評價、議理；而議論又兼有可感
> 知的形象和生動的情節等，這樣既能加深讀者理解敘述人物或
> 事件的本質意義，又能有利於讀者認識議論的實質和獲得深刻
> 的印象。[61]

---

60 吳德功：《瑞桃齋文稿》，上卷，頁59。
61 王洪主編：《古代散文百科大辭典》（北京：學苑出版社，1997年8月），頁777。

這段說法，正可用來說明吳德功在傳達求進思想時，其於作品敘述與議論交錯使用上所作的安排，實有其寫作上的積極目的，也擴大了作品的藝術感染力。

二 賓主法

吳德功在傳達求進思想的人物安排上也有所變化。在〈東螺石硯記〉、〈觀榕根井記〉、〈竹瓶記〉三篇作品裡，都是透過吳德功自己的口中表達出求進思想，但在〈遊龍目井記〉一文中，卻是透過土人之口來表達求進思想。其文云：

> 以余思之，何地無井，何井無泉，奚以取乎此井？奚以取乎此泉？蓋以他井之泉，不如此泉之奇，一噴一珠，白亮如銀，可爽觀瞻，故古人選勝命名，而列於八景之中焉。……土人聞余言，鼓掌而笑曰：「微先生言，不幾埋沒此泉之美乎？」爰即事而記之。[62]

在這段文字中，吳德功扮演的只是一個稱讚「龍目井」的遊客角色，接著他藉由土人所謂「微先生言，不幾埋沒此泉之美乎？」表達了他的求進思想，亦即此泉能夠傳揚，是因為有先生（吳德功）的美言所致。所以此文求進思想的傳達，是當地的土人，而非吳德功自己，這跟另外三篇由吳德功自述是不一樣的。這種另外安排了其他人物（土人）來輔助自己，以突顯自身的求進思想，這種章法修辭，即運用了所謂的「賓主法」。陳滿銘解釋此法說：

---

62 吳德功：《瑞桃齋文稿》，上卷，頁106。

「定義」：運用輔助材料（賓），來突顯主要材料（主），從而有力地傳達出主旨的一種章法。「美感與特色」……去尋找輔助的「賓」，以烘托出「主」，因而產生調和之美；而且有主有從，都是為了烘托出主旨而服務，這就會形成繁多的統一，因而產生映襯與和諧美。[63]

在文中，吳德功是「主」，而一旁的土人是「賓」，在吳德功讚揚完龍目井的優美景色後，一旁的土人（賓）代替吳德功（主）表達了求進的思想，這就是以賓來輔助主，藉以突顯篇章主旨的手法，這就是賓主法的運用。這種賓主相互應和，藉以強化主題，正呈現陳滿銘所謂「映襯與和諧」之美。

三　正反法

所謂「正反法」，其實就是「對比」的運用。陳滿銘解釋此法說：

「定義」：將極度不同的兩種（或兩種以上）的材料並列起來，作成強烈的對比，藉反面的材料襯托出正面的意思，以增強主旨的說服力與感染力的一種章法。「美感與特色」：正反法是在對比的原理上產生的，對比因為具有極大的差異性，因而有鮮明、醒目、活躍、振奮的強烈感受。而且有「相對立的形態」出現在篇章中，反而能使主體（正）的特點更突出，姿態更優美。[64]

---

63 陳滿銘：《篇章結構學》，頁112。
64 同上註。

由上述說法可知,「正反法」其實就是一種對比修辭的運用,透過尋找性質相反的事物來相互對照,藉以突顯主角的特質,並藉此強化篇章的旨趣。在吳德功四篇求進思想的作品裡,他在書寫命運困頓之「物」時,常會穿插一些命運亨通、有名之「物」來製造對比效果,也藉此證明其論點的正確性。例如〈竹瓶記〉一文,當它在敘述這截醜陋彎曲,又無人搭理的廢棄竹節時,文中忽然提到漢代蔡邕所製作的焦尾琴。其文曰:

> 蔡邕間人爨桐,其聲鏗然,裁之為琴,名為焦尾,至今傳為美談。[65]

焦尾琴,是中國古代四大名琴之一。根據《後漢書·蔡邕傳》記載,當時吳地有人在燒梧桐木,蔡邕從木頭燃燒的聲音,知道這是一塊製琴的好木頭,於是將木頭搶救出來,並請工匠裁製為琴,果然聲音悅耳,但因尾部有燒焦痕跡,故名之為「焦尾琴」。[66]吳德功在文中,特地寫到蔡邕焦尾琴之事,其實就是要利用有名的焦尾琴來「對比」命運塞促的竹節,藉此證明有人眷顧之「物」便能成為名品,便能跳脫悲苦的命運,這就是透過「正反法」的對比作用,來突顯他的求進思想。接著,我們再看〈東螺石硯記〉一文。文中吳德功插入了一段有關於端溪硯的描寫,他說:

> 明季時代,命太監取端溪硯,以供奉內庭文具,有時分賜翰

---

65 吳德功:《瑞桃齋文稿》,上卷,頁59-60。

66 〔南朝宋〕范曄著,章惠康、易孟醇注譯:《後漢書》(長沙:岳麓書社,1998年7月),〈蔡邕列傳〉,卷60下,頁1607。

林，此何如貴重哉？[67]

這一段話，在介紹明朝端溪硯的價值。這種硯台除了是內廷所使用的文具外，朝廷甚至還當成貴重禮品來送給翰林學士，其珍貴性可見一斑。吳德功在陳述命運不佳的東螺硯時，為何要突然提到端溪硯呢？這無非就是要製造一種對比的效果，用珍貴的端溪硯對比於命運困頓的東螺硯，藉以突顯他的求進思想，也就是東螺硯需要有人賞識才能顯揚於世，就像那受到重視的端溪硯一樣。接著再來看〈觀榕根井記〉一文：

> 猶憶廈門榕林風景，亦一株古榕，枝幹下垂，蒙藥生根，如數十株，根盤結成洞，為廈門八景之一。惜此地僻居山野，日與村夫牧豎相對，絕少文人賞識，故隱而不彰歟？然亦不如榕林有高臺亭榭，以壯觀瞻；有怪石嵯峨，互相點綴。為記以表彰之。[68]

吳德功此處特別提到廈門的榕林景觀，認為它的景色也和榕根井的樣貌差不多，都有枝葉繁茂，氣象萬千的榕樹為主角。不過因為榕林貴為廈門八景之一[69]，是人們旅遊造訪的勝地；但榕根井卻因地處偏

---

67 吳德功：《瑞桃齋文稿》，上卷，頁87。

68 同上註，上卷，頁100。

69 吳德功文中所說的廈門榕林，應是廈門榕林別墅之景，而非廈門八景之一，德功之說恐有誤。不過向來八景之說，說法紛陳，各地八景常非定制，筆者以下的推論，只是就目前所能搜尋到的文獻進行分析，尚不敢視為定論。

按：今查尋廈門八景，並無吳德功所說廈門榕林一景。依江林宣〈嘉禾名勝記序〉的說法，廈門有大八景與小八景之說，前者是「洪濟觀日」、「筼簹漁火」、「鼓浪洞天」、「陽台夕照」、「虎溪夜月」、「五老凌霄」、「鴻山織雨」、「萬壽松聲」；後者為「金榜釣磯」、「白鹿含烟」、「金雞曉唱」、「龍湫堥橋」、「天界曉鐘」、「萬笏朝

僻，少人聞問，所以「隱而不彰」。這裡特地描寫享有盛名的廈門榕林，目的就在於跟彰化的榕根井形成強烈對比，兩者其實都擁有絕佳的榕樹景觀，但廈門榕林得到人們的肯定，享有高知名度；而榕根井地僻人疏，少有人關注，就形成兩者命運高低的不同。透過這樣的對比，再次證明不論是人或物，都需要有人賞識才能名揚天下。

以上所援引的三篇作品——〈竹瓶記〉、〈觀榕根井記〉、〈東螺石硯記〉，吳德功都是透過尋找比作品主角（竹瓶、榕根井、東螺石硯）更有名氣的事物來進行高低貴賤的正反對比，然而〈遊龍目井記〉一文卻恰恰相反，吳德功反而找了較不具名氣的古月井和紅毛井

天」、「中岩玉笏」、「太平石笑」。江氏序文，收錄於黃日紀、江煦著，付虹等人校注：《嘉禾名勝記‧鷺江名勝詩鈔校注》（廈門：廈門大學出版社，2005年7月），頁4-5。審諸上述廈門大八景或小八景，皆無榕林一景，既然榕林非廈門八景之一，依筆者個人推測，吳德功文中所說的廈門榕林，指的應該是清代黃日紀所建的「榕林別墅」，蔡文恭後來將它題為「榕林」。在許多文獻及詩文作品裡，都有書寫到榕林別墅之景，如清代臺南進士許南英，有〈冬日遊鷺島榕林〉一詩：「久聞黃氏舊林泉，今日登臨第一遭。海氣萬重天外畫，江山一覽客中豪。榕因送籟聲偏永，鶴不驚寒嘯愈高。自少能詩曾擱筆，不期從此再抽毫。」見氏著，《窺園留草》（臺北：龍文出版社，1992年3月，臺灣先賢詩文集彙刊本），頁19。周凱《廈門志》則說：「鳳凰山，去城南里許，在望高山北，相去數百步。山下成市，上為榕林別墅，國朝黃日紀所築，因山麓多古榕，蔡文恭新題曰『榕林』。有境塘、洗心堂、石詩屏、釣鼇亭、小南溟、半笠亭、三台石、百人石、躡雲徑、漏翠亭、披襟臺、摩青閣、漱玉峰、榕根洞，亦靈阿、賦閒亭、芃島諸勝。……墅中詩刻，自蔡文恭至周凱四十有二人。文恭銘榕林池石曰：『一拳一勺，具山川意。時出雲雨，澤及萬類。』」詳見〔清〕周凱：《廈門志》（臺北：大通書局，1987年10月，臺灣文獻史料叢刊本），頁23。周《志》中的記載頗為詳細，有榕林的主人、地理位置，還有榕林的各處景點，其中有提到「披襟臺」、「釣鼇亭」、「半笠亭」、「賦閒亭」、「三台石」、「百人石」、「榕林池石」等景色，這與吳德功描寫榕林之景有「高臺亭榭，以壯觀瞻；有怪石嵯峨，互相點綴。」是相當近似的；另外還提到有「榕根洞」，這與吳德功描寫榕林之景有「根盤結成洞」也是相互呼應的。因此筆者以為，吳德功文中所說的榕林，當是指黃日紀所建的榕林別墅，亦即蔡文恭所題之「榕林」，而非所謂的廈門八景之一。當然，誠如上文所言，這只是就目前所能搜尋到的文獻進行分析，尚不敢視為定論。

來進行對比，藉以突顯主角龍目井較為高階的地位。其文云：

> 土人曰：「井在荒村竹叢中，常有士人來觀，皆云此景不甚
> 佳，先生何必觀乎？」……因憶前聞友人言：「慕八景之勝來
> 觀此泉，恒云，此井在荊棘中，又少高臺傑閣，以相掩映，只
> 有相思樹裏，蟬聲與樵歌相和。至其地，惟兩石可少坐，餘無
> 長物，洵所見不如所聞也。」……蓋以他井之泉，不如此泉之
> 奇，一噴一珠，白亮如銀，可爽觀瞻，故古人選勝命名，而列
> 於八井之中焉。不然，八卦山麓，有古月、紅毛二井，何不取
> 以列八景耶？土人聞余言，鼓掌而笑曰：「微先生言，不幾埋
> 沒此泉之美乎？」[70]

文章前半段，吳德功透過土人的話與朋友對龍目井的評語，來表達世
人對列名彰化八景的龍目井之負面觀感。接著文章後半段，吳德功企
圖為龍目井平反，藉以提升此井形象。首先他描繪了龍目井的泉水之
美，正所謂「一噴一珠，白亮如銀，可爽觀瞻」，然後再運用「正反
法」，以八卦山麓未被列入彰化八景的古月井和紅毛井來當作對比對
象，以證明能被列入八景的龍目井，實有其優異佳妙之處。透過「正
反法」的對比，徒具八景盛名卻未受世人喜愛的龍目井，形象瞬間有
了改變，土人因此而回應德功說：「微先生言，不幾埋沒此泉之美
乎？」可見吳德功的話，讓土人對龍目井的印象產生了正面的提升。

　　以上所引四篇文章，都使用了「正反法」來建構篇章，透過對比
的作用，讓作品的主題思想更加鮮明、醒目，有利於讀者的理解和掌
握。其中〈竹瓶記〉、〈觀榕根井記〉、〈東螺石硯記〉等三篇作品，吳

---

70 吳德功：《瑞桃齋文稿》，上卷，頁105-106。

德功都是透過尋找比作品主角更具名氣的物品來進行高低對比；然而
〈遊龍目井記〉一文卻剛好相反，吳德功反而找了較不具名氣的古月
井和紅毛井來進行對比。其作法雖有不同，但其使用「正反法」所產
生的對比效果卻是一樣的，都成功的提升了作品中主角物品的正面形
象，也成功傳達了物品（或人）需要得到賞識才能揚名的求進思想。

第五節　結語

　　透過本文的分析，可以知道在吳德功的心中存在著一種求進思
想，亦即「不論人或物，在世上都需要有力人士的賞識，才能施展抱
負而名揚天下，否則只能與草木同腐而湮沒不彰。」吳德功這種求進
思想，起因於中國歷史人物的啟發，從歷史人物的遇或是不遇，了解
到君子需要上位者的提拔才能一展長才，否則一旦懷才不遇，即使有
心報效國家，到頭來也只是有志難伸而已。在吳德功的人格特質中，
他充滿著經世濟民的情懷，他有許多人生的理想想要完成，尤其是教
育事業和社會慈善工作，更是他念茲在茲的志業。無奈在清領時期，
吳德功七次參加鄉試皆告失利，無法獲得功名，因此也難以正式進入
國家行政體系來服務社會。期間雖與地方仕紳從事一些慈善工作，如
擔任育嬰堂董事、倡捐設立節孝祠；或是偶獲地方官員賞識而接受一
些任務的委託，如主修《彰化縣志》，撰述《戴案紀略》與《施案紀
略》，還有籌設聯甲局以維護社會秩序及抵抗日軍。然而吳德功畢竟
不是國家正式行政體系的官員，這些偶而接任的工作，並無法有效紓
解吳德功治事濟民的熱切情懷，此時懷才不遇的濃烈心情更深化了心
中的求進思想。這情況到了日治時期終於有了轉變，日治初期日本政
府即有意網羅臺籍知識分子加入地方行政行列，以協助日人管理臺
灣，吳德功便是被網羅的對象之一。然而因為初期日本用人政策並不

妥善，而且吳德功也很擔心被日人利用而罹禍，於是一開始拒絕日人的攏絡而選擇隱居。不過隨著日本政府任用臺人的政策日益改善，加上日本部分官員政績卓越讓吳德功逐漸改變對日人的態度，而願意與日本政府合作，並於一八九七年接受日本政府所頒授的「紳章」，以及接受彰化辦務署的「參事」職務，從此正式進入地方政府的行政體系，也從而逐步實踐其經世濟民的理想，尤其在教育事業與慈善事業的經營上，他建立了很多事功。透過日本政府的賞識提拔，吳德功的求進思想在此時得到了明顯的實現，有效彌補了他在清領時期懷才不遇的困頓和遺憾。

　　吳德功撰寫這四篇具有求進思想的作品時，有其一定的書寫模式以及篇章修辭上的技巧。就書寫模式而言主要有兩點：一是先尋找具有特色，卻聲名不顯之「物」為書寫對象，以便形塑此物未遇明主拔擢的困頓形象；二是透過「感物言志」的手法，將由感「物」而興發出來的「志」（求進思想），透過借喻和聯想力的使用而轉向於「人」，於是此物未遇明主拔擢的困頓形象，便轉而成為君子懷才不遇，有志難伸的形象了，此時困頓的君子便亟需上位者來賞識提拔，才能獲得施展抱負的舞臺。吳德功求進思想的傳達，就在上述兩點書寫模式的連結下，成功的建立起來。

　　至於傳達求進思想的篇章修辭技巧，本文透過陳滿銘《篇章結構學》的分析，發現吳德功運用了論敘法、賓主法、正反法等多種技巧，手法相當多變。雖然這幾種修辭技巧也常見於其它的文學作品，但是因為這幾種修辭技巧的運用，讓這四篇具有求進思想的作品，其主題旨趣更加明確，藝術手法也更加精彩，基於此一事實，此節的研究也自有其學術上的價值。

　　施懿琳教授在其研究中提到，吳德功的生命裡具有一種「明哲保身」的思想。這種思想是一種「消極」的處世態度，至於吳德功的求

進思想，呈現的則是一種「積極」的處世態度，這兩種處世態度融合在一起，再加上他想要推廣社會慈善工作，以及延續漢文教育的熱忱，可能就促使他逐漸往日本政府靠攏。「明哲保身」思想，讓他選擇不跟日人激烈對抗，藉此保全自己的性命，這雖然是一種消極的處世態度，但卻很務實，因為只有留下性命才有辦法推展慈善工作及漢文教育。至於吳德功的求進思想，呈現的則是一種積極的處世態度，這態度充分展現了他的企圖心，他想要在世上有一番作為，所以最後可能因此選擇與日人交好，藉由日人的賞識得到施展抱負的空間。事實上，吳德功在與日人交好後，確實非常努力推動著他的理想，施懿琳說：

> 除了主講「台中師範學校」、「青年同志會」外，吳德功也參與許多地方性的組織，如「古月吟社」、「觀月會」以及一九一七年創設，一九一八年開始徵文的彰化「崇文社」，在在都對推展漢文化而嘔心瀝血，對彰化地區傳統文化之保存與推展，可謂厥功甚偉。[71]

又說：

> 吳德功對社會福利所費的心力，假如不是因為與地方官員建立良好的關係，官方的支援力量就未必如此之大了。[72]

由是可知，吳德功選擇與日人交好，確實有利於他在社會慈善工作與漢文教育上的推動。這樣的行為，正逐步實踐著他的求進思想，日人在他的心中，或許便是那個賞識他的伯樂，能夠提供他施展抱負的舞

---

71 施懿琳，《從沈光文到賴和——台灣古典文學的發展與特色》，頁401-402。
72 同上註，頁399。

臺，所以透過日人的支持，他能夠為臺灣社會做出更多貢獻，為臺灣百姓謀求更多福祉。我們要了解吳德功的一生，以及他與日人之間的友好關係，本文所探討的求進思想，是值得被關注的。這樣的思想放在那樣的時代，到底是對？是錯？這是一個值得深思的問題。或許有研究者會說，吳德功即使是為了求得施展抱負的舞臺，希望為臺灣社會多做一些事，但他與日人交好，在民族氣節上可能會產生爭議。這樣的看法有其合理性，不過筆者認為，若不是完全為了謀取私利，而是為了施展抱負，為了推動臺灣社會的慈善工作以及漢文教育，而不得不（或必須）與日人交好，這樣的變通作法，以及衡量他所實際創造出來的可觀事功，吳德功值得被理解與尊重。是以施懿琳教授在〈從反抗到傾斜——台灣舊儒吳德功詩文作品與身分認同之分析〉一文中，對吳德功所持的觀點和評價[73]，筆者深感認同。畢竟看待一位先賢，可以切入的角度很多，端看我們是以何種層面做為立論根據，就會得到不同的回饋與結果。

---

73 施懿琳在文中，分析吳德功之所以最後選擇親日的原因之一，是希望透過與日人交好來推動他的人生理想，亦即延續漢文教育，以及推展社會慈善工作。因此吾人並不適合用傳統的二分法，即「抗議文人」或「御用文人」來評價吳德功。事見氏著：《從沈光文到賴和——台灣古典文學的發展與特色》，頁397-404。施教授的觀點相當發人深省，對於吳德功的行事風格做出了客觀中肯的評價。

參考文獻

一　專書

〔宋〕朱熹：《詩序辨說》，臺北：藝文印書館，1965年。

〔清〕周璽：《彰化縣志》，臺北：國防研究院，1968年10月。

〔南朝梁〕劉勰著，黃叔琳注：《文心雕龍注》，臺北：世界書局，
　　　　1984年，5版。

〔清〕周凱：《廈門志》，臺北：大通書局，1987年10月，臺灣文獻史
　　　　料叢刊本。

屈萬里：《詩經釋義》，臺北：中國文化大學出版部，1988年5月，3版。

涂公遂：《文學概論》，臺北：華正書局，1988年7月。

許南英：《窺園留草》，臺北：龍文出版社，1992年3月，臺灣先賢詩
　　　　文集彙刊本。

莊濤、胡敦驊、梁冠群合編：《寫作大辭典》，上海：漢語大詞典出版
　　　　社，1992年4月。

吳德功：《瑞桃齋文稿》，南投：臺灣省文獻委員會，1992年5月，吳
　　　　德功先生全集本。

王運熙、顧易生合著：《中國文學批評史》，臺北：五南圖書出版有限
　　　　公司，1993年3月，2版1刷。

成偉鈞、唐仲揚、向宏業合著：《修辭通鑑》，臺北：建宏出版社，
　　　　1996年1月。

烏恩溥注譯，柯昆霖校訂：《四書譯注·論語》，臺北：建宏出版社，
　　　　1996年3月。

王洪主編：《古代散文百科大辭典》，北京：學苑出版社，1997年8月。

〔南朝宋〕范曄著，章惠康、易孟醇注譯 ：《後漢書》，長沙：岳麓
　　　書社，1998年7月。

漢語大詞典編輯委員會編著：《漢語大詞典》，上海：漢語大詞典出版
　　　社，1999年11月。

施懿琳：《從沈光文到賴和──台灣古典文學的發展與特色》，高雄：
　　　春暉出版社，2000年6月。

黃日紀、江煦著，付虹等人校注：《嘉禾名勝記‧鷺江名勝詩鈔校
　　　注》，廈門：廈門大學出版社，2005年7月。

田啟文：《臺灣古典散文研究》，臺北：五南圖書出版股份有限公司，
　　　2006年4月。

朱光潛：《文藝心理學》，臺北縣：頂淵文化事業有限公司，2007年10
　　　月。

吳德功著，江寶釵校註：《瑞桃齋詩話校註》，高雄：麗文文化事業股
　　　份有限公司，2009年3月。

李華：《作文寶典》，臺北：偉文出版社，2011年10月。

陳滿銘：《篇章結構學》，臺北：萬卷樓圖書股份有限公司，2014年8
　　　月。

二　論文

（一）期刊論文

林美秀、紀偉文合著：〈吳德功「瑞桃齋詩話‧佳話」的聖王建構〉，
　　　《高應科大人文社會科學學報》第1期，2004年7月

李知灝：〈吳德功的割臺經歷與心境轉變──以《瑞桃齋詩稿》乙未、
　　　丙申詩作為研究中心〉，《彰化文獻》第6期，2005年3月。

林美秀：〈清領時期吳德功儒學價值觀念的形成〉，《興大人文學報》
　　　第44期，2010年6月。

吳德功著，郭明芳點校：〈乙未臺灣史料新輯校（二）：《讓臺記》
　　（一）〉，《東海大學圖書館館訊》第164期，2015年5月。

（二）學位論文

〔日〕川路祥代：〈殖民地臺灣文化統合與臺灣傳統儒學社會〉，臺
　　南：國立成功大學中國文學研究所博士論文，2002年6月。
余怡儒：〈吳德功的歷史書寫與時代關懷〉，南投：國立暨南大學歷史
　　研究所碩士論文，2009年6月。

（三）專書論文

江寶釵、李知灝：〈事變下吳德功的學思轉折：一個奠基於瑞桃齋詩
　　話的考察〉，收錄於吳德功著，江寶釵校註：《瑞桃齋詩話校
　　註》，高雄：麗文文化事業股份有限公司，2009年3月。

三　電子媒體

林文龍〈螺溪硯文獻的關鍵性報導〉，此文刊載於「國史館臺灣文獻
　　館電子報」第140期，2015年11月30日。網址：http://www.th.
　　gov.tw/epaper/site/page/140/2040。

第六章
吳德功古文對特殊現象的詮釋

第一節　前言

　　吳德功在其古文作品中，談到了許多目見耳聞的特殊現象。對於這些特殊現象，吳德功有時以理性的邏輯分析，透過事物的自然原理進行詮釋；有時則以漢代災異思想說解；有時又以天道報應觀或佛教因果業報論進行分析。其詮釋觀點相當多元，有時頗具現代理性思維，有時又有篤守舊說之風，取向並不一致。若從正面的角度觀察，或許這是一個靈活變通的思考模式，呈現吳德功不拘泥一法的融通性格；但若從反向的角度看，其詮釋觀點彼此間又存在一種矛盾性。至於他在解釋這些特殊現象時為何採用如此多元的觀點？這極可能與他所處的時代有關。吳德功生於晚清時期，前半生在清朝統治下度過，所習所聞，幾乎都是中國傳統學術；乙未之變後進入日治時期，日本當局積極將西方學術與科技帶進臺灣，營造出熱烈繽紛的新學術氛圍，進行一場社會的文明更替，臺灣遂走入一個舊學術和新學術交會的時期。在時代巨輪的翻滾下，吳德功的知識也跟著轉動，其思想成分同時具有新學術的理性開創和舊學術的保守神秘，其詮釋觀點的多元性固植基於此，而其矛盾性亦肇端於此。從他對於特殊現象的詮釋方式，可以看到吳德功的思想形貌，也可以看到一個時代演變的學術縮影。以下且針對吳德功詮釋特殊現象的幾種觀點分項論述。

第二節　以事物的自然原理進行詮釋

　　吳德功有幾篇文章，在面對所見聞的特殊現象時，能提出與世俗不同的觀點，能從事物本質的自然原理來加以詮釋，展現其理性分析的思考模式。例如其〈桃李冬實〉一文說：

　　天下事，少所見者多所怪，自古已然。歷觀《漢書・五行志》，凡一草一木之異，皆支離附會，以為此也禎祥，彼也妖孽。如李、梅古亦有實於冬者，僖公之十三年十二月，李、梅實，劉向以為周之十二月，即今之十月也，李、梅當剝落，今反華實，近草妖也。又漢惠帝五年十月，桃、李華，棗實，亦指為草妖。而不知皆由地氣寒暖，氣候遷變之所致也。本島壬子歲，夏秋之交，狂風驟雨，奔騰澎湃，樹木花果苗葉，飄蕩殆盡，枝幹亦多摧折欹斜，天地變色，禽鳥無聲，實為百年來未曾有之變。兼以時值金風蕭瑟，樹木必易枯槁，非復苗條之可愛也。詎料臺地氣候常暖，不特鱗塍繡壤，草木依舊青蔥，即樹木枯枝，亦皆有萌蘗之生。仰觀桃、李之花，紅白爭妍，其實纍纍，即葡萄亦多結子，島人咸駭然異之。予曰：「此乃物理之常，夫何怪之有？蓋花木之能結實者，皆由新枝茁長，今回花木枝葉，多為風雨所害，而本實未撥，新枝又生，循序而開花結果矣。雖然此番洩氣，來年菓實必少，業此為生產者，必仰屋而嘆。惟有當此陽春初交，多壅肥料，草木之精英，庶幾可挽回焉。況本島地氣與別處不同，四季如春，霜雪稀少，張鷺州〈瀛壖百詠〉不嘗云：「蓮開夏月，菊迎年

乎？」可知草木之榮枯，胥由氣候遷變，詎有關於災祥耶？[1]

吳德功這篇文章提到兩個特殊現象，他針對這兩個現象提出了看法：首先，他談到《漢書・五行志》這本書，常將古代社會的植物異象，都以「草妖」來說解，並視之為禍福吉凶的徵兆；對此，吳德功表達不以為然的態度，他認為這些植物所呈現的特殊現象，都是因為「地氣寒暖，氣候遷變之所致也。」吳德功企圖以自然界的物理現象來進行詮釋，亦即這些植物的特殊形態，是由於氣候變遷、溫度的冷暖變化所造成的，與禍福吉凶的徵兆無關。

其次，他談到臺灣在壬子年（大正元年，1912）夏、秋之交的時候，因為狂風驟雨的侵襲，導致「樹木花果苗葉，飄蕩殆盡，枝幹亦多摧折欹斜」，這災害嚴重的程度「實為百年來未曾有之變」。而歷經如此重大的災變之後，臺灣的花果苗木，竟然迅速恢復生命力，正所謂「草木依舊青蔥，即樹木枯枝，亦皆有萌蘗之生。仰觀桃、李之花，紅白爭妍，其實纍纍，即葡萄亦多結子。」面對這樣不可思議的特殊現象，臺灣百姓都「駭然異之」。但吳德功認為這沒有什麼怪異的，因為島上的植物雖然被強風豪雨傷害，但其根本並未受到重創，於是新的枝條又萌生出來，並循著時序而「開花結果矣」；況且臺灣「地氣與別處不同，四季如春，霜雪稀少」，這也使得臺灣的植物長得特別好，正如「蓮開夏月，菊迎年乎」。最後吳德功為這些植物生長的特殊現象下了一個結論，他認為草木生長所產生的各種異常現象，都來自於大自然的「氣候遷變」，豈「有關於災祥耶」？

從吳德功的說法可以得知，他並不認同《漢書・五行志》以「草妖」和禍福吉凶來解釋植物生長的特殊現象，也不認同臺灣百姓以

---

[1] 吳德功：《瑞桃齋文稿》（南投：臺灣省文獻委員會，1992年5月，吳德功先生全集本），下卷，頁279-281。

「駭然異之」的態度來看待植物的異常生長，他認為這些特殊現象都是大自然的氣候變化所導致的，乃「物理之常」，是自然的原理。這種觀點展現一種科學分析的理性精神，不但降低人們的疑慮不安，也減少了非理性的成份。

接著再看他另一篇作品的說法，其〈珠潭浮嶼水分二色魚二種說〉一文：

> 中部水沙連間，有日月潭焉，彰化縣誌稱為珠潭浮嶼，列在八景之一。……水四時不涸，分青、碧二色，內有淡水魚、鹹水魚二種。……然土人疑此水出自山間，何以有鹹水魚類？勢必與海相通，種種謬說臆斷，悉數難終。愚按：凡宇宙之土地，皆含鹹硝氣，隨雨與泉流出，但河水常流，不舍晝夜，其鹹氣無存。海水則萬派朝宗，自開闢以來，輕清者蒸為雲雨，重濁者潤下，聚而成鹹。古人所云：「海鹹河淡也。」今此嶼之水，受眾水流積於中，其出口處，大石橫亘為關鍵，水不能洩盡，亦猶百川之匯於海，故清水上浮，淡水之魚類生焉；其下鹹水內含，鹹水之魚生焉。所謂通於海也，則未必然。[2]

這篇文章中提到日月潭的魚種，有淡水魚也有鹹水魚。由於日月潭是淡水湖泊，基本上不應該有鹹水魚，如今出現這種特殊現象，當地居民懷疑日月潭可能跟海相互連通。對於這些「謬說臆斷」，吳德功不以為然，他認為宇宙間的土地本來就含有鹹硝氣，存在著鹹味，平時河水長年流動，導致「鹹氣無存」，但日月潭出口處，因為有「大石橫亘」、「水不能洩盡」，遂導致鹹硝氣往下沉澱，而孕育出鹹水魚來。

2　同上註，下卷，頁293-294。

　　對於吳德功上述說法，筆者是頗感疑惑的，因為翻尋文獻及實際採訪日月潭附近的百姓和耆老，都不曾聽說有鹹水層及鹹水魚的存在。不過即使無法證明日月潭真的有鹹水層及鹹水魚的存在，但吳德功對於日月潭具有鹹水層的說法，頗具學理知識，能從事物的自然原理進行分析。因為地球上有一些內陸湖泊，本身確實具有較高的鹽分，而其形成原理，是因為古代的地表幾乎都包覆著少量鹹水，某些內陸湖泊因為出水口小，甚至無出口，水流出的量少，而使得鹽分沉積，再加上水蒸發的作用，湖中鹽度便升高了，最終成為鹹水湖。[3]例如中國青海湖、美國大鹽湖都屬於這類湖泊，這兩座鹹水湖也都有魚類生存。雖然日月潭並非鹹水湖，但吳德功解釋日月潭具有鹹水層的說法，認為宇宙間的土地本來就含有鹹硝氣，再加上日月潭因為有「大石橫亘」、「水不能洩盡」，遂導致鹹硝氣往下沉澱而有了鹹水層。這樣的說法，與上述所談鹹水湖的形成原理存在著某種程度的吻合性。因此，姑不論日月潭是否真有鹹水層與鹹水魚，就吳德功所提出的解釋來看，比當地居民所謂日月潭與大海相通的說法要更有知識性和邏輯性，能夠從事物的自然原理進行詮釋，頗具地球科學的理論知識。

　　接著再看其〈放鳥〉一文：

　　　　余書齋中有玉燕兩對，異產也。比雀小些，色白如雪。破曉時吟聲清喨，與雞鳴聲相和，娓娓動人。弟侄輩酷嗜，有如拱璧。雕漆其籠，夜罩以羅帳，朝飼以豆漿，夕飼以蛋麵，三日

3　可參考G. Jones, A. Robertson, J. Forbes and G. Hollier著，陳蔭民、宋偉良合譯：《環境科學辭典》（臺北：貓頭鷹出版，2004年7月，2版），「鹽度」，頁343-344。另參考DK出版社、史密森尼博物館（Smithsonian Institute）合著，王原賢等合譯：《地球大百科》（臺北縣：木馬文化事業有限公司，2005年2月），「鹽水」，頁126。

為之沐浴毛羽，冀除其雕籠焉。予以為一鳥之故，而旦暮勞
人，況鳥久羈於此，必大拂其性，曷若放之，使各遂其生乎！
爰令人放之。初止於屋角，繼之於庭樹，喈喈啾啾，回顧眄
視，徘徊而不遽去。

予顧友人而言曰：「樊籠之困，何如山林之樂也？相彼鳥矣，
雖不能如鵬之搏九萬里，扶搖直上乎，盍效燕燕于飛，下上其
音乎？抑效嚶嚶黃鳥，遷於喬木乎？不然，或如鶺鴒一枝，雌
雄三噢而作，天空任飛，弋人何篡？奚以既脫鎖韁，竟將翱而
將翔，倏倦飛而歛翼，戀戀主人，躊躇而不忍去哉？」友人告
予曰：「此鳥非戀主人，實貪安樂也。此鳥之安居簷下，不必
自營巢壘，而免風雨飄搖，不猶愈於烏鵲繞樹三匝，無枝可依
乎？坐享籠中，不必自尋稻粱，而免拮据卒瘏，不猶勝於鴻雁
哀鳴嗷嗷，莫我肯穀乎？」[4]

文中描述吳德功家中所飼養的兩對玉燕，受到非常細心的照顧，因為
照顧上相當費事，而且考量鳥兒久關於籠中，也會違反其翱翔天空的
本性，於是吳德功命人將鳥兒放生。然而放生後，鳥兒卻在家中四周
徘徊不願離開。吳德功向身旁的朋友表示，關在籠中，哪裡比得上翱
翔在山林中的樂趣，但為何這些鳥卻眷戀主人而不忍離開呢？友人跟
吳德功說，這些鳥兒並非眷戀主人，而是住在籠中有很多好處，牠們
不必自己築巢，而且免受風雨侵害，也不必擔心糧食的問題所以才不
願離去。這篇文章以設問方式構成，文中友人的說法，其實便是吳德
功自身的想法。對於鳥兒違反常理，放生後卻不願離開的特殊現象，
吳德功從動物生理本能的角度進行詮釋，認為牠們貪圖生活的舒適，

4　吳德功：《瑞桃齋文稿》，下卷，頁255-256。

為了滿足飲食與居住需求而自願被困在籠中，並非真是因為情感之眷戀而留下。這樣的詮釋觀點，符合動物生理需求的自然原理，具有邏輯分析的合理性。

除了上述幾篇例文外，吳德功〈蛇化鱉〉[5]一文，也是從事物的自然原理去解釋他所遇到的特殊現象。文中談到，報紙上記載一個乞丐，抓到一隻頭頸如蛇，而身體似鱉的動物。由於這種動物有劇毒，所以這乞丐故意拿去送給他的仇家，想要毒死他。結果這個仇家吃後卻沒事，於是這乞丐誤以為此種動物沒有毒素，後來他再抓到這種動物後，便自行烹煮食用，結果卻中毒而亡。面對這樣離奇的特殊事件，吳德功是以藥物毒理學的知識來進行說明，他認為乞丐仇家吃這種動物沒有中毒，是因為他烹煮的時間夠久，以至於毒素已減弱或消除，因而沒事；至於這名乞丐，只按照一般烹調的時間處理，因此食用後中毒而亡。對於吳德功以烹煮時間夠久，來解釋這種似蛇似鱉的動物，其毒素之消解，雖然我們無法斷定事實是否真是如此？但在藥物毒理學上，確實有部分毒物(包含動物、植物)，它們毒素的防治方法之一，便是以長久烹煮來進行處理。例如附子、商陸、蟾蜍肉……等等，都可透過長久烹煮(數小時以上)來消解其毒性。[6]因此吳德功以烹煮時間夠長，來說明文中似蛇似鱉動物毒素之消解，雖然不能斷定是否真的合乎實情，但其詮釋觀點具有藥物毒理學上的可能性，符合生物毒素處理的自然原理，並非純屬空言臆測的無稽之語。

透過上述幾則例文可知，吳德功面對某些特殊現象時，並不會人云亦云，他選擇以事物的自然原理來進行詮釋。這樣的思考模式，展現的，就是一種注重理性、知識性、邏輯性，講求事理分析的風格。

5　吳德功：《瑞桃齋文稿》，下卷，頁283-285。

6　附子、商陸、蟾蜍肉等毒物透過長時間烹煮以去毒的說明，分見啟業書局編纂：《中藥毒理學》(臺北：啟業書局有限公司，1989年9月，再版)，頁98、146、184。

他在〈紀海上曉景〉一文中，強調「吾人讀書窮理，慎毋識見拘墟，以管窺天，以蠡測海焉。」[7]又〈天降紅雨〉一文說：「此理甚明，讀書者詎可為書所愚，可不加以推究乎？」[8]正是這種理性分析的人格特質。因此在面對某些特殊現象時，他不喜歡隨大眾胡亂猜測，或者懵懂迷妄不知所以，他選擇以事物的自然原理來進行詮釋，期望找出合理的、知識性的答案。

第三節　以漢代災異思想進行詮釋

上節提到吳德功在面對某些特殊現象時，會以事物的自然原理來進行詮釋，展現其注重知識性、邏輯性的理性思考模式。然而吳德功這種思考模式並非一貫的呈現，其《戴案紀略》提到彰化孔廟在同治元年發生大成殿遭雷擊的事件，雷擊之後陸續發生很多特殊現象，對此吳德功是以漢代的災異思想來進行詮釋，並藉此說明地方將有災難產生。這樣的詮釋觀點頗具神秘性，甚至有非理性色彩，與上一節所舉事例注重知識性的邏輯分析不同。且看《戴案紀略》這則事例的記載，其文云：

> 同治元年壬戌春正月，雷起大成殿，災異疊見。
> 吳立軒曰：是月雷忽從孔子廟大成殿與「天地參之」匾起，咸稱為天地會之應。明倫堂疊聞鬼哭。牝雞化為雄，城中之雞亦未至三更而啼，是即《漢書・五行志》所謂雞禍者也。縣署夜間鼓音填然，署中誤以為有人擊鼓爭訟者，門丁出視，寂無影

響，如是者數次。《漢書‧五行志》所謂鼓妖者，殆類是歟！
北斗濁水溪，其水澄之不清，是年忽水澄清數日。災異疊見，
識者知地方有變故矣。[9]

這段話中，出現了多種特殊現象，吳德功均以漢代災異之說來進行詮
釋。首先，是雷從孔子廟大成殿與「天地參之」的匾額響起，吳德功
引用眾人的說法，認為是戴潮春所組織的天地會在地方作亂，才導致
此雷擊之災。

　　其次，孔廟的明倫堂常聽見鬼哭的聲音，而且牝雞（母雞）化為
雄雞，又城中之雞未至三更而啼，對於這些特殊現象，吳德功以《漢
書‧五行志》所謂「雞禍」來詮釋。再者，彰化縣署在夜間發出鼓
聲，署中以為有民眾擊鼓爭訟，但門丁出門查看，並未有人擊鼓，這
種情形發生了好幾次，對此，吳德功以《漢書‧五行志》所謂「鼓
妖」來加以詮釋。這種所謂「雞禍」、「鼓妖」，是《漢書‧五行志》
記載災異現象的類型之一，除了這兩者之外，《漢書‧五行志》還有
所謂木不曲直、恆雨、服妖、金不從革、恆陽、詩妖、毛蟲之孽、犬
禍、火不炎上、恆奧、草妖、羽蟲之孽、羊禍、赤眚、水不潤下、恆
寒、魚孽、介蟲之孽、豕禍、火沴水、土失其性、恆風之罰、夜妖、
臝蟲之孽、牛禍、心腹之痾等等，屬於五行類的災異現象；另外還有
屬於傳統類型的災異現象，如水災、火災、地震、日食、星變、星
孛、隕石等等。在漢代災異學說中，這些天地間的特殊現象，都標誌
著人事運作出現了問題，特別是政治上的缺失，不論是君王或是百
官，都必定有失德失政之處，才會導致天地間出現如此特殊現象，此

9　吳德功：《戴案紀略》（南投：臺灣省文獻委員會，1992年5月，吳德功先生全集
　　本），卷上，頁4。

時唯有勤修德政，才能避免災難降臨。[10]漢代這種災異學說，雖然不免帶著神秘與非理性色彩，但從正面來看，也具有輔政益世的作用，以之警惕君臣修德行義、安定天下。今且以《漢書・五行志》所載「雞禍」為例，來說明這種災異學說背後所代表的政治意義。《漢書・五行志》談到雞的變異現象很多，今引錄其中一段如下：

> 《左氏傳》曰：周景王時大夫賓起見雄雞自斷其尾。劉向以為近雞禍也。是時王有愛子子朝，王與賓起陰謀欲立之。田于北山，將因兵眾殺適子之黨，未及而崩。三子爭國，王室大亂。其後，賓起誅死，子朝奔楚而敗。京房《易傳》曰：「有始無終，厥妖雄雞自齧斷其尾。」……永光中，有獻雄雞生角者。京房《易傳》曰：「雞知時，知時者當死。」房以為己知時，恐當之。劉向以為房失雞占。雞者，小畜，主司時，起居人，小臣執事為政之象也。言小臣將秉君威，以害正事，猶石顯也。竟寧元年，石顯伏辜，此其效也。[11]

---

10 關於漢儒災異學說和政治間的關係，黃啟書說道：「就所觀察之現實災異事件中，運用各種災異說所提供的法則，如陰陽說、五行說、易象，或其他占星曆數等等，抽繹出足以類比的線索，進而與歷史上所曾發生之相近災異事件相較，透過史事中所呈現的政治興衰、人主禍福，預言今日所發生之災異事件的可能指涉。」文中所謂「政治興衰、人主禍福」，正道出災異學說和政治間的密切連結。黃氏另處更直言：「在漢人觀點中，萬物反常多肇因於政治失度。」見黃啟書：〈應劭《風俗通・服妖》所見災異說及其意義〉，《國文學報》第55期，2014年6月，頁45、56。另外江師乾益亦有相關的說法：「綜此災異之學說，其實乃在藉言災異，進行對當道者之諷諫而收政治之實利，並藉以改善現實之政治，此實可為此學術之最後意義也。」見氏著：〈漢書五行志中之災異說探論〉，《興大中文學報》第15期，2003年6月，頁19。由以上兩位學者的說法可知，漢儒喜言災異之說，主要用意是在呈現政治上的利弊得失，希望藉此警惕當政者改善缺失，以安定天下。

11 〔漢〕班固：《漢書》（臺北：鼎文書局，1986年10月，6版），〈五行志第七中之上〉，卷27，頁1369-1370。

在這段引文中，談到雄雞自斷其尾，還有雄雞生角等異象。關於這兩種雞的特殊現象，漢儒以災異之說來解讀，認為都是上天在示警以預告人事上的禍福吉凶。誠如上文所言，這種災異之說，連結到人事上的吉凶禍福，主要都與政治上的利弊得失有關，此處兩種雞禍亦復如此。如雄雞自斷其尾，對應到人事問題上，是在呈現周景王與大夫賓起謀立景王愛子子朝，而欲廢掉嫡子之亂事，此事最後失敗，並導致子朝奔逃到楚國避禍。京房《易傳》認為此事「有始無終」，代表的就是雄雞自斷其尾的徵兆。至於雄雞生角，連結到人事的問題上，劉向認為，雞是小動物，負責的只是黎明報時的小事，如今頭上長角，超出了雞的本來形貌，這是逾越了自己的職權，僭越了自己的本分，就如同漢元帝時宦官石顯專權，危害朝政一樣，後來石顯在漢成帝繼位後獲罪伏法，正應驗了此一雄雞長角的亂象。透過對《漢書·五行志》雞禍的說解，了解這些雞隻異象與政治上的亂象乃相互應合。由是可以推知，《戴案紀略》中關於雞禍的記載，吳德功想表述的實與當時的政治亂象，亦即戴潮春糾眾作亂有關；除了雞禍之外，文中所謂的鼓妖，還有文末提到濁水溪忽然澄清了數日，這種種特殊現象的出現，所指涉者亦皆與戴潮春亂事有關。

除了「雞禍」、「鼓妖」外，《戴案紀略》中還提到「人妖」，所指乃戴潮春亂黨中的幾位女匪首。其文曰：

夏四月，臺澎兵備道丁曰健遣知縣白鸞卿、參將徐榮生、都司葉保國討嚴辦、呂仔梓於二重溝，擒斬嚴辦，呂仔梓逃走，後為蔡沙沉於海。

吳立軒曰：天之生逆賊也，必生逆婦以濟其惡；天之生義士也，必生義婦以濟其美，此應運而生也。故嚴辦之妻，其夫恆為牽馬。陳弄之妻，其銃不虛發。廖談之妻，誓死紅旗下而目

　　始瞑。王新婦之母，鄭大榮之妻，一則為子報仇，一則為夫報
　　仇。此數女者，狼子狠心，殺人如草。其臨敵也，身為人先，
　　不避砲火。此《洪範五行志》所謂「人妖」者也。[12]

此處的《洪範五行志》，指的是《洪範五行傳》；而所謂「人妖」，是指
《洪範五行傳》中所謂的「人痾」（為便於論述，以下吳德功所談「人
妖」，皆以「人痾」代之）。所謂「人痾」，《洪範五行傳》認為乃「下
人伐上」[13]也，亦即下位者攻伐上位者，屬於叛亂份子。吳德功此處
以「人痾」來形容戴潮春事件中的幾位女匪首，即嚴辦之妻、陳弄之
妻、廖談之妻、王新婦之母、鄭大榮之妻，認為她們造反作亂，是
「逆婦」，而且「狼子狠心，殺人如草」，於是以「人痾」來稱呼她們。
　　「人痾」一詞，出自《洪範五行傳》，此書之源頭乃《尚書・洪
範》篇。此〈洪範〉篇後經伏生增衍成《洪範五行傳》，之後再由劉
向、劉歆演繹為《洪範五行傳論》，後為《漢書・五行志》所擷取，
成為漢代災異學說的一本重要典籍。[14]漢代災異學說如前揭所言，乃
是將社會上所發生的特殊現象，與人們的吉凶禍福連接起來；而之所
以產生這些特殊現象，則是與人們行為的善惡或是政治的清濁有關。

---

12 吳德功：《戴案紀略》，卷中，頁54-55。

13 詳見（漢）伏生撰，（清）王闓運補注：《尚書大傳補注・洪範五行傳》（北京：中華
　書局，1991年，叢書集成初編本），卷7，頁67。按：據張書豪的說法，《洪範五行
　傳》今並無單輯本，而是附載於《尚書大傳》中。今所見之《尚書大傳》，其間載
　有《洪範五行傳》者共有九家，分別是孫之騄《尚書大傳》、盧文弨《尚書大傳》、
　王謨《尚書大傳》、袁鈞《尚書大傳注》、孔廣林《尚書大傳注》、陳壽祺《尚書大
　傳定本》、黃奭《尚書大傳注》、王闓運《尚書大傳補注》、皮錫瑞《尚書大傳疏
　證》。見張書豪：〈西漢災異思想的基礎研究─關於《洪範五行傳》性質、文獻、作
　者的綜合討論〉，《臺大中文學報》第43期，2013年12月，頁7-8。

14 詳見黃啟書：〈試論劉向、劉歆《洪範五行傳論》之異同〉，《臺大中文學報》第27
　期，2007年12月，頁6-8。

此處幾位女匪首，吳德功以《洪範五行傳》「人痾」一詞來加以稱
呼，主要是批叛她們「下人伐上」、悖逆作亂，她們的行為特殊，與
一般婦女不同，以致於造成社會的動盪。不過，若是就深層的意涵來
看，恐怕也有暗示執政者應勤修政事，以避免這種災難再度發生的意
圖。畢竟漢代災異學說談論人事之吉凶禍福，常歸咎於人們言行或政
治上的是非得失，執政者不能不有所警惕。

　　除了以上所引例文外，《戴案紀略》還有一段文字提到「詩妖」，
所指乃戴潮春自作讖詩，以假造自身叛亂乃承天意而來之事。其文曰：

> **戴潮春造讖語埋於八卦城樓，使民掘獻之，以惑愚民。**
> 戴逆常自造讖語，埋於八卦城樓下，使人掘開、獻之，詐稱楊
> 大令桂森所作。文云：「雷從天地起，掃除乙氏子，夏秋多湮
> 沒，萬民靡所止。」解之者謂：雷即雷以鎮也。天地，會名
> 也。乙氏子，孔道也。夏即夏汝賢也。秋即秋日覲也。萬即潮
> 春名也。詎知末句靡所止，後家破身亡，無所依倚，即自讖
> 也。《洪範五行志》所謂：「詩妖」者也。[15]

此處以「詩妖」來形容戴潮春所自作的讖詩。據「目」文的說明，戴
氏自作讖詩並埋於八卦城樓下，再假裝是百姓無意間所挖到，並偽稱
此詩作者為嘉慶年間頗有政績的彰化縣令楊桂森，以營造此詩乃前賢
預告後世政情之假象，讓這首詩的內容染上天命的色彩。這首讖詩的
內容表示，戴潮春所處的天地會，將會因彰化縣令雷以鎮而崛起，而
孔道（臺灣道孔昭慈）、夏汝賢、秋日覲等清朝官員都會被天地會擊
敗，戴潮春將會受無數百姓的擁戴。戴潮春這種假造讖詩的手法，顯

---

15 吳德功：《戴案紀略》，卷上，頁10-11。

然仿自漢代的讖緯學說，其用意在於矇騙百姓，讓百姓誤以為戴潮春
的作為乃承天命而來。這種欺騙百姓的行為當然不可取，吳德功遂以
《洪範五行志》所說的「詩妖」[16]加以抨擊。面對這種假造讖詩的特殊
現象，吳德功採取漢代災異思想的觀點，以「詩妖」詮釋之，一方面指
責戴潮春的悖逆之心，一方面也對雷以鎮之流的官員，其不當施政做出
了隱性批判。

第四節　以報應之說進行詮釋

一　傳統天道報應觀之說解

在吳德功古文中，有多處記載的特殊現象，是以天道報應觀來加
以詮釋。所謂天道報應觀，是指人的禍福命運是由上天（包含鬼神）
所掌控，人若修德行善，上天便賜予福報；若做失德不善之事，上天
就會降下災殃。這種天道報應思想，在儒家典籍中屢有所載，如《周
易‧坤卦》云：「積善之家必有餘慶，積不善之家必有餘殃。」[17]這是
說積善者得吉慶，不善者受災殃。除了《周易》之外，其它儒家經典
亦多有此類思想，尤其《尚書》更是濃厚，如《尚書‧湯誥》云：
「天道福善禍淫，降災于夏，以彰厥罪。」[18]又《尚書‧伊訓》云：
「惟上帝不常，作善降之百祥，作不善降之百殃。」[19]這兩處引文，
說明「天道」、「上帝」會對善人施以「福」、「百祥」；對淫惡之人施

---

16 吳德功所謂《洪範五行志》，是指伏生所作《洪範五行傳》，此書「詩妖」之說，見
〔漢〕伏生撰，〔清〕王闓運補注：《尚書大傳補注‧洪範五行傳》，卷7，頁66。

17 《周易》（臺北縣：藝文印書館，1993年9月，十三經注疏本），卷1，頁20。

18 《尚書》（臺北縣：藝文印書館，1993年9月，十三經注疏本），卷8，頁112。

19 同上註，卷8，頁115。

以「禍」、「百殃」，這就是所謂的天道報應觀，由上天來進行賞善罰惡之事。

從上述兩段引文可以明白，儒家存在著天道報應的思想，而文中所說的「積善」、「積不善」，指的便是言行是否能合於儒家仁義道德及五倫綱常的要求，符合者即是「積善」，能得上天賜福；反之則是「積不善」，會受上天的懲罰。這種天道報應思想普遍存在於中國文化中，當某些事情發生時，人們常以這種思想進行說解。且看《尚書・微子》的記載：

> 父師若曰：「王子，天毒降災荒殷邦，方興沈酗于酒。乃罔畏畏，咈其耇長、舊有位人。今殷民，乃攘竊神祇之犧牷牲，用以容，將食無災。降監殷民，用乂讎斂，召敵讎不怠。罪合于一，多瘠罔詔。商今其有災，我興受其敗。[20]

此處記載商朝微子（王子）和箕子（父師）的談話，話中箕子告訴微子說，「天」將會重重地降下災殃給商朝，因為朝中的帝王（紂王）及官員都沉溺於旨酒當中，而且目無法紀、目無尊長，甚至人民偷取祭祀神明的物品也沒有受到懲罰；此外，還橫徵暴斂，君臣一起為惡，百姓痛苦卻無處哭訴。基於這種種惡行，箕子認為商朝一定會受到上天責罰，會面臨重大災難。這種天道報應思想，不只呈現在儒家經典中，連一般民間史書或小說中也屢見不鮮。就以專門蒐羅野史小說的《太平廣記》而言，其第一百零二卷至一百三十四卷是報應類的故事，計有五百一十四則[21]，其間便充滿善惡果報的思想。今且引

---

20 同上註，卷10，頁146。
21 此數字之統計，見余沛翃：〈《太平廣記》報應故事的果報觀〉，《文學前瞻》第10期，2010年7月，頁40。

《太平廣記・陰德・劉弘敬》的故事來做一說明，其文云：

> 唐彭城劉弘敬，字元溥。世居淮沘間，資財數百萬，常修德不
> 耀，人莫知之。家雖富，利人之財不及怨，施人之惠不望報。
> 長慶初，有善相人，於壽春道逢元溥，曰：「噫！君子且止，
> 吾有告也。」元溥乃延入館而訊焉。曰：「君財甚豐矣。然更
> 二三年，大期將至，如何？」元溥涕泗曰：「夫壽夭者，天
> 也，先生其奈我何？」相人曰：「夫相不及德，德不及度量。
> 君雖不壽，而德且厚，至於度量尤寬，且告後事。但二、三年
> 之期，勤修令德，冀或延之。夫一德可以消百災，猶享爵祿，
> 而況於壽乎！勉而圖之，吾三載當復此來。」[22]

此文是記載唐代善人劉弘敬的故事，故事中善於看相者告訴劉弘敬，
說他只剩兩三年的壽命。劉弘敬聽完後哭泣著說，人壽命之長短操之
於天，能有什麼辦法呢？看相者告訴劉弘敬「勤修令德，冀或延之。
夫一德可以消百災，猶享爵祿，而況於壽乎！」這是要劉弘敬更加勤
勉於行善積德，如此累積二、三年時間便能延長壽命。像這樣行善積
德以獲得上天福報的故事，在《太平廣記》中隨處可見。由此也可明
白天道報應說在中國社會流傳之廣泛，人們常說「舉頭三尺有神
明」、「善有善報，惡有惡報」、「天理昭彰，報應不爽。」都是這種天
道報應思想的展現。

　　在吳德功的古文中，有許多跟天地鬼神相關的特殊現象發生時，
吳德功便是以天道報應思想來加以詮釋。如《戴案紀略》云：

---

22 〔宋〕李昉等編：《太平廣記》（臺北：新興書局，1969年12月），冊1，卷117，頁
478。

十八日，林日成復舉眾圍大甲，登鐵砧山，祝井中炮，折齒敗回。

正月間，晟復糾賊再圍大甲。候補同知王楨率義首林盛與晟戰於磁磘莊。晟張黃蓋，穿黃馬褂，督眾淹至，燒焚民舍，喊聲震地，王楨幾為所獲。賊又填平水道，將大甲四面合圍，城內奸民王發約燒屋以應之。事露，為王此所獲，送官誅之。城內窘甚。時，偽鎮北大將軍何首素與大甲有密約，互相救護，縛書於矢，射入城中，令勿驚潰。適晟登鐵砧山，向國姓井而祝曰：晟若得行大志，井中寶劍當湧出，否則，以一砲相加遺。祭畢，與官軍戰於水社尾莊。晟揚揚得意，忽一砲擊折其兩齒，餘賊暫次以散。何首乘勢而退，晟即紆途從鰲頭山後逃回四塊厝。自是，大甲安堵如故矣。

吳立軒曰：按鐵砧山上國姓井，俗傳明鄭成功駐軍山上，無水可汲，拔其佩劍插入山中、甘泉湧出，其劍相傳留於井中，清夜嘗露光芒。晟登山尋故址，藉此井以卜休咎。豈知延平王千古一偉人，故鬼神呵護之；逆晟何人？尤欲效耿恭之拜井耶！[23]

此文談到匪黨林日成率黨徒圍攻大甲，之後登上鐵砧山，並向山上的國姓井祝禱，希望此井能像當年鄭成功祝禱時一樣展現神蹟。當年鄭成功軍隊駐兵於鐵砧山，無水可用，鄭成功插劍入地，隨即有水湧現出來以解軍士之渴，此地遂成為後來國姓井之所在。如今林日成也想仿效鄭成功的神蹟，於是向此井祝禱，希望鄭成功當年留在井中的劍能夠浮出水面，否則就要用大砲來轟此井。祭禱完畢後，林日成與官軍交戰於水社尾莊，結果被一發砲彈打掉了兩顆牙齒，狼狽不堪，只

---

23 吳德功：《戴案紀略》，卷中，頁34-35。

能逃回四塊厝。針對此一特殊事件，吳德功在評論中表示，鄭成功是一代偉人，所以鬼神呵護他，土地湧出水來解軍士之渴；但林日成是匪徒，鬼神自然不會加以庇佑，而且還懲罰他被砲彈打掉兩顆牙，文末吳德功更以耿恭拜井[24]之事來嘲諷不受神明眷佑的林日成。這段評論充分展現吳德功的天道報應觀，認為天地鬼神會施行賞善罰惡之事。

接著來看一則節婦祈雨的記載，其《戴案紀略》云：

五月，總辦臺北軍務林占梅、淡水同知張世英，遣蔡宇並貢生陳緝熙帶勇復大甲，節婦余林氏禱雨立應。

先是，大甲土人王和尚偵知彰城破，率其黨莊柳、陳再添，與街民王九螺勒迫鋪戶莊民。時大甲守備洪先達、巡檢吳良棄城而奔。但賊各不相服，互相齟齬。戴潮春差蔣馬泉鎮大甲，全無紀律，索掠民間物件。……五月，占梅遣蔡宇等乘端午日闖入東門，突擊破之，馬泉等奔回彰邑。陳緝熙稔王和尚，欲招之降。而和尚知官軍止數百名，初六日大會賊黨，將大甲水道塞斷。大甲城中素無水井，專恃溪水為食，百姓炊煙不舉。節婦余林氏年已六十餘，生平守苦節，當天叩首禱雨，以救萬民，甘霖遂降。練勇與民始安心固守，勝氣百倍，以為天助。……二十一日，王和尚糾偽掃北大元帥何守、偽將軍戴如川、陳鱄、劉安、陳在、陳梓生、陳狗母、趙憨、林尚等大股賊，楊大旗為引路先鋒，共二十七營，旌旗遍野，蜂擁齊集，水道復為斷絕，居民不敢出汲，城中窘甚。張世英令百姓具香案，請節婦復出禱雨，而立降亦如前。軍士更加奮勇，張世英

---

24 耿恭拜井一事，是指東漢良將耿恭，被匈奴圍困時，水源斷絕，於是向枯井祝禱，結果立即有泉水湧出的故事。事見〔南朝宋〕范曄：《後漢書》（臺北：臺灣商務印書館，2010年11月），〈耿弇傳〉，卷19，頁720。

登陴擂鼓，羅冠英、蔡宇等各開門夾擊之，大甲解圍。

吳立軒曰：淡水有大甲，傳所謂輔車相依、唇亡齒寒也，大甲一破，則賊可席捲臺北矣。淡水，齒也；大甲，唇也；翁仔社，輔車也。故林占梅與張世英欲守臺北，必爭大甲。……然食為民之天，水道既斷，則炊火必虛，是時百姓祈雨而雨不降，兵弁祈雨而雨不降，節婦禱雨而雨立降，是「天」欲存大甲，並以顯節婦之苦節也。於呼奇矣！[25]

上述引文，提到戴潮春黨徒王和尚，率匪黨兩度將大甲一地的水道阻斷，百姓受缺水之苦，苦不堪言。官軍與百姓當時祈雨都沒有效果，但敦請當地節婦余林氏為民祈雨，結果就立降甘霖，這樣的情形發生了兩次。對於此一事件，吳德功在評論中以「百姓祈雨而雨不降，兵弁祈雨而雨不降」跟「節婦禱雨而雨立降」進行對比，來突顯節婦禱雨的特殊現象。面對這個特殊現象，吳德功以天道報應的思想來解釋，亦即「天欲存大甲，並以顯節婦之苦節也。」認為上天對於堅守品德節操的節婦特別看重，所以別人祈雨無效，但節婦祈雨便立即降雨，因此也保全了大甲的百姓。此種天道果報的思想雖然有些非理性，但也顯示吳德功心中存有天道佑民的觀點，認為天地神明能賞善罰惡，護佑良善積德之人。

關於上天對貞節婦女的護佑，在《彰化節孝冊》中亦有事例，且看〈貞婦吳石氏傳〉一文：

貞婦吳石氏，名錦娘，住沙連林圯埔街，同里吳茂水聘為妻。十四歲即歸夫家，性情和順，孝事翁姑，寡言笑，勤女紅，蓋

---

25 吳德功：《戴案紀略》，卷上，頁14。

自少有貞靜之德焉。氏年十六，夫年十九，尚未行合卺之禮，
不幸夫殤，氏悲傷數日，痛不欲生。鄰里憫其哀泣，為之墜
淚。然以雙親在堂，不敢過哀，人咸稱其孝。氏母念其青年，
值歸寧時，欲再卜于飛。氏聞之，大慟，不辭而歸。咸豐十一
年戴逆之亂，盜賊蜂起，闖入氏家，有輕薄者挑以戲語，氏峻
容拒之。賊中有知其貞節者，喝之退。後輕薄者旋與人交戰，
甫開陣，即為銃中斃（俗謂之中頭門銃），人咸謂侮貞婦所
致。自是群賊相戒，不敢入其門，一家免受騷擾。天之相貞婦
也，不亦厚哉！（吳德功訪）[26]

此文的主角是貞婦石錦娘，事發時乃咸豐十一年（1861）戴潮春作亂
期間，當時有匪黨闖入石錦娘家中對她輕薄調戲，這名匪徒離開後與
官軍交戰，結果中了「頭門銃」而死。對於這般離奇巧合的特殊事
件，吳德功以「天之相貞婦也，不亦厚哉」的天道報應思想來加以詮
釋，強調上天保佑有德的貞婦石錦娘，而讓調戲貞婦的惡徒中了「頭
門銃」死亡。

　　除了上述所引例文，其它如同治元年（1862）六月十九日記載上
天降下風雨以助義軍劫殺匪黨之事[27]；同年八月十五日記載官兵與匪
黨戰於白沙坑時，福神顯靈幫助官軍之事[28]，也都是這種天道報應思
想的展現。上開諸篇例文所強調的，都是天地神明只護佑善人，對惡
人則會施以懲罰的思想觀點。對於這些神奇靈異的特殊現象，吳德功

---

26 吳德功：《彰化節孝冊》（南投：臺灣省文獻委員會，1992年5月，吳德功先生全集
　　本），頁197。
27 事見吳德功：《戴案紀略》，卷上，頁21-22。
28 同上註，卷中，頁25-27。

認為乃「神道設教」[29]的結果，這與清代經學大師魏源所提「鬼神之說，其有益於人心，陰輔王教者甚大。」[30]的觀點相合，認為上天賞善罰惡藉以教化世人，從而強化人們行善去惡的正向力量。

二　佛教因果業報論之說解

吳德功古文對某些特殊現象的詮釋，會以佛教因果業報論來說解。佛教談因果業報，認為人們種善因便能得善果，若是種惡因將得惡果，這種善惡有報的觀點，在佛典中俯拾即是。如《大般涅槃經》云：「善惡之報，如影隨形，三世因果，循環不失。」[31]又《生經》云：「善惡有報應，如種果獲實。」[32]這兩段引文說明佛教因果論的內涵，當人們種善因時，將會產生善的業力而得善果；種惡因時將產生惡的業力而得惡果。這樣的因果業報論，與傳統天道報應觀，或道教的「承負」說其實很近似，不過初期佛教講因果業報時，強調自身所造之業自身承受，別人無法替代[33]；而天道報應觀或道教的「承負」說，認為報應不一定會發生在造業者身上，也有可能報在家族親人或

---

29 同上註，卷中，頁26。

30 〔清〕魏源：《魏源集》（臺北：鼎文書局，1978年11月），〈默觚上‧學篇一〉，上冊，頁3。

31 〔北涼〕曇無讖譯：《大般涅槃經》（北京：宗教文化出版社，2001年1月），〈後分‧遺教品第一〉，下冊，卷上，頁770。

32 〔晉〕三藏竺法護譯：《生經》（北京：北京圖書館出版社，2008年1月，趙城金藏本），冊50，卷3，頁156。

33 《正法念處經》云：「汝自作惡業，汝如是自食。非此人作業，餘人受果報。」此處強調的，便是佛教自業自受的觀念。見〔元魏〕瞿曇般若流支譯：《正法念處經》（北京：北京圖書館出版社，2008年1月，趙城金藏本），〈地獄品之七〉，冊50，卷11，頁188。馬志錳在〈佛教的因果律〉一文亦云：「果報是自作自受，不能替代，自做因，必自受果，即使父子也不能替代。」見該文，《中國佛教》第6卷2期，1961年10月，頁24。

子孫身上。[34]

　　佛教的因果業報論，在吳德功眼中，具有能約束人心、淨化人心的作用，如其〈中元普渡說〉云：

> （釋氏）獨以其地獄因果之說進言之，使兇淫之人，皆回心而聽命，而於世道人心，亦無不裨益。[35]

正因佛教因果業報論對世道人心有益，吳德功在其部分古文作品中，對某些特殊現象或事件，他會以此觀點來詮釋。如其〈放黿〉一文：

> 予弱冠赴臺南童子試，……適七鯤鯓，漁人抬黿一頭，重近百斤，求人買去放生。廖君問曰：「爾等於大海之中，網獲此黿，自己不放生，而求人放生，是人虛糜金錢，而爾得慈善之名，毋乃不公乎？」漁人曰：「吾儕此舉，亦不得已耳。敝處昔獲巨黿，群臠割而就鼎烹，詎知未曾染指，突遭烟筒破裂，火騰上屋，延燒數家，咸謂「殺黿之報」。自是群相警戒，雖

---

34 傅世怡〈《尚書》中的善有善報觀—《尚書》中的善惡報應（上）〉一文指出，在儒家的天道報應思想中，認為人們所做的善惡行為，會報應在後代子孫身上。其文云：「那麼得到天之福佑的，就不局限於行為者本人，其子孫雖未做什麼，也可仰賴父祖的庇蔭，得到美報。……〈無逸〉篇提到周太王、王季『克自抑畏』，而天報施的對象是文王，就是一個很好的例子。」見該文：《高雄師大學報》第13期，2002年4月，頁98。至於道教的「承負」說，也認為前人造業，會報及子孫身上，這在道教《太平經》中，就有清楚的描述。《太平經》云：「承者為前，負者為後。承者，迺謂先人本承天心而行，小小失之，不自知，用日積久，相聚為多，今後生人反無辜蒙其過謫，連傳被其災，故前為承，後為負也。……負者，迺先人負於後生者也。」見〔漢〕于吉編撰：《太平經》（臺北：新文豐出版股份有限公司，1977年10月，正統道藏本），卷39，頁129。

35 吳德功：《瑞桃齋文稿》，下卷，頁291。

得黿不敢加害。奈網被衝破，抬進城中，求仁人君子，大發慈
悲，俾我等得些少金錢，再整新網，以為糊口之資。」問其
價，曰：「二金足矣。」……《春秋傳》嘗記，楚人獻黿於鄭
靈公，命庖人烹饗群臣，其味甚美。何遜〈七召〉：「黿羹流
歠」。歷觀二事，皆以黿羹為可食，彼鯤鯥漁人，何以殺之有
報？豈種類不同，故有可食，有不可食耶？[36]

文中提到，吳德功在弱冠時至臺南考童子試，遇到有漁夫在賣黿，希
望人們買黿去放生。吳德功不解的問漁夫，為何求人買黿放生？漁夫
回答說，上次他們抓到黿，想煮來吃，結果在烹煮的過程中發生火
災，波及了數間房子。面對這種特殊現象，大家都認為這是殺害黿的
報應，所以這次不敢再殺，想將牠放生。然而因為網子被黿弄破，所
以想賣掉黿來補貼修網的費用，因此才求人買去放生。吳德功聽完
後，舉了《春秋傳》跟何遜〈七召〉為例，證明在歷史記載中黿是可
以吃的。然而基於漁夫談到殺黿有報應一事，所以吳德功在文末下了
結論，表示難道黿的種類有所不同，某些種類的黿可吃，某些種類的
黿殺了之後會有報應嗎？這樣的結論，表示吳德功並不排除殺黿食用
會有惡報產生的可能性。

　　此處吳德功順應著漁夫的說法，將殺害黿可能遭受報應一事列入
考量的範圍，這明顯含有佛教戒殺生，以免遭受惡報的思想觀點。吳
德功在〈中元普渡說〉一文中，便提到佛教藉地獄因果的說法，以約
束百姓殺生之事。其文云：

　　釋氏化民之法，彼西方無禮樂詩書之教，惟以殺牲為食，釋氏

---

36 同上註，下卷，頁253-254。

即出其地獄因果普施之說教之，西方之人，始有悔懼，其為
功，於彼甚大，無異孔子之救中國也。[37]

吳德功認為佛教提出地獄因果之論，以導正百姓的殺生觀念，這是很
大的功績，正如同孔子以禮樂詩書教化百姓一樣。由是可知，吳德功
對於佛教所談殺生的因果業報相當重視。

戒殺生，是佛教極為重視的戒律，佛教講五戒[38]，其中便有「不
殺生」一項。另一部載述菩薩戒的重要佛典《佛說梵網經》，其中的
十重四十八輕戒，第一重戒即為「殺生戒」。[39]在佛教的許多經典中，
更言明若是犯了殺生戒，就必然要遭受惡報、承擔苦果。如《佛說輪
轉五道罪福報應經》云：

好喜殺生者，後為水上蜉蝣蟲，朝生暮死。……喜殺害眾生，
無有慈心者，從豺狼狸鷹中來，為人短命，胞胎傷墮，生世未
幾而早命終，墮在三塗數千萬劫。佛言此輩前世為人，好喜射
獵，焚燒山澤，探巢破卵，施捕魚網，殺一切眾生，貪其皮
肉，以自食噉，多短命報。世世累劫，無有出期。[40]

---

37 同上註，下卷，頁290。
38 佛教五戒為不殺生、不偷盜、不邪淫、不妄語、不飲酒。見藍吉富主編：《實用佛
　學辭典》（臺北縣：彌勒出版社，1984年3月），上冊，頁366。
39 《佛說梵網經》認為殺生戒，如「自殺」、「教人殺」、「方便殺」、「讚歎殺」、「咒
　殺」、「殺因」、「殺緣」、「殺法」、「殺業」、「乃至一切有命者，不得故殺」，以上行
　為皆須守戒。若違反，便犯了「波羅夷罪」，將墮入三惡道，永棄於佛門之外。詳
　見〔姚秦〕三藏法師鳩摩羅什譯：《佛說梵網經》（臺北：佛光文化事業有限公司，
　1997年9月），〈菩薩心地戒品下〉，卷下，頁183-184。
40 〔劉宋〕三藏法師求那跋陀羅譯：《佛說輪轉五道罪福報應經》（北京：國家圖書館
　出版社，2016年10月，徑山藏本），冊43，頁49。

這裡談到，喜歡殺生的人，來生輪迴轉世，將受短命的惡報，會投胎成為蜉蝣一類的昆蟲，朝生暮死、生命短暫；或者有孕之時，也容易傷到腹中胎兒，甚至流產胎墮。這種人將生生世世歷經劫難，沒有解脫的時候。再看《藥師琉璃光如來本願功德經》的說法：

> 救脫菩薩言：「若諸有情……心不自正，卜問覓禍，『殺種種眾生』，解奏神明，呼諸魍魎，請乞福佑，欲冀延年，終不能得。愚癡迷惑，信邪倒見，遂令橫死，入於地獄，無有出期。」[41]

這些佛經的內容，傳達了殺生所遭受的惡報。這類殺生受報應的說法，廣泛流傳於民間，許多文人的治家格言，或宗教善書，抑或六朝志怪及明代三言二拍一類的小說，也常以此教化百姓。吳德功〈放黿〉一文，引述漁夫之說，將烹煮黿時發生火災的特殊事件，歸咎是殺黿所產生的惡報，這正是以佛教殺生因果的觀點來詮釋特殊現象。

接著，再看吳德功〈貓乳鼠〉一文：

> 去年臺北人帶一巨貓，小鼠吸其乳，並與同眠。試以他鼠，則鼠逡巡不敢近也。到處人爭觀之，大得金錢。攜到彰化，請支廳長許可，清水支廳長拒絕，云：「恐有謠言惑眾。」甚得體也。考《唐朝通鑑》云：「朱泚軍中，貓鼠相乳。宰相常袞率群臣請賀。崔祐甫曰：『可弔不可賀。因獻議曰：夫《禮記》迎貓，為其能食田鼠，去人之害。今不食鼠，而反乳之，是不舉其職也，何可賀之？』」有然。《揮塵新談》云：「萬壽寺有

41　〔唐〕玄奘譯：《藥師琉璃光如來本願功德經》（臺南：和裕出版社，2011年6月，3版），頁146。

> 僧善謔,對客曰:『人言雞有五德,貓亦有之。』客問其說。
> 白:『貓見鼠不捕,仁也;鼠奪其食而讓之,義也,云云。』
> 客聞而絕倒。」試為靜思其故,夫以鼠之小物,曾何關於休
> 咎,無可弔,無可賀。然貓以捕鼠為性,而反乳之,豈不率其
> 性,是反其常也,其殆佛家所謂宿因耶![42]

在這篇文章中,提到臺北有人帶著一隻貓,這貓身邊有一隻小老鼠,吸牠的乳汁並且與之同眠。對於這樣的特殊事件,吳德功先是援引《唐朝通鑑》和《揮塵新談》的記載,表示過去的歷史文獻上,也曾出現這種貓哺乳幼鼠,或是貓不捉鼠,反而將食物讓給老鼠的事例。面對這些特殊現象,吳德功「靜思其故」後做出一個結論,他認為這些貓與老鼠的反常行為,大大違反牠們本來的天性,會產生這些特殊現象,或許就是佛教所說的「宿因」吧!

所謂「宿因」,是佛教因果論的用語,意指人們在當下之前(或前世)所造的因緣。這種「宿因」會引來日後的果報,如《大方廣佛華嚴經》云:「『宿因』無失壞,今受此果報。」[43]這表示人們之前所造的一切因緣都不會消失,會在日後承受這些因緣所帶來的果報。這些「宿因」若是善的,日後便得善報;若是惡的,便得惡報。如今吳德功以「宿因」來解釋貓哺育幼鼠的特殊現象,正是以佛教因果之說來進行詮釋,他的意思大概是認為,這隻貓在前世或前幾世所造之因緣,可能對這隻老鼠有所虧欠,因此今生必須以哺育這隻老鼠來償還此一業報。這是一種因果輪迴的業報觀念,佛語說:「欲知前世因,今生受者是。」正是這個道理。

---

42 吳德功:《瑞桃齋文稿》,下卷,頁287-288。

43 〔唐〕實叉難陀譯,林世田等校:《大方廣佛華嚴經》(北京:宗教文化出版社,2001年1月),下冊,卷75,頁1341。

　　按：吳德功〈放黿〉、〈貓乳鼠〉兩篇文章，都是以佛教因果之說來詮釋其所見聞的特殊現象。然而這兩篇文章所呈現的因果情形又不盡相同，就內容來說，前者講的是殺生之後面臨火災的惡報，後者講的是貓轉世輪迴後哺育幼鼠的果報。另外，就報應的時間點而言，前者屬於「現報」，後者則屬「生報」或是「後報」。在佛教觀點中，有所謂「三報」之說，亦即依報應的時間點，業報可分為現報、生報、後報三類。《大般涅槃經·憍陳如品第十三之三》云：

> 善男子、眾生從業而有果報。如是果報，則有三種：一者現
> 報，二者生報，三者後報。[44]

黃啟江對這三報做了解釋，「現報」是指立即或今生的報應，「生報」是指來生的報應，「後報」是指數世之後的報應。[45]可見三報是以報應時間的先後做區分。民間俗諺說：「善有善報，惡有惡報，不是不報，時辰未到。」就蘊含這三種業報在時間上遲、速之分別。

　　在〈放黿〉之中，漁夫及其友人殺黿想煮來食用，結果在烹煮的過程中發生火災，這是當世立即受到報應，屬於「現報」。至於〈貓乳鼠〉一文，文中的貓隻竟然不抓老鼠，反而以乳哺育之，吳德功認為，這或許是「佛家所謂宿因耶！」表示這隻貓哺育老鼠的特殊現象，或許是因為前世或前幾世的因緣業力所造成的，導致此貓必須在今生善待這隻老鼠以償還業報。這種產生在來世或數世之後的業報，屬於「生報」或是「後報」。

---

44 〔北涼〕曇無讖譯：《大般涅槃經》，下冊，卷40，頁752。
45 詳見黃啟江：〈佛教因果論的中國化〉，《中華佛學學報》第16期，2003年7月，頁
　　243。

第五節　詮釋觀點的多元性與矛盾性

一　詮釋觀點的多元性

　　從上述各小節的分析可知，吳德功面對各種特殊現象時，其詮釋觀點非常多元，或者以事物的自然原理進行分析，透露出知識邏輯的理性思維；或是以漢代災異思想、傳統天道報應觀、佛教因果業報論來解釋，充滿神秘難解的非理性思維。在如此多元的詮釋觀點中，我們看到吳德功學識的廣度，看到他思維的變通性，隨事立論、隨物言說，透過其詮釋內容，提供讀者多樣化的學術知識。

　　仔細思考吳德功對於所見聞的特殊現象，為何有如此多元的詮釋觀點？這自然與他本身具有多樣化的學養內涵有關；而他之所以具有多樣化的學養內涵，又與他本身所處的時代環境有關。吳德功生於晚清時期，光緒年間還成為歲貢生，屬於知識菁英階層。他自幼勤習科舉制藝之術，熟讀經史百家之典，對於傳統漢學和固有文化素稔於胸，也因此能以傳統天道報應觀、漢代災異學說、佛家因果業報論進行詮釋。然而他的學養內涵，絕非只侷限在傳統學術領域，筆者認為，由於晚清時期歐美學術已相當程度傳至東方，再加上乙未割臺後，日本政府積極將新式教育和新學術帶入臺灣[46]，臺灣社會瀰漫著一股西方學術的風潮，吳德功與當時一些傳統文人對於現代化文明的吸收，已是難以避免的現象。當時臺灣的社會環境，對於學習西方新學術，已有沛然莫之能禦的態勢。以下且援引數篇彰化崇文社的徵文作品，便可明白當時臺灣學習新學術的情況。陳梅峰〈人才培養策〉說：

---

46 日本政府積極將新教育、新學術引入臺灣之事，詳見本書第八章第四節「從《觀光日記》看日本政府的政治目的」。

現今新學勃興，幾如雨後之春笋。[47]

蕭榮耀〈人才培養策〉說：

近世科學大興，……故欲培養人才者，必設專門學校以啟發其智能。[48]

郭朝成〈人才培養策〉說：

宏惟我帝國，步武西法，數十年來，人才輩出，後先繼起。[49]

上述引文說出了當時臺灣新學術流行的盛況，也可看出當時文人企圖以新學術培養人才的想法。這幾篇文章，出自彰化崇文社的《文集》，是該社徵文的作品。雖然此社對於歐美社會許多風俗習氣感覺不滿，認為與臺灣固有風俗不合，會使道德淪落，但對於西方科學知識，他們還是肯定的。《崇文社文集》中類似這種肯定新學術的文章相當多，例如新竹郭涵光〈臺灣青年自覺論〉、桃園林水火〈臺灣青年之自覺論〉、澎湖陳錫如〈臺灣建設大學議〉、臺南許子文〈臺灣大學建設議〉、臺南王則修〈人才培養策〉、屏東尤養齋〈人才培養策〉、臺南許澄坤〈開拓實業策〉、澎湖陳錫如〈開拓實業策〉、二林憂開民〈女子教育論〉、北斗林筱顏〈女子教育論〉……等等，這些作品都

---

47 陳梅峰〈人才培養策〉一文，今收錄於黃哲永、吳福助主編：《全臺文》（臺中：文听閣圖書有限公司，2007年7月），冊32，頁235。

48 蕭榮耀〈人才培養策〉一文，收錄於黃哲永、吳福助主編：《全臺文》，冊32，頁239。

49 郭朝成〈人才培養策〉一文，收錄於黃哲永、吳福助主編：《全臺文》，冊32，頁241。

或多或少表達出肯定新學術的態度。從這些文人的居住地來看,可知
這種重視新學術的流風來自臺灣各地,並非局限一隅的熱潮。

　　重視新學術的風尚,並非只產生在個別文人身上,它同時也展現
在當時一些文學社團中。例如和吳德功素有往來的「櫟社」[50],他們
當時對於西方學術的吸收也有著濃厚興趣。廖振富根據林癡仙日記觀
察,發現林癡仙為了實踐櫟社追求傳統學術和外國實用科學融合的宗
旨,曾購入大量外國書籍和雜誌。其《櫟社研究新論》一書說:

> 癡仙在1906年櫟社正式組織化,有心實踐櫟社所謂「以風雅道
> 義相切磋,兼以實用有益之學相勉勵,且期交換知識,親密交
> 情」的宗旨,曾購入大量中國、日本、西洋之書籍,包括時
> 事、雜誌小說、世界史地、科學知識等。[51]

既是櫟社的宗旨,可見不只是林癡仙個人的作法,同時也是櫟社當時
一個重要的學術思潮,他們知道傳統漢學必須延續,但西方科學和各
種新知識也要同時吸收,才能肆應時代的變化與需求。不只櫟社成員
如此,當時「臺灣文社」所辦理的《臺灣文藝叢誌》,也時常刊載西
方自然科學的知識,例如地球環境科學、生物學、生活科技新知等等
的文章,還有西方文學、哲學、藝術、政治、經濟等等的學術也都有

---

50 吳德功與櫟社成員素有往來,從他所撰〈祝櫟社十周年〉一詩即可得知。此詩見吳
　　德功:《瑞桃齋詩稿》(南投:臺灣省文獻委員會,1992年5月,吳德功先生全集
　　本),下卷,頁210。另外,他與櫟社核心人物林癡仙更是至交好友,他在《觀光日
　　記》中,描寫與林癡仙划拳喝酒、吟詠唱和,足見二人交情之深。事見吳德功:
　　《觀光日記》(南投:臺灣省文獻委員會,1992年5月,吳德功先生全集本),頁
　　187。
51 廖振富:《櫟社研究新論》(臺北:國立編譯館,2006年3月),頁47。

所介紹。[52]

　　透過上述分析可知，當時臺灣的整體社會，以至於櫟社、臺灣文社一類的文學組織，對於新學術都相當重視，形成一種時代風尚。而吳德功與櫟社、臺灣文社都素有往來，在臺灣文社裏更擔任文宗、評議員、特別社員、理事等職務[53]，在這種情況下，當時重視新學術的時代風尚，必然也多少影響了吳德功的學術思維。這種影響，由於是來自外在環境，屬於一種外在的因素。

　　除了外在因素，吳德功對於新學術的吸收，尚有內在的因素。這內在的因素，便是吳德功內心對於新學術並不排斥，甚至能肯定新學術，並且有意願接觸和學習，如此一來，新學術的理性思維便能轉化成為內在的學養。如何知道吳德功不排斥新學術，甚至能肯定新學術？這從吳德功《觀光日記》一書的描寫即可得知。書中提到他參加揚文會活動後，日本政府又安排他們一行人參觀各種新式產業和機構，在參訪活動中，吳德功見識到各種新式產業的進步與便利，當時吳德功對眼前嶄新的科學技術和知識，頻頻發出讚歎之語，可見他對這些新學術相當肯定，而且也能夠接受。[54]

　　透過上述分析可知，不論是當時社會思潮的外在因素，或是吳德功心中肯定新學術的內在因素，都有利於新學術在吳德功的內心扎根成長，進而成為其學養的一部分。以下我們且閱讀幾篇他發表於《臺灣時報》的文章，便可了解他吸收新學術的情形。其〈讀天變地異訓蒙窮理書後〉一文云：

---

52 關於《臺灣文藝叢誌》對新文明、新學術的刊載和介紹，可參考吳宗曄：〈《臺灣文藝叢誌》(1919-1924) 傳統與現代的過度〉，臺北：國立臺灣師範大學臺灣文化及語言文學研究所碩士論文，2009年6月，頁99-134。

53 吳德功與臺灣文社的關係，詳見本書第二章第三節「日治時期的經歷」。

54 此處所談吳德功《觀光日記》中的相關內容，詳見本書第八章第四節「從《觀光日記》看日本政府的政治目的」。

泰西致知格物，精益求精，而天文之學，製造顯微鏡，以窺日
月星辰，考察雨露霜雪之所由成，電閃雷轟之所肇起，窮天地
之微茫，探物理之原本，故其國日進於文明也。總督府學務
課，重譯《天變地異》、《訓蒙窮理》二書，言天變之不變，地
異之不異，俾學者窮理致知，發聾振瞶，增益見聞，誠足嘉惠
士林也。……功奉總督府惠賜二書，又蒙木下校長，令以此書
教授，師範生徒見人之有疑是書者，爰將諸書中所載，有與此
書符合者，逐一引證，俾閱是書者，破其疑而堅其信，知天變
之真不變，地異之真不異，以窮格乎事物之理，而日進於文明
之地也，是於本島有厚幸焉。《訓蒙窮理》云：「空氣包藏世
界，猶蛋白包黃，下方濃厚，上方稀薄，近視雖無色，其實則
色青而藍也。」莊子曰：「蒼蒼者其正色耶？其遠而無所終極
耶？」[55] 荀子曰：「天無實形，地之上至虛者皆天也。」程子
曰：「天之蒼蒼，豈天之形，其視下亦猶如是耶。」列子曰：
「天，積氣之所成也。」[56] 諸說固與空氣包藏世界之說相同。[57]

這是一篇跋文，是讀完《天變地異》與《訓蒙窮理》二書後的心得感
言。文中對於西方的科學非常推崇，他舉天文之學為例，認為西方學
術能製造各種儀器，來觀察天地間日月星辰、雨露霜雪、電閃雷轟的

---

55 此語出自《莊子·逍遙遊》，原文為「天之蒼蒼，其正色邪？其遠而無所至極
　　邪？」見〔周〕莊周著，〔清〕郭慶藩集釋：《莊子集釋》（臺北：世界書局，1981
　　年11月，5版），〈內篇〉，頁4。吳德功引用時文句略作改動。

56 此語出自《列子·天瑞》，原文為「天，積氣耳，亡處亡氣。」見〔周〕列禦寇
　　著，王強模譯注：《列子》（臺北：臺灣古籍出版有限公司，1998年11月，2版），卷
　　1，頁26。吳德功依其文意，將句子改為「天，積氣之所成也。」

57 此文見《臺灣時報》（臺北：東洋協會臺灣支部，1916年6月），頁12。漢珍數位圖
　　書公司於2004年3月發行「日治時期臺灣時報資料庫」，檢索上甚為便利。

本質原理，從而使國家「日進於文明」。接著話鋒一轉，談到臺灣總督府學務課翻譯《天變地異》與《訓蒙窮理》二書，讓讀書人可以學習西方天文學和地球科學的知識，使臺灣讀書人能「窮理致知」、「增益見聞」，這是一件「嘉惠士林」的事情。此外，吳德功也提到總督府贈送這兩本書給他，且應木下邦昌校長之要求，為學生講授這兩本書。結果有學生懷疑書中學說之真假，吳德功為了回應學生的質疑，還特地援引中國古代文人的學說，如莊子、荀子、程子、列子諸家論點來比附、印證《訓蒙窮理》一書的內容，以消除學生的疑惑。

藉由這篇文章，我們了解吳德功對於地球科學的知識是有所研習的，這或許可以用來解釋為何他在〈桃李冬實〉、〈珠潭浮嶼水分二色魚二種說〉這些作品中，會以類似地球科學的知識來詮釋事物的特殊現象。再者，透過這篇文章，我們直接看到吳德功對於西方科學的重視以及學習的情形，同時也看到他將中/西、新/舊學術交融並用的作法。這樣的作法，非常務實且具有優勢，一方面保留了舊學術，一方面又能吸收新學術來彌補舊學之不足，這當然有益於擴增知識的廣度，也能將新學術重視科學邏輯、講求理性思維的特質內化於心。

接著再看吳德功〈泰西女學與男學並重〉一文：

> 西哲之言曰：「女子具有靈魂，與男無異。」故女學與男學並重。人生八歲，無論男女皆入塾讀書，訓之以倫常諸大端，並教以讀書識字，其規則女學與男學無異也。故在實學院者有之，在師道院者有之，今亦有婦女入化學院、大學院。……使讀書以明理，揮寫以達事。參之以學史學、論略、地理，以開其識。餘力則學女工諸事，而又必專長一藝，以為防貧計。……泰西之女子，不獨能曉女工，而自可謀食也。蓋機器太盛，如織布縫紉，皆用火机，一机可抵數百人，工速而物

美，且其價甚廉。……今者泰西賈肆，多以夫人助夫，督理諸
事，以省夥伴。書館多婦人為師，郵便館亦以婦人為書記，繪
事亦多用婦人，所以婦人無學，無人問津焉。我臺承清國之舊
習，以為婦人惟德為要，能事舅姑足矣，何必多才！且有舉才
女偷香竊玉之事，以為之比擬，此固數百年之積弊也。豈知女
之貞淫，豈因讀書所召乎？亦以其女之心術邪正耳！[58]

文中引用西方哲學家名言起論，表示女子內在的靈魂精神與男子無
異，進而帶出提倡女子教育的想法。吳德功認為西方重視女子教育，
使女子能讀書明理，還能學習各種學科的知識技藝，有一技之長，能
自食其力。而且西方科技發達，機器生產便利，女子使用機器來織布
縫紉，工作速度快又物美價廉。此外，由於西方女子可以接受教育，
所以能從事各種工作，如書館教師、郵便館書記、繪事人員等等，還
能幫助先生打理商業事務。[59]這篇文章，對於西方女子教育表達出高
度肯定。文章末尾，吳德功對於清朝漠視女子受教權提出批判，他認
為清朝的封建舊習，將女子無才便是德視為理所當然，這是「數百年
之積弊」。透過這樣的批判，藉此突顯西方重視女子教育的可貴。

　　透過上述兩篇引文可以得知，吳德功對於西方科學相當推崇，而
且也努力研習，甚至還教導學生科學的相關知識。此外，他也肯定西
方的教育制度，對於女子能夠接受教育，他深表認同。除了上述兩
篇作品，其餘發表在《臺灣時報》的文章中，尚有多篇蘊含著西方

---

58 《臺灣時報》（1910年7月），頁96-97。

59 翁聖峰曾撰文分析日治時期婦女新興職業的產生以及婦女地位的改變，認為這種情
形是日治時期「現代化」過程所產生的現象。詳見翁聖峰：〈日治時期職業婦女題
材文學的變遷及女性地位〉，《台灣學誌》創刊號，2010年4月，頁1-31。吳德功〈泰
西女學與男學並重〉一文中，對於女子教育以及職業婦女的重視，也正是日治時期
現代化進程的思想反映。

的學術知識，或是西方社會的生活景象，如〈勸種珍珠米本島名曰番麥以代麥〉[60]〈潮水與花草樹木有相因之益〉[61]、〈山芋及小粉能變糖〉[62]、〈楓樹汁可製糖〉[63]……等等皆是，這也證明新學術、新文明的成分已滲進吳德功的學養之中。有了這樣的一層因緣，便可以理解吳德功在面對一些特殊現象時，為何會從各類事物的自然原理進行詮釋，透露出新學術注重知識邏輯的理性思維。然而他在清領時期所接受的舊學術與傳統文化，讓他在某些特殊現象上又採取漢代災異思想、傳統天道報應說，或佛教因果業報論來進行說解。在這樣新／舊學術交融互用下，造就他在詮釋觀點上的多元面貌。從正向角度來說，這突顯吳德功學問知識的廣度，也看到他思維上的靈活性。

二　詮釋觀點的矛盾性

透過上文分析可知，吳德功在面對所見聞的特殊現象時，常從不同的思考角度做出詮釋，展現其思想的多元化特質，但其中我們也看到了一些詮釋上的矛盾性，這很耐人尋味。綜觀其矛盾性，存在的情形大致有二種：第一，詮釋觀點在「理性思維」和「非理性思維」之間來回擺盪而產生矛盾；第二，其矛盾存在於不同作品間對同一思想觀點所採取的不同態度。以下且針對這兩種矛盾情形分別論述之。

第一，詮釋觀點在「理性思維」和「非理性思維」之間來回擺盪而產生矛盾。這是說吳德功在詮釋特殊現象時，有時以理性思維進行，有時又從非理性思維的角度切入，在兩者間來回擺盪而產生了矛

---

60 《臺灣時報》（1910年11月），頁69。
61 《臺灣時報》（1913年6月），頁80。
62 《臺灣時報》（1913年8月），頁61。
63 《臺灣時報》（1913年8月），頁62。

盾感。就「理性思維」而言，他在〈桃李冬實〉、〈珠潭浮嶼水分二色
魚二種說〉、〈放鳥〉等篇章中，能從事物的自然原理去詮釋各種特殊
現象，展現出知識性、邏輯性的思考分析，這是一種理性思維。至於
「非理性思維」，則表現在以漢代災異思想、傳統天道報應說，或佛
教因果業報論來詮釋特殊現象，這帶有一種非理性思考的神祕色彩。
例如《彰化節孝冊·貞婦吳石氏傳》一文中，一名匪徒在調戲貞婦石
錦娘後，不幸中了「頭門銃」而死；另外〈放黿〉一文，文中漁夫在
殺黿煮食的過程中不幸引發了火災，這些特殊事件或是現象的發生，
都有可能只是「巧合」，但吳德功卻分別以天道報應和佛教殺生業報
的觀點加以詮釋，這似乎有過度聯想或神秘化之嫌，而呈現出非理性
思維。綜和上述可知，其詮釋觀點有時理性，有時又偏於非理性，在
兩者之間來回擺盪而形成一種矛盾性。

　　第二，其詮釋觀點的矛盾，存在於不同作品間對同一思想觀點的
不同態度。例如他在〈桃李冬實〉這篇文章中，對於《漢書·五行
志》以「草妖」來詮釋植物生長的異常現象，表達出不以為然的態
度，他認為草木生長所產生的各種異常現象，都來自於大自然的「氣
候遷變」，豈「有關於災祥耶」？另外，他在〈天降紅雨〉一文中，
談到清代御史陳慶鏞，為人忠正剛直、勤勉從公，受到世人普遍的敬
重。而在陳慶鏞家族祖廟中間的屋頂上，曾兩度發生天降紅雨的特殊
現象，人們遂從漢代災異禎祥的思想觀點，認為那是「天降祥瑞」，
是上天嘉許陳慶鏞忠直良善而降下的紅雨。對此，吳德功有不同看
法，他否定所謂災異禎祥之說，他認為若是天降紅雨的祥瑞徵兆，為
何只有祖廟中間屋頂流下的雨是紅色，而祖廟前後左右卻沒有紅雨？
他認為這是「地氣發洩蒸騰」，才使祖廟中間的瓦片上生出「紅菰」，
下雨時雨水經過「紅菰」後被染成紅色，因而產生紅雨。[64]這樣的詮

---

64 〈天降紅雨〉一文，詳見吳德功：《瑞桃齋文稿》，下卷，頁258-262。

釋觀點具有理性思維，跟〈桃李冬實〉一文相同，都能從自然界的物理現象進行分析，同時也都對漢代災異禎祥的詮釋觀點提出了反駁。由這兩篇文章可以得知，吳德功對人們以《漢書‧五行志》的災異思想來詮釋特殊現象並不認同；但他自己在《戴案紀略》中，卻又多處以《漢書‧五行志》或《洪範五行傳》的「雞禍」、「鼓妖」、「詩妖」、「人妖」來形容某些特殊現象，此時漢代的災異思想又變成是可以接受、可以運用的，如此作法，呈現他在詮釋觀點上的另一種矛盾性。

第六節　結語

透過本章的分析，可以了解吳德功對於所見聞的特殊現象，有著多元化的詮釋觀點。在這些多元觀點中，有時採取「理性思維」的詮釋方式，從各類事物的自然原理上去進行解說，呈現出知識性的邏輯思考；有時又以較具神祕色彩的漢代災異思想、傳統天道報應說、佛教因果業報論來詮釋說明，呈現出「非理性思維」的一面。雖然筆者此處以「非理性思維」來形容這幾種傳統學說的神祕色彩，但筆者並非將此一「非理性思維」等同於反理性或反科學，因為這幾種傳統學說，儘管神祕難以言喻，但它們在中國已流傳上千年歲月，之所以仍有廣大百姓或文人不斷傳述或引用著，其間想必有其應驗之處，或者有部分合理性存在著，只是以目前的科學知識或知覺模組無法解釋透澈而已。[65]因此，這些具有神祕色彩的詮釋觀點，或許可視為一種民

---

65 對於佛教三世因果輪迴的神祕色彩，宗教學者林建德曾分析如下：「佛教輪迴說有其『理性』面向，亦有其『非理性』面向，這『非理性』未必是『反理性』，只不過不是以人類現有的知覺模組來認識。」（見氏著：〈佛教輪迴說之哲學反思〉，《生命教育研究》第10卷第1期，2018年6月，頁53。）林建德的論點，是對佛教因果輪迴說的一種支持，其說法尚屬中肯客觀。筆者因此沿用其「非理性」一詞，而以「非理性思維」來指稱佛教因果業報論中的神祕色彩，並將此一觀點擴及漢代災異思想及傳統天道報應觀的神祕色彩上。

間「俗信」亦無妨。[66]

　　吳德功以漢代災異思想、傳統天道報應說、佛教因果業報論這幾
種學說來詮釋特殊現象，雖然較為神祕難解，偏於非理性思維，但他
抱持的是一種「神道設教」的想法，希望透過鬼神賞善罰惡或因果業
報的力量來約束百姓，使民心歸於良善，此固有益於世情教化，這相
當正面。這樣的作法，在清代經學大師魏源身上也有相似經驗。張曉
芬說：

> 魏源以「天」為宇宙萬物生成的根源，因此尊天、宗天之外，
> 更主萬事皆以「天」為本，所以魏源主「神道設教」以敬天，
> 以「鬼神之說陰輔王教」，甚至以佛教地獄論或因果報應論以

---

66 民俗學者烏丙安，一九八五年時在《中國民俗學》一書中提出了「俗信」一詞，除
　　了解釋它的定義，也分析了它和「迷信」的區別。他認為，俗信原來在古代文化中
　　曾屬於原始信仰或迷信的範疇，但隨著時代進步、科學發展、人們文化程度提高，
　　許多迷信事象在流傳時逐漸降低原來的神異色彩，減少了（未必完全消失）神秘力
　　量，人們在長期生活的經驗中找出了一些合理性，於是把這些事象從迷信的框架中
　　釋放出來，形成一種傳統的習慣或知識。這些傳統習慣或知識，無論在行為上、口
　　頭上或是心理上，被人們保留，直接或間接用在生活之中，這就是俗信。俗信一般
　　而言，具有趨吉避凶、祈福躲災、除惡向善等幾種文化內涵，例如「善有善報，惡
　　有惡報。」就是最具普遍性的民間俗信觀念。詳見烏丙安：《中國民俗學》（長春：
　　長春出版社，2014年1月），頁235-239。另見烏丙安〈俗信──支配中國民俗生活的
　　基本觀念〉一文。中國民俗學網，2006年12月28日發表。網址：http://cels.org.cn/
　　web/news-841.htm。
　　按：若依烏丙安之說，則吳德功所採用的漢代災異思想、傳統天道報應說，或是佛
　　教因果業報論，在部分層面上，亦可視作俗信的範疇，因為這幾種思想的文化內
　　涵，也在強調趨吉避凶、除惡向善，以及「善有善報，惡有惡報」的觀念，同時這
　　幾種思想也經過人們長期生活經驗的淬鍊，找出了一些合理性（或科學上的、或自
　　我認知上的），並且形成一種傳統的習慣或知識，而被人們（包括吳德功）運用在
　　日常生活之中。

　　警示人心，以資教化百姓，達治世安民目的。[67]

魏源以「鬼神之說陰輔王教」，和吳德功所謂「神道設教」，可說是相互呼應。吳德功之所以認同天地鬼神賞善罰惡的宰制力，並且相信佛教因果輪迴的業報思想，這無非都帶著一種實用性目的，希望藉由這些神秘力量來規範人心，以達到治世安民的目的，就這方面來說，值得肯定。

　　吳德功對於所見聞的特殊現象，之所以呈現出多元化的詮釋觀點，這與其所處的時代環境有關，他橫跨晚清與日治時期兩個不同階段，正好是新、舊學術的交接點，前者給了吳德功舊學術的根基，後者則提供了新學術的養分，於是造就了吳德功學養的多樣化面貌。因此他能以新學術的理性思維來詮釋特殊現象，也能運用傳統的災異思想、天道報應說以及因果業報論來進行說解。

　　這樣多元化的詮釋觀點，雖然帶來了知識上的廣度和思考的靈活度，但也造成若干學術思想上的矛盾性。他在詮釋特殊現象時，有時具理性思維，有時卻充滿神秘色彩，呈現出非理性形態，這本身就是一種矛盾。這樣的矛盾性，本質上來自於身處清領、日治兩個不同時代，因而產生學術思潮上的矛盾性。黃美娥在《重層現代性鏡像：日治時代臺灣傳統文人的文化視域與文學想像》一書中，曾對這種矛盾現象做了分析，她說：

　　　　臺灣，自清朝劉銘傳從事現代化建設的播種，日治時期殖民者所移入的現代性，以及直接或間接引進的西方文明，在在有利臺灣蛻變為現代社會。但是這種現代社會的成形，由於其現代

---

67 張曉芬：〈魏源「天人合一」思想初探〉，《孔孟月刊》第50卷第3、4期，2011年12月，頁42。

化過程大抵是植入型而非原生型，故現代性裂痕也頗為明顯，
不僅是傳統與現代的矛盾，亦是東方與西方的衝突。[68]

這段引文，說明了臺灣傳統文人因橫跨兩個不同時代，在舊文化與新
文明融合的過程中，產生了「傳統與現代的矛盾」。這種傳統與現代
的矛盾，出現在當時許多傳統文人的身上，李毓嵐研究櫟社詩人張麗
俊時，發現他一方面「熱衷於觀賞被社會輿論斥為迷信的迎神慶
典」，但一方面又對「博覽會展示的新式器物呈現出高度興趣」，之所
以出現這些「矛盾、衝突的現象」，正是「臺灣社會當時在傳統和現
代兩端拉鋸下，力圖調適的縮影。」[69]這種說法，與黃美娥的論點近
似。由此可知，身處於新、舊時代轉換期的吳德功，他在詮釋某些特
殊現象時，其陳述觀點出現彼此間的矛盾，這正是黃美娥所說「傳統
與現代的矛盾」。筆者以為，若從正面角度觀察，這種矛盾的背後，
代表著吳德功對於新學術的吸收，以及對於舊學術的堅持，這種中西
互融並用的作法，才能產生較好的調適力去面對時代的更新和變化，
所以這種矛盾，或許是另一種形式的相容。

---

68 黃美娥：《重層現代性鏡像：日治時代臺灣傳統文人的文化視域與文學想像》（臺
　　北：麥田出版，2004年12月），頁143。
69 李毓嵐：〈日治時期臺灣傳統詩人的休閒娛樂─以櫟社詩人為例〉，《臺灣學研究》第
　　7期，2009年6月，頁74。

參考文獻

一　專書

〔宋〕李昉等編：《太平廣記》，臺北：新興書局，1969年12月。

〔漢〕于吉編撰：《太平經》，臺北：新文豐出版股份有限公司，1977年10月，正統道藏本。

〔清〕魏源：《魏源集》，臺北：鼎文書局，1978年11月。

〔周〕莊周著，〔清〕郭慶藩集釋：《莊子集釋》，臺北：世界書局，1981年11月，5版。

藍吉富主編：《實用佛學辭典》，臺北縣：彌勒出版社，1984年3月。

〔漢〕班固：《漢書》，臺北：鼎文書局，1986年10月，6版。

啟業書局編纂：《中藥毒理學》，臺北：啟業書局有限公司，1989年9月，再版。

〔漢〕伏生撰，〔清〕王闓運補注：《尚書大傳補注‧洪範五行傳》，北京：中華書局，1991年，叢書集成初編本。

吳德功：《戴案紀略》，南投：臺灣省文獻委員會，1992年5月，吳德功先生全集本。

吳德功：《觀光日記》，南投：臺灣省文獻委員會，1992年5月，吳德功先生全集本。

吳德功：《瑞桃齋文稿》，南投：臺灣省文獻委員會，1992年5月，吳德功先生全集本。

吳德功：《瑞桃齋詩稿》，南投：臺灣省文獻委員會，1992年5月，吳德功先生全集本。

吳德功：《彰化節孝冊》，南投：臺灣省文獻委員會，1992年5月，吳德功先生全集本。

《周易》，臺北縣：藝文印書館，1993年9月，十三經注疏本。

《尚書》，臺北縣：藝文印書館，1993年9月，十三經注疏本。

〔姚秦〕三藏法師鳩摩羅什譯：《佛說梵網經》，臺北：佛光文化事業
　　　有限公司，1997年9月。

〔周〕列禦寇著，王強模譯注：《列子》，臺北：臺灣古籍出版有限公
　　　司，1998年11月，2版。

〔北涼〕曇無讖譯：《大般涅槃經》，北京：宗教文化出版社，2001年
　　　1月。

〔唐〕實叉難陀譯，林世田等校：《大方廣佛華嚴經》，北京：宗教文
　　　化出版社，2001年1月。

G. Jones, A. Robertson, J. Forbes and G. Hollier著，陳蔭民、宋偉良合
　　　譯：《環境科學辭典》，臺北：貓頭鷹出版，2004年7月，2
　　　版。

黃美娥：《重層現代性鏡像：日治時代臺灣傳統文人的文化視域與文
　　　學想像》，臺北：麥田出版，2004年12月。

DK出版社、史密森尼博物館（Smithsonian Institute）合著，王原賢等
　　　合譯：《地球大百科》，臺北縣：木馬文化事業有限公司，
　　　2005年2月。

廖振富：《櫟社研究新論》，臺北：國立編譯館，2006年3月。

黃哲永、吳福助主編：《全臺文》，臺中：文听閣圖書有限公司，2007
　　　年7月。

〔晉〕三藏竺法護譯：《生經》，北京：北京圖書館出版社，2008年1
　　　月，趙城金藏本。

〔元魏〕瞿曇般若流支譯：《正法念處經》，北京：北京圖書館出版
　　　社，2008年1月，趙城金藏本。

〔南朝宋〕范曄：《後漢書》，臺北：臺灣商務印書館，2010年11月。

〔唐〕玄奘譯：《藥師琉璃光如來本願功德經》，臺南：和裕出版社，
　　　2011年6月，3版。

烏丙安：《中國民俗學》，長春：長春出版社，2014年1月。

〔劉宋〕三藏法師求那跋陀羅譯：《佛說輪轉五道罪福報應經》，北
　　　京：國家圖書館出版社，2016年10月，徑山藏本。

二　論文

（一）期刊論文

馬志錳：〈佛教的因果律〉，《中國佛教》第6卷2期，1961年10月。

傅世怡：〈《尚書》中的善有善報觀——《尚書》中的善惡報應
　　　（上）〉，《高雄師大學報》第13期，2002年4月。

江乾益：〈漢書五行志中之災異說探論〉，《興大中文學報》第15期，
　　　2003年6月。

黃啟江：〈佛教因果論的中國化〉，《中華佛學學報》第16期，2003年7
　　　月。

黃啟書：〈試論劉向、劉歆《洪範五行傳論》之異同〉，《臺大中文學
　　　報》第27期，2007年12月。

李毓嵐：〈日治時期臺灣傳統詩人的休閒娛樂——以櫟社詩人為例〉，
　　　《臺灣學研究》第7期，2009年6月。

翁聖峰：〈日治時期職業婦女題材文學的變遷及女性地位〉，《台灣學
　　　誌》創刊號，2010年4月。

余沛翃：〈《太平廣記》報應故事的果報觀〉，《文學前瞻》第10期，
　　　2010年7月。

張曉芬：〈魏源「天人合一」思想初探〉，《孔孟月刊》第50卷第3、4
　　　期，2011年12月

張書豪：〈西漢災異思想的基礎研究——關於《洪範五行傳》性質、

文獻、作者的綜合討論〉,《臺大中文學報》第43期,2013年12月。

黃啟書:〈應劭《風俗通‧服妖》所見災異說及其意義〉,《國文學報》第55期,2014年6月。

林建德:〈佛教輪迴說之哲學反思〉,《生命教育研究》第10卷第1期,2018年6月。

（二）學位論文

吳宗曄:〈《臺灣文藝叢誌》（1919-1924）傳統與現代的過度〉,臺北:國立臺灣師範大學臺灣文化及語言文學研究所碩士論文,2009年6月。

三　報紙雜誌

《臺灣時報》:臺北:東洋協會臺灣支部,1916年6月、1910年7月、1910年11月、1913年6月、1913年8月。

四　電子媒體

烏丙安:〈俗信──支配中國民俗生活的基本觀念〉。中國民俗學網,2006年12月28日發表。網址：http://cels.org.cn/web/news-841.htm。

第七章
臺灣民變事件的歷史書寫
——吳德功《戴案紀略》初探[*]

第一節　前言

　　吳德功《戴案紀略》一書，乃記載同治年間戴潮春民變事件的歷史文獻。戴潮春事件是清代臺灣三大民變之一，事件起始於咸豐十一年（1861），至同治四年（1865）上半年才完全平定，主要動亂期超過三年的時間，影響臺灣社會甚鉅，百姓長年處於戰亂之中，生活苦不堪言。對於戴潮春事件的記載，以專書方式呈現的，較早有林豪的《東瀛紀事》，接著是吳德功的《戴案紀略》，較晚期則有蔡青筠《戴案紀略》一書。吳德功《戴案紀略》的寫作，其內容除了自己對戴案的所見所聞外，有一部分內容參考了其它文獻，其中也參考了林豪的《東瀛紀事》，然而參考的時候也訂正了《東瀛紀事》的一些錯誤。至於蔡青筠《戴案紀略》一書，存在著引用錯誤、體例不一致，甚至內容前後矛盾等缺失。因此吳德功的《戴案紀略》，仍是目前載述戴潮春事件較為詳實的一部歷史書籍。

　　本章對於吳德功《戴案紀略》的探討，在正文的部分，企圖從此書的編寫體例、寫作的取材來源，還有作者表現在書中的史論進行分

* 本文原名〈吳德功《戴案紀略》初探〉，刊載於《漢學研究集刊》第29期，2019年12月。感謝二位匿名審查委員所提供的寶貴意見，修正了本文許多缺失，十分感恩。今將此文修改增刪後置入本書。

析，希望協助讀者掌握《戴案紀略》一書的結構與內涵。此外，本章還針對《戴案紀略》取材自林豪《東瀛紀事》、陳肇興《陶村詩稿》、丁曰健《治臺必告錄・請卹清單》的資料進行相互比對，並製成相關表格，以便於讀者翻尋查檢。透過這些表格的協助，讀者便能清楚掌握《戴案紀略》和其它文獻在記載戴潮春事件上的差異性，還有吳德功對於戴案史料的取捨和處理方式。

第二節　《戴案紀略》的編寫體例

《戴案紀略》一書的編寫體例，吳德功在書前〈自序〉曾經做出說明，他說：

> 甲、是篇為修誌而作，故仿綱目之例。
>
> 乙、是編後加以論斷，亦欲表忠臣義士，並推原致亂之由，亦稗史一種也。若收入誌乘，不必加論斷。
>
> 丙、林卓人誤以張三顯居石榴班，誤以斗六有城，誤以先入彰城者北軍，故特正之。
>
> 丁、戴逆擾亂三年，間有忠臣義士未經收入者，請補錄之。
>
> 戊、是編所載皆是大戰、大事以及殉難陣亡人員，亟詳書之以便收入誌乘。其餘小事以及不足輕重者姑置之。
>
> 己、是編分上、中、下三卷，上、中卷載事實，下卷將在營病故人員、殉難陣亡兵勇，准入昭忠祠而未載入上、中卷者諸芳名備載之。
>
> 庚、在地殉難陣亡諸勇，惟嘉義有請准入祠，其芳名已付載下

卷，其餘各縣容俟續考。[1]

從以上的內容可以看出，吳德功《戴案紀略》在編寫體例上，是將全書分上、中、下三卷，上卷、中卷記載戴案的事件經過，下卷則收錄戴案中在營病故人員、殉難陣亡人員之准入昭忠祠，而卻未記載於上、中卷之人員名單。此外，此書所記載者皆戴潮春一案中的大事，至於小事及無足輕重者則擱置不記。除了這些體例外，在「甲」這一點，吳德功提到此書乃仿綱目體史書之格式；「乙」這一點，提到此書在綱文、目文之後，常有吳德功自身之評論。這甲、乙兩點非常重要，本節將分項進行深入論述。

一　仿綱目體史書之格式

吳德功在〈自序〉中說明《戴案紀略》的體製格式，乃「仿綱目之例」而來。所謂「仿綱目之例」，是指《戴案紀略》的體製格式，乃模仿綱目體史書而來。綱目體史書的濫觴，乃朱熹《御批資治通鑑綱目》一書。這種史書，乃編年體史書的變體，所以紀事時仍以時間（年月日）之先後為序進行鋪陳。而其結構主要有兩個部分：一為大字的提要，此為「綱」文的部分，事件的時間標示亦在「綱」文上；至於另一結構，則是小字的敘事，此為「目」文的部分，主要用來說明「綱」文的細節。今且引朱熹《御批資治通鑑綱目》的一段文字，以明其梗概：

1　吳德功：《戴案紀略》（南投：臺灣省文獻委員會，1992年5月，吳德功先生全集本），〈自序〉，頁1-2。

> 辛亥六年，齊侯來朝。時周室微弱，諸侯莫朝，而齊獨朝之，
> 天下以此賢威王。[2]

在上引文字中，「齊侯來朝」屬於事件的提要，以大字呈現，此為「綱」文的部分；時間「辛亥六年」，繫於「綱」文的起首。至於小字的部分，即「時周室微弱，諸侯莫朝，而齊獨朝之，天下以此賢威王。」此為「目」文，乃是針對「綱」文所提事件的細部敘述。這樣以時間為序進行編撰，再以綱文、目文兩個結構連結而成的史書，即所謂的綱目體。吳德功說《戴案紀略》的體例乃模仿此綱目體史書而來，今且援引《戴案紀略》的一段文字以明之。該書云：

> 四月初七日，臺澎掛印總兵林向榮，統兵三千出郡討賊。以都司陳寶三為總帶，同知甯長敬為糧臺。遇賊於坊埠，水提左營外委胡惠傑死之。水師左營守備蔡安邦、把總周允魁、外委連陞、周德榮等四員，被迫落水，死之。
> 先是，初九日，軍次坊埠，立五大營。賊據南靖厝，戴彩龍率嚴辦、陳弄、黃豬羔、王新婦萬餘人來犯，官軍力拒之，相持在八掌溪交界。二十八日，賊拒白沙墩，截斷鹽水港糧道，鎮軍前後受敵，水師左營守備蔡安邦、把總周允魁、外委連陞、周德榮被迫落溪而死。義首林有才，火藥盡而敗，然用奇兵以砲擊之，三發皆中，賊乃卻退。[3]

---

2 〔宋〕朱熹：《御批資治通鑑綱目》（臺北：臺灣商務印書館，1976年，四庫全書珍本），卷1上，頁28。
3 吳德功：《戴案紀略》，卷上，頁11-12。

上述引文「四月初七日，……被迫落水，死之。」屬於事件的提要，以大字呈現，此為「綱」文的部分；時間「四月初七日」繫於「綱」文的起首。至於小字的部分，即「先是，初九日，……賊乃卻退。」此為「目」文，乃是針對「綱」文所提事件的細部敘述。由是可知，此綱目體史書，「綱」與「目」兩個結構體，一簡一繁，相輔相成。讀「綱」文可知「目」文的核心內容，讀「目」文則可知「綱」文的委曲情狀。就上述引文來看，大字的「綱」由於是提要的性質，所以簡單幾句文字就把四月七日之後，有數位官員在對抗戴潮春匪黨時不幸殉難的事件托出。然而由於事件陳述較簡略，若想了解其中的詳細情況，我們便得從小字的「目」文著手，才能知道較為詳細的過程。所以在小字的「目」文中，將事件細分出四月九日與四月二十八日兩個時間點進行描述，在這段描述中，我們了解到匪黨原來是以戴彩龍、嚴辦、陳弄等人為首，共計有一萬多人。官、匪雙方曾在八掌溪交界、白沙墩等地進行對峙與交戰，匪黨甚至截斷鹽水港糧道，使官兵腹背受敵。文末更提到義首林有才，雖然用盡火藥卻能奇兵制敵，以砲擊方式擊退匪黨的事情。這些細部的描述，在「綱」文中都未加說明，由此可以明顯看出「綱」與「目」的差異和區別，也可以了解兩者間相輔相成的結構形態。

二　在各綱、目正文後，常附有吳德功之評論

　　吳德功在《戴案紀略》的〈凡例〉第二條中說：「是編後加以論斷，亦欲表忠臣義士，並推致亂之由，亦稗史一種也。若收入誌乘，不必加論斷。」[4]文中所謂的「論斷」，是指《戴案紀略》常在每條

「綱」、「目」的正文之後，有「吳立軒曰」的評論性內容，這是吳德功對於所載述事件的個人評論。例如下方引文：

> 二月，林日成既敗大甲。張世英遣羅冠英、廖廷鳳等攻馬公厝，克之。初五日，克新廣莊，十六日克壩仔莊，二十七日攻入四張犁戴潮春老巢。
>
> 戴潮春已往嘉義，四張犁老巢，使陳梓生守之。官軍乘勢連攻數次，死傷無算，賊黨死拒銃樓上，冠英絕其水道，點滴不通。二十七日，攻入四張犁，旋得旗幟、器械甚多。乘勢進迫附近之莊，以絕其援。時，晟敗回家居，率死士陳狗母、廖安然力拒之。
>
> 吳立軒曰：張世英得羅冠英之助，屯兵翁仔社，據四張犁之上游，固已寢其皮，而醢其腦。戴逆之老巢既覆，林賊之藩籬亦盡撤矣。況乎豪傑歸心、士卒用命，逆賊豈不聞鼓鼙而心驚，望旌旗而色變耶！[5]

再看另一段引文：

> 同月，欽命提督軍門固勇巴圖魯曾玉明為臺灣掛印總兵。
>
> 時，玉明紮秀水，與賊對壘數月。葉虎鞭、黃炳南克烏瓦厝，賊退紮後港仔黃阿起竹圍，岸高如牆，竹密如簀，外布竹菰，官軍連戰數月，以草把卷其竹釘，賊以大杙釘之。玉明又造孔明車，外覆以棉被，用水漬之，以避鳥銃。群賊以銅為子，如橄欖核，用油炒之，其子可穿過孔明車。官軍死者三十餘人。

---

5 同上註，卷中，頁35-36。

玉明又造土堡，高五丈，以安大炮，止離西門三里許。然准頭
不靈，不能攻堅破銳。

吳立軒曰：臺灣竹圍之密者，火不能燒，刀難盡斫，四面築銃
樓，內圍以土墻，其堅牢勝於城。所以玉明曠日持久，攻之不
克。故當道者有謂其擁兵不動；彈丸之地，攻打三年，不能制
勝；是亦未知竹圍之難破至於此也。[6]

以上兩段引文，都是在綱、目的正文後便有「吳立軒曰」的評論性言
語，對於這樣的體例，德功自言「亦稗史一種也。若收入誌乘，不必
加論斷。」這裡的意思有兩層：一層是說，這種體例是稗史的寫法；
另一層意思，是說若要寫入「方志」中的資料，則不必有作者自身的
評論性言語。針對這兩層意思，筆者分別論述如後。

（一）「是編後加以論斷，亦稗史一種也。」

吳德功認為，其《戴案紀略》在正文之後，常有他自身的評論性
言語，這種體例他認為「亦稗史一種也」。依《戴案紀略》的體製來
看，雖然是為了將來纂修地方志的需要而作，所以採用綱目體史書的
寫法，但整體觀之，仍是屬於稗史的作品沒錯。其於各段正文之後常
加入自身的評論，這也是稗史常見的作法，因此，吳德功說《戴案紀
略》「亦稗史一種也」，道理即在於此。

對於稗史之中，常會出現作者自身的評論，筆者且援引數本稗史
為例，以為闡發。例如清代梅村野史《鹿樵紀聞》中，有「野史氏
曰」[7]；清顧炎武《明季三朝野史》中有「炎武按」[8]；明瞿共美《東

6　同上註，卷中，頁38。

7　例如《鹿樵紀聞‧使臣碧血》一節的末尾處，便有「野史氏曰」的評論，其曰：
　「古人言：『從容殉節難，慷慨死義易』。以余觀之，忠孝實根至性，必非一時所能

明聞見錄》裡有「逸史氏曰」[9]，都是作者對該段內容所發表的評論，可見稗史中常有作者自身的評論。明、清二朝之間，稗乘野史蔚然成風，它能補正史之不足，同時也能透過書中評論來抒發作者對於歷史或時事的見解，所以這種邊敘述、邊評論的體例，在稗史中便經常看到[10]，吳德功《戴案紀略》或是受此流風所及而產生的一本史書。

勉也。史督師當國步艱難，鞠躬盡瘁、死而後已，擬節文山。而有弟可程，官庶常於北都，降賊；賊敗南歸，可法請置於理，王以可法故，釋歸養母。厥後流寓宜興，閱四十餘年而卒。蘀石弟懋泰，官員外郎，亦降於賊，後任本朝；一日至院謁兄，蘀石叱曰：『此非吾弟也』！麾而出之。自非有不可移易者，兄弟之間，何以相反若此？然則韓子『性有三品』之說，殆未可以厚非也歟？」見是書（臺北：大通書局，1995年10月，臺灣文獻史料叢刊本），卷上，頁34。

8　例如《明季三朝野史》卷二〈聖安紀略下〉一節，寫到史可法拔劍自刎時，有作者的評論。其云：「炎武按：『史閣部督師江北，開府維揚，矢志報效。經營伊始，又當嗣主淫昏，耽於酒色，權奸執國，命大帥，擅兵威。諫則不行，言則不聽，茫茫宇宙，無可為之事。計惟收羅豪傑，訓練軍馬，激勸屬吏，拊循商民，布衣疏食，與士卒同勞苦，職分已盡，心血已竭。公以一死殉國，同事諸君子以一死殉公。嗚呼！烈矣！』」見是書（臺北：大通書局，1995年10月，臺灣文獻史料叢刊本），卷2，頁23。

9　例如《東明聞見錄》「二月，惠國公李成棟攻贛州，行至信豐，卒。」一段的末尾處，有作者的評論，其云：「逸史氏曰：『余從先太師在朝。無仕宦情好。詢前言往行，成棟雖武夫，儘有過人處。敬先太師瞿稼軒，李愬之于裴度也。信學憲袁特邱，呂布之于王允也。慕黃門金道隱，董卓之于蔡邕也。讓引鹽濟西，事雖不行，心可尚哉。先士卒，援南昌，命雖不延，志可嘉矣。又謂朝廷功賞不宜濫，文武職掌各宜分，言官直氣宜獎進，鹵薄不得與內閣機務，駸駸乎有古大臣風。闖賊肆虐，成棟深恨，赤心爵列五等，牧遊之力居多，成棟弗是也。成棟亡，部曲益不振。嗣後喪師失地，宮官諸臣欲倚牧遊以傾異己，遂借躔東粉刑書。先太師悉其冤，直書四年朝事，致牧遊君側恨之，廣西從此困矣。至于恣睢直戇，不無有之。記者著其大，不遺其細。若曰驕泰以失，可不信哉！』」見是書（臺北：大通書局，1995年10月，臺灣文獻史料叢刊本），頁27-28。

10　雖然稗史中常有作者自身之評論，不過也並非所有的稗史都有這種體例，例如鎖綠山人《明亡述略》、李之芳《平定耿逆記》、徐芳烈《浙東紀略》、黃宗羲《海外慟哭記》……等等，皆只單純記載史事，而未發表作者個人評論，這類例子仍多，此不再贅舉。

　　按：事實上，在史書中加入作者自身的評論，這種體例並非只有稗史才有，在紀傳體的正史中，也看得到這種體例，如司馬遷《史記》的「太史公曰」、班固《漢書》的「贊曰」、范曄《後漢書》的「論曰」、陳壽《三國志》的「評曰」等等，都是作者自身的評論之語。另外，編年體史書也有這樣的例子，如《左傳》的「君子曰」、司馬光《資治通鑑》的「臣光曰」等，都是書中的評論之語。在史學的領域中，這就是所謂的「史論」，它最早出現在《左傳》這本書中，方才提到的「君子曰」，即此書之史論。這種「史論」的體製，一路綿延發展，成為後代史學家發表個人見解的一條有效途徑。吳德功在《戴案紀略》中所發表的評論，呈現的也是此書的史論，是他個人對於戴潮春事件的各種見解和觀點，可說是書中一個警策之所在。

（二）此書「若收入誌乘，不必加論斷」

　　吳德功在〈自序〉中提到，《戴案紀略》是為了編修地方志而寫的基礎書籍，他認為，日後這本書的資料要寫入方志時，「不必加論斷」，亦即可以去掉正文後的評論之語。這樣的講法，是指方志這種書籍，不適合在正文之後加入作者自身的評論語句。針對這種觀點，確實有學者抱持相同看法。林衍經《方志學綜論》說：

> 舊志的體裁，……在章法上重在記敘，敘而不論，寓議論褒貶和經驗得失於事實的記述之中，也都是可取之法。[11]

所謂「敘而不論，寓褒貶於事實的記述之中」，說的就是方志編纂應重視事實的敘述記載，編纂者不需要進行評論，只需讓事件的褒貶自

---

11 林衍經：《方志學綜論》（上海：華東師範大學出版社，2008年10月），頁183。

然存在於事實的記述當中，由讀者自行判斷與解讀即可。再看王德恒《中國方志學》的說法：

> 方志在它長期的發展過程當中，形成了許多規定和傳統。其中很重要的一條就是「述而不作」，即對於採集來的資料，大多如實存錄，較少刪筆潤色，更忌發表議論。因此人們往往將方志稱為「記注之書」。[12]

所謂「述而不作」，即林衍經文中所說的「敘而不論」，意思都在強調方志「對於採集來的資料，大多如實存錄，較少刪筆潤色，更忌發表議論。」除了林、王二氏之說，甘恢平等人編寫的《方志編纂指南》一書，更直接將「志」與「史」分開說明，傳達二者之間的差異。其文云：

> 「史」學術性比較強、概括性比較強，在寫法上是「史」、「論」結合，即：在占有文獻資料的基礎上，對歷史事件、人物進行分析、研究，發表作者的觀點看法，總結出規律，所以，「史」以史觀為重點，重在論述。而「志」記述性強，資料性強，在寫法上則要求分門別類地記載，保存真實可靠的資料，作者一般不發表自己的看法，堅持用事實講話，讓材料講話，寓規律和觀點於敘事之中。所以「志」以史實為重點，重在編纂。簡言之，就是「史」可以論述，「志」述而不論。[13]

---

12 王德恒：《中國方志學》（鄭州：大象出版社，1997年4月），頁20。
13 甘恢平等合撰：《方志編纂指南》（重慶：科學技術文獻出版社重慶分社，1987年5月），頁18。

上文的說法，是將志書與一般的史書分開論述，認為史書以史觀為重點，重在論述；而志書重點在於保存真實可靠的資料，作者一般不發表自己的看法。他並且做了一個總結，即「史可以論述，志述而不論。」這樣的說法，已經將方志不適合發表作者自身的評論，闡述得非常清楚了。

以上幾位學者的論點，與吳德功看法一致。不過志書不宜出現作者自身評論的說法，也有學者持不同的論調。來新夏《中國地方志》一書，曾談到史書與志書其實是殊途同歸的。他說：

> 所謂殊途，是指史和志從不同途徑進行工作，如志以資料為基礎加以編纂，史則以資料為依據而有所論述；所謂同歸是指二者的工作目的都是為存一代之信史。信史的重要標幟在於褒貶如何：褒貶得宜是直筆，是信史；褒貶失當，是曲筆，是穢史。於是曾有人提出「史有褒貶，志無褒貶」來否定二者之同歸於「信史」，實則志何曾無褒貶，章學誠就說過：「前代名志，亦多褒貶並行。」（《湖北通志辨例》）既然二者都寓褒貶，則同歸於「信史」之義甚明。[14]

文中所謂「寓褒貶」，便是一種史書的評論，對於所記載的人事物，其是非得失進行主觀的評論。來新夏引章學誠之說，認為歷來有名的志書「亦多褒貶並行」，所以他認為志書與史書都屬於信史。這樣的講法，是肯定志書也具有發表評論的空間。再看余楚修〈「述而不論」爭議〉一文的說法：

---

14 來新夏：《中國地方志》（臺北：臺灣商務印書館，1995年9月），頁23-24。

　　　纂修志書是否該堅持「述而不論」，目前在志界同仁中尚屬見
　　　仁見智，並未形成一致意見。贊成者認為這是志書纂修的一大
　　　特點，應該堅持；反對者則認為這是老框框，應該突破；一些
　　　已成的志書，儘管《凡例》中講了要堅持「述而不論」，但是
　　　認真考其志文，卻發現這一原則並沒有得到很好的堅持，故有
　　　再議的必要。[15]

從以上引文可以了解，雖然在傳統觀念中，志書被認為只要如實的記
載史料，修志者是不需發表評論的。但余氏也指出，這樣的觀點只是
一個傳統以來的說法，事實上在修志的文化圈中，贊成與反對此一觀
點的人都有，目前「並未形成一致意見」；而且就目前已修成的志書
來看，發現此一觀點「並沒有得到很好的堅持」。從余氏說法可知，
目前學術界對於志書是否該堅持客觀的記述史料，而不必進行主觀性
的評論，不論是在理論的層面上，或是實務操作的層面上，都沒有辦
法得到一致的意見與作法。

　　綜合以上說法可知，吳德功認為他在《戴案紀略》中所發表的評
論，日後此書要收入方志時，這些評論便可去掉，因為志書「不必加
論斷」。這樣的觀點，是傳統以來修纂志書的一項理念，但就理論上
而言，贊成的人雖多，反對的人也有；而且就編纂志書的實務面來
看，誠如同章學誠《湖北通志辨例》所言：「前代名志，亦多褒貶並
行。」可見實際修志時，發表評論者亦不少。在目前坊間的志書中，
編纂者加入自身評論者甚多，就以臺灣的方志來說，例如周元文《重
修臺灣府志》，常在每卷之末附有「總論」，以表達修志者對於該卷資
料之評論。如其卷八〈人物志〉末尾的「總論」：

---

15 此文收錄於廣州市地方志館編：《新方志理論探索》（廣州：廣東科技出版社，1997
　　年9月），頁130。

論曰：山不在高，有仙則名；水不在深，有龍則靈。故必產異材奇節，而後佳山勝水可以掩映千古也。臺地自唐、虞以來，未入版圖；縱生奇英，荒裔之區，無從考究。所以志人物者，斷自明季；亦紀其所聞，不紀所不聞也。寥寥數人，必為誌姓氏、著年表，又詳其里居、行事，使天下後世，知海隅日出之邦，莫不爭自濯磨，以為興朝物采。詩曰：「王國克生，維周之楨。」此之謂也。[16]

再如王必昌《重修臺灣縣志》一書，其各卷之末有「論曰」，此亦是纂書者對於該卷內容的評論，如其卷六〈祠宇志〉末尾有「論曰」：

禮有專祀、有義祀；專祀所以明國家之典，義祀所以即人心之安。故報德崇功，春秋罔憚；勸忠教孝，風化攸關。臺之壇壝廟祠，載在令甲者，斑斑可考也。若夫道侈猶龍、佛稱如象，屬文教之未敷，乃法輪之蜑轉。我朝百神懷柔，因而不廢；彙敘而備陳之，庶民義為昭、神道不瀆。覽是編者，或有取焉。[17]

由以上所舉例文可知，許多志書實際上存在著作者的主觀評論，並非只是如實地記載史料而已。類似以上二書的例子仍多，囿於篇幅，不再一一贅舉。因此，吳德功認為，《戴案紀略》若要寫入志書時，不必放入其於書中之評論，這項觀點，只能說是一種傳統志書的理念表述，而非學術上的鐵律。

---

16 〔清〕周元文：《重修臺灣府志》（臺北：大通書局，1995年10月，臺灣文獻史料叢刊本），卷8，頁276。

17 〔清〕王必昌：《重修臺灣縣志》（臺北：大通書局，1995年10月，臺灣文獻史料叢刊本），卷6，頁202-203。

第三節 《戴案紀略》寫作的取材來源

《戴案紀略》的撰述,其材料來源依其〈自序〉所言,概有四個部分,其序文說:

> 爰取林卓人《東瀛紀事》閱之,所載北路攻勦之事甚詳,篇中略采之。……且戴、林二逆作亂,始於彰化,而曾鎮在鹿港招撫義民,白沙坑二四莊、快官三十五莊、線西加寶潭莊、武東牛牯嶺戰事多闕。故就所見所聞,並采《陳陶村詩稿》所載三忠,以及丁觀察曰健《治臺必告錄》所紀斗六等處殉難人員官銜姓氏纂輯其中。其間草莽效忠之殉難義民、積勞病故之員弁,准建入昭忠祠者,附載於下卷。[18]

這段話談到《戴案紀略》一書的寫作材料,除了他自己的「所見所聞」外,還參考了林豪《東瀛紀事》、陳肇興《陶村詩稿》以及丁曰健《治臺必告錄》。對於這三本書,吳德功取材時並非全依原文說法進行載錄,而是依己意進行增刪,或是針對錯誤之處進行修正,展現他個人對於史書撰述的立場與觀點。以下且針對吳德功取材三書之情形分作論述。

一 取材林豪《東瀛紀事》

《戴案紀略》對於林豪《東瀛紀事》一書之取材,主要是著眼於官軍與戴潮春黨徒間爭戰過程的引錄,還有林豪在《東瀛紀事》中所

---

18 吳德功:《戴案紀略》,頁1。

作的評論，有時也會加以載錄。今針對這兩個部分進行說明。

（一）取材林豪《東瀛紀事》之官匪爭戰過程

《戴案紀略》對於林豪《東瀛紀事》一書的內容，在官匪爭戰方面引用了相當多的資料。吳德功對這些資料的運用，大致有三種形式：其一是取材時會加以刪減；其二是取材時會加入新資料，進行增補；其三是取材時會對資料進行修正。以下針對這三種形式分別進行說明。

1 取材時加以刪減者

《戴案紀略》取材林豪《東瀛紀事》的資料時，有時會對資料進行刪減，如下表所示之比對資料：

表 7-1　《戴案紀略》取材《東瀛紀事》資料並加以刪減之例

《戴案紀略》	頁碼	《東瀛紀事》[19]	頁碼
潮春小名萬生，祖名神保，父松江，家巨富，住彰化揀東堡四張犁莊，世為北協署稿書。	3	戴逆名潮春，字萬生，彰化四張犁人，原籍龍溪縣。祖神保，生子四人，長松江。松江有子七人，潮春其季也。潮春家素裕。世為北路協稿識。	1
亡命無賴者皆聚黨應之	4	其黨鄭玉麟（即鄭狗母）、黃丕建、戴彩龍、葉虎鞭輩同謀舉事，轉相招納，南北兩路不逞之徒多聚黨以應之。	2

19 〔清〕林豪：《東瀛紀事》（臺北：大通書局，1995年10月，臺灣文獻史料叢刊本）。

以上二例，呈現的都是《戴案紀略》引用《東瀛紀事》材料，並加以刪減的情形。第一例是對於戴潮春家世背景的介紹，很明顯的，《東瀛紀事》對此之記載比較詳細，包括戴潮春的原籍為龍溪縣、父親戴松江有幾名手足、戴潮春本身有幾名手足、戴潮春排行老三等資料，皆見於《東瀛紀事》，而未見於《戴案紀略》，可見吳德功引用時，有刪減的情形。另外一例，則談到當時彰化縣令高廷鏡，命令戴潮春訓練鄉勇三百名以保衛地方，一時聲勢浩大，最後連「亡命無賴者皆聚黨應之」（《戴案紀略》語）。對此，《東瀛紀事》的記載更為詳細，書中提到戴潮春之所以有南北兩路許多無賴之徒前來響應，因為有同黨「鄭玉麟（即鄭狗母）、黃丕建、戴彩龍、葉虎鞭輩同謀舉事，轉相招納」的結果。這一點在《戴案紀略》中被刪去未有記載，可見吳德功取材《東瀛紀事》時，會有刪繁就簡的情形。

2 取材時加以增補者

將引用《東瀛紀事》的資料進行刪減，這種情況雖有，但次數較少，多數時候吳德功會針對所引用的資料進行增補，而使得資料更加豐富，例如下表所舉的例子：

表 7-2　《戴案紀略》取材《東瀛紀事》資料並加以增補之例

《戴案紀略》	頁碼	《東瀛紀事》	頁碼
同月，欽命提督軍門固勇巴圖魯曾玉明為臺灣掛印總兵。時，玉明紮秀水，與賊對壘數月，葉虎鞭、黃炳南克烏瓦厝，賊退紮後港仔黃阿起竹圍，岸高如墙，竹密如簀，外布竹菰，官軍連戰數月，以草	38	二年春正月，官軍攻烏瓦厝，拔之。葉虎鞭、黃炳南等遂進屯十四甲。賊亦於枋寮、涌尾、後港仔結寨相持。	14

《戴案紀略》	頁碼	《東瀛紀事》	頁碼
把卷其竹釘，賊以大杙釘之。玉明又造孔明車，外覆以綿被，用水漬之，以避鳥銃。群賊以銅為子，如橄欖核，用油炒之，其子可穿過孔明車。官軍死者三十餘人。玉明又造土堡，高五丈，以安大炮，止離西門三里許。然准頭不靈，不能攻堅破銳。			
同月，羅冠英率廖廷鳳等攻破東大墩等莊，直通阿罩霧，與職員林文鳳、副將林文明商議破賊之策。羅冠英奉張世英之令，連日惡戰數十陣。十九日，克棋盤厝，乘勢恢復東大墩，守賊廖安然擁眾力禦。羅冠英、廖廷鳳分兵夾擊，廖安然力不能支，背後炮擊透背心，死於陣中。附近石岡仔、枋蓉、土牛以次恢複。東由新莊仔、鳥銃頭、番仔蓉，掃通阿罩霧。職員林文鳳（字儀卿）、副將林文明，率親丁迎擊，道路始通行。	44	十月，冠英等克棋盤厝、東大墩、犁頭店等莊，乘勢攻克圳寮，守賊廖安然中槍死。於是石岡仔、枋寮、土牛及淞東巡司地方，以次收復。	44

　　由上述二例可以得知，同樣敘述一件事，但《戴案紀略》的描述是比《東瀛紀事》詳細得多，可見吳德功在引用資料時進行了增補的動作。第一例中，就增加了曾玉明以何種戰術與匪黨對戰數月的過程。

至於第二例，描述羅冠英率官軍打敗匪徒廖安然的過程，《東瀛紀事》的記載相當簡略，但《戴案紀略》中增加了羅冠英與職員林文鳳、副將林文明商議破賊之策，以及和廖安然連日惡戰數十陣的內容，並且也交待了廖安然死後，官軍如何從東邊的新莊仔、鳥銃頭、番仔蔴，一路掃通至阿罩霧的進攻路線。這兩個例子，說明了吳德功在引用《東瀛紀事》的材料時，常會進行資料的增補，使內容更加豐富。

3 取材時加以修正者

《戴案紀略》取材《東瀛紀事》的資料時，若資料內容有誤，吳德功也會加以修正，試看下表的對照資料。

表 7-3 《戴案紀略》取材《東瀛紀事》資料並加以修正之例

《戴案紀略》	頁碼	《東瀛紀事》	頁碼
偽糧官蔡豬，丁道令劊子手寸磔之。並斬江有仁、鄭豬母於教場，是日大賞軍士。上表報捷。	46	偽備糧使司蔡茂豬為坑仔內蔡姓所執，丁道命支解之。	39
偽總制許豐年、石榴班張竅嘴、黃豬羔，削髮投誠，令其弟副將林文明，斷水沙連諸路，由是，附近他里霧、溪洲各莊，領白旗紛紛如蟻。春觀眾心不附，乃絜眷與死士數十人逃投七十二莊張三顯家中。	48	偽總制許豐年等多降，賊勢日窮蹙。而四張犁老巢為羅冠英所破，祖墓發掘，無家可歸。以斗六地勢淺狹，接濟暫斷，必不可守，乃竄至石榴班、寶斗仔頂等莊，倚七十五莊大姓張三顯，圖竄內山番界。	45

上述第一例，《東瀛紀事》記載戴潮春的糧官蔡豬，被臺澎兵備道丁曰健下令「支解之」，但吳德功在引用此事時，卻說蔡豬是被「寸磔之」。「磔」是一種五代開始設置的酷刑，它將犯人的肉與骨割離，之

後又斷其四肢，最後再割斷咽喉，俗稱剮刑。[20]《東瀛紀事》只簡略的載記為「支解之」，用語上並不精確，是以《戴案紀略》將之修正為「寸磔之」。[21]至於第二例，《東瀛紀事》記載戴潮春在兵敗後逃至石榴班一帶，投靠七十五莊大姓張三顯，這樣的說法是有錯誤的。據陳雍模〈清代彰化永靖地區的開發〉一文的研究，戴潮春當時兵敗逃亡時，是投靠當時七十二莊總理張三顯，七十二莊的地點是當時的武東堡與武西堡一帶，其範圍涵蓋今天的彰化社頭鄉、埔心鄉全部，以及永靖鄉、田中鎮的大部分，還有一部分的員林鎮、田尾鄉、大村鄉、秀水鄉。[22]然而《東瀛紀事》卻說張三顯是石榴班一帶七十五莊大姓，這是錯誤的；石榴班又稱石榴班庄，地點在今雲林縣斗六市一帶，這與七十二莊的地點相差甚遠。正因為林豪《東瀛紀事》將張三顯的居住地弄錯，吳德功才會在《戴案紀略》的序文中說：「林卓人（即林豪）誤以張三顯居石榴班」[23]，也因此引用這段資料時，就已將張三顯的居住地修正為七十二莊了。

綜上所述，可知吳德功引用林豪《東瀛紀事》的資料時，有時會將資料簡化，有時又將資料進行增補，有時又對錯誤（或不精確）的資料進行修正。可見他撰述史書有他自己的行文原則，也有對資料正確性的堅持，對於一位史學家的態度而言，這是值得肯定的。

---

20 詳見漢語大詞典編輯委員會編：《漢語大詞典》（上海：漢語大詞典出版社，1999年11月），「磔」字條，冊7，頁1091。

21 連橫：《臺灣通史・戴潮春傳》：「十二月初三日，總兵曾玉明率林大用破北門而入，丁曰健、林占梅以次至。趙憨、陳鮴、陳在、盧江逃四塊厝莊，江有仁、鄭知母巷戰被禽，戮於較場；糧官蔡豬亦被磔。」此處亦記載蔡豬死於磔刑。見是書（臺北：五南圖書出版股份有限公司，2017年6月），卷33，頁992。

22 詳見陳雍模：〈清代彰化永靖地區的開發〉，頁11。此文刊載於「臺中教育大學網站」，網址：http://www.ntcu.edu.tw/ogawa/history/1st/1-1.pdf。

23 吳德功：《戴案紀略》，頁2。

（二）引錄林豪《東瀛紀事》一書之評論

就這個部分而言，情況並不常見，書中只出現了三個地方。其中一段被引錄的評論，出現在戴潮春被丁曰健下令斬首那一節中，該段評論如下：

> 林豪論曰：按戴逆稱偽東王，事實有之，他惟戇虎晟偽稱千歲，亦未聞有偽王名號也。蓋諸賊中，但惟戴逆粗諳文理，故有此偽稱，其他非不欲自崇其號，使之至大無兩也，然皆目不識丁，概云大元帥、大將軍而已。乃閱文報，逆晟為燕王、逆弄為西王、洪逆為北王，則皆由他人所贈，而非其實矣。[24]

此段評論，談到戴潮春一班匪黨，除戴氏本人讀過書，「粗諳文理」外，其他黨徒幾乎是「目不識丁」，所以只能自稱大元帥、大將軍，所謂燕王、西王、北王等名號都是別人所贈，無法如戴潮春一般自稱為東王。除了上述的評論外，陸路提督林文察擒斬偽燕王林日成於四塊厝一節中，吳德功也引錄了林豪的評論，其文如下：

> 林豪曰：吾觀戴、林二逆之終局，而嘆人情之難恃也。當該逆惡焰方張，舉凡捐派銀米，無弗朝接片紙，夕自齎到，惟恐後焉者。及其大勢一去，眾情疑貳，同舟皆敵國，誰開複壁以藏，下石盡懿親，誰不倒戈相向。即同時慫恿為亂者，皆欲因以為利，乃至生平愛妾，亦懷二心；計所與戇晟同死者，惟王萬一人及其妻耳。夫民猶水也，水能載舟，亦能覆舟，世有竊一時之權勢恣為不義，謂小民其奈我何，而不知民之蓄恨已

久，有待時而後發者，觀此能毋小悟乎？[25]

這段評論，是林豪對戴潮春、林日成二人被斬殺的結局發出感慨，感慨人情之現實冷暖。當匪黨聲勢正旺時，黨徒莫不爭相求表現，以討好戴、林等匪首，但匪黨聲勢消弱後，大家便彼此猜疑，甚至倒戈相向。林豪認為，這就是不義之徒的下場，一時以利益相結合的匪黨終究不能長久，不僅會被同黨之徒背叛，也會被百姓唾棄而走向滅亡。除了上述兩處評論被吳德功引錄外，在總辦臺北軍務林占梅攻克彰化匪黨後，帶領軍隊返回竹塹一節中，林豪的評論也被吳德功所引錄[26]。囿於篇幅，不再引述。

二　取材陳肇興《陶村詩稿》

接著來看《戴案紀略》對陳肇興《陶村詩稿》資料的引用。吳德功說他「並采《陳陶村詩稿》所載三忠」之事，所謂「三忠」，其實並未出現在陳肇興《陶村詩稿》中，詩稿中稱之為「三烈」，指的是陳再裕、廖秉均、陳耀山三人。三人在與戴潮春黨人對戰過程中被擄殺，死前三人毫無懼色，不屈服於匪黨之威脅，正氣之心令人敬佩，陳肇興因此為三人寫了〈殉難三烈詩〉[27]，詩前各有小序以說明三人事蹟與忠義之心。這些資料被吳德功引用，載述於《戴案紀略》中。在載述的過程裡，吳德功並未錄下這三首詩，而只引用三人的遇難經過與忠義之情；此外，在描述這些事件時，又有加入其他義士如陳貞

---

25 同上註，卷中，頁50。

26 同上註，卷中，頁47。

27 〔清〕陳肇興：《陶村詩稿》（臺北：龍文出版社，1992年3月，臺灣先賢詩文集彙刊本），卷8，頁126-127。

元、林克安、林錫爵……等人的抗匪事蹟。今將《戴案紀略》引用
《陶村詩稿》處，以表格呈現如下，供讀者參考對照。

表 7-4 《戴案紀略》取材《陶村詩稿》資料對照表

《戴案紀略》	頁碼	《陶村詩稿・殉難三烈詩》	頁碼
四月二十八日，彰化舉人陳肇興（伯康）、邱位南（石莊），沙連舉人林鳳池（文翰）、生員陳上治（熙朝），永春生員廖秉均，南投堡義首陳云龍、吳聯輝，牛牯嶺義守陳捷三（月三），北投堡舉人簡化成、義首林錫爵，沙仔崙廩生陳貞元，約六堡同日樹義幟。集集莊義首陳再裕兵敗被擄，獻斗六，仰藥死。廖秉均不屈死之。許厝藔義民陳耀山亦被害。 時，陳肇興、邱石莊避亂南北投，約林鳳池等六堡同日樹義旗。陳再裕在五城，招屯番力戰。賊目陳永明、陳輝、黃目丁，殺入其家其。其妾吳信娘，子陳番、陳天成、陳祥，婢菊花及莊丁共二十八人俱被執。再裕被擄獻斗六，不屈仰藥死。時，廖秉均在沙連辦局，亦被執獻，戴逆欲使之跪。廖曰：吾天朝秀才也，豈跪爾無賴賊哉！大罵遇害。武	39-40	永春學生員廖秉鈞。在林圯埔佐陳、林諸豪傑起義；軍敗，被賊擄去。見戴逆，呵之跪；罵曰：「我天朝秀才也，豈跪爾無賴賊哉！」卒不屈而死。 「倉皇書記孰堪親，草澤今來劉道民。白首參軍剛草檄，青衿報國竟捐身。十年落拓無知己，一死從容絕可人。引頸衝須猶罵賊，膠庠正氣未沉淪。」 集集義首陳再裕。與予謀舉義，在五城擒逆番，檄諸屯團鄉勇，同日樹幟，軍聲甚壯。兵敗被擄，在斗六罵賊不屈，仰藥而死。同時殉難者：姜吳氏並子六人，其餘姻戚丁勇死者共三十餘人，蓋得禍為最酷云。 「獨從境外建旌旄，格鬥連山血濺袍。張嶷一門都鬼錄，繆彤諸弟盡人豪。通夷助我軍猶壯，罵賊憐君氣不撓。何日歸元親舐舌，愁雲望斷斗門高。」	126-127

《戴案紀略》	頁碼	《陶村詩稿‧殉難三烈詩》	頁碼
東堡忽背約。賊渠蕭金泉率眾攻許厝寮。義首陳耀山被賊刮面爬背，寸磔之。陳貞元在沙仔崙，亦被賊燒毀家屋。沙運連上治家破而逃。林克安驚悸而死。北投水道被賊斷絕。五穀無收成。林錫爵家亦破，幸族大力戰自守。而陳云龍後官至斗六都司、陳捷三後保舉四品藍翎連日惡戰。自是，武東山頂、沙仔崙及沙連南北投皆為官軍。		許厝寮農民陳耀山。自去歲逢亂，挈眷依耀山以居兩載，供應甚厚。予謀義旗武東西一帶，耀山鼓舞居多；樹幟後，手刃一賊。以蕭姓背約反噬，一家十四口俱陷賊中；耀山怒罵不屈，賊以鐵爪爬其背、小刀割其面。臨刑，妻子跪祭，猶飲酒三杯，了無怖色。「草野何曾計立功，投鋤荷芟亦從戎；身經俎醢心彌赤，死別妻孥淚不紅。兩載亂離憂患里，一家縲絏戰爭中。傷心八口歸何日，鬼嘯狖啼恨未窮。」	

三　取材丁曰健《治臺必告錄》

　　《戴案紀略》對於丁曰健《治臺必告錄》的取材，吳德功在〈自序〉中說他將「丁觀察曰健《治臺必告錄》所紀斗六等處殉難人員官銜姓氏纂輯其中，其間草莽效忠之殉難義民、積勞病故之員弁，准建入昭忠祠者，附載於下卷。」[28]這段話的內容，說明吳德功對於《治臺必告錄》的取材，主要是針對戴潮春事件中殉難的官方人員與民間義勇的名單及其相關事蹟；而最主要的材料來源，就是《治臺必告錄》裡的〈請卹清單〉。吳德功的《戴案紀略》卷下，就直接將《治

---

28 吳德功：《戴案紀略》，卷上，頁1。

臺必告錄・請卹清單》作為附錄，置於書中。不過吳德功對於《治臺必告錄・請卹清單》的引用，雖是當作附錄，直接整份置於書中，但並非直接照抄，筆者細審其內容並加以詳細比對，兩者之間其實有一些差異。吳德功對於《治臺必告錄・請卹清單》的引用，有些地方會進行資料的增補；有些地方則進行資料的更改，而這些更改，有時修正了錯誤的資料，有時反而將對的改成錯的，有時則無法分辨更改的資料是對或是錯。針對這些現象，以下且分別論述之。

（一）對《治臺必告錄・請卹清單》資料之增補

　　《戴案紀略》對《治臺必告錄・請卹清單》資料的引用，在資料不夠完整的情況下，吳德功有時會進行增補。例如在《治臺必告錄・請卹清單》「臺協安平水師營陣亡戰兵」名單中，並沒有「李得全」這個人[29]，但《戴案紀略》中卻加以補入。[30]又如在《治臺必告錄・請卹清單》「嘉義營陣亡戰兵」名單中，並沒有「方進標」這個人[31]，但《戴案紀略》中卻加以補入。[32]像這種幫《治臺必告錄・請卹清單》增補資料者，除上述二例外，另外還有兩處。以下且以表格方式呈現，以供讀者參考。

---

29 見〔清〕丁曰健：《治臺必告錄》（臺北：大通書局，1995年10月，臺灣文獻史料叢刊本），卷8，頁547。

30 見吳德功：《戴案紀略》，卷下，頁73。

31 見〔清〕丁曰健：《治臺必告錄》，卷8，頁549。

32 見吳德功：《戴案紀略》，卷下，頁74。

表 7-5　《戴案紀略》增補《治臺必告錄・請卹清單》資料對照表

《戴案紀略》	頁碼	《治臺必告錄・請卹清單》	頁碼
增補人名「李得全」	73	無「李得全」之名	547
增補人名「方進標」	74	無「方進標」之名	549
幫孫朝宗、許祥光、鄭添祿、趙基英、李朝華、林朝來、鄭朝龍等七名殉難官員增補籍貫資料。	83	僅有孫朝宗、許祥光、鄭添祿、趙基英、李朝華、林朝來、鄭朝龍等七名殉難官員的職稱。	542
幫《治臺必告錄・請卹清單》「嘉義縣防剿打伙陣亡義勇」名單,增補駱枋、柳昔、陳燦三人姓名。	87-89	《治臺必告錄・請卹清單》「嘉義縣防剿打伙陣亡義勇」名單,缺駱枋、柳昔、陳燦三人姓名。	552-553

(二)對《治臺必告錄・請卹清單》資料之更動

　　《戴案紀略》引錄《治臺必告錄・請卹清單》的資料時,內容上許多地方都有所更動,這些更動的情形,大致有如下四種狀況:

　　第一種情況,是《戴案紀略》引錄《治臺必告錄・請卹清單》時,對同一件事的描述,其使用的語彙不同,但意義基本上相近或相同。例如《治臺必告錄・請卹清單》談到潘恭贊「叠著戰功」[33],《戴案紀略》卻寫「迭著戰功」[34]。又如《治臺必告錄・請卹清單》談到林廷翰,說「該員係嘉義縣人」[35],《戴案紀略》卻寫「該員係嘉義人」[36]。以上二例,一寫「叠」,一寫「迭」;一寫「嘉義縣」,一寫

---

33 見〔清〕丁曰健:《治臺必告錄》,卷8,頁541。
34 見吳德功:《戴案紀略》,卷下,頁67。
35 見〔清〕丁曰健:《治臺必告錄》,卷8,頁543。
36 見吳德功:《戴案紀略》,卷下,頁69。

「嘉義」，使用的語彙雖不同，意義卻相近或相同。

第二種情況，是《戴案紀略》將《治臺必告錄・請卹清單》的錯誤資料，更改為正確的。例如《治臺必告錄・請卹清單》談到陳康泰殉職事蹟時，有「嗣因帶勇守城」句，《戴案紀略》將「嗣因」改為「前因」[37]，這種更改是正確的，因為此段記載的原文如下：

> 都司銜義首陳康泰：該義首係嘉義縣人。嗣因帶勇守城，隨軍
> 節次殺賊；經前道臣洪毓琛奏請，以守備留營補用，並賞戴藍
> 翎，奉部覆准在案。嗣復隨攻南靖匪莊，身受重傷，立時斃
> 命。[38]

看這段原文的內容，文章後半段有「『嗣復』隨攻南靖匪莊……」的文句，依照文意的連接演繹來看，後面既然有「嗣復」，則前面的「嗣因」當如德功改為「前因」，會較符合文意與邏輯的推衍。

第三種情況，是《戴案紀略》將《治臺必告錄・請卹清單》的正確資料，誤改為錯誤的資料，或是漏列了資料。例如《治臺必告錄・請卹清單》談到王榮升殉職事蹟時，有提到「小埔心軍營」，吳德功《戴案紀略》卻寫成「埔心軍營」，這種更改是不正確的。當時在彰化，有「大埔心」與「小埔心」的分別，前者在今彰化縣埔心鄉境內[39]，後者在今彰化縣埤頭鄉境內[40]，彼此有明顯差異，因此記載時必須區別清楚，《戴案紀略》籠統的只寫「埔心」，並不正確。此外，

---

37 見吳德功：《戴案紀略》，卷下，頁69。
38 見〔清〕丁曰健：《治臺必告錄》，卷8，頁543。
39 見施添福總編纂：《臺灣地名辭書・彰化縣》（南投：國史館臺灣文獻館，2004年12月），頁679。
40 同上註，頁859。

《戴案紀略》也有漏列《治臺必告錄・請卹清單》資料的情形。例如
《治臺必告錄・請卹清單》「彰化縣城陷被害壯勇」名單中，有「黃
同、林務」二人，《戴案紀略》都漏列了。

　　第四種情況，是《戴案紀略》將《治臺必告錄・請卹清單》的人
名資料進行更改。這種情況出現的次數最多，至於其更改的正確性如
何？不易得知。就以《治臺必告錄・請卹清單》所記「臺鎮城守營陣
亡馬兵」名單為例，名單中共有九十三位殉難人員，其中有「王高
輝、王捷升、袁連高、許日升、林茂魁」[41]等人，這五人的姓名，吳
德功《戴案紀略》將之改為「王高飛、王捷陞、裘連高、許日陞、黃
茂輝」[42]。這樣的更改到底是對是錯？實在難以驗證。我們且看《清
光緒臺灣通志》中所載的同份名單，這五人被寫為「王高輝、王捷
升、裘連高、許日升、黃茂魁」[43]，其中「王高輝、王捷升、許日
升」三人名與《治臺必告錄・請卹清單》同；「裘連高」則與《戴案
紀略》同；至於「黃茂魁」，則與《治臺必告錄・請卹清單》的「林
茂魁」、《戴案紀略》的「黃茂輝」都不同。同樣一份名單，三本書的
記載都不同，孰是孰非，難以斷定。也就是說，《戴案紀略》將《治
臺必告錄・請卹清單》的人名資料進行更改，到底改得是對是錯，很
難判定。這原因在於有太多民變事件中的殉難人員，身份並非政府官
員或具有知名度的士紳，多數僅是一般的地方人物，在這種情況下，
很難在史籍或各式文獻中查考到他們的姓氏與生平資料，在記載其姓
名時，往往只能就其名字的語音，找到相對應的文字記錄下來，於是
就造成同一份人員名單，各書的寫法常常不一致的情形。在這樣的情

---

41 見〔清〕丁曰健：《治臺必告錄》，卷8，頁544。

42 見吳德功：《戴案紀略》，卷下，頁70。

43 〔清〕蔣師轍、薛紹元：《清光緒臺灣通志》（臺北：臺灣省文獻委員會，1956年6
　月），冊4，頁1973-1974。

況下，當然很難斷定《戴案紀略》對《治臺必告錄・請卹清單》的人名進行更改，到底是對是錯。

表 7-6 《戴案紀略》對《治臺必告錄・請卹清單》資料更動對照表

《戴案紀略》	頁碼	《治臺必告錄・請卹清單》	頁碼	更動情形
迭著戰功	67	叠著戰功	541	使用語彙不同，意義相近。
軍營病死	67	軍營病故	541	使用語彙不同，意義相同。
梁青芳	67	梁清芳	541	人名更改
同治二年	67	同治二年六月間	541	簡化引用的資料
李青輝	68	李清輝	542	人名更改
同治二年九月間	68	同治二年二月間	542	時間更改
在埔心軍營	68	在小埔心軍營	542	《戴案紀略》改寫有誤，應是小埔心軍營為是。
左營外委李連生	68	右營外委李連生	543	《清光緒臺灣通志》亦與《治臺必告錄・請卹清單》同，皆寫為右營外委[44]，《戴案紀略》改寫恐有誤。
在嘉義白沙墩	68	在彰化白沙墩	543	地點更改
該員系嘉義人	69	該員系嘉義縣人	543	使用語彙不同，意義相同。
守城殺賊	69	督營殺賊	543	使用語彙不同，意義相近。
林竣	69	林俊	543	人名更改
前因帶勇守城	69	嗣因帶勇守城	543	依上下文意進行推衍，《戴案紀略》改寫正確。

---

44 〔清〕蔣師轍、薛紹元：《清光緒臺灣通志》，冊4，頁1971。

《戴案紀略》	頁碼	《治臺必告錄·請卹清單》	頁碼	更動情形
前署北路協副將	69	前署北路營副將	544	使用語彙不同，意義相同。
王高飛	70	王高輝	544	人名更改
王捷陞	70	王捷升	544	人名更改
裴連高	70	袁連高	544	人名更改
許日陞	70	許日升	544	人名更改
黃茂輝	70	林茂魁	544	人名更改
吳榜成	70	吳捷成	545	人名更改
陳登榜	71	陳發榜	545	人名更改
黃祥雲	71	黨祥雲	545	人名更改
余朝賢	71	涂朝賢	545	人名更改
黃連春	71	王連春	545	人名更改
邦碑斗湖仔內	72	邦碑、碑斗、湖仔內	546	《戴案紀略》在「斗」字前漏寫了一「碑」字。
陳如標	72	陳如展	546	人名更改
洪泉中	72	凌泉中	546	人名更改
李清江	72	李青江	546	人名更改
余連太	73	余連泰	547	人名更改
曾金成	73	曾金城	547	人名更改
黃必定	73	黃必安	547	人名更改
李得全	73	無	547	《戴案紀略》增補人名
李維城	73	李維成	547	人名更改
李高太	73	李高泰	547	人名更改
王青龍	73	王青隆	547	人名更改
林建成	73	林達成	547	人名更改

《戴案紀略》	頁碼	《治臺必告錄‧請卹清單》	頁碼	更動情形
李彩	73	李新彩	548	人名更改
嘉義縣斗六	74	嘉義斗六	548	使用語彙不同，意義相同。
韓永壽	74	韓有壽	548	人名更改
麥福生	74	麥福星	548	人名更改
李振德	74	李振得	548	人名更改
方進標	74	無	549	《戴案紀略》增補人名
林宗太	74	林宗泰	549	人名更改
黃克忠	75	黃克生	549	人名更改
曾太德	75	曾泰德	549	人名更改
蔡國興	75	蔣國興	549	人名更改
陳平輝	75	陳本輝	549	人名更改
林勝輝	75	林勝飛	549	人名更改
陳耀龍	76	陳躍龍	550	人名更改
潘昂苟	76	漂昂苟	550	人名更改
潘添阿	76	潘添河	550	人名更改
潘福香	76	潘錦香	551	人名更改
鍾得利	77	鍾得二	551	人名更改
潘朮傳	77	潘求傳	551	人名更改
潘光烈	77	潘光列	551	人名更改
翁此蘭	77	翁比蘭	551	人名更改
李清玉	78	李清	552	人名更改
王無報	78	王吾報	552	人名更改
林得友	78	林得九	552	人名更改
陳阿屁	78	陳阿尾	552	人名更改

《戴案紀略》	頁碼	《治臺必告錄·請卹清單》	頁碼	更動情形
廖心燈	78	廖心登	552	人名更改
許哮	78	許孝	552	人名更改
葉箍	78	葉篍	552	人名更改
廖惡	79	廖屋	553	人名更改
黃喜	79	黃善	553	人名更改
張木	79	張术	553	人名更改
吳登波	79	黃澄波	553	人名更改
陳坐	80	陳生	554	人名更改
陳成	80	陳城	554	人名更改
謝扶玉	80	謝扶	554	人名更改
無	80	黃同	554	《戴案紀略》漏列人名
謝撼	80	謝憾	554	人名更改
無	80	林務	554	《戴案紀略》漏列人名
許鄰	80	許郡	554	人名更改
賴岳	80	賴兵	554	人名更改
柯度	80	杜度	554	人名更改
陳廷李	80	陳廷季	554	人名更改
莊拗	80	莊拘	554	人名更改
邢令	80	邱令	554	人名更改
楊同治	81	楊國治	555	人名更改
林知	81	無	555	《戴案紀略》增補人名
戴莫	81	戴莫	555	人名更改
周烏	81	周島	555	人名更改
黃拘精	81	黃狗精	555	人名更改

《戴案紀略》	頁碼	《治臺必告錄·請卹清單》	頁碼	更動情形
北斗、海豐崙	82	寶斗、海峯崙	556	使用語彙不同，意義相同。
鄭王	82	鄭士	556	人名更改
郭紅	83	郭江	557	人名更改
簡雄	83	簡雄飛	557	人名更改
洪明	83	洪咱	557	人名更改

第四節 《戴案紀略》史論的主要內容及其功能

《戴案紀略》一書，在各綱、目正文之後，常出現「吳立軒曰」的評論性內容，這是吳德功對於所記載的歷史事件提出觀點和評論，這就是此書的「史論」。他自己曾說，寫這些評論的目的在於「表忠臣義士，並推原致亂之由。」不論是表彰「忠臣義士」，還是探索「致亂之由」，代表的都是吳德功對於歷史人物、事件的功過得失以及是非對錯的分析，這樣的史論，目的在於提供後世一個人生的借鑑，希望人們從歷史中學到經驗與智慧，以便面臨類似事物時能知所應對。[45]這樣的史論精神，與《左傳》的「君子曰」、《史記》的「太史公曰」，意義是相同的。本節將以此為討論對象，一方面希望了解

---

45 梁啟超談論史學時，曾提及史學家寫史的目的，他認為史書就是提供讀史者一個模範，讓人們知道面對各種事情時的處理方式。他以司馬光《資治通鑑》為例說：「司馬光作《資治通鑑》，其本來目的就是拿給個人作模範的。自從朱子以後，讀此書的人都說它『最能益人神智』，什麼叫益人神智？就是告訴人對於種種事情如何應付的方法。」見氏著：《中國歷史研究法——附補編》（臺北：臺灣中華書局，1981年6月，臺14版），〈補編〉，頁11。吳德功在《戴案紀略》的史論中，對於歷史人物的功過得失、是非對錯的分析，便是想給後世一個可供遵循的模式和典範，知道何者該做，何者不可做。這與梁啟超的說法，是相互應合的。

《戴案紀略》一書的史論內容；一方面希望了解這類史論所具備的功能。今分項論述如後。

一　《戴案紀略》史論的主要內容

吳德功於《戴案紀略》一書所提出的史論，其主要內容大約可分成三個部分：一是表彰忠義之士，撻伐匪黨惡徒；二是分析官兵作戰勝敗的原因；三是傳達吳德功的人生思想。

（一）表彰忠義之士，撻伐匪黨惡徒

1 表彰忠義之士

吳德功自陳其發表於書中的評論，原因之一是為了「表忠臣義士」。正因如此，書中的史論多處對忠義之士提出了讚揚，例如他對新竹文人林占梅的稱讚。他說：

> 四月，鹽運使銜浙江補用道林占梅總辦臺北軍務，紳民推候補通判張世英（字實卿，紹興人）權視聽篆。
> 林占梅聞變，即向秋司馬之家索出關防，會同紳士鄭如樑、翁林萃、鄭秉經、貢生陳緝熙，共請張世英暫視淡水廳篆，即會稟徐中丞宗幹，細陳戰守，聯絡各莊社，招練鄉勇。梅出家貲，備子藥，修器械，設保安局於城中，以蔡宇為勇首，統帶練勇。尋奉巡撫徐宗幹頒給總辦臺北軍務鈐記於林占梅，自是梅以平賊為己任，毀其家以紓國難，人心賴以安。
> 吳立軒曰：淡水自大甲以遞噶瑪蘭，廣延三百餘里。彰邑既陷，洪道在臺南，雖多方布置，而北路中間阻隔，聲勢不通，

有鞭長不及之患。矧秋丞凶耗棽聞，廳治無主，故群匪或嘯聚
以勒索民財，或奉令遍貼告示，不軌之徒思欲揭竿以應之。斯
時非有器識之人維持其間，則人心惶恐，大事已去，行將投鞭
以斷大甲之流，馳檄而略北門之管矣。幸有林司馬者，翩翩佳
公子也，平日彈琴賦詩，極雅人之深致，一旦猝膺變故，乃部
署從容，毀家紓難，請張司馬以權廳篆，聯諸紳富以保地方，
卒使鶉火歙燄，鷗喙不張，雖古名將何以加此。[46]

文中提到，當戴潮春亂黨的勢力往北擴張時，當時的淡水同知秋曰覲
戰死，淡水廳一時之間沒有主事者，人心十分不安。此時新竹文人林
占梅挺身而出，聯絡地方仕紳鄭如樑等人，一同敦請候補通判張世英
出來暫掌淡水廳廳務，以安民心。林氏甚至還拿出家產，添購及修繕
軍備，並於城中設置保安局，協助政府安定地方軍情。後來巡撫徐宗
幹將總辦臺北軍務鈐記頒給林占梅，林占梅至此更是將平定亂賊的責
任一肩扛起。

　　對於林占梅勇於任事，捐獻家產以協助國家防務，這種忠勇愛國
的文人，吳德功在其文後的評論中對其大加讚揚，說他乃「有器識之
人」、「翩翩佳公子也」、「極雅人之深致」、「毀家紓難」、「聯諸紳富以
保地方」、「雖古名將何以加此」，這諸多讚揚的話，正足以說明吳德
功對於忠勇愛國之人，是多麼的肯定與推崇。再看吳德功對於店仔口
（今臺南市白河區）吳志高的讚揚，其文曰：

　　　　二年癸亥正月初十日，署水師提督棳勇巴圖魯吳鴻源出
　　　　師進紮鹽水港，以降將吳志高（名墙，住店仔口）為鄉

導，同知張啟煃、鹽大使秦恩培、守備徐榮生、蘇吉良進紮鹿仔草，軍聲大振。

吳帥到郡時，店仔口吳志高為一方巨擘，大得眾心，前後五十餘莊，皆為統轄。戴逆以偽大哥盧大鼻紮店仔口，及林鎮至，墙解散其黨羽，以計殺之。人稱其膽略過人。故吳帥使作嚮導，並令隨員守備蘇吉良、徐榮生、同知張啟煃、鹽大使秦恩培招勇一千，鎮中游擊洪金陞、鎮標左營遊擊葉得茂帶兵四百，進軍鹿仔草。十五夜，徐榮生兵過鹿仔草，至埔心南靖厝，賊由後襲之。二重溝呂仔梓率群賊響應，管帶鎮標左營遊擊葉得茂、千總黃茂生力戰死之。

吳立軒曰： 店仔口吳志高，余嘗到其家。其人身才五短，爾雅溫文，無武夫氣。平時為村學究，屢試不第，曉暢事機，一呼百諾，兼五十三莊總理。當戴逆勢熾，佯倚之，賊封為將軍。及林鎮出師，為運糧，助官軍，解嘉義初次之圍。迨林鎮敗斗六，深溝高壘，堅壁自守，遠近數十莊，胥歸統轄。故賊不得越店仔口而窺郡城，其智力誠過人矣。[47]

這段文字，說明水師提督吳鴻源倚重店仔口吳志高的地方人脈與勢力，以之為嚮導，不但順利駐紮鹽水港，而且能向北挺進至鹿仔草。吳志高雖然先前曾偽裝降服於戴潮春，且被封為將軍，但是當掛印總兵林向榮軍隊到達時，吳志高立即解散匪黨，歸順官軍，並且發揮其才智膽識，一路協助官軍進攻之勢。對於這樣具有忠義之心的地方人士，吳德功在評論中稱揚他「爾雅溫文」、「曉暢事機」、「一呼百諾」，還說他為總兵林向榮運糧，助官軍解嘉義初次之圍。後來林向榮戰死在斗六後，吳志高承擔起領導的責任，吳德功說他「深溝高

---

47 同上註，卷中，頁33-34。

壘,堅壁自守,遠近數十莊,胥歸統轄,故賊不得越店仔口而窺郡城,其智力誠過人矣。」雖然吳志高只是一名鄉野學究,屢試不第,沒有任何功名在身,但只要具有才智膽識,能為國盡忠、心懷社稷,都是吳德功讚揚肯定之人。

除了上述二例外,吳德功評論中所讚揚的忠義之士仍多,如五品銜義首陳澄清、水師副將王國忠、義民首陳耀、拔貢生陳捷魁、地方紳士許山、林向榮幕僚陳吉生、南投堡義首陳雲龍、牛牯嶺義首陳捷三、彰化人士邱石莊、彰化舉人陳肇興、……等等,不勝枚舉,此誠如林淑慧所言:「吳德功《戴案紀略》透過敘事之外的評論,期望能使『忠臣義士』不至於與草木同腐,以傳達其褒善貶惡的史論觀點。」[48]

2 撻伐匪黨惡徒

既有表彰忠義之士,便有撻伐匪黨惡徒的內容。其於文末,有針對匪首戴潮春的一段評論,所言甚是肯切。其文云:

> **吳立軒評戴萬生曰:**從來為大逆巨魁者,多由族大勢強,暴戾凶惡,始忍心為之。眾人始肯強附焉。未有素係小姓,頗識詩書之輩,甘為禍首者。……春因夏協迫勒,踵其兄之惡習,藉團練以為名,冀保其身家。迨黨羽滋蔓,薰蕕莫擇,行乎所不得行,止乎所不得止,雖家有識大義之婦人,跪泣而力爭,終難以挽回焉。卒至家破產亡,先人之廬舍為墟,祖宗之禋祀亦絕,首領莫保,遺臭萬年,哀哉!世有保家之令子,慎勿招盟結會,好慕虛名而受實禍也。[49]

---

48 林淑慧:〈世變下的書寫——吳德功散文之文化論述〉,《台灣文學研究學報》第4期,2007年4月,頁14。

49 吳德功:《戴案紀略》,卷中,頁55。

這段話是對戴潮春的批評，但觀其內容，對戴潮春的責難，用語尚稱緩和。文章一開頭先說歷來作為匪首大逆之人多是地方豪強，性情暴戾凶惡之徒，從沒有識得詩書之輩，而成為匪首者。這裡是針對戴潮春出身於略諳詩書的家庭，而竟成為匪首，感到疑惑。接著他將箇中的原因道出，原來戴潮春是因為受到官員夏汝賢的勒索，為求自保，遂學其兄長在地方招募壯丁，以帶團練為由而結黨結社，後來因為黨羽素質參差不齊難以駕馭，而造成黨徒在地方上肆意為惡，最後終成亂黨而擾亂國家社稷。吳德功最後也下了一個結語，認為「世有保家之令子，慎勿招盟結會，好慕虛名而受實禍也。」這樣的批評並不算激烈，還頗有替戴潮春之所以為亂找出源頭理由的味道。不過匪首畢竟是匪首，吳德功還是認為戴潮春的行為使得「先人之廬舍為墟，祖宗之禋祀亦絕，首領莫保，遺臭萬年。」是非常不可取的惡行。再看另一段對匪黨林日成的評論。其文云：

> **同治三年甲子春正月，陸路提督烏納思齋巴圖魯林文察，統其弟副將林文明、遊擊王世清等軍，擒斬偽燕王林日成於四塊厝。**
>
> 晟自大甲敗，回歸四塊厝，以其城交江有仁等，忽一日所生四子俱暴亡，遂垂頭喪志，欲預作生功果，延僧七朝念經，焚化楮帛無算。迨彰化既陷，晟等逃歸四塊厝。三年春，林帥文察督其弟文明，以兵躪其後，以王世清為左翼，以林文鳳為右翼，自將猛士直擣。軍功五品頂戴林赤，中砲彈陣亡。晟弟林狗母率陳鱗、劉安、陳梓生等拒守外寨，以王萬、林貓皆率死黨守其內寨。連戰數日，狗母力戰被殺。其黨多黑夜來降。晟疑梓生等有異志，防閑極密，門戶不得擅進。梓生連日身冒砲火，陰使人以鐵釘其大砲。晟知不免，以財賄陳於庭中，令賊夥恣其所欲。王萬知有

變，入告。晟以火燃藥桶，砲聲雷轟。有蕭氏者，良家女被污
者，見火發走出。晟力挽而入，火藥已發，王萬等死黨及其妻妾
皆血肉分飛。惟晟因挽蕭氏，火燒其面半黑，蕭氏無恙。林帥以
晟屍斬為六，分掛各要地示眾。上表報稱臺灣偽燕王林伏誅，懸
首示眾。林帥得勝凱旋，歸阿罩霧。適北投茄苳莊生員洪鐘英解
逆偽丞相莊天賜、員林街解偽將軍黃丕建，皆令斬首，葉虎鞭與
丕建結生死交，詣林請保，林帥不從。

吳立軒曰：林帥與林晟本係同宗，前因前後曆相併，械鬥數
年，不能相下，嗣後林帥以平髮匪有功，積官至現任泉州提
督，帶印回家勦賊，是與晟有不共戴天之仇，恨不滅此而朝
食。故令箭甫催，三軍用命，無不一以當百。逆晟黨羽益孤，
城社莫憑，固已望氣而心折骨驚，其徒焉有不輸誠納款者乎？
惟王萬罪惡滔天，自知不免，故願從而俱殲耳。愛妾如蕭氏，
昔日寵擅專房，今日心萌異志，前者妻妾之悅我，僕婦之媚我
者，皆反面事仇矣。逆晟何心，猶戀戀一婦人，欲強挽與同
爐，卒至求生不得，求死不能，手足異處，函首槀街，亦其罪
惡貫盈使然也。[50]

文中的評論，對逆匪燕王林日成（即林晟）有諸多的抨擊。林日成當
初本是金萬安總理保薦給淡水同知秋曰觀的人物，本屬官軍之列，但
後來卻倒戈相向，最後也造成秋曰觀的死亡。這樣的一個惡徒，後
來被陸路提督林文察率軍攻破，吳德功批評他在兵敗之時，還眷戀著
良家女蕭氏（被污辱後成為林日成寵妾），在蕭氏想逃離時，還想強
拉蕭氏一起死，最後沒有得逞，而他自己卻被斬殺成六塊，分掛在不

---

50 同上註，卷中，頁49-50。

同地方以示眾。對於林日成悽慘下場，吳德功說他「亦其罪惡貫盈使然也」。

接著來看吳德功對於匪黨張三顯的撻伐，其文曰：

> 春三月，七十二莊張三顯率陳鯓、陳梓生、王春、陳在、葉清、葉中、大肚陳狗母、趙鬣、北勢湳洪欉及東北附城諸賊應之，執青旗為號。二十七日，擁眾登八卦山攻城，知縣凌定國暨四城總理拒之。旋林帥文察回軍勦之。
>
> 初，張三顯獻戴萬生，自以功大，及其賞薄，頗懷觖望。時，陳鯓、陳梓生等逃竄無路，同顯謀反，執青旗為號。大肚陳狗母、趙鬣、北勢湳洪欉應之。三月二十七早，賊數千先據八卦山，並市仔尾。時，諸軍已退，城內逃難之民回者寥寥，知縣凌定國聞變，傳五品銜吳登健，是早縋城，往二四莊呼召義民千餘救援。遇賊於八卦山，酣戰自辰至未，追斬賊首十餘級，解散諸黨。林大用亦率莊丁由茄苳腳一路進勦，城中空虛，凌定國日夜巡察頗嚴，又於各城門請紳士稽查，出入記名，給腰牌，城中賴以定。越二日，林帥文察攻小埔心未下，兵勇抽回市仔尾，搜緝餘黨。時，賊黨多烏合，死灰復燃，一闋而散。張三顯為其族人擄解，丁道誅之。……。
>
> **吳立軒曰：**張三顯說戴萬生以獻官，亦可謂去暗投明矣，乃賴其功以膺懋賞，又迫淫其妻子，奪其財賄，是陰險之徒，勢盛則因而逢迎之，勢衰則從而魚肉之，比比然也。乃未幾，蹈其覆轍，死灰復燃，藉非凌定國之膽略過人，林帥之援兵急到，則傷弓之鳥，人心未定，將何恃而不恐哉！厥後三顯受戮，即戴逆伏誅之所，不知其妻子又將誰託耶？天道報應昭彰，可不

　　　　為貪淫者戒哉！[51]

吳德功這一段評論，談到對於匪黨張三顯淫亂的不滿。張三顯本是戴
潮春部屬，後來勸服戴潮春投降，並將戴潮春獻給官府，且因此得到
官方獎賞。在戴潮春被官府收押後，張三顯竟然奪走戴潮春家產，並
且淫辱戴潮春之妻，對戴潮春可謂趕盡殺絕，毫無半點昔日的情分。
吳德功批評他「是陰險之徒，勢盛則因而逢迎之（戴潮春），勢衰則
從而魚肉之。」後來張三顯被陸路提督林文察的援兵擊破，之後也被
臺澎兵備道丁曰健誅殺。吳德功在評論中，以諷刺之語批評他說：
「厥後三顯受戮，即戴逆伏誅之所，不知其妻子又將誰託耶？天道報
應昭彰，可不為貪淫者戒哉！」對於張三顯的劣行，吳德功以天道報
應來評論他，固符合一般人認為惡人終究會有惡報的觀點。

　　除了上述例子，在吳德功的評論中，還有針對陳弄、陳弄妻子、
嚴辦、嚴辦妻子、廖談妻子、鄭大榮妻子等人的批判，可見當時匪黨
為亂，其中女匪悍惡者亦是不少。如其評陳弄妻與嚴辦妻說：「兩婦
皆在軍中，手握兵符，其勇猛過於男子，是亦戾氣之所感也。」[52]從
這段話中，不難看出當時的一些女匪徒，其暴戾的程度甚至超過男
子，顛覆了一般人認為女子偏於柔弱的觀點。

（二）分析官兵作戰勝敗的原因

　　在《戴案紀略》的史論中，還有分析官兵作戰勝敗的原因，以下
且援引相關例文說明之。首先來看他對臺灣掛印總兵曾玉明和匪黨長
時間鏖戰，卻無法獲勝的原因之分析。其文曰：

---

51 同上註，卷中，頁50-52。
52 同上註，卷中，頁52。

同月，欽命提督軍門固勇巴圖魯曾玉明為臺灣掛印總兵。
時，玉明紮秀水，與賊對壘數月，葉虎鞭、黃炳南克烏瓦厝，賊
退紮後港仔黃阿起竹圍，岸高如牆，竹密如簀，外布竹蒺，官軍
連戰數月，以草把卷其竹釘，賊以大杙釘之。玉明又造孔明車，
外覆以棉被，用水漬之，以避鳥銃。群賊以銅為子，如橄欖核，
用油炒之，其子可穿過孔明車。官軍死者三十餘人。玉明又造土
堡，高五丈，以安大炮，止離西門三里許。然准頭不靈，不能
攻堅破銳。
吳立軒曰：臺灣竹圍之密者，火不能燒，刀難盡斫，四面築銃
樓，內圍以土牆，其堅牢勝於城。所以玉明曠日持久，攻之不
克。故當道者有謂其擁兵不動，彈丸之地，攻打三年，不能制
勝，是亦未知竹圍之難破至於此也。[53]

在吳德功的評論裡，對於官府中有當道者認為提督軍門曾玉明按兵不
動，才會連匪黨只是佔據後港仔這個小地方，竟花了三年時間都無法
戰勝的說法，提出了他個人不同的意見。他認為匪黨在後港仔這地方
搭起竹圍，臺灣的竹圍造得非常密實，正所謂「火不能燒，刀難盡
斫」，而且在竹圍四方修築銃樓，內部再以土牆圈圍起來，其堅固的
程度勝過城池，所以曾玉明才會久攻不下。這樣的分析，等於是在替
曾玉明洗去身上所受到的曲解，同時也討論了該場戰役未能得勝的
原因。

接著我們再看另一則評論，這是吳德功針對臺灣掛印總兵林向榮
及其屬員戰死在斗六的事件[54]，所進行的原因分析。林向榮死時是在同

---

53 同上註，卷中，頁38。
54 關於臺灣掛印總兵林向榮及其屬員戰死在斗六的事件，見吳德功：《戴案紀略》，卷
　中，頁28。其文云：「九月十七日，臺灣掛印總兵林向榮久困斗六，糧盡無援，被

治元年（1862）九月時，然事件的發生，卻是肇因於七月初秋，臺澎
兵備道洪毓琛命令林向榮進兵斗六門開始。吳德功於是針對七月份的
這個事件進行了評論，分析林向榮軍隊之所以戰敗的原因。其文云：

> **秋七月，臺澎兵備道洪毓琛趣臺灣總兵林向榮進兵斗六門。**
> 向榮灑淚出師，帶副將王國忠進紮斗六門，被賊圍困。向榮既解
> 嘉義之圍，欲就地捐派軍需，兼結聯海口一帶泉莊，而後出師。
> 但斗六附近內山石榴班張竅嘴、張公毅等，勾引戴潮春率眾猛
> 攻，洪道爰催向榮進軍。七月，林鎮知斗六在賊窩，與泉莊阻
> 隔，兼以餉道遙遠，不得已灑淚出師，帶副將王國忠進紮斗六，
> 就街中都司衙屯紮。王國忠以為不可，請屯街外，緩急庶有救
> 援。林不聽，遂紮之。越日，偽軍師劉仔屘率大股首嚴辦、陳
> 弄、許豐年等賊數萬，將斗六街四面攻打，王國忠率兵衝突，不
> 能出圍，連日與賊鏖戰，全無外援，洪道疊差員令塗庫義首陳澄
> 清帶莊勇數百護衛，然群賊知為糧道要地，疊爭拒之。
>
> **吳立軒曰：**行軍以擇地為要，不可犯軍中之所忌，雖兵法有
> 云：置之死地而復生，置之危地而復存，此權宜之論，烏可為
> 訓？王國忠此言，相時度勢，深得機宜，惜乎不能用也。然林
> 鎮本待題派軍餉充足，結聯泉莊以為聲援，未可謂無見。洪道
> 聞蜚語謠傳，林鎮在嘉義厚派軍餉，富家忌之，遽爾趣令進
> 軍，然未行軍，先行糧，此寄專閫者，當預為謀畫，何可厚
> 非；且將在外，君命有所不受，矧堂堂總兵，與道職抗衡，何
> 不辯論力爭，而驅數千人於死地乎？噫！[55]

賊攻破，仰藥而死。臺灣水師副將王國忠同安縣人被執，不屈死之。同知寧長敬安
平游擊、顏常春，斗六都司劉國標、守備石必得等三十餘員死之。」

55 吳德功：《戴案紀略》，卷上，頁23-24。

在上述的評論中，吳德功認為林向榮及其屬員之所以戰敗，導致許多軍士死亡，原因就出在臺澎兵備道洪毓琛調度失當，加上林向榮未聽副將王國忠的建言，而執意聽從洪毓琛之命令行事，才會造成如此的憾事。當時斗六的形勢，據文中所載，是匪黨聚積之處，而且官兵的糧餉補給不易，並不適合出兵深入敵營。吳德功的評論中談到，林向榮本來想等到軍糧充足，且有泉人莊里奧援之後再進攻，無奈洪毓琛下令林向榮帶兵挺進斗六，林向榮雖知不可卻「洒淚出師」；當時副將王國忠也曾勸阻林向榮，希望他屯兵在斗六街外，莫深入賊穴，才容易得到外界的援助，但林向榮並未接受，後來終於導致兵敗。吳德功在評論的末尾處，發出「將在外，君命有所不受，矧堂堂總兵（林向榮），與道職（洪毓琛）抗衡，何不辯論力爭，而驅數千人於死地乎？噫！」這樣的評語，真是令人不勝唏噓。

除了上述事例外，其它如分析同治元年（1862）春三月戴潮春匪黨攻陷彰化城[56]、同年五月提督軍門曾玉明設計讓戴潮春與林日成兩匪首相互殘殺[57]、同年九月義首陳澄清擊敗匪黨陳弄[58]；同治二年（1863）二月張世英攻入四張犁戴潮春老巢[59]、同月湯德陞協助水師提督吳鴻源解除嘉義之圍[60]、同年冬十二月官軍收復彰化城[61]……等等，都能對官方戰術提出論斷，以協助讀者了解官兵作戰成敗之因。

（三）傳達吳德功的人生思想

《戴案紀略》的史論，有一項重要內容，那就是傳達吳德功的人

56　同上註，卷上，頁6-9。

57　同上註，卷上，頁15-16。

58　同上註，卷上，頁31-32。

59　同上註，卷中，頁36。

60　同上註，卷中，頁37。

61　同上註，卷中，頁46。

生思想。例如同治二年（1863）二月十二日的記載：

二月十二日，署水師提督樸勇巴圖魯吳鴻源，率吳志高解嘉義之圍。

十二日，諸軍攻破上樹頭莊、馬稠後莊，殺賊百餘級，吳帥移軍下茄苳，使吳邦基多設疑兵，使洪金陞分紮白沙墩，通判楊興邦、同知張啟煃進紮水窟頭街，布成鼎足之勢。令吳志高為嚮導，自將遊擊周逢時、守備蘇吉良，遂攻破後蔡仔，獲偽元帥、先鋒十八人。賊渠王祿拔據守馬稠後，與官軍日戰，請救於陳弄。弄書記陳吉生，系前林鎮營中被擄者，陰使人詐報彰化已破，弄懼欲逃，乃少分賊夥，以赴王祿拔，使吉生覆書，令其死守，三更必到。吉生乃改云彰化已失，三更盡撤回。拔等皆棄甲曳兵走，遺輜重器械無算。吳帥率吳志高諸軍直抵城下，如入無人之境。城中守將湯得陞開城門夾擊，圍解。按湯協自九月與紳民死守，糧餉告匱，城中乏食，至以龍眼核為粉和米麵諸粉食之。紳士出貲給兵民，許山尤較向義。賊又築土堡在城外里許，高與城齊，日夜迫城，城上以石投下，並以油糖鎔化，自上傾下，賊焦頭爛額者難以僕數。忽聞吳帥大軍淹至，內外夾攻，陣獲逆叔戴老見。按先後義首林義、總理林維銘、林大約、林榮貴，救城陣亡，城鄉之勇四十四名，均蒙請恤。

吳立軒曰：前次林鎮解圍，既備嘗辛苦，此次斗六已破，風聲鶴唳，草木皆兵，兼以糧餉告匱、外援不通者五閱月矣。爰府湯得陞，與士卒同甘苦，紳民協力固守，論者謂其曾蒙天語之褒（原文下有紳士兩字），故能顧名思義至死不渝，而不知其君上輕徭薄賦，富藏於民，深仁厚澤，百姓淪肌浹髓，故當多

　　難之秋，內地髮匪猖獗，兵餉難以接濟，紳民竭其忠貞，協守
　　孤城，不特出貲以分給貧民，且能出貲以養兵。故得危而復
　　存，作中流之砥柱，使賊不得長驅直進，逞志於郡治。語云：
　　「百姓足，君孰與不足」？此言豈欺人乎？[62]

這則例文，談到嘉義城內守將湯得陞死守嘉義城近半年，城中糧食短
缺，甚至到必須以龍眼核磨粉，再摻和麵粉為食。但湯得陞等官員沒
有放棄嘉義，仍一力死守。當時嘉義有多位仕紳，還拿出財貨來供養
貧民與軍隊，百姓也都協助官軍極力守城。吳德功認為嘉義城之所以
能夠上下一心，官民協力固守，原因在於「君上輕徭薄賦，富藏於
民，深仁厚澤，百姓淪肌浹髓。」這是說官府平時善待百姓，減少稅
賦和勞役，使百姓過得富足，百姓受此深恩，於是在社稷蒙難時，都
願意出錢出力，捍衛家園。吳德功此一觀點，實源自孔子「省力役，
薄賦歛，則民富矣。」[63]的說法。最後吳德功又以《論語》：「百姓足，
君孰與不足？」[64]的論點作結，來傳達他對此一事件的最終看法。「百
姓足，君孰與不足？」語出《論語‧顏淵》篇，是孔子弟子有若提供
給魯哀公的治國方法。上述不論是孔子或是有若之語，代表的都是儒
家「節用愛民」的政治思想，今吳德功以此思想來分析嘉義城官民一
心的現象，也代表吳德功對於政治亦存有「節用愛民」的思想。
　　接著再看同治三年（1864）夏四月的記載，其文曰：

62　同上註，卷中，頁36-37。

63　「省力役，薄賦歛，則民富矣。」乃孔子回答魯哀公問政時的說法。語見〔魏〕王
　　肅：《孔子家語注》，（西安：陝西人民出版社，2007年8月，四部文明本），〈賢
　　君〉，卷3，頁40。

64　謝冰瑩等註譯：《新譯四書讀本‧論語》（臺北：三民書局，1985年2月，修訂10版），
　　〈顏淵〉，頁162。

夏四月，陸路提督烏納思齋巴圖魯林文察，率台灣挂印
總兵曾元福、游擊王世清、同知張世英諸軍攻小埔心，
義首羅冠英中炮死之，其族人說偽西王陳弄降，獻於軍
前，斬之。

夏四月，林文察率曾元福、張世英諸軍攻小埔心，義首羅冠英
率廖廷鳳諸勇士猛攻，弄死拒竹圍內，不能遽下。官軍以大炮
擊破其屋，弄開地窟以避。官軍引水灌之，弄不能支。其妻素
悍惡（粵籍人，字双排），每出陣在軍前指揮，斗六、嘉義之
戰，無役不從。弄亦畏之。故弄欲降，妻不從。十九日，羅冠
英悉力攻打，弄妻作粵語，誘以降意。英不知防，弄妻陰以鳥
銃橫擊之，其徒數十人，皆中炮死。藍翎把總王榮升奮不顧
身，力竭陣亡。兵勇死者甚多。林帥親督諸軍，晝夜猛攻，英
弟羅坑率眾拼命攻之。弄妻自焚死。其族人說弄以獻。概赦其
脅從者。林帥上表報稱偽西王陳啞狗弄伏誅，以羅冠英死事請
恤，旨下准建專祠。

吳立軒曰：從戴逆作亂者，惟陳弄與嚴辦最橫。弄妻與辦妻亦
皆悍。斗六、嘉義之役，兩婦皆在軍中，手握兵符，其勇猛過
於男子。是亦戾氣之所感也。官軍攻打小埔心，集諸軍以會
剿，猶不易下，以羅冠英百戰百勝之士，猶死於逆婦之手。惜
哉！朔自戴逆倡亂以來，助官剿賊者，以英為首，亦維英為出
力。大甲非英援之，其地難以圖存。淡水非英據於翁仔社，其
勢難恃不恐？且戴逆之老巢、揀東之巨魁，非英亦難破而殲
旃！是天生為亂之人，必生撥亂之人，以敵之，信夫！禮云：
其有功於社稷者，則祀之；厥後賜恤，建專祠於彰邑，亦可慰
其忠魂云。[65]

---

65 吳德功：《戴案紀略》，卷中，頁52-53。

在這則例文中，談到義首羅冠英被匪黨陳弄之妻使計以鳥銃擊斃。對此，吳德功在其評論中表示，羅冠英是百戰百勝之士，但卻死於逆婦（陳弄妻）之手，這是非常可惜之事。接著吳德功又細細回溯羅冠英的過往戰功，認為自戴潮春作亂以來，便屬羅冠英對官軍的協助最大；而且臺中大甲一地，若沒有羅冠英帶人援救恐怕也保不住；此外，戴潮春的老巢若沒有羅冠英的征討也打不下來，可以說對付戴潮春，就屬羅冠英最具能耐。對於這樣的情形，吳德功下了一個結語說：「天生為亂之人，必生撥亂之人以敵之，信夫！」吳德功下這樣的結語，可說是蘊含著「一物一制」[66]的處世思想，亦即世間任何一人或者事物，總會被相應的人或事物所降服，而形成一種循環。人們常說「一物剋一物」，或是說「一物降一物」[67]，就是這個道理。

　　除了上述兩則事例外，吳德功在《戴案紀略》中所抒發的史論，還有其它各種層面的思想觀點，對於我們的立身處世或是持家治國，都能提供一定程度的指引。例如同治元年（1862）九月十七日所載事件的史論中，談到「古者不明地利之不可為將也」[68]，這是一種兵法思想，表示身為將領者，必須知曉各種地理環境對於軍隊攻防之利弊關係。又如同治四年（1865）夏四月所載事件的史論中，因看到戴潮春作亂受誅而心有所感說：「世有保家之令子，慎勿招盟結會、好慕虛名而受實禍也。」[69]這是一種處世思想的傳達，希望人們不要學戴潮春結黨結會，也不要愛慕虛名而犯上作亂，以免惹來殺身之禍。又

---

66 《野叟曝言》云：「法空這等銅筋鐵骨，偏遇著文忠臣，更狠似他，真個一物一制。」見〔清〕夏敬渠著，黃珅校注：《野叟曝言》（臺北：三民書局，2005年1月），上冊，第46回，頁887。

67 《西游記》第五十一回：「常言道『一物降一物』哩！」見〔明〕吳承恩：《西游記》（臺北：大中國圖書公司，1983年8月），頁482。

68 吳德功：《戴案紀略》，卷中，頁30。

69 同上註，卷中，頁55。

如同治元年（1862）三月十七日巳刻所載事件的史論中，對於官軍姑息內奸王萬，導致彰化城失守，吳德功提出「古者內奸不除，外侮莫禦」[70]的看法，表示攘外必須先從肅清內部奸人做起，否則不能竟功的治世思想。由上揭所引各個事例來看，吳德功在《戴案紀略》中所抒發的史論，傳達了許多人生的思想理念，這些都是吳德功經驗與智慧的結晶，可以做為我們立身處世的南針。

二　《戴案紀略》史論的功能

吳德功在《戴案紀略》中所發表的史論，具有兩點正面功能：一是補綱、目正文之不足，二是提供後人文獻資料之引用。以下針對這二點分述之。

（一）補綱、目正文之不足

「吳立軒曰」所呈現的內容，常有觸及綱文、目文中所未載述之事，就此點而言，這些史論實具有補綱、目正文不足之功能。且看下面這一個事例：

> 八月十五日，偽大元帥林日成會眾賊渠在大聖王祭旗，十六日率賊萬餘猛攻二四莊，拔貢生陳捷魁統莊丁禦之。
> 潮春南下，林晟於十五日大會各賊渠在大聖王祭旗，十六日率眾賊萬餘名，猛攻白沙坑口莊。時白沙坑福德爺甚為靈應，凡賊來攻，輒先降乩示莊民。是早，忽一老人白髮手執銅鑼，到三家春、茄苳腳等莊鳴鑼討救，陳捷魁、李華文、陳宗文率莊

---

70 同上註，卷上，頁9。

丁到白沙坑，寂無影響，甫食早飯畢，報賊萬餘分三路來攻。戇虎晟率林貓皆由大岸頭大頭攻白沙坑。鄭知母欲報弟仇，率眾攻口莊。王萬、江有仁由福人坑山路攻虎山岩坑。陳捷魁率眾分禦之。自己與陳宗文親行督陣，每戰必在陣前，銃子雨下，手中令旗幾為打碎，遍身無一受傷。時，葉虎鞭由口莊竹巷橫抄，賊死無數，自辰至申，喊聲震地。時，寄居避亂之民，不下萬餘，亦持械助戰，堅如鐵桶，無縫可入。戇虎晟登觀音山遙望白沙坑宅內森列檳榔樹，竹木參差，不見屋宇、人影，仰首嘆曰：此真鐵國也。於是，鳴金而退。是役也，賊死者數百人，負傷不計其數。自是，賊不敢睨視矣。是日，賊敗回彰化，有拾字紙婦人，呼曰南嫂，喜而罵曰，賊何不早死？晟聞而殺之。按：拾字紙婦，不知何許人也。……雖被殺之，亦不畏縮求乞，烈哉！可以風世矣。

吳立軒曰：神道設教，有識者詆其妄，然觀白沙坑一役，於不可信之中，亦有可信者。當與賊相持之時，凡賊欲來攻，必先降乩指示。莊民素信重之，輒著靈驗。常聞福神言：賊明天排長蛇陣，當排蜈蚣陣以破之。如是者甚多。雖莊民信而行之，屢打勝仗，或者會逢其適，而觀當日偵探人入莊，伏在廢塚內，乩童扶神輦直抵坑內廢塚窟擒之。賊懸賞格，如請福神入城者賞五百金。時有偵探密藏神像於米籃內，蓋之以笠，行至街中，忽風吹去笠，街民乃擒而詰之。果是賊偵探。余舞象時，避亂莊中，親見其事，故知之詳。厥後曾鎮奏請匾額，獎神之靈，詔許之。最可晒者，賊聞福神顯機，輒獲勝仗，賊亦依樣畫葫蘆，裝神假鬼，無奇不有。請他神擅於陣上，以冀其助戰。豈知神聰明正直而壹者也。依人而行，豈肯助逆橫行

乎？書曰：鬼神非人是親，惟德是依，信夫！[71]

這一則事例，談的是匪黨林日成率黨徒萬餘人攻擊白沙坑口莊之事。在「吳立軒曰」的這段史論中，有談到當地福神（福德正神、福德爺）屢屢降乩協助村民對抗匪黨，這事情在「目」文中也有提到，不過說法很簡略，不如史論中的說法那般詳細。史論中說「常聞福神言：賊明天排長蛇陣，當排蜈蚣陣以破之。」這所謂長蛇陣、蜈蚣陣之事，綱、目正文中均未言及。另外，史論中也提到，當匪黨知道福神在保佑村民與官軍之後，便想東施效顰，因此「請他神擾於陣上，以冀其助戰。豈知神聰明正直而壹者也，依人而行，豈肯助逆橫行乎？」這段內容在綱、目正文中也未提及，可見此書史論具有補綱、目正文不足之功能。再看另一則事例，其文云：

春三月十七日，淡水同知秋日覲（雁臣，山陰副貢）率師討賊，兵敗於東大墩，死之。

臺灣道孔昭慈（雲鶴，山東省進士）三月初九日到彰化，辦理會黨。淡水同知秋日覲前曾任彰化縣，威武素著。孔道檄召之，以辦會黨。金萬安總理林明謙保薦林日成、即懇晟帶勇四百名、阿罩霧林奠國帶勇六百名，隨日覲勦辦。日覲偕北路協副將林得成、守備游紹芳帶兵千餘名，十五日官軍至大墩，晟遂反戈相向。奠國退歸阿罩霧。官軍勢孤，退入民間竹圍，賊環攻之。十七日，日覲手執雙鐧，殺開血路，甫出竹圍，遇其跟丁貓仔鹿手執大刀來犯。秋公力舞雙鐧，遮架數十合，後賊眾合圍，始遇害。僕從顏大漢拼命與賊戰，死之。幼僕名小

---

71 同上註，卷中，頁25-27。

黃，以身蔽秋公，代受血刃而死。時林協被晟執囚於家。守備
郭得陞（同安縣人，署臺灣鎮標左營千總）、把總郭秉衡皆死
焉。把總莊奇軒身被數十瘡，僵臥尸中，忽然起立，驚退眾
人，逃匿村中。後貓仔鹿扶秋公之頭獻功。戴潮春曰：「爾為
人僕而殺主人，不忠也。」以數金賞之，揮令遠去。時羅冠英
帶莊丁四百名行至半途，聞變始回。

吳立軒曰：以林日成本為秋日覲欲得而甘心者（秋任彰時，常
欲擒之），一旦使之出死力，是猶枘鑿之不相入也。以林奠國
素為林日成恨之而刺骨者，一旦使之賦同袍，是猶冰炭之不相
容也。況乎黨羽甚眾，悉數難終，即僕從之輩，多與會盟，營
壘之間，盡成敵國。以孔道之未經艱鉅，平昔只承流宣化，而
蹈是弊者，猶可言。以秋公之曾理煩劇，素時剛健精明，而致
是夫者，不可解也。[72]

在這則例文中，「綱」文與「目」文所提，乃淡水同知秋日覲受臺灣
道孔昭慈之令，收編匪首林日成及其黨羽為部屬，最後被林日成率眾
倒戈而慘遭殺害之事。對於這起事件，「吳立軒曰」這段史論，一開
始便清楚說明秋日覲與匪首林日成過往的恩怨，原來秋日覲在擔任彰
化縣令時，便經常擒捕林日成，兩人結怨甚深。了解這一段歷史後，
便容易明白為何林日成會倒戈相向，導致秋日覲最後丟了性命。然而
兩人這一段歷史恩怨，在「綱」文與「目」文中都沒有交代，而是出
現在「吳立軒曰」這段史論裡，可見此書史論具有補充綱、目正文之
功能。除了上述兩則例文外，其它還有多處史論對綱、目正文都有補
充內容之作用，為節省篇幅，不再贅引。

---

72 同上註，卷上，頁4-5。

（二）提供後人文獻資料之引用

「吳立軒曰」這些史論內容，另一項功能是提供後人在談論臺灣歷史時，成為可供引用的歷史資料。目前網路資訊極為發達，許多機構、團體以至於個人，常架設人文相關的網站，內容中常觸及臺灣的歷史文化，在這些網站中，有時便出現對於「吳立軒曰」這些史論內容之引用。例如嘉義市東區內安雲霄社區，有「珍視雲霄厝社區」網站，此網站在介紹嘉義古代歷史時，便引用《戴案紀略》的正文與「吳立軒曰」的史論內容，其引用資料如下：

> **六月初八日，臺澎掛印總兵林向榮解嘉義之圍。**
>
> 先是，五月初七日，嚴辦、陳弄大股賊悉眾攻大營；時，林鎮兵敗，收合餘燼，退守安溪藔，適其弟向㬊自往廈門募親勇五百名到營，聲勢甚大，眾賊始懼。時，店仔口吳牆，聚眾數萬，柳仔林黃知羔，亦系大股首，相率降官，軍聲乃大振。時，嘉義被圍已三閱月，糧食將罄，幸有許山發米分給貧民，日請救援。林鎮以林有才、王飛琥為先鋒，守備龔朝俊、把總寗長泰、外委柯必從，率勇首李志揚、李得龍，帶精兵向嘉義進發，屯番把總段得壽，亦帶屯番三百名，分道前進，與陳弄、嚴辦連戰數日，陣獲股首黃房、王新婦，斬之。官軍乘勝，直薄城下。城中紳士王朝輔、陳熙年，亦開門率兵勇出擊，殺退群賊，嘉義解圍。舉人陳尚恭積勞病故。
>
> **吳立軒曰：**嘉義古稱諸羅。前林爽文反，紳民協同守捍，糧食已盡，以龍眼核研末和米麥粉食之。大學士福康安奏聞，皇上降詔褒之，改名嘉義。[73]

73 見「昭忠貫日月義勇映千秋　恭祝地藏庵昭忠祠義民公千秋＠珍視雲霄厝社區」網站。網址：https://blog.xuite.net/boy6688/club/27542396。

以上引用「吳立軒曰」這段史論，主要是彰顯嘉義過去曾由紳民協力抗匪，即使肌餓難耐、無糧可食，仍能大家一心，僅以龍眼核磨粉再和著米麥粉食用，最後終於渡過難關，順利擊退匪黨。這段英勇的歷史，也得到清朝皇帝賜予「嘉義」的美名。

接著，再看「雲林古廟特輯-戲古天地」這個網站，它主要是介紹雲林地區的廟宇，其中介紹土庫順天宮時，也引用《戴案紀略》「吳立軒曰」的史論資料來介紹雲林土庫鎮的古代歷史，其引用資料如下：

> **咸豐十一年辛酉冬，臺灣彰化縣戴潮春結會作亂。同月，大股賊陳弄、嚴辦率黃丕建攻土庫，五品銜義首陳澄清擊敗之。咸豐十一年辛酉冬（之後，應是咸豐十二年間發生的事。）**
>
> 澄清名覘，住土庫街外里許。林鎮紮斗六時，澄清輒為運糧，嘗一日三襲賊營，賊恨之。至是，斗六破，啞狗弄、嚴辦紮土庫街，民人罷市，清弟必湖見弄，弄兩旁排鎗刀如林，必湖面不改色。……
>
> **吳立軒曰**：陳澄清當戴逆倡亂時，即令附近鄉莊多種地瓜，遍插山菁，家中積粟數千石，銃藥充足，又結聯鹽水港埔姜崙，互相救援，附近數十莊，皆依為長城。土庫街生理，比前鬧熱加倍，安堵如故。其約束鄉民，以禁賭為先，有功必賞，有過必罰，遠近皆服，事如長官。其行軍也，機關偵探甚密，凡出陣無人知其所往，數為林鎮運糧，賊恨之，猛攻數陣不下。清遂踞十餘莊，賊不敢窺伺郡治，恐清躡其後也。林卓人稱其有古名將風。諒哉。余嘗造其家，池亭水閣，鮮麗奪目，竹圍密如簀，無縫可入。其子孫皆讀書入泮，蔚然為名望家，而細詢

當年戰爭，鄉人猶嘖嘖稱其能軍云（按澄清官至斗六都司）。[74]

上述引文中，「吳立軒曰」這段史論，主要在說明居住於雲林土庫街的義首陳澄清，當時是如何團結土庫街居民，又如何保衛土庫街免受匪黨危害的過程。此一網站引用這段史論來說明土庫街的歷史人物──陳澄清，以及他所建立的功蹟，有助於讀者了解當今土庫鎮的過往歷史。不過其引用資料時發生了一些錯誤，事實上這段歷史，是發生在同治元年（1862）的九月，並非它引文中所謂的「咸豐十一年辛酉冬」。其錯誤是將「咸豐十一年辛酉冬，臺灣彰化縣戴潮春結會作亂。」（見《戴案紀略》卷上），與「同月，大股賊陳弄、嚴辦率黃丕建攻土庫，五品銜義首陳澄清擊敗之。」（見《戴案紀略》卷中），兩處不同的「綱」文給拼湊在一起了。在這種情況下，其下方所謂「咸豐十一年辛酉冬（之後，應是咸豐十二年間發生的事。）」的文字，自然也是錯誤的。

除了網站資料外，一些介紹地方文化或地方人物的文章，有時也會引用「吳立軒曰」的說法。例如林事樵〈林占梅一片丹心保鄉衛民急公好義熱心公義的事蹟〉這篇文章，便引用了「吳立軒曰」這段史論：

> 吳立軒曰：「淡水自大甲以邊噶瑪蘭，廣延三百餘里。彰化既淪陷，臺灣（臺南）知府洪毓琛（字潤堂，山東進士）雖然多方佈置，修城備戰，防止賊匪侵犯臺郡（臺南），而北路中間阻隔，聲勢不通，有鞭長莫及之患。淡水同知秋日覲遇害殉職，凶耗聳聞，廳治無主，因此群匪或嘯聚以勒索民財，不軌

---

74 詳見「雲林古廟特輯──戲古天地」網頁。網址：http://hai9hang69.pixnet.net/blog/archives/201312/11。

之徒，欲伺機揭竿應之，滋擾治安，民心惶恐不安。斯時非有
膽識橫秋，忠實白日之人維持其間，支撐艱難之局勢。人心惶
恐，大勢已去，行將投鞭斷流於大甲，馳檄而略北門之管矣。
幸有林占梅，偏偏佳公子也，平日彈琴賦詩，極雅人之深致，
一旦猝膺變故，乃佈署從容，毀家紓難，在所不惜。招集眾鄉
紳商討推舉淡水廳候補通判張世英暫時以權廳篆，聯絡諸鄉紳
富豪共同協力，確保地方安全，卒使鶉火斂焰，鴟喙不張，雖
古名將何以加以。」[75]

引用這段史論，主要是說明新竹文人林占梅在戴潮春事件中所做出的
貢獻，不過這段引文並非《戴案紀略》中的原文，已經經過該篇文章
作者的加工，主要是針對原文再增入一些說明或闡釋性的文字。今援
引吳德功此段史論的原文如下，以資比對：

> **吳立軒曰：**淡水自大甲以遞噶瑪蘭，廣延三百餘里。彰邑既
> 陷，洪道在臺南，雖多方布置，而北路中間阻隔，聲勢不通，
> 有鞭長不及之患。矧秋丞凶耗聳聞，廳治無主，故群匪或嘯聚
> 以勒索民財，或奉令遍貼告示，不軌之徒，思欲揭竿以應之。
> 斯時非有器識之人維持其間，則人心惶恐，大事已去，行將投
> 鞭以斷大甲之流，馳檄而略北門之管矣。幸有林司馬者，翩翩
> 佳公子也，平日彈琴賦詩，極雅人之深致，一旦猝膺變故，乃
> 部署從容，毀家紓難，請張司馬以權廳篆，聯諸紳富以保地
> 方，卒使鶉火斂燄，鴟喙不張，雖古名將何以加此。[76]

---

75 詳見林事樵〈林占梅一片丹心保鄉衛民急公好義熱心公義的事蹟〉一文。網址：
　　https://www.google.com.tw/search？ei=887OW4HkDIeywAT39qSIAQ&q=。
76 吳德功：《戴案紀略》，卷上，頁12-13。

將林事樵引用的文字,與《戴案紀略》中的原文一比較,就可看出兩段文字不同之處,除了內容有部分差異外,其中也包含了一些錯字,例如「淡水自大甲以遝噶瑪蘭」,「遝」應為「遞」;「雖古名將何以加以」,最後之「以」字應為「此」。

由以上數個案例來看,在後人的文獻中,頗有引用《戴案紀略》中「吳立軒曰」等史論文字的情形,雖然引用時有時照著原文呈現,有時會自行加工拼湊或增補,甚至還有內容錯誤或錯字產生的情況,但這些引用《戴案紀略》史論的人士,他們有一個共同目標,那就是透過《戴案紀略》的史論,來介紹臺灣古代的地方人物或事蹟,希望能夠加強臺灣百姓對於臺灣歷史的認知,這也是《戴案紀略》史論的另一項重要功能。

第五節　結語

透過本文的分析可知,吳德功《戴案紀略》一書在編寫的體例上,它仿照朱熹所創綱目體史書的格式,綱為史事的提要,目則為史事的詳細敘述。此外,吳德功常在綱文、目文之後,附上自己的評論,題為「吳立軒曰」,這是《戴案紀略》一書的史論所在,代表吳德功對該史事的評論與看法,這體例與《左傳》的「君子曰」、《史記》的「太史公曰」、《漢書》的「贊曰」、《資治通鑑》的「臣光曰」等等都相同,屬於作史者對於史事的個人見解與論斷。不過吳德功認為,若《戴案紀略》將來有機會收入方志書籍時,「吳立軒曰」這些評論之語,是不必放入志書中的。吳德功這樣的看法,符合許多史學家或學者的觀點,他們認為方志之書重在記敘,敘而不論,乃「記注之書」也;不過也有部分學者認為志書亦可加入作史者的評論,如來新夏、余楚修等人的看法便是。其實觀諸歷來志書,在書中加入作者

評論的所在多有，如周元文《重修臺灣府志》、王必昌《重修臺灣縣志》等等皆是，因此吳德功的說法也不必然是不能打破的。

其次有關《戴案紀略》一書的寫作材料，據吳德功的說法，有自身的所見所聞，也有參考林豪《東瀛紀事》、陳肇興《陶村詩稿》、丁曰健《治臺必告錄·請卹清單》等文獻。在參考上述書籍時，吳德功並非完全照抄，他對這些參考資料有增補、有刪減、也有訂正，發揮了史學家該有的史識精神，令人讚賞。不過書中引錄丁曰健《治臺必告錄·請卹清單》中的殉難者人名資料，其中許多人名皆與丁書所載不同，再查索其它文獻所登錄的人名，往往也有所差異，因此難以界定何書登錄的人名方為正確。之所以如此，蓋與當時殉難者多數是地方義民，其身分並非政府官員或地方士紳，難以了解確切的身分資料，只能就其姓氏的語音，找相對應的文字進行登錄，故各書所載人名常有音同（或音近）而字不同的情形產生。

至於《戴案紀略》的史論，亦即「吳立軒曰」的內容，它主要呈現了三個議題：一是表彰忠義之士，撻伐匪黨惡徒；二是分析官兵作戰勝敗的原因，以作為後人的借鏡；三是傳達吳德功的人生思想。這些「吳立軒曰」的史論內容，除了是吳德功對於書中史事的個人評論外，這些史論本身還具備了兩種功能：一是可以彌補綱、目內容之不足，讓讀者更了解該事件的來龍去脈與周邊資訊；二是可以提供後人在文獻資料上的引用，讓人們在論述戴潮春民變事件，甚至是臺灣古代歷史時，成為可以引用的歷史資料。

《戴案紀略》一書，是目前記載清代戴潮春民變事件的一部極為重要的書籍，它與《施案紀略》、《讓臺記》等書，同為吳德功歷史散文的代表作品，標幟著吳德功的史學成就與貢獻。蔣垂昌曾讚揚《戴案紀略》一書說：「戴案一冊，提綱挈目，敷陳實事，至其議論，如

老吏斷獄，大公無我，予奪得宜，其總論氣魄雄邁，酣暢淋漓。」[77]
這是相當中肯的評價，能充分傳達此書的面目與精神。對於這樣一部
重要的典籍，透過本文的研究，相信能夠對讀者產生實質的幫助，不
論是書中的內容、體例、取材資料或是史論等等的層面，都能有更深
入的理解與掌握。當然，吳德功《戴案紀略》可供分析的層面很多，
未來可進一步再行探究。例如本文審稿委員曾經提到，可將《戴案紀
略》與林豪《東瀛紀事》做更全面性的比較，以突顯《戴案紀略》的
價值性。這意見相當寶貴，他日可另行撰文處理。

---

77 蔣氏之語見吳德功：《戴案紀略》，卷中，頁56。

參考文獻

一　書籍

〔清〕蔣師轍、薛紹元：《清光緒臺灣通志》，臺北：臺灣省文獻委員
　　　會，1956年6月。

〔宋〕朱熹：《御批資治通鑑綱目》，臺北：臺灣商務印書館，1976
　　　年，四庫全書珍本。

梁啟超：《中國歷史研究法──附補編》，臺北：臺灣中華書局，1981
　　　年6月，臺14版。

〔明〕吳承恩：《西游記》，臺北：大中國圖書公司，1983年8月。

謝冰瑩等註譯：《新譯四書讀本・論語》，臺北：三民書局，1985年2
　　　月，修訂10版。

甘恢平等合撰：《方志編纂指南》，重慶：科學技術文獻出版社重慶分
　　　社，1987年5月。

吳德功：《戴案紀略》，南投：臺灣省文獻委員會，1992年5月，吳德
　　　功先生全集本。

蔡青筠：《戴案紀略》，臺北：大通書局，1995年10月，臺灣文獻史料
　　　叢刊本。

〔清〕陳肇興：《陶村詩稿》，臺北：龍文出版社，1992年3月，臺灣
　　　先賢詩文集彙刊本。

〔明〕瞿共美：《東明聞見錄》，臺北：大通書局，1995年10月，臺灣
　　　文獻史料叢刊本。

〔清〕林豪：《東瀛紀事》，臺北：大通書局，1995年10月，臺灣文獻
　　　史料叢刊本。

〔清〕周元文：《重修臺灣府志》，臺北：大通書局，1995年10月，臺
　　　灣文獻史料叢刊本。

〔清〕王必昌：《重修臺灣縣志》，臺北：大通書局，1995年10月，臺
　　　灣文獻史料叢刊本。

〔清〕丁曰健：《治臺必告錄》，臺北：大通書局，1995年10月，臺灣
　　　文獻史料叢刊本。

〔清〕梅村野史：《鹿樵紀聞》，臺北：大通書局，1995年10月，臺灣
　　　文獻史料叢刊本。

〔清〕顧炎武：《明季三朝野史》，臺北：大通書局，1995年10月，臺
　　　灣文獻史料叢刊本。

來新夏：《中國地方志》，臺北：臺灣商務印書館，1995年9月。

王德恒：《中國方志學》，鄭州：大象出版社，1997年4月。

廣州市地方志館編：《新方志理論探索》，廣州：廣東科技出版社，
　　　1997年9月。

施添福總編纂：《臺灣地名辭書・彰化縣》，南投：國史館臺灣文獻
　　　館，2004年12月。

〔清〕夏敬渠著，黃珅校注：《野叟曝言》，臺北：三民書局，2005年
　　　1月。

〔魏〕王肅：《孔子家語注》，西安：陝西人民出版社，2007年8月，
　　　四部文明本。

林衍經：《方志學綜論》，上海：華東師範大學出版社，2008年10月，
　　　2版。

〔南朝宋〕范曄：《後漢書》，臺北：臺灣商務印書館，2010年11月。

連橫：《臺灣通史》，臺北：五南圖書出版股份有限公司，2017年6
　　　月。

二 論文

林淑慧：〈世變下的書寫——吳德功散文之文化論述〉，《台灣文學研
　　　究學報》第4期，2007年4月。

三 電子媒體

陳雍模：〈清代彰化永靖地區的開發〉，此文刊載於「臺中教育大學網
　　　站」。網址：http://www.ntcu.edu.tw/ogawa/history/1st/1-1.pdf。
林事樵：〈林占梅一片丹心保鄉衛民急公好義熱心公義的事蹟〉。網
　　　址：https://www.google.com.tw/search？ei=887OW4HkDIeyw
　　　AT39qSIAQ&q=
「雲林古廟特輯——戲古天地」網站。網址：http://hai9hang69.pixnet.
　　　net/blog/archives/201312/11
「昭忠貫日月義勇映千秋　恭祝地藏庵昭忠祠義民公千秋@珍視雲霄
　　　厝社區」網站。網址：https://blog.xuite.net/boy6688/club/275
　　　42396。

附錄

《戴案紀略》與《東瀛紀事》記載同一事件對照表

表 7-7　《戴案紀略》與《東瀛紀事》記載同一事件對照表

《戴案紀略》	頁碼	《東瀛紀事》	頁碼
潮春小名萬生……世為北協署稿書。	3	戴逆名潮春……世為北路協稿識。	1
前北協夏汝賢貪酷……春遂回家。	3	而北路協副將夏汝賢……革退伍籍。	2
先是，地方盜賊孔多……為爭田租計。	3	其兄萬桂……立約有事相援。	1
後，兄死，春更結天地會。	3	時萬桂已死，潮春既家居，乃招集舊黨為天地會。	2
富戶挾巨貲始得入會過香……若隱語相符，皆免。	3	有佈賄巨金始得竄名會中者……皆悖逆之言。	2
時彰化縣高廷鏡……劇盜皆斂手。	3、4	請邑令給戳……無不樂從。	2
亡命無賴者皆聚黨應之	4	其黨鄭玉麟（即鄭狗母）……南北兩路不逞之徒多聚黨以應之。	2
總計過香上簿者多至十餘萬……地方一時搖動焉。	4	其黨之上簿者……即潮春亦暫不能制矣。	2、3
吳立軒曰：是月雷忽從孔子廟大成殿與天地參之匾起……識者知地方有變故矣。	4	辛酉年秋，彰化明倫堂鬼哭數日……水清三日，未幾，變作。	53、54
臺灣道孔昭慈……以辦會黨。	5	台灣道孔昭慈……豪右屏息至則以辦賊自任。	3、4

《戴案紀略》	頁碼	《東瀛紀事》	頁碼
金萬安總理林明謙保薦林日成……隨曰覲勷辦。	5	先是涑東保四塊厝人林日成……隨曰覲剿賊。	4
曰覲偕北路協副將林得成……把總郭秉衡皆死焉。	5	十七日，秋曰覲偕北路協副將林得成……把總郭秉衡（金門人）俱死焉。	4
把總莊奇軒身被數十瘡……逃匿村中。	5	大墩之潰，把總莊奇軒身被三十六創……良久始愈。	57
後貓仔鹿扶秋公之頭獻公……揮令遠去。	5	鹿首先斫斷秋丞首級以獻戴逆……曰：「速遠去，無溷斯土。」嗚呼！	58
戴逆聞秋公被殺，亦甚悔之。然為首禍，亦無可如何	6	鹿首先斫斷秋丞首級以獻戴逆，逆驚悔，然已無如何	58
城中僅有老弱營兵三四百名……令金萬安局董林明謙派各街舖勇助守。	6	時城中尚有兵三百餘名……仍屬大狗抽城廂民兵同營弁分埤守禦	4
千總楊奪元欲縋城出戰，不果。	6	外委楊奪元見賊皆烏合……力持不許。	4
幕友汪寶籛向孔道而言曰……孔道不聽。	6	孔道遣林日成時，幕友汪季銘力諫不聽。	5
城內奸民王萬徒夥結黨成群……，賊蜂擁而入。	6、7	忽有奸民王萬等七、八人與兵勇角鬭於市……開門引賊入	4、5
賊先期遣夥入城……賊黨備鼓樂以迎。	7	呼於眾曰……賊黨乃備鼓吹，迎戴逆入城。	5
各官拘在金萬安局內……遂遇害。	7	時城中文武俱羈拘總局……大罵不屈死之。	5
知縣雷以鎮持齋……故雷得以不死。	7	約入齋堂者不殺……賊於雷令懷中搜出佛經一卷，知為奉佛者，故釋之。	55

《戴案紀略》	頁碼	《東瀛紀事》	頁碼
孔道遲至數日……孔道即仰藥死。	7	至是仍向汪問計……孔道點頭,是夕仰藥死。	5、6
前任副將夏汝賢,以其貪酷激變,一家受辱死。	7	前任副將夏汝賢一家囚於樓中,受辱尤甚,以憤死。	6
戴逆安民數日,群賊入城,稱呼為偽大元帥……設偽賓賢館於邑內。	8	逆首既至,自稱偽大元帥……以魏得為偽內閣中書。	5
以時雖安民,而漳泉各分氣類……泉人尤被掠奪如故。	8	時股首皆漳人……將復分類之變耳。	12
彰城既破,各官逃至鹿港……領令巡鹿港,街民迎之。	9	改命林大用為偽鎮北大將軍,領令巡鹿港……為自焚不敢迫。	12、13
三月,台灣知府洪毓琛,字潤堂……洪道晝夜焦灼,派兵分防之。	9、10	同治元年春三月,彰化警報至,知府洪毓琛潤堂……設局派飯。	9、10
春兄萬桂,常與林姓爭田租,晟曾與阿罩霧分前後厝械鬬……與壯士同甘苦,力拒卻之。	10	夏四月,賊攻阿罩霧前厝莊……賊不得志而還。	7、8
戴潮春常自造讖語埋於八卦城樓……洪範五行誌所謂:詩妖者也。	10、11	至是戴逆捏造讖文,密置樓下……適以自讖矣,似之。	54
四月,淡水新莊街會黨楊貢糾眾……謠言始定。	11	夏四月,淡水新莊街奸民楊貢謀作亂,艋舺縣丞郭志煒執貢誅之。	18
四月初七,台澎掛印總兵林向榮統兵三千出郡討敵……然用奇兵以砲擊之,三發皆中,賊乃卻退持。	12	四月初七日,掛印總兵林向榮統兵三千發郡城……三賊具中砲倒地,餘賊皆奪氣,諸軍乘之。忽大雨,乃罷。	25、26

《戴案紀略》	頁碼	《東瀛紀事》	頁碼
鹽運使銜浙江補用道林占梅總辦臺北軍務……毀其家以紓國難，人心賴以安。	12	總辦台北團練鹽運使銜浙江補用到林占梅……於是眾心皆倚以為重焉。	16、17
先是，大甲土人王和尚偵知彰城破……王九螺投誠反正。	13、14	同治元年三月，大甲人王和尚聞秋日覘失利……九螺貪緣得免。	19、20、21
戴彩龍領兵南下……按口勻給，眾賴以安。	14	豬羔復糾坩堵羅豬羔……每日按給錢米，始終不懈。	25
五月十三日，提督軍門固勇巴圖魯曾玉明泉人帶兵六百……陳玉昆叔侄以金二千贖罪。	15	同治元年五月，總兵曾玉明晉江人以兵六百抵鹿港……乃傾家二千金賄賊，獲免。	13、14、15
五月，千總龔朝俊……同縶安溪寮。	16	五月，兵備道洪毓琛派千總龔朝俊帶屯番五百名……乃相與退守安溪寮。	26
時戴逆以北協署為帥府，晟帶先鋒林貓皆領健夫數十人陰欲弒之……以洪欉為偽元帥，據北勢湳。	16、17	戀虎晟先與洪欉、何守等密謀同執戴逆……大盜康江中皆稱偽將軍。（6-7）戴逆自鑄銅章獅狃，林逆銀章虎狃……三逆俱妄篆為「受命於天，既受永昌」八字。（61）	6、7、61
戴潮春僭稱東王，以彰邑讓林日成，率其眾南下，至水沙連行耤田禮強派民餉嚴辦等賊附應。戴自顧烏合之眾不足恃，拱手以巖邑讓晟，恐威勢不足懾服愚頑，於是請莊天賜（揀東人，原充縣書辦）為偽左相，	17、18	戴逆以首禍故為其黨所附……戴逆不得已以邑城讓之……戴逆還四張犁，稱偽東王，旋赴南北投、沙仔崙、水沙連等處派餉……九月，賊以涑東人莊天賜為偽左相。（8）戴逆至水沙連派餉，以紅旗數對前導……引戴逆雪帽雪衣登	8、59、7、23

《戴案紀略》	頁碼	《東瀛紀事》	頁碼
以賴阿矮為先鋒。賜平日舞文弄法，本為徇中狷棍既承戴請，隨同南下派餉。爰教行耤田禮，以惑草野愚民。至水沙連，令各莊修治道路，以黃土敷之。偽丞相先行，繡衣朱履，騎馬佩劍，戴逆雪衣、雪帽，皆黃色，令壯士數十人簇扶彩轎前，以赤腳婢十餘人隨後為偽宮娥宮監，到處掛「風雨免朝，鬼神免恭」八字。至期，偽丞相引戴逆祭告天地，向田間執犁，播種五穀，鼓吹喧天，觀者如堵。各派富家軍餉。時水沙連劉參筋，五城吳文鳳應之，封為偽將軍。廉交厝許豐年封為偽總制。石榴班張竅喙，張公毅，覆鼎金宋田市，皆封為偽將軍。時嘉義大股賊嚴辦亦舉眾應之。柳仔林黃豬羔、大崙召仔梓、鰻魚蔡黃丁、青埔莊何錢鼠、何萬基、水窟頭黃豬、八掌溪黃番仔，皆到領紅旗，各據地以為聲援。賊勢遂浩大。日議進取之策。偽丞相獻計於戴曰：當今聲勢日熾，千歲當先取斗六，進攻嘉義，以圖臺南。檄大元帥林晟進攻大甲，以窺淡水一帶，戴逆從之。		壇，祭告天地。遠近來觀者不下數萬人，遍野漫山，惟見萬頭蠢動。（59） 南門外三十五莊大姓張赤、西螺廖談……淡水則有大甲王九螺、王和尚、陳再添、王江龍、莊柳及粵籍李阿兩、鐘阿桂等，難更僕數。（7） 戴逆之遁歸也……次陷嘉義，二城既得，然後長驅犯郡城，孿虎晟從之。（23）	

《戴案紀略》	頁碼	《東瀛紀事》	頁碼
五月，賊犯斗六門……千總蔡朝陽死之。	18	同治元年夏五月，賊犯斗六門……屢卻之。	30
先是，五月初七日，嚴辦、陳弄大股賊悉眾攻大營……嘉義解圍。	19、20	初七日，賊乘勝攻大營……嘉義圍解。	26、27
燕霧二十四莊附官……莿桐腳、十四甲，離城止七、八里（是役也，陳大戇之妻蔡員督戰包圍，曾鎮稱為女孫吳。）	20	閏八月，都司銜金門左營守備黃炳南鹿臣……刺桐腳等莊，掃通道路。	14
戴彩龍同鄭玉麟……共貳百餘級。	21	六月，遣戴彩龍、鄭玉麟……等二百餘級。	13
自六月十九日，二十四莊殺戴彩龍等，各賊恨之，遂率眾環攻白沙坑。	22	自此賊恨二十四莊次骨，無日不率黨來攻矣。	13
秋七月，台澎兵備道洪毓琛趣台灣總兵林向榮進兵斗六門……洪道迭差員令塗庫義首陳澄清帶莊勇數百護衛，然群賊知為糧道要地，迭爭拒之。	23、24	林鎮向榮既解嘉義之圍，欲招撫附近村莊……惟塗庫義首陳澄清殺開血路，屢運米到營，賊防之尤密，遂不能達。	30、31
秋七月，候補通判張世英進軍翁仔社……英與諸豪傑誓與賊不兩立，故所向有功。	25	同治元年秋七月，候補通判張世英進軍翁仔社……皆張司馬之善用冠英，俾得成功也。	42、43
秋八月，候補道區天民……帶勇四百名協剿，並就地捐餉。	27	以候補道區天民……天民遣候補游擊陳捷元帶勇四百名前敵協剿，而自駐竹塹以督之。	18
八月，總兵曾玉明帶勇進紮安東莊……賊即收軍而回。	27	八月，葉虎鞭、陳大戇來降……而鹿港民氣愈固矣。	13、14

《戴案紀略》	頁碼	《東瀛紀事》	頁碼
閏八月二十八日，羅冠英與林日成大戰於圳寮……收合餘燼以弟江峰領之。	28	閏八月十四日，冠英克寮腳莊……以其兄廖江峰、弟廖樹代領其眾。	43
洪道複遣守備許黃邦解銀一萬……人皆惜之。	28	洪道複遣守備許黃邦帶餉銀一萬兩……聞者痛惜之。	31
九月十七日，台灣掛印總兵林向榮久困斗六，糧盡無援……林卓人集中有把總孫鵬程、寧長泰、外委徐精忠、勇首陳有慶等殉難，考之請恤奏折而無此數名，豈當日遺之耶！	28、29、30	林鎮以數千眾坐困孤城，殺戰馬而食，軍士枵腹力戰……（事見前編。按吉生改信給賊，被禍尤為慘烈，同時軍士皆能言之。丁曰健治台必告錄謂是吳姓之事，蓋傳聞異詞耳。）	31、32
九月，鹿港生員楊清時……賊渠陳弄截攻，力戰卻之。	31	鹿港生員楊清時金門人請大曾鎮攻小埔心……與陳弄連戰數月，兵少糧缺，幾不能支。	33
同月，大股賊陳弄、嚴辦率黃丕建攻土庫……藩籬愈固。	31、32	時陳弄、黃丕建屢攻塗庫……自是不敢複窺郡治，恐兩地議其後也。	40
冬十月，嚴辦率向潮江攻鹽水港……餘賊俱退。	32	十月二十一日，嚴辦糾番仔溜溜即向朝江……賊死傷甚多。	27
十一月初十日，林日成犯大甲，官軍先敗……節婦林氏三次出為禱雨，未幾雨降，賊亦退數日。	32、33	十一月初十日，戴逆複犯大甲……幸節婦林氏三出禱雨，雨降，士氣倍奮。	21、22
十二月，署水師提督樣勇巴圖魯吳鴻源統兵抵郡……千總黃茂生力戰死之。	33、34	十二月，署水師提督樣勇巴圖魯吳鴻源統兵三千抵郡城……守備蘇吉良諸軍進發。	27、28

《戴案紀略》	頁碼	《東瀛紀事》	頁碼
十八日，林日成複舉眾圍大甲……自是，大甲安堵如故矣。	34、35	二年正月，複糾其精銳，北犯大甲……不敢複窺大甲矣。	23、24
二月，游擊陳捷元、勇首蔡宇，克複牛罵頭、梧棲等處……陳在敗走，梧棲複。	35	二年春，勇首蔡宇克複牛罵頭、梧棲等汛……而賊勢漸戢矣。	18
二月，林日成既敗大甲，張世英遣羅冠英、廖廷鳳等攻馬公厝，克之……率死士陳狗母，廖安然力拒之。	35、36	二年二月，張世英遣羅冠英等攻馬公厝，拔之……林狗母、廖安然等屢糾賊來攻，皆擊走之。	44
二月十二日，署水師提督樸勇巴圖魯吳鴻源率吳志高解嘉義之圍……陣獲逆叔戴老見。	36、37	二月十二日，攻破上樹頭賊莊……至是脫體，人以為忠義之報。	28、29
二十日，陳吉生、王海帆改信給賊，陳弄敗歸被執，不屈死之……弄以紅銅貼其身。弄妻以女鞋擊其頭。哀哉！	37	有林鎮稿識陳吉生嘉義大腳殿人，為陳弄所得……以銅錢數千燒紅，遍貼其體，血肉狼藉，吉生大罵而死，不肯扳一人。	28
玉明紮秀水，與賊對壘數月，葉虎鞭、黃炳南克烏瓦厝然准頭不靈，不能攻堅破銳。	38	二年春正月，官軍攻烏瓦厝，拔之。葉虎鞭、黃炳南等遂進屯十四甲，賊亦於枋寮、湳尾、後港仔結寨相持。	14
春四月，記名總兵北路協副將曾元福，晉江人……目曾元福為小曾。	38、39	三月，記名總兵北路協副將曾元福，晉江人……乃遣陳大戀屯營防守。	15
五月，福建總督耆齡派粵省游擊蕭瑞芳……猛攻數陣，仍不能下。	40	五月，粵省游擊蕭瑞芳……相距半里許。	15

《戴案紀略》	頁碼	《東瀛紀事》	頁碼
同月，都司徐榮生、蘇吉良搜緝各莊匪類……（是役也，兵勇死者甚多）。	40	時吳帥所部諸將，以蘇吉良、徐榮生為冠軍……呂仔梓乞降。	29
五月，罷水師提督樸勇巴圖魯吳鴻源，以總鎮曾元福代之。	41	罷水帥提督樸勇巴圖魯吳鴻源，以曾元福代之。	29
六月，按蔡使司分巡台澎兵備道兼提督學政洪毓琛卒於任。……並飭地方官將靈柩照料回籍。	41、42	二年六月，按察使司銜分巡台澎兵備道兼提督學政洪毓琛卒於任……將該故員靈柩照料回籍各情，都察院左都御史宗室靈桂據情代奏。	11
林大用為賊守北門之管……止留江有仁、林貓皆等守彰化，其勢已孤。	43、44	十月，林大用來降……賊大失所恃，遂固守賊壘，不敢大舉來犯矣。（16） 同治二年春，逆晟自大甲中槍敗回……抗拒官軍，以王萬、林貓皆率死黨保其內寨。（46）	16、46
同月，羅冠英率廖廷鳳等攻破東大墩等莊……道路始通行。	44	十月，冠英等克棋盤厝、東大墩、犁頭店等莊……於是石岡仔、枋寮、土牛及涷東巡司地方，以次收複。	44
冬十月，現任福建陸路提督烏納思齋巴圖魯林文察，帶兵由麥簝登岸，紆道回阿罩霧。	44	以陸路提督林文察（密卿，彰化人）總辦台灣軍務……旋回阿罩霧前厝莊里第，而檄催二曾等軍刻期平賊。	16
新任按察使司銜台澎兵備道兼提督學政丁曰健字（述安，安徽舉人）帶兵三千抵竹塹……軍聲大振。	44、45	同治二年冬十月，新任台澎兵備道丁曰健（述安，安徽舉人）以兵抵竹塹……賊黨大懼，歸順者愈眾。	37、38

《戴案紀略》	頁碼	《東瀛紀事》	頁碼
十六日，林占梅率紳士翁林翠……皆死拒銃樓，不能速下。	45	十六日，林占梅率紳士翁林萃……皆謂此行必能辦賊也。	38
冬十二月初三日，提督軍門台灣挂印總兵曾玉明辰刻克復彰化城……並斬江有仁、鄭豬母於教場，是日大賞軍士。	46	初三日，林占梅前鋒林忠藝、林尚等攻入彰化北門……偽備糧使司蔡茂豬為坑仔內蔡姓所執，丁道命支解之。	39
十二月，總辦台北軍務浙江補用道林占梅振旅還竹塹。	47	十二月，總辦台北軍務浙江補用道林占梅振旅還竹塹。	39
林豪曰：按平定戴逆之亂，戰績殊無足觀……以俟志乘之採擇云。	47	按：平定戴逆之亂，戰績殊無足觀……以俟志乘之採擇云。	19
先是，戴潮春自踞斗六，日事淫佚，設有偽宮娥、宮監……割紅旗以掩面，乃瞑。	47	旋入居斗六門，頗事淫佚，有偽宮監、宮娥名目……即戴逆正法之處，先後不過兩月餘耳。	45
林豪論曰：按戴逆稱偽東王，事實有之……則皆由他人所贈，而非其實矣。	48、49	按：戴逆稱偽東王，事實有之……則皆由他人所贈。而非其實矣。	48
同治三年甲子春正月，陸路提督烏納思齋巴圖魯林文察，統其弟副將林文明……詣林請保，林帥不從。	49	三年春正月，陸路提督林文察督其弟副將林文明利卿……為其親家生員洪鐘英所執，械送官軍誅之。（47） 自大甲敗回，四子同時死，晟亦兩次中槍折齒……乃預作功果，焚楮帛山積。（59）	47、59
林豪曰：吾觀戴、林二逆之終局，而嘆人情之難恃也……有	50	又曰：吾觀戴、林二逆之終局，而嘆人情之難恃也……有	48

《戴案紀略》	頁碼	《東瀛紀事》	頁碼
待時而後發者，觀此能毋小悟乎？		待時而後發者，觀此能毋少悟乎！	
夏四月，陸路提督烏納思齋巴圖魯林文察，率台灣挂印總兵曾元福、游擊王世清……以羅冠英死事請恤，旨下准建專祠。	52	同治三年春三月，陸路提督烏納〈齊思〉、巴圖魯林文察督小曾鎮暨王世清……紳士陳元吉乃縛弄至軍營，伏誅。	48
冬十一月，按察使司銜台澎兵備道兼提督學政丁曰健進軍北勢湳，擒洪番斬之，戮洪欉尸……其餘鄉勇無可考。	53	三年冬，兵備道丁曰健進軍北勢湳，攻洪叢……叢尸首埋豚闌下，亦剖棺戮尸焉。	50
嚴辦為賊中最悍，當圍嘉義之時……同謀作亂。	53、54	辦本一無賴，其圍嘉義也……眾執誅之。	49
夏四月，台澎兵備道丁曰健遣知縣白鸞卿、參將徐榮生、都司叶保國討嚴辦、呂仔梓於二重溝，擒斬嚴辦，呂仔梓逃走，後為蔡沙沉於海……呂仔梓並其妻子被蔡沙誘沉於海。	54、55	四年夏四月，參將徐榮生、知縣白鸞卿討呂仔梓……遂沉之於海。官軍乘戰艦將擊之，偵梓已死，乃引還。（50-51）嚴辦妻侯氏一作魏氏，諢號大腳甚……複豎旗於二重溝，被執伏誅。（49）	50、51、49

第八章

吳德功《觀光日記》的體裁、內容與政治意涵[*]

第一節　前言

　　《觀光日記》是吳德功在明治三十三年（1900）參加臺北揚文會活動後所寫下的作品。之所以舉辦此會，主辦單位兒玉源太郎總督說：「國運漸已隆盛，文運亦期進步，遂計及振興文教，而舉行揚文會。」[1]可見日本當局辦理此會，是有「振興文教」的作用。《觀光日記》的內容主要有三個部分：一是描寫揚文會活動的情形；二是記載揚文會活動後，一連串參訪政府機構的所見所聞；三是書寫去程與回程的沿途景色和人文風情。至於體裁，此書屬於日記體的遊記作品，其中還穿插數十首吳德功自作的詩歌，形成一種詩文互融互見的散文遊記，有時以詩襯文，有時以詩注文，藝術效果更見佳妙。

　　本章對於《觀光日記》的討論，將針對此書的體裁、內容進行深入解析。就體裁而言，由於《觀光日記》一書屬於日記體遊記，所以筆者將就「遊記文學」與「日記體遊記」先行說明，使讀者了解此種

---

* 本文原名〈吳德功《觀光日記》探析〉，刊載於（大韓民國）《東洋禮學》第41輯，2019年8月。感謝匿名審查委員所提供的寶貴意見，修正了本文許多缺失，十分感恩。今將此文修改增刪後置入本書。

1 見兒玉源太郎〈揚文會講辭〉，此文收錄於臺灣總督府編纂《揚文會策議集》，見黃哲永、吳福助主編：《全臺文》（臺中：文听閣圖書有限公司，2007年7月），冊30，頁2。

文體的發展源流和重要特徵。至於內容的探討，除了針對《觀光日記》一書所描寫的人事物進行內容的分類外，也將分析書中詩歌作品所存在的功能。討論完此書的體裁與內容後，筆者將針對此書所蘊藏的政治意涵進行研究，俾使讀者了解日本政府舉辦揚文會和各種參訪活動的政治目的。因為日本政府舉辦揚文會，表面上說是為了「振興文教」，但其實背後蘊藏著濃厚的政治目的。他們藉由此會來推廣漢學，再以漢學為橋樑來籠絡臺灣文人，希望這些文人協助日本政府治理臺灣。此外，我們從《觀光日記》中看到許多的線索，這些線索顯示日本政府籠絡臺灣文人的另一個目的，是要這些文人協助他們倡導日本的新教育、新學術，以帶動臺灣的革新和進步。因此，從《觀光日記》來探查日本政府舉辦揚文會的政治目的，也是一項重要的課題。以下且針對上述三項議題分節論述。

第二節　《觀光日記》的體裁特性

　　吳德功的《觀光日記》，體裁上屬於日記體的遊記文學。因此在探討吳德功《觀光日記》體裁的同時，筆者也將針對遊記文學與日記體遊記做一說明，以協助讀者了解吳德功《觀光日記》的體裁特性。

一　從遊記文學看《觀光日記》

　　遊記文學的發展，在梅新、俞樟華合著的《中國游記文學史》中，認為是正式誕生在魏晉時期[2]，如魏曹丕〈濟川賦〉、晉越至〈與

2　詳見梅新、俞樟華合著：《中國游記文學史》（上海：學林出版社，2004年12月），頁30。另外，崔成運〈古代山水游記述略〉一文說：「魏晉南北朝是山水游記文的形成階段，在這期間山水游記文雖剛剛產生，但由於人們對大自然審美能力的提

嵇茂齊書〉、晉陶淵明〈游斜川詩序〉等，都是優秀的作品。王立群認為，遊記文學之所以產生在這個時期，是與當時的隱逸之風有著密切聯繫的，因為「隱逸使文士們有充裕的時間去觀察和捕捉自然之美。」[3]要探討遊記文學，可以由許多不同的角度來進行分析，以下筆者想就遊記文學的內容、旅遊書寫的動機，還有遊記文學的文體等三個層面來進行說明。在說明的過程中，也可以分析《觀光日記》在各個層面當中的屬性。

（一）遊記文學的內容與旅遊書寫動機

就內容而言，遊記文學的寫作，主要是作者就其旅遊過程中所接觸之人事物進行書寫。在這當中，就寫作主體而言，常有作者個人的主觀情感與思想蘊含其中，所以往往有抒情、有說理議論穿插其間，有時還置入作者自身或他人的詩詞賦等作品，以襯托當前的景觀事物；就寫作客體而言，有單純描寫山水風光者，有時也旁及各地的遺聞逸事、神話傳說、地理沿革、景觀名勝、風俗人情、氣候物產、名物考辨、……等等，題材可說是包羅萬象。吳德功的《觀光日記》，便具有上述內容中的多數特性。

古典遊記文學的內容概如上述，至於旅遊書寫的動機，筆者以為可略分為四種類型：

高，它一經出現，就顯示了高度的技巧和巨大的魅力。」崔文收錄於臧維熙主編：《中國山水的藝術精神》（上海：學林出版社，1994年6月），頁311。崔氏認為山水遊記產生於魏晉南北朝時期，看法與梅新、俞樟華二氏之說相近。要之，遊記文學的產生，在魏晉之前，雖亦有記錄遊歷過程之作品，如東漢馬第伯的〈封禪儀記〉，是其隨侍漢武帝封禪泰山的過程中，將泰山的景象做了生動描繪的佳作，但這樣的篇什畢竟是吉光片羽，真正能形成一個文學趨勢者，自當從魏晉南北朝之後，作家作品相繼出現，遊記文學才算是正式產生。

3　見王立群〈論游記文體的形成〉，收錄於臧維熙主編：《中國山水的藝術精神》，頁308。

　　第一類，是為了公務或私人事務而進行旅遊書寫，例如任官遷調、貶謫、歸鄉、視察、出使、參與活動……等等的原因而遊歷某些地方，進而將沿途所見所聞書寫下來。如宋歐陽修《於役志》（貶謫途中所作）、宋范成大《驂鸞錄》（遷調途中所作）、明黃向堅《滇還日記》（歸鄉途中所作）、清李燧《晉游日記》（視察途中所作）、清張鵬翮《奉使倭羅斯日記》（出使途中所作）、民初謝鳴珂《臺灣旅行記》（參與海外教育活動所作）、……等等，都是這類的作品。本文所探討吳德功的《觀光日記》，其創作動機就是屬於此類，因為此書的寫作是為了參與揚文會活動而作，是為了公務或私人事務而進行的旅遊書寫。

　　第二類的旅遊書寫動機，是為了增廣見聞、開拓視野而進行探奇攬勝的旅遊書寫。例如明浦祊《遊明聖湖日記》、清劉佳《寓杭日記》、日治時期洪棄生《八州遊記》[4]、日治時期林獻堂《環球遊記》、……等等都是。這類作品的書寫，乃作者個人對於各地人文風情、地理景觀、地方物產有著濃厚興趣，基於增廣見聞、開拓視野的心態而四處遊歷，並將所見所聞記錄下來。這類作品，通常它的篇幅較長，歷經的時間較久，遊歷的地點也較廣，是有計劃性的一種旅遊學習和探索所成的作品。

　　第三類的旅遊書寫動機，是單純為了休閒娛樂、怡情養性而做的旅遊，進而將旅遊的見聞書寫下來。例如宋歐陽修〈叢翠亭記〉、明歸有光〈畏壘亭記〉、明譚元春〈三游烏龍潭記〉、清章甫〈遊鯽魚潭記〉、……等等。這類作品多數是單篇雜記類的文章，作者進行旅遊書寫的動機，常是一時遊興所致，為滿足某個時間點的娛樂休閒而起的，

4　洪棄生《八州遊記》的旅遊書寫動機，除了增廣見聞、開拓視野胸襟之外，程玉凰認為主要還有一睹故國（中國）河山，以解相思嚮往之情。見程玉凰：《洪棄生及其作品考述》（臺北縣：國史館，1997年5月），頁151-153。

因此遊歷的時間與景點都較少，篇幅通常也較短小，吳德功〈遊湖水坑〉、〈日月潭記〉、〈觀榕根井記〉、⋯⋯等篇什，便是這類作品。

　　第四類的旅遊書寫動機，是為了學術研究，進行客觀事實之考證調查所做的旅遊書寫。例如清黃宗羲《匡廬游錄》、清顧炎武《五台山記》、清黃易《嵩洛訪碑日記》、⋯⋯等等，都是這類作品。這些作品具有較濃厚的學術性，作者在旅遊的過程中，勤於各地山川景觀、地理沿革、文物民俗、歷史掌故等等的考證，將旅遊與學術研究結合在一起。例如黃易《嵩洛訪碑日記》書前小〈序〉說道：

> 嵩洛多古刻，每遣工搨致，未得善本，嘗思親歷其間，剔石捫苔，盡力求之。[5]

由黃易這段話可知，他之所以遊覽嵩洛一帶，是為了臨拓該地之碑刻，因為以前曾遣工拓印，但都「未得善本」，所以他要親自進行處理，可見他此次的旅遊書寫，動機是為了學術上的研究調查而做的。

　　以上是四種旅遊書寫的動機，當然，以上四類的作品，有時也無法絕對清楚的區分開來的。例如清代郁永河的《裨海紀遊》，其寫作是因為受命來臺灣開採硫磺，進而將在臺的所見所聞書寫下來，動機上應屬於第一類為了公務或私人事務而旅遊書寫的作品。但郁永河在書中自言來臺開採硫磺，是因為「余固以嗜遊來，余嘗謂：『探奇攬勝者，毋畏惡趣。遊不險不奇，趣不惡不快。』」[6]可見他來臺旅遊，以至於寫成《裨海紀遊》一書，在動機上也涉入了第二類的範圍，亦

5　見〔清〕黃易：《嵩洛訪碑日記》。收錄於李德龍、俞冰主編：《歷代日記叢鈔》（北京：學苑出版社，2006年4月），冊33，頁449。

6　〔清〕郁永河：《裨海紀遊》（臺北：大通書局，1987年10月，臺灣文獻史料叢刊本），卷中，頁27。

即為了增廣見聞而進行探奇覽勝的旅遊書寫。因此，在歸類遊記文學的寫作動機時，有時無法清楚地將某篇著作歸入某類之中，因為它可能同時具有兩種以上的旅遊書寫動機。

（二）遊記文學常見的文體類型

遊記文學的寫作文體，一般以「記」體作品為主，其間又有「雜記體」、「筆記體」和「日記體」的區別；吳德功的《觀光日記》，屬於「日記體」遊記文學。

遊記文學雖然是以「記」類文體為寫作主流，然而在它發展初期以至於唐代之間，除了記體之外，賦、書、序等文體，也佔有相當多的數量，一直到宋代之後，以賦、書、序等文體來寫作遊記文學才漸次減少，而由記體做為寫作的主流。在這當中，它所使用的語體也由六朝時期的駢文逐漸轉為散文，這當然與唐宋古文運動有著極為密切的關係。遊記文學初期發展在魏晉南北朝的時候，其寫作文體主要有賦、書、序、記等四類，例如魏曹丕〈登台賦〉、晉石崇〈金谷詩序〉、晉陸機〈答車茂安書〉、晉王羲之〈蘭亭集序〉、晉慧遠〈廬山記〉、南朝宋謝靈運〈歸途賦〉、南朝宋鮑照〈登大雷岸與妹書〉、南朝宋盛弘之〈荊州記〉（地記作品）、……等等，都是相當有名的遊記作品。這種多樣文體作為載具來書寫遊記文學的情形，一直到唐代仍是如此，例如王勃〈游山廟序〉、王維〈山中與裴迪秀才書〉、元結〈右溪記〉、白居易〈遊大林寺序〉、劉禹錫〈洗心亭記〉、……等等都是，其中序體的使用更是頻繁。這樣的情形代表著遊記文學的發展，還在萌芽成長的時期，尚未到達獨立成熟的階段，因此仍然不斷的進行嘗試與學習，還未能以記體作品為主流。

這種情況在宋代之後有了轉變，宋代之後的遊記文學雖然仍有賦、序、書等文體寫成的作品，但數量已逐漸減少，而形成以記體作

品為主的發展局勢。此時記體類的遊記文學，有單篇「雜記體」作品，如蘇軾〈石鐘山記〉、王質〈游東林山水記〉、陸九淵〈游龍虎山記〉、……；有「筆記體」作品，如葉夢得《石林避暑錄話·仙都觀記》、程端明《西湖禊事記》、吳自牧《夢梁錄》、……；有「日記體」作品，如歐陽修《于役志》、陸游《入蜀記》、呂祖謙〈入越記〉、方鳳〈金華游錄〉、……等等。之後遊記文學的發展，直到元、明、清時期也大抵是以這三種記體作品為主。吳德功的《觀光日記》，便是屬於其中的「日記體」遊記文學。

二　日記體遊記與《觀光日記》

　　吳德功《觀光日記》，文體分類上屬於日記體遊記。關於日記體遊記的產生，就目前文獻來說，東漢馬第伯的《封禪儀記》，其書寫採按日記錄的模式，記錄他隨侍漢武帝封禪泰山的經過，已略具日記體遊記的形式；然而正式的日記體遊記，目前學界較有共識者，當屬唐代李翱〈來南錄〉為最早的作品。李翱在元和四年（西元809）從洛陽旌善坊帶著妻兒坐船，欲至廣州擔任嶺南節度使楊於陵的掌書記。[7]他從正月己丑日開始坐船，歷經了大半年時間，才在六月癸未日到達廣州，整個旅途約有七千五百里之遙，這過程他便以日記體散文的方式書寫下來，成了〈來南錄〉一書。此書是日記體遊記的先河，不過或許是萌芽期的作品，其內容相當簡單，幾乎都只記錄日期與行程，讀來有點像流水帳。茲引錄其中一段文字以做說明：

　　　　元和三年十月，翱既受嶺南尚書公之命。四年正月己丑，自旌

7　李翱於元和四年至廣州擔任嶺南節度使楊於陵掌書記之事，詳見賴瑞和：《唐代基層文官》（臺北：聯經出版事業股份有限公司，2004年11月），頁413-414。

善第以妻子上船於漕。……戊戌，予病寒，飲葱酒以解表。
暮，宿於鞏。庚子，出洛下河，止汴梁口，遂泛汴流，通河於
淮。辛丑，及河陰。乙巳，次汴州，疾又加。召醫察脈，使人
入盧。又二月丁未朔，宿陳留。戊申，莊人自盧又來，宿雍
邱。乙酉，次宋州，疾漸瘳。壬子，至永城。甲寅，至埇口。
丙辰，次泗州，見刺史假舟轉淮，上河如揚州。[8]

我們看他從正月戊戌日到二月丙辰日這段日子中，李翱並非天天進行
記錄，而是間隔著記載。記載時也幾乎只記日期與行程，內容非常的
簡單，不論情感與文采都不算優異。當然這只是日記體遊記的嚆矢，
其結構與內容較為簡單是可以理解的。

在〈來南錄〉之後，有關日記體遊記的重要作品，宋代謝絳〈游
嵩山寄梅殿丞書〉是值得注意的，但此文是單篇式作品，記載謝氏遊
嵩山數日之行程，以寫景為主，兼有議論、抒情與考辨，內容比李翱
〈來南錄〉豐富多了。之後宋代歐陽修《於役志》出現，這本書作於
宋仁宗景佑三年（1036），當時歐陽修被貶為夷陵令，從京城到任職
地約一千六百里，該年五月出發，九月才抵達，歐陽修將長途奔波的
過程，以日記的方式寫成《於役志》一書，可說是日記體遊記的重要
著作。此書雖然獲得文人學者較多的注意，不過平心而論，它的內容
比起〈來南錄〉並沒有多少突破，只是在記載日期、行程外多了些人
際間的往來互動。且看下列這段引文：

癸卯，君貺、公期、道滋先來，登祥源東園之亭。公期烹茶，
道滋鼓琴，余與君貺奕。已而君謨來，景純、穆之、武平、源

8　〔唐〕李翱〈來南錄〉，收錄於文懷沙主編：《四部文明・全唐文》（西安：陝西人
　民出版社，2007年8月），冊65，卷638，頁278-279。

　　叔、仲輝、損之、壽昌、天休、道卿皆來會飲。君謨、景純、
　　穆之、壽昌遂留宿。明日，子野始來。君貺、公期、道滋復
　　來，子野還家，餘皆留宿。君謨作詩，道滋擊方響，穆之彈
　　琴。秀才韓傑居河上，亦來會宿。[9]

這是歐陽修出發往夷陵的路上，在五月癸卯這一天的行程記事。從內
容可以看出，此文跟〈來南錄〉的差異，主要是多了一些人際往來的
應酬場景，其餘也多是記日期、行程而已，偶有寫到景觀名勝的，也
常輕描淡寫帶過，通篇大抵如此，在內容的開展上比〈來南錄〉並沒
有突破多少。

　　日記體遊記的內容開展，較具突破性的，當屬宋代張舜民的《郴
行錄》。這本日記體遊記，是張舜民在元豐年間被貶官至郴州任職
時，記錄旅途見聞的作品。此文在內容上的突破，除了記載日期行程
之外，舉凡所到之處的風景名勝、歷史掌故、遺聞逸事、人物特寫，
經常融入筆中，作品的內容豐富多變，大大超越〈來南錄〉、《於役
志》等作品，尤其書中還穿插自己與友人的詩作，具有詩文互見的變
化，藝術美感顯著提升。且看書中的一段文字：

　　丙寅，大雨。食罷，登山頂。江中風浪如萬羊齊奔，寺在江心
　　島上，樓殿周匝可數百楹，松竹疏翠，望之如浮動，南朝人謂
　　之浮玉山。其下即水府也，大浪春籟，夜晴晝雨，初若不安。
　　東望海門焦山，出沒皆在海中也。主僧了元者，頗嫻外學，文
　　寶燦然，圖畫尺牘，好玩之物，莫不畢具。又蓄孔雀，能言之

9　〔宋〕歐陽修著，李之亮箋注：《歐陽修集編年箋注》（成都：巴蜀書社，2007年12
　　月），冊7，頁91-92。

　　　鳥數種。因徧索古今題詠，了不可得，惟於化城閣棟間，揭介
　　　甫兄弟兩詩而已。……晚渡瓜洲，夜泊運河，旦至，舟次金
　　　山。貼了元詩：「何年靈鷲鳥，飛落大江心。石壁雖難轉，風
　　　波不易禁。樓台分左右，日月見浮沉。便欲歸休庇，長嗟世累
　　　深。」[10]

　　上述引文，是張舜民於丙寅日的記述，文中談到他往觀潤州金山寺
（在今江蘇省鎮江市）的過程。作者對於金山寺及其四周的景觀有相
當多的摹寫，除了談到他們登上金山頂，俯視流水的壯闊，還對寺中
主僧了元禪師做了甚多描繪，此外，也提到寺中王安石等人的題詩。
整段文字的內容非常多元，從山水景觀、歷史陳跡到人物特寫均已包
含，文末還贈詩給了元禪師，感嘆塵世勞務紛紜，無法歸於清淨地的
心情。
　　日記體遊記發展到了宋代張舜民的《郴行錄》，在體例與內容上
已屬成熟階段，其後南宋陸游的《入蜀記》、范成大的《吳船錄》、周
必大《歸廬陵日記》、《泛舟遊山錄》等作品相繼崛起，更奠定日記體
遊記的寫作趨勢。其中陸游的《入蜀記》，經常引用前人的詩文以印
證眼前之景，除了描寫景觀外，還大量描寫各地方的歷史掌故、神話
傳說、地理沿革，甚至繪畫、茶道、書法、碑刻、民俗等等，對於地
方人文風貌進行了大量記載，此書在日記體遊記的發展上，比張舜民
的《郴行錄》激起更多風潮，也更被世人所注意。因此，宋代日記體
遊記的發展，可說是達到一個成熟的里程碑，後代日記體遊記的發
展，基本上是在宋代的基礎上進行延伸與擴充。
　　日記體遊記進入元代後，作品的數量雖然較少，但不乏優異之

10　〔宋〕張舜民《郴行錄》，收於氏著：《畫墁集》（北京：中華書局，1985年，叢書
　　集成初編本），卷7，頁54-55。

作，如郭界《客杭日記》，寫旅居杭州數月之經歷，對杭州街坊、寺觀、名勝古蹟、社會景象及名士交遊的情形都有記載，文字優美流暢，讀來清新可喜。到了明代，徐弘祖《徐霞客遊記》、王士性《廣志繹》，更堪稱是日記體遊記的經典之作；其中《徐霞客遊記》受到世人矚目的程度，遠非其它日記體遊記所可比擬，不論是寫作體例之多元、內容品項之豐富、字數篇幅之長度，還有後代學者的研究數量，都是日記體遊記之冠。其後清代的日記體遊記仍然蓬勃發展，例如吳錫麒《還京日記》、張汝南《浙遊日記》、李慈銘《夢庵游賞小志》、菊如《滇行紀略》、……等等，都是相當優秀的作品。臺灣受流風所及，也有許多出色的日記體遊記，如郁永河《裨海紀遊》、蔣師轍《臺游日記》、洪棄生《八州遊記》、林獻堂《環球遊記》、……等等，都有值得關注的風格與內涵。

　　吳德功《觀光日記》一書，在體裁上，承襲的便是從宋代張舜民《郴行錄》、陸游《入蜀記》以來常見的作法，書中以「散文」為寫作主體，其間還穿插「詩歌」以印證或輔助說明眼前的人事物。至於在內容上，除了描寫山水景觀外，還涉及地方的歷史掌故、民情風俗、地理沿革、交通狀況與人情酬酢等等，這也是宋代日記體遊記興盛以來一貫的作法。一部日記體遊記，宛如一本地方的百科記錄，內容的豐富與多彩是日記體遊記最引人入勝之處，吳德功的《觀光日記》，同樣具有此種特色。

第三節　《觀光日記》的內容與詩作

一　《觀光日記》的內容

　　日記體遊記自宋代發展成熟以來，歷經各朝學者文人的投入與撰

寫，儼然已成為另類的地方文獻資料庫。就以蜚聲藝林的《徐霞客遊記》來說，作者徐弘祖花了三十幾年歲月，走過中國近二十個省份，將其所接觸的人事物書寫下來，成就了《徐霞客遊記》這部曠世巨作。此書的內容包羅萬象，舉凡地理、農業、手工業、商業、民族、政治、宗教、文物、風俗民情、農民起義等等無所不包，說它是一部地方資料百科亦不為過。做為後起之作的《觀光日記》，作者吳德功旅行日期僅二十餘天，遊歷地點僅臺灣中北部，在時間與空間的歷程上都不多，但吳德功在有限的旅程中，仍然努力記載每日的見聞，因此篇幅雖然不長，但內容仍然相當多元，所書所寫，除了揚文會活動的相關訊息外，還包括參觀政府機構的情形、旅途的地理景觀、地方的人文風貌、友人的聚會、地方交通狀況等等，其中許多資料亦蘊藏珍貴的學術價值。以下且針對此書的內容分類進行說明。

（一）記載當時的揚文會活動

揚文會是兒玉源太郎總督於明治三十三年（1900）三月十五日，在臺北淡水館召開的一個漢文學活動。《觀光日記》一書既是吳德功參與揚文會活動後所寫的作品，書中必然存在許多揚文會活動的相關資料。書中說：

> 明治三十三年，臺灣總督府男爵兒玉源太郎閣下舉行揚文會。總計全臺舉人、貢生、廩生止餘一百五十名。先期發柬，文曰：「啟者：以文會友，以友輔仁之義，是藉以敦世風、勵績學也。茲總督閣下定於本年三月十五日，特乘公暇，會設揚文，搜羅臺疆俊傑之才，聿贊國家文明之化。惟冀諸君依題抒臆之外，總期各盡所蘊蓄，臨會投文，俾得有奇共賞。願賡同調，敢誇玉尺量才；毋秘爾音，豈乏金針度譜，是有厚望焉。

耑此，祇頌文祺。」又出三題：一、修保廟宇（文廟、城隍、
天后等廟）議，二、旌表節孝（孝子、節婦、忠婢、義僕）
議，三、救濟賑恤（養濟、育嬰、義塚、義倉、義渡）議。其
文會宿構，備臨會面投。各地方官派引導會員，一路舟車免
費。德功於八日稟辭師範學校長木下邦昌，翼日出發。[11]

這段引文記載了許多日治時期揚文會活動的訊息，包括活動的日期、
活動的請柬內容，還有揚文會三道作文題目（修保廟宇議、旌表節孝
議、救濟賑恤議）。除了這些資料外，書中還收錄了揚文會當天的儀
式流程，還有民政局長後藤新平的演講辭，相關載述如下：

十五日上午九時，三縣紳士齊集淡水館，即前登瀛書院也。中
堂懸金字「揚文會」匾，楹柱簪花，紅白相間，五色揚文會小
旗密佈，春風蕩漾，搖曳生姿。堂上列古松等盆景，甬道兩邊
栽植異卉名花，多自內地運來者。堂內客廳鋪設錦茵，西洋椅
棹上掛自來火燈。司賓者各濟濟款洽。鐘鳴十下，兒玉總督閣
下駕臨，靜肅不動聲色。俄而砲聲千響，司賓者引導上藏書
樓。樓上燈彩，金碧輝煌，各種名花或剪綵而成，或折枝高
插，更有兩地瓶插兩松柏，枝幹蒼古如蟠龍狀。於是紳士坐
定，總督朗誦祝詞，後藤民政局長亦演說云：「帝國皇統一
系，國祚興隆，與天壤無窮，迄今二千五百年，金甌無缺，國
運之振興，教育之進步，漢文自王仁齎入，釋教自印度流來，
泰西文學亦喜為採納，皆能與之融和而得其要領。余非不知漢
文之高雅優美而欲廢之也，惟先示以易知易學之方，故首教以

---

11 吳德功：《觀光日記》（南投：臺灣省文獻委員會，1992年5月，吳德功先生全集
本），頁167。

國語，繼公學校、師範學校，將來文運長進，更設專門學校以期鞏固利用厚生之根抵，養成有用之才。此次之揚文會即發揚大人之學，即大學之道。大學言明德新民，又曰格物致知，湯言日日新，康誥言作新民，無非欲使人格考窮理，使德業富有日新也。爾等皆博學之士，歸去當教迪後進，庶無負督憲表揚文之意。」讀畢，臺北廳總代李秉鈞、臺中總代莊士勳、臺南總代蔡國琳、宜蘭總代李望洋高誦答詞而退。於是下樓，各行照像，即上席開筵，總督同民政局長、臺北縣知事村上義雄、臺中縣知事木下周一、臺南縣知事、法院諸官長居中陪宴。嘉餚美饌，酒醴笙簧，備極盛設。[12]

由這段引文可以得知，揚文會活動的地點在「淡水館」（前身為「登瀛書院」），而活動開始時間是上午九時。當天主要的儀式流程，是鐘鳴十下後，總督兒玉源太郎駕臨。之後「砲聲千響」，司賓者引導與會人員登上藏書樓，然後由總督兒玉源太郎先朗誦祝詞，再由民政局長後藤新平發表演講[13]。演講結束後，則由臺北廳總代李秉鈞、臺中總代莊士勳、臺南總代蔡國琳、宜蘭總代李望洋等人高誦答詞，之後是與會人員下樓拍照，最後便是午宴款待所有與會人員，席間除兒玉總督及後藤局長外，還有臺北縣知事村上義雄、臺中縣知事木下周一、臺南縣知事，以及法院的幾位官長也居中坐陪。從這些內容的記載，可以看出這是一場日本官員與臺灣文人交流交心的活動，兩造異族的社會菁英，透過此一活動彼此相交流，達到以文會友的目的。

---

12 同上註，頁172-173。

13 民政局長後藤新平的講辭，吳德功《觀光日記》中所載錄者為節錄之內容，其完整版講辭，收錄於臺灣總督府編纂《揚文會策議集》，見黃哲永、吳福助主編：《全臺文》（臺中：文听閣圖書有限公司，2007年7月），冊31，頁628-633。

（二）記載參觀政府機構的情形

　　三月十五日揚文會活動後，從十六日起到二十二日止，是日本政府安排揚文會成員參觀各種政府機構的日子。至於二十三日當天，則是整個參觀活動結束，主辦單位於淡水館再度設宴款待揚文會成員，並招待他們觀賞「三進宮」、「狀元拜塔」、「斷機教子」、「雙湖船」等幾部戲劇。這為期約一週的參觀活動，吳德功一行人被安排參觀了許多政府機構，如十六日參觀基隆港戰艦；十七日參觀「警察獄官學習所」、「獄吏生練習所」、「製藥所」、「製洋烟所」、「電火所」、「衛生課」；十八日參加淡水館的晚宴，由兒玉總督帶領一班官員招待揚文會成員，並觀賞「壽鶴痒松」、「兄弟復仇」等戲劇；十九日參觀「病院」（醫院）、「公醫學校」、「商品陳列所」、「郵局」；二十日參觀「總督府國語學校」、「砲兵工廠」、「度量衡調查所」、「測候所」、「覆審法院」、「樟栳製造所」、「天足會」；二十一日參觀「北投溫泉」、「女學校」；二十二日參觀「淡水館書畫展覽會」。在短短一週左右的時間，參觀超過二十處地點，行程可說是相當緊湊。對於參觀的地方，吳德功都有簡要的記載和說明，例如十九日參觀「病院」：

　　　　十九日午前九時，滿天雨意。……尋令舌人引閱上等病院，計十三棟，床椅西洋式，工致絕倫。房鋪地氈，病者各著看護婦伺藥湯。上等病人每日金貳圓，中、下遞降之。遍閱「配藥室」，玻璃器具，難以枚舉，藥品雜列，各種俱備。又閱「死屍橫陳列室」，有人頭及手足五臟皆全，並有小兒面目皆具，胥貯以玻璃確，以藥水浸之，至久不朽，其味稍腥耳。詢其舌人，以病者在何處斃命，求病人喜悅，願許剖割，以醫後人，

非強為也。[14]

文中記載揚文會成員參觀醫院「死屍橫陳列室」的過程，吳德功對此有非常精要又不失細微的描述。文中談到這些往生者大體的面目情狀，也談到裝置大體的容器與藥水，甚至連氣味「稍腥耳」也描繪到了。最後還特別轉述「舌人」（即翻譯人員）的說法，表示這些往生者的大體之所以被展示陳列在此，乃是「病人喜悅，願許剖割，以醫後人。」表示這是病人自願在往生後捐出大體，以利於醫生學習與研究病理之用，藉此嘉惠後代患者，而不是被醫院強行私下運用。再如其十七日記載參觀「警察獄官學習所」的過程：

十七日午前九時，會員齊赴淡水館。時大雨如注，各乘人力車，下衣多濕。通譯員岩元同吉野利喜馬引導至「警察獄官學習所」，見所長湯目保隆。所內洋樓一座，四面窗牖玻璃明亮，中分四室：舍監室、事務室、會計室、受付堂。上有走馬樓，外環以女牆，如雉堞狀；階砌以石，清潔異常。通姓名畢，所長引率閱警察宿舍。下鋪地板，離地三尺許。兩邊宿舍十餘間，床以鐵枝做成，紅氈布被，亦清潔。中留甬道，屋脊上高三、四尺，兩邊玻璃窗，以通空氣，且光明異常。小折而南，為「練習武藝所」。坐定後，所長令鈴木練習生等打拳，連環攀倒，撲地有聲。演數回，令操伏地繩、捆縛繩、非常繩、土匪捆縛繩等法。旋而陸軍伍長拔刀揮令，練習生操演，步伐整齊，一視伍長號令，無敢疏慢。令進立開連環砲，旋令退而屈膝，亦開連環砲，雖無入子藥，亦簌簌有聲，如臨大

---

14 吳德功：《觀光日記》，頁177-178。

> 敵。然伍長亦收刀合鞘，又令練習生頭戴鐵線面具，兩手束皮
> 囊，以皮肚圍之。初以二人擊刺，尋以四人乃至八人兩相四
> 打，竹拳之聲震動耳目，蓋觀其所打止頭、手、腹三處，有物
> 以護之，雖猛撲，不傷皮膚也。[15]

這段引文，從「警察獄官學習所」的建築物外觀、結構體到內部單位
（舍監室、事務室……）的分布寫起；接著寫到「練習武藝所」，並
且仔細說明這些練習生的操練項目，包含伏地繩、捆縛繩、非常繩、
土匪捆縛繩等法，以及頭戴鐵線面具，相互擊刺，並且只能打頭、
手、腹三處的規定，都有精彩細緻的描繪，彷彿帶領讀者回到日治時
期該練習所的現場一般。

（三）描寫旅途的地理風光

　　吳德功《觀光日記》重要的內容之一，就是針對沿途地理風光的
描寫。如十一日的行程記載：

> 下午抵東羅園，青山四面環繞，中開大湖，泉水涓涓，灌溉稻
> 田。民皆粵籍，傍山為屋，鱗瓦整齊，足見民物豐阜。吳孝廉
> 芸閣故廬猶在，其人傑之出，殆由地靈矣。[16]

這段文字是描寫東羅園[17]的地理風光，從環繞的青山到中間的大湖再

15　同上註，頁174-175。

16　同上註，頁170。

17　查索臺灣地名相關書籍，均無東羅園相關之詞條。今依吳德功文中所言，此處乃苗
　　栗縣銅鑼鄉大儒吳子光之故居所在，故合理推測，東羅園應是指銅鑼鄉，以東羅、
　　銅鑼音近而互通也。吳子光故居在苗栗縣銅鑼鄉雙峰山下，此事詳見黃鼎松：《銅
　　鑼鄉誌》（苗栗縣：銅鑼鄉公所，1998年2月），頁99-100。

到灌溉良田的泉水，還有依山而建的民宅，如詩如畫的描繪，一幅自然的山水圖便浮現在眼前。此外，還提到苗栗大儒吳子光（號芸閣，前清舉人，丘逢甲之師）的故居，這可說是苗栗重要的風景名勝之一。接著再看十二日對苗栗街外景觀的描述：

> 十二早，天意欲雨。予坐肩輿中，見地勢兩山相夾，而良田萬頃，澗泉崖溜，足以資其灌溉。且大廈麟排，石路里許，其富庶之家已可概見。[18]

此處所寫地理形貌，雖然也和前揭東羅園一樣，有山巒、良田與泉水，但東羅園的山巒四面環繞，與此地是兩山包夾不同，而且此地亦少了大湖，不若東羅園景觀之繁複，然而此地「大廈麟排」，可見住戶要多過東羅園一帶，生活上應該是較為熱鬧。

對於旅途中地理風光的描寫，除了寫地形地貌、山水風光外，對於天候氣象也有所描述。其文曰：

> （二十九日）既越大甲溪，天氣忽然變暖，初脫羊裘換錦襖，旋換單袷，氣候不同，亦地氣各異也。[19]

此處談到以大甲溪為界，溪水以北和溪水以南，兩地氣候截然不同，北邊穿羊裘、錦襖一類的厚衣，但一到大甲溪南方，便換穿單袷（輕便的袷衣）了。

---

18 吳德功：《觀光日記》，頁170。
19 同上註，頁187。

（四）描寫地方人文風貌

　　除了書寫地理風光外，《觀光日記》對於地方的人文風貌也是有所記錄的。這包含了地方的風俗民情，還有地方的歷史掌故。例如十一日的記載：

> 越烘爐崎，多行山路。西面一山，橫亙途中。村女荷樵，行歌互答，皆男女相悅之詞，其音甚淫蕩也。[20]

此段文字，前半段寫烘爐崎一帶的地形，後半段就轉為對地方人文風情的描寫，說此地的女子背著薪柴，邊走邊相互唱答，所唱的歌曲都是男女歡愛之辭，歌聲頗為淫蕩。這段內容是對於地方民風的描繪，除此之外，還有對於地方歷史掌故的敘寫，例如十日下午的一段記錄：

> 日晴，散步大墩街外，見新墳舊墳纍纍，因憶戴萬生亂，秋雁臣司馬殉難於此。[21]

這內容是說作者走到臺中大墩街外，看到一座座墳塋，並由此聯想到昔日戴潮春民變事件時，淡水同知秋曰覲（字雁臣）帶兵平亂，卻戰死此地之事。[22]這件事是大墩一地的歷史事蹟，具有深厚的人文意義。接著我們再看作者十一日傍晚走到苗栗西畔大山的一段文字記錄：

> 薄暮行抵苗栗。西畔大山，有帝國陸軍大隊及聯隊封塋，高樹

---

20 同上註，頁169。
21 同上註，頁168。
22 事見吳德功：《戴案紀略》（南投：臺灣省文獻委員會，1992年5月，吳德功先生全集本），卷上，頁4-5。

> 木華表。回憶乙未黑旗統將吳彭年（字季籛）駐軍接戰，管帶
> 袁錫清、幫帶林鴻貴戰死之事。[23]

這段文字，是追憶日本來接收臺灣時，黑旗軍的統將吳彭年率部隊在
此地迎戰日軍之事。當時日軍死傷甚多，而黑旗軍管帶袁錫清、幫帶
林鴻貴亦在該役中戰死，後來戰死的日軍官兵便埋葬在此地，這一段
歷史事蹟，也被吳德功寫入書中。以上所舉三段引文，其內容或寫地
方風俗民情，或者寫地方歷史事蹟，都是屬於地方人文風貌的書寫。

（五）描寫人際往來的情況

《觀光日記》對於人際間的往來，也是描寫的重點之一。例如十
四日的記載：

> 十四早，計臺中會員十八名，吉野君引見本縣知事木下周一，
> 適出門拜客，各投刺請安。予再謁村上知事，三谷君引率入
> 見。諄諄問臺中安靜否？知事雖卸篆，猶問懷於舊治焉。[24]

這段引文，談到吳德功一行人共十八名，前往拜會臺中縣知事木下周
一之事，然適逢木下知事外出，於是再轉為拜訪臺北縣知事村上義
雄。由於村上知事為前任臺中縣知事，對臺中縣有一份情誼在，與吳
德功又是舊識，便「諄諄問臺中安靜否？」這場友人的聚會，充滿對
家鄉的追憶。接著，再看二十四日的記載：

---

23 吳德功：《觀光日記》，頁170
24 同上註，頁172。

> 二十四日，熊田君（總督府課員）枉顧，索取拙著施戴兩案，
> 適予訪李君石樵、陳君淑程，蓋舊相識者，廿餘年舊友也。談
> 論時務，暢敘契闊之情。[25]

這段話談到日本課員熊田信太郎來拜訪吳德功，並欲索取《戴案紀
略》與《施案紀略》二書，適逢吳德功前往拜訪二十餘年的老朋友李
石樵、陳淑程等人，未能相見。不過吳德功與李、陳二人倒是相談甚
歡，正所謂「談論時務，暢敘契闊之情」是也。以上兩段引文，聚會
的人士都有日籍友人，接著我們來看二十八日的聚會，這場聚會的友
人純粹是臺籍人士。其文云：

> 二十八日早，同林、王二君在後壟出發。天氣開霽，中午抵通
> 霄街，會友湯星槎留午餐。午後抵苑里，蔡君振芳與予有文字
> 交，先在街等候，停輿，將行李搬入宿舍。尋鄭君惟康款洽挽
> 留，於是二人議定，各饗一餐，是晚適鄭君家。[26]

這裡談到作者與友人林峻堂、王學潛早上由後壟（今苗栗後龍鎮）出
發，中午時在通霄街與朋友湯星槎一起用餐。午後又到苑里（今苗栗
苑裡鎮）找蔡振芳，並置放行李於宿舍中。當晚在好友鄭惟康家中用
餐，並說好要各請一餐。從以上的載述，可以看出吳德功喜歡結交朋
友，對於友朋間的聚會相當重視，其人際往來的情形相當熱絡。而其
交往的友朋中，有政府官員，也有民間人士，在籍別上則臺、日皆
有。《觀光日記》一書，對於人際往來的載述很多，總計二十四天的

---

25 同上註，頁184。

26 同上註，頁186。

日記裡，就有十九天[27]有人際往來的描寫，從這方面可以看出吳德功
對於經營人際關係的用心。透過對於吳德功人際網路的了解，將有助
於提供吳德功文學與事功研究的基礎性材料，這也是《觀光日記》重
要的內容之一。

（六）描寫當時的交通狀況

《觀光日記》一書，其間有一些內容是對於旅途交通狀況的描
述。這些有關當時交通的內容，大致可分成兩個部分：第一，是當時
中臺灣至北臺灣的交通路線；第二，是當時所使用的交通工具。就第
一個部分而言，吳德功從彰化城（今之彰化市）出發，到臺北的大稻
埕，其行經之地依序是彰化城→中莊仔[28]→柴坑仔[29]→大肚溪乘船渡
河→湖日莊[30]→大墩→葫蘆墩[31]→烘爐崎→三叉河[32]→東羅園→苗栗→

---

27 這十九天，分別是三月八日、十日、十三日、十四日、十五日、十八日、十九日、
　 二十日、二十一日、二十二日、二十三日、二十四日、二十五日、二十六日、二十
　 七日、二十八日、二十九日、三十日、三十一日。

28 中莊仔：在今彰化市內，過去是彰化縣城外的一莊。見〔清〕周璽：《彰化縣志》
　 （臺北：國防研究院，1968年10月，臺灣叢書本），〈規制志〉，卷2，頁42。

29 柴坑仔：在今彰化市內，大約是在國聖里東南部，彰化北上臺一線大肚溪橋西南方
　 一帶，本是平埔族柴坑仔社的生活地，後於康熙年間，有大墾首吳洛從臺南府東安
　 坊遷入，並買地開墾，柴坑仔社族人，也在清末遷至南投埔里鎮了。詳見施添福總
　 編纂：《臺灣地名辭書・彰化縣》（南投：國史館臺灣文獻館，2008年12月），卷
　 11，頁144-145。

30 湖日莊：今臺中市烏日區。見林衡道：《鯤島探源：台灣各鄉鎮區的歷史與民俗》
　 （臺北縣：稻田出版有限公司，1996年5月），第二集，頁343。

31 葫蘆墩：臺中市豐原區舊名。其得名之說有二：其一，說其地形似葫蘆而得名；另
　 一說認為是平埔族之巴宰海族Huluton社的譯音。葫蘆墩一名，在日治大正九年
　 （1920）更名豐原，以其稻作盛產豐美，故名之。詳見蔡培慧、陳怡慧、陳柏州合
　 著，《台灣的舊地名》（臺北縣：遠足文化事業股份有限公司，2005年8月），頁102。

32 三叉河：苗栗縣三義鄉舊名。三叉河在清代《淡水廳志》中寫為三汊河，之所以名
　 為三叉河，是因為西湖溪流至此地，主流與支流匯聚成三叉狀的緣故。日治初期，

中港溪義渡乘船渡河→新竹城→鳳山崎火車站[33]→臺北大稻埕[34]；至於回程的交通路線，則是臺北大稻埕→鳳山崎火車站→新竹城→中港溪義渡乘船渡河→後壠[35]→通霄→苑里[36]→房里溪乘船渡河→大甲→大甲溪乘船渡河→鰲頭[37]→汴仔頭[38]→中寮[39]→彰化城。從這兩條路線來看，吳德功去程跟回程所行經的地區並不相同，回程時，從臺北大稻埕至中港溪義渡，所走路線與去程時相同，但中港溪義渡之後，其行經的地點便與去程時有所差異，其沿線所經過的後壠、通霄、苑里、大甲……中寮等等，皆是去程時未經之地，而這些地點都偏於海線的鄉鎮，與去程時的湖日莊、大墩、葫蘆墩、烘爐崎、三叉河、東羅園、苗栗等偏於山線的地區不同。從吳德功去程與回程的路線來

三義鄉原屬三叉河支廳苗栗一堡，大正九年（1920）時，改名為三叉庄。戰後，三叉庄改制為三叉鄉，後以叉字不雅，於民國四十二年更名三義鄉。詳見施添福總編纂：《臺灣地名辭書・苗栗縣》（南投：國史館臺灣文獻館，2008年12月），卷13，頁495-496。

33 鳳山崎火車站：在今新竹縣新豐鄉員山村一帶。鳳山崎，亦稱山崎。見吳聲祥，《新豐鄉志》（新竹縣：新豐鄉公所，2009年3月），頁51。

34 大稻埕：又稱稻津、稻江。地點約在今民權西路、重慶北路、忠孝西路及淡水河所圍起之區域。之所以名為大稻埕，乃因此處有一大片公共曬穀廣場所致。另外，此處亦是稻米重要的交易場所，又鄰近淡水河，故又稱稻津、稻江。詳見施添福總編纂：《臺灣地名辭書・臺北市》（南投：國史館臺灣文獻館，2008年12月），卷22，頁290。

35 後壠：苗栗縣後龍鎮之舊名。見施添福總編纂：《臺灣地名辭書・苗栗縣》（南投：國史館臺灣文獻館，2008年12月），卷13，頁123。

36 苑里：苗栗縣苑裡鎮舊名，音近而互通。見施添福總編纂：《臺灣地名辭書・苗栗縣》，卷13，頁207。

37 鰲頭：臺中市清水區舊名，亦稱寓鰲頭、牛罵頭。見廖忠俊：《臺灣鄉鎮舊地名考釋》（臺北：允晨文化實業股份有限公司，2008年12月），頁158。

38 汴仔頭：臺中市大肚區地名之一。見陳國章：《臺灣地名辭典》（臺北：國立臺灣師範大學地理系，2004年4月），頁205。

39 中寮：又作中蓁，彰化縣和美鎮地名之一，日治時期稱為中蓁庄。見陳國章：《臺灣地名辭典》，頁101。

看，能夠幫助讀者了解當時中臺灣至北臺灣兩條主要的交通動線。

至於第二個部分，當時吳德功所使用的交通工具甚多，有陸路工具，有水路工具，這當中包含了肩輿[40]、船隻、火車、輕便車[41]等等。以下且舉幾則書中的記載，以明其梗概。如十二日當天的記載：

> 出苗栗里許，即通車橋，輿夫不敢過，竟越溪徒涉，由後壠舊路而來，依然如昔日飛砂迷路，細雨霏霏，海風卷浪。予坐肩輿中，牙齒欲震。……僕夫置肩輿於舟中，予坐輿上，頃刻抵岸。時天陰日隱，以時計觀之，適當午刻，因吟五古以詠其事。[42]

這段話談到苗栗通車橋的危險，所以扛肩輿的轎夫寧願徒步涉溪，也不願從橋上過。於是吳德功坐在肩輿上，轎夫抬著他循著後壠的舊路來到溪邊，再扛著肩輿橫越溪流，這是通車橋一地的交通景象。過了此溪後，來到中港溪邊，因有義渡可坐，於是轎夫抬著肩輿坐在船上過溪。這是吳德功在苗栗後壠與中港溪一帶的交通景象。看完肩輿和渡船的載運方式，再來看火車的輪運：

> 十三日大雨，乘肩輿抵鳳山崎火車頭，呈驗憑據，即登火車，

---

40 肩輿，亦稱平肩輿，乃以人力扛於肩上而行的轎子。中文大辭典編纂委員會編：《中文大辭典》（臺北：中國文化大學出版部，1993年10月，9版），冊7，頁989。

41 輕便車，又叫臺車，日治時期引進臺灣。其運輸方式，乃置於輕便鐵道上行駛，其鐵軌軌距一呎七吋半，由人力推動前進。日治時期是臺灣陸上交通相當普遍的運輸工具，在一九〇八年縱貫線鐵道開通前，其運輸角色之扮演更是重要。詳見陳家豪：〈從軍用到民營：日治初期臺灣輕便鐵道的發展（1895-1909）〉，《臺灣文獻》第64卷1期，2013年3月，頁81-82。

42 吳德功：《觀光日記》，頁171。

> 免輪車費。九點發車，路上停車添炭數處，至十二點抵大稻
> 埕，火車敏捷如此。[43]

吳德功在十三日早上坐著肩輿來到鳳山崎火車頭（在今新竹縣新豐鄉）後，便改乘火車往臺北了。結果中午十二點就到臺北大稻埕了，速度之快，讓他有了「火車敏捷如此」的評價。上述所引，已含括了肩輿、船隻與火車，至於輕便車，則是回程時由鳳山崎火車站至新竹城時所搭乘的交通工具。從這些交通工具的使用，可以了解當時臺灣的交通輸運已與清領時期有所不同，尤其輕便車的使用，是日治時期所建構的新工具，對於臺灣的交通運輸而言，提供了另一項便利的選擇。

---

43 同上註，頁171。

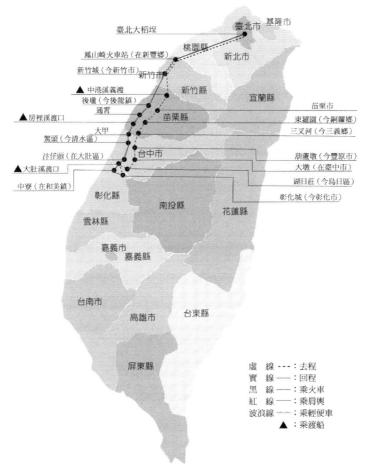

圖 8-1　吳德功參加揚文會來回之交通路線[44]

（筆者資料整理、陳采婕、呂玉姍繪製）

---

[44] 吳德功參加揚文會，去程跟回程的路線並不相同，去程時多走山區鄉鎮（山線），
回程時則偏於沿海道路（海線）。此外，沿途搭乘的交通工具亦相當多元，包含船
隻、肩輿、火車、輕便車等等。本地圖透過虛線、實線來表示去程、回程之路徑；
再以不同顏色的線條來區分所搭乘之各式交通工具。透過此圖能幫助讀者了解當時
中臺灣至北臺灣兩條主要的交通動線。按：為便利印刷作業之處理，此處僅放黑白
圖片，彩色圖片請參照書前之「書影集」。此外，本地圖之臺灣底圖，引自網址
http://taot.org.tw/others_group。

二　《觀光日記》中的詩歌作品

（一）《觀光日記》引錄古人詩歌與吳德功自作之詩

　　在吳德功的《觀光日記》中，他創作了三十五首單詩及二篇組詩（一篇由二首單詩組成，一篇由四首單詩組成。）這幾十首詩歌被放在這本散文遊記中，形成一種詩文互見的體例。他從明治三十三年（1900）三月八日開始書寫，至三月三十一日止，短短二十四日的行程寫了數十首詩，這種詩文互見的寫作方式，明顯提升了作品的層次變化。

　　在古典日記體遊記的發展過程中，首先將自己創作的詩歌放入作品中的，就目前文獻而言，當屬張舜民《郴行錄》為最早。在他的《郴行錄》中，置入他自作的詩歌相當多，例如戊子日與友人聚會於蕭相樓這天的記載便有詩作：

> 戊子，群會於蕭相樓。是夕，中秋八月十五日夜。〈清溪舟次〉詩云：「清溪水底月團圓，因見中秋憶去年。旱海五更霜透甲，郴江萬里桂隨船。昔看故國光常滿，今望天涯勢似偏。只恐姮娥應笑我，還將隻影對嬋娟。」[45]

再如癸巳日在晚洲停留的時候也有詩作：

> 癸巳，次晚洲。洲上平廣，土壤如北方。居人止一兩家，自朱洲之西，水中處處有三石，形如壞塚，土人謂之黃牛石。出沒

---

45 〔宋〕張舜民：《畫墁集・郴行錄》（北京：中華書局，1985年，叢書集成初編本），卷7，頁60。

> 水中，頗為舟船行旅之患，過者避之。行次晚洲，有詩云：
> 「臘月遭霖雨，孤舟艤暮灘。數聲歸雁斷，半嶺野梅殘。無復
> 論偕老，何時展急難。江湖臥周歲，此夕最難安。」[46]

除了上述二例外，其他地方仍有置入自己詩作之處，今不贅舉。像這樣在散文遊記之中放入詩作，對於藝術美學以及情感的表達上，當然有明顯的強化作用，梅新、俞樟華曾針對《郴行錄》這樣的寫作手法，表達肯定之語。[47]不過這樣的寫作手法，在其前後的一些日記體作品中都未曾出現，例如其前的歐陽修《於役志》；其後的陸游《入蜀記》、范成大《吳船錄》之中，都沒有作者自己的詩作。不過，陸游《入蜀記》與范成大《吳船錄》裡，雖然沒有穿插自己的詩作，但卻徵引不少他人的詩歌，說起來也是另一種詩文互見的寫作體例。例如陸游《入蜀記》云：

> 九日，至保寧、戒壇二寺。保寧有鳳凰台、覽輝亭，台有李太
> 白詩云：「三山半落青天外，二水中分白鷺洲。」……戒壇額
> 曰：「崇勝戒壇寺」，古謂之瓦官寺。有閣，因網阜，其高十
> 丈，李太白所謂：「鐘山對北戶，淮水入南榮。」者。又〈橫
> 江詞〉：「一風三日吹倒山，白浪高于瓦官閣。」是也。[48]

再如范成大《吳船錄》云：

---

46 同上註，卷8，頁66。

47 梅新、俞樟華說：「書中（指《郴行錄》）載錄了一路上自己或友人所作的大量詩作，形成了一種詩文交叉結合的結構。這些詩或抒情，或評論，或寫景，大都能與文較好地融合在一起，起到了畫龍點睛，相映生輝的作用。」見二氏合著：《中國游記文學史》，頁208。

48 〔宋〕陸游：《入蜀記》（上海：上海遠東出版社，1996年11月），卷2，頁32。

> 辛未，登城西門樓，其下岷江，江自山中出，至此始盛壯。對
> 江即岷山，岷山之最近者曰青城山；其尤大者曰大面山；大面
> 山之後皆西戎山矣。西門名玉壘關，自門少轉，登浮雲亭，李
> 繫清叔守郡時所作，取杜子美詩：「玉壘浮雲變古今」之句。[49]

上揭二書之引文，前者引用李白〈登金陵鳳凰台〉、〈登瓦官閣〉、〈橫
江詞〉等詩；後者則引用杜甫〈登樓〉的詩句。陸游《入蜀記》與范
成大《吳船錄》二書，對古人詩句的引用不少，但都沒有自己的詩作
在其中，這情形與張舜民《郴行錄》中多處置入自己的詩作不同。

　　其實，若是就日記體遊記中是否存在詩歌作品來看，大致可分出
三種類型：

　　第一種，是作品中完全沒有穿插詩歌在其中者。這一類作品如唐
李翱〈來南錄〉、宋歐陽修《於役志》、明陸深《淮封日記》、清施景
琛〈鯤瀛日記〉、清池志徵《全臺遊記》、……等等。

　　第二種，是作品中有穿插他人詩作，但沒有置入自己的詩歌作
品。例如宋陸游《入蜀記》、宋范成大《吳船錄》、元郭界《客杭日
記》、明都穆《使西日記》、清王鉞《粵遊日記》、清蔣師轍《臺游日
記》、民初張遵旭《臺灣遊記》、……等等。

　　第三種，這是在散文遊記中引用了他人的詩作，同時也穿插自己
的詩作。這類作品如宋張舜民《郴行錄》、清陸嘉淑《北遊日記》、清
郁永河《裨海紀遊》、……等等都是。其中郁永河《裨海紀遊》上、
中、下三卷中，就有數十首自己的詩作（包含竹枝詞）在裡面，其間
也引用了他人的詩作，如其二月十六日的記載，就引了《詩經・大

49　〔宋〕范成大：《吳船錄》（臺北：藝文印書館，1966年，百部叢書集成本），卷上，
　　頁2-3。

雅・鳧鷖》:「鳧鷖在亹」[50]的詩句;二月二十五日的記載,就引了明朝寧靖王朱術桂的〈絕命詞〉[51]。不過平心而論,《裨海紀遊》裡雖然也引用他人的詩作,但數量上是遠遠不及作者自身之作品的。

就上述三種類型的作品來看,吳德功《觀光日記》屬於第三種,亦即在散文遊記中引用他人詩作,同時也穿插自己的詩作。在這樣的體例裡,《觀光日記》有兩點現象值得注意:

第一,《觀光日記》與《裨海紀遊》很相似,就是書中徵引他人的詩作很少,多數是作者自己的詩作。《觀光日記》中自作的詩歌數量共有三十五首單詩,二篇組詩,但引用他人詩歌者只有二處。其一在十八日的行程中,引了唐代王翰〈涼州詞〉:「美酒葡萄夜光杯」的詩句[52];其二是在二十日的行程中,引了唐代王之渙〈登鸛雀樓〉:「欲窮千里目,更上一層樓」的詩句。除了這兩處詩作外,其餘都是吳德功自己的詩歌,數量比例上相差懸殊,這與陸游《入蜀記》、范成大《吳船錄》一類大量引用他人詩作的遊記有所不同。

第二,《觀光日記》中所引皆古人詩歌,對當時同行友人的詩作卻完全沒有載錄。如其二十五日的記載:

> 二十五日,在稻津大和遇施君悅秋自泉買渡而來,隔別數年,一朝逆旅相見,喜出望外。施君即席賦詩,予和二首云:「隔別丰儀五六春,稻江會飲灑清塵。冥鴻遠舉成君志,守兔拘墟愧此身。昔日同儕多離散,他鄉相遇倍加親。世情險惡炎涼

---

50 見〔清〕郁永河:《裨海紀遊》(臺北:大通書局,1987年10月,臺灣文獻史料叢刊本),卷上,頁4。

51 同上註,卷上,頁10。

52 見吳德功:《觀光日記》,頁177。吳德功此處所引王翰〈涼州詞〉的詩句,寫為「美酒葡萄夜光杯」,正確句子應是「葡萄美酒夜光杯」。

甚，四海知心有幾人。」「飛觴醉月賞芳春，徹夜雄談塵拂
塵。幸我清風攜兩袖，羨君明月是前身。客中話舊情懷洽，海
外論交氣味親。馬齒徒增漸老大，依然少壯不如人。」是晚收
拾行李，將「施戴兩案」紀交谷信近君轉交熊田君。[53]

文中說到同行友人施悅秋「即席賦詩」，而自己作詩二首以唱和之，
但書中只載錄自作之詩，施氏作品未錄。類似情況，再看二十九日的
記載：

> 二十九日早，由苑里過房里溪。溪中開田，松竹交加。林峻堂
> 即景賦詩，予和之：「房里溪流匯數重，洪波擊石勢洶洶。爛
> 霞西抹橫滄海，旭日東升露峭峰。鳳尾參天多勁竹，虯枝倒地
> 倚跂榕。離家一日途猶遠，草草勞人可惱儂。」是午在大甲
> 停。中午，家朝宗設筵款洽。予不勝酒，林峻堂高量，相與猜
> 拳。至下午三時始行。予賦云：「不速來三客，途中遇故人。
> 入門欣把臂，倒屣出迎賓。味美佳餚列，香騰老酒陳。猜拳猶
> 未已，斜日照溪津。」[54]

此段記載，說到友人林峻堂「即景賦詩」，而作者自己也吟詩唱和，
但書中只收錄自作之詩，並未看到友人林峻堂的作品。雖然不清楚吳
德功為何只收錄自作之詩，友人詩作為何不錄？但可以確定的是，這
並非日記體遊記的常態，因為在其它的一些作品中，我們看到作者除
了收錄自身詩作外，也收錄同行友人的詩歌。且看清張維屏《桂游日
記》的記載：

---

53 吳德功：《觀光日記》，頁185。
54 同上註，頁187。

　　（道光十七年三月）十二日大風雨，不能開篷，甚覺鬱悶。風
　　狂雨急，牀席漏濕。〈舟中苦雨〉：「此地天疑漏，兼旬雨點
　　麤。風聲亂高柳，雲氣滿蒼梧。遠望心如醉，長吟興未孤。泊
　　船隨處好，客枕慣江湖。」「同作」（朱鳳梧）：「客路偏逢雨，
　　春光竟似秋。山蒙雲氣濕，天接浪花浮。石瀑忽奔放，銀河疑
　　倒流。悶懷如中酒，握管破新愁。」[55]

文中不僅載錄作者自身的詩作〈舟中苦雨〉，也收錄同行友人朱鳳梧
的同題詩作。在張氏這本書中，像這樣引錄友人詩作的地方相當多。
除了《桂游日記》外，清陸嘉淑《北遊日記》也是在載錄自身詩作
外，一併將友人唱和之詩收錄進來。像這樣的例子仍有，不再贅舉。
由是可知，吳德功《觀光日記》對於詩歌的載錄，以自身作品為主，
同行友人的詩作概不收錄，這與張、陸二人之作法不同。

（二）《觀光日記》中詩歌存在的功能

　　吳德功在《觀光日記》一書中，引錄了古人詩歌，也置入自己所
寫的詩。這種集散文、詩歌於一爐的作品，在各種層面的表現上當然
與純散文的作品不同。分析這些詩歌在《觀光日記》一書中所產生的
效應，其功能約有兩點：一是增補正文之不足，二是擴大作品的藝術
特色，以下分項論述之。

1 補正文之不足

　　《觀光日記》中，吳德功大量置入自身的詩作，形成詩、文互文
性的現象。此時詩作具有與正文內容相互闡發，進而補充正文不足的

---

55 〔清〕張維屏，《桂游日記》。收錄於李德龍、俞冰主編：《歷代日記叢鈔》，冊46，
　　頁177-178。

功能。以下我們便援引二例以作說明，如其十一日的行程說：

> 午刻，抵葫蘆墩，街市熱鬧，亦設車站。沿途上下埤圳水分
> 流，是為樸仔籬圳。即景賦五律：「曉發臺中縣，人家植竹
> 籬。葫墩新市建，雁社古風遺（雁里社土番尚多）。汴別東西
> 派，溪分上下埤（前合為一，後始分之）。維新聲教訖，風俗
> 化澆漓。」[56]

文中正文部分，提到他們一行人抵達葫蘆墩（今臺中市豐原區），並
談到沿途所見樸仔籬圳的下埤圳與上埤圳分流的情形。[57]接著便轉以
詩歌的方式呈現，詩歌的內容裡，對於正文有許多補充之處，細加檢
視，至少有三點補充：其一，詩中提到沿途所見人家，有植竹為籬的
情況；其二，詩中提到「雁社古風遺（雁里社土番尚多）」、「維新聲教
訖，風俗化澆漓。」[58]這是指雁里社在清代時漢文化大舉融入，原住
民漢化的情形非常鮮明；其三，詩中所謂「汴別東西派」，是指樸仔籬

---

56 吳德功：《觀光日記》，頁168-169。

57 樸仔籬圳，又稱葫蘆墩圳，水利系統，於雍正元年（1723）開始修築，由台中縣樸
　仔籬口引大甲溪水灌溉，分下埤、上埤、下溪州三條水圳。詳見張勝彥：《臺中縣
　志・經濟志》（臺中縣：臺中縣政府，1989年9月），卷4，頁172。另見洪敏麟：《臺
　灣舊地名之沿革》（臺中：臺灣省文獻委員會，1984年6月），冊2，頁69、75。

58 雁社、雁里社，指的就是「岸裡社」。此社屬於平埔族巴宰海族的一支，清領時期
　此社勢力範圍約在今臺中市神岡區、豐原區、后里區境內。岸裡社部落在清康熙三
　十八年（1699），曾協助清廷平定吞霄社平埔族叛亂，受到清政府重視。康熙五十
　四年（1715），清朝依功授予岸裡社土目阿莫為岸裡社大土官，並獲頒「信牌」。隔
　年五月，阿莫率領包括岸裡社在內的五個巴宰海族部落，向官府表達歸化之意。後
　來也因此得到清政府的恩賞，而擁有臺中盆地中北部大片土地的開墾權。由於之後
　岸裡社與官方之間合作良好，漢人移入開墾者愈來愈多，岸裡社族人與漢人交流日
　益頻繁，漢文化大舉融入的情形十分明顯，這就是吳德功詩中所說「維新聲教訖，
　風俗化澆漓」的原因了。上述關於岸裡社的發展始末，詳見陳茂祥：《神岡鄉志》
　（臺中縣：神岡鄉公所，2009年9月），上冊，頁8-13。

圳有分為東汴幹線與西汴幹線兩條圳道。[59]以上三點，在正文中皆未提及，作者以詩歌做了補充說明。接著，再看二十七日的行程記述：

> 三時抵中港渡，眾客爭登，小船不堪重儎，海潮初退，三次擱淺，幾遭傾覆。幸無大風，賴以不恐。口占五古一篇：「中港設義渡，濟人於溱洧。旅客競渡爭，滿儎堆行李。溪流趁潮退，微風漾波起。旅觸鐵板沙（府志載安平有鐵板沙），沙汕膠船底。三次欲傾覆，危險瀕於死。寄語買渡人，往來慎行止。」[60]

文中提到，作者一行人在下午三點時來到了中港溪渡口，許多民眾爭相坐上渡船，船隻因為不堪重載，加上海水退潮，水位變淺，導致船隻三次擱淺，幾乎翻船。說完這些過程後，作者改以詩歌的方式呈現，詩中對於正文至少有兩點補充：

第一點補充，詩中提到中港溪設置義渡，這是正文未提之事。所謂義渡，是指免費的渡船。臺灣早期許多河流因洪水頻傳，架設橋樑不易，許多時候須靠船隻渡河，但期間許多不法之徒藉船渡敲詐歛財，於是在善心人士的籌劃下，有了義渡的產生，希望解決渡河被訛錢的弊端。義渡一般有民設與官設兩種。中港溪義渡屬於官設，乾隆五十二年（1787），首設中港官義渡。之後道光十六年（1836），淡水同知婁雲為了徹底改革溪渡的積弊，特別訂定義渡章程，並以自己薪俸及募捐所得充作義渡經費，立義渡碑於新竹舊縣署頭門內福德祠

---

59 樸仔籬圳（葫蘆墩圳），分為東汴幹線與西汴幹線兩條圳道，各自灌溉不同之地區。詳見賴志彰，《台中縣街市發展──豐原、大甲、內埔、大里》（臺中縣：臺中縣立文化中心，1997年8月），頁18。

60 吳德功：《觀光日記》，頁186。

前。[61]詩中所謂「中港設義渡，濟人於溱洧。」指的正是此事。此事
在正文中未有說明，而是透過詩歌進行補充。

圖 8-2　**中港溪官義渡碑**[62]（筆者拍攝）

61　該碑有關中港溪義渡之相關條文如下：「中港溪不分大小水，長年設大小渡船兩隻，
　　渡夫六名。每名日給工食錢二百二十文，年額共錢四十七萬五千二百文。另渡船修
　　理費三十三元。」「中港溪渡船日受潮水沖積易於朽腐，按五年大修一次，共工料
　　洋銀八十五元。」「中港總理葉廷祿捐洋五十元。」後來義渡之制仍續存。光緒二
　　十一年（1895），官府曾發給港仔墘（港墘里）住民陳炎之「中港渡曉諭」內云：
　　「該員年富春秋，力壯誠實，故信賴補缺任為渡夫，不得向通行人索取渡錢。」日
　　治時，仍承舊制為官渡，每年發給補助，光復後亦繼續補助一時。上述資料，詳見
　　黃鼎松：《苗栗的開拓與史蹟》（臺北：常民文化事業股份有限公司，1998年1月），
　　頁243-244。
62　清代淡水同知婁雲所立「中港溪官義渡碑」已毀損，此為苗栗縣竹南鎮公所重建之
　　碑。此碑目前置於竹南鎮官義渡生態公園內。據《觀光日記》二十七日的行程記
　　載，吳德功於此義渡口搭船渡溪，當時因承載過重及水位變淺等種種因素，船隻幾
　　乎翻覆。

第二點補充，詩中提到「旅觸鐵板沙」，這是指中港溪的河床有所謂「鐵板沙」這種礁石。其詩句的夾注更進一步說：「府志載安平有鐵板沙」，這表示臺南安平也有這類的地理形態。郁永河《裨海紀遊‧臺灣竹枝詞》中，對於臺南安平的「鐵板沙」有如下描述：

> 鐵板沙連到七鯤，鯤身激浪海天昏。任教巨舶難輕犯，天險生成鹿耳門。註：安平城旁，自一鯤身至七鯤身，皆沙崗也。鐵板沙性重，得水則堅如石，舟泊沙上，風浪掀擲，舟底立碎矣。牛車千百，日行水中，曾無軌跡，其堅可知。[63]

由郁氏之詩觀之，鐵板沙在與水相混之後，久了會成為堅硬的礁石，船隻的底部若不慎碰撞到，則船底立破，可見船隻航行若遇鐵板沙則險象環生。吳德功在詩中提到中港溪河床也有鐵板沙的存在，這補充了正文的內容，也讓讀者更加了解中港溪船隻航行的險境了。

由以上例子可知，對於沿途行程或事物的陳述，雖然以散文表達會較為清楚，但《觀光日記》在散文的載述後常以詩歌接續，這些詩歌常觸及散文所未言說之事物，這在內容上實有增補的效果，讓整個行程或事物的陳述更加完整。

2 擴大作品的藝術特色

吳德功《觀光日記》中置入了詩歌作品，這些詩有古人的作品，也有作者自己的作品。這樣的作法可以擴大作品的藝術特色，因為散文有其自身的藝術效果，而詩歌也有其自身的藝術美感，如今將兩者結合，自然能擴大作品的藝術特色。關於散文的藝術效果，李正西

---

63 〔清〕郁永河：《裨海紀遊》，卷上，頁14。

《中國散文藝術論》中曾有如下的分析：

> 散文是藝術地認識和掌握世界的一種方式。散文篇幅短小，輕
> 便靈活，便於發揮思想，抒發感情。記事寫人，可寫得鏗鏘，
> 寫得柔婉，寫得細膩，寫得雄壯。各師其心，其異如面，絢麗
> 多姿，可以反映人生的各面，作出廣泛的藝術概括。從文體
> 說，舉凡隨筆、文藝短論、知識小品、日記、書信、遊記、序
> 跋、碑銘、傳記等等，可以隨意採取，得心應手，發抒懷抱、
> 議論時政、品藻人物。[64]

這段話裡有幾個重點：就散文的文體而言，它門類眾多，如「隨筆、
文藝短論、知識小品、日記、書信、遊記、序跋、碑銘、傳記等
等」；就寫作格式而言，它「篇幅短小，輕便靈活」；就寫作題材而
言，可抒情、記事、寫人、議論，也可「反映人生的各面」；就語言
風格而言，可寫得鏗鏘、柔婉、細膩、雄壯。由此可知，散文是一個
包容性極大、觸角寬廣，且形式自由靈活的一種文類。《觀光日記》
不論從任何一個層面看，都高度符合上述所談到的藝術特色。就寫作
格式而言，它的句式散體單行，字數可長可短，運用起來確實「輕便
靈活」，沒有駢文偶句的板重。就寫作內容而言，不論是抒情、記
事、寫人、議論、寫景等等，可說是無所不包，這在本節第一項中已
有清楚的分析。至於語言風格方面，它有時表現得鏗鏘有力（如十六
日描寫在基隆參觀戰艦之事），有時又柔婉含蓄（如描寫十八日夜晚
在淡水館觀賞戲劇表演之事），有時則細膩曲致（如十七日描寫「製
洋烟所」的生產製程），有時又雄壯豪邁（如十五日描寫陸軍操演之

---

64 李正西：《中國散文藝術論》（臺北：貫雅文化事業有限公司，1991年1月），〈導
　言〉，頁3。

事），可說是多元風格，兼融並蓄。這是以散文為主體的《觀光日記》所展現出來的藝術效果，亦即格式上自由靈活，題材內容和語言風格上富於變化，呈現多元並蓄的基調。

不過吳德功《觀光日記》一書，所營造出來的藝術特色遠不止於上揭所述。吳德功將詩歌置入書中，讓散文與詩歌交錯互見，這就有效地擴大了作品的藝術特色，其美感就更為繽紛多彩了。莊濤《寫作大辭典》對於詩歌的藝術特色有如下的分析，他說：

> 詩歌的藝術特點是，強烈的抒情性，高度集中、精煉概括地反映社會生活，充滿濃烈的情感和豐富的想像。形式上節奏鮮明，音調鏗鏘，講究押韻，具有和諧的音樂美。[65]

再看洪炎秋《文學概論》一書，引眾家說法來探討詩歌的藝術特色，他說：

> 朱熹的詩序對於詩的所以發生和詩的性質，也說得很好。他說：「或有問於予曰：『詩何為而作也？』予應之曰：『人生而靜，天之性也；感於物而動，性之欲也。夫既有欲矣，則不能無思；既有思矣，則不能無言；既有言矣，則言之所不能盡，而發於諮嗟咏嘆之餘者，又必有自然音響之節奏而不能已焉，此詩之所以作也。』」後來，像嚴羽的《滄浪詩話》所說的：「詩者，吟詠性情者也。」和沈德潛的《說詩晬語》所說的：「詩以聲為用者也，其微妙在抑揚抗墜之間。」……近人所著的一部《詩論》中有幾句話，比較能夠面面俱到，而且容易了

---

65 莊濤、胡敦驊、梁冠群主編：《寫作大辭典》（上海：漢語大辭典出版社，1992年4月），頁344。

解。書裡說：「人生來就有感情，感情天然需要表現，而表現感情最適當的方式是詩歌，因為語言節奏與內在節奏相契合，是自然的，不能已的。」[66]

以上是莊、洪二書對於詩歌藝術特色的說法。總的來說，在內容上，詩歌充滿著詩人內心的情感與思想；在形式上，充滿著音樂性的美感，亦即具有語言的音律美與節奏美。由此可以得知，詩歌作為韻文的一種文體，它所富含的音律之美和節奏之美是散文較為薄弱的，散文雖然多少也可以透過修辭技巧來營造這些美感，但表現終究不如身為韻文的詩歌來得濃烈。因此，吳德功將詩歌放入《觀光日記》中，讓散文作品在自己的藝術效果外，又多了詩歌的音樂性美感，藝術層次上更為豐富多變，藝術特色也得到了明顯的擴張。

第四節　從《觀光日記》看日本政府的政治目的

吳德功《觀光日記》一書的貢獻是多面性的，除了文學的審美效果外，透過此書可以得知當時揚文會活動的情形，也可看到日本政府透過揚文會活動拉攏臺灣文人的作法，以及藉由參訪各類政府機構來宣揚國力，藉此倡導新學術的政治目的。以下且針對《觀光日記》所蘊藏的政治意涵進行分析。

一　舉辦揚文會，藉傳統漢學收攬臺灣文人

吳德功《觀光日記》中有多處內容，或明或暗的，都可看出日本

---

66 洪炎秋：《文學概論》（臺北：中國文化大學出版部，1988年6月，4版），頁116。

政府企圖藉由揚文會的舉辦，在以漢學、漢文化為媒介下，與臺灣文人相交往，藉以收攬這批臺籍菁英的心。[67]而他們收攬這批臺籍菁英的目的，主要是希望這些知識份子能協助日本政府管理臺灣，這當中具有濃厚的政治意圖。這項政治意圖，在當時與會文人李望洋的〈謝辭〉中，便說得很明白，他說：「於是會設揚文，士集臺北。無非欲搜楨幹之才，以佐文明之治。」[68]文中所謂「欲搜楨幹之才，以佐文明之治」，正點出兒玉總督企圖藉由舉辦揚文會來收編臺灣文人，成為協助日本政府治理臺灣的重要人才，其間的政治意涵昭然若揭。

做為一個異族殖民統治的日本，要能夠穩定臺灣的社會民心，順利承接前朝的統治地位，並非易事。在這樣的情況下，日本政府擬定的方針，便是先收攏臺灣文人的心，因為這些文人不僅僅是知識份子，往往也是地方的仕紳，清朝統治臺灣時，這些文人仕紳在地方上具有一定的影響力[69]，在獲得這些文人仕紳的認同後，再以這些人做

---

67 對於兒玉源太郎總督辦理揚文會以拉攏臺灣文人之事，黃美娥曾有如下的評說：
「在文學、文化方面，透過以下措施，仍然可見兒玉企圖安撫籠絡臺人之積極用心。如其於明治三十二年（1899）至一九〇〇年間，陸續在臺北、彰化、臺南、鳳山等地舉辦「饗老典」活動，曾出版有《慶饗老典錄》；另，一八九九年也於其設在古亭區之別墅「南菜園」邀宴臺灣詩人，相關吟詠作品輯為《南菜園唱和集》；以及一九〇〇年在臺北所舉辦「揚文會」，更意在網羅全臺俊傑之才，使文人學士發表策議，以聿贊國家文明之化，次年總督府便編輯出版《揚文會策議》。」（詳見「智慧型全臺詩知識庫」詞條「兒玉源太郎」，網址：http://xdcm.nmtl.gov.tw/twp/TWPAPP/ShowAuthorInfo.aspx？AID=000642）由以上引文可知，揚文會是兒玉總督籠絡臺灣文人的一種手段，除了揚文會外，其舉辦「饗老典」活動，還有在別業「南菜園」與台灣詩人吟詠唱和的作法，也都是收攏臺灣文人的方法。

68 此〈謝辭〉見臺灣總督府編纂《揚文會策議集》，收錄於黃哲永、吳福助主編：《全臺文》（臺中：文听閣圖書有限公司，2007年7月），冊30，頁7。

69 吳文星說：「迨清中葉以降，各地士紳階層陸續建立，士紳成為地方公務及文教事業的中心，對地方事務頗具決策權與影響力，而為維持社會和政治整合的主要憑藉。」見氏著：《日據時期臺灣社會領導階層之研究》（臺北：正中書局，1992年3月），頁11。

為橋樑，來管理與安撫廣大的臺灣群眾。日本政府有了這一層打算後，從治臺初期便有計劃性地籠絡與收編臺灣文人，最直接而有效的作法便是以文會友，用傳統漢學、漢文化作為媒介，建立起和臺灣文人交流的平臺，這從日人統治初期，保留了漢文書房教育便可看出端倪。許倍榕在其論文中，也旁參其他學者的論點，詳細分析了這種以漢學來和臺灣文人相交流的現象。其云：

> （日本）官方也透過「同文」之便，嘗試以漢詩文作為交流手段，與臺灣士紳階層建立友善關係。楊永彬指出，殖民統治初期日本政府似乎特意派任具漢學素養的官員來臺，這些儒士官員在日本可能已失去發揮空間，但其漢學素養仍有助於日本對中國的情勢掌握及殖民地臺灣的治理。尾崎秀真也曾回憶日治初期，總督府當局總是懷有一種不能輸給新附者臺灣人的想法，因此來臺官員個個都是漢文底深厚的文士。而留在臺灣的知識階層，或繼續向清國買官應科舉，或放棄傳統仕進，以其學養寄託詩文。這些人，後來多轉變為詩人，其中部分活躍者，和這些派任來臺的日本官員文士進行頻繁的詩文交流。[70]

在這樣的政策理念下，漢學便成為串連日本官員與臺灣文人的媒介物，日本官員保留了漢文書房，同時也參加詩社的活動，與臺灣文人相互唱和，甚至將唱和的詩歌結集成冊[71]等等的行為，都是此一政策理

---

70 許倍榕：〈日治初期台灣言論界「文學」概念的變化〉，《台灣文學研究》第7期，2014年12月，頁200。

71 例如臺灣總督兒玉源太郎，在明治三十二年（1899）時，於其臺北古亭庄的別墅「南菜園」，與一群日籍、臺籍文人聚會時相互唱和，之後詩作被輯為《南菜園唱和集》；臺北縣知事村上義雄，在其別院「江濱軒」落成時，亦邀請臺灣文人一同吟詠唱和，作品輯為《江濱唱和集》，並於明治三十五年（1902）出版；大正十年

念下的產物，當然，揚文會的辦理也是為了推動此一理念而舉行的。

　　從吳德功《觀光日記》對於揚文會活動的諸多記載，可以明顯看出日本政府企圖透過宣揚漢學來收編臺灣文人的心。這個活動受邀參加的對象是全臺灣具有生員以上身分者，這些人基本上就是傳統漢學的支持與實踐者。他們在參加活動之前就已經收到請柬，請柬中清楚說明舉辦揚文會的目的之一，在於「以文會友，以友輔仁之義，是藉以敦世風，勵績學也。」[72]將「以文會友」、「以友輔仁」、「敦世風」、「勵績學」，這些冠冕堂皇的理由抬出來，對傳統文人們確實很有吸引力，更何況這個揚文會，所揚之文乃是傳統漢學，更是迎合了這班傳統文人的心思了。這次的文學活動，日本政府預先擬定三道策議的題目，讓與會的文人可以事先在私人處所先行撰稿，活動當天再攜稿參加即可。《觀光日記》中記錄了這三道策議題目，分別是「一、修保廟宇（文廟、城隍、天后等廟）議，二、旌表節孝（孝節婦、忠婢、義僕）議，三、救濟賑恤（養濟、育嬰、義塚、義倉、義渡）議。」[73]觀察這三道題目，就文體而言，乃古文體式；就內容而言，不脫儒家忠孝節義與民間宗教信仰的課題，都是中國傳統文化的範疇，也是篤守傳統漢學、漢文化的臺灣文人所重視或持守之事。日本政府在揚文會中做這樣的安排，刻意迎合這批文人的意味十分濃厚，

（1921），田健治郎總督於東門官邸開茶會」，臺灣文人和賓客共近百名與會，會中所賦之詩輯為《大雅唱和集》；大正十五年（1926），上山滿之進總督邀集日本漢學詩人國分青厓、勝島仙坡等人來臺，與四十餘位臺灣詩人聚於東門總督府官邸吟詩唱和，作品後被編成《東閣唱和集》。上述資料，參考顧敏耀、薛建蓉、許惠玟合著：《一線斯文：台灣日治時期古典文學》（臺南：國立臺灣文學館，2012年11月），頁186-189。丁希如，《日據時期臺灣嘉義蘭記書局研究》（臺北：元華文創股份有限公司，2017年7月），頁49-50。

72 吳德功：《觀光日記》，頁167。

73 同上註。

也讓這批文人的心中頗為受用。試看吳德功在參加揚文會活動當天所作的一首五言古詩，其中有幾句是這麼說的：

> 時經滄桑變，詩書都欲焚。戎馬倥傯後，誰與講典墳。兒玉大爵帥，勝會開揚文。先期折柬招，延聘禮意勤。三題令建議，各暢所欲云。（節錄）[74]

詩中對於臺灣遭逢戰亂，傳統漢學遭到破壞漠視的情形頗生感慨；接著話鋒一轉，讚揚兒玉總督舉辦揚文會，對臺灣文人「禮意勤」，而且所出的三道作文題目，讓文人們「各暢所欲云」。由這幾句詩可以看出，日本政府透過以文會友的方式來收編臺灣文人，是有其成效的。

　　除了揚文會當天的活動，事後數天參訪政府機構的行程中，包含參訪活動結束前的晚宴活動，也都可以看到日本政府在有意無意之間，藉由漢文學或漢文化來迎合臺灣文人的舉動。例如《觀光日記》二十二日記載參觀淡水館「書畫展覽會」的行程，當天展覽會所參觀的書畫中便有漢人作品，包括宋代進士文天祥與明代鄭成功的行書，吳德功稱此二人的書法「筆筆遒勁，不世之寶也。」[75]另外，二十三日參觀活動結束前的一場晚宴活動，宴後總督府及其他單位的官員，一起和揚文會的文人們欣賞戲劇。關於當天主辦單位所安排的劇目，《觀光日記》有如下的記載：

> 二十三日，鹽務組合開筵於淡水館。……宴罷，上樓觀劇。一班菊部，檀板笙歌，響遏行雲。首齣演「三進宮」，次「狀元

---

74 同上註，頁173。
75 同上註，頁183。

拜塔」，其三「斷機教子」，四「雙湖船」。[76]

文中的「三進宮」、「狀元拜塔」、「斷機教子」、「雙湖船」等劇目，都是中國的傳統戲劇。所謂「一班菊部」，「菊部」又稱「菊部頭」，此詞始自宋代，宋高宗時宮中有伶人菊夫人，人稱菊部頭，因其善歌舞，妙音律，為仙韶院之冠，後世便以「菊部」或「菊部頭」來指稱梨園戲班或是中國傳統戲劇。[77]揚文會成員在參觀完各個政府機構後，被安排觀賞戲劇以調劑身心，主辦單位特別準備中國傳統劇目來慰勞揚文會成員，其以漢學、漢文化來拉攏臺灣文人的心是相當明顯的。

看完以上論述可知，就《觀光日記》所記載的內容來看，不論是揚文會當天的各種活動，或是會後的參訪行程，甚至是宴會的餘興節目，都可看出日本政府是有計劃性的以傳統漢學來籠絡臺灣文人，希望這些具有秀才以上身分的臺灣菁英，能成為日本治理臺灣的一股輔助力量，其政治意圖是非常明顯的。吳德功所謂「會設揚文，搜羅臺疆俊傑之才，聿贊國家文明之化。」[78]清楚點出了這種政治意涵。施懿琳認為日本政府舉辦揚文會，「其目的在充分掌握臺灣科舉社群之人口，作為建構臺灣新領導階層的參考。」[79]觀點亦同於此。

二　參觀各政府機構，以宣揚國力、倡導新學術

從《觀光日記》的內容進行分析，可以明顯看到日本政府進行著

76　同上註，頁184。

77　詳見漢語大詞典編纂委員會編：《漢語大詞典》（上海：漢語大詞典出版社，1999年11月），冊9，頁448。

78　吳德功：《觀光日記》，頁167。

79　施懿琳：《從沈光文到賴和──台灣古典文學的發展與特色》（高雄：春暉出版社，2000年6月），頁376。

兩條路線的運作，他們一方面積極透過揚文會的徵文，藉著推廣傳統漢學來拉攏臺灣的文人仕紳；另一方面卻也透過參觀各式政府機構的來宣揚國力，從而倡導新學術。這當中有非常值得玩味的地方，因為推廣傳統漢學與倡導新學術，彼此是兩個不同的命題，甚至有相互扞格之處，如何能同時並進？事實上，從《觀光日記》的諸多內容來細細思索，便可看出推廣漢學與倡導新學術確實有相互衝突之處，但日本政府卻巧妙的幫這兩個部分各自找到一個安身之所。細觀日本政府的實質作法，他們給了傳統漢學一個虛華的崇高地位，並且透過推廣漢學來與臺灣文人交朋友，以獲得臺灣知識份子的認同，但其實這只是一個表面上的形式，他們實際要倡導的是日本的新學術，中國傳統漢學只是他們迎合這些臺灣文人的一種交往工具，在獲得臺灣文人的認同與交心之後，他們再透過這些人來勸導臺灣民眾接受新學術。在日本政府的心中，新學術才能擴展國力，帶動社會的進步，中國傳統漢學雖有深厚的文化底蘊，但卻不是新式的文明。這種觀點，從《觀光日記》中民政局長後藤新平的演說辭裡，便能窺得端緒。其文曰：

> 帝國皇統一系，國祚興隆，與天壤無窮，迄今二千五百年，金甌無缺，國運之振興，教育之進步，漢文自王仁齎入，釋教自印度流來，泰西文學亦喜為採納，皆能與之融和而得其要領。余非不知漢文之高雅優美而欲廢之也，惟先示以易知易學之方，故首教以國語，繼公學校、師範學校，將來文運長進，更設專門學校以期鞏固利用厚生之根抵，養成有用之才。此次之揚文會即發揚大人之學，即大學之道。大學言明德新民，又曰格物致知，湯言日日新，康誥言作新民，無非欲使人格考窮理，使德業富有日新也。爾等皆博學之士，歸去當教迪後進，

庶無負督憲表揚文之意。[80]

後藤這段話一開始，就在宣揚日本的國力，所謂「國祚興隆，與天壤無窮」、「迄今二千五百年，金甌無缺」等等自美之詞皆是。而日本之所以國力能如此強盛，原因就在於日本能吸收新學術，且能廣泛地融合各國學術之長，正所謂「漢文自王仁齎入，釋教自印度流來，泰西文學亦喜為採納，皆能與之融和而得其要領。」所以日本「國運之振興，教育之進步」。從這些說法來看，後藤認為一個國家要能興盛進步，學習各國新學術是必要的。在這樣的觀點下，他認為中國傳統漢學雖然「高雅優美」，但若要符合時代的需求，還是必須接受日本的新式教育，「故首教以國語，繼公學校、師範學校，將來文運長進，更設專門學校以期鞏固利用厚生之根抵，養成有用之才。」由這段話可以看出，在後藤的心中，日本新式教育（公學校、師範學校、專門學校）才能真正培養具有利用厚生之根抵的有用之才。事實上，後藤所強調的新式教育和新學術是一體的，因為新式教育才能帶來新學術，才能使知識更新和進步。因此，重視新式教育就是重視新學術，所以後藤接著援引「大學言明德新民，又曰格物致知，湯言日日新，康誥言作新民，無非欲使人格考窮理，使德業富有日新也。」這些話語正說明後藤對於知識革新的重視，也就是強調新學術的價值。[81]文末，後藤更告訴與會的文人仕紳說：「爾等皆博學之士，歸去當教迪後進，庶無負督憲表揚文之意。」這是大剌剌要求參加揚文會的臺灣

---

80 吳德功：《觀光日記》，頁172-173。

81 在後藤新平的講辭中，除了表達自己對於新學術的重視外，他同時也傳達了兒玉總督對於新學術的提倡。其講辭云：「督憲閣下之意，在普及『日新之學』。」所謂「日新之學」，指的就是新學術。後藤新平此處之講辭，見臺灣總督府編纂《揚文會策議集》，收錄於黃哲永、吳福助主編：《全臺文》，冊31，頁628。

文人，回去之後要幫忙倡導日本的新學術，啟迪臺灣民眾來接受日本的新式教育。

可見在日本政府的心中，揚文會對於傳統漢學的推廣，其實只是拿來和臺灣文人交朋友的工具，他們真正想做的，是希望透過這些關係友好的臺籍文人來幫忙倡導日本的新學術，讓臺灣民眾能夠學習各種新知識。對於這種情況，日本漢學家籾山衣洲在其〈論新學會〉一文中，就有相當明確的說法。其文云：

> 揚文之會何為而起？意非徒使全島文士懷鉛抱槧，援經證史為誇耀才學之具也。要欲因之以啟「新學」之端，漸臺島之風氣而已。[82]

文中提到日本政府舉辦揚文會，並非只是讓臺灣文人去宣揚漢學，做一些「授經證史為誇耀才學」之事，而是要藉由揚文會的各項活動，去開啟「新學之端」。這是日本文人的看法，至於臺灣本地文人的觀點是否也是如此呢？且看臺北縣會員總代表李秉鈞在揚文會中的謝辭，他說：

> 臺灣新隸帝國版圖於今六稔，藝林之士安之於小就，末由大成。所賴鄉黨耆儒提而倡之，共優游涵儒於大化之中，樂育甄陶於「新學」之內，俾全島英奇振勵奮發，勿徒狃於章句訓詁之學，以勉成為國家有用之材，未始非今日揚文之設之嚆矢也。[83]

---

82 見籾山衣洲〈論新學會〉一文，載於《臺灣日日新報》「論議」欄，明治三十三年（1900）三月二十五日，第五百六十七號，第五版。資料來源據《臺灣日日新報》影印本（臺北：五南圖書出版有限公司，1994年8月）。

83 李秉鈞：〈揚文會謝辭〉，見臺灣總督府編纂《揚文會策議集》，收錄於黃哲永、吳福助主編：《全臺文》，冊30，頁4。

這段話是李秉鈞致謝辭的一部分。李秉鈞認為，日本政府之所以設立揚文會，目的是希望臺灣具有學識聲望的「鄉黨耆儒」（指參加揚文會的文人仕紳），共同來提倡「新學」，不要只是固守著中國傳統的「章句訓詁之學」，這樣才能「成為國家有用之材」。

由上述籾山衣洲和李秉鈞的說法可以得知，日本政府設立揚文會與臺灣文人交往，是藉由傳統漢學來搭建彼此的交流平臺，但這只是一種表面工夫，他們真正想做的，是企圖透過這些關係友好的臺籍文人來幫忙推動「新學（術）」，進而有利於臺灣的統治管理，並帶動臺灣的進步。

上述說法，除了從揚文會當天後藤新平的演講詞中可以得到印證外，在會後一連數天參訪各政府機構的行程中，也都看得到這種操作的痕跡。顯示日本政府想透過各種參訪機構所呈現的進步景象，向與會的臺灣文人宣揚國力，讓這些臺灣菁英能夠肯定並且認同新學術的優勢，從而成為替日本政府進行宣傳的生力軍。以下且援引幾則參訪政府機構的例子，來說明這種狀況。例如十九日揚文會成員參觀醫院的行程，《觀光日記》的記載如下：

> 吉野君引率會員往病院，見院長山口秀高。中廳坐定，後藤民政局長諭云：「國家以民為邦本，本固邦寧。苟無人民，即是無國家。所以本國以養生為重也。人而不知養生，則飲食起居不得其宜，則人之精神不固焉。不知本島何以輕視醫士？未聞有專家請求者，亦在上無以鼓舞之耳。本國醫學士為國家出力者甚多，由醫士置身通顯者亦難更僕數。試看本島醫學候補生，將來出身必比尋常學校較優。爾等會員系是明理之人，歸去必開導，令聰明子弟入醫院練習，他日可為國效力焉。」言畢，高聲唱「揚文會萬歲」！揣其一片婆心，蓋欲使諸會員以

開導民人也。[84]

由文中後藤新平對揚文會成員的講話中可以看出，後藤藉由參觀醫院的行程，向與會的臺灣文人宣導醫院與醫生的功能，言談中對醫生的學養貢獻和社會地位多所褒揚，並對臺灣人輕視醫生的觀念感到不解，希望透過此次參訪說服臺灣文人，在日後能多多開導臺灣子弟，讓他們「入醫院練習」，以學習醫學的新知識，所以文末吳德功才有「揣其（指後藤新平）一片婆心，蓋欲使諸會員以開導民人也」之語。接著，來看十九日另一個參觀「商品陳列所」的行程。其文云：

> 午後往閱商品陳列所。入門有園數畝，栽各種植物。中間圓沼，沼中有假山，植檳榔數株，雜以花木數種。進入所內，羅列各種物件，中有水器、磁瓶、五金器皿。山珍海錯，無物不有，並列綢緞銃刀，皆以玻璃盒貯之。無論會員及隨行，皆可入閱，揣其意無非欲開本島人之智慧也。[85]

文中談到主辦單位安排一行人參觀「商品陳列所」，所中羅列了各種商品與工藝物件，吳德功認為主辦單位的用意，是想藉由這些商品的製造技術，來「開本島人之智慧也」，可見這也含帶著宣導新式工藝、新技術的目的。接著，再看二十二日參觀銀行的行程。其文云：

> 明治三十二年制定銀行補助法，政府撥銀壹萬元，並於度庫款內撥龍銀貳百萬元貸與銀行，準限五年躅免利息。政府之補助銀行，抑何厚哉！是晚副長柳星一壽君折柬招請會員，每縣三

---

84 吳德功：《觀光日記》，頁177-178。
85 同上註，頁178。

人，予亦與焉。席辦西洋料理，酒饌之美，自不待言。初，正
長添田壽一君演說旨趣，無非欲振興商務起見。再令副長柳生
一壽演說。蓋地方有銀行，移挪活潑，凡百庶務，自可措置裕
如。並設貯金法，民人有餘財易於侈用，若存放銀行，日有利
息，積少成多，並可將利作母，轉瞬即集成巨款，且可免水火
盜賊之患，何便如之。島民約近百萬，若一人貯金三元，即可
集二百餘萬，每年可得利十餘萬。海濱一隅，富強立致也。反
覆叮嚀，總冀會員開導萬民為要。[86]

文中記錄了銀行正長添田壽一與副長柳星一壽二人的演說，向臺灣文
人宣導銀行的功能與民眾儲蓄的重要，認為可以「振興商務」、「凡百
庶務，自可措置裕如」，甚至「島民約近百萬，若一人貯金三元，即
可集二百餘萬，每年可得利十餘萬。海濱一隅，富強立致也。」對於
這些政府官員的說詞，吳德功認為他們「反覆叮嚀，總冀會員開導萬
民為要。」

　　透過以上幾則事例，可以知道日本政府安排揚文會員參訪各個政
府機構的用意，無非是希望這些與會的臺灣文人能看到日本政府的強
盛國力，進而認同新式教育，並能在日後勸導臺灣人民接受這些新學
術、新知識，藉以提升國力，帶動社會的進步。日本政府的這項作法
事實上是有成效的，從吳德功參訪這些政府機構的心得感想中，可以
看出他相當肯定這些產業所呈現的新氣象。例如他十七日參觀「衛生
課」，從各式化學原料的實驗中，他看到許多不可思議的現象，進而
發出「化學之理奧妙如許，格物之功，烏可廢哉？」[87]的評語。又如
二十日參觀「砲兵工廠」，看見工廠內各式現代化機具的作業情況，

---

86 同上註，頁183-184。
87 同上註，頁176。

而有了「製造之敏捷，於此可見」[88]的讚語。再如當天另一個參訪「樟栳製造所」的行程，看到那些製造樟腦油的新式機器，「每日夜可釀油千担」，比起人工製油效率高出甚多，因此有了如下評價：「聞機器製栳、煮烟，外國未經開設，皆由內地（指日本）博士創始，功省利溥，真令人不可思議哉！」[89]以上所舉，只是其中幾個例子，類似這樣肯定式的讚譽，在《觀光日記》一書中仍多，今不再贅舉。可見日本政府透過揚文會的一些參訪活動，讓臺灣文人實際接觸日本一些政府機構與產業的作法，確實達到了宣揚國力的作用，有利於向臺灣文人倡導新學術和新式教育，這是一種政治手段運用上的成功。

　　按：上文提及日本政府透過安排揚文會成員參觀若干政府機構，這些機構展現出來的成果，獲得吳德功諸多的肯定和讚譽，筆者因此認為，日本政府此一政治手段成功的宣揚了國力，有助於達到說服臺灣文人協助日本倡導新學術的政治目的。或許有讀者認為，吳德功在參與揚文會活動的時候，與日本人關係已經頗為友好了，其稱美之詞或許出於客套，或者是蓄意討好日本當局之語，難以做為客觀的論證。若真有讀者的觀點如此，其實也屬合理的推測，不能說沒有這種可能性。因此，若真要解決這樣的疑慮，就必須在吳德功之外，另找其他文人的評語來作檢視，若其他文人也跟吳德功一樣，在參觀各個政府機構之後同樣抱持著肯定與讚揚的態度，那麼日本政府藉由這類參訪活動以宣揚國力，並倡導新學術的方式，就能說得上是成功的政治策略了。既然如此，那麼究竟是要找哪一些文人的評語來作檢視，才算是客觀可信呢？若是找其他揚文會成員的評語，由於這些文人是一同接受日本政府招待的成員，而且身分上屬於臺灣百姓，必須接受

88　同上註，頁180。

89　同上註，頁181。

日本政府的管轄，他們的評語較之於吳德功的評語，客觀性恐怕也提
升不了多少。因此筆者認為，若能找到其他國籍的文人，而且他們與
日本政府沒有特殊友好關係者，那麼他們的評語就比較具有客觀性
了。在這種情況下，與日本有過戰爭，並且將臺灣割讓給日本的中
國，由於存在著敵對關係，若其文人的評語還能抱持著肯定的態度，
那麼就應該具有一定的可信度了。有基於此，以下筆者便援引兩位中
國文人在日治時期至臺灣參觀後所發出的讚揚之語，以證明日本治理
臺灣所帶來的一些新氣象，確實讓許多文人折服，從而可知吳德功
《觀光日記》中對於日本政府的肯定性言論，並非純是溢美之詞。

首先來看福建文人邱文鸞，他在日治時期至臺灣參觀，在他參觀
完臺灣的農事試驗場、林業試驗場、苗圃試驗場、農業講習所、畜產
區、……等農業機關後，有了如下的評價，他說：

> 以上各農業機關，其成績皆有可觀，精益求精，使其盡美盡善
> 而後矣，故臺灣農業，近有一日千里之勢。吾國農業尚在幼
> 稚，雖有一二農業機關，不過懸一空名而已，不過多一糜費而
> 已，至實際毫無裨益。[90]

接著，他又參觀一些製造日常生活用品的實業會社後，又提出如下的
評價：

> 臺灣之實業會社：日本人民之投資極著信用，故其株式會社亦
> 極發達。如製糖、製酒、製茶、製瓦斯、製木材、製水產等

---

90 邱文鸞：《臺灣旅行記》（臺北：大通書局，1987年10月，臺灣文獻史料叢刊本），
頁2。

項，皆集會社、用機器為之。計全臺百萬以上之會社，殆四、五十所；其出產之富，可想見矣。然其人民投資之信用，蓋由企業者之熱心會社，能使事業擴張而收其實效也。惟吾國則否，嘗藉會社之名而為個人斂財之地，至事業成敗，置之不理，甚至旋起旋滅，空投巨資於烏有。此吾國民之所以無投資信用，亦實業不能發達之一大原因也。悲夫！[91]

以上兩則引文中可以看出，不論是參觀臺灣的農業機關，或是各類生產民生用品的實業會社，邱氏的評價都是正面的。評語中對於日本政府以新知識、新方法治理臺灣有許多的讚揚，在讚揚之餘，也不忘反思中國政府治理大陸無方，反思裡有著許多的感慨。除了上述事例外，邱氏書中對於參觀各類產業機構的正面評價仍多，例如參觀「養蠶所」後，針對控制蠶卵溫度的冷卻機，能讓室溫降至零度以下，感到不可思議，而有「今日之學術，誠有奪天工之巧也。」[92]另外在參觀土壤標本室、肥料標本室、化學分析室、化學器械室、抵抗力之試驗室、延性試驗室、金礦分析室之後，肯定地說：「外人（指日本人）學問，無微不至；即一土一石，不憚殫心而研究之，此外人學術之所以日進不已也。」[93]類似這樣的例子甚多，不勝枚舉。

　　以上是邱文鸞的評語，接著再看另一位大陸文人劉範徵，在參觀臺灣的學校之後，對日本政府教育方式的評價。其《臺灣旅行記》云：

臺北「國語」學校：內分三科，曰師範、曰農業、曰「國語」；學生有三、四百人。初觀其博物標本室，陳列亦不過爾

---

91 同上註，頁3。
92 同上註，頁14。
93 同上註，頁22。

爾。次觀學生成績室，成績頗佳；作文、習字、日記、手工農
作物，俱有陳列其間。次過體育場，有一班學生上體操課，練
習徒手，精神活潑。又次觀農業標本室及作法室。所謂作法室
者，教習脫帽鞠躬等儀式之室也。作法有教，無怪其學生自校
中出，莫不恂恂有規矩。餘等連日所至，見其小學生無論男
女，遇同學必有禮，見官長亦必有禮，則中學以上無論矣。吾
國，古文明國也，及至今日，曲禮式微，瞠乎落後，悲夫！[94]

文中對於日本政府著重禮儀教育，學生「莫不恂恂有規矩」、「遇同學
必有禮，見官長亦必有禮」十分的肯定，由此再反思中國雖是文明古
國，但今日卻是「曲禮式微，瞠乎落後」，於是有了「悲夫」之慨。
接著再看另一段有關於學校教育的評價：

默察其教育方針，首重德育，體育次之，智育又次之；學術亦
採實用主義，學科外尚課農業及手工（金工、木工）。俾學生
畢業後，道德完美、身體健全，複有自營生活之能力。余觀其
學生，於農場實習，則儼然農夫也；於工場實習，則儼然工人
也。……返觀吾國學生，以斯文自居惟恐或失者，相去不可以
道里計也。外國之學生，皆求生活而言學生；吾國學生，獨舍
生活而言學生。長此不改，將多見一學生即多一游民，教育不
貴乎普及矣！學生乎，學生乎，盍興乎來！急起直追，尤在當
軸。[95]

94　劉範徵：《臺灣旅行記》（臺北：大通書局，1987年10月，臺灣文獻史料叢刊本），
　　頁58-59。
95　同上註，頁64。

這是劉範徵在參觀完各級學校之後，所做的整體評價。從其文章中，可以看出劉氏對於日本政府在臺灣實施的學校教育是相當肯定的，在肯定之餘，又不禁反思中國學校教育之缺失，認為應該「急起直追，尤在當軸。」

由以上邱、劉二人在參觀完臺灣各式機構後所抱持的肯定態度可以得知，不論是學校的新式教育，或是各種政府機關與產業機構所運用的新學術，日本政府的作法都有讓他們讚歎折服之處。由於邱、劉二人是大陸文人，與日本政府也沒有特殊的友好關係，他們的評價具有一定的客觀性。所以吳德功《觀光日記》中對於日本政府統治下的各式機構，所表達的肯定讚揚之語，絕非只是個人與日本政府友好而發出的諛辭而已。因此筆者認為，日本政府透過揚文會的參訪活動，讓臺灣文人實際接觸一些新式機構與產業的作法，確實達到了宣揚國力的作用，有利於達成向臺灣文人倡導新學術的政治目的，這也是一種政治手段運用上的有效策略。

第五節　結語

透過本文的研究可以了解，吳德功《觀光日記》屬於日記體遊記，原是為了參與揚文會活動而作，就書寫動機而言，乃是為了公務或私人事務而進行旅遊書寫的作品，與純粹為了休閒娛樂，或是為了增廣見聞、開拓視野，抑或是為了學術考證而作的旅遊書寫都有所不同。在體例上，它以散文為主，其間穿插著自作或古人的詩歌，形成一種詩、文互見的體例。在古典的日記體遊記中，有些作品只有散文，沒有詩作，例如宋歐陽修《於役志》、明陸深《淮封日記》；有些則散文中穿插著詩作，但只置入古人或他人詩作，而沒有自己詩作，如宋陸游《入蜀記》、元郭畀《客杭日記》；另外有一種，則是散文中

穿插著他人詩作，同時也穿插著自己詩作，如宋張舜民《郴行錄》、清陸嘉淑《北遊日記》皆是，吳德功《觀光日記》也屬於此種。就詩、文互見的體例而言，《觀光日記》其實有三點值得注意的地方：第一，作品中穿插的詩歌，古人的作品只有二首，而其自作之詩則有三十五首單詩、二篇組詩，比例上相差甚多，這種模式與清郁永河的《裨海紀遊》類似。第二，書中所作詩歌數十首，或寫景、或詠物、或敘事、或唱和、或頌揚，多數都有數首以上，但懷鄉的詩作竟然只有一首，這是相當令人費解的事，因為作者離家在外旅遊二十餘日，時間雖然不是很長，但也不算短，在這種情況下，其數十首詩作中竟然只有一首思鄉作品，這是頗為特別的現象。第三，在二十餘日的旅途中，有三分之一的時間屬於參觀各種產業或機構的行程，但在這三分之一的日子裡，吳德功只創作了二首詩，佔整體詩作的比例非常的低，這也是一個很奇特的現象，代表作者較少以詩歌來表現參觀政府機構的行程。針對此一現象，或許是因為參觀政府機構的行程，需要比較清楚的說明和記載，此時純粹用散文來書寫會較為詳細，畢竟散文的敘事功能還是比較強大，所以才會減少詩歌的使用。

就吳德功《觀光日記》的內容來看，除了揚文會活動的相關訊息外，還包括參觀政府機構的情形、旅途的地理景觀、地方的人文風貌、人際關係的酬酢往來、地方交通狀況等等，其中許多資料實有珍貴的學術價值。例如揚文會活動的相關記載，以及參觀政府機構的情形，都有助於讀者了解當時政府的一些施政策略及其相關之運作情形，這具有史料的價值。至於對旅途地理景觀的描繪，還有各地方舊地名的記錄，這部分則具有著地理學的價值。再者，書中對於各地人文風俗的載述也具有民俗學的價值。此外，書中關於人際關係的酬酢往來，這有助於了解吳德功的交遊狀況，對於研究吳德功的文學與事功，能夠提供一定的基礎材料。至於書中所記載的交通狀況，則能協

助讀者了解當時中臺灣與北臺灣之間兩條主要的交通動線，其一偏於
海邊（海線），另一則偏向山區（山線）；此外，當時各式各樣的交通
工具，如肩輿、船隻、火車、輕便車等等，其使用上的各種功能和狀
況，也能在書中看到，對於研究臺灣交通運輸史，亦有其助益。因
此《觀光日記》除了文學本身的價值外，還存在著其它多元化的學術
價值。

　　最後，從《觀光日記》這本書，我們還能看到日本政府治理臺灣
的一些政治手段，日本政府透過揚文會來拉攏臺灣文人，透過漢學、
漢文化來與臺灣文人交朋友，讓這些文人成為他們治理臺灣的輔助力
量。此外，透過參觀各式政府機構，讓臺灣文人看到日本政府新學術
的進步，達到了宣揚國力的目標，也加深了臺灣文人對於日本政府的
認同感，藉此讓這些臺灣文人成為向臺灣人民宣導新學術的代言人。

　　總之，《觀光日記》是一本獨特的書，它不僅是一本文學作品，
同時也是一部具有多元價值的文獻史料，透過它可以看到當時日本政
府與臺灣文人的互動，以及彼此間的心思，還能看到許多當時社會的
生活景象、地方景觀風情的描寫，還有交通運輸的網路。林淑慧曾
說：「旅遊書寫的研究，涉及空間移動、風土再現、記憶及認同、帝
國與殖民心理機制、漂泊與離散等面向。」[96]此處所言及的旅遊書寫
內涵，多數見諸於《觀光日記》一書，是以此書雖然篇幅不長，但其
文化意義卻異常深遠。

---

96 林淑慧：《旅人心境──臺灣日治時期漢文旅遊書寫》（臺北：萬卷樓圖書股份有限
　　公司，2014年2月），頁1。

參考文獻

一　專書

〔宋〕范成大：《吳船錄》，臺北：藝文印書館，1966年，百部叢書集成本。

洪敏麟：《臺灣舊地名之沿革》，臺中：臺灣省文獻委員會，1984年6月。

〔宋〕張舜民：《畫墁集‧郴行錄》，北京：中華書局，1985年，叢書集成初編本。

劉範徵：《臺灣旅行記》，臺北：大通書局，1987年10月，臺灣文獻史料叢刊本。

〔清〕郁永河：《裨海紀遊》，臺北：大通書局，1987年10月，臺灣文獻史料叢刊本。

邱文鸞：《臺灣旅行記》，臺北：大通書局，1987年10月，臺灣文獻史料叢刊本。

洪炎秋：《文學概論》，臺北：中國文化大學出版部，1988年6月，4版。

張勝彥：《臺中縣志》，臺中縣：臺中縣政府，1989年9月。

李正西：《中國散文藝術論》，臺北：貫雅文化事業有限公司，1991年1月。

吳文星：《日據時期臺灣社會領導階層之研究》，臺北：正中書局，1992年3月。

莊濤、胡敦驊、梁冠群主編：《寫作大辭典》，上海：漢語大辭典出版社，1992年4月。

吳德功：《戴案紀略》，南投：臺灣省文獻委員會，1992年5月，吳德功先生全集本。

吳德功：《觀光日記》，南投：臺灣省文獻委員會，1992年5月，吳德功先生全集本。

〔清〕周璽：《彰化縣志》，臺北：國防研究院，1968年10月，臺灣叢書本。

中文大辭典編纂委員會編：《中文大辭典》，臺北：中國文化大學出版部，1993年10月，9版。

臧維熙主編：《中國山水的藝術精神》，上海：學林出版社，1994年6月。

〔宋〕陸游：《入蜀記》，上海：上海遠東出版社，1996年11月。

林衡道：《鯤島探源：台灣各鄉鎮區的歷史與民俗》，臺北縣：稻田出版有限公司，1996年5月，第二集。

程玉凰：《洪棄生及其作品考述》，臺北縣：國史館，1997年5月。

賴志彰：《台中縣街市發展——豐原、大甲、內埔、大里》，臺中縣：臺中縣立文化中心，1997年8月。

黃鼎松：《苗栗的開拓與史蹟》，臺北：常民文化事業股份有限公司，1998年1月。

黃鼎松：《銅鑼鄉誌》，苗栗縣：銅鑼鄉公所，1998年2月。

漢語大詞典編纂委員會編：《漢語大詞典》，上海：漢語大詞典出版社，1999年11月。

施懿琳：《從沈光文到賴和——台灣古典文學的發展與特色》，高雄：春暉出版社，2000年6月。

陳國章：《臺灣地名辭典》，臺北：國立台灣師範大學地理系，2004年4月。

賴瑞和：《唐代基層文官》，臺北：聯經出版事業股份有限公司，2004年11月。

梅新、俞樟華合著：《中國游記文學史》，上海：學林出版社，2004年12月。

蔡培慧、陳怡慧、陳柏州合著：《台灣的舊地名》，臺北縣：遠足文化
　　事業股份有限公司，2005年8月。

〔清〕張維屏：《桂游日記》，收錄於李德龍、俞冰主編《歷代日記叢
　　鈔》，北京：學苑出版社，2006年4月。

〔清〕黃易：《嵩洛訪碑日記》，收錄於李德龍、俞冰主編：《歷代日
　　記叢鈔》（北京：學苑出版社，2006年4月

臺灣總督府編：《揚文會策議集》，收錄於黃哲永、吳福助主編：《全
　　臺文》，臺中：文听閣圖書有限公司，2007年7月。

〔唐〕李翱〈來南錄〉，收錄於文懷沙主編：《四部文明‧全唐文》，
　　西安：陝西人民出版社，2007年8月。

〔宋〕歐陽修著，李之亮箋注：《歐陽修集編年箋注》，成都：巴蜀書
　　社，2007年12月。

廖忠俊：《臺灣鄉鎮舊地名考釋》，臺北：允晨文化實業股份有限公
　　司，2008年12月

施添福總編纂：《臺灣地名辭書‧臺北市》，南投：國史館臺灣文獻
　　館，2008年12月。

施添福總編纂：《臺灣地名辭書‧苗栗縣》，南投：國史館臺灣文獻
　　館，2008年12月。

施添福總編纂：《臺灣地名辭書‧彰化縣》，南投：國史館臺灣文獻
　　館，2008年12月。

吳聲祥：《新豐鄉志》，新竹縣：新豐鄉公所，2009年3月。

陳茂祥：《神岡鄉志》，臺中縣：神岡鄉公所，2009年9月。

顧敏耀、薛建蓉、許惠玟合著：《一線斯文：台灣日治時期古典文
　　學》，臺南：國立臺灣文學館，2012年11月。

林淑慧：《旅人心境——臺灣日治時期漢文旅遊書寫》，臺北：萬卷樓
　　圖書股份有限公司，2014年2月。

丁希如：《日據時期臺灣嘉義蘭記書局研究》，臺北：元華文創股份有
　　限公司，2017年7月。

二　論文

許倍榕：〈日治初期台灣言論界「文學」概念的變化〉，《台灣文學研
　　究》第7期，2014年12月。
陳家豪：〈從軍用到民營：日治初期臺灣輕便鐵道的發展（1895-
　　1909）〉，《臺灣文獻》第64卷1期，2013年3月。

三　電子媒體

「智慧型全臺詩知識庫」詞條「兒玉源太郎」，網址：http://xdcm.nmtl.
　　gov.tw/twp/TWPAPP/ShowAuthorInfo.aspx？AID=000642

四　報紙雜誌

籾山衣洲：〈論新學會〉，載於《臺灣日日新報》「論議」欄，明治三
　　十三年（1900）三月二十五日，第五百六十七號，第五版。
　　資料來源據《臺灣日日新報》影印本（臺北：五南圖書出版
　　有限公司，1994年8月）。

附錄

《觀光日記》詩歌作品一覽表

表 8-1　《觀光日記》詩歌作品一覽表

寫作日期（明治33年，1900）	詩歌體製	詩歌旨趣	詩歌原文	頁碼
3月8日早上	五言律詩	歌詠彰化城「中莊仔」、「柴坑仔」二地農田菜花盛開，及農夫插秧之景。	早起乘輿出，春陰壓野坰。豆花千頃白，秧子半畦青。霧罩山疑隱，雲封日欲暝。一溪山水碧，忍凍渡孤舲。	167
3月8日午刻	五言律詩	歌詠「湖日莊」之景色。	湖日莊頭渡，途間鐵軌橫。雨過新水漲，雲積遠山平。岸上飛輪越，溪中短棹撐。交通欣便利，商埠勃然興。	168
3月8日晚上	七言絕句	歌詠大墩族親吳鸞旂家中牡丹花開之景。	魏紫姚黃數朵栽，含苞富貴結樓臺。人情最厭無顏色，故染胭脂點綴開。	168
3月10日中午	五言律詩	歌詠大墩雨後美景。	雨後郊原潤，春秧綠滿疇。	168

寫作日期（明治33年，1900）	詩歌體製	詩歌旨趣	詩歌原文	頁碼
			烟迷村樹隱， 水漲野橋浮。 燕壘添新土， 魚罾避急流。 晴天當向午， 縷縷爨烟稠。	
3月10日午後	五言律詩	歌詠臺中縣知事木下周一新建之洋樓，及其周圍之景。	建瓦高瓴聳， 登臨俯瞰危。 雲梯鋪錦繡， 月牖掛玻璃。 排闥峰三面， 環軒水一池。 公餘聊退食， 徙倚樂委蛇。	168
3月10日日晡	七言絕句	憑弔清代戴潮春民變事件中，為國殉職的淡水同知秋曰觀。	此地當年舊戰場， 登臨蒿目倍心傷。 捐軀報國秋司馬， 血濺荒坵草木香。	168
3月11日破曉時分	五言古詩	歌詠大墩街黎明之景，以及清晨趕路之心境。	破曉晨雞鳴， 輿夫促登程。 孤星明耿耿， 蕭蕭以宵征。 相逢不相見， 但聞人語聲。 睡坐肩輿中， 數里天未明。	169
3月11日午刻	五言律詩	歌詠臺中縣葫蘆墩景色及當地民風。	曉發臺中縣， 人家植竹籬。	169

寫作日期（明治33年，1900）	詩歌體製	詩歌旨趣	詩歌原文	頁碼
			葫墩新市建， 雁社古風遺。（雁里社土番尚多） 汴別東西派， 溪分上下埤。（前合為一，後始分之。） 維新聲教訖， 風俗化澆漓。	
3月11日午後	七言古詩	描寫大甲溪路狹難行之景，以及火車橫越溪流的輸運情形。	大甲溪路甚險巇， 小徑狹仄難驅馳。 嶙峋怪石屹然立， 儼似鯨鱗作之而。 大甲溪水波洪洶， 萬派匯流行人恐。 忽遇颶風天未起， 木根搖動天泉湧。 近來荒地盡交通， 橋梁橫掛如長虹。 鐵軌絡繹接對岸， 車聲軋軋音玲瓏。 坦坦蕩蕩直如矢， 穿山越嶺平如砥。 從此往來無病涉， 較勝濟人於溱洧。	169
3月11日午後	五言律詩	描寫烘爐崎之地勢，還有村女唱山歌、背薪材的景象。	路作之而狀， 崎嶇石徑多。 懸崖如勒馬， 疊嶂似旋螺。	169

寫作日期（明治33年，1900）	詩歌體製	詩歌旨趣	詩歌原文	頁碼
			糾葛蘿牽屋，槎枒樹折柯。負薪村女秀，逐隊唱山歌。（近山粵女赤腳負薪，唱和山歌。）	
3月11日午後	五言律詩	描寫三叉河溪深橋險之景，以及村女砍柴唱樵歌的情形。	纔過烘爐崎，三叉路繞河。溪深橋益險，徑仄石偏多。數里餘荒店，漫山雜野蘿。停輿聊少住，側耳聽樵歌。	169
3月11日下午	五言律詩	寫苗栗東羅園的景色。	三叉河過後，直抵東羅園。四面峰環屋，幾彎水繞村。納涼疑嶰谷，避地儗桃源。傍晚夕陽照，林間鳥雀喧。	170
3月11日薄暮	五言古詩	憑弔乙未割臺時，黑旗軍統將吳彭年與日軍交戰的歷史，當時管帶袁錫清、幫帶林鴻貴皆戰死。	薄暮抵苗栗，漫山舊戰地。封尸為京觀，新塚何纍纍。回憶五年前，兩軍奮擊刺。	170

寫作日期（明治33年，1900）	詩歌體製	詩歌旨趣	詩歌原文	頁碼
			袁林二兵弁， 爭先罔迴避。 滿身中鎗砲， 鮮血灑鞍轡。 大軍奪東山， 遍樹螫弧幟。 我今乘輿過， 觸目心膽碎。 遙見帝國軍， 華表特標幟。 黑旗諸將弁， 遺骼埋何處？ 安得有心人， 搜尋泐名誌。	
3月11日夜晚	五言律詩	寫夜宿苗栗街旅館時思鄉之情。	隴畝下牛羊， 山頭掛夕陽。 僕夫嗟況瘁， 旅館嘆淒涼。 蒸飯柴根濕， 鋪床稻稿香。 更深猶不寐， 欹枕夢家鄉。	170
3月12日早晨	五言律詩	寫苗栗景觀與山雨欲來之勢。	碧瓦朱欄外， 東西夾兩山。 炊烟迷遠岸， 曙色壓魚灘。 石古雲頻起， 天寒雨欲潸。 秧田溪澗繞， 流水響潺潺。	170

寫作日期（明治33年，1900）	詩歌體製	詩歌旨趣	詩歌原文	頁碼
3月12日早晨	五言古詩	寫苗栗後壠之景。	破曉苗街發， 旋經後壠來。 漫山無草宅， 遍地盡砂堆。 日隱風加急， 天寒雨欲摧。 羊裘猶透冷， 忍凍過宕隈。 後壠山行盡， 即為中港渡。	171
3月12日午刻	五言古詩	寫在中港溪義渡坐肩輿乘船之感。	抬輿置舟中， 舟在水上浮。 一身佔兩便， 乘輿亦乘舟。	171
3月13日中午	五言古詩	寫由新竹縣坐火車到臺北大稻埕的感想。	新竹抵稻津， 辰發午即至。 儼似費長房， 符術能縮地。 旋轉任自如， 水氣通火氣。 水火交相用， 繫易占既濟。 逐電迅追風， 敏捷勝奔馳。 舉重有若輕， 便捷兼爽利。	171
3月15日傍晚	五言古詩	寫參加揚文會之見聞，以及會後閱兵	時經滄桑變， 詩書都欲焚。	173

寫作日期（明治33年，1900）	詩歌體製	詩歌旨趣	詩歌原文	頁碼
		之感想。	戎馬倥傯後， 誰與講典墳。 兒玉大爵帥， 勝會開揚文。 先期折柬招， 延聘禮意勤。 三題令建議， 各暢所欲云。 授餐兼適館， 旅費厚頒分。 麋金萬餘圓， 曠典世罕聞。 三縣紳士集， 衣冠盛如雲。 遜荒諸處士， 吐氣揚眉欣。 金碧輝華堂， 轅門車馬紛。 新宴開燒尾， 綠螘酒初醺。 木杯盡金泥， 榮寵逾紐纁。 午後閱武庫， 操閱陳陸軍。 文王歌棫樸， 魯侯詠藻芹。 學術細演說， 開道心孔殷。	

寫作日期（明治33年，1900）	詩歌體製	詩歌旨趣	詩歌原文	頁碼
			叩首告辭退， 天氣日欲曛。	
3月21日	五言律詩	寫參觀臺北芝山所設女子學校之心得。	間氣山川毓， 聰明出女兒。 鄉村多設校， 閨閣解吟詩。 剪綵花惟肖， 彈琴律協宜。 羨渠新卒業， 絳帳坐皐皮。	182
3月21日	五言律詩	唱和郁永河《裨海紀遊》詩作，詠大屯山採硫磺之事。	天開名勝蹟， 觺沸湧溫泉。 瘴氣迷荒谷， 巒烟掛樹巔。 磺池山上滾， 陰火地中燃。 小住真佳趣， 何須更羨仙。	182
3月21日	七言律詩	寫北投溫泉景象（因雨未得出浴溫泉）	大屯高峰景最奇， 崢嶸千仞勢何危。 毒煙觸霧天如接， 海雨翻風日出遲。 磺火薰蒸成巨鑊， 溫泉澄澈聚洿池。 山樓小憩成佳趣， 遠眺憑欄樂不疲。	182
3月22日傍晚	七言律詩	感謝總督府三次設宴款待而歌詠之。	華堂鼓瑟竝吹笙， 賜宴三番咏鹿鳴。	183

寫作日期（明治33年，1900）	詩歌體製	詩歌旨趣	詩歌原文	頁碼
			儼似滕王開勝會， 敢云洛社聚奇英。 插花茶室叨殊遇， 把盞山樓荷顯榮。 還有一班新女樂， 霓裳度曲月三更。	
3月24日	五言古詩	唱和日人籾山衣洲之詩，內容在歌詠揚文會盛況。	國運關文運， 詩隆遇亦隆。 瀛東雖地僻， 冀北豈群空。 和會民人洽， 襃揚意氣融。 品評邀月旦， 議論愧雷同。 蠟炬輝煌院， 聲歌徵畫欄。 扶輪持大雅， 翼道賴宗工。 幸荷山濤辟， 誰云阮籍窮。 闡門昭盛典， 聖主值明聰。	184
3月25日	七言律詩二首	描寫與友人施悅秋異鄉相逢之心情。	七律之一： 隔別丰儀五六春， 稻江會飲灑清塵。 冥鴻遠舉成君志， 守兔拘墟愧此身。 昔日同儕多離散，	185

寫作日期（明治33年，1900）	詩歌體製	詩歌旨趣	詩歌原文	頁碼
			他鄉相遇倍加親。 世情險惡炎涼甚， 四海知心有幾人。 七律之二： 飛觴醉月賞芳春， 徹夜雄談塵拂塵。 幸我清風攜兩袖， 羨君明月是前身。 客中話舊情懷洽， 海外論交氣味親。 馬齒徒增漸老大， 依然少壯不如人。	
3月27日早上	五言古詩	寫新竹至苗栗的回程景象，因擔心火車不安全，改以肩輿輸運。	崎嶇苗栗道， 鐵軌結成路。 穿山不乘驛， 越溪免喚渡。 陸地能盪舟， 往來便馳驅。 但事係草創， 基址未鞏固。 前車繫後車， 失足恒貽誤。 我非若王尊， 何須頻叱御。 小折而西行， 乘輿聊四顧。 寄語管理人， 興修善防護。	185

寫作日期（明治33年，1900）	詩歌體製	詩歌旨趣	詩歌原文	頁碼
3月27日午後	五言古詩	寫至苗栗中港與友人陳孟光相聚之情景。	乘輿過中港， 旭日恰當午。 慷慨陳孟光， 投轄作地主。 飲我以膏粱， 飽我以棗脯。 時事娓娓談， 濟世心獨苦。	186
3月27日下午三時	五言古詩	寫在苗栗中港溪義渡口搭船，過程險象環生的情形。	中港設義渡， 濟人於溱洧。 旅客競渡爭， 滿儎堆行李。 溪流趁潮退， 微風漾波起。 旋觸鐵板沙， 沙汕膠船底。 三次欲傾覆， 危險瀕於死。 寄語買渡人， 往來慎行止。	186
3月28日夜晚	七言古詩	寫夜訪苗栗苑里鄭惟康之事。	晚風瑟瑟日斜曛， 同類相逢禮意勤。 倒屣爭為東道主， 一班行客願平分。	186
3月28日夜晚	七言絕句四首	寫友人蔡振芳妻妾成群，且個個秀外慧中之事。	七絕之一： 風流自古本爭傳， 矧結聯床五美緣。 豔福幾人消受得，	186-187

寫作日期（明治33年，1900）	詩歌體製	詩歌旨趣	詩歌原文	頁碼
			羨君境遇若神仙。 七絕之二： 不圖閨閣解吟詩， 才子佳人配合宜。 五鳳樓中相唱和， 好將韻事寫傳奇。 七絕之三： 握管拈毫信手揮， 紛紛落紙吐珠璣。 檀郎對客詞將屈， 步幛青綾代解圍。 七絕之四： 蔡家當日降毛姑， 綽約娉婷國色殊。 玉手纖纖搔癢好， 不知君背試曾無。	
3月29日早上	七言律詩	唱和林峻堂詠房里溪之詩。	房里溪流匯數重， 洪波擊石勢洶洶。 爛霞西抹橫滄海， 旭日東昇露峭峰。 鳳尾參天多勁竹， 虬枝倒地倚跛榕。 離家一日途猶遠， 草草勞人可惱儂。	187
3月29日午後	五言律詩	描寫在臺中縣大甲與友人宴會相聚之事。	不速來三客， 途中遇故人。 入門欣把臂， 倒屣出迎賓。	187

寫作日期（明治33年，1900）	詩歌體製	詩歌旨趣	詩歌原文	頁碼
			味美佳肴列， 香騰老酒陳。 猜拳猶末已， 斜日照溪津。	
3月29日下午三時	七言古詩	寫坐轎橫渡大甲溪的驚險景象。	連日豪雨降如注， 眾流奔匯洪波怒。 邐來驛站由苗栗， 荊棘遍地石當路。 行李往來漸稀少， 沿途偏覓乏小舮。 招招舟子莫卭須， 前溪後溪難飛渡。 就深就淺寋裳涉， 僕夫徐行踯躅步。 急灘成堆如旋螺， 幸藉漁樵相扶護。 自揣一生仗忠信， 雖經險阻心不怖。	187
3月29日下午	七言絕句	寫大甲溪南北兩地氣候之異。	稅駕星言賦曰歸， 天時寒冷變晴曦。 果然地氣分南北， 脫卻綿衣換袷衣。	187
3月30日晚上	五言律詩	描寫與揚文會會友相聚歡宴的情景。	勝會揚文赴， 歸來笑語溫。 友朋欣共述， 姻婭喜開罇。 大道千鈞挽， 吾儒一線存。	188

寫作日期（明治33年，1900）	詩歌體製	詩歌旨趣	詩歌原文	頁碼
			作人歌械樸， 士貴國彌尊。	
3月31日早上	七言律詩	寫回到臺中大肚山下所見田間景象。	油油芳草繡長堤， 雨後農夫荷笠犁。 幾陣耕牛翻淺水， 數行秧馬帶新泥。 春風淡蕩睢鳩喚， 霽日融和喜雀啼。 經過肚山山下望， 扁舟游水繞前溪。	188
3月31日午後	五言律詩	寫中寮庄農家生活之景。	四月閒人少， 經營子婦忙。 蔬園多下種， 蔗廍尚研漿。 雨後薯藤秀， 風前麥浪揚。 叮嚀鋤草者， 勿使豆根傷。	188

第九章
吳德功《讓臺記》敘事時間研究*

第一節　前言

　　吳德功《讓臺記》乃史書之作，也是一部歷史散文，因此亦可視為文學作品。此書記述臺灣在甲午戰爭後割讓日本，日本軍隊來臺接收時與臺灣軍隊發生的一連串戰爭衝突。記載的時間自（農曆）清光緒二十一年（1895）四月十四日起，至同年九月二十七日止。這本書對於當時臺、日軍隊戰事的記載而言，是非常重要的資料，因此明治三十四年（1901）時東京修戰史，山崎虎之助大尉便曾受命索取此書以為修史之材料。[1]此書本身極具特色，就體例而言，其記時是以西曆、舊曆（農曆）並陳的方式，與其它傳統史書純以舊曆記時不同。此外，本書有作者的史論（在各事件載述後，有時會出現「論曰」的內容，此即吳德功對於該事件的評論），透過這些史論，更能看出當時戰事的一些主客觀情勢與內幕；再者，由於吳德功當時曾親自參與部分戰事，是以此書有若干內容是其它割臺史書所無法得見的，這也是此書的另一項特色。

　　此書雖然重要且具有特色，但目前並未有專書或專門性論文來研

---

*　本文原刊載於《文史臺灣學報》第13期，2019年10月。非常感謝二位匿名審查委員所提供的寶貴意見，修正了本文許多缺失，十分感恩。今將此文修改增刪後置入本書。

1　事見吳德功〈復館森袖海先生書〉，此文收錄於吳德功：《瑞桃齋文稿》（南投：臺灣省文獻委員會，1992年5月，吳德功先生全集本），下卷，頁303。

究它，有少數幾篇論文或書籍，在其中部分節次對它進行了探討[2]，然而著墨有限，此書的研究空間仍大。尤其前人的研究幾乎都從史書史料的角度進行觀察，從文學層面切入者尚未得見，因此本章擬從敘事時間的角度切入來進行分析，希望為此書開拓一個新的視野。筆者以為，《讓臺記》雖屬史書，但它同時也是一部歷史散文，與《左傳》、《史記》性質相似。這類書籍非常適合採用敘事學進行研究，因為它們本來就是記人記事之作，以敘事學進行探討至為妥切。例如大陸學者劉寧《史記敘事學》一書，專從敘事學角度來研究《史記》；又張高評撰有〈《左傳》敘事法撢微〉[3]一文，亦是從敘事學角度觀察《左傳》，這類例子甚多，不再贅舉。

以敘事學來分析文本，可以探討的議題甚多，包含敘事結構、敘事時間、敘事視角、敘事語法、敘事情節、敘事接受與傳播……等等，這些主題的研究，對於《讓臺記》而言都是待開發的園地，都有論述的價值。今本章之研究，擬從敘事時間的角度切入，來探討《讓臺記》的敘事時序和敘事速度。因為在筆者反覆閱讀《讓臺記》之後，覺得此書在敘事時序值得推敲，它雖然與其它傳統史書一樣，以順時敘事為主，但其違時敘事的情形也不少，這使得文章的陳述有著時間安排上的繁複變化，產生了更佳的藝術效果。此外，在敘事速度的表現上，此書基本上速度是較快的，但有些地方的事件記載卻又速度緩慢，形成一種快慢相間的節奏感，讀起來頗具起伏錯落之感。若將它與其它割臺史書相較，也能看出彼此在敘事速度上的差異，這是相當引人入勝的。基於以上因素，本章的研究便以「敘事時間」為主要方向，再從中細分「敘事時序」和「敘事速度」兩個子題進行分析。

2　關於《讓臺記》的相關研究，可參考本書第一章第二節「文獻回顧」之說明。

3　張高評：〈《左傳》敘事法撢微〉，《孔孟學報》第41期，1981年4月，頁223-234。

　　本章研究所使用的《讓臺記》，將以郭明芳的點校本（以下簡稱郭校本）為依據來進行分析。郭校本是目前《讓臺記》各版本中較為良善者，此點在本書第三章第四節中已做說明，今不再贅述。以下且就「敘事時序」和「敘事速度」兩項議題分別進行論述。

第二節　《讓臺記》的敘事時序

　　在解釋「敘事時序」之前，有必要先了解「自然時序」與「故事時序」這兩種術語。所謂「自然時序」，即宇宙間時間自然流動的順序，一秒、一分不斷的往前單向式地前進。至於「故事時序」，則是一個故事（事件）從開始到終了的發展時序，它是順著「自然時序」往前推進的，所以本質上來說，它的時序也屬於自然時序，只不過其時間長度由故事發生時為起點，至故事結束時便終止，不像「自然時序」是無止盡的。

　　了解「自然時序」與「故事時序」後，接著我們來談談「敘事時序」。所謂「敘事時序」，就是作者在講述故事時所刻意營造出來的一種時間順序。作者在安排「敘事時序」時，有時會順著「自然時序」一路講下來，不去改變時間上自然流動的順序；但有時為了吸引讀者，或是為了使故事看起來更精彩，會在故事進行時突然中斷，接著將時間打亂，或者去追憶過去的故事，或者預告未來的故事；除此之外，有時會省略其中一部分的故事不講，有時又插入或補述其它的故事。這種種不同的操作方式，都會造成故事進行的時間順序被重新改造，沒有跟「自然時序」貼合，這種講述故事時所刻意營造出來的時間順序，就是「敘事時序」。

　　「敘事時序」的形態，一般而言，有「順時敘事」與「違時敘事」兩種類型。《讓臺記》在敘事上也具備這兩種型式，不過由於體

製上屬於綱目體史書，所以整體是以「順時敘事」為主，而以「違時敘事」為輔，以下且分項說明之。

一　順時敘事

　　所謂「順時敘事」，一般指的就是「順敘」法。尤師雅姿談順敘法說：

> 順敘法是按物理時間順序展開的敘事方法，多以特定人物或事件為中心，進而衍生一連串相關的故事情節，以保持人物或事件的完整性與連貫性。順敘的基本特色，是尊重事物自然的行進和發展，其情節結構包括開端、發展、頂點和結局等階段，易使故事有首有尾、前後一貫。這類結構方式是最單純的形態，也就是按照事件的因果順序發展，如此能夠脈絡分明，便於閱讀和記憶。[4]

由上述內容可知，順敘法是以人物或事件為軸心，然後依著自然時間的順序，將人物或事件的發展依序道出，所以整個事件的陳述是沿著自然時序的線條進行鋪陳，由因而果的連環托出。這類敘事方法，在中國史書或傳記人物的作品中，是極為慣用的手法。中國古代史官敘事，每每採用順敘法，按照年月日的自然時序來載錄史事，屬於編年體的《春秋經》，就是箇中代表。這種順時敘事的方式，在司馬遷撰寫《史記》時也依舊被沿用。《史記》屬於紀傳體史書，以人物撰寫為主，司馬遷以人物為軸心，將人物的生平事蹟依照自然時間的線

4　尤雅姿：《中國敘事理論與實際批評》（臺北：臺灣學生書局，2017年11月），頁274。

條進行陳述，其〈本紀〉、〈世家〉、〈列傳〉中的作品，都看得到這種
模式。

　　至於吳德功的《讓臺記》，它與吳氏另兩本史書《戴案紀略》、
《施案紀略》一樣，都屬於綱目體的史書，這類史書，其敘事的方式
仍是以順敘法為主。中國綱目體史書，以朱熹《御批資治通鑑綱目》
一書為最早。這種史書，乃編年體史書的一種變體，它在紀事時仍以
年月日的先後為序進行載述，例如以下的引文：

> 丁酉十八年，秦獻公、齊桓公午元年。
> 戊戌十九年，魏敗趙師于兔臺。
> 集覽：兔臺，地名，在河北。
> 己亥二十年，日食晝晦。
> 集覽：日食注，見漢惠帝七年。[5]

由十八年、十九年到二十年，依自然時間的順序編寫，這是順敘法的
方式。至於這類史書的結構，主要分「綱」文跟「目」文兩個部分。
就「綱」文這個部分來說，它是大字的提要，這是事件的主旨，而時
間的記錄也標示在「綱」文上；至於「目」文，則是小字的敘事，它
是針對「綱」文所記錄的事件主旨，進行細部的說明。吳德功《讓臺
記》既是綱目體史書，其「綱」文、「目」文的書寫方法自然也就如
同上述所言一般，此外，它的敘事時序自然也是以順時敘事為主。例
如清軍與日軍在新竹與苗栗一帶鏖戰六日的過程，此書便是以順時敘
事的方式處理，其文曰：

5　〔宋〕朱熹：《御批資治通鑑綱目》（臺北：世界書局，1988年2月，四庫全書薈要
　　本），卷1上，頁64。

新曆八月五日、舊曆六月十五日。大清黑旗統領吳彭年，統兵自彰化拔隊往苗栗，圖復新竹。

自李維義帶兵往攻新竹，未見大勝，黑旗之威少減。至是苗紳請吳親往，蓋吳兵力甚單，止帶屯兵營管帶徐學仁、黑旗親兵管帶袁錫清、幫辦林鴻貴，總計止三百餘兵，十六日至苗栗駐紮。

新曆八月八日、舊曆六月十八日。日北白川宮親王率本隊攻新竹筆尖山，克之。

是時新楚軍數營在筆尖山附近，包圍新竹。時城中日兵少，僅數守城之用。親王於三日到新竹城，詳察地形，於八日早，指揮軍隊向筆尖山攻擊，鎗砲聲震山谷。午後十時，將士受親王指揮。一齊突入敵線，新楚軍狼狽敗績。但此間山禿，軍士眩暈，親王休息樹下。是夜露營，以田間污水煮飯。

新曆八月九日[6]、舊曆六月二十日。新楚軍統領藍翎副將楊載雲與日軍惡戰，死之；李維義逃回。

新楚軍紮在頭份等處。九日，北白川宮親王，率大軍驟至，由香山及頭份山後四面環攻。徐驥等以及鄭、傅諸軍力戰。李維義帥營亦被馬兵踏破。日軍一路由鹽水港殺入，前新楚軍統領楊載雲與日軍大戰。時日軍放開花大炮，子如雨下，銃煙散布，不見人面。諸軍及李維義皆脫逃，惟楊載雲力戰，不避銃火。日軍前後夾攻。回見大營已破，尤復奮勇為殿，身中數銃而斃。自楊載雲帶新楚軍紮頭份山上，大小數十戰，日軍不能越香山一步。迨聞黎府易李維義為帥，冀圖一戰而勝，可保其位，乃奮不顧身，直冒炮火，以死殉之。此

---

6 依此日前後記載事件的日期進行筆對，此日應是西曆八月十日，文中寫九日乃筆誤。

地遂失，兼以近衛師團多調兵將，勢如摧枯捻朽，新楚軍新帥
李維義一敗塗地。論者悲楊之遇，未嘗不服其勇也。嗚呼！烈
士哉。今遺塚在頭份山上，土人虔奉，香火不絕焉。[7]

上面這三段引文，是從舊曆六月十五日到舊曆六月二十日的戰爭過
程。對於這六天的戰事，吳德功只針對衝突較劇烈的三天進行敘述，
分別是十五日、十八日、二十日三天。這樣的敘事時序，便是一種順
時敘事的模式，也就是順敘法的運用，讓整個事件依照自然時間的先
後順序陳述出來，整件事的來龍去脈、前因後果的線索，也就清晰流
暢地講述出來了。

　　整本《讓臺記》的書寫，除了「目」文之外，在「綱」文的部
分，都是以這種順時敘事的方式為之。這種書寫方式，是中國史書的
主要傳統，這種寫法雖然能讓事件的敘述流暢清晰，讓讀者容易掌握
事件發生的前因後果，但不可避免的，它也有缺陷與不足。最明顯
的，由於事件的前因後果環環相扣，雖然讓讀者容易掌握事件的發展
流程，但單線式的推進畢竟較為單調，缺乏起伏交錯的新奇感，讀者
容易產生閱讀上的疲乏與刺激，此時，適度地將時間的敘述順序進行
重組，打破自然時間的排列，讓倒敘、預敘、插敘的敘事手法可以穿
插運用，才能讓故事的描述呈現更精彩的效果。

二　違時敘事

　　前文提到，順時敘事有其清晰易懂的優點，事件的發展順著自然
時間的流動，便於讀者掌握事情的來龍去脈。然而這樣的敘事方式畢

7　吳德功著，郭明芳點校：〈乙未臺灣史料新輯校（二）：《讓臺記》（二）〉，《東海大
　學圖書館館訊》第165期，2015年6月，頁86-87。

竟比較單調，缺乏思考的刺激，而且面對複雜的事件或同一時間有多事並陳時，處理起來往往捉襟見肘，此時就必須考慮「違時敘事」[8]的方式，亦即將敘事的時間順序打破，讓預敘法或倒敘法能穿插使用，敘事的時間安排，便能形成錯綜起伏的變化。在吳德功《讓臺記》的「目」文中，便有倒敘法、預敘法的使用。

（一）倒敘的運用

所謂的倒敘法，羅鋼說：「是指對往事的追述。」[9]這意思就是先暫時中斷目前事件的陳述，讓陳述的時間點回到過去，去追述過往之事。當然，這追述的事件必然跟目前正在陳述的事件有著某種相關性的連結；此外，當追述完成後，故事又會重新回到目前正在陳述的事件上，以便讓故事能繼續往下走。在中國古代的典籍中，倒敘法的使用在《尚書》中早已得見。例如〈盤庚〉上、中、下三篇，記載的是盤庚帶領臣民從原居地遷移到殷地之事。這三篇文章敘事時間的安排，並不是順著自然時間的流動而娓娓道出，而是敘述盤庚「遷殷之後」（〈盤庚上〉）；再回到盤庚「遷殷之前」（〈盤庚中〉）；然後又重新回到盤庚「遷殷之後」（〈盤庚下〉）[10]。所以這上、中、下三篇的敘事，在敘事時序的排列上，跳脫了自然時間的順序，其中〈盤庚中〉篇的敘事，使用了倒敘法，讓時間回到了過去。

吳德功《讓臺記》的書寫，在敘事時間的安排上雖是以順敘法為主，但在部分事件的敘述上卻有倒敘法的運用，屬於違時敘事。例如其舊曆閏五月初二日的記載：

8　關於違時敘事，尤師雅姿說：「預敘倒敘由於有違自然時序，故以違時敘事法指稱之，指的是故事發生次序與敘事次序有所違逆，例如倒退敘事以回顧往事，或是先行預告以逆料未來。」見氏著：《中國敘事理論與實際批評》，頁272。
9　羅鋼：《敘事學導論》（昆明：雲南人民出版社，1999年7月），頁135。
10　吳璵註譯：《新譯尚書讀本》（臺北：三民書局，1991年8月），頁55-66。

新曆六月二十三日、舊曆閏五月初二日，大清署苗栗縣
李烇，集紳民議守苗栗，請臺灣府黎景嵩發給餉械，姜紹
祖力戰死之。

苗栗一縣多廣人，李烇係廣東人，與紳民一氣。聞日軍已據新
竹，與諸生吳湯興、徐驤、舉人謝維岳、富戶黃南球等商議，
遣徐炳文至臺灣府請發軍裝，並請領餉銀。時府庫已空，即准
將該縣錢糧作勇餉，遂檢軍裝給發。自是吳湯興統領諸土勇，
徐驤紮營頭份，輒與日軍接仗，互有殺傷。日軍只守新竹城，
不能前進。[11]

此處談到日軍與吳湯興、徐驤所率領的清軍在新竹一帶交戰的情形。
而此事，後來在舊曆閏五月初六日的記載中，被以倒敘法的方式做了
追述，以帶出新竹紳民迎請日軍入城安民之事。且看當日的記載：

新曆六月二十七日、舊曆閏五月初六日，新竹紳民迎大
日本大軍入城安民。

自二十三日北白川宮親王率師團軍隊，全力攻擊大湖口等庄，
大戰三次，吳湯興、吳光亮等及土勇接仗，大敗，死者二百餘
名，傷者百八十名。前紮新竹城棟字營傅德陞、鄭以金等兵勇
撤回。吳湯興、徐驤等皆戰敗，奔回苗栗縣。新竹紳士鄭林等
率眾迎請日軍入城安民。時日軍止有二千餘人，僅守城中，晝
夜巡緝甚嚴，派兵數名，在香山塘稽查行人來往。[12]

---

11 吳德功著，郭明芳點校：〈乙未臺灣史料新輯校（二）：《讓臺記》（一）〉，《東海大
　學圖書館館訊》第164期，2015年5月，頁109。
12 同上註，頁111。

在上述「綱」文中，談到新竹紳士偕民眾迎請日軍入城安民之事。
而為了交代這些紳士為何會帶眾迎請日軍進城安民，所以在「目」文
一開始，便透過倒敘法的使用，將時間退回二十三日（舊曆閏五月初
二日），去追述日本北白川宮親王率領軍隊與清軍吳湯興、徐驤等人
交戰的過程，以及最後吳湯興、徐驤敗逃至苗栗之事。透過倒敘法的
使用，對此事進行追述，就能說明為何舊曆閏五月初六日新竹士紳要
迎請日軍入城安民，這正是因為吳湯興、徐驤等人敗逃，新竹城秩序
大亂，所以才需要迎請日軍入城安定秩序啊！

像這種倒敘法的運用，在《讓臺記》「目」文中出現的次數還
不少。再看舊曆五月十二日的記載：

> **新曆六月四日、舊曆五月十二日，臺北省城粵勇焚署內**
> **變，唐總統景崧夜逃滬尾。**
> 先是大清京都撥餉一百萬，裝在火輪運至臺北，洋鎗子藥大砲
> 無數，唐撫運入庫內。兵民知庫中多財幣。其管帶官係哥老會
> 首李文魁，見之垂涎。初八日，殺唐撫行營中軍管帶方良元，
> 入索庫餉。唐見勢兇猛，揮令恣意往取之。至十二夜，集眾到
> 撫署喧鬧，將撫署廚房放火藥焚之。時喊聲震地，人相踐踏，
> 入庫劫掠財物。抬出之銀，中多鉛條假藉。各街市衙門糜爛。
> 火藥庫忽然轟炸，華人遭死者一百餘人，連各處銃斃者共數百
> 人。一時變起倉卒，唐總統率親丁數十名，乘夜奔逃滬尾德商
> 忌利士洋行。[13]

此處提到臺灣民主國總統唐景崧，因哥老會首李文魁率眾劫掠，在無

---

13 同上註，頁103。

力控制局勢的情況下，於十二日夜晚逃離臺北城的事情。而這件事，在後來舊曆五月十五日的記載中，被以倒敘的方式進行了追述。且看該日的記載：

> **新曆六月六日、舊曆五月十五日，臺北紳民并歐美人令辜顯榮往基隆，請大日本大將伯爵樺山，辦理公使水野遵，入城安民。**
>
> 唐總統於十二夜逃去，兵勇乘危搶掠，屍橫遍野，街人閉隘閘為守。紳士劉廷玉、陳儒林等、洋商李春生請歐米人英德商先迎日軍安民。時辜顯榮（鹿港人）遊於臺北，見商民無主內亂，亦於十四日往請。學務部長伊澤修二同水野遵巡哨，遂引見樺山及山田大尉，極言亂民之變，願為前導。日帥察其誠，使人偵探，果係實事，民不堪其苦，遂統大軍於午前三時入城安民。[14]

在上述「綱」文中，提到辜顯榮前往基隆敦請日軍入臺北城安民之事。而為了交代此事的起因，在「目」文一開始便透過倒敘法的運用，將時間退回到五月十二日的夜晚，去追述唐景崧夜逃，導致臺北城群龍無首，局勢極端混亂的情形，藉此帶出辜顯榮等人為何會在十五日迎請日軍入城安民之事。

以上兩則事例，都是倒敘的用法，而且都屬「內部倒敘」。所謂內部倒敘，羅鋼稱之為「內倒敘」，他說：「內倒敘，它的時間起點，發生在第一敘事的時間起點之內；它的整個時間幅度，也包含在第一敘事時間以內。」[15]此處所說的「第一敘事時間」，是指敘事文本的起

---

14 同上註，頁104-105。

15 羅鋼：《敘事學導論》，頁138。

始時間，也就是整部作品的故事起始時間。至於倒敘的「時間幅
度」，是指倒敘事件的時間起點到終點之間所經歷的時間距離。由以
上的說明可知，所謂的內部倒敘，是指所追述的事件，其事件發生的
時間起點，是在敘事文本的起始時間之後的。就如上述所引兩則《讓
臺記》事例，其追述的事件，時間的起點分別是舊曆五月十二日與舊
曆閏五月初二日，都在《讓臺記》（敘事文本）的起始時間舊曆四月
十四日之後，所以屬於內部倒敘。

　　按：上文提及倒敘的「時間幅度」。事實上，還有另一個術語叫
倒敘的「時間跨度」，這是指倒敘事件的時間起點，與目前故事的時
間點之間的時間距離。以下且以圖形方式進行說明：

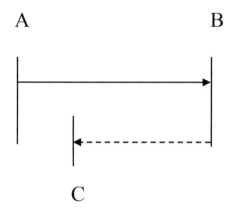

備註：

A：目前故事的時間點。

B：倒敘事件的時間起點。

C：倒敘事件的時間終點。

倒敘時間跨度：圖形中A至B的時間距離（即實線的部分）。

倒敘時間幅度：圖形中B至C的時間距離（即虛線的部分）。

上述圖形與備註，筆者以下面這段敘述為例來進行說明：「十年前，他一個人到加拿大遊學了半年。這半年當中，他一邊打工賺生活費，一邊唸書學外語，同時還談了一場異國戀愛。」在這段話裡，倒敘的「時間跨度」是十年；倒敘的「時間幅度」是半年。

　　以上所談是《讓臺記》的內部倒敘，除了內部倒敘外，此書亦有「外部倒敘」的形式。所謂外部倒敘，羅鋼稱之為「外倒敘」，他說：「外倒敘的時間起點和全部時間幅度，都在第一敘事時間起點之外。」[16]羅氏說法，簡單來說，就是外部倒敘所追述的事件，是發生在敘事文本的起始時間之前的事件。依此定義，《讓臺記》中有一部分內容涉及了外部倒敘的運用。例如舊曆四月二十三日的「目」文，談及清軍在臺灣割讓給日本之前，於澎湖一戰敗給日軍之事。[17]此一事件發生的時間點（舊曆二月二十九日），早於《讓臺記》敘事的起始時間（舊曆四月十四日），所以屬於外部倒敘。另外，此書舊曆四月十四日的記載，也有外部倒敘的運用，其內容如下：

> **西曆一千八百九十五年。大日本明治二十八年。大清國光緒二十一年。乙未四月十四日。中日和議畫押，各派大臣至燕臺換約，臺灣割讓日本。**
> 朝鮮之役，清師敗績，群臣請幸西蜀。清君主下罪己之詔，聲淚俱下，不忍播遷，恐驚皇太后聖心。先遣大臣張蔭桓侍郎、邵友濂撫憲往日本。行成，日相伯爵伊藤博文、子爵陸奧宗光接見敕書，以內中無專權之意，令回清國。隨員伍廷芳曾與伊藤同學於西國，爰探其意。伊相云：「必有重臣如恭邸與李傅

16　羅鋼：《敘事學導論》，頁137。

17　吳德功著，郭明芳點校：〈乙未臺灣史料新輯校（二）：《讓臺記》（一）〉，頁98。

相者，并帶有專權便宜行事之敕書，方許與講和議。」嗣後正
月十九日，再派爵相李鴻章抵日本。二月十九日，即西曆三月
二十日，齊集於春帆樓。至馬關第三次議和，途中被日人小山
欲報其弟之仇，一手執攀傳相輿，一手放鎗，中在左目下，幸
不傷目，猶能視事。二十七日，日本戰船九號抵澎。二十八
日，日艦被炮打傷，猶奮勇駛入港，進攻澎湖。翼〔翌〕日六
點鐘，盡得全島。澎湖總鎮周振邦、澎湖廳陳步梯乘魚〔漁〕
船奔入臺北請罪。副將朱尚泮兵敗，副將林福喜縈媽祖宮，接
戰多時，互有殺傷，亦奔回臺北。唐撫帥嘉之。時李傳相傷
愈，與伊相往返議約，商量數四，其節錄載在《公報》，不能
盡述。至三月十六日議定大略，一賠餉，二割地，三通商，共
十一款，限三禮拜畫押，互派大臣在燕臺換約。星使回國，大
清君主與王大臣、皇太后商議，至四月十四日始行畫諾。[18]

上述引文，在「綱」文中標示的日期是舊曆四月十四日，這一天是馬
關條約正式生效日，也是臺灣正式成為日本領土的日子，《讓臺記》
就是以這天為敘事的起始時間。然而在「目」文中，吳德功一開始便
透過倒敘法進行追述，從朝鮮之役清軍戰敗開始回憶，然後分別談到
舊曆正月十九日、二月十九日、二月二十七日、二月二十八日、三月
十六日等日子，將清廷派使臣與日本議和訂約的重要過程做了追述。
這些追述的事件，時間點都早於此書敘事的起始點（舊曆四月十四
日），所以是外部倒敘的運用。這則事例，除了具有外部倒敘的形態
外，它同時也是一種「完整倒敘」。「完整倒敘」是相較於「部分倒
敘」而說的，羅鋼對兩者的說明如下：

---

18 同上註，頁95-96。

根據倒敘的幅度，又可以將倒敘分為「部分倒敘」與「完整倒敘」兩種。「部分倒敘」回溯的只是悠悠往事中的一個亮點，敘述的是往事中一個孤立的時刻，它以省略作結束，不與第一敘事相接續，其功能是給讀者帶來一個孤立的，對理解情節的某個確定因素不可或缺的信息。……「完整倒敘」，則是倒敘的事件與第一敘事的起點直接連接，它將第一敘事之前的事件完全補足。[19]

羅鋼這段話，對於「部分倒敘」與「完整倒敘」的說解，基本上是正確的，但內容並不十分完整，筆者在此做一補充。就以「內部倒敘」而言，基本上都屬於「部分倒敘」，因為它們所追述的，都只是整個敘事文本中某一段時間幅度的事件，它是「往事中一個孤立的時刻」，所以都屬於部分倒敘。至於「外部倒敘」，有一些案例屬於「部分倒敘」，有一些則是「完整倒敘」。在「外部倒敘」的事件中，若所追述的事件，其時間幅度沒有連接敘事文本的起始時間，這是「部分倒敘」；若所追述的事件，其時間幅度直接連結敘事文本的起始時間，則屬於「完整倒敘」。前揭所舉《讓臺記》舊曆四月十四日的記載，其「目」文的倒敘追述，從朝鮮之役清軍戰敗開始回憶，一路談及正月十九日、二月十九日、二月二十七日、二月二十八日、三月十六日等日子所發生的事件，最後連結到此書敘事起始時間（四月十四日）「始行畫諾」之事，將「第一敘事之前的事件完全補足」，所以是一個「完整倒敘」法的使用。

透過上述例文可知，《讓臺記》雖是以順敘法為主要模式來進行敘事時序的安排，但倒敘法的運用也不少，而且是內部倒敘和外部倒敘都有；若以倒敘的時間幅度來看，也同時具備了部分倒敘和完整倒

19　羅鋼：《敘事學導論》，頁139。

敘，其敘事時序的變化相當巧妙多變。倒敘法的使用，讓事件的敘述
更加清楚，尤其是在交代事件的前因上相當有助益，等於是提供舊事
給讀者，以協助讀者了解今事的形成原因，同時對於情節安排的起伏
迭宕，也能創造另一種繁複的藝術效果。

（二）預敘的運用

除了「倒敘」之外，「預敘」的使用也是違時敘事的手法之一，
同樣打破敘事時間的自然順序，而讓時間的安排產生錯位的現象。所
謂預敘，胡亞敏說：「閃前又稱預敘，指敘述者提前敘述以後將要發
生的事件。」[20]這種預敘法的使用，類似是一種未來事件的預告，很
明顯的，就是讓敘事時序脫離自然時序，讓故事的進行由眼前的時間
點跳躍至未來的時間點。《讓臺記》的書寫，也穿插著預敘法的使
用，且看舊曆七月初六日至七月初九日的記載：

> **新曆八月二十六日、舊曆七月初六日。大日本北白川宮親
> 王在大肚媽祖宮，至崁仔腳分配軍隊，準備擊彰化城。**
> 是日，親王由大甲發。正午，抵大肚媽祖宮，前衛山根少將先
> 在。親王出馬，至崁仔腳附近。視察八卦山形勢陣地。忽八卦
> 山巨砲榴彈飛落左側，彈丸蹴立，沙土濆起，幕僚喫驚勸避，
> 親王徐步，仍行視察。探知上流可以徒涉，因在崁仔腳將本師
> 團及山根、川村兩旅團軍隊分配，夜間在大肚溪暗渡。
> **論曰：**予讀〈湘軍記〉，論湘軍戰略，初則將在前、勇在後，
> 是謂有朝氣，故百戰百勝；後則家富爵高，將在後、勇在前，
> 是謂有暮氣，故戰未必勝。今觀親王以天皇貴冑臨前敵視查
> 陣地，忽榴彈飛來，塵土濆起，親王不改常度，洵不愧三軍

---

20 胡亞敏：《敘事學》（武漢：華中師範大學出版社，2008年12月，2刷），頁68。

之司命，聞臺之元勳焉。予過山仔腳，見豐碑屹立，周圍樹木陰森，千載而下，尤服親王膽略過人，從容鎮定也。

新曆八月二十七日、舊曆七月初七日。大日本北白川宮親王率軍隊分路前進彰化，右翼川村少將指揮之，左翼山根少將指揮之。

是日近衛師團並各隊齊到。右翼統將川村少將帶第二聯隊二大隊、第一聯隊第一半中隊、山砲兵一半中隊、機械砲十門，由右大肚溪河岸國姓井、茄苳腳運機械砲施擊指揮；左翼統將山根少將帶第四聯隊一大隊，及山砲兵一中隊、第一聯隊二大隊、第三聯隊一大隊，及砲兵一中隊，由左渡船頭溪徒涉，向大竹圍、躐山坑一路前進。內藤支隊由八卦山後指揮襲擊。是日各掩旗襲紮近城各庄，於二十八夜雞鳴攻擊彰化城。是日黑旗兵亦數營到城。

新曆八月二十九日、舊曆七月初九日。大日軍北白川宮親王率兵攻彰化城，破之。知府黎景嵩、知縣羅樹勳奔逃，黑旗統領吳彭年力戰死之，營弁李士炳、沈福山在八卦山戰死。[21]

這幾段引文，是舊曆七月初六日至初九日兩軍交戰的過程。在初六日時，吳德功在「綱」文中使用了預敘法，預告了北白川宮親王「準備擊彰化城」。而這一個預告，在初九日時應驗了，該日的「綱」文說：「北白川宮親王率兵攻彰化城，破之。」這是預敘法的使用，使得敘事時序跳脫了自然時序，在初六日的敘事中，便已先談及初九日的事件了。這種預敘法的運用，除了此處外，仍有其他的事例。例如

---

21 吳德功著，郭明芳點校：〈乙未臺灣史料新輯校（二）：《讓臺記》（二）〉，頁89-90。

舊曆五月十二日的記載：

> **新曆六月四日、舊曆五月十二日，臺北省城粵勇焚署內變，唐總統景崧夜逃滬尾。**
>
> 先是大清京都撥餉一百萬，裝在火輪運至臺北，洋鎗子藥大砲無數，唐撫運入庫內。⋯⋯一時變起倉卒，唐總統率親丁數十名，乘夜奔逃滬尾德商忌利士洋行。是日電催林朝速、丘逢甲、楊汝翼帶兵赴援。十三日電報曰：「千急急赴援。」十四日曰：「萬急急速赴援。」[22]

此處使用了預敘法，在舊曆五月十二日的「目」文中，便已預告了十三日與十四日的電報求援內容。後來在舊曆五月十三日的記事中，便呼應了十二日這段預敘的文字，其文云：

> **新曆六月五日、舊曆五月十三日。唐總統乘輪船渡清國廈門。**
>
> 十四日，唐總統在滬尾電召各軍赴援，無一至者⋯⋯。[23]

在這段記載的「目」文中，一開始便談到唐景崧在十四日這天，於滬尾緊急電召各軍隊前來救援之事。這段記載，呼應了之前十二日當天所預告唐氏於十四日電召求援之事，這正是預敘法的運用。

透過以上兩則事例，可以得知《讓臺記》對於預敘法的使用情形。不過兩則事例雖都是預敘的運用，但前一事例是一種「暗示的預敘」，它只預告北白川宮親王「準備擊彰化城」，並未說出確切的時

---

22 吳德功著，郭明芳點校：〈乙未臺灣史料新輯校（二）：《讓臺記》（一）〉，頁103。
23 同上註，頁103-104。

間；至於後一個事例，則直接說明唐景崧是在十三日、十四日發電報求援，時間點被精確地預示出來，這是一種「明言的預敘」。[24]這兩則預敘事例，雖然一是「暗示的預敘」，一是「明言的預敘」，不過它們都屬於「內部預敘」，而非「外部預敘」。所謂「內部預敘」，胡亞敏稱之為「內部閃前」，其定義是：

> 內部閃前指對敘事文中，將要發生的事件的提示，它可用於故事開端，對故事梗概的介紹和對故事結局的預言，使讀者對故事有一個大致的了解，並在閱讀中獲得求證的快感。[25]

這段話對於內部預敘的解釋，重點在於時間的界限上，所謂對「敘事文中，將要發生的事件的提示。」表示所預告的事情，其發生時間是在整個故事的時間範圍內。反之，所謂外部預敘，其預告之事，其發生的時間點是在整個故事的時間範圍之外的，也就是說，提前預告的事是在故事結束之後才發生的，因此它不會出現在故事的陳述過程中。[26]依據上述的分析，上揭兩則《讓臺記》的預敘事例，都屬於內部預敘法的運用，因為兩則案例所預告之事，其發生的時間點都在《讓臺記》所載事件結束日期（新曆十一月十一日、舊曆九月二十七日）之前，因此都屬於內部預敘。事實上，整本《讓臺記》的預敘運用，也都屬於內部預敘。

---

24 羅鋼說：「預敘有明言的，也有暗示的。明言的預敘，清楚地揭示若干時間之後發生的某一件事，這類預敘常涉及到具體的時間，如莫言《白棉花》中便明確提到「十五年後」、「那一年的一月二十五號」；另一類則是暗示的，如《紅樓夢》十二支曲，它只隱約地預示故事中人物命運未來的發展趨向和可能的結局，但僅僅只是作為一種端倪，一種萌芽或一種線索。」見氏著：《敘事學導論》，頁141。

25 胡亞敏：《敘事學》，頁69。

26 關於外部預敘，胡亞敏稱之為外部閃前，詳見氏著：《敘事學》，頁69。

第三節 《讓臺記》的敘事速度

在談「敘事速度」之前，先來了解「自然時間」、「故事時間」及「敘事文本長度」這幾個名詞。所謂「自然時間」，即宇宙間自然流動的時間，一秒、一分、一時、一日、一月、一年，不斷的往前單向式推進，我們每個人都在這種單向式直線前進的自然時間裏生活。至於「故事時間」，則是發生在自然時間中的故事（事件），其所經歷的那一段自然時間，所以本質上來說，它跟自然時間一樣，是單向式的直線前進，只不過它是無窮無盡的自然時間中的一部分，由故事發生時為起點，至故事結束時便終止。最後是「敘事文本長度」，這指的是敘事文本的篇幅長度。

了解上述幾個名詞後，現在回過頭來談敘事速度。楊義把敘事速度稱為「敘事時間速度」，他說：

> 敘事時間速度，乃是由歷史時間的長度，和敘事文本的長度相比較而成立的。歷史時間越長，而文本長度越短，敘事時間速度越快；反之，歷史時間越短而文本長度越長，敘事時間就越慢。在二者的轉換之間，人作為敘事者的知識、視野、情感和哲學的投入，成了左右敘事時間速度的原動力。[27]

楊義此處所說的「歷史時間」，其實就是筆者所說的「故事時間」。依照楊氏的說法，所謂的敘事速度，就是故事時間長度和敘事篇幅長度之間的比例關係。針對這種比例關係所造成的敘事速度之快慢問題，筆者今舉例說明，當更易理解。例如《史記》一書，所記載的故事時

---

27 楊義：《中國敘事學》（嘉義縣：南華管理學院，1998年6月），頁153。

間長度，自傳說中的黃帝至漢武帝太初年間，共二千三百年左右的歷史。其中漢代歷史所佔的故事時間長度只有百年左右，而漢代之前的故事時間長度，卻有二千多年，兩者的故事時間長度相差極為懸殊。然而司馬遷在書寫這兩個區塊的故事時，所花的篇幅長度卻差不多，漢代百年故事共用了二十五萬多字的篇幅，佔全書近半的篇幅；而漢代之前二千多年的故事，卻也只用了半數左右的篇幅。[28]由此可知，若以此二者進行比較，則司馬遷在漢代以前的故事敘事速度是快的，而漢代故事的敘事速度上是慢的。

　　在《讓臺記》中，敘事速度有時快，有時慢，這種快慢間隔的交錯感，常帶來一種閱讀上的節奏。以下且援引幾段《讓臺記》的內容，來看看這種敘事速度快慢交錯的情形。且看舊曆五月初六日與舊曆五月初七日兩天的記載：

> **新曆五月二十八日、舊曆五月初六日。大清國李經芳乘輪船到三貂海，將臺灣交讓與大日本。同日，大日本海軍大將子爵樺山資紀帶兵五千，從三貂角、澳底登岸。**
>
> 海軍大將樺山帶兵艦十五艘，統帶步兵四大隊、工兵一中隊、衛生隊半部、騎兵一大隊，次於三貂角澳底。時西北風烈，各船皆力抵風威。大清統將張兆連、分統官副將曾蘭亭帶勇三營，在地防堵。大日本工兵一中隊、步兵一中隊奮勇先登岸，與清防兵少數接戰。一時半間，清軍放去澳底潰散。
>
> **論曰：**當時大兵多紮基隆、滬尾要塞，在清國諸軍，以為大日本艦隊必由此處攻擊。樺山大將精海戰之術，偵探三貂角澳底港深可泊巨艦。而大清國官弁視為荒僻之地，不派大軍駐

守，僅少數之兵防堵而已。故樺山大將一鼓登岸，以為根據地。翼日，近衛師團亦連艫而入。此兵法所謂「攻其無備、出其不意」焉。噫，為將者詎可不識地理乎！

新曆五月二十九日、舊曆五月初七日。日本大將樺山統軍直抵瑞芳。

日軍既得澳底，遂踰三貂嶺，險歷山谷，達於瑞芳之大路。曾軍盡退瑞芳，午前十一時著手攻擊，三時，大日軍抵瑞芳。[29]

以上兩日的敘事記載，兩者的故事時間長度同樣都是一天，而兩者的敘事文本長度，初六日為三○八字的篇幅（含吳德功「論曰」的字數），初七日則為七十二字的篇幅，所以前者的敘事速度慢，後者的敘事速度快。再看舊曆七月十二日與十三日的記載：

新曆九月一日、舊曆七月十二日。大日軍至斗六，雲林縣紳民迎之。

新曆九月二日、舊曆七月十三日。大日軍至他里霧、大莆林，土人迎之，旋被眾圍殺，退駐北斗。

日軍初至大莆林，土人迎入。旋軍隊誤殺婦女，民間率眾鳴鑼，將街外大橋抽起，日軍隊陷於水中，死者十餘人。土人簡宜、簡硯、黃丑率眾截途，銃死多人，大戰半日之久，各庄亦聚眾環攻，日軍退縶北斗街。是日黃丑、簡宜各取首級數個，黃丑獻解嘉義邑主孫育萬，電請劉黑旗賞銀一千二百元，酒豬、軍械賞賜諸土人。並令簡宜統三營，黃丑統二營，生員陳一昌、鄭鴻春、土人陳晛、簡硯、簡陸、簡大肚各帶一營，分

斗六、樹仔腳、溪洲，黃丑同廖三聘紮西螺，黑旗統領王得
標帶二營紮樹仔腳，苗栗生員徐驤帶三營紮斗六、溪底等要
隘。自是斗六各庄，凡日軍所到之處，土人皆誘殺之。[30]

以上兩日的敘事記載，兩者的故事時間長度同樣都是一天，而兩者的
敘事文本長度，前者為二十六字的篇幅，後者是二六二字的篇幅，所
以前者的敘事速度快，後者的敘事速度慢。除了書中不同日期的記
載，進行相互間的比較，而看出敘事速度快慢的差異外，針對同一事
件的書寫，《讓臺記》與它書的敘事速度，也看得出來快慢的差異。
例如針對抗日烈士苗栗姜紹祖的描寫，《讓臺記》的敘事速度明顯就
比洪棄生《瀛海偕亡記》快得多。《讓臺記》對姜紹祖的描寫如下：

新曆六月二十三日、舊曆閏五月初二日。大清署苗栗縣李
烇集紳民議守苗栗，請臺灣府黎景嵩發給餉械，姜紹祖力
戰死之。
苗〔栗〕人姜紹祖，年十八，率佃丁百餘人赴戰，被日軍擄獲
十餘人，姜亦與焉。日軍遍詢姜名，姜家人慨然承認〔之〕，
遂見殺。而姜幸免，卒為新竹人保出，再招勇迎戰。後姜死於
亂鎗之中，苗〔栗〕人憫之。[31]

接著來看洪棄生《瀛海偕亡記》對姜紹祖的描寫：

（吳）湯興家銅鑼灣，在苗栗南；徐家頭份；姜（紹祖）家北
埔，在苗栗北、新竹南二縣中，北埔尤傍山。二人亦粵籍，亦

---

30 吳德功著，郭明芳點校：〈乙未臺灣史料新輯校（二）：《讓臺記》（二）〉，頁92-93。
31 吳德功著，郭明芳點校：〈乙未臺灣史料新輯校（二）：《讓臺記》（一）〉，頁109。

苗栗縣庠生。吳三十六歲，徐三十八歲，姜最少，二十二歲。
徐、姜成隊即行，結髮束袴，肩長槍，腰短槍，佩百子彈丸
袋，遊奕往來，以殺敵致果為事，人不知其為書生也。⋯⋯適
姜紹祖兵至，乃進駐大湖口，在新竹北二十五里。蓋紹祖先領
義勇一營防滬尾，總統去，回至此。[32]

又說：

姜紹祖之進也，從山東道越十八尖山至新竹東門。將奪城，城
上兵吹號發槍，城下軍驟至，紹祖所部二百人衝為兩段，一段
奔潰，一部從姜紹祖入枕頭山竹林中黃谷如空廈。日軍追逐前
段軍，未遑躡紹祖。枕頭山者，十八尖山下平坡也，距東門一
里。紹祖望見十八尖山之戰，則從屋上發槍擊山半敵軍。敵始
棄所追，集兵來圍之。紹祖欲出戰，而義民中有膽怯者阻之。
相距至夕，槍彈盡，敵軍齊入，紹祖與七十餘人皆被擒。敵軍
不知誰為首，殺二十人，餘囚之，而紹祖自絕死，或謂贖出
者，訛也。[33]

從以上二書對於苗栗人姜紹祖的描寫可以看出，吳德功《讓臺記》對
於姜紹祖的刻劃非常簡單，三言兩語描述他與日軍交戰被俘，以及後
來被保出後再招募兵勇抗日後戰死的過程；但反觀《瀛海偕亡記》對
於姜紹祖的描寫，從紹祖的家世背景、書生身分、與日軍在各處交戰
的情形，還有最終自殺身亡的整個過程，描寫得非常仔細。就此事件

---

32 洪棄生：《瀛海偕亡記》（臺北：大通書局，1987年10月，臺灣文獻史料叢刊本），
頁6。
33 同上註，頁10。

的描寫而言，同樣在描述姜紹祖從崛起到殉國的過程，其故事時間的
長度是相同的，但在敘事文本長度上，洪棄生《瀛海偕亡記》所費篇
幅倍數於吳德功《讓臺記》，因此《讓臺記》的敘事速度快，而《瀛
海偕亡記》的敘事速度慢。

　　透過以上說明，應可了解作品敘事速度之快慢問題。對於同一個
故事，不同作家選擇不同的寫作方式，會讓敘事速度有快慢之差異；
另外，同一個故事由同一個作家來寫，也會針對不同的地方，選擇不
同的寫作方式，此時同樣有敘事速度快慢的問題。針對這種敘事速度
快或慢的現象，筆者想要探討的，是這當中究竟是透過何種手法的運
用而形成的？今便以《讓臺記》為例來進行相關的分析。

一　《讓臺記》敘事速度快的形成方式

　　通常一部或一篇作品的敘事速度，其快或慢通常是透過比較而來
的。就好像一個人長得高或矮、跑得快或慢，是透過跟他人比較而得
的。將《讓臺記》與它書進行比較，就同一個事件的描述來看，其部
分內容的敘事速度明顯較它書為快。而其所以敘事速度較它書為快，
是因為針對同一事件的描寫，《讓臺記》有時出現「省略」與「概
述」的情況，當這兩種情況出現時，敘事文本的篇幅長度縮短了，敘
事速度就變快了。

　　在這裡，筆者想先做出一點聲明，《讓臺記》在描寫某些事件時
出現「省略」或「概述」的情況，這原因大致有兩種：一種可能是吳
德功對這些事件的資料蒐集較為不足，在資料欠缺的情況下，很自然
就會出現「省略」或「概述」的情況；另一種是這些事件的資料，吳
德功其實蒐集得很豐富，只是因為某些因素的取捨，而導致採取「省
略」或「概述」的方式來處理。以上兩種情況，前者因為手邊資料不

足，行文時必然就會出現「省略」或「概述」的情況，我們不能說是
吳德功運用了「省略」或「概述」的手法來加快敘事速度。若是後
者，則「省略」或「概述」的出現，便是吳德功有意為之，此時說他
有意運用「省略」或「概述」手法來加快敘事速度，是可以成立的；
但是，吳德功也有可能是因為其它目的而採用「省略」或「概述」的
手法，不必然一定是為了加快敘事速度。基於上述兩種情況的不確定
性，因此本文的研究，筆者並不會下結論說：「吳德功運用『省略』
與『概述』手法來加快敘事速度。」若是下這樣的結論，必然會產生
問題與疑慮。然而不可否認的，在與它書的相互比較下，「省略」與
「概述」的敘事方式在《讓臺記》中是確實存在的，我們有必要將它
們呈現出來，因為它們確實讓敘事速度變快了。所以本小節的研究，
很單純的，只想如實呈現「省略」與「概述」在《讓臺記》中出現的
情形，讓讀者實際感受它們在加快敘事速度上的作用。

（一）「省略」法的呈現

所謂「省略」，就是針對所敘述的故事，其中某一部分的事件略
過不談，以縮短敘事文本的篇幅長度，在這種情況下，敘事速度便會
加快。在《讓臺記》中，有一些戰事的情節被吳德功略去不講，此時
就產生了「省略」這種描寫方式，敘事速度也就變快了。至於這些事
件，吳德功究竟是有意略去不講，還是因為手邊欠缺資料而略去不
講，我們無法一一考證。不過一旦出現了這種「省略」的情況，故事
情節的密度就會降低，敘事速度就會變快。[34] 例如《讓臺記》在舊曆

---

34 關於敘事速度與敘事情節疏密度的關係，劉寧直接點出兩者間的關連性。其言：
　「敘事時間速度，是和敘事情節的疏密度成反比的，情節越密，時間速度越慢；反
　之，情節越疏，時間速度越快。」見氏著：《「史記」敘事學研究》（北京：中國社
　會科學出版社，2008年11月），頁165。

五月二日的記事之後，就直接跳到舊曆五月六日的記事了，這期間省
略了數日的事情未加記載。其「綱」文的記述如下：

> 新曆五月二十四日、舊曆五月初二日。大清臺灣紳民立前署臺
> 灣巡撫布政使唐景崧為民主總統，以前南澳鎮鎮守臺灣幫辦軍
> 務劉永福為將軍。
> 新曆五月二十八日、舊曆五月初六日。大清國李經芳乘輪船到
> 三貂海，將臺灣交讓與大日本。同日，大日本海軍大將子爵樺
> 山資紀帶兵五千，從三貂角、澳底登岸。[35]

事實上，在舊曆五月初二日唐景崧被推舉為臺灣民主國總統後，到舊
曆五月初六日，日本海軍大將樺山資紀帶兵從三貂角、澳底登岸的這
段時間裡，清軍與日軍彼此都有佈防上的動作，但《讓臺記》都省略
不講。這被省略未載的事件，主要是舊曆五月三日、五月五日兩天的
戰情，這兩天的戰情從姚錫光的《東方兵事紀略》中可以看到，茲摘
錄如下：

> （舊曆五月）初三日，福建提督楊岐珍撤兵內渡（岐珍所部十
> 二營，至初七日始畢渡；岐珍於初七日乘「南琛」內渡）。於
> 是前敵兵備益單，基隆防兵僅紹良所部及土勇四營；其東路三
> 貂嶺、澳底諸處，無兵駐守。初五日，倭兵輪、運輪二十九艘
> 駛抵臺北海面，分泊基隆口外澳底、金包里；沿八里坌、大始
> 崁迤邐至滬尾，凡可登岸之處皆有倭輪。[36]

---

35 吳德功著，郭明芳點校：〈乙未臺灣史料新輯校（二）：《讓臺記》（一）〉，頁99-101。
36 姚錫光：《東方兵事紀略》（臺北：大通書局，1987年10月，臺灣文獻史料叢刊
　　本），頁50。

在這段記載中，談到舊曆五月三日福建提督楊岐珍從基隆一帶撤兵回中國之事，也談到五月五日日軍的戰船運輸船駛抵臺北海岸，並停泊於基隆口外澳底、金包里、八里坌、大始崁、滬尾一帶的情形。這些兩軍佈防的戰情，《讓臺記》都略去不講，敘事速度是變快了，但也讓後來五月六日的戰況少了前因的陳述。《讓臺記》在舊曆五月六日的「目」文記述中，談到日軍與清軍在澳底一帶的戰事說：

> **新曆五月二十八日、舊曆五月初六日。……大日本海軍大將子爵樺山資紀帶兵五千，從三貂角、澳底登岸。**
> 海軍大將樺山帶兵艦十五艘，統帶步兵四大隊、工兵一中隊、衛生隊半部、騎兵一大隊，次於三貂角澳底。時西北風烈，各船皆力抵風威。大清統將張兆連、分統官副將曾蘭亭帶勇三營，在地防堵。大日本工兵一中隊、步兵一中隊奮勇先登岸，與清防兵少數接戰。一時半間，清軍放去澳底潰散。[37]

此處談到張兆連所統轄的清軍，與日軍在三貂角澳底一地交戰，結果「一時半間，清軍放去澳底潰散。」這裡只交代了清軍在澳底戰敗的情形，卻未言及戰敗的原因。據姚錫光《東方兵事紀略》的載述，清軍之所以在澳底潰散，與福建提督楊岐珍從基隆一帶撤兵有關，《東方兵事紀略》談此事說：「澳底本駐有（楊）岐珍防營；至是撤兵去，易以曾喜照。喜照新募土勇兩營，成軍甫三日；遇敵不戰，潰。」[38]可見清軍在澳底潰散的事，與楊岐珍撤防，導致基隆一帶防務空虛有關。而楊岐珍撤防，如前揭所言，事在舊曆五月三日，《讓臺記》省略此日的戰情未述，也讓讀者難以明白六日清軍在澳底潰散的原因。

---

37 吳德功著，郭明芳點校：〈乙未臺灣史料新輯校（二）：《讓臺記》（一）〉，頁101。
38 姚錫光：《東方兵事紀略》，頁50。

　　像這樣省略戰情不講的情形，書中還有多處事例。例如舊曆八月十四日的戰情，《讓臺記》也省略不說，其於八月五日載記日本北白川宮親王領軍攻打北斗、斗六、西螺的戰事之後，就直接跳至八月十七日的戰事，記載清黑旗軍與日軍在樹仔腳交戰落敗之事。事實上，八月十四日有重要的戰情，未載錄是殊為可惜的。《瀛海偕亡記》記載八月十四日的戰事如下：

> 八月壬午（十四日），日軍水陸往臺南並進。水軍分二路：一向臺南府，一向鳳山縣。陸分三路：一自永靖街（即關帝廟，在北斗北）過芎蕉腳莊向斗六，為東路；一自北斗街過西螺街（在斗六西北）向土庫（在斗大西南），為西路；一自北斗街過刺桐巷莊向他里霧，為中路。所略皆雲林縣地也。西路有民團廖三聘扼西螺溪一戰，東路有義勇團簡成功出斗六街一戰，皆不久而退。惟中路義勇團黃阿丑，與臺南軍黃統領守他里霧，頗有軍勢。[39]

　　這日的戰事，談到日軍水、陸並進，一方面水軍進攻臺南府和鳳山縣；陸軍則兵分三路，進擊雲林縣一帶，其中也提到中路義勇團黃阿丑（《讓臺記》稱為黃丑）固守他里霧之事。這天的戰事規模頗大，但《讓臺記》省略這天戰事未記，這也讓後來八月十八日日軍佔領他里霧，黃丑等人敗逃退入村落的事[40]，缺少了前因的鋪陳。不過儘管如此，《讓臺記》的記事，從舊曆八月五日的戰事之後，就直接跳至八月十七日的戰事，這大距離的時間跨度，確實讓敘事速度變快了。

39　洪棄生：《瀛海偕亡記》，頁16。

40　舊曆八月十八日，日軍佔領他里霧，黃丑等人敗逃退入村落之事，詳見吳德功著，郭明芳點校：〈乙未臺灣史料新輯校（二）：《讓臺記》（二）〉，頁94-95。

　　以上所舉，都屬於某些日子的戰事完全未加記述的事例，但《讓臺記》在省略法的運用上，還有另一種情況，那就是針對同一日的多處戰事，只記錄了其中某處的戰事，而略去它處戰事的操作手法。例如其舊曆閏五月三日的記事：

> **新曆六月二十四日、舊曆閏五月初三日。大清臺灣府彰化縣丁燮回籍，管帶防軍營羅樹勳代之。**
> 先是雲林縣呂兆鑛請退，唐帥以羅樹勳之子羅汝澤代之。至是丁告退，臺中候補官甚少，羅樹勳原帶防軍營，與紳士契洽，黎府命德功、吳景韓、周紹祖請署彰化縣。父子為同僚，亦臺灣官制創格也。清例父子宜迴避。丁回之時，城內外紳民護送。蓋澎湖破後，匪徒在北壇巷強劫官眷，丁公立殺之，地方以安。[41]

此處不論是綱文或目文，主要談的都是彰化縣丁燮與羅樹勳官職調動之事。但事實上，同一天在臺南另有戰事，但《讓臺記》卻省略不提。這天臺南發生的戰事，姚錫光《東方兵事紀略》載記如下：「閏五月三日，倭船二艘窺安平口，傍英德兵船停泊。會永福巡礮臺，發二礮，擊斷倭船桅桿，船倭落水者十餘人，乃斷鐵索飛駛去。」[42]這個戰情，是清軍的小勝利，也足以振奮軍心，不過《讓臺記》在閏五月三日的記事，對此卻省略不提。或許有讀者懷疑，是否《讓臺記》的寫作體例，一日只記載一主要事件，其它事則略去不提。其實不然，在《讓臺記》中，一日當中記載數事的情況多次出現，已經是此書的一個寫作體例了。例如其舊曆五月十日的記載：

---

41 吳德功著，郭明芳點校：〈乙未臺灣史料新輯校（二）：《讓臺記》（一）〉，頁110。
42 姚錫光：《東方兵事紀略》，頁56。

新曆六月二日、舊曆五月初十日。北白川宮親王率近衛師
團出雙溪口。

至三貂嶺，宿金胶蔣。一行軍士，呼吸幾絕，始達山頂。聞前
衛在金胶蔣劇戰，親王走巖石，手持青竹杖，左右手引換，十
分疲困。多數軍兵病人等呻吟，親王通過敬禮之。是夜宿金胶
蔣，與將校協議，預期三日海陸夾攻。斥候長志岐中尉報告探
悉戰線。午後十一時就村宿泊。

同日，大清福建候補道楊汝翼統兵往臺北。[43]

這段內容中，記載了兩件事，一是日本北白川宮親王率近衛師團出雙
溪口，一是大清福建候補道楊汝翼統兵往台北。這是兩個地方的兩件
事，但發生在同一天，《讓臺記》同時加以記載，在講完第一件事之
後，吳德功以「同日」一詞作為體例，來帶出第二件事。這樣的敘事
方式，在《讓臺記》中除了舊曆五月十日外，五月六日、五月八日、
五月十一日、五月十五日、……等多處，都使用這種方式來記載同一
天，發生在不同地方的戰事。所以其舊曆閏五月三日，只記載彰化縣
丁燮與羅樹勳官職調動之事，而未載臺南日本水軍遭劉永福砲擊敗逃
之事，是一種「省略」的寫作方式，不管這種寫作方式的原因與目的
是什麼，它確實讓敘事速度變快了。

（二）「概述」法的呈現

除了「省略」法，「概述」法也是加快敘事速度的一項法門。所
謂概述，就是精要地、概要地敘述故事，將較不重要的內容或枝節刪
去，只講出精華簡要的部分。當然，所謂只呈現精華簡要的部分，這
種說法非常主觀，因為到底要刪去哪些地方？要保留哪些地方？其實

43　吳德功著，郭明芳點校：〈乙未臺灣史料新輯校（二）：《讓臺記》（一）〉，頁102。

沒有一定的標準，純粹由作家自己判斷。所以對於同一事件的陳述，
某些作家寫得很詳細，或許有讀者覺得累贅；但有些作家寫得較扼
要，卻也可能被批評內容太過簡略，細節交代不夠清楚。因此，概述
的運用見仁見智，好壞難以論定，但因屬概要式的敘事方式，其節省
敘事文本的篇幅長度是可以確定的，它能加快敘事速度也是確定的。
在《讓臺記》中，概述法的呈現相當常見，今舉例一、二，以觀其梗
概。如舊曆五月初九日的記載：

> **新曆五月三十一日、舊曆五月初九日。唐民主調滬尾守將**
> **李文忠三營、陳得勝三營助銘軍戰於瑞芳。軍潰，張兆連**
> **傷足遁。大日軍領瑞芳。**
> 各軍驕於小勝，兼以李文忠、陳得勝六營，遂自晨至午奔馳到
> 瑞芳與戰。然士卒皆淮、楚產，峰回路轉，途徑生疏，加以飢
> 疲已極，不能成隊伍。統領張兆連自將百人為前鋒，足趾被冷
> 鎗所中，麾下爭負狂奔，諸軍望之而潰，大日軍遂領瑞芳。[44]

這一天的戰事，談到清軍與日軍戰於瑞芳的情形。其內容相當簡要，
只談到領兵的幾位首腦李文忠、陳得勝、張兆連等人，還有清軍對地
形生疏以及饑餓疲勞的窘態，接著就是統領張兆連負傷、部屬爭相奔
逃，軍隊於是潰敗，瑞芳便失守了。這樣的情節敘述可說十分簡要，
事實上，這一天的戰事可詳述的地方甚多，且看俞明震《臺灣八日
記》對這天戰事的描寫：

> 初九日五更，劉燕運五管格林快砲五架、率砲勇三十人至大
> 營；余急命運至前敵擇高阜安置。黎明，維帥電諭：「三路進

---

44 同上註。

兵甚善；瑞芳一路專責成吳國華，九芬李文忠，吳朱埕楊連珍，限申初到基隆聽調遣。」未刻，陳得勝先到，張統領與定議：各軍酉刻在基隆飽餐，限寅刻抵賊營，合力猛攻；余派員押棚帳、子藥同行。部署甫定，忽報倭兵分兩路來攻：一路撲九芬，一路直抵瑞芳；另一股扼吳朱埕北，防我軍包抄。九芬兵單，且近海，賊移快砲上岸猛擊，戰未久，宋營官陣亡，哨官死三人，孫營官受重傷，九芬失守。瑞芳尚未開仗，得九芬信大震。余急率親兵六十人赴前敵督戰，擬憑劉燕砲隊以自固。酉初到瑞芳，扼後街口，令各營退者斬。瑞芳四面皆山，形如鍋底；昨夜大雨，我軍耽安逸，住金砂局。敵至始出，前後相擠；倭兵排列東面高山上，每隊八人，極嚴整。北面距三貂嶺四里，倭人驅教民、漢奸下嶺扼九芎橋約千餘人。劉燕砲隊列四面土山上，稍得地勢；我軍鎗聲不絕，敵伏不動。相持一小時許，忽橋上呼聲震天，敵已沖過橋，山頭賊始開鎗，鎗彈及金砂局，傷數人。有逃者，余揮親兵追斬二人、手刃一人，勢稍定。時已昏黑，敵燃電燈明如晝，各軍皆驚。余飛書告吳國華曰：「逃勇已斬三人；今日之戰關全臺存亡，諸公退後一步，弟必開鎗轟擊。若弟先回大營不與諸公同死者，願斬首以謝諸公。」吳得書，率隊進奪九芎橋。敵已約漢奸伏溪澗旁，俟吳國華至，突起截擊，死傷二十餘人，各軍譁潰大奔，不能止。敵乘勢薄瑞芳前沖口，劉燕發砲下擊，敵死十餘人，後退去。余扼龍潭埔，豎大旗，集潰勇。吳國華二更後始至，營哨官未損一人。是日，我軍棄瑞芳不守，敵不敢至，皆土山頂砲隊之力，若帶兵官能擇地紮營，以守為戰，決不至此。[45]

---

45 俞明震：《臺灣八日記》（臺北：大通書局，1987年10月，臺灣文獻史料叢刊本），頁9。

這裡同樣在描寫舊曆五月初九日的戰事，同樣寫清軍在瑞芳失守之事，但與《讓臺記》相比，可說是異常詳細，《讓臺記》相形之下，實在過於精簡。在俞書之中，談到當天日軍兵分二路，一路撲九芬，一路直抵瑞芳。戰線一拉開，不久九芬這一路就失守了，消息一傳開，瑞芳這一路的清軍，奮戰的信心便已消失，開始有士兵想棄戰逃亡，必須祭出「退者斬」的軍令，才能防止逃亡潮的產生；相較之下，日軍紀律嚴明，「排列東面高山上，每隊八人，極嚴整。」由這樣鮮明的對比，就可以明白為何瑞芳會失守了。但這些交戰的細節，《讓臺記》都未談，只簡單交代了幾位清軍首領的名字，以及清軍饑疲還有遇敵奔逃的怯弱心態。二書同敘一事，但《讓臺記》敘事的篇幅長度甚為簡短，這就是概述法的呈現。

接著再看另一個事例，其舊曆五月八日的記載：

> **新曆六月三十日、舊曆五月初八日。大日本近衛師團長北白川宮親王抵澳底登岸。同日，廣勇統領吳國華與日軍戰於瑞芳，小捷。**
>
> 獅球嶺統將吳國華率所部直抵瑞芳，戰於金山，營弁藍宜、簡淡水奮勇直前，頗有殺傷。日軍小卻。[46]

在這天的「綱」文與「目」文當中，提到了兩件事：一是統將吳國華與日軍戰於瑞芳，二是營弁藍宜、簡淡水與日軍戰於金山，均小勝。然而這兩處戰事，只以不到四十字的簡短篇幅就匆匆帶過，是典型概述法的使用。針對這兩件事，俞明震《臺灣八日記》和洪棄生《瀛海偕亡記》分別有所記述，現在來看這兩本書的內容是如何記載的。俞

---

46 吳德功著，郭明芳點校：〈乙未臺灣史料新輯校（二）：《讓臺記》（一）〉，頁101-102。

明震《臺灣八日記》記載吳國華與日軍戰於瑞芳之事，其云：

> 初八日，……未刻，倭前鋒至小楚坑探路兼繪圖，驟遇吳國華
> 軍，未及列隊，遽搏戰。土勇從旁夾擊，鎗斃三畫倭酋一。寇
> 奔，棄鎗械越嶺遁；吳追及嶺巔，百姓觀戰者均拍手歡呼。[47]

洪棄生《瀛海偕亡記》則記載簡淡水與日軍交戰之事，其云：

> 戊寅（五月初八日）至金山。金山有臺勇一營，為臺人簡淡水
> 統領，聞寇壯甚，進戰獲勝，敵少止。[48]

以上二書，前者從日軍如何與吳國華軍隊偶然巧遇的經過，再描述日軍匆促應戰而棄槍逃竄的狼狽樣，最後寫到吳國華軍隊沿路追擊，並受到百姓拍手歡呼的溫馨場面；至於後者，則介紹了簡淡水的身分來歷及駐紮地，此外也藉由「聞寇壯甚，進戰獲勝」來形容其不畏強敵的英勇氣魄。以上二書對於吳、簡二人的戰事描述，雖非長篇鉅製，但較之《讓臺記》只以「奮勇直前，頗有殺傷，日軍小卻。」等簡單數語帶過，則是詳細了許多。可見《讓臺記》此處的敘事，也是概述法的呈現，由於敘述的內容簡要了許多，節省了敘事文本的篇幅長度，因此能夠加快敘事的速度。

二　《讓臺記》敘事速度慢的形成方式

　　上文談到「省略」與「概述」的呈現，讓整部作品的敘事速度加

---

47 俞明震：《臺灣八日記》，頁7-8。

48 洪棄生：《瀛海偕亡記》，頁3。

快，敘事節奏變得緊湊。本小節要探討的，是反向的問題，就是《讓臺記》是否出現了那些寫作手法，讓某些事件的敘事速度變慢？就整部作品來觀察，「補敘」、「夾敘夾議」、「阡插」等手法的呈現上，確實減緩了敘事的速度，因為故事的時間長度不變，但敘事文本的篇幅長度增多了，敘事速度因而變慢了。

在正式介紹「補敘」、「夾敘夾議」、「阡插」等手法的呈現之前，筆者想先做一點澄清。那就是這幾種手法，它們平時在文學作品中的功用，主要並不是為了減慢敘事速度而存在的。例如「補敘」，它主要的功能是在故事敘述的過程中，對故事人物或情節進行一些補充說明，讓故事的內容更完整。又如「夾敘夾議」，則是在事件陳述時，加入作者自身的評論，以強化作品的義理內涵，或是使事件的本質與真相更清晰。至於「阡插」，它是在散文的作品中置入詩歌，形成一種詩文互見的體製，這種作法在古典文學中經常看到，例如陸游《入蜀記》、都穆《使西日記》、張維屏《桂遊日記》、郁永河《裨海紀遊》等遊記文學中，都有這種詩文互見的手法，就連吳德功的《觀光日記》也有這種體例。這種手法的運用，主要功能是透過詩文互見，一方面在內容上能相互補充發明，一方面在藝術效果上也因為詩歌的融入，進而提升作品的韻律感與節奏性。經過上述說明可知，「補敘」、「夾敘夾議」、「阡插」等手法，主要功能並不在減慢敘事速度，吳德功在《讓臺記》中使用這些手法，主要用意或許也不是為了減慢敘事速度。不過，每種文學的寫作手法，其功能往往是多面性的，常常因處在不同的場合，而有不同的功能性，在《讓臺記》中因為「補敘」、「夾敘夾議」、「阡插」等手法的使用，敘事速度因而有所減慢，這是一個確實存在的事實，我們無法忽略它。因此，本文將這三者的使用，視為是《讓臺記》敘事速度變慢的形成方式，以下且分項說明之。

（一）「補敘」法的運用

所謂「補敘」，莊濤說：

> 在敘述過程中或在敘述的末尾，對情況或事件作某些解釋、說明和交待，可起到補充、豐富、深化原敘述的作用，使其更為嚴謹、細密、圓合和富有立體感。[49]

由這段話可知，補敘就是在故事敘述的過程中，或在敘述的末尾處，對故事的人物或情節進行一些補充與說明，使故事的內容更飽滿。補敘法可使敘事速度變慢，這是因為故事時間沒有增加，處於停頓狀態，而敘事的內容卻明顯增多，文本的篇幅長度也因此拉長，於是敘事速度便減慢了。在《讓臺記》中，有幾處的敘事手法具有這種特徵。如其舊曆六月二十日的記載：

> **新曆八月九日、舊曆六月二十日。新楚軍統領藍翎副將楊載雲與日軍惡戰，死之；李維義逃回。**
> 新楚軍紮在頭份等處。九日，北白川宮親王率大軍驟至，由香山及頭份山後四面環攻。徐驤等以及鄭、傅諸軍力戰。李維義帥營亦被馬兵踏破。日軍一路由鹽水港殺入，前新楚軍統領楊載雲與日軍大戰。時日軍放開花大炮，子如雨下，銃煙散布，不見人面。諸軍及李維義皆脫逃，惟楊載雲力戰，不避銃火。日軍前後夾攻，回見大營已破，尤復奮勇為殿，身中數銃而斃。自楊載雲帶新楚軍紮頭份山上，大小

49　莊濤、胡敦驊、梁冠群合編：《寫作大辭典》（上海：漢語大詞典出版社，1992年4月），頁251。

數十戰，日軍不能越香山一步。迨聞黎府易李維義為帥，冀圖
一戰而勝，可保其位，乃奮不顧身，直冒炮火，以死殉之，此
地遂失。兼以近衛師團多調兵將，勢如摧枯捻朽，新楚軍新帥
李維義一敗塗地。論者悲楊之遇，未嘗不服其勇也。嗚呼烈
哉！今遺塚在頭份山上，土人虔奉，香火不絕焉。[50]

這段引文，主要是記載新楚軍的前任統領楊載雲與日軍惡戰，最後壯
烈犧牲、為國捐軀的過程。此一事件，照理說在「新楚軍紮在頭份等
處……身中數銃而斃。」這段內容裡，已經算是敘述完畢了，然而吳
德功並未停止敘述，他企圖透過補敘法，針對楊載雲與日軍的交戰過
程進行補充說明。他說：「自楊載雲帶新楚軍紮頭份山上，大小數十
戰，日軍不能越香山一步。」這是讚揚楊載雲守土有功，不讓日軍越
雷池一步；接著又說：「迨聞黎府易李維義為帥，冀圖一戰而勝，可
保其位，乃奮不顧身，直冒炮火，以死殉之。」這裡道出了楊載雲寧
願以死殉國，也不願無故被撤換職務的想法，這是對人物心理世界的
補充說明；最後，吳德功以「論者悲楊之遇，未嘗不服其勇也。嗚呼
烈哉！今遺塚在頭份山上，土人虔奉，香火不絕焉。」作結，用充滿
濃烈情感的抒情語調，來傳達百姓對於楊載雲的尊崇和感念。這是典
型的補敘法的運用，這段補敘的內容，讓讀者更深刻了解此一事件的
發展過程，也更能透析故事人物的心理狀態，還有百姓對於楊載雲的
推崇。透過此法，在故事時間不變的情況下，敘事文本的篇幅大大增
加，敘事速度相對也較為緩慢。

接著再看另一個事例，舊曆八月二十六日的記載：

---

50 吳德功著，郭明芳點校：〈乙未臺灣史料新輯校（二）：《讓臺記》（二）〉，頁87。

新曆十月十五日、舊曆八月二十六日。臺南府劉永福逃泉州廈門。

初嘉義破後，劉令鄭超英守安平、柯月坡守砲臺，并分兵紮瞽門溪上。大戰數日，相持不下，而糧餉既乏，內地全無接濟。劉設銀票權用，安平五行及洋行米打莊序端答應。奈兵勇約七、八千，日需薪米，非全以票可用，市間疊因票鬧事，巨富之商固屬無妨，以商生活者難以支持，商民食虧甚多。又用貳尹鄭文海代忠滿署安平縣，疊索紳富軍需，甚至舉人張紹芬、生員蔡佩蘭皆因軍需押縣，辦理糧臺陳鳴鏘亦被押，自繳萬兩始解脫。自此富商多逃廈門，人心驚惶，風聲鶴唳，草木皆兵。日本吉野艦又泊安平港外，內外交困。至二十六日，劉託英將講和，或謂日軍賠劉餉項四十萬，或謂日軍不許。劉見事勢已孤，假藉出安平點兵，爰僱德艦載逃廈門。日船追至廈門港口，搜尋不獲，始免。

按：初劉永福到安平祭旗，燭火因風高頻滅，劉以手拉之，燭火遂不息。取蟋蟀一隻、塗猴一隻、螳螂一隻置盤中，以蟋蟀作臺民，以螳螂作日本，以塗猴自比，揚言於眾，曰：「以此三物卜勝負，置於盤中封之，明日開視，若死者則負，活者則勝」。翼〔翌〕日開之，果塗猴勝，借此射覆之術，以堅眾心，是亦即術以籠絡兆姓也。平居養洋犬四、五隻，出門則隨之，飲食先飼犬，凡請劉者必備牛肉一碗以飼之。乙未二月間，德功適謁陳觀察，忽劉會見，德功在道憲官房窺之，見劉一出轎，四犬由轎內跳出，劉與陳行禮，犬亦舞躍，儼效人行禮。先是，臺灣鎮萬國本三弟守打狗砲臺，失火，萬鎮賠銀萬兩築賠，劉堅欲殺之。其布置打狗也，令軍士帶乾糧以備戰。各處虛張旗幟，夜間止三、四人巡更，連營數十，柝聲相聞。

> 海外見之，誤以為真。港邊要隘，多埋地雷，對岸造竹橋，設
> 旱雷以伏之。各國洋行皆被逐到安平。自己出沒無常，或忽在
> 此點兵，或忽在彼巡察，面貌相似，人莫辨其何者為真劉、何
> 者為假劉。作事令人不可測，多類此。凡出兵，令人民炊糯米
> 甜粿飼兵士。[51]

這一日的記載，主要是陳述黑旗軍首領劉永福，在兵敗後使計逃往廈
門的事件。在「目」文中分成二段，第一段談到日軍攻下嘉義後逐步
進逼臺南而來，劉永福見情勢已孤，所以「假藉出安平點兵，爰僱
德艦載逃廈門。」這裡點出了劉永福做事喜歡故佈疑陣，混淆敵人
耳目以達自身目的的行事作風。為了讓讀者更了解劉永福的此種作
風，所以吳德功在第二段「按語」的部分，就透過補敘，將劉永福平
日的一些行為進行補充，包括他以蟋蟀、塗猴、螳螂等昆蟲的把戲來
強化民心；還有他佈防打狗（今高雄）時，要軍士虛張旗幟以欺敵；
甚至其自身行跡飄忽不定，且找來容貌相似者到處出沒，使敵人弄不
清楚他的確切行蹤。這些內容，主要在補充說明劉永福心思細密，且
作戰喜歡偽裝欺敵的行事風格。透過這段補敘的文字，讀者更容易了
解劉永福為何會「假藉出安平點兵，爰僱德艦載逃廈門。」因為
這就是他喜歡混淆敵人耳目的一貫作風。

　　透過以上兩則事例，可以得知補敘法在《讓臺記》中運作得相當
巧妙，這些補充說明的文字，讓事件或人物的載述有了更詳細的內
容，敘事文本的長度增加，而故事時間卻不變（停頓沒有往前推
移），這讓敘事情節的密度提高，敘事速度因而減慢。

---

51 同上註，頁96-97。

（二）「夾敘夾議」法的運用

「夾敘夾議」法的運用，是在敘事當中加入作者對於事件或人物的評論，它能夠擴充敘事的內容，增加敘事文本的篇幅長度，但故事時間卻停在當下沒有改變，這有助於減慢敘事速度。關於夾敘夾議，莊濤解釋說：

> 敘述技巧之一，把敘述與議論結合起來的表達方法。其作用是在敘述的同時，揭示事件的本質、意義及其影響，表達作者對於事件的看法、評論。敘述和議論互相補充、生發，將形象、議理熔為一爐，有利於更透徹地表達作者的意思。此法分三種：1. 先敘後議，作者敘述完一件事後，針對這件事發表議論；2. 先議後敘，作者在敘述前先發表議論，以提示事件的主題、意義、影響，然後引出敘述；3. 邊敘邊議，即一面敘述，一面議論，敘述和議論交叉進行，層層遞進。[52]

透過以上說明可知，夾敘夾議是在敘事的同時，將作者本身對於事件的評論置於其中，以加深讀者對於此一事件的觀察與認知。這種敘事手法，由於評論性文字擺放位置的不同，而分成「先敘後議」、「先議後敘」、「邊敘邊議」三種方式。在《讓臺記》中，出現的都是「先敘後議」這種方式，吳德功有時在一件事情敘述完畢後，便以「論曰」的體例發表他的評論，這代表的就是他個人對於此事的意見和看法。試看舊曆四月二十三日的記載：

四月二十三日。大清鎮紮獅球嶺，統領候補道林朝棟調守

---

52 莊濤、胡敦驊、梁冠群合編：《寫作大辭典》，頁256。

臺中，以提督胡國華統廣勇六營守之。

先是澎湖既失，唐帥令提督張兆連統銘軍六營，分布基隆海口；以銘軍正營張正玉紮社寮砲臺，以陳登科紮澳底三營，以副將曾蘭亭紮仙洞一營、北斗一營、基隆田寮港一營；令林朝棟鎮紮獅球嶺六營，分統官林超拔、衛隊林廷輝，遣賴寬紮一營在大煩尖，傅德陞帶一營以為犄角，謝天德紮一營在紅淡林，鄭以金帶一營紮虎仔山，袁明翼帶一營紮佛祖嶺。棟軍營務處見日輪在澳底游弋，倡議兩軍分守南北汛，以澳底、三貂、瑞芳、北斗、大煩尖、紅淡林、大水窟為北汛，以萬鱗坑、金包里、白米甕、仙洞、瑪索、佛祖嶺、虎仔山、獅球嶺為南汛。海口砲臺，仍以勇守之。張兆連猜忌，以為爭功，遂譖林道足病於唐帥。適臺中府孫傳袞日日告警，遂命撤回臺中。林道以前隊先行，至五月初二拔隊回臺中。

論曰：行兵之道，如奕棋然，有一要點即下一子以鎮之，而後全局可以制勝；不然，一著之差，全局俱敗，勝負之機，間不容髮也。憶甲申法國寇臺，劉帥銘傳失基隆，退守臺北，遣林朝棟與楚軍王詩正全紮五堵、六堵，與法軍相持二箇月，法軍不得逞志於臺北也。今命林朝棟紮獅球嶺，所部將士皆前隨征之人，地勢險要甚悉，可謂用得其人矣。奈何張兆連一譖，唐總統即調駐臺中，致天塹之險不崇朝而失。雖張兆連之猜忌，亦唐公一著之差也。[53]

這一日所記，是關於唐景崧調動候補道林朝棟的守備地點，將林氏由原來鎮紮的基隆獅球嶺，改調至臺中一事。關於此事，吳德功在事件

---

53 吳德功著，郭明芳點校：〈乙未臺灣史料新輯校（二）：《讓臺記》（一）〉，頁98-99。

敘述完後，發表了他的評論。從他的評論看來，他對於林朝棟在之前
防守北部時，與法軍交戰的英勇表現是十分肯定的，因此對於唐景崧
聽信張兆連讒言而調動林朝棟的守備地點，表達出不能認同的看法，
甚至認為後來獅球嶺會失守，就是因為林朝棟被調動所造成的，其所
謂「唐總統即調駐臺中，致天塹之險不崇朝而失。」指責的就是
此事。吳德功這段評論，就是夾敘夾議法的運用，在敘述完事件的發
展過程後，加上一段自身的評論，其評論文字由於是放在事件敘述之
後，所以屬於先敘後議的方式。透過這段評論，讀者更加了解林朝棟
帶兵的卓越能力，也更加突顯唐景崧調兵失策之處。增加了這段評
論，故事時間維持不變，但敘事文本篇幅明顯擴增，敘事速度也因而
減慢。接著再看另一個例子，舊曆五月三十日的記載：

**新曆六月二十一日、舊曆五月三十日。大日本旅團集軍前
進。大清生員吳湯興、徐驤等統義民禦之。**
二十三日至二十五日，日本旅團齊集各隊前進。苗〔栗〕人吳
湯興、徐驤等沿途迎抗，互有殺傷，然日軍遇手持兵器者殺
之，以次漸進新竹地方。
論曰：自臺北至新竹，沿途雖有鐵路，而峰迴路轉，徑仄溪
深，邱壑皆可伏兵，易守難攻之地也。然臺北一破，巖疆已
失，日本已噬其腦而附〔拊〕其背。況清廷已下割讓之詔，唐
帥渡廈，紳富挾貲遁逃。在籍臣民欲抗朝命，不願納土歸降，
而餉械已竭，將非鳳選。兵皆烏合，雖有抱田橫之志，效丹誠
於舊君者，而大日軍統常勝之師，居高臨下，詎能維持殘局
耶？爾時日軍縱有小挫，而勢如破竹，逐節迎刃而解。是役
也，諸君雖不能捍衛桑梓，子弟化為沙蟲，識者嘉其志，未嘗

不悲其遇，何敢以成敗論人哉！[54]

這一日的記載，談到日軍攻下臺北後，一路往南挺進，勢如破竹，已
經攻至新竹一帶了。而這當中，雖然有吳湯興、徐驤等人統率義民抵
抗日軍，但實力相差懸殊，無法取勝。在陳述完此事之後，吳德功發
表了評論，他認為新竹一帶無法守住，原因很多：臺北失守、主事官
員和仕紳富商逃離臺灣、抗日士兵素質不佳、武器糧草不足等等都是
問題。不過吳德功也肯定這些義士保家衛國的志氣，還有對於君王的
赤誠之心，認為他們寧願犧牲性命，也要抵禦外侮，所以雖然事情未
能成功，但「識者嘉其志，未嘗不悲其遇，何敢以成敗論人哉！」這
段評論相當中肯，透過這段評論，故事中的人物得到更深刻的人格剖
析，這與《史記》以議論寫心的方式是相合的。[55]在置入這段評論
後，故事時間並沒有增加，同樣還在舊曆五月三十日，但敘事文本長
度得到了明顯擴充，敘事速度也因而變慢。

（三）「阡插」法的運用

鄭明娳《現代散文現象論》中，曾提過「阡插法」這種散文的寫
作手法，亦即將詩歌插入散文之中，這是散文吸收其他文類的一種手
法。她說：

> 早在七〇年代，葉維廉、楊牧等以詩為主要創作文類的作者，
> 就同時把詩法引進散文中。葉氏大部分嘗試用「阡插法」把詩

---

54 同上註，頁109。

55 《史記》以議論寫心的方式，詳見李秋蘭：〈形象塑造之範式與《史記》敘事藝
術〉，《東方人文學誌》第4卷2期，2005年6月，頁24-28。

納入散文，也就是在散文中鑲嵌現代詩。[56]

這段話說明了散文對其他文類（詩歌）的吸收，其間所說的阡插法，就是直接把詩歌置入散文的作品中，形成一種「詩文互見」的體例。雖然鄭明娳探討的對象是現代散文，但在古典散文的作品裡，一樣有阡插法的運用，在許多古典散文的作品中，一樣可以看到詩歌被置入其中的現象，例如陸游《入蜀記》、張舜民《郴行錄》、郭畀《客杭日記》、陸嘉淑《北遊日記》、……等作品，皆是散文著作，但都置入了詩歌作品，本文所探討的《讓臺記》，以及吳德功另一部作品《觀光日記》也是如此。

　　一般而言，將詩歌置於散文作品中，其主要的功能與目的，就在於讓不同的文類相互吸收養分，相互融合，藉以提升作品的藝術效果。它一方面藉由「詩文互見」，能讓詩歌與散文在內容上彼此相互補充發明；另一方面則能藉由詩歌的韻文形式提升散文作品的韻律感與節奏性。通常這種不同文類卻相互融合的作法有兩種：一種是將其它文類的寫作技法拿來使用[57]；另一種就是將其它文類的作品，直接放入目前正在書寫的文本中，吳德功《讓臺記》就屬於此種。在《讓臺記》裡，有多處的事件記述，同時出現了吳德功自作的古典詩歌。

---

56 鄭明娳：《現代散文現象論》（臺北：大安出版社，2001年10月），頁32。

57 將其它文類的寫作技法拿來使用，這種現象自古典文學以來就出現得很頻繁。宋代陳善《捫蝨新話》說：「韓以文為詩，杜以詩為文。世傳以為戲，然文中要自有詩，詩中要自有文，亦相生法也。」見是書（上海：上海古籍出版社，2002年3月），卷9，頁133。此處說到，韓愈在寫詩時融入散文技法，杜甫則是在寫散文時融入詩歌技法，這便是不同文類間相互吸收寫作技巧的現象。葛曉音〈從五古的敘述節奏看杜甫「詩中有文」的創變〉一文，曾針對杜甫將散文技法融入詩中，以改變五言古詩的敘述節奏進行了分析。若欲了解不同文類間相互吸收寫作技法的情形，尤其是詩、文互融的現象，此文頗具參考價值。詳見是文，《嶺南學報》復刊第5輯，2016年3月，頁221-242。

　　如上所云，雖然阡插法的使用，其主要功能並不是為了減慢敘事的速度，不過一項寫作技法的功能性，其實是非常多面性的，前人雖甚少談及阡插法在敘事速度上所扮演的功能，但並不代表它在這個部分是沒有作用的。就以《讓臺記》來說，它在敘事的過程中突然插入詩歌作品，不論吳德功將詩歌置入的目的是什麼，這個動作已經讓敘事文本的長度增加了，在故事時間不變的情況下，敘事文本長度增加必然會減慢敘事速度。因此，阡插法的使用確實造成《讓臺記》敘事速度變慢，這是一個不爭的事實。以下且針對阡插法的運用，舉例以說明之。且看舊曆六月二十三日的記載：

新曆八月十三日。舊曆六月二十三日。大日本北白川宮親王分軍隊攻苗栗縣，破之。黑旗統領吳彭年、管帶袁錫清、幫帶林鴻貴死之。

新曆八月十日，北白川宮親王統近衛師團到新竹，向南方進發。吳彭年帶兵至苗栗縣，整頓隊伍，以其兵力太單，令徐驤再募土勇。旗甲已發，尚未成軍。日軍初以小隊前探，每一隊數十人，每戰一排四、五人，錯落散布，有進無退。開花大砲，以馬馱之，一刻鐘放數十響，出口即破裂開花，流星飛打，軍隊皆退卻。吳彭年初騎頹馬出陣，鞭之不行，再換白馬始行，親督諸軍力戰。黑旗管帶親兵袁錫清、幫帶林鴻貴身先士卒，屢衝敵鋒，在苗栗東畔大山左右血戰。吳在後督軍，手刃逃兵數人。二弁先後被日軍鎗斃，苗栗東畔大山遂被日軍得之。吳見已失左臂，二十四日夜帶殘兵由三义河至大甲，時已申刻矣。是日日軍小隊由海道而進，至大安港，施放開花砲，臺人皆目所未睹，各相驚駭。黑旗管帶談發祥督兵對仗，旋亦奔潰。是日苗栗縣李烇奔逃梧棲，帶印內渡福州。吳湯興、徐

驥等皆奔入彰化城。

詩云：「峻嶺夕陽掛，荒煙糺戰地。回憶乙未秋，日軍奮擊劍
〔刺〕。袁林二兵弁，抵抗罔回避。鎗砲中滿身，鮮血灑鞍
轡。前衛奪東山，先樹蝥弧幟。乘輿忽過此，觸目心膽碎。忠
勇大和魂，華表特標誌。黑旗諸將士，遺骸埋何處？安得有心
人，搜尋泐石記。」[58]

這一日的記載，主要是敘述日軍攻破苗栗縣後，吳彭年部屬袁錫清與
林鴻貴戰死之事。此事件透過「綱」文與「目」文的陳述，其實已經
很清楚了，但吳德功仍舊在文末附上自作的五言古詩，以憑弔袁錫清
和林鴻貴，藉以表彰二人的忠烈。[59]此時故事時間並未加長，仍舊停
留在舊曆六月二十三日這天，但敘事文本的篇幅卻因詩歌的置
入而增加了，也因此造成敘事速度減慢。再看舊曆七月初九日
的記載：

---

58 吳德功著，郭明芳點校：〈乙未臺灣史料新輯校（二）：《讓臺記》（二）〉，頁88。

59 吳德功對於抗日過程中戰死的烈士，往往給予高度評價，肯定他們對清朝、對臺灣
的忠義之心，因此不論是此處以詩歌緬懷袁錫清與林鴻貴，或是後來寫詩哀悼吳彭
年（〈哀季子歌〉），在在顯示吳德功對這些為國捐軀的忠義之士的敬重。
這樣的寫史方式，符合杜維運所談史學家的精神。杜氏曾說：「歷史變動最劇烈的
時代，每在朝代更易之際，歷史的真相，也最易在此時失去。史學家此時以政治上
的因素，往往不敢秉筆直書，舊朝殉國的烈士，守節的遺民，赴湯蹈火，呼天搶
地，其忠義之蹟，史學家固不敢為之留傳，即舊朝完善的制度，優美的傳統，也每
被誣衊或曲解。……歷史絕不能屬於勝利者的戰利品，失敗者與少數，絕不是歷史
的垃圾堆，史學家也絕不應當有勝者王侯、敗者盜賊的觀念。……所以史學家於仗
節死義之士，應汲汲表章，使其聲名永垂於天壤，守節的遺民，也應為之發明沉
屈。」見氏著：《史學方法論》（臺北：三民書局，1997年9月，14版），頁281-282。
這段話道出杜氏對於史學家的期許，期許史學家應秉筆直書，不畏新朝權勢，而能
於筆下彰顯先朝遺民的忠烈或守節的事蹟。觀諸吳德功在《讓臺記》中，對於因抗
日而殉命的黑旗軍烈士義民之表彰，吳德功實具備杜氏所強調的史學家精神，這是
此書值得肯定的一個地方。

新曆八月二十九日、舊曆七月初九日。大日軍北白川宮親王率兵攻彰化城，破之。知府黎景嵩、知縣羅樹勳奔逃，黑旗統領吳彭年力戰死之，營弁李士炳、沈福山在八卦山戰死。

初六日，聞臺灣縣破，各議棄城，兼以吳湯興許募敢死軍三千名不至，籌防局餉款不能給，因電報臺南，回云：「吳湯興誤兵、鹿紳誤餉，無難以軍法從事」，並令吳死守。徐驤等亦云：「不戰而退，何顏見劉幫辦乎？」吳然之，遂晝夜巡緝，以待援軍。……初九日，大日軍川村少將率右翼軍隊由大肚越溪而進，與黑旗七星隊大戰於中寮、茄苳腳。北白川宮親王率本軍隊由大竹圍中庄仔，向市仔尾中路而來。副將陳尚志率勇同羅樹勳父子陣頭督戰，大敗。山根少將率左翼軍隊、內藤支隊由石𪃿沙坑、柴梳金暗襲八卦山後，一軍由坑仔內、八卦山南畔番仔井包抄。黑旗及徐驤、吳湯興等大戰於八卦山，自卯至巳初，兩時之久，大日軍三面蜂擁而來，不避銃砲，將八卦山三面圍住，遂破。親王騎馬登八卦山寨，黑旗兵在中寮、茄苳腳等庄，尤在蔗園死戰。吳彭年在市仔尾橋頭督戰，見山上已豎日旗，勒馬由南壇督兵欲再上山，兵士欲翼之而奔，吳堅執不肯。山上銃子如雨下，身中鎗傷墜馬而死。李士炳、沈福山皆戰死於東門外，彰化人悲之。巳刻，日軍迫城下，城門皆閉不得入。適有轎倚城邊，一軍由東門緣轎篙作梯上城，一軍由北門入城，一軍由番社入南門截兵去路，城中居民紛竄。黎景嵩逃西門，羅樹勳與子羅汝澤由南門而逃。前帶防營官弁花翎副將陳尚志死於市仔尾，其哨官千總嚴雲龍死於紅毛井，吳湯興戰死東門外……。

論曰：初吳公到彰帶黑旗軍士七百人，李維義又分其半，其

兵力已單。至苗栗募勇未成軍，猝遇勁敵，旋林鴻貴、袁錫清戰歿，左臂已失，此豈戰之罪哉？公至牛罵頭，思扼溪而守，見識甚高，無如割讓之詔已下，紳富內渡，人心瓦解，無奈回守彰城。劉帥又電令死守，公故不顧成敗利鈍，效死弗去，直欲以身報國，不敢畏縮不前，率至身中數鎗，與馬同陣亡。古之忠臣烈士，何以如此哉！宜乎其英靈不泯也。初公戰歿，紳民皆不知。適吳汝祥微服出城見之，令其僱人吳阿來將公尸同三壯士合埋，詎非公靈爽之式憑耶？繼現身於廈門，終而衣冠臨其家，示夢其母，云：「上帝嘉其忠，令掌某方禋祀。」太史公曰：「死或輕於鴻毛，或重於泰山。如公者，可謂死得其所哉！」

附〈哀季子歌〉 即詠吳季籛

延陵季子真奇英，雍雍儒將願請纓。統率黑旗鎮中路，桓桓虎旅號七星。糧秣輜重斷接濟，軍校枵腹呼癸庚。劻兼同寅不協恭，滿腔忠悃謀罔成。將軍天上忽飛來，晉原草木皆戈兵。蕭蕭兮馬鳴，悠悠兮旆旌。郊辰之間師敗北，螯弧旗樹八卦城。巨砲雷轟力劈山，榴彈雨下響匉訇。身中數鎗靡完體，據鞍轉戰莫敢攖。血濺衣襟溘然逝，凜凜面色猶如生。君不見壯士五百人，就義從田橫。人居世上誰無死，泰山鴻毛權重輕。慷慨激烈殉知己，至今婦孺咸知名。

論曰：嘗憶澎湖初破後，地方騷亂，有幕友欲往臺北……。

按：當日吳季翁原騎白馬，以其為軍中所忌，囑功向林孝廉允卿借頗馬用之。功差馬夫牽至苗栗營中，季翁連騎數次，頗馬任鞭不行，令馬夫牽回霧峰。厥後白馬同吳公死於陣中，而頗馬亦於是年十月自斃。可知頗馬未受吳公豢養之恩，其主人亦未受價金，故不願同殉難，而白馬則願同生死也。噫！獸類

如此，人亦當思其故矣。[60]

這一日的記載，說的是日軍攻破彰化城，知府黎景嵩、知縣羅樹勳奔逃；黑旗統領吳彭年戰死殉國，其麾下營弁李士炳、沈福山亦皆戰死之事。這一次的事件，在「目」文中已經敘述得非常清楚，但吳德功仍舊透過「阡插」法置入一首古詩，題為〈哀季子歌〉，以悼念吳彭年的忠義精神。這首詩歌的置入，在故事時間不變的情況下，擴增了敘事文本的篇幅，也因此減慢了敘事速度。然而有趣的是，在〈哀季子歌〉之前，還有一段「論曰」，這是吳德功對於此一事件的評論，內容一樣是論述吳彭年英勇殉國的精神，這是「夾敘夾議」法的運用；此外，在〈哀季子歌〉之後，還有一段「按」語，寫的是吳彭年當日戰死之前，幾番更換馬匹，還有忠馬與其一同殉職之事，這段「按」語是一種「補敘」法的運用。此處的「夾敘夾議」和「補敘」的文字，同樣也擴增了敘事文本的篇幅，減慢了敘事速度。從此處可以看出，吳德功對於吳彭年這段歷史非常重視，書中同時出現「阡插」、「夾敘夾議」和「補敘」來擴大對於吳彭年的描述，在故事時間不變的情況下，增加了吳彭年事件的敘事篇幅，事件的情節密度提高了，敘事的速度卻變慢了。

第四節　結語

　　透過本文的分析可以了解，做為一部史書，同時也是歷史散文的《讓臺記》，在敘事時序上大抵是以「順敘」法為之，也就是敘事依照著自然時間的順序前進，由因而果的連環托出，這符合中國史書

---

60 吳德功著，郭明芳點校：〈乙未臺灣史料新輯校（二）：《讓臺記》（二）〉，頁90-92。

《春秋》、《左傳》、《史記》、⋯⋯以來的書寫傳統。不過這樣的寫法，雖然能讓讀者有條理的理解整個事件的來龍去脈，但畢竟太過流暢而難以激起波瀾，讀者在閱讀的過程中缺少了思考和推敲的樂趣。為了解決此種不足，必有待於「違時敘事」的運用，亦即在敘事上打破自然時間的順序性，讓時間能夠重新組合，或者將過去的事拿來追述，此乃「倒敘」法的使用；或者將未來的事先行預告，此乃「預敘」法的運用。透過這樣的時間重組，讀者勢必要花費心思拼湊各類事件的蛛絲馬跡，以形成完整的故事拼圖，閱讀的樂趣頓時提升。《讓臺記》在倒敘、預敘的使用上頗為精彩，就倒敘而言，在時間跨度與時間幅度的呈現上，不論是「內部倒敘」或「外部倒敘」，都在《讓臺記》中出現過；若純粹看時間幅度的呈現，則「部分倒敘」與「完整倒敘」，一樣也在書中出現過，可見《讓臺記》在倒敘法的運用上，是相當注重變化性的。至於預敘的部分，依預告事件的時間跨度來看，《讓臺記》使用的都是「內部預敘」法；至於就預告事件的時間標示來看，則《讓臺記》在「暗示的預敘」和「明言的預敘」上都有所使用。由以上分析的結果來看，《讓臺記》在敘事時序的表現上相當多元，這會讓順著自然時序發展的歷史事件，在敘述時增加它的閱讀深度與趣味，藝術效果也明顯提升。

　　本文審稿委員之一曾表示，吳德功撰寫《讓臺記》，主要動機是想為臺灣留下乙未變局的歷史資料，寫作時真的會考慮這麼多的敘事技巧以吸引讀者的閱讀興趣嗎？如此論述《讓臺記》，會不會有過度詮釋的問題？審稿委員的看法，當然有其可能性。不過筆者以為，文人寫作時，常常順手拈來文字便流洩而出，許多寫作技巧原本即藏於作者胸中，寫作時不經意便鎔鑄於作品裡，所以即使吳德功不是有計畫性地在作品裡使用這些技巧，但這些技巧自然便存在於《讓臺記》之中，進而提升了《讓臺記》的藝術效果和閱讀樂趣。既是如此，我

們將這些敘事技法爬梳整理並進行分析，固有其價值與意義。

　　另外，在敘事速度的快慢節奏上，《讓臺記》相較於它書，對某些事件的描述，出現了「省略」或者「概述」的現象，這些現象會讓敘事速度變快。至於「補敘」、「夾敘夾議」、「阡插」等手法的使用，則會減慢敘事速度。其中關於省略與概述現象的出現，筆者乃透過對照性的文本（如俞明震《臺灣八日記》、姚錫光《東方兵事紀略》、洪棄生《瀛海偕亡記》）來與《讓臺記》進行比較，以呈現對同一事件的描寫，《讓臺記》確實存在省略或概述的現象。當這兩種現象出現時，由於故事時間不變，但敘事時間減少，敘事文本的篇幅也減少，敘事速度會因此加快。當然，本文在這裡的研究方式，不可諱言的會出現一個可能性的問題，那就是所謂的「省略」或者「概述」，有可能是吳德功本身對這些事件所收集的資料較少，在資料欠缺的情況下，很自然就會出現「省略」或「概述」的情況，此時我們不能說是吳德功運用了「省略」或「概述」的手法來加快敘事速度。另外一個情況是，即使吳德功資料蒐集得很豐富，此時「省略」或「概述」法的出現，確實是吳德功有意為之，但這種有意為之的目的，是否真是為了加快敘事速度，又或者是有其它的目的？我們也很難得知。因此本文的研究，筆者並不會下結論說：「吳德功運用『省略』與『概述』手法來加快敘事速度。」但不可否認的，「省略」與「概述」的敘事方式在《讓臺記》中是確實存在的，這種存在也確實產生了敘事速度加快的現象，因此我們可以說：「『省略』與『概述』的敘事方式存在於《讓臺記》中，它們加快了敘事的速度。」本文的研究，只是單純將這種現象呈現給讀者。

　　至於減慢敘事速度的部分，《讓臺記》中「補敘」、「夾敘夾議」、「阡插」這三種手法的運用，都是在故事時間停頓的狀態下，增加了敘事時間，敘事文本的篇幅長度也隨即擴增，敘事情節的密度拉高

了，藉此減慢了敘事速度。在《讓臺記》中，這三種手法有時獨自出現在某個事件的記述裡，有時卻又聯合出現，操作手法相當靈活多變。當然，「補敘」、「夾敘夾議」、「阡插」這幾種手法，它們平時在文學作品中的功用，主要並不是為了減慢敘事速度而存在的（此前文已做了分析），所以當初吳德功將這三種技法運用在《讓臺記》中，是否真是為了加快敘事速度，或是有其它的目的？這難有定論。不過這幾種手法的使用，確實造成《讓臺記》的敘事速度減慢，我們有必要將這個事實呈現給讀者。

關於《讓臺記》敘事時間的表現，透過本文的探討已有了初步的輪廓。不過不可諱言的，本文還是有很多不足之處。誠如本章「前言」所說，敘事學可以研究的角度甚多，除了敘事時間外，其它如敘事結構、敘事視角、敘事語法、敘事情節、敘事接受與傳播等等的議題，也都值得進行分析。如今本文只處理了敘事時間的議題，其它議題並未觸及，此殊為可惜。惟待諸日後另行撰文處理，或期待學界先進能一同發掘，俾使吳德功《讓臺記》的敘事藝術，能有更完整的解析。

參考文獻

一　專書

張大可：《史記研究》，蘭州：甘肅人民出版社，1985年4月。

洪棄生：《瀛海偕亡記》，臺北：大通書局，1987年10月，臺灣文獻史料叢刊本。

〔清〕姚錫光：《東方兵事紀略》，臺北：大通書局，1987年10月，臺灣文獻史料叢刊本。

〔清〕俞明震：《臺灣八日記》，臺北：大通書局，1987年10月，臺灣文獻史料叢刊本。

〔宋〕朱熹：《御批通鑑綱目》，臺北：世界書局，1988年2月，四庫全書薈要本。

莊濤、胡敦驊、梁冠群合編：《寫作大辭典》，上海：漢語大詞典出版社，1992年4月。

吳璵註譯：《新譯尚書讀本》，臺北：三民書局，1991年8月。

吳德功：《瑞桃齋文稿》，南投：臺灣省文獻委員會，1992年5月，吳德功先生全集本。

杜維運：《史學方法論》，臺北：三民書局，1997年9月，14版。

楊義：《中國敘事學》，嘉義：南華管理學院，1998年6月。

羅鋼：《敘事學導論》，昆明：雲南人民出版社，1999年7月。

鄭明娳：《現代散文現象論》，臺北：大安出版社，2001年10月。

〔宋〕陳善：《捫蝨新話》，上海：上海古籍出版社，2002年3月。

胡亞敏：《敘事學》，武漢：華中師範大學出版社，2008年12月，2刷。

劉寧：《「史記」敘事學研究》，北京：中國社會科學出版社，2008年
　　　11月。

尤雅姿：《中國敘事理論與實際批評》，臺北：臺灣學生書局，2017年
　　　11月。

二　期刊論文

張高評：〈《左傳》敘事法撢微〉，《孔孟學報》第41期，1981年4月。

李秋蘭：〈形象塑造之範式與《史記》敘事藝術〉，《東方人文學誌》
　　　第4卷2期，2005年6月。

吳德功著，郭明芳點校：〈乙未臺灣史料新輯校（二）：《讓臺記》
　　　（一）〉，《東海大學圖書館館訊》第164期，2015年5月。

吳德功著，郭明芳點校：〈乙未臺灣史料新輯校（二）：《讓臺記》
　　　（二）〉，《東海大學圖書館館訊》第165期，2015年6月。

葛曉音：〈從五古的敘述節奏看杜甫「詩中有文」的創變〉，《嶺南學
　　　報》復刊第5輯，2016年3月。

第十章
結論

　　對於吳德功古文的探討，必須先了解其事功，因為吳德功許多古文作品都是緣於事功而作。例如其〈善養所碑記〉，寫他集資濟助彰化「善養所」之事；〈續捐育嬰費序〉，談他勸募經費以維持育嬰堂運作之事；〈同志青年會序〉，寫他在「同志青年會」教導漢學之事；〈祝臺灣文社成立〉，表達他和文友創立此社的宗旨與目標。諸如此類與事功相關的古文甚多，不再贅引。由此可知，了解其相關事功，對於研究吳德功古文是一項重要基礎。

　　對於吳德功事功的探討，本書第二章有詳細分析。透過對他生平事蹟的討論，了解他在清領與日治時期為臺灣社會建立過可觀的事功。他協助政府辦理土地清丈、重修定軍寨、改善彰化水道建設；募資經營育嬰堂、善養所、慈惠院；在師範學校講授漢文，在同志青年會教導漢學，和文友創立崇文社、臺灣文社，倡捐設立節孝祠、重建忠烈祠，擔任孔廟管理人並重置四神龕與眾先賢牌位，與眾仕紳聯名請願並籌資設立臺中中學校，……等等。若將吳德功生平的事功歸納起來，約有四大類，分別是國政工作、慈善事業、文化事業和教育事業。可見這四類事功，是他一生努力的主要方向。這些事功對於臺灣社會，對於黔黎百姓都有非常實質的幫助。《重修臺灣省通志》說他：「一生樂善好施，照顧恤孤憐寡，不遺餘力。」[1]施懿琳說他「在

---

[1]　黃典權等編纂：《重修臺灣省通志》（南投：臺灣省文獻委員會，1998年6月），卷9〈人物志〉，頁465。

在都為推展漢文化而嘔心瀝血，對彰化地區傳統文化之保存與推展可謂厥功甚偉。」[2]觀察吳德功一生的事功，這些評價有其客觀之事實依據，並非過諛之辭。

了解吳德功的事功，對於理解其求進思想而言，有著密切關係，因為吳德功的求進思想就是為了創造事功而存在的。本書第五章從吳德功〈竹瓶記〉、〈遊龍目井記〉、〈觀榕根井記〉、〈東螺石硯記〉等四篇古文中，整理出他的「求進思想」。綜合這四篇的論述旨趣，其求進思想是指「不論人或物，在世上都需要有力人士的賞識提攜，才能施展理想抱負，進而名揚天下，否則只能與草木同腐而湮沒不彰。」由此可知，吳德功的求進思想是為了創造事功而存在的，他很想有一番作為，想完成許多福國利民的工作，因此需要上位者的提攜，以獲得發揮的舞臺。

吳德功的求進思想，除了與創造事功存在著密切的關係外，同時也是促使他從原先的抗日排日，到後來選擇與日本政府合作的重要因素之一。誠如上文所言，吳德功是一位具有經世熱忱的知識份子，他想要協助國政，推動文教事業與慈善工作，所以他一直希望有個可以實現理想的機會。不過事與願違，清領時期連番的科舉失利讓他有志難伸，在懷才不遇下更深化了內心的求進思想。在求進思想不斷深化的時候，日本政府來到臺灣，在管理政策的需求下，日本政府極力拉攏臺灣的知識菁英，希望透過這些文人仕紳的協助來治理臺灣，當時吳德功亦是被極力拉攏的一員。對於一心想要經世濟民的吳德功來說，這是一個實現理想的契機。不過起初對於日本政府並不放心，吳德功一直抗拒，甚至表達出隱居的想法。但日本政府不斷釋出善意，包括延請醫生為吳德功治療血疾，還有任用臺人的政策不斷改善，再

2　施懿琳：《從沈光文到賴和——台灣古典文學的發展與特色》（高雄：春暉出版社，2000年6月），頁402。

加上若干日本官員（如村上義雄）政績卓著，而且日本政府對於傳統漢學亦相當重視，這諸多因素的匯聚，讓吳德功逐漸改變對日本政府的態度。這諸多因素的匯聚，事實上已經營造了一個讓吳德功選擇與日本政府合作的友善環境。這個友善環境具備之後，讓吳德功相信這是一個可以施展人生抱負的地方，此時他心中的「求進思想」發揮了催化作用，於是接受了「紳章」以及彰化辦務署「參事」的職務，希望藉由這個上位者所給予的舞臺，來實現他的人生理想。事實上，這樣的「求進思想」有其正面作用，吳德功在獲頒紳章以及擔任參事後，提升了社會地位，也得到了日本政府所給予的權力，之後又累升至臺中廳參事，其間又陸陸續續擔任許多官方或民間組織的職務，逐步展開他的教育工作、文化事業和慈善事業，為臺灣社會做出了重要貢獻，創造了卓越的事功。由是可知，求進思想是吳德功最後選擇與日本政府合作的重要因素之一。歷來有許多學者先進，針對吳德功從原先的抗日，到隱居不出，最後又轉而與日本政府交好的原因，提出各種研究論述（詳見本書第五章的說明）。這些論述都能言之成理，也為這個議題提供了許多答案。本書所提吳德功的求進思想，正可為學者先進們的研究論點，再做一點小小的補充。

關於吳德功從原先的排日抗日，到最後選擇與日本政府合作，筆者在此有些許研究心得想做一分享。雖然吳德功最後選擇與日人合作，但他在得到日本政府所給予的舞臺後，並非藉由自身的權力地位，汲汲於謀求個人的富貴榮華，而是心在黎民百姓。他致力於推動臺灣的文化教育和社會福利，而且始終將漢文化與漢民族的信念鐫刻於心，不曾或忘，這從以下的四點說明即可得知：一，他後來之所以逐漸認同日本政府，其中一項重要原因，便是日本政府尊重漢學、提倡漢學。二，日治時期他仍然努力在師範學校或民間團體教導漢文，而且積極參與文社活動，傳播漢文。三，他的作品中雖有許多頌揚日

本官員或文人的篇章，但作品中弘揚漢文化的內容更是俯拾皆是。四，吳德功雖然與日本政府合作，但談到清朝及其相關人士時，仍保持高度的尊重，展現不忘本的精神。例如其《讓臺記》一書，在〈凡例〉中直接表示，對於清朝和日本，他在書寫時是「兩尊之」；此外，對於因效忠清朝而對抗日本軍隊的臺灣將士或草莽英雄，他在書中以「義民」或「烈士」稱呼他們，不怕因此得罪日本政府。這樣的內容，一直到吳德功將此書寄贈給臺灣總督府圖書館典藏時，都沒有刪掉，可見他的心中，一直保有對清朝、對漢民族的尊重。透過以上幾點說明可知，吳德功心中始終銘記著漢文化，也一直存有漢民族的思維。之所以從原先的抗日，到最後選擇與日本政府合作，很重要的原因，就是希望自己能有發揮的空間，可以推動更多的理想，可以繼續傳揚漢學，也能給予臺灣社會更多的協助。這是一種求進思想的積極展現，也是在無力改變整個政權體制的情況下，一個不得已的務實作法。

　　以上是從吳德功的事功，延伸出吳德功求進思想的研究。關於吳德功的思想成分，除了求進思想外，本書還針對其學術思想做了分析。在本書的第六章，針對吳德功面對特殊現象時，其詮釋上所運用的思想觀點做了研究。這些思想觀點，經筆者分析，包含了中國傳統學術思想（天道報應觀、漢代災異學說、佛教因果業報論），也包含西方新學術思想（科學觀點）。本書這個部分的研究，是學界較少碰觸的部分，因為對於吳德功學術思想的討論，目前多數都著重在吳德功的儒學思想上；當然，儒學思想是吳德功思想的核心，研究上自有其重要性，不過儒學思想並非其思想之全部，本書的研究有助於讀者了解吳德功學術思想上的多元形態。

　　對於吳德功同時運用中國學術思想和西方學術思想來詮釋所見聞的特殊現象，這一點值得注意。吳德功是晚清歲貢生，長期研習中國

傳統學術，他以中國傳統思想來詮釋特殊現象是符合常理的；不過他在〈桃李冬實〉、〈珠潭浮嶼水分二色魚二種說〉等文章中，運用了類似地球環境科學的觀點，來解釋草木的異常生長以及日月潭有鹹水層的特殊現象，這種西方新學術的運用，令人驚奇。筆者嘗試探究吳德功為何具有這種西學的思想，結果發現，此乃是外在與內在兩種因素聚合而成。所謂外在因素，是指當時臺灣的社會環境，在日本政府提倡新學術的政策下，對西方科學存在著一股學習風潮，這樣的外在因素，對吳德功產生了影響。至於內在因素，是指吳德功內心能肯定並且學習新學術。這一點從吳德功在揚文會後的參訪活動中便可看出端倪。當時吳德功面對各種新式產業和科學技術，頻頻發出讚歎之語，可見他對於新學術相當肯定。除了肯定之外，他更進一步接觸與學習，將這些新學術化為心中的學養，從而運用在特殊現象的詮釋上。這一點，筆者從他發表在《臺灣時報》上的古文作品找到了答案。從〈讀天變地異訓蒙窮理書後〉、〈泰西女學與男學並重〉、〈潮水與花草樹木有相因之益〉、……等多篇作品中，看到他對於西方學術知識的運用。雖然吳德功在部分作品中，曾表達對西方某些社會風俗的反感，但上述的古文篇章明確告訴我們，吳德功對於西方科學是認同的，不但認同，他更進一步學習西方的科學知識，也因此他能運用這些知識來詮釋事物的特殊現象。就在這樣中學、西學交互運用的情況下，我們看到他詮釋特殊現象時的靈活性與思想的多樣性，令人驚奇。然而就如本書第六章所言，如此新、舊學術並用的詮釋觀點，不可諱言的，也存在著學術思想上的矛盾性。不過筆者也提到，這種矛盾背後的意義，代表吳德功願意敞開心胸學習新學術，同時又保留了舊學術，這種兼融並蓄的作法，讓這種矛盾成為另一種形式的相容。而且吳德功這種學術上的相容，還存在兩種模式：其一是將兩種學術分開論述，區分兩者間的優劣得失而取長補短。如其〈讀朱子小學書

後〉一文說：「若論格致商工之學，西國卻較精；若論修身一科，舍朱子小學，別無全書。」[3]這是將中、西學術的優點各自托出，讓人們知道如何取捨。至於第二種模式，則是將兩種學術互融互通，彼此相互詮釋闡發。如本書第六章所說，其〈讀天變地異訓蒙窮理書後〉一文中，以莊子、荀子、程子、列子諸家論點解說西學《訓蒙窮理》一書，就是一個明顯的例子。可見在吳德功心中，同時包容中、西兩種學術思想，並非純然讓兩者各自孤立，而是能夠加以咀嚼整合，有時各取所長，有時又互融互通。

除了對事功以及思想成分的分析外，本書另一個重要的研究主題，就是吳德功的古文理論。本書對於吳德功古文創作觀點的研究，也是一個新的論述，因為吳德功的古文理論目前尚未有其他學者進行研究，不若其詩歌理論已有專門的論文產生。吳德功的古文理論散見在各篇作品中，雖未能形成一部文話專著，但其間亦有若干觀點具有特殊性，值得關注。例如他提到古文創作在求「真情」、「真景」的同時，最好還能「生出一番大議論」，這樣文章會更好。這種觀點相當特殊，等於是將「論說」類作品的議論本質，強加在「抒情」與「寫景」類作品之上了。這對於「抒情」與「寫景」類作品的獨立性會有所衝擊，但若就正面角度來看，卻強化了這兩類作品的義理深度。再者，他提到古文創作需要學習名家之作，他舉出十九位可以讓學子觀摩的古文名家。在這十九位文人當中，朱梅崖、魯絜非、秦小峴、陳碩士四人，在中國散文史上被關注的情形甚少，在這種情況下，吳德功還以他們為古文的學習對象，可見他很有自己的見解，也正因有自己的獨特見解，才能在古文理論上開拓出新的視野。至於其他十五位古文名家，或者是桐城派文人（如方苞、劉大櫆、姚鼐、⋯⋯），或

---

3 吳德功：《瑞桃齋文稿》（南投：臺灣省文獻委員會，1992年5月，吳德功先生全集本），上卷，頁134。

者是桐城派推崇取法的對象（如唐宋八大家、歸有光），又或者文風有傳承自桐城者（如曾國藩），可見吳德功所提這份古文名家清單，具有濃濃的桐城風味。正因為吳德功重視桐城古文，並以之為學習對象，所以他自己的古文作品也投射著桐城身影。吳德功古文在思想上，充滿儒家的義理精神；在寫作筆法上，則表現出條理清晰、旨趣分明、文詞雅正、不落俚俗的風格，而且他用語簡潔，不刻意堆砌材料與辭藻。這些寫作特色都散發著桐城古文的色彩，展現桐城義法的規矩。

　　在了解吳德功的古文創作理論後，也要了解他的實際創作。就吳德功古文作品來看，歷史散文是一項重要的成就，其中《戴案紀略》、《施案紀略》與《讓臺記》，便是箇中的代表作。而其歷史散文之所以出色，很重要的原因之一，就是他能廣泛閱讀史書，具有優異的史學素養所致。吳德功在古文創作理論上，曾提出「先氣、識而後文藝。」的觀點，強調創作前要先「養氣」跟「養識」，養氣要循孟子之說，以儒家仁義之道培養浩然正氣；養識則是要多讀經、史典籍，以培養見識。也因為如此，所以吳德功對於經書、史書能廣泛研習，造就了深厚的學識涵養。在史書的研讀上，舉凡紀傳體、編年體、綱目體、方志、野史、……等等各類史籍，他都涉獵學習，因此史學功力受到各方肯定。在光緒年間政府展開《臺灣通志》編纂計畫時，他就在進士蔡德芳的推薦下，負責《戴案紀略》與《施案紀略》的撰寫。而吳德功的表現也確實令人讚賞，據蔡德芳〈施案紀略序〉的說法，當時通志局提調陳文騄，「閱此二案紀錄，大加刮目，其中只易數字。」[4]可見吳德功史學功力之深。除了《戴案紀略》與《施案紀略》外，《讓臺記》也是另一部重要的歷史散文作品。這幾部著

4　蔡德芳：〈施案紀略序〉。收錄於吳德功：《戴案紀略》（南投：臺灣省文獻委員會，1992年5月，吳德功先生全集本），頁3。

作不論在晚清或日治時期，都受到政府機構或民間文人的重視與收藏。吳德功這幾本歷史散文之所以受到重視，總結而言，至少有如下幾點特色：

第一，如蔡德芳所言，吳德功「績學功深，熟於魯史書法」，對於史書的體例筆法，吳德功能確實掌握，寫來自有深度。

第二，許多戰事的描寫，皆為吳德功所親身經歷，尤其《施案紀略》，吳德功幾乎全程參與施九緞事件的處理，寫來自然特別貼近史實。

第三，《戴案紀略》與《讓臺記》二書，其中部分內容來自吳德功的親身經歷，部分內容雖是參考其它文獻或透過他人口述資料進行撰寫，但吳德功也詳細交代取材的來源，以求所寫信而有徵，展現負責任的態度。其中《戴案紀略》取材林豪《東瀛紀事》時，還針對《東瀛紀事》錯誤之處做出更正；取材丁曰健《治臺必告錄・請卹清單》時，也根據不同情況進行資料的增補或修改，並非一味抄錄，這是史學家的「史識」精神，此一精神讓吳德功的作品得到更多認同。

第四，《戴案紀略》、《施案紀略》與《讓臺記》，除了正文對於事件的描寫外，吳德功在事件記載完後，常以「論曰」或「吳立軒曰」的方式，發表他對於該事件的看法。此一方式與《史記》的「太史公曰」、《後漢書》的「論曰」一樣，都是書中的「史論」，這種史論常能補充正文的不足，也能寄託作者的思想在其中，可說是書中的警策所在，可以協助讀者了解事件的關鍵旨趣。

第五，吳德功寫史具有梁啟超所說的「史德」，亦即寫史時「心術端正」，沒有偏私，對於筆下人物的「善惡褒貶」能「務求公正」。例如在《施案紀略》中，對於顢頇專斷、行事草率，以致於引發民變的彰化縣令李嘉棠，吳德功書寫時便去掉他的官銜，直呼「李嘉棠」，或「彰化縣李嘉棠」，以示貶抑，展現「春秋筆法」以一字一語

寄託褒貶的精神；相較於對縣令李嘉棠的貶抑，吳德功在書寫民變首腦施九緞時，反而出現同情的態度，他不以「逆」或「賊」來稱呼施九緞，因為吳德功認為施九緞等人起義造反，乃彰化縣令李嘉棠「官激民變」的結果，因此不宜深責，是以書寫時不用「逆」、「賊」等字眼來稱呼之。當時《施案紀略》是清政府修志計畫的史籍之一，屬於官方修纂的書籍，但吳德功並未偏袒政府官員，反而對施九緞等民變份子寄予同情，從而貶抑彰化縣令李嘉棠，是以吳望蘇評論《施案紀略》一書，稱讚吳德功「據事直書，悉秉至公，絕無所偏倚。」這種公正無所偏倚的寫史精神，便是一種「史德」的展現。這種史德精神，強化了讀者對於吳德功歷史散文的信任度。林慶彰認為吳德功雖然和日人交往，但在描寫抗日英雄吳彭年時，能給予「古之忠臣烈士，何以加此！宜乎英靈不泯也。」的評價，這正是「德功作為一位儒者，行其所當行，是其所當是的道德情操。」[5]林慶彰的說法，正道出吳德功歷史散文的史德精神。

　　以上所談五點特色，是本書對於吳德功《戴案紀略》、《施案紀略》、《讓臺記》等歷史散文的研究心得。再者，本書也針對《戴案紀略》取材於《東瀛紀事》、《陶村詩稿》、《治臺必告錄‧請卹清單》等文獻之處，進行資料的相互比對，並製成相關表格，以便於讀者翻尋查檢。透過這些表格的協助，讀者容易掌握《戴案紀略》和其它文獻在記載戴潮春事件上的內容差異，也可藉此了解吳德功參考這些文獻時，做了哪些內容的取捨與修正。此外，本書在《讓臺記》的研究上，並未如多數學者從史學史料的角度進行討論，而是另闢蹊徑，從敘事學的角度切入。這是因為《讓臺記》雖是一部史書，但同時也是歷史散文，如《左傳》、《史記》一般，是史學，亦是文學，從敘事學

5　詳見林慶彰：〈吳德功《瑞桃齋文稿》所反映的儒學思想〉一文，收錄於《明清時期的台灣傳統文學論文集》（臺北：文津出版社，2002年10月），頁352-353。

的角度進行研究極為合適，也藉此為《讓臺記》的研究開拓出一片新的園地。

本書對於《讓臺記》敘事手法的探討，囿於篇幅，初步先鎖定在「敘事時間」上，至於其它的敘事主題，未來視情況再行處理。本書對於《讓臺記》的敘事時間，分為「敘事時序」和「敘事速度」兩個議題進行探討。在「敘事時序」方面，《讓臺記》承襲中國編年體史書的傳統寫法，多以「順敘」法為之，然而或許是基於行文的變化，吳德功也使用「違時敘事」，亦即在敘事上打破了自然時間的順序，或者將過去的事拿來追述，而有「倒敘」法的使用；或者將未來的事先行預告，而有了「預敘」法的運用。然而「倒敘」、「預敘」只是一個統稱，其中的變化又相當繁複。就倒敘而言，《讓臺記》在時間跨度與時間幅度的呈現上，「內部倒敘」或「外部倒敘」都出現過；若純就時間幅度來看，則「部分倒敘」與「完整倒敘」也出現過。至於預敘，若依預告事件的時間跨度審視，《讓臺記》使用的都是「內部預敘」法；若是依預告事件的時間標示審視，則「暗示的預敘」和「明言的預敘」都有所使用。如此多變的敘事時序，閱讀時必然要花費心力去條理事件的來龍去脈，閱讀的挑戰性無形中就加深了。

至於「敘事速度」的表現，所謂敘事速度的快與慢，是必須透過兩種以上的不同文本，針對同一事件的敘述進行相互比較；或是同一文本，在不同事件的敘述上進行比較才能得知。關於這個部分，《讓臺記》相較於它書（如俞明震《臺灣八日記》、姚錫光《東方兵事紀略》、洪棄生《瀛海偕亡記》），在同一事件的描述上，有時會出現「省略」或是「概述」的現象，而讓敘事速度變快；有時又出現「補敘」、「夾敘夾議」、「阡插」等手法，而減慢了敘事速度。

就上述說明看來，《讓臺記》在「敘事時序」和「敘事速度」的寫作手法上，變化非常繁複。這樣繁複的手法，誠如本書第九章所

言，其形成的原因很多，或許是吳德功的刻意經營，也或許是無意中的自然形成，又或許是其它因素所導致。但不管其成因如何，《讓臺記》在「敘事時序」與「敘事速度」上的變化性，確實強化了閱讀上的節奏感，提升了閱讀的思考樂趣。

　　在本書的研究中，吳德功《觀光日記》是一本清新平易的作品，屬於日記體遊記。吳德功將他北上參加揚文會的來回過程寫成此書，內容除了記載揚文會活動及參訪行程的點滴，還描寫旅途上的地理景觀、人文風情、交通狀況以及和友人應酬往來的情景，讀來清新可喜，有旅遊文學的風味。這本書在體例上，屬詩、文互見的形態，以散文書寫，其間穿插著詩歌。這樣詩、文互見的體例，在中國日記體遊記發展史上並不少見。不過誠如本書第八章的分析，同樣是詩、文互見，吳德功《觀光日記》有其值得注意之處。首先，書中的詩歌，主要是吳德功自己的作品（共三十五首單詩、二篇組詩），他人的詩歌僅兩首。這種以自身詩作為主，他人詩作僅為點綴的作法，雖有前例（如郁永河《裨海紀遊》），但並非定則。例如宋張舜民《郴行錄》、清陸嘉淑《北遊日記》等作品，除了放入自己的詩歌，也加入他人許多詩作，與吳德功《觀光日記》大不相同。其次，在旅途中與吳德功一同吟詩唱和的詩友作品，如施悅秋、林峻堂的詩歌都未收入《觀光日記》中，這一點也很特別。在其它日記體遊記中，文人常會把詩友唱和之作一併收入書中，例如清張維屏《桂游日記》、清陸嘉淑《北遊日記》皆是，吳德功《觀光日記》的作法與此大異其趣。另外，《觀光日記》還有一點特別之處，那就是在二十餘日的旅途中，有三分之一的時間都在參觀各種產業或機構，但這三分之一的日子裡，吳德功只寫了兩首詩，佔整體詩作的比例非常低，這代表吳德功較少以詩歌來表現參觀政府機構的行程。這或許是參訪行程較為正式，需要比較詳細清楚的說明，此時採用散文書寫會比較方便，因此

減少了詩歌的使用。

筆者從中國日記體遊記的類型與發展過程為切入點，對《觀光日記》的體例做了較為深入的探討。此外，本書也花了相當多的篇幅，針對《觀光日記》所蘊含的政治意涵進行分析，俾使讀者明白日本政府企圖透過揚文會以及一連串的參訪活動，達到宣揚國力、提倡新教育以及推廣新學術的政治目的，同時也透過引述大陸文人的說法，證明日本政府這項政治策略有其實質效果。最後，本書也根據研究的內容，將《觀光日記》的學術價值勾勒出來，除了文學價值外，還具有史料價值、民俗學價值、地理學價值；此外，書中對於當時交通路線和交通工具的描寫，亦可提供臺灣交通運輸上的研究資料。

在研究吳德功古文的過程中，本書有幾點作法可以特別進行說明。首先，本書第三章第九節，將國立臺灣文學館所典藏吳德功手稿筆記與寫本書籍納入討論，這讓吳德功古文的研究增加了新文本，不再局限於目前已刊行流通的作品。通常在加入新文本之後，尤其是手稿一類的原始資料，研究成果常會跟著不同，甚至增加；而經過實際的研究證明，確實有了新的發現。這批吳德功文物，計有一本手稿筆記、一本影本筆記、六張信紙手稿，以及三冊寫本書籍（《戴案紀略》上、《讓臺記》上、《讓臺記》下）。數量雖然不多，但透過這些文物，確實有了研究上的新發現。例如《讓臺記》，目前學界多數看法，認為就寫本《讓臺記》的版本而言，「閩圖寫本」（福建省圖書館所典藏的《讓臺記》寫本），其內容最接近「臺圖定稿本」（國立臺灣圖書館所典藏的《讓臺記》寫本）。不過隨著「臺文館本」《讓臺記》（國立臺灣文學館典藏的《讓臺記》寫本）的出現，我們發現它的內容更接近「臺圖定稿本」。經過筆者仔細比對，「臺文館本」《讓臺記》，是以「閩圖寫本」為底本進行修訂，其修訂的內容，除了少數幾處外，後來幾乎全部呈現在「臺圖定稿本」中。所以「臺文館本」

《讓臺記》，可說是「臺圖定稿本」前身，是「臺圖定稿本」書寫時所依據的底本，因此它的內容比「閩圖寫本」更接近「臺圖定稿本」。

　　透過對臺文館所典藏吳德功《讓臺記》寫本的研究，可以了解在「閩圖寫本」之外，有另一個寫本的內容更接近於「臺圖定稿本」。如果將「閩圖寫本」、「臺文館本」跟「臺圖定稿本」三者的內容相互比對，更能清楚看到吳德功《讓臺記》內容之修訂過程。這個過程包含了對事件情節的修正，也包含他對清朝以及日本政府態度的調整。因此，對於研究吳德功學術而言，臺文館所典藏的《讓臺記》寫本，有其重要的學術價值。另一本臺文館典藏的《戴案紀略》（上）寫本，也有同樣的情況，筆者研究發現，它也是《戴案紀略》定稿本書寫時所依據的底本，是介於初稿本和定稿本之間的一個中繼版本，它對初稿本所做的修訂，除了少數幾處外，後來也幾乎全部寫入定稿本中。因此它的學術價值，亦相當珍貴。

　　除了寫本書籍外，吳德功的手稿筆記同樣在研究上提供了許多新資料。例如筆記中所載錄的〈祝辭〉、〈弔辭〉共三篇古文，在目前正式刊行的文獻上都未曾得見。此外，筆記中吳德功的詩歌，有的未收入其《瑞桃齋詩稿》中，例如〈北港進香詞〉；有的則是初稿作品，在收入《瑞桃齋詩稿》時，被吳德功做了刪削修正，例如〈祝櫟社十週年〉一詩，在筆記中原有四首，收入詩集時只收了兩首，另兩首則刪掉未收。又如另一本筆記中有〈乙卯八月十六夜彰化水源地觀月〉詩四首，收入詩集時雖四首全錄，但除了第一首未作修改外，其它三首都做了相當幅度的修正，這些都是研究上的新發現。

　　由以上說明可知，本書將臺文館所典藏吳德功手稿筆記與寫本書籍納入討論，藉由這批新資料、原始資料的研究，我們有了學術上的

新發現、新成果，這非常令人欣喜。[6]除了將吳德功手稿筆記與寫本
書籍納入討論範圍外，本書對於吳德功古文的分析，也加入其發表於
報紙雜誌上的古文篇章。根據本書的研究發現，吳德功發表在報紙雜
誌上的篇章數量不少。過去學界對於吳德功古文的研究，多數以《瑞
桃齋文稿》、《戴案紀略》、《施案紀略》、《讓臺記》、《彰化節孝冊》這
一類已彙輯成冊的作品作為討論的文本，對於這些散見在報紙雜誌上
的篇章，關注度較少。事實上，這一類作品提供了不少新線索。例如
透過吳德功發表在《臺灣時報》上的多篇古文，確認他對於西方學術
有所學習和應用，從而了解為何其詮釋特殊現象時，會運用類似地球
環境科學的知識來進行說解。再如《戴案紀略》一書，其初稿本在一
九〇四年七月至一九〇五年六月間，有一部分曾先連載於《臺灣教育
會雜誌》中，將當時刊出的內容，與臺文館典藏的《戴案紀略》
（上）寫本進行比對，從其中字句的差異，可以推知初稿本修訂的時
間，至少在一九〇四年八月之後。這些例子，都說明了運用吳德功發
表在報紙雜誌上的古文，對研究其學術是極有助益的。此誠如許俊雅
所說，日治時期的報紙及文學雜誌，「提供了研究者該時空的文學創
作面貌及發展情形」，「特別具有一種學術參考的價值」。[7]

　　此外，筆者在研究期間，更透過田野調查的方式，探勘吳德功作
品所提到的地景，或與吳德功有所淵源的事物，透過原始資料來與文
獻相互印證。例如二〇一九年參加彰化節孝祠的秋季祭典，看到當年
吳德功與在地仕紳所合力遷建的節孝祠，也看到祠內許多與吳德功相

6　雖然因為吳德功文物的出現，在研究上有了新資料、新線索而欣喜，但這批文物目
　前的情況並不理想，蟲蛀情形嚴重，紙張也因水災傷害而變質，質地相當脆弱。若
　想兼顧文物保存和學術研究的雙重功能，可能要儘快製作電子影像檔以供閱覽，原
　件則不宜多所翻動，才是長久之策。

7　許俊雅：《瀛海探珠──走向臺灣古典文學》（臺北：國立編譯館，2007年12月），
　頁148。

關的碑記、楹聯等文物，透過這些原始物件來與文本的說法相印證，
有一種學術研究上求真的喜悅和成就。在調查的過程中，筆者也發現
三川殿內右側牆上有 一捐題碑，碑文右下方有「金貳百圓 彰化街吳
德功」的字眼。由此可知，當時遷建彰化節孝祠，吳德功除了出力奔
走外，還捐資「金貳百圓」協助遷建，這在文獻上未曾看過。除了彰
化節孝祠，其它還有彰化二水鄉林先生廟、彰化孔廟、苗栗中港溪義
渡、彰化元清觀、彰化善養所、彰化南瑤宮、臺中一中、……等等，
在盡可能的情況下實地走訪，除了印證吳德功作品中的說法，同時也
拍攝相關圖片，這些圖片最後也收錄在書中以為佐證。在實地走訪的
過程中，看到許多景象的改變，與吳德功作品上的記載已有所差異。
例如吳德功曾募資整建的彰化善養所，如今只剩一座石碑，碑文亦模
糊難辨，建築主體則消失不見；日治時期為彰化元清觀所撰寫的碑文
還在，但留下的是拓本，原碑已在火災中毀損；當年參加揚文會時所
經過的中港溪義渡口，渡溪時險象環生的景象還留在《觀光日記》的
頁面上，但渡口已不復可見，只剩下竹南鎮公所重製的官義渡碑與日
記上的文字相互輝映。諸如此類的例子，在學術研究上不免遺憾，但
也見證了人事滄桑與時空變化上之必然。

　　本書各章節的研究主題與論述內容，有多處是目前研究吳德功古
文者較少觸及的領域，相信對於吳德功古文的探索能帶來一些新的成
果。不過以吳德功古文著作之豐，區區一本研究論著實無法處理所有
議題。例如《施案紀略》與《彰化節孝冊》，本書僅以專節處理，而
未能專章探討，此洵有不足。再如《讓臺記》的處理，從敘事學角度
切入，是很不錯的方式，但敘事學可以探索的主題很多，除了本書所
談的「敘事時間」外，其它如敘事結構、敘事視角、敘事語法、敘事
情節等議題，也都值得研究。再者，對於吳德功手稿筆記與寫本書籍
的討論，以及散見於報紙雜誌的古文篇章，也可以進行更深入的解

析。諸如以上種種未竟之功，惟待日後另行撰文處理了。也期待諸方
博雅對於本書能多所賜教，俾使未來再次探討吳德功古文作品時，能
更臻完善與圓滿，感恩。

參考文獻

一　專書

吳德功：《瑞桃齋文稿》，南投：臺灣省文獻委員會，1992年5月，吳
德功先生全集本。

吳德功：《戴案紀略》，南投：臺灣省文獻委員會，1992年5月，吳德
功先生全集本。

黃典權等編纂：《重修臺灣省通志》，南投：臺灣省文獻委員會，1998
年6月。

施懿琳：《從沈光文到賴和——台灣古典文學的發展與特色》，高雄：
春暉出版社，2000年6月。

許俊雅：《瀛海探珠——走向臺灣古典文學》，臺北：國立編譯館，
2007年12月。

二　專書論文

林慶彰：〈吳德功《瑞桃齋文稿》所反映的儒學思想〉，收錄於《明清
時期的台灣傳統文學論文集》，臺北：文津出版社，2002年
10月。

文學研究叢書‧臺灣文學叢刊　0810012

彰化宿儒吳德功古文研究

著　　者　田啟文
責任編輯　呂玉姍

發 行 人　林慶彰
總 經 理　梁錦興
總 編 輯　張晏瑞
編 輯 所　萬卷樓圖書股份有限公司
　　　　　臺北市羅斯福路二段 41 號 6 樓之 3
　　　　　電話 (02)23216565
　　　　　傳真 (02)23218698

發　　行　萬卷樓圖書股份有限公司
　　　　　臺北市羅斯福路二段 41 號 6 樓之 3
　　　　　電話 (02)23216565
　　　　　傳真 (02)23218698
　　　　　電郵 SERVICE@WANJUAN.COM.TW
香港經銷　香港聯合書刊物流有限公司
　　　　　電話 (852)21502100
　　　　　傳真 (852)23560735

ISBN 978-986-478-330-4
2020 年 1 月初版
定價：新臺幣 880 元

如何購買本書：

1. 劃撥購書，請透過以下郵政劃撥帳號：
　　帳號：15624015
　　戶名：萬卷樓圖書股份有限公司
2. 轉帳購書，請透過以下帳戶
　　合作金庫銀行　古亭分行
　　戶名：萬卷樓圖書股份有限公司
　　帳號：0877717092596
3. 網路購書，請透過萬卷樓網站
　　網址　WWW.WANJUAN.COM.TW

大量購書，請直接聯繫我們，將有專人為您
服務。客服：(02)23216565 分機 610

如有缺頁、破損或裝訂錯誤，請寄回更換

國家圖書館出版品預行編目資料

彰化宿儒吳德功古文研究 / 田啟文著. -- 初
版. -- 臺北市：萬卷樓, 2020.01
1168 面;17*23 公分
ISBN 978-986-478-330-4(平裝)
1.吳德功 2.臺灣文學 3.古典文學 4.文學評論

863.2　　　　　　　　　　　　108022146